LUDI WENJI
RIJI（SAN）JIANZHA NIANBIAO

陈南南　陈田田　整理

陆地文集

第八卷

日记（三）
简札　年表

广西师范大学出版社
GUANGXI NORMAL UNIVERSITY PRESS
·桂林·

目 录

日记（三）

瞬息年华

（1958—1964）

1958 年

1 月 1 日 新的一年又开始了。

昨天 1957 年的除夕，自己许了一个愿：在今后的十年，打算利用业余空闲完成三部小说。而今年则一定要将已经写了三分之一的《美丽的南方》写成。如果能把三部书都写成了，那，作为一个人对社会，一个共产党员对革命事业，算是无愧了。但是，要完成这个十年计划，主要的因素是个人的毅力和耐心。如果不能在这十年的时光完成这个志愿，则再往后的十年，精力更加不允许他完成了。人生是那样短促的，如果不能在事业上留下什么，那就真是所谓虚度年华了。

苗延秀特地跑来谈天。他想下乡去参加生产，但有个作品未修改完，想得到假期，两三个月再下去。

给北京严蒙、广州白焰、沈阳井岩盾各写一信。

1月3日 工作，事务性的工作接二连三地涌进门上来，我几乎成了菜市场里小杂货摊的老板，完全是处于被动地位。再这样下去，非成为一个事务主义者不可。本来，有不少的事务办公室主任应该是可以把它处理好的，但是，我们却没有这样一个主任，结果事情都弄到我这里来了。

今天，机关里的干部都参加城市建设的义务劳动去了，我因要整理右派分子思想情况的材料，到了晚间还要去向省委书记汇报而没参加。

1月5日 下午，去听王浩同志向各个厅局长传达省委对第三批干部下放问题的意见。

1月7日 广西人民出版社送来一包贺年书签和1958年月历。收到沈阳作协机关刊物《处女地》赠送的今年第一期和译文社送给的一本《外国文学参考资料》。看来，文学团体还没有把我忘掉，他们还把我当着一个作家记在账上呢。但是，我却越来越挤不出什么东西来，这就不能不使我有愧于心。周民震写的《森林之鹰》电影剧本，看起来还很流畅，作者是一个青年，如果肯虚心学习，能够得到机会继续写下去，那倒是可以写出更好的作品来的。可是，文学的道路往往是那样崎岖，能够走到顶点，除了自己的努力和耐心外，同时也还得有社会力量的扶持。

1月8日 上午8点钟赶到省文化局，上海江南制片厂导演陶金等人已经在等着了。会议是由省文化局长何子健主持，参加的人有省委农村部副部长徐麟村和省民委副主任秦振武等人。

讨论周民震写的《森林之鹰》电影剧本。大家一致认为剧本是可以成立的。问题是主题不够突出，是表现苗族人民的爱情呢，还是表现山区的生产？因为这两方面的题材都在里边摆着，哪一个都不够突出。

1月9日 省文联丘行和谢敏来谈省文联今年的工作计划和《漓江》的改进意见。

省文联毛正三下乡到了巴马县那沙乡，来信表示要好好地从劳动当中体会出“诗”来。

1月10日 一早，参加省委机关干部支援郊区农民修水利去。骑着单车还要花40分钟才到达工地。这是山野上的小洼地，没有水源，只是把洼地筑起堤坝来，将天上的雨水留住。天旱时可以灌溉下边一二百亩田地。没有技术员指导工程的进行，劳动力的组织也很乱，弄得大家无所适从。劳动一是挖土，一是挑土。两样活儿我都做了。挑是要肩头吃力的，挖则需要臂力。工具不好还得常常停下来修理它。

长江文艺社来信，希望给他们写稿子去。

听说毛主席到南宁来了，有人在街上看见了毛主席。

1月11日　同文艺处的李仲民、梁宁去群众艺术馆观看准备在广西壮族自治区成立时展出的国画展。整个展览质量不高。绘画作品对广西的风土人情、山水花卉特点表现得不够突出。

1月13日　一早顶着百米以外见不到人的大雾到体育场去参加全市“除四害”的动员大会。这一星期内，机关工作又得服从这个运动的要求了。

下午，到南宁饭店去同周民震、陶金他们再次座谈《森林之鹰》。

1月14日　天没亮就被汽车声、人声吵醒啦。上午七点半我们要到最热闹的民生路去打扫街道。省委书记处伍晋南书记和省委几个部的部长都去了。市民们开门出来看见我们这些所谓“官员”正在认真地帮他们打扫门面前的街道，不免惊讶起来。

1月15日　王浩同志说，随毛主席来南宁的新华社社长吴冷西邀请新闻工作的同志去座谈，叫我也去。上午8点半我们到国际饭店去。吴冷西见了我们，说他们10点钟要开会，今天不能座谈了。吴社长的右眼是坏了的，他没配假眼，也不戴眼镜，但英俊丰度并不因此减色。他模样稳重，精神饱满，正值身体健康的壮年。

听说毛主席也住这里。整个楼房都很肃静，虽然已上午9点了，从半开的房门看到里边的人才陆续起床，每间房的茶几都铺着高贵的桌布，摆着水果。

晚上，省委直属机关组织欢送第三批下放干部的电影招待晚会。各单位负责同志都坐汽车去，民族电影院前一下子停放了十多部汽车，老百姓以为是毛主席到这里来，都冒着寒风聚在影院门口期待一见。

这两天，毛主席到南宁来的消息传得是满城风雨。有人说，看见毛主席到游泳场游水，有人说他步行在人民礼堂前面……

1月16日　上海《收获》来信要求给他们写稿子。说是现在他们除了长篇稿件,短篇也欢迎了。

广西人民出版社吴光华来谈出版广西壮族自治区“画册”和“概况”两本书的有关问题。去桂剧院看省桂剧团准备招待毛主席晚会的节目预演。

1月17日　省卫生厅两个厅长来谈卫生会议等问题,下午省文化局长也来问剧团会议的开法,一天就是这样处于被动状态。

“除四害”的劳动还没有结束,下午在省委大院内锄草、清垃圾。

1月18日　同李仲民、梁宁坐上汽车到西乡塘广西民族学院去看苗延秀。他正在收拾东西准备下乡去参加农村工作了。他说,在这个安静的环境几年,写了二十万字。有几部作品出版社答应要出版,但要修改,下放农村后可能改不成了。他对写作是那样热衷和坚持,有那样的毅力和耐心总会有所收获的吧。我们大家随便扯谈文艺界的一些情况。他希望党组织关心他们写作的人。

下午,我同李、梁两位去看民族歌舞团排练为庆祝自治区成立而准备演出的节目。僮族的红鼓舞和大瑶山的山歌……都加了好多洋乐、洋舞、洋调,完全变了本来的面目。这显然是不对头的做法,但扭转却不大容易。

1月19日　在宿舍周围锄草和清垃圾,劳动了大半天。以后经常做这样的活动对身体倒有好处。

1月20日　以为毛主席会到军区礼堂看桂剧演出,我同王浩和他夫人一起去了。结果毛主席没有来,大家都很失望。桂剧《拾玉镯》和《演火棍》等节目没演完,有人就退场了。

在王浩同志处看到毛主席在莫斯科会议的几次讲话记录,最大的特点是把那样大问题——世界范围的问题,当作家常事一样地采用平易亲切而又通俗的语言来说明。

1月21日　为明天在人民公园与毛主席一起游园,大家都忙碌起来。晚上,省人委召开各个厅局长会议,由省长宣布纪律。我们回来又得找小队长们传达,到深夜才散。都已半夜12点了,省文化局还派人来催去审查节目,以保证成功举办游园盛会。

1月22日　毛主席和中央政治局刘少奇、周恩来等参加南宁市两万人的游园。

人们一早起来，都换着新装，同赶庙会似的忙着打扮。大家都为要见到毛主席而兴奋不安。女同志到花园折着盛开的芍药和紫菊，扎成花束拿在手上，准备欢迎也许一辈子只有这一刻才能见到的领袖。有的女同志为此宁愿将还不满月的孩子撂在家里，也都要来参加下午的游园大会。

本来是下午3点钟在人民公园开始的游园，人们却在上午11点吃过饭后就三三两两聚在一起，等待集合出发。雨却在这时候断断续续地下了，但是大家并没有因为雨而表示趑趄不前，也没有人顾着新鞋子会沾上泥浆，新的衣服会被淋湿，个个还是那样全神贯注地急盼那激动人心的时刻来临。

我们省委干部大队在青年团那里集中，下午1点半集合时，雨下得正大，雨伞也顶不住，但是每个人都不去考虑会不会改期，而只希望快点到公园去。

我们队伍出发了，雨也越下越大。队伍走到公园镇宁炮台的周围停了下来，两万人的队伍分三个地方集中，一队接一队地排列在道路两边。本来，大家带有乐器、象棋和扑克，可以就地玩乐的，但是，雨天把地面弄得很湿了，不可能坐下，大家只好撑着雨伞鹄候。雨把大家的棉衣肩上和背面慢慢地淋湿了，扎红领巾的小学生没有帽子也没有雨具，只好让雨点打湿了的头发，可是他们情绪都蛮好，都在快活地唱歌。

下午3点钟终于到了。汽车声给人们带来鼓舞，随即听到众多的掌声和“毛主席万岁”的欢呼响起来。雨伞都收下了，人们用双手来鼓掌，但是还看不到人，大家多么焦急地等待呵！

终于，毛主席随着近处的欢呼出现了。他是那样高大魁梧，又那样年轻呵。二十年前他做《论持久战》的报告时，是那样的消瘦和显老，而二十年后，他显得比当年更年轻而健壮。他红光满面，比实际年龄还要年轻很多似的，给人们一种安慰，增加了力量和信心！

毛主席走到跟前来了，人们多么紧张啊！千万人的视线都集中在他一个人的身上，等到毛主席走过，才有人发现他后面还有刘少奇、周恩来和彭真、陈伯达、胡乔木等人。

雨还在下着，而毛主席还是到足球场和纪念碑两个地方去，大家只好在原地鹄立,大家都在谈论各人所得到印象,都说:毛主席健康而年轻,不像60多岁的人。

晚上,军区礼堂演出桂戏和民族歌舞《一个僮族歌手》的节目招待毛主席和中央负责同志。处长以上干部都得了入场券。大家又一次看到这位为千万人所敬仰的领袖和他的夫人江青。

1月23日 参加地市委宣传部长座谈会。收到下放生产的刘剑薰来信。

晚上,到副省长覃应机家开关于自治区筹备委员会会议。

1月24日 地市委宣传部长座谈会,今晚11点半结束。

1月25日 到省艺术馆去看国画,从中挑选一些作品参加庆祝自治区成立举办的画展。

1月26日 给广州的白焰以及下放的刘剑薰、毛正三各去一信。

中宣部来了一位理论处副处长葛震,传达康生对理论工作的发言。王浩同志请他吃饭,叫我去陪客,晚间又陪他去看桂戏。

1月27日 葛震传达中央关于社会主义教育课程设置的意见,听了整整一天。

1月28日 中宣部葛震说王浩部长书架上的书太少了,与一个宣传部长是不相称的。其实,我们地方上的部长是完全沉没于会议的大海中了,哪有时间读理论书藉来提高思想呢?自从两个部合并以后,我更加陷入事务的泥沼中了。一天都是在会议中生活,就连报纸都不能很安心读下去。

1月29日 讨论广西人民出版社主编的《广西僮族自治区概况》,同时审查广西人民出版社第一季度的出版计划。

下午,到民族歌舞团去看他们排练迎接僮族自治区成立的节目。

1月30日 参加新闻方面各个单位和文教方面各个厅局长座谈会。中宣部葛震副处长征求大家对中宣部的批评。但是,大家都不太能畅所欲言,批评意见不多,要求倒提了不少,要上面派干部来增强力量是普遍的呼声。

1月31日 同李仲民谈了大半天关于文艺工作的如何开展。这里的问题是:没有强的领导力量,没有作战的队伍,什么事也难做成的。今天开始做右派分子的定案工作。审查了省教育厅五个对象,其中一个是够不上右派的,人家批评的也只是我们工作上的缺点。

2月1日 省委全会（扩大）今天才开始。传达毛主席在南宁会议的三次讲话。

从讲话来看，南宁会议（政治局扩大会议）精神是反右倾，对政治局的同志，对胡乔木都有所批评。讲话认为，1956年反冒进是错误的，使六亿人泄了气。这种反冒进，只攻一端，不及其余，但是，把《农业发展纲要》都反掉了。正如宋玉的《登徒子好色赋》是一样的。其次，讲话反复地阐明工作方法问题。毛主席一再强调人的思想是逐步受影响的，主张“毛毛雨下个不停”，不要“倾盆大雨”突然袭击，开会不一定要成品，开会前10分钟拿出成品来强迫人签字，那是残酷行为。在这里，他还提出待人以平等，与人谈话使人感到你是把心里交给了他的……第三个问题是反对分散主义。

最后一次讲话是1月21日，讲了60条。其中当然是围绕上面三个问题讲的，但牵涉的方面极为广泛。对干部学习又红又专的事情又讲了，要大家写文章注意修辞学，有准确性、鲜明性和生动性。同时，要高级干部学一学文学，是认识生活的一种手段。

中宣部葛震明早要回北京了，晚间，同王浩同志去南宁饭店看他。他对我们提两点意见：一点，要把省直各个宣传文教单位做思想工作的队伍组织起来，有一个人挂帅，对全省思想工作有个统一的部署，共同作战。其次就是部长应该有几个谋士作为助手。他举了好些中央负责同志的例子，说明他们都是有几个助手的，陈伯达就是毛主席的谋士，陈自己也有几个小谋士，不然是搞不好工作的。最后，他劝我们设法过得轻松一点，不要搞得太紧张、太沉重啦。

2月3日 参加选举人民代表。布置下乡同志检查中学反右斗争情况。

下午，参加省委扩大会议，听大家在讨论会上发言。发言都是检讨自己的右倾思想的错误，对毛主席60条意见的理解……

2月4日 同王浩、方宏誉、吴卓凡以及省教育厅副厅长余明炎去广西展览馆视察。木工还未完成，本月10号要预展看来是不行的了。

2月5日 省委扩大会仍然各人讲一道，几乎人人过关一样了。

下午休会，要大家看看才发的去年常委扩大会议上一些错误的发言稿。看来是要通过这些发言来辩论农村两条道路的斗争问题了。

利用一个下午，写了1,800字的文章给《漓江》，题目是《给在农村的同志们》。

广州白焰来信，他要“下放”了，放到那里还未决定。

2月6日 省委扩大会议上，已由伍晋南副书记提出批评廖联原、王浩、陈再励、王梦周、廖原、骆明等人的错误问题。

会议从此进入了尖锐化，大家都紧张起来。

2月7日 会议紧张了。被批评的人已经陷于孤立。晚间还开小组会议。

王浩同志叫我不要再去找他，他在会议当中集中考虑他的错误问题。同陈东谈到刘国正思想错误问题。

2月8日 会议逐步深入，省委成员不团结的现象逐步被揭发。

晚上，开始对省艺术馆的右派分子作定案工作。

准备了一个上午，要在会上发言。

2月9日 争取了一天也没争得上发言机会。大家都抢着发言，要向错误的思想作斗争。

从发言情绪看见，大家认为廖联原他们的错误实质就是资产阶级右派思想在党内的反映。

2月10日 王浩同志作了一个上午的发言。他把自己的错误扣了右派分子的帽子。

现在，每天都开八个钟头的会议。晚上又得讨论定案，把人弄得太紧张。

下午，我作了一次发言，表示一下态度。

2月11日 向省委扩大会议请假，回部机关参加省文化局系统右派分子的定案工作。

下午去看粤剧《荆轲刺秦皇》的预演。晚上看印度彩色影片《章西女王》。

苗延秀从三江来信。

2月12日 到省博物馆去看革命历史文物的预展，站了一个下午，十分疲乏。

给侄子们寄回20元钱过旧历年，叫他们分给二姐家5元。

2月13日　整天参加省委扩大会。

晚上，在部里讨论省广播电台的右派分子定案。

2月14日　参加省委扩大会。晚上到群众艺术馆看僮戏《红铜鼓》和苗戏《哈迈》的预演。刘建勋书记也到场观看。他同我谈，要注意僮文的推行工作。他的意见是对此事要我们慎重处理，因为这会影响六百万人的文化生活。

2月15日　同宣传处讨论省广播电台的关于庆祝自治区成立的报道问题。同时审发一份《对中学教师集中整风的几点意见》。

晚上又对省体委和省委宣传部的右派分子作定案工作。

2月16日　上午参加省委扩大会，下午同北京中央新闻电影制片厂的记者谈关于庆祝自治区成立的拍摄工作。

晚上，去桂剧院看《一幅僮锦》的预演。

2月17日　上午，到省话剧团去看总排的《红河赤卫队》。他们一边编剧，一边排戏，从已经排好的三幕戏来看，剧情还是能抓住观众的。虽然人物性格没有表现出来，但是作为反映当年发生的历史故事，还是可以说得过去的。看了戏，又同他们座谈，搞到下午3点半才回来。接着又去参加省委扩大会，晚上又赶忙去看彩色片《女篮五号》。

旧历年的除夕就在这样忙碌的心情下来临，很快又过去了。

2月18日　一早，天晴了，大家都为假日能有这样一个好天气而欢庆。我们一家人到京剧院去看以僮族传说故事新编的戏剧《玫瑰花》。

下午2点，我又去省文化局讨论自治区成立庆祝会的文艺节目。

晚间去看全国总工会歌舞团的演出。

2月19日　今天还是不能休息。早上到广西人民出版社去同吴光华谈《广西僮族自治区介绍》这本书的编辑情况，下午又要去省人委出席筹委会的会议。

利用中午时间同孩子们照了张“全家福”。给在广东花县的侄子四器写信。

2月20日　早上带小孩去公园玩了半天。下午同凤乡去看苏联电影《证据》。晚上去桂西礼堂看民族歌舞团演出。整个春节假期就这样结束了。

2月21日　上午，到省长办公室去开会。庆祝自治区成立的宣传工作，还是绑在我身上。工作的头绪实在太多，没有一个助手，叫你真是穷于应付。

下午，参加部机关反右领导小组讨论对右派分子的定案问题。

2月22日 省委第五次扩大会议今天又复会。大家发言转到反对地方主义上来。半夜仍然有人继续重复已经讲过好多了的话。看来会议有点疲了，如果不将会议引导到另外的题目去的话。

晚上，得到通知，明天上午休会，下午书记处发言。看来会议是要往深入发展，或者暂时结束下来，另外再组织一种形式的会来解决了。

下午召开新闻单位负责人会议，讨论关于自治区成立代表大会的报道问题。

晚上，在部机关讨论广西医学院右派分子的定案工作。

2月24日 检查省委成立一年多来两条路线斗争的扩大会议，今天由刘建勋书记作总结发言后，算是初步结束了。犯错误的几个同志，虽然没有给扣右派分子帽子，但是性质上已经指出，在政治上是反社会主义，组织上是反党的了。当然，这些犯错误的人承认了错误，所以在处理上是从宽的吧。

2月25日 省委扩大会转入第二个阶段，讨论第二个五年规划问题。晚上，同张黎敏、李仲民谈至深夜。

2月26日 一天都在省长办公室开会，讨论自治区成立的庆祝事项和自治区第一次人民代表大会的事情。我又被封为大会副秘书长，负责迎送各省的歌舞团。自治区成立大会的宣传处开始忙碌起来。

天气暖和了，气温已达24℃。嗅到了春天的气息，梅花、梨花相继绽放。

2月28日 王浩犯了错误，省委宣传部如何传达省委扩大会议精神，他已不好做决定，我去请示伍晋南书记。伍说，王犯了错误，准备下放，宣传部由我负责起来。目前抓好两件工作：一是根据省委两条道路斗争的总结精神来检查宣传部的思想倾向；二是做好自治区成立大会的宣传处工作。我提出，如果王不能继续当部长了，最好早点派部长来。伍说，没有人来就是你也能抓得起来的。看来，我的肩膀是越来越沉重，而不是越来越轻松了。本想利用一些空余时间弄文学，看来那是很困难的了。

下午，去粤剧院看以僮族故事编的剧本《瓦氏夫人》的演出，问题比较多，要作招待外宾的演出是不行的。晚间,去展览馆审查文化馆的布展以后,又去群众艺术馆看僮、侗、苗戏的演出。一弄又是夜深12点半才回家。

3月1日 开始到省人委去办公。为自治区成立的宣传工作忙得日夜不休。

晚间,看话剧《红河赤卫队》的彩排。完了,接着就到车站迎接中央民族歌舞团。到了第二天凌晨1点半才回家。

3月2日 去南宁饭店见中央民族歌舞团团长边军和副团长贾作光,一个是艺术指导,一个是舞蹈家。他们这次下来,思想上经过整风,下乡下厂是不成什么问题了,要求能参加劳动,要求在广场演出。

又到革命历史文物馆去检查一下,然后去省公安干校,看准备招待外省来的歌舞团的房子安排情况。

一天就这样地奔波忙碌。

3月3日 为广西僮族自治区成立而召开的全自治区第一届第一次人民代表大会,今天开预备会议。由覃应机副省长向各代表报告筹备经过和注意事项。

上午8时,到火车站迎接广州军区战士歌舞团。团政委葛复惠是原来梧州《建设日报》的副社长,曾同我有过半年的合作关系;副团长是刘维忠,是我在延安部艺学校时的学生,都是老熟人,就不用那样客气了,讲话比较随便。

从此,自治成立大会的工作正式开始,要有十来天的紧张生活了。

大会宣传处发了120张记者证出去,有的是不必要的,他们来是为了想凑个热闹,并不是为了采访。

人多了,事无论大小都来找,使得你应付不暇。

3月4日 一早,雨就下着。人们到火车站或街头去等候欢迎中央代表团的光临。

代表团由国务院副总理贺龙和国家民委副主任汪锋,以及全国人大民族委员会副主任谢扶民等人组成。

因为是少数民族自治区,中央代表团的到来,几乎也同欢迎外国的宾客一样，举行阅兵、讲话等仪式。全市动员了四万多群众的欢迎队伍，虽然雨在下着，但人们却兴高采烈地冒着雨来到指定的地点鹄候，手中还拿着鲜花和碎纸花等待中央的来宾。

上午 10 时，火车终于到站了。中央代表团一行人被省的负责人迎接到月台上来。团长贺龙穿的是一件呢子大氅，配着白色围巾，一顶羊皮帽，留着日本式的胡子。虽然是快 60 岁的人了，却有 40 多岁人的健康神气。

在各种欢迎仪式都履行完了以后，贺龙等坐上敞篷汽车，在夹道欢迎群众的欢呼声当中驶向迎宾馆。

晚上，韦国清省长在迎宾馆宴请外地来宾。我在宴会上见到作家华山。他是作为知名人士被邀前来参加自治区成立典礼的。华山到三门峡去落户体验生活，将来要给读者写出更富于社会主义色彩的作品来。在宴会上还见到了雷经天。他是 1927 年右江苏维埃政权的创立人之一。

3 月 5 日　广西僮族自治区今天宣告成立了，从此广西省的名称成了历史陈迹。

在自治区第一届第一次人民代表大会上，我荣幸地被选进大会主席团，同时还是大会的副秘书长、宣传处长。既管新闻发布，又管文艺晚会的演出。负担实在太重，但也只能硬着头皮自己扛。

3 月 6 日　在自治区人代会上，韦国清做政府工作报告。下午是来宾们的祝词。晚上，看海南歌舞团的演出。

张黎敏调到宜山去了，送来一盆茶花给我留作纪念。

3 月 7 日　今天是人代会的小组讨论，抽空回省委宣传部开副科长以上的全体干部会议，检查部长的领导思想问题。但会议未开完，又被叫去参加走访看望各省来的歌舞团。一直到下午 1 点才回到家吃早饭。

3 月 8 日　下午专程到迎宾馆去看望华山、周钢鸣、李志曙等来宾，谁知扑了一个空。

3 月 9 日　去国际旅行社见了华山，同他了解到一些全国文艺界下放基层深入生活的问题。

在迎宾馆见到画家涂克，正在画一幅南宁街道的风景油画。他对广西有很大兴趣，希望有机会再来。

3 月 10 日　下午参加主席团会议，讨论通过自治区出席全国人民代表大会的代表人选。其中竟没有一个文学艺术界的代表人物，似乎照顾得不够周到。

在明园饭店作陪客，参加覃应机副省长饯别全国总工会歌舞团的晚宴。

3 月 11 日　和省文联、省委宣传部文艺处的同志，邀请华山、周钢鸣、黎海生、谭均等人去看老虎岭水库和到武鸣的灵水与明秀园游览。

时间短，来回很仓促，真有点走马看花的味道。同大家照了好些张照片。

3 月 12 日　大会主席团特派我去陪以中央统战部副部长汪锋为首的来宾参观南宁农场。我带上中央和各省的来宾几十人乘坐十辆汽车，浩浩荡荡到青山脚下的农场停下来。场长是一位曾经保卫过毛主席的老干部，如今在此安居乐业。农场原有职工二十几人，现在发展为 400 多人了，耕地面积原来是 400 多亩，现在发展为几千亩。

我们参观养猪场、养鸡场和菠萝园。有些新收摘的菠萝供客人参观，但它们没有七八月间才成熟的所具有的那种香味。

3 月 13 日　一下子气温高升，像是夏天了。人们有的换上了丝绸的服装。雪白的梨花满树绽放。

自治区人代会今天选出自治区人民委员会的正副主席和委员。随即宣布广西僮族自治区政府正式成立了，并且通过每年 3 月 15 日为自治区成立的纪念日。

晚上，到万国饭店参加宴会。我被指派陪副主席贺希明和几个歌舞团的团长坐第一席。为了应酬客人的敬酒，什么菜都尝不出味道来了。

从宴会出来，到剧场去了解演出情况，到话剧团的后台同导演郑天健、卞璟谈了半小时。

3 月 14 日　早上，南宁市人民公园旁的体育场集合了六万人，召开庆祝僮族自治区的成立大会。我被派坐到主席台上，可以看到全场的人海。会场的组织工作做得还好，人人都穿上过节的服装，如果拍成彩色的纪录影片，那是很好看的。

下午 5 时开始游园。整个公园分五大活动区域，每个区域又分为三四个小的娱乐点，各省来的歌舞团轮流到各个区域去表演。夜色来临后，灯光湖影，更觉美丽宜人。晚上8点半放烟花，在湖边看水中烟花的倒影更是好看。

3月16日　上海江南电影制片厂副导演韦布来谈摄制桂剧舞台影片的问题。

晚上同陶金、韦布和王浩去看桂剧《合凤裙》。

3月17日　上午在宣传部副科长以上的干部会议上，继续进行检查工作。

下午召集文教战线各厅局、各处室会议，征求对中宣部的意见。

3月18日　上午，与省文联董启翔谈规划。下午与广西师院院长张云莹谈话。

晚上，同李仲民、刘善堂谈宣传部"双反"运动如何开展问题，直到深夜才休息。

3月19日　夜里2点半就给闹钟的铃声闹醒，起来洗了脸，拿了随身带的小皮箱就坐上汽车到了火车站。

火车是夜里3点10分开，进了车厢还有足够的时间可以从容地安置衣物什么的。软席寝车的旅客人很少，我单独占了一个房间，可以安静地读书和思索了。

随身带来的《战争与和平》第四卷，打算把它都看完。当我略睡醒过来后，就手不释卷地读它。读了第四卷第一部，火车就到了桂林。

从桂林站上来了一位意外的伴侣，那就是中央宣传部副部长周扬。他是这次中南六省宣传部长会议的召集人，会前他到桂林来看看，现在回汉口去。与他一起的还有他爱人苏灵扬，她也是我的一位熟人。如果说周十多年来不见老，那她则显老一些，一半头发都白了，脸上也布满了皱纹。周扬很熟悉、很亲切地问起我在广西工作的情况。

3月20日　火车下午1点钟到武昌，从武昌站出来，穿过长江大桥，经过汉阳，到汉口站已经是2点20分了。我被湖北省委宣传部的人招待到德明饭店住下。广东省委杨康华已先到了，和他住205号房。

到街上走了一趟，在火车上被弄得太疲劳，想找个地方喝杯咖啡，没有找到，几乎支持不住，只好坐三轮车回德明饭店。

晚上，湖北省委宣传部请看话剧《刘介梅》。见到文化局长黎辛。江西省委宣传部副部长李定坤也来了，此公好谈，容易同人混熟。

3月21日 会议今天开始。上午看中宣部提出的宣传工作15条意见和关于党校工作，关于哲学、社会科学工作的意见等文件。

下午，由周扬主持开会。出席的除两湖两广江西河南和武汉市外，还有中宣部的理论处长许立群和文艺处的副处长苏一平，另外还有全国妇联章蕴和李景林。周扬对15条略加解释后，即由各省开始发言，大家都不太爱讲，会场很沉闷。

晚上看陈伯华演出的汉剧《重台别》。

3月22日 今天会议空气比较活跃了，我也作了发言，对15条提了几点意见。

晚上，大家都看打排球去了，我则去书店买了两本书，一本是勃兰兑斯《十九世纪的文艺主潮》，一本是克罗奇的《美学原理》。见到画家涂克，他从广西过来中转回上海。

给白焰寄张明信片，告诉他本月25号我到广州去，希望能见到他。

3月23日 下午休会。湖北省委宣传部和武汉市委请去游东湖，看长江大桥和聚餐。

下午2时，我们在周扬同志的率领下从德明饭店坐上汽车出发。汽车经过长江大桥，需要五分钟。我们下车来，进入桥头堡，坐电梯下到桥底，从桥下往上看和从桥上往下看，都令人感到这条跨过浩瀚长江的"巨龙"伟大。桥中间通火车，桥面走汽车和行人，桥底层是船只在航行，在这里，你不能不感叹人类劳动的奇迹。

我们又看了看跨过长江的铁路，就往东湖进发。中途曾停下来参观湖北省农业展览馆展出的利用粪便沼气发电的试验。粪便经过这样利用，既可提供电力，又提高其本身的肥效，科学技术的作用越来越见其重要。

东湖在珞珈山脚，有很大的一片湖面，因太宽阔，堤岸上的建筑显得冷落和荒疏，但是从一些"客舍"、一些亭台园林来看，那还是很幽雅美丽的。这里的梅花展览已过了，桃花正在盛开。紫丁香在秃头的枝干上染着深红的色彩，重瓣的桃花更是浓艳醉人。

我们在纪念屈原的行吟阁前拍了一张全体合照,然后就坐上车转往长天楼喝茶。

晚餐,市委宋侃夫(原延安“鲁艺”政治处主任)宴请周扬,我们作陪。

3 月 24 日 上午继续讨论各省宣传文教大跃进的规划。下午各省分别与中宣部同志交换意见,解决具体问题。晚上周扬作最后发言,讲了四个问题:一、宣传工作任务;二、宣传工作队伍;三、宣传工作规划;四、宣传工作方法。

3 月 25 日 会议结束了。已买了到广州的火车票,突然接李仲民的电话,说是家里正搞“双反”,许多问题急需回去一趟。因而把车票退掉换成下午 1 时 35 分快车回南宁。

周扬特邀广东、广西和河南几个省的同志去他房间谈话,要大家考虑成立社会科学工作者联合会和编写地方民歌、地方戏曲、地方志、地方革命斗争资料和地方教材等问题。

下午 1 时,离开德明饭店,湖北省委文教部长罗明、史子荣到站送行。同车的有江西省委宣传部副部长李定坤和湖南省委宣传部长方克。

3 月 27 日 凌晨 1 点钟到家,凤乡还在灯下苦思反保守、反浪费大鸣大放的大字报。她说已经苦战三昼夜了,各人都提出写大字报的指标,一个人争取一百张,因而许多人夜以继日地在写和想。看来整改高潮是掀起来了!

3 月 28 日 听了自治区党委宣传部的汇报,大鸣大放的高潮已达到顶点了,再不转向深入,就会造成形式主义,就会使大字报的作用变质。早上召集全体干部会动员大家往深入去挖掘,把问题集中在几个关键点上。下午自治区党委整风领导小组开会,提出整改转向深入的办法。晚上,召集文教战线各厅局长来传达,指出大字报不能再强调数量,应强调质量、强调深入。

收到中国作家协会来信,征求对作协规划三十二条意见,同时要报送个人创作规划。

明早又要去梧州开中学的勤工俭学会,真可谓是风尘仆仆了。

3 月 29 日 清晨 6 时 54 分从南宁坐上火车,下午 1 点 40 分到达贵县,等第二天的船下梧州。

利用半天工夫，到贵县糖厂去参观。因为没有甘蔗榨了，一个技术员便带我们去看停着不动的机器，只觉得榨糖设备还是很复杂的。厂党委书记是原来宜山地委的宣传科长黄醒民，同他有过一面之缘，来回都让汽车送我们，给予很大方便。

3月30日 到梧州去的船是中午10点开。我们赶紧利用上午时间到贵县中学去参观勤工俭学的最新情况。教导主任介绍他们的做法，利用学校园地多，农业生产有条件而大搞教师试验田，每亩要求产量四万斤。能不能达到？我表示怀疑。

勤工俭学应该是教育方针的重大措施，必须有全面了解，只强调劳动一方面，必然会影响提高文化知识这一方面的。同时，劳动所得必须防止经济观点。贵县有个学生得了80元就想当小贩去了，这是不可取的。

3月31日 在船上躺了一天半，读了半卷《约翰·克恩斯朵多》。下午4时，我们的船在梧州码头停泊了。

晚上，同省委宣传部的同志们传达汉口宣传工作座谈会的精神。

向中国作家协会寄去个人写作规划。

4月1日 上午，向各地市宣传部长传达汉口宣传工作座谈会的精神；征求大家对苍梧的中学勤工俭学现场会和此后的宣传部长座谈会的开法。

下午，到人民礼堂去看各校勤工俭学展览。看来各校的劲头都很大，但有的单位追求的生产指标显然是高了。一个学校养一千头猪，开三千亩荒地，照办起来，那是一定会影响教学正常进行的。

4月2日 下午大会发言，各校介绍勤工俭学经验，讲得都不精彩。

4月3日 下午，我做大会总结，只讲了一小时四十分钟。因准备得十分仓促，内容实例举得少，结果变成干巴巴的几条原则。

4月4日 上午开各地市宣传部长座谈会，由我传达中南六省宣传工作座谈会。下午各地市分组座谈。

晚上看木偶剧《芙蓉仙子》，动作灵活逼真。可惜剧情拖得太长，观众疲倦。

4月5日 座谈会继续小组讨论，酝酿订规划。收到李仲民来信，报告自治区党委宣传部"双反"问题。晚上听各小组联络员汇报。

4月6日 上午,容县地区博白、玉林、北流、苍梧等县宣传文教的典型经验在大会作介绍。大家听后非常感动,觉得报告十分精彩,几年来的群众宣传工作,人民群众创造了许多好办法好经验,而专门做宣传工作的我们却不知道,真是大大落后于群众了。

下午召集各地市的宣传部长开会讨论我的闭幕报告。晚上7点半开闭幕会,我做了两个半钟头的大会总结发言。

4月7日 会议结束了。一早,我们宣传部几个同志又匆匆忙忙乘船启程回南宁。真是在马不停蹄地奔走哇。这半个月来,睡眠不足,人弄得十分疲惫。在船上,继续看《约翰·克恩斯朵多》,却因此常常昏昏入睡了。

船上工友也在投入"双反"热潮中。文盲的人还要求旅客代他们写大字报。大家觉得工友们的一些大字报提出的都是比较重要的问题,而且很实际,比之机关干部写的不关痛痒迥然不同。其中有个叫黄汉先的,他叫儿子代笔,后来他儿子也当面给父亲"鸣"了二条。"我给你鸣一鸣,你不关心学习,工作态度粗暴……"父亲听后说:"你鸣得好。"这真是前无古人的"佳话",把它写成一篇特写,岂不是能很生动地反映社会主义精神境界的一个侧面。

4月8日 我们上午10时到达桂平,下船上岸,换搭汽车,两个半钟头赶了七十公里,到贵县才下午2时半。在车站等了一个钟头,3点38分从贵县坐上火车回南宁。

晚上10时火车正点到达。10时半回到家。

4月9日 一早,覃应机书记来电话叫去他处。他说中央召开教育工作会议,要我同他一起出席。还叫明天下午让师院杨江、医学院韦必克、农学院陈清源和教育厅党组的人来开会,要研究讨论教育工作的问题,准备好上京参加中央教育工作会议的材料。

回到自治区党委宣传部,听"双反"汇报和文教系统各单位右派处理以及"双反"情况汇报。

晚上,去向伍晋南书记大致汇报梧州现场会议情况。

4月10日 上午,听区党委宣传部各小组关于"团结协作"的检查情况和问题。

下午参加区党委召开的高等院校负责人座谈会，讨论广西教育工作发展情况及问题。

4月11日 到南宁饭店找杨江谈广西师院问题。

下午向自治区党委宣传部全体干部作初步检讨，并动员大家检查团结协助问题。

4月12日 上午10时30分乘飞机从南宁起飞，下午1时5分到汉口。吃完午饭，下午2时40分又继续飞行，至傍晚6时15分飞机在北京东郊机场着陆。坐机场汽车往城里开半小时后，到达航空公司营业处。

中宣部派汽车接到北皇城根76号华北饭店住下。

4月13日 最近被派到广西区党委宣传部做部长的葛震来见覃书记。我陪他到中宣部见文艺处林默涵和教育处吴寄寒，需要中央的文艺和高教干部支援广西。

从中宣部出来又到国务院文化部见副部长刘芝明，要求调些干部支援广西文艺发展。刘很是支持，但谈到具体人选就没有了着落。

葛震请我到萃华楼吃午饭。晚上，严蒙来访。他有点沉闷，是不是白天去参加劳动太疲劳了。

4月14日 寄回南宁两封信，一封给自治区文化局何子健，一封给自治区党委宣传部李仲民。

咽喉炎未见好，每晚咳得难受。上午到北京医院看病。医生开两种药：一种止咳，一种镇静，晚间睡眠前服用。

晚上，於惠兰同志到京，葛震部长也来跟我们谈干部情况，谈到深夜12时半。

4月15日 上午葛震和新到广西做教育厅副厅长的李晓光来，一起谈调干部的问题。葛部长想乘机会抓一批人回广西去，但总会打折扣的。虽然有人开了口，往往具体情况与愿望总是不能一致。

下午到中央宣传部孑民堂听陆定一部长作关于这次会议准备解决的问题的报告，他一口无锡话，没听惯的人听不大懂他那方言。

晚间，领着於惠兰去王府井百货大楼逛逛，了解一下北京"行情"。

4月16日 今天开始看文件，几十万字不知从何入手，大家都发愁。

给自治区党委宣传部方宏誉、李仲民写信，催他们赶快完成梧州现场会议的报告，上报自治区党委，以便自治区党委及时批发下去，免得下面的工作发生偏差，因过高追求自给而影响教学。

下午听中宣部张子意副部长传达成都会议精神。

4月17日 看文件，大家都感到文件太多看不过来。

准备到广西工学院去任职的郑建宣教授来访，同他去见覃应机书记，商谈调教授去广西任教的名单。他倒是蛮热心于这一新的工作筹划。

同自治区教育厅副厅长余明炎、李晓光去见高教部计划司司长张健，他老兄满口答应给配工学院教学人员，至于广西大学的筹建，要我们提出方案再研究。郭铭来访，他也准备到广西文化局任副局长。

4月18日 今天开讨论会，上午先由各省自己漫谈，下午才分小组讨论。

广西与广东、两湖和河南五个省编在一组。讨论会的本意是要大家先谈思想认识，谈"虚"的，但广东、湖南谈起来还是以汇报实际情况为主。陆定一来参加讨论，对教育部董副部长教条主义硬搬苏联的东西大发脾气，指着鼻子批评一通。

晚上，去中直礼堂看铁道部话剧团演出苏联剧本《青年女教师》。中国人演外国戏看了总觉得不是味道。

张海、严蒙分别来电话，约明晚和礼拜天见面。

4月19日 继续小组讨论。河南省委书记杨珏讲打算在全省发展40所大学，认为只有先发展了才能提高。也许他的道理对吧。

下午田家英传达毛主席在武汉会议的讲话。毛主席真是把自己的心交给了大家，使人感到亲切真实。他对现在宣传什么化，提出保留意见，认为凡事要有个余地，不要讲过头了，讲到头了，以后就没有事做了。

晚上张海来，但不是谈私人友谊，而是同中宣部干部处副处长和葛震同志一起来谈计划派往广西的干部问题。

4月20日 从昨天开始，全北京市三百万人就动员起来，敲锣打鼓上房顶、爬树扰乱围剿麻雀。全城每个房顶都有人轮值看守，不准麻雀歇脚，有的还扎了草人。据说，这样连续搞他三四天，麻雀将疲惫不能支持而倒下了。报纸公布，昨天一天已捕获麻雀八万多只。

一早，到东四六条66号见到沙英，他老兄依然热情，还提醒他老婆李行素对我们记忆。李说，我好像比九年前在沈阳时还年轻，还胖一些。作为一个作家，她那一辈人对我还是留下了较清晰的印象呵！

同沙英夫妇到严蒙家来，山河围捕麻雀去了。沙英请客让我们到北京饭店吃四川菜，但是味道并不见好。

沙英夫妇吃完饭就回去了。我同严蒙到作协去找高鲁不遇，又同严蒙回家等山河回来。山河胖了，还是挺健康、挺开朗的。

同严蒙到北海公园逛了一会，今天是个艳阳天，灿烂阳光温暖着人们，没有风沙，碧桃正在盛开，大家已换上春装在湖里划着船儿。卖冰棍的生意很好，但游人还不算拥挤，可能与不久前的城市人员下放有很大关系。从朝阳门到北海到动物园这段马路通行的是无轨电车，比公共汽车和有轨电车走得平稳，乘客感到舒适一些。

晚上在严蒙家尝山河亲手做的饭菜。

4月21日　教育部张健给陆定一写了“小字报”，对陆反凯洛夫的教条主义提出了抗议，其态度十分恶劣，还以讥讽的口吻认为陆定一不懂教育学，随便指责教育部的教条主义，不同意陆所主张教育工作的双轨制，用两条腿走路的方针……一句话，张健的信实质上是在抗拒与反对党的教育方针。

由于张健这封信的出现，会议在讨论教条主义时有了一个具体对象。下午，我对方针的认识和对普及提高问题的看法作了发言。

4月22日　小组会继续对张健的信提出尖锐的批评，认为它是修正主义观点，是代表了教育部大部分人的意见的。

昨天，广西文化局的李捷之来谈文化工作会议，和他们文化局讨论商量准备向文化部提的计划指标问题。

收到自治区党委宣传部方宏誉写给区党委的有关苍梧现场会议的报告，写得不太好，看来他不善于写这种文章。

4月23日 会议改变为协作区的小组会，讨论由教育部党组提交的关于高等学校和中等技术学校的下放、高等学校招生、毕业生分配、新建校和设置工农学生先修班等文件。

广西争着要办广西大学，教育部副部长柳湜表示支持。

晚上，到首都剧院看老舍编的话剧《茶馆》。

4月24日 本打算到中国作协去看葛洛，因雨未去成。到东安市场去买一小盒子的读书卡片。下午，为自治区党委写召开教育工作会议的通知。

收到李仲民来信，报告宣传部的整风情况。

4月25日 去中国作协见葛洛，他还是非常拘谨，难得与之畅所欲言。

晚上，到中央广播局看电视。在覃应机书记处谈教育发展问题，至深夜12点半。

4月26日 去军委参加聂荣臻副总理召开的科学工作座谈会。

准备到广西区党委宣传部任副部长的崔毅过来谈一下。给人印象老实忠厚。

在军委见到田野。他说王真改名为王正之，做师大党委副书记；谭荫溥在海军政治部。

4月27日 火车是上午9点整从北京站开往南宁。同余明炎8点15分离开华北饭店，8点45分进站，火车正点开出。

在车上除了睡觉看书没有别的事情可做，《金陵春梦》是写蒋介石从小到1927年发动反革命政变的故事。它采用中国章回小说的写法，容易看得下去。写作的人掌握了相当丰富的材料，观点也还比较公正。

4月28日 车越往南走，越觉闷热起来。衣服一件一件的脱减。

在黄河以北，大地还是一片新绿，河北省的麦苗只有六七寸长吧，到了江南，已经是遍地绿荫了，到了湖南省已见开始收割。

4月29日 午夜12点49分，火车在南宁停止了它的行程。凤乡还特地到火车站来接，我以为有什么特别高兴的事情可相告，谁知没有。

4月30日 下午，召开部机关的处长会议。传达中央教育工作会议精神和关于南斯拉夫党纲草案的错误问题。

自治区文化局的何子健和郭铭来谈工作。

5月1日　在家读毛主席在成都会议上的几次讲话记录。

半夜到火车站去迎接从北京来的葛震,同行的还有自治区教育厅副厅长李晓光。

5月2日　陪葛震同志到伍晋南处报到。又到覃书记处听他吩咐关于召开教育会议和关于文化局体制下放及房子调拨问题。

自治区党委召开整风领导小组讨论“双反”如何深入,解决政治挂帅、强调思想工作、业务与政治的关系等问题。

5月3日　上午自治区党委宣传部整风领导小组向葛震同志汇报王劲、唐励、王槐堂的问题。

下午去听贺希明书记向副科级干部报告动员关于政治挂帅问题。

晚上自治区党委宣传部理论处向葛震报告规划,谈到深夜12点。

5月4日　送葛震下乡。

晚上召集文教战线各厅局负责人来讨论“双反”的进一步深入问题。

同自治区文化局郭铭谈覃书记交代的事情。

5月5日　布置研究室写教育会议的文件。听自治区广播电台副台长柏立汇报全国广播会议情况。

下午参加部机关批判王劲错误思想大会。

5月6日　到自治区文联开会讨论出版民歌选集问题。

下午听关于学校情况汇报。

5月7日　上午听书店经理汇报关于图书发行会议情况。

下午到图书发行、电影放映队的会议上去讲话。

5月8日　上午广西人民广播电台来请示召开广播会议问题。

下午在部里参加批判王劲思想的干部大会。

晚上约新华社广西分社社长宫敬之来汇报新华社会议情况。

5月9日　上午去亭子合作社帮老百姓抗旱,挑水浇菜园。

下午自治区文化局办公室主任李捷三来汇报全国文化工作会议。

晚上去南宁饭店看望工学院教授郑建宣、李润隆。

给肃反对象复查定案。

5月10日 同郑、李教授,工业厅副厅长何忌等到育才学校看工学院的房子。

下午,审阅向中央汇报各界干部群众对“南共”纲领的反映。

审阅自治区教育厅党组请示自治区党委对中学有右派言行的学生如何处理的报告。

5月11日 下午参加自治区党委召开的整风会议。

晚上在宣传部讨论王劲的思想问题。

5月12日 上午审阅理论处几个文件。下午参加部机关的批判王劲思想大会。

晚上原商业部的柳垣来谈工作。

5月13日 上午,自治区团委书记孙鸿泉来汇报中学勤工俭学问题。接葛部长来信。

下午参加部机关的王劲批判会。晚上参加自治区党委电话会议。

5月14日 上午到自治区文联开会讨论成立民歌选编委员会的问题。

下午看中央文件。晚上给右派分子定案。

5月15日 上午听庞龙飞有关下放干部的汇报。

下午审阅自治区党委宣传部准备在教育会议提出的几个文件草案。

5月16日 上午去自治区干部疗养院看王延青副院长。

下午看广播会议情况简报。晚上,给右派分子定案。

5月17日 上午准备到自治区广播会议上讲话的材料,下午在广播会议上讲话2个小时。

葛震部长下乡因翻车负伤,晚上到医院看望了解伤情。

5月18日 上午陪同郑建宣、李润隆到医院去探望葛震。同李润隆谈话,请他到万国饭店吃饭。

自治区文化局郭铭、李捷三来请示召开文化会议问题。

下午给肃反对象复查定案。

晚上去医院请示葛部长关于召开教育文化会议的问题。

5月19日 上午,下放干部陆里、杨启伟来谈他们在乡下的工作情况。

向伍晋南书记请示召开地市委宣传部长座谈会的事。下午找何励锋来谈关于广西工学院筹备事宜。

5月20日 上午听自治区体委高天骥汇报全国体育会议,及请示召开全区体育工作的意见。

下午讨论广西农学院右派分子的定案。

晚上讨论教育座谈会的文件,到省立医院看望葛震。

5月21日 上午看自治区教育厅党组拟的关于教育发展规划和体制下放的文件。

下午、晚上讨论教育发展规划。

5月22日 上午继续讨论教育发展规划。

下午,同《广西日报》刘硕良、教育厅和研究室等同志谈组织文化教育评论小组问题。

晚上,文教战线各单位负责人来听传达自治区党委关于整风的指示。

5月23日 自治区教育文化工作座谈会今天上午8时开始。由我主持,余明炎传达陆定一的报告。

下午教育厅来汇报高考问题。

晚上同葛部长去看教育文化会议的代表。

接到谢福铭、滕留寅等下放干部来信,拟写《再给在农村的同志们》的信。

5月24日 刘善堂来谈话,同意凤乡到广西人民出版社去做人事工作。

下午教育文化座谈会开始小组讨论。伍书记来电话询问教育文化会议的情况。找覃书记找不到,他到靖西去了。

自治区体委高天骥来谈,要求召开全区体委会议。

5月26日 整天参加自治区文教座谈会小组讨论。关于普及、提高和党的领导问题。晚上,葛部长从小组会上回来,买两只西瓜到会议代表住地来请大家一起吃。

收到下放农村锻炼的刘剑薰来信。

5月27日　自治区文教座谈会,整天是小组讨论。

下午和晚上,同自治区教育厅两位厅长和葛部长讨论准备向书记处汇报的问题。

5月28日　上午自治区文教座谈会继续小组讨论。下午自治区文化局党组传达全国文化工作会议。

晚上7时半去向覃应机书记汇报,谈至第二天凌晨1时。

5月30日　上午到文教座谈会召集地市委宣传部部长谈话。传达中共八大二次会议上柯庆施关于文化革命的报告。下午参加广西工学院筹委会会议。

晚上,覃应机召集地市委宣传部长谈话。

5月31日　上午自治区体委来向文教座谈会代表传达全国体育会议。

布置人员到外省去催促广西工学院受聘教授来参加筹备工作。

6月1日　自治区党委宣传部整风领导小组唐崇锦来谈整风第三阶段如何进行。王劲来解释他犯错误的情况。

给北京严蒙、沙英寄广西少数民族图案集和照片集。

晚上,张黎敏来谈工作,送宜山地区的山歌一本。谭流同其新婚夫人来访。

6月2日　上午到自治区人委主席会议室向书记处汇报自治区文教座谈会总结意见。下午到自治区公安厅礼堂主持文教座谈会的总结会。

晚上到自治区人委礼堂听刘建勋书记传达中共八大二次会议。

6月3日　几天来特别炎热,一早起来寒暑表红柱就升到90°F,午睡不能入眠。傍晚6时40分,骑上单车赶到相思湖水库工地去参加义务劳动。骑一个钟头的单车,到达工地时正是7点40分。晚上8时参加劳动,一直干到第二天凌晨5点半。

因是在汽油灯光下劳动,先还不感到那么疲劳。但是连续搞了一个通宵,就有些不好支持了。

到凌晨2点半突然下雨,大家躲了半点钟,雨停了又继续挑土、挖土。到5点半,晨光初露,人们才离开工地。有的坐汽车,有的骑单车奔回。

6月4日　劳动了一夜,上午大家在家休息。落了雨,天气凉爽许多。

下午到覃应机书记处去讨论卫生学校的下放和发展问题。自治区卫生厅长黄征的保守思想未见动摇。

晚上,自治区教育厅两位厅长来谈发展规划。

6月5日 干部处向葛部长汇报干部情况及宣传部机构问题。读毛主席在中共八大二次会上的几次讲话。

晚上去自治区影片公司看《羊城暗哨》,自治区文联召开电影创作座谈会,拿这个影片作分析研究的材料。

广州白焰来信。

6月7日 到广西人民广播电台广播宣传总路线问题。

6月8日 晚上看湖南湘剧《拜月记》。给北京严蒙、王延青写信。

6月9日 自治区党委整风领导小组开会,讨论学习总路线问题。

6月10日 下午动员自治区党委宣传部全体干部学习总路线和检查部机关关于政治挂帅问题。

晚上,召开文教战线各单位整风领导小组会,讨论学习总路线。

6月11日 自治区党委全会。讨论关于陈再励右派集团问题和关于自治区一届三次党代会议程问题。

6月12日 自治区一届三次党代会开幕。韦国清书记传达中共八大精神,刘建勋书记报告本自治区工作总结及两条道路斗争。

咳嗽两天,晚上去看医生。照X光片,排除肺结核,诊断为支气管炎。

6月13日 自治区党代会小组讨论关于两条道路斗争问题。

6月14日 到自治区电影创作座谈会讲话《新的现实,新的课题》。

6月15日 自治区党代会小组讨论两条道路斗争问题。

晚上修改《新的现实,新的课题》,至第二天凌晨2时。

6月16日 自治区党代会主席团钟枫召集小组长汇报,发动大家写大字报,发言稿。

晚上,王浩来请代他看所作检讨的发言稿。

6月17日 上午自治区党代会小组继续讨论。下午看文件,写发言稿。

6月18日 自治区党代会开始大会发言。我同刘善堂、唐崇锦三人的联合发言，按顺序被排在今天下午第五位发言。由刘善堂上台去念发言稿。

近日疲乏不堪。晚上，读契可夫小说。

6月19日 整天听自治区党代会的大会发言。王浩今天下午4时半作一个半钟头的检讨。

6月20日 早上7点半去医院补牙。自治区党代会继续大会发言。晚上，会议招待看湘剧现代戏《母亲》。穿话剧服装，唱湘剧腔调，听起来不是味儿，没看至终场就离开了。

6月21日 继续听大会发言。晚上看英国电影《巴格达窃贼》。

6月22日 自治区党代表大会的大会发言今天结束。两条道路斗争越来越表现出其深刻。旧社会资产阶级、封建主义和资本主义对无产阶级是无情的，六亲不认的。新社会的无产阶级对待敌对的阶级也是无情的。在这里，超阶级的慈悲和人道主义不过是美丽的泡沫，在空气里将会破灭！

6月23日 自治区党代会又进行小组讨论，继续对两条道路斗争问题发表个人意见。

出现政法部门51人联名写的反对贺亦然攻击政法部门一团糟的大字报。看来贺的说法有些过分，已引起一部分人的反感。凡事过了头必然向其反面发展。如果无止境反右，无满足要求一些犯错误的同志作适合于批评者主观愿望的检讨，那也会引起相反的结果的。

6月24日 自治区党代表大会，小组讨论总路线问题。

6月25日 自治区党代表大会小组继续讨论。下午修改有关文教座谈会给自治区党委的报告。

晚上，到电影院看香港片《选女婿》消遣。

6月26日 上午小组讨论。下午看大字报、看文件。

6月27日 自治区党代会进入第二段，开始大会发言。

宜山地区敲锣打鼓，抬着巨大的用山歌写的决心书向大会表示以"多快好省"精神保证完成工农业大跃进计划。

大会发言都是表示决心，拥护总路线，提出指标竞赛，等等。人们已经普遍地学会了运用五言和七言的顺口溜、打油诗作为民歌来表达政治愿望。大会发言也像诗论的文章,中间夹杂好几段落的民歌来表示群众和干部的跃进精神。但有些民歌并不那么生动,倒不如用普通平实的语言来说明更好些。

6 月 29 日 听最后一天党代会的大会发言。

晚上请石龙、来宾两个中学校的校长来谈勤工俭学情况。

6 月 30 日 半年的时光过去了。

这半年是在几次出差、几个会议中度过的,心情时常处于紧张而匆忙的状态,就像过着紧张的战斗生活,一直没有休整的机会,人的思想也因此枯竭,几乎成了机械的运动。这就是说,处于被动状态,失掉了主动思考。

本来许的愿,要在今年完成《美丽的南方》的写作,现在看来不抓紧,或者请不到假,或者工作方式不改变,那又会落空了。

越来越感到,我与其做政治工作,不如专做文学工作为佳。后者于革命事业、于个人都更有好处。但是,命运好像不由自己来安排。

7 月 1 日 自治区党代表大会下午由第一书记刘建勋作了总结报告。

覃应机书记把我叫去,交代宣传部要做中等技术学校的调查。这些应该是自治区教育厅办的事情,又要我们来做,此类事务不但不能摆脱,反而增多起来。

晚上,读《收获》第三卷、方纪的《来访者》。作者创作企图是显而易见的。里边写一个知识分子为了自私的爱情,牺牲对方的事业,要女方——大鼓书的说唱者抛弃她的专长,抛弃为社会服务而屈身于他一个人的专有,结果遭到女方的反感,终致分裂,最后他竟自杀寻死。这样的灵魂可能是存在的,但与他所处的环境是不协调的,好像新社会环境的影响对他并不存在。

7 月 2 日 整天没会开,这算是极其稀有的一天。

收到北京沙英来信,劝我时常写些东西,不要丢掉了这份"手艺"。

7 月 3 日 听各单位汇报总路线的学习情况,下午对全体党员干部传达自治区党代表大会的决议和刘建勋书记的报告与总结。

晚上 10 时,覃应机来电话叫去开会讨论大专学校发展规划问题,弄到第二天凌晨 1 时才散。

7月4日 《红水河》杂志的编辑谢敏来拉稿。我写的《塑造我们的当代英雄》在七月号登出来了,他送来一本。

我应邀打算在《红水河》写系列的写作短文,头篇名为《给文艺工作的同志们》,接下来就是“二给”“三给”“四给”的连续写下去。

另外,还想写篇南下过同蒲路的回忆文章,以应《红水河》八月号纪念“八一”建军节的内容,但不知有没有时间完成。

7月5日 葛震同志回来了。上午同他去听伍晋南书记动员下乡大检查的报告。下午去覃应机书记处听葛震汇报中央教育会议精神。

7月6日 下午同葛震到西乡塘去看广西行政干校的校舍。袁似瑶夫妇出面接待我们,交谈了两个多钟头,傍晚6时我们才回到家。

晚上8点又到省人委去参加讨论毕业生分配问题,到午夜12时才散。

7月7日 葛部长向宣传部全体干部传达中央教育会议精神。

晚上他来邀我去看桂剧。到剧场才发现因观众(只卖出30张票)太少而停演。谢玉君请我们到剧场去看他们排练的现代剧《圈套》。

7月8日 北京的中央新闻电影制片厂派导演姜云川来,准备拍广西大型新闻彩色片。下午姜来见我。原来是延安“联政”宣传部的熟人,大家一见如故,当时他还是个通讯员。十几年后他已成为了专家,可见党的教育的伟大。

晚上在葛震处谈宣传部的干部问题和整风问题。

7月9日 部机关干部马伟被划为右派分子,下放前跟他谈话。他愿意到西江农场去,打算“重新做人”。下午召集自治区文教战线各厅局开会,座谈中央新闻电影制片厂为拍摄广西大型新闻片的有关问题。

7月10日 广西科学工作委员会第一次会议下午正式开幕。下午3点同葛部长去参加。

7月11日 一天都参加科学工作会议的社会科学小组的讨论。

谢敏来约稿。一个月又过了,打算写的稿子又没兑现。

7月12日 同李金光谈写作问题。

晚上同葛震到桂剧院看新排的现代剧《圈套》。觉得矛盾冲突解决过于简单,情节发展平直,戏太少。

7月13日　礼拜天也没好好休息，整天在家看《宣传动态》。

晚上读1946年在海龙及哈尔滨写的日记，感触很多，当时的感情现在已经消逝了，这恐怕是一个作家的悲哀吧。

7月14日　部长办公会，讨论今后的办公制度。

下午到自治区文化局开文学艺术科学研究小组的会议，讨论研究项目。

晚间同葛震部长到广西日报社去。葛震同报社编委及文教部的编辑谈共产主义的问题。

7月15日　为要办张去自治区体育场游泳池游泳的健康证，花了两个钟头到第三门诊部去检查身体。

晚上，听朱惠然向全体干部检查他的右倾思想错误。

7月16日　到自治区文化局去召开文学艺术科学研究小组讨论会，研究规划项目。

大家都希望我能主持对韦拔群烈士事迹的调查。我以为如果工作允许，可以组织一个小组把左右江的红七军、红八军的故事和韦拔群烈士的事迹，不管是已发表的文字还是停留在口头的传说，统统把它整理出来，然后再根据个人的创作愿望去写剧本、小说、诗歌和传记。这样，明年上半年，广西的创作就可以弄出一两个像样的东西来的。

这两天看了《伪金币》等影片，写作的欲望又油然而生。

再翻看1946年在东北的日记，更觉得过往的事迹应该把它编织成故事让它留传给社会，因为这里边是流露了那个时代的一部分人的精神面貌的。

给北京海军政治部谭葤溥写封信，告诉他，本月27号左右可能到北京开会，希望能看到他。

7月17日　晚上同葛震到自治区影片公司看电影《不同的命运》。它是宣传半工半读这一新型的学习方式的，涉及知识分子与劳动结合的问题。

7月18日　中央宣传部准备召开讨论党校和干部理论课程的会议，要各省(区)委宣传部、组织部和党校的领导出席。下午我去自治区党委组织部商量出席会议时要提的意见。

7月20日　上午，审读《广西民歌》的校样。下午，在家看《红旗》和《人民文学》几篇文章。晚上,用毛笔把毛主席的19首诗词誊抄一遍。一是练毛笔字,二是读诗。打算把抄录下来的诗词装裱成册,留作纪念。

7月22日 上午召集地委宣传部座谈理论教育工作问题。下午同姜云川谈广西彩色纪录片的提纲。

晚上看全区的曲艺选拔会演。

7月23日 下午在自治区党委组织部讨论有关党校工作问题。给北京的谭荫溥、家乡的侄女重器各写一信。

7月24日 凌晨4时30分在南宁乘9次火车赴京出席党校工作座谈会。

7月26日 昨天下午2时半到达汉口。今天晚上经郑州,因黄河铁桥中断,行车受阻。火车改道陇海路过徐州,又转津浦路往济南、天津。

7月27日 凌晨2点半火车到达北京站。雇了辆出租汽车到中央直属招待所住下。

早餐后,替葛震把菠萝送去给他在京的家属。上午8时40分,乘招待所汽车到公主坟的海军大楼找谭荫溥。一家人刚出门。他岳母十分热情留我等候,待她去寻找谭回来。一个人在谭家看小说《当代英雄》消遣。

上午11时谭和他爱人舒玉华及其小女孩回来了。稍微坐了一会,同谭出来吃饭。等到下午2点才吃上。这当中,我们叙述了10年来的生活,他最近可能调到南京海军学院去,他老婆到武汉测绘学院学习,看来一家人的生活是宁静幸福的。

在公主坟与谭分手回来,下午5点40分到严蒙家去。把送给他们的菠萝削开吃了。

晚上8点半同严蒙、山河去看苏联影片《海底擒敌》。买了部精装本的《西游记》。

7月28日 党校工作座谈会召开。陆定一和康生分别作了报告。下午是以省为单位漫谈。晚上去找中央新闻电影制片厂,没找到。

7月29日 会议开小组会,有人贴了大字报,认为过去中宣部对党校的教学工作规定20%教学时间和一定照学四门课程未免脱离实际。下午,以省为单位酝酿漫谈。

晚上,李仲民来找。听说谭流也来,未遇。

7月30日 会议议程是对过去理论工作的估计。上午由两广小组漫谈,下午是中南六省大组讨论。

谭荫溥来谈到了两个钟头。他是海军上校,对未来的战争抱乐观态度,认为战争可促进步。但给个人生活一定会带来不幸与灾难的。他好像预感我们友谊的聚会在人生中并不很多,很想多几次见面……

收到自治区党委宣传部一封催李仲民回去的电报。

7月31日 早晨把电报拿去给李仲民和於惠兰看,顺便到东单去打听买火车票的行情。火车票很紧张,不易买到。飞机票倒是可以按时买到回南宁的。

会议继续开小组会,大家发言的劲头都不大。

晚上,去首都剧场看田汉编的话剧《关汉卿》。通过这出戏,关汉卿这个人物生动地生活在了大家脑子里。

8月1日 继续参加小组讨论会。晚上到天安门广场参观烈士纪念碑,顺路到中山公园坐了两个钟头。

给葛震同志写信汇报会议情况,又给刘善堂发电报,请刘答复李仲民回去坐飞机能不能报销。

沙英来电话,请我明天晚上去他家吃饭。

8月2日 会议从下礼拜一转到大会发言,各地经验介绍,中央有关方面报告新形势下的情况,看来还得十来天才结束。这次会议,广西工作最差,弄得十分被动。

沙英热情地邀请我同严蒙一起,三个人到北京饭店去吃川菜。这川菜馆子的客人都是些阔气的人。

去广西办事处见於慧兰,又打电报回南宁问李仲民回去的问题。

8月3日 早上9时去政协礼堂听谭震林报告农业生产大跃进情况。下午休会,到白塔寺附近去找到了黄流的家,他有个小女孩已9岁,模样长得可像12岁的小姑娘了。

晚上,去逛东安市场。一下雨天气就变了,真是“一雨便成秋”。北京的人穿起秋季的夹衣了。

8月4日 晚上,看苏联电影《雁南飞》,影片以人道主义的立场来反对战争,只见战争带来的灾难,见不到战争对人类进步产生的影响,是消极的东西。

会议整天是大会发言,各地介绍经验,群众学习哲学得到思想解放,一些地方的街道居民学了唯物主义后,破除迷信,自己掌握自己的命运了。

自治区党委宣传部复信,同意李仲民可以晚几天回去。

8月5日 艾思奇到会作发言。报告他在天津看到的工人学哲学的情况。康生插话,说要发挥天津新华区区委办党校的精神。

8月6日 听大会发言,上午河南登封书记报告三官庙乡老百姓学哲学,破除迷信的情况。这是解放思想最好、最见效的办法。下午是薄一波报告工业发展的概况。

晚上,郑健宣教授来电话,他已从上海到京,明早来见面。

把《广西民歌》分送周扬、严文井、贾芝、井岩盾四人。

8月7日 晚上,到北京天文馆去,参见时间过了,人家已闭馆。只好顺便到展览馆的水池边沿去坐了一会,还是感到异常疲乏,干脆乘3路公共汽车回大会住地来了。

郑教授来访,他打算去教育部交涉调有关教授到广西大学任教的事宜。

8月8日 同吴荣宗去中央组织部要求给广西调配些干部,见到两位处长,当时中宣部干部处的赵尚志也在场,他们都以困难为由给拒绝了。伸手要干部那是太难了,最可靠的还是得本地区自己培养。

到张自忠路4号广西办事处去看望郑教授和於惠兰。

葛震来电话,催问要干部的有关情况。

8月9日 给葛震发一电报,晚上他来电话,叫去《红旗》杂志找胡绳,打听最近的编辑计划。

8月10日 谭荫溥来找,同他先到北海公园去走走,后来转过景山公园去看明朝皇帝崇祯上吊的那棵槐树。

与荫溥谈到阶级斗争的严重性和人与人之间的矛盾问题。认为在没有阶级存在的社会里,人与人之间的矛盾还是有的,但是会不会又形成新的阶级矛盾呢？这很难乐观,所以毛主席说一万年以后矛盾仍然存在,恐怕是指这点而言的吧。

下午,谭回去了。我独自坐上公共汽车,去琉璃厂看荣宝斋的画,又从那里坐14路公共汽车回厂桥,然后再改乘3路车去动物园看熊猫、河马、狮子、长颈鹿等等。一人孤独地在公园里,精神上总有点寂寞,但想要看的东西总算看到,也算遂了一番心愿。

晚上,在首都宽银幕电影院看苏联电影《两姐妹》。影片根据阿·托尔斯泰长篇小说《苦难的历程》第一部改编。

8月11日　早上听熊复报告中苏会谈与当前国际形势。下午大会发言。

晚上到北海公园参观九龙壁,因不是头回看,再看兴味已不大。

8月12日　《红旗》杂志社的陈伯达召开座谈会。陈用乱扯家常的方式同各省宣传部长讲了一番《红旗》的编辑情况,希望各地供给稿件。

下午还是听陈伯达的会议报告。他讲话中心是理论与实际、思想与行动、理性与感性等问题。讲了三个钟头,但正如他自己所说的,只要有二三十句话就足够了,其余的全是空话玩笑话。

从他这种“语无伦次”的说话习惯看,未免有点大智若愚的味道。他是有意为之,还是真的讲话就是这样没条理呢,这可与他写的文章完全是两回事呵。

8月13日　下午,陆定一、康生对会议作了总结发言。但陆说会议还不算结束,暂时休会,将来再开,一部分问题现在不作结论。比如党校方针的十六个字怎样决定,还需要讨论。

晚上到国务院礼堂看北方昆曲剧团演的《红霞》。看来新的歌剧何尝不可以参考这样一种形式来表现呢。

8月14日　会议算告一段落了。上街去给孩子们买些糖果玩具。在集邮公司给坭坭买了匈亚利、保加利亚发行的动物邮票各一套。还给凤乡买件毛衣。毛衣花色繁多,有点不好挑。

晚上到沙英家去,张沛是他的邻居,也来见面,大家一起扯到10点半才散。张沛现在较过去真实些了,还可以谈上两句了。

8月15日　坐了1小时20分钟的汽车,经过卢沟桥,转往周口店去的路上，参观原子反应堆。研究所一位女同志热情地给我们讲解介绍，但大多数人听不懂科学术语。只走马观花式的看了看厂房和一些大型机器。

晚上9点半从北京乘上开往南宁的火车回家。

8月17日　火车正点到达南宁已是翌日凌晨1时16分。为安排照顾张哲毅一家人的住处，送他们到南宁饭店安顿好了之后我才回到家来。

8月18日　上午葛震到印刷厂去校对《思想解放》杂志的清样，没能见到他。晌午同他见面谈了话后我就到印刷厂去看望为这个自治区党委的理论刊物而奔忙的在关同志了。

晚上，刘善堂来谈工作。

8月19日　上午，同苏丹、芦文查对会议笔记。下午，到覃应机书记家讨论自治区体委的工作。

晚上到葛震处听自治区青年团委汇报青少年工作会议情况，次日凌晨2时才回。

8月20日　听理论教员训练团的汇报，下午到党校传达中央党校工作座谈会上陆定一、康生的讲话。

接井岩盾来信，鼓励多写作品。

8月21日　上午，自治区党委召开厅局长会议，动员下乡下厂检查工作。下午部务会议，听吴卓凡汇报勤工俭学。

晚上到覃应机处听林山传达科学工作会议到次日凌晨2时。

8月22日　葛震去岑溪参加"扫除四害"现场会议。到覃应机处讨论拍摄广西新闻纪录片的提纲。

下午听韦国清书记传达毛主席关于钢铁生产问题的指示。晚上听电话会议，区党委向各地委传达毛指示。看来钢的生产进展很慢，现在生产的只占今年计划的零点几。全区15万吨钢的任务，现在才生产完成十几二十吨。但是毛主席指示，少一吨也不行，完不成任务要用纪律制裁。

8月23日　上午与中央新影厂姜云川他们讨论摄制提纲。下午讨论广西大学各系主任人选和各系党支书的配备。

晚上又听电话会议，韦国清书记作关于钢铁生产指示，伍晋南书记要求各地委收集有关人民公社的问题。

8月25日 上午开部务会议,传达葛震交待的工作。

下午整风领导小组开会研究讨论第四阶段的做法和批评的对象。

8月26日 《人民文学》编辑林心和周耕带来副主编葛洛的信,约我写稿和征求对《人民文学》的意见。

凤乡今晚参加自治区党委的检查团出发到永福县去。这是她第一次出差,不免有点紧张,结果有些该带的东西遗忘在家里了。

侄子人器和重器两兄妹从乡下出来。1953年回乡时人器还是个小孩子,每天逃学,现已像个大小伙子了。

8月27日 郭铭来谈自治区文化局的党组工作情况。

晚上到桂剧院看现代剧《战鼓催春》。故事和人物性格都有点简单化。

8月28日 全国个人射击锦标赛今天在南宁开幕。我被选为主席团成员,也到现场去观看一番。但很失望,这样一个全国性的运动会在我们这里召开,会场却很冷落,连外地来的运动员总共不到一千人。国旗升到半截升不上去了,这不能不是一种十分严重的失职行为。

不过射击健将的表演倒是十分精彩,一个射手用猎枪打飞泥鸽,五发五中。僮族射手打跑鹿也是得到很高的命中纪录。

8月29日 葛震到北京参加中宣部整风,临走交代召开文教战线各个厅局长座谈会,讨论如何使工作适应人民公社问题。

到自治区文联谈人民公社事,要文艺工作跟上这个形势,反映这个现实。

广西植物研究所莫一凡来谈招生事情。

8月30日 到自治区文联出席常委扩大会议,讨论各个协会筹备工作遇到的问题。

领着侄子人器到市三中去,介绍他到该校上学。晚上外甥梁祥光来看望人器和重器。

8月31日 凤乡来信。她们的工作组已下到永福县的各乡村。农民干劲冲天,到处闹起了人民公社。给她复信,告诉孩子们在家很乖,不必担心。

外甥梁时光来说他已转到南宁铁工厂工作的情况。午休时间都被剥夺了。

晚上，领着坭坭和重器去看电影《祝福》。

9月1日 上午开部务会议，讨论文艺处几项工作和理论处关于全民学习理论的意见。

晚上，去和平电影院看《十五贯》。

9月2日 余明炎副厅长来请示广西教师进修学院的工作方针。

下午到郊区中苏友谊人民公社去看新成立的公社情况。只听到乡党支部书记报告成立公社前后的情况，具体生产现场也只看到滚珠轴承小工厂和试验田、托儿所等地方，没有同农民群众真正接触，直接交谈。

试验田只强调密植、肥料，为万斤亩产而干，对于从中取得的技术改革和经验不大注意。照这样一味追求高产卫星，而不去考虑大面积推广的做法，那显然也是不正确的。

9月3日 忽然降下一场大雨，这对秋季作物的生长那是太及时了。同自治区文化局党组开会讨论剧团会议如何开法。

苗延秀从农业社回来，我建议他到自治区文联去把作协分会搞起来。他同意了。

人器转学到南宁三中，今天入学。

9月4日 同自治区文化局党组讨论广西电影制片厂的办厂方针和规划问题。

听中央关于人民公社的电话会议。

9月5日 部务会议，布置关于人民公社的宣传工作。

与自治区文联董启翔等讨论文联当前要抓的几个协会的筹备工作，以及深入各专区指导工作、组织创作问题。下午参加批判张达错误思想会。晚上听中央关于财贸工作电话会议。

侄女亚雪今天进广西民族印刷厂当学徒。重器因体检不合格未能进艺专学习，今返乡。

9月6日 同自治区科委和苗延秀讨论编僮族文学史问题。

下午参加自治区党委召开的会议，听刘建勋书记传达北戴河会议精神。

夜里中央来电报:要明天在全国发动人民示威游行,抗议美国干涉中国内政,反对干涉我国对台湾和澎湖等地区的主权。

9月8日 向自治区党委宣传部各处长传达北戴河会议上毛主席的讲话和中央关于在农村开展共产主义教育运动的指示。

中午去审看粤剧团演的现代戏《方志敏》到下午4点半。回来即被叫到覃应机处谈工作。覃书记指出,目前中学校政治思想工作薄弱,要宣传部开座谈会收集情况,他要来作一次报告。

晚上又去看桂林剧团演出的表现工人创造发明故事的《铁树开花》。

看了几个戏以后,觉得旧戏剧演现代题材未尝不可,如果编剧和导演能下工夫把它弄好,那是可以得到观众欢迎的。现在这方面还流于粗糙。

9月9日 部务会议,讨论自治区党委宣传部的整风如何结束和各处室如何下乡问题,讨论自治区卫生厅党组关于岑溪"四无"县的现场会议报告,讨论龚受益和阎梦华的工作分配问题。

9月10日 上午,同阎梦华副主任谈话。下午,去参加覃书记召集的大专院校党委书记关于政治思想和勤工俭学情况与问题的汇报会。

9月11日 自治区党委宣传部的部务会议,讨论理论处草拟的关于贯彻执行中央关于今冬明春在农村开展社会主义和共产主义教育运动的指示,以及关于工农学理论的指示。下午各中学支书来汇报学校的政治思想情况。

晚上,去看香港电影《柳暗花明》,反映香港一般小市民走投无路的悲惨生活。

凤乡来信,她对原本生疏的农村生产生活正逐渐熟悉起来,还说现每餐饭可吃下半斤粮食,只是菜里无油无肉。

9月12日 台风来了,夜里落下好大的雨,天气变得凉爽,多少带来了秋意。

"西大"副校长邓济来谈各系主任的人选等问题,让他再去找韦国清书记面谈。

到自治区文联去参加评选要送去北京预展的美术作品。

9月13日 中国记者协会严蒙来信,说是刘哲生在我离京不久时来到北京，他很想见见我。

到南宁市二中去了解勤工俭学的情况。他们搞的生产门路太多，钢铁也花了好大的力气去搞，看来中学炼钢，是不相称的，一是劳动力不合格，二是设备和技术条件也不足。至于搞硫酸搞机械，结合物理化学的教学课程，倒是比较切实一些。

9月14日 星期天在家整理旧稿。到自治区文联讨论广西戏剧家协会成立的人选名单。晚上，去自治区影片公司看电影《徐秋影案件》。

9月15日 召开部务会议。讨论自治区卫生厅党组关于宜山现场会议的报告，听理论处汇报理论教员训练班的学习情况。

自治区体委高天骥来汇报全国体委会议精神。

晚上参加宣传部支部大会。动员机关干部参加军事训练。

9月16日 继续开部务会议，讨论研究自治区教育厅平果中学现场会议报告初稿。自治区文化局党组汇报"艺专"学校开办情况。

下午讨论几个右派分子定案问题。晚上听全国钢铁生产的电话会议。

9月17日 上午到韦书记处与邓济一起听韦国清书记对广西大学工作的指示。

决定10月2日广西大学举行开学典礼。国庆节下午先开个茶话会，由韦国清校长邀请讲师以上人员座谈。

下午到广西进修学院看送京参加勤工俭学展览的预展。

9月18日 上午讨论自治区文化局博白现场会议的报告。下午"西大"党委书记黄传林来谈工作。

9月19日 早上8点，同自治区教育厅余明炎副厅长，以及部机关干部王同连、吴卓凡等，乘坐刚买到的苏联莫洛托夫厂出品的小吉普车去平果县。

路过武鸣锣圩。这是一个大圩场，解放前是热闹的圩镇，现在因为人们都忙于工农业生产劳动，赶圩的人少了，显得很冷落。街头有个小摊贩卖桂圆干，一斤才两角钱，在南宁卖每斤要价七八角钱呢。

从南宁到平果是130多公里，汽车走四个钟头就到了。

平果县城在一个小圩镇上新建起来的，街道是用碎石铺起来的。虽然解放后新建了好些机关、学校,但是仍旧不能完全改变它简陋的小城镇的面貌。

自治区话剧团今晚到这里演《刘介梅》,观众在露天的广场站着看,10点半下起雨来了。雨一下子把这个小县城弄得很泥泞。

晚上,同余副厅长和百色专署肖雷副专员跟各专署教育科长开预备会议。

9月20日 全自治区勤工俭学现场会议开幕。

下午,各地中学校长跟平果中学师生开座谈会。会上大家听到平果中学的经验介绍都感到他们抓了政治思想,抓了两条道路斗争,工作做得很突出,所以勤工俭学能够顺利开展。学生的政治觉悟也是比较高的,敢于同教师辩论,把白旗灰旗拔掉,让红旗占领教育阵地,高高飘扬。

雨越下越大,城里被淹了一大半,出席会议的人全部脱了鞋子冒雨蹚水走路。南宁来往百色的车子又不通了,雨成了灾难。

9月21日 今天太阳出来了,大家好像失掉母亲的孩子忽然见到娘似的,心情都畅快起来。

街上漫流的水到下午才逐渐减少,打赤脚参会的人能穿上鞋子了,但右江的水位还在上涨,南宁的电船已开不上百色来。

会议安排上午小组讨论,下午大会发言。

百色地委书记杨烈来,晚饭后去拜访了他。大家都为钢铁而日夜紧张着。

9月22日 早晨的露水很重,树叶和草丛都挂满了露珠。这里的秋意已经很浓,眼看着一年很快就过了。

地委书记杨烈和县委书记来大会讲话,原说是讲一个半钟头,结果整个上午时间全给占去了。

下午到平果中学参观现场。看来他们对每一项劳动,每一个工种都很认真地去做,因而取得的成绩是显而易见的。如果说今年三月苍梧现场会议是播种,现在看到的就是收成了。

晚饭是县商业部门请去出席"红薯宴"。他们将红薯做成了各种各样的糕点和饭菜,如果不是主人的介绍说明,谁也分不出哪些是红薯做出来的食品。

夜里讨论什么是学校工作的中心,党委的中心就是学校教学中心。一直到深夜11点半才散。

9月23日 余明炎副厅长向大会作报告。下午我准备明天讲话的发言稿。

晚间看自治区话剧团和平果县联合举办的晚会。平果演出的节目是从劳动生产反映到舞蹈、歌曲上来的,朴素而新鲜活泼。一个学生能创作出插秧舞和磨米舞,这些都不是脱离劳动实践的艺术家能创作出来的。群众中的确蕴藏着巨大的文艺潜力。

9月24日 下午向大会作教育与政治问题的报告。讲了两个半钟头。

晚饭由县财贸部招待大会代表,又是一顿"红薯宴"。

9月25日 会议结束。参加现场会的校长们先走了,我们把各专署、市的教育局长、宣传部的干部留下来座谈关于半工半读制和大专学校开办情况和问题。

平果中学送个由学生编的、里边还装着蓖麻蚕茧的竹篮子。

9月26日 早上8点便离开平果县城,下午1时半到达南宁。回家收到作家出版社来信,催问《美丽的南方》的书稿。

9月27日 中秋节。

又坐回办公椅上,批阅公文,接待来访。广西大学党委正副书记来请示"西大"开学事宜。要求宣传处和理论处两位处长下星期一汇报人民公社的问题和干部调整问题。同王肖琴谈调她到文艺处工作。李仲民来谈电影厂的工作和她准备下乡问题。

9月28日 写五封信。给凤乡一信;给井岩盾回信,顺便叫他代找1949年《东北文艺》第六期我批评李辉英关于自然主义的文章;给作家出版社回信,告诉要等我请到创作假才能跟他们签订约稿合同,同时问我的几个短篇小说是否需要。给中国青年出版社写信,问要不要《写作杂谈》的书稿。给延安图书馆写信,请代查1942年《谷雨》第四期中的短篇小说《落伍者》。

自治区电影公司请去看新闻片《新闻简报》第2号。整理半年文稿,准备把《写作杂谈》弄出来出版。

9月29日 开了一天部务会议,听宣传处和理论处汇报下乡视察情况。

利用午睡时间又把十年前写的旧稿整理出来。

9月30日 葛震部长从北京回来说,这下子有我的事做了:明年国庆10周年，各省市的文艺创作都要有优秀的作品做献礼，广西拿出什么东西来，要开个会布置一番。

趁这个机会我可以转到搞创作搞文艺了吧？至少我可以请两个月假把《美丽的南方》写完。

晚上出席自治区人委主席宴请国际友人的宴会。会后看了电影，之后又同覃应机书记开会讨论明天召开"西大"教师茶话会问题，次日凌晨1时半才散。

10月1日 下午到明园饭店出席覃应机书记主持的"西大"教师的茶话会。

10月2日 广西大学今天正式成立了。被邀参加开学典礼。上午8时同葛震同志去到学校，先看学生和老师闹的土法炼钢炼焦的土炉，用泥土和砖头垒起来了，还没有炼出铁来。覃书记说，现在老百姓闹的炼钢炼焦比这高明多了。这里看到的只是大家大炼钢铁的劲头罢了，真正弄出产品还得做很多工作。

晚上看电影《党的女儿》，故事结构紧凑，情节激动人心，塑造了一个坚强的农村妇女党员的光辉形象。

10月3日 部务扩大会议，葛部长传达中宣部召开文艺座谈会的精神。

下午和晚上，都在覃书记处听自治区的科委、体委和卫生厅党组汇报传达中央有关部门专业会议精神。

凤乡来信，到永福县三皇乡去检查土高炉的情况，半个多月后才能回来。

10月4日 葛部长继续传达中宣部的文艺创作座谈会。

下午同张哲毅、王同连到广西民族学院去了解"艺专"的情况，同袁似瑶谈广西艺术专科学校与"民院"两个学校的领导关系问题。

晚上，同葛部长到自治区影片公司看《新闻简报》第2号。影片公司现没有切实坚强的政治领导看来是不行的。谭流对工作采取自由主义态度十分错误。

给凤乡回信，寄上23斤粮票。

10月6日 同自治区文联、文化局商量召开文艺创作座谈会将邀请的与会人员名单。晚上听歌咏会演。

葛震同志说韦国清书记批评电影制片厂的工作。看来文艺服务于政治，要如何做始终是不容易解决的问题。

苏联有少数作家认为,现实反映于作品是需要相当的时间距离的。在一定的时间后作家才容易把过去的生活消化、澄清和概括。所以作家一般只能写过去的题材,当前的现实往往不能一下子写成功。

10月7日 自治区文化局党组来谈电影制片厂的工作问题。

10月8日 部务会议,座谈共产主义教育宣传问题。

晚上开会讨论自治区文艺创作座谈会预备会议。

10月9日 晚上同葛震去看越南排球队对南宁队比赛。作家出版社来信催促签订约稿合同。

10月10日 到自治区文艺创作座谈会传达周扬同志的报告。

晚上同葛震去看桂剧《红河烽火》。

10月11日 上午部务会议继续谈共产主义教育问题。

同自治区文艺创作座谈会的小组长碰头。

把《好样的人》和《钢铁的心》寄给作家出版社第一编辑组。

10月12日 参加自治区文艺创作座谈会的大组讨论。晚上看英国电影《百万富翁》。

10月14日 晚上,到自治区文联去作自治区文艺创作座谈会的总结发言。

10月15日 下午到自治区公安厅礼堂向公安干部报告学习问题。

10月16日 下午部务会议讨论各处下乡参加钢铁大突击运动问题。

到自治区影片公司看《新闻简报》第3号、第4号。

10月18日 整理自治区文艺创作座谈会上的发言,《红水河》杂志等着拿去发表。

坭坭的小辫子叫学校剪掉了。炼钢用的风箱,需要羽毛和头发。为了支援大炼钢铁运动,妇女们纷纷献出自己的长辫子。

10月19日 又花了整整一天工夫修改自治区文艺创作座谈会上的发言。

10月20日 同葛震、黄季权、李宏坐吉普车到柳州去。上午9点半出发,下午2点多钟来到来宾县的一个地区。路边是个炼钢的基地,好些土炉正在炼铁和炼钢。他们是全县四个"野战军"之一。明天全县就要放炼钢一万吨的卫星了。可是，这里占全县四分之一的“野战军”，今天还没见到炼出什么钢来，明天怎么就可以炼出几千吨来呢？这不得不使我纳闷。我们离开这“第四战区”，汽车直接开往柳州。到柳州时已经晚上8点多了。

《人民日报》又为鹿寨日产生铁20万吨的惊人事迹，再发一篇社论《再祝广西大捷》。大家为这消息感到十分兴奋。

吃晚饭后，同葛震马上连夜到柳州几个钢厂去参观冲天炉炼钢的方法，直到次日凌晨2时才回。

10月21日 张黎敏来柳州招待所，葛震又向她宣传共产主义。等一会贺亦然、肖寒也来了，扯到下午1点多了，我们才离开柳州市乘汽车到柳城县来。听说全自治区各专署都有人在县城开煤炭现场会议，我们赶到那里只见五六十人静悄悄地坐在宽大的礼堂听报告。所谓现场离这里还有几十里路，我们要看的日产百万吨煤的现场只好等明天才能见到。

《人民日报》传来消息，以郑振铎为首的中国文化代表团在出国访问途中，因苏联飞机图104失事，全体人员牺牲。其中有北大副校长马适安、教授谭丕模，以及画家姜燕等人，这损失不小。当年在《东北日报》和我一起工作的俄文翻译刘仲平也在内。

夜里突然翻风，天气马上变冷了。

10月22日 一早，秋风秋雨笼罩了大地。

我们本来要去看十多万农民队伍挖煤的盛况，被这坏天气破坏了。但现场还得去看，葛震带着一帮人到离柳城县城50多里的一个矿区去了，我则一个人坐上吉普车到冯马山来。这是“第二师”的阵地，动员了两万多农民参加“作战”。这两万多人全都是带着家属来的，在矿区搭了草棚作宿舍，几十岁的老太婆和几个月大的婴儿都来了，同游牧民族一样过着野外生活。人们的情绪还好，这一方面说明共产主义思想对人们产生了作用，另一方面是大家有饭吃，不再去忧愁税款和债务，只知道做工有饭吃就满足了。

新影厂的姜云川和广西的谭流同他们的摄影队在这里拍摄这些奇迹。

我就在寒风料峭的侵袭中，到现场巡视了半天。因为下午马上要赶回柳州乘火车返回南宁，没有时间深入下去了解思想情况和接触劳动生产中的英雄人物。

大跃进以来,运输特别紧张,从北京来到柳州的特别快车也还延误了一个钟头,到晚上 7 点 40 分才到站。我到南宁已是次日凌晨 1 点半了。

10 月 23 日 去参加自治区区党委召开的地委书记会议,讨论农村工作问题。

晚上去看法国电影《漂亮朋友》。

10 月 24 日 花了一天一夜整理《写作杂谈》书稿,打算交广西人民出版社出版。

10 月 25 日 出席自治区科委召开的僮族文学史编写会议。自治区文化局党组书记张皙毅来谈工作。

10 月 26 日 听伍晋南书记在地委书记会上作关于农村工作会议的总结发言。

10 月 27 日 中宣部体卫处副处长沙洪及其随员二人到广西视察中医中药和医学改革问题。苗延秀来谈自治区文联和僮族文学史的问题。

10 月 30 日 到广西"艺专"、广西农学院看师生们炼钢和劳动生产。

10 月 31 日 修改平果中学现场会议的发言稿。拟改文章标题为《要在教育的阵地插上共产主义红旗——从勤工俭学平果现场会议谈起》,交给《思想解放》杂志发表。

11 月 1 日 晚上,去看影片《静静的顿河》。

航空学校来谈航校招生和校舍问题。

11 月 2 日 高教部长杨秀峰来广西视察,凌晨 4 时去火车站迎接。同自治区教育厅副厅长余明炎、李晓光送他到交际处三号楼下榻。

11 月 3 日 葛震部长中午才下乡回来。

二机部宋任穷部长到自治区党委汇报大办原子能的情况。广西到处发现铀矿,勘探九个地方,九个地方都有。下午,陪杨秀峰部长到"西大"参观。晚上自治区党委宴请杨部长和宋任穷,我出席作陪客。

11 月 5 日 自治区宣传部长会议今天开始。上午葛震作了发言,下午和晚上开小组讨论。

11月6日 国务院文化部副部长刘芝明来广西视察,下午自治区党委请客,我又去作陪客。同刘副部长来的还有部长助理戈茅。

11月7日 自治区宣传部长会议,今天是大会发言。

11月8日 同苗延秀去拜访刘芝明副部长。参加刘副部长召见自治区文艺团体的座谈会。

晚上陪刘副部长看各个剧种演出。

11月9日 韦国清书记接见杨秀峰、刘芝明,我陪同他们前往。后又陪他们一起吃晚饭。

晚上,刘芝明副部长对文艺界作报告,讲共产主义文艺和明年文艺放卫星问题。

11月10日 一早到机场送别刘芝明副部长。

主持自治区宣传部长会议。各地同志在大会发言。桂平县宣传部赵副部长报告罗播乡全民办教育的经验十分精彩,充分体现了敢想敢做的共产主义精神。

夜里讨论自治区文化局、科委和体委党组在自治区宣传部长会议上的发言。

11月11日 中央新闻电影制片厂来电报,说本月25日广西新闻纪录片将整理完毕,叫去指导。

晚上,去看电影《未完成的喜剧》。一部拿殷秀岑和韩兰根两个丑角来逗笑的影片。讽刺挖苦了一些教条主义的批评家。被认为是部坏电影。导演和编剧都成了右派分子。

11月14日 严蒙突然到南宁来组稿,催报社写文章给《新闻战线》,配合毛主席对《广西日报》意见信的发表。

自治区党委开会,传达中央郑州会议精神,15年建成社会主义纲要四十条和关于人民公社的决议。

看来苦战三年的做法有急躁情绪,人民公社的全民所有制搞得“左”了。郑州会议非常及时地指出,扭转这股风气是现今十分繁重的任务。

毛主席提醒大家读斯大林《苏联社会主义经济问题》,让大家都懂得过渡到共产主义的规律。

晚上到严蒙处看他。他腰痛,喝虎骨酒。人是那样容易老哇!

11月15日 刘建勋书记去杨秀峰处看望,要我同葛震陪同前往。谈到10点半才散。杨部长对广西的教育工作还感到满意,认为方向是对头的,特别是广播公社办全民教育体系更被称赞。

11月16日 严蒙到家来,我带着小孩陪他到公园去走走,顺便在公园茶厅吃午饭,供应太紧张,就只有猪肉一样,也是等了两个钟头才吃到一顿饭。

下午,自治区宣传部长会议结束,葛震部长作总结发言,到晚上8时才完。

11月17日 晚上陪同严蒙去看广西彩调团演出《铁水漫山谷》。

11月18日 修改自治区文教战线各厅局党组的会议文件。

11月19日 同自治区教育厅副厅长李晓光去自治区干部疗养院看望广西师院党委书记杨江。他患十二指肠溃疡,现经治疗好了一些。

11月20日 上午去电影制片厂同李仲民谈韦拔群故事。她打算把它写成电影剧本。下午召开应对新闻用纸紧张问题的会议。

晚上同葛震到霍泛家去谈天。霍好藏画,有书生风度。从霍泛家出来,去广西医学院,葛震向院党委会的班子成员,讲一套教育方针的具体措施,要他们日内把教学改革提纲弄出来。

11月21日 《要在教育的阵地插上共产主义红旗》一稿在《思想解放》今年的第四期上发表了。

晚上到自治区文联同郑天健、李仲民谈韦拔群故事。

11月23日 中国青年出版社来信,欢迎《写作杂谈》书稿。

11月26日 早上10点到火车站乘的10次特别快车到北京去。同行的有方宏誉。

在软席包厢里的旅伴是云南省妇女积极分子出席全国妇联会议的代表,一老一少。老的曾到过莫斯科,“九一八”事变那年是在沈阳,一个女儿是在苏联长大的,可见不是个普通人物。年轻的是一个比较大方的人,还爱交谈,但是大家都不好意思谈起自己的事情。

韦国清书记也在同一列车上，他是到武汉出席中央八届六中全会。他对明年国庆节文化方面的献礼活动甚为关心，还问起我的写作情况。

11 月 27 日 过了长江天气变冷了，大家都穿上了棉袄。

两天来很能睡觉。带来的《约翰·克恩斯朵多》战胜不了睡意，这回怕是白带来一场了。这也难怪，罗曼·罗兰在书中讲音乐理论的内容太多，使人实在难以耐烦看下去。

11 月 28 日 火车上午 10 点半到达北京站。同云南两位妇女分开后，和方宏誉雇了出租汽车开到铁狮子胡同 4 号广西办事处来找到一间房子住下，见到董敬斋主任。

吃过饭马上去新影制片厂，见到姜云川和厂长徐肖冰、钱筱章，先被请去看新闻样片，其中反映伊拉克的那部片子还没剪裁，也没配音，看得人头发胀。

姜云川他们拍的广西纪录片的样片出来了，大家看后，觉得比较凌乱琐碎、平淡无奇，效果不是很好。但是具体意见还不好提出。

11 月 29 日 同姜云川到国家民委找到副主任谢鹤筹，要他和全国人大民委的谢扶民也来看看反映广西的这个新闻纪录片。他们都答应了。

下午 3 点钟同谭流去新影厂再看样片。谢扶民和谢鹤筹都不大同意过分强调少数民族地区那些落后的东西，汉族先进的地区也应该恰如其分地予以表现。

看完片子，同谭流、徐崇彬回来，又谈了一下关于片子存在的问题。

11 月 30 日 同方宏誉到北京展览馆看工业交通展览，我国那些超过英国、美国的自行车、钢笔等产品都看到了。可惜目前还不能大量投入生产。

晚上到沙英家去，他一定要我陪他喝一杯茅台酒，同他谈到夜里 10 点才离开。

给葛震同志写信，明天寄发。

12 月 1 日 到新影厂去同姜云川一起审编样片。中午姜云川请去西安饭店吃清真菜。叫了一盘扒羊肉，一盘烧海参，一盘炒三鲜，一碗汤。吃得很好。饭后，姜云川带去护国寺。这地方是北京最古老的了，说是辽代的遗址，现在仍有庙会，里边的买卖和在西北看的小市镇差不多。

到国务院文化部见到戈茅，问他要干部，无结果。

去找到了覃珍，她还是那样会应付人。她要去主持一个会议，对我此时到来表示很抱歉。她说前天晚上和昨天下午都在等待我的来访。现在她马上要走不能多谈了，太不巧呵。看来她是很想谈谈的吧。20 年了，多长的岁月，她的孩子已长大成人要上大学了。但岁月又是如此匆匆！20 年前那些梦寐般的生活好像是发生在昨天似的。

她说，很想在写作上找到安慰。这是可以理解的，因为一个人在被遗弃的时候，除了在事业上找出路之外，还能希望什么呢？

12 月 2 日　一早到复兴门外政法干校同广西来的其他人一起去教育展览馆参观。谁知他们先走了，只好同方宏誉租辆小汽车赶去。

展览馆设在农业机械学院内，从复兴门外去要走 15 公里。参观的人太多，现场太拥挤，几乎没看到什么，人已疲惫不堪了。

广西馆陈列的展品少，显然是对这次展览重视不够，准备不足，十分寒碜，广西来的人都感到了巨大的压力。广西师院张云莹院长很不服气，一定要争取明年来一次漂亮的展出。

同李茂初从展览馆转到“北大”，然后再转车到北京天文馆，看科普电影《人造卫星》和《星际旅行》。晚上到西四瓦缸市的“砂锅居”，想尝尝白肉味道。但是最近猪肉供应紧张，只有猪头肉一样，其他品种全都没有。花 2 元钱两人随便吃了一顿。

严蒙留张字条于我在京住处，叫明天中午去《人民日报》找他。

广西“艺专”的朱诚也来住处找过我，大家没有电话很不好联系。

12 月 3 日　广西“艺专”朱诚来汇报他到上海、汉口、北京要干部的情况。同朱诚到国务院文化部找干部司谈要干部问题。一个姓王的处长不肯答应。又到电影局找司徒慧敏要制片厂的洗片机，也被推来推去。

到新影厂与姜云川谈好明天上午再来看样片。

下午，“西大”副校长邓济来汇报到高教部联系要设备等问题。

晚上，到小羊宜宾看到葛洛及其爱人曹兰。他们的小孩子已读高中了，人生真的是太匆匆,转眼我们这一辈人将老朽了。

铁狮子胡同4号,听说是吴三桂与陈圆圆初次见面的地方,现在仍有一些亭台花木,环境幽雅。

从葛洛处拿到一本最近出版的《人民文学》,上面有林兰一篇小说,讲一个中农家庭的媳妇得到解放的故事。

12月4日 早上到新影厂,同姜云川商量,希望样片的解说词最迟要在本月10号以前弄出来。

下午到中央宣传部找到赵处长谈干部问题。

晚上到严蒙家,严去报社开会了,只见到山河。回旅馆拟封电报给葛震,报告本月15号我才能回南宁。

12月5日 广西"艺专"朱诚又来汇报到北京各艺术团体要干部的情况。

给葛震发电报。

12月6日 接到葛震电报:要求到新影厂找钱厂长谈补拍纪录片的问题。

下午到翠屏庄找明义副处长谈争取干部到广西工作的要求。

到北京荣宝斋刻图章。

12月7日 已经12月了,北京还下雨,这恐怕是少有的现象。

给葛震及覃应机书记发封电报,将钱厂长的意见转告他们。

刘哲生同严蒙来找,请我去严蒙家玩,山河给弄饺子吃,在那里待了一天。山河有个侄子,1952年还刚上初中,现在已经是清华大学的学生了。我们大人却依然故我,当时我计划写的一本书到现在也还没有写出来!刘哲生正在补习功课,要到清华大学去做学生。

12月8日 一个人待在旅馆里,写了一份广西各方面的概况。拟做将来广西制片厂要拍片子时的蓝本。

下午,在旅馆里太寂寞了,独自到中央电影院去看电影《科伦上尉》,是暴露西德军事冒险野心家的。

12月9日 葛震来电报,同意纪录片以大跃进为主题来编导,争取明年再拍更好的片子。一个人到前门外大观楼去看英国电影《王子复仇记》,才看了上半部,就觉得影片着重角色的内心刻画,剧情发展缓慢,不免沉闷。

谢扶民同志来电话约明天来谈问题。王琦同志来谈,李仲民请我去国务院向文化部要制片厂的导演。

12 月 10 日　谢扶民昨天跟我约好今天来,昨夜他却得病入了医院。

到前门外去,在电车站遇见白原和刘哲生。下午到新影厂去看样片,刘哲生来访不遇,留张条子,说是有空再来看我。

谭流从长春来信,问争取到制片厂的机器没有。马上给他回写信,叫他再去同司徒惠敏交涉机器问题。

12 月 11 日　同广西驻京办事处主任董敬斋到北京医院去看望谢扶民。医院上午不让会客,扑了一个空。

下午修改《跃进中的广西》纪录片的解说词。晚上新影厂两位厂长钱筱章、徐肖冰和编辑丁乔请到八面槽一个康乐饭馆吃饭,张建珍来作陪客。与张多年不见,她已从年轻少妇成了妇人,过去的事情却如同昨天似的新鲜。

吃了饭回来,继续改写解说词。到了次日凌晨 1 时看表,手表还停在昨晚 10 点半。

12 月 12 日　姜云川取他的纪录片的解说词,同他谈了对纪录片的意见。

下午上街给孩子们买些礼物带回去。给坭坭的毛衣总算买到了,但不是很满意。北京的副食品供应异常紧张,连青萝卜都没有,饼干要排队才能买到。

晚上七点我就离开张自忠路 4 号了。姜云川同刘浪他们几个人赶到车站送行。火车是 7 点 35 分开行的。

同车的旅伴是军区钢铁厂的厂长余波,此人颇重义气的。他买了一只黄雀、一盆水仙回南宁。原来是个工农出身的干部,现在也学会讲究生活的情趣了。

在车上,无事消遣,只好看罗曼·罗兰的《约翰·克利斯多夫》第二卷,写的一通音乐理论,只好跳过去不看。

12 月 15 日　今天 0 点我回到了南宁,一早就去葛部长的家里开会研究电影剧本的编写问题。自治区党委宣传部还专门请来正在桂林休养的电影界名家袁牧之与会参加讨论研究。葛震指示剧本应以反映人民公社的内容为主。

下午在国际旅行社讨论周民震写的剧本提纲。

12 月 16 日　又到"国旅"接待室讨论电影剧本。

晚上，韦国清书记叫我们去面谈，主要询问明年国庆广西拿什么东西作为献礼的问题。后葛震又与我交谈至深夜。

12 月 17 日　到自治区文联检查文学组关于明年放文艺卫星问题。传达党中央八届六中全会关于人民公社若干问题的决议。

同葛震、梁宁、王肖琴到南宁专区看民间艺术演出。

12 月 18 日　上午部务会议，讨论电影制片厂的规划。下午听自治区教育厅汇报教学改革问题。

晚上到自治区文联同谢敏谈当前工作。

12 月 19 日　李仲民来谈电影制片厂组织写剧本问题。下午到自治区文化局欢迎周巍峙。晚上在广西话剧团听讲电影故事至深夜 12 时半。

12 月 20 日　地、市、县委第一书记会议上午开始。刘建勋书记传达中共八届六中全会关于人民公社问题决议。下午参加百色小组讨论。

12 月 21 日　参加讨论电影剧本。听了一天，听完了五个故事的梗概。哪个故事都不突出，构成故事的要件也都不完整。

12 月 22 日　上午到机场接从昆明过来的夏衍。下午又参加讨论电影故事。

12 月 23 日　到明园饭店参加夏衍的关于电影写作座谈会。

给中国青年出版社寄去《写作杂谈》书稿。

12 月 25 日　凌晨 3 点半司机来喊我起床，匆忙中收拾好东西乘车赶到南宁火车站搭 10 次特别快车到柳州。同行的有王肖琴、陆里和广西话剧团的柯丹、杨令燕、左丘、刘玉凡。

在柳州吃早饭，到街上走了一转，陆里买了件棉衣，下午 1 点半转搭黔桂线的火车于 3 点 38 分到宜山。柯丹一行是要到德胜站去，在宜山下车的只有我们宣传部的三人。

本想去看石达开在宜山题诗的石崖，天很快黑了没去成，只在展览馆看到石碑刻的拓印件。

晚上同县委宣传部李才有部长见面。他汇报了关于文教工作的一般情况。说是县里正在展开大收、大编、大写、大唱“四大”运动来发展文艺工作。民歌已收集七万首，正在组织二十个人来编辑整理。

月亮异常明媚。半夜,我们又起床赶火车到德胜去。

夜里显得更加冰冷。幸亏陆里买了棉衣,否则今夜就不好出门了。

12月26日 拂晓,在德胜站下火车,转到汽车站买票,上午8点钟转往环江县。经过一个钟头的车程,我们到了环江。

这里是创造水稻亩产13万斤的地方,曾经吸引了全国20多个省的采访者。它是个偏僻而寂静的小县城,四面被群山环抱着。到街上去走了一下,买了一床这里的特产竹席。

到公社去看他们的食堂。老百姓满意而自豪地告诉我们,他们吃的是四菜一汤。虽然就是几样青菜和豆腐渣做的食物,也说明他们是在注意改善生活了。

12月27日 县委宣传部长从红日公社赶来,汇报宣传文教工作情况。他不管业务,讲不出具体的情况来。

中午和话剧团的同志一起到公社的托儿所和敬老院去参观。一个小学教员正在给托儿所的孩子们教授着舞蹈和歌曲;幸福院的老奶奶和老爷爷都分得一床新被子,屋子收拾得挺干净。

出席全国妇女积极分子代表会回来的陆惠珍来介绍她炼钢的故事。

晚上县委宴请出席全国妇女积极分子会的代表,我们作陪。喝了两杯葡萄酒。

县委副书记江琴堂来向我们介绍这个县怎样从三类县、右派当政县转变为全国先进地区的,还吸引全国20多个省的人来参观13万斤亩产,以及发明生产木制发电机和钢铁日产量6.7万吨的事迹。

12月28日 一个发明木制发动机的乡党支书记欧炳荣来同我们介绍与反对派覃振槐斗争的故事。下午红旗社党支书韦义昆来谈公社大跃进的故事。晚上,唐书记来谈王定的右派言行。

县委副书记江同志,告诉我们,社员们在分配当中分到工资的狂欢情况。一家分得一二百元的都有,按全体人数讲,70%的人分到了工资。主要劳动力平均得20元。每月是3.8元多点。不知这个分配数字是否按生产收入核算的,还是国家拿出一部分补贴?

12月29日 上午9点半钟,县人委请来一部卡车让我们10来个人坐上到暖和乡去。另外还派了个通讯员陪着我们。沿途看见石山林立,水田面积不宽,土质还不错,都是乌黑的泥土,公社社员在田里深耕……

上午 10 时半,汽车在一个小村庄停下了。这就是曾经吸引全国 20 多个省的参观团来看的农村电气化的先进地区。

公社的生产大队办公室门口堆满炼出来的铁块。旁边有两排新建的车间,有 100 多个年轻工人正在用土机器把铁块制成新式农具。我们看到万能加工厂,两匹马正在拉着一个木制的碾米机。原来只靠人的脚力来碓米的,现在由两匹牲口的力量来代替,一天能够碾两千多斤白米。

曾经来过这里的同志说,两个月前这里还使用煤油灯照明,现在已有电灯了。

到坡昌村去参观欧炳荣家,演员杨令燕还提出来想看看欧的妻子。

广西农学院有 30 多个学生在这里劳动锻炼。只见他们成天唱歌练歌,好像下乡来也没参加什么劳动。

12 月 30 日　欧炳荣给我们弄了木炭和一口烂铁锅做烤火用。房子里生了火大家有了聚会的核心,请了几个生产大队的干部来介绍欧炳荣和覃振槐两条道路斗争的故事。

坐了整整一天,大家都感到疲倦了,到晚上 9 点半钟就不能再工作了。

生产大队给我们弄来一小筐白薯,一边烤火一边烤白薯,倒是挺轻松的生活。

读夏衍根据鲁迅同名小说改编的电影剧本《祝福》,因其精练而令我感到极大兴趣。照如此写法,电影剧本并不难写。

12 月 31 日　同大家到毛塘村去参观覃振槐的家。

公社的猪分散到各户去养,都很精瘦,个个像种猪似的。如果不采取措施,想解决肉食问题是遥不可及的。下午,生产大队开三长会议,讨论明年生产规划。

今天是 1958 年的最后一天了,公社没有什么特别的布置安排来迎接新历年的到来,在他们眼里还是以旧历春节作为一年的界限的,这在乡村还是难以改变的习惯。

1959 年

1 月 1 日 1959 年元旦来临了。暖和乡的老乡们一早就要到环江县里去参加大会。我们几个人跟着回县城。从德胜站开来的汽车上午 11 点才到,从暖和到环江已经是中午 12 点一刻了。县城街上聚集了好些群众,他们多半穿上新衣和鞋袜。看来他们的物质生活好些了。

我感到,叫老乡们来城里参加大会,城里应该安排一些娱乐节目,让大家看看玩玩,使他们获得一些知识和带着愉快心情回去。不然人家冒着风风雨雨来了,没有看的、玩的、吃的,在街上转来转去未免枯燥了。

晚上,食堂会餐,我们买了两瓶酒与大家聚在一起喝了两杯,算是过了元旦。

县文化馆组织的元旦晚会,唱歌舞蹈表演都十分粗糙,尽管是被硬拉着去观看的,节目未完还是回来了。

1 月 2 日 开始写电影脚本的提纲。越写越感到成为一般的工作提纲了。问题是,我们懂得,体验到的生活不深,听来的材料又是那样少,不能任意选择也不能随心编造。

县委今晚特地做了两桌菜请我们一行人和地委监委副书记过个新年。吃的是火锅,吃得很舒服。

1 月 3 日 县委第一书记洪华从省委开完会议回来,在县委书记处传达,叫我也去听。

柯丹和王肖琴两人来我房里聊了半天有关业务学习的问题。

下午参加县委书记处讨论贯彻省委会议精神。

1 月 4 日 今天又阴天了,还刮着风,坐在床上躲在被窝里继续写电影脚本,一天才写了五分之一。

1 月 5 日 继续写脚本,第二部分没写完,省委宣传部就来了长途电话叫快回去,葛震部长本月 8 号以前要去北京。我们只好明天赶回去,脚本赶不出来了。

晚上,话剧团同志拿写出的脚本草稿,向县委征求意见。大家认为主体不明确,旗帜不鲜明,情节也不动人。它最大弱点是想全面反映农村合作社转入人民公社的整个过程,但因掌握的故事素材不够就用人物来凑,结果人物个性塑造不够鲜明,情节也弄得支离破碎的。写两条道路的矛盾又不能往深处揭示,弄得不冷不热的,矛盾无法激化,斗争形不成高潮。

1月6日 一早就离开环江县委到汽车站等车,上午10时半才坐上汽车,11时半我和王肖琴、陆里才到了德胜火车站。这是个圩镇,饭铺里只有米粉,没有任何菜肴。

在德胜车站等火车时,我把电影脚本提纲和故事梗概念给王肖琴和陆里听。他们认为还像个故事,但一些情节,王肖琴认为太过激烈,主张不要使主人公受太多委屈……

从德胜到柳州,火车开行4小时。到柳州已经晚上7点35分。刚巧往南宁的特别快车到此误点,使我们得以赶上车。

回到家已经是次日凌晨1时半了,葛震凌晨3点半要去北京,我马上又到他家里谈工作,3点钟才回来休息。

1月7日 梁宁和谭流来谈电影创作问题。长春电影制片厂希望我们能提供剧本,有了脚本他们来拍是没有问题的。谭流说有几个准备作为放文艺卫星的脚本,题材都十分伟大,诸如公社农民要架设一条不用桥梁的黄河木桥……听来革命的浪漫主义倒是有的,只是恐怕不一定具有生活的真实。

晚上,省委书记处开会讨论组织干部参加整社的工作,又得去参加。写脚本的计划又会被打乱了。

1月8日 同文艺处的同志讨论电影脚本的梗概。大家意见还是由我写出来后再集体讨论可能快一些,一点一点讨论反而耽误工夫。

广西"艺专"袁似瑶、自治区体委张今雄先后来谈工作,在办公室里是写不出东西来了。

下午,躲到葛震的办公室里写了半天,进展很慢,一两天内怕弄不出来。

1月9日 正要写电影脚本,电影制片厂又来请去审察《广西新闻》的样片。

下午的群众文艺汇演又得去看一看,一天时间就报销了,脚本什么时候写得出来呢?

1月10日 躲在家里算是写了半天,下半天又得去自治区党委参加讨论教育工作问题,写作又被打断了。

1月11日 今天算是可以安静地写一天了。但是进展很迟缓,写到夜里才完成全部五分之三。

1月12日 部务会议讨论广西人民广播电台和自治区科委编制问题。下午广西植物研究所莫一凡来谈工作。一天就这样打发走了,脚本还是写不出来。

写东西没有专门时间来集中思考是困难的。脚本后半部的生活不熟悉,写起来很费劲。

1月13日 花了整天时间,算是把电影脚本最后部分写完了。只能是份草图,恐怕连线条都没画清楚,为赶时间,不得不这样收尾。

1月14日 到自治区文化局参加讨论电影脚本《在红色的土地上》。

1月15日 到自治区文联讨论电影脚本《欧炳荣的故事》。

1月16日 继续讨论电影脚本。下午和晚上看民间文艺会演的总结演出。

1月17日 去国际旅行社看望袁牧之,带给他毛主席在武汉会议上的讲话和1959年的国民经济计划两个文件。顺便看望中央歌舞团的孟余。

到自治区文化局参加讨论郭铭在民间文艺会演的总结。下午在自治区文联参加讨论话剧《韦拔群的故事》。晚上看桂剧《桃花扇》。

1月18日 征求中央歌舞团对我们这次民间文艺会演的意见,同他们一起照了相。

下午在自治区文化局参加各专区文化科局长会议,讨论汇演节目选拔和演员的培养训练问题。

陈荒煤来电报,问反映壮族电影的写作进展情况,以便安排拍摄工作。回电,有两个电影脚本基本成立,希望早派导演来指导。另外,提请给我们解决新闻片导演的不足问题。

1月19日 开会讨论《广西十年》的写作提纲。大家认为有许多问题一时难下结论,写史困难多,写概况比较好灵活掌握。

下午到自治区文联参加讨论电影剧本《壮锦里的歌声》。觉得矛盾冲突不够集中,感染力不强。

晚上自治区文化局副局长张哲毅来请示电影发行工作会议的有关问题。

1月20日 请宣传部的有关人员来给《在一个村子里》的电影脚本提意见。认为事件写得多了,人物不够深刻,情节交代也不很清楚,真实感不足。看来还得花费时间修改才好交卷。

1月21日 南宁市的副食品供应空前紧张。副食店除了食糖以外,其他副食品都被一扫而空。是由于南宁基本建设陡然增加的几万人口,还是由于货源缺乏?这一现象如果继续发展,会不会发生更大的矛盾?

广西桂剧团为准备国庆10周年的献礼节目,这几天都演传统剧目。今晚演出桂剧《西厢记》。

校对《写作杂谈》清样。

1月22日 同文艺处的同志们讨论修改电影脚本《在一个村子里》。

写东西如谈恋爱,作者与生活不发生感情,总是格格不入的。旁人的建议往往不大起作用。

1月23日 作家出版社又来信催《美丽的南方》书稿。听自治区文联的同志说,他们还打长途电话来问写作进展情况。

写了一天电影脚本,进行得很慢,下笔时总在考虑别人的意见,而不是自己情感的迸发。

1月24日 一天都在机关应付处理来访接待工作。自治区教育厅副厅长李晓光来谈中央教育会议精神,研究如何传达;自治区新华书店经理来请示书店经理会议如何开法;自治区体委张今雄来汇报体育选手的集训情况。

到街上走了一趟,饭店、饮食店和点心店面前都排着很长的队,连卖红薯的小摊前也有人排队抢购。前两天糖制品还比较充裕,今天商店里卖糖果的好多罐子都空了。再过两天可能同饮食店一样要在门前排队抢购了。

像这样紧张情况,可以说是空前的。如何改变这种情况,恐怕要一段时间。

一是要有正常的生产秩序，一是副食品生产要有一定的时间去经营。但因工业基建项目增大，工地工人需要激增，公社生产不纳入正常轨道，供求不平衡问题的解决将有困难。

1月26日　打算重写《在一个村子里》的电影脚本，写不下去。写作被当成任务，还要限期完成实在不好弄。找朱守岗来谈话，要他除了参加电影脚本写作之外，还应参加一些文艺活动，免得闲下来无聊。

读《布封文钞》一书，作者对写作的见解颇为精辟。

1月27日　继续写电影脚本，但常常被来访者打岔。早晨是广西师院党委书记杨江来，下午是苗延秀来，静不下心，思想难集中起来。晚间再写三个钟头，愈发觉得不是味道，好像是被迫讲话似的，无法畅所欲言。

1月28日　天气已经暖和过来，春天快到了，早晨小鸟已经啼叫。

晚上，到中华电影院看《堂吉诃德》，电影没有终场，覃书记派人来催回去开会讨论电影脚本。谈到夜里12点半才散。

1月29日　袁牧之也来参加讨论电影脚本，他对周民震、毛正三写的两个脚本，感到一般化，为去年大跃进中群众的许多惊人奇迹未能表现出来而表示遗憾。

晚上又继续写脚本，打算月末写出来，不论成败，算是完成一个心愿吧。

1月30日　躲在家里写了一天脚本，才写了四节，明天再赶一天未必能写完。

教育处副处长王同连开会回来了，同教育厅李晓光来汇报。他们说，北京日用品和副食品供应异常紧张，文化部副部长刘芝明请位客人在家吃便饭也买不到东西，中宣部的干部一人一个月发30张面食票，每张只能买两个馒头，平时全是吃苞米杂粮。

看来去年为闹1070吨钢，让所有生产陷于停顿了，现在连肥皂也是四个人才得买一块。六亿人的生活供应，什么时候才能恢复正常，还很难估计。

可见制定一个关乎全体人民生活问题的政策要十分慎重，光凭热情办事就要出乱子。

1月31日　继续躲在家里写电影脚本。要认真写起来，十分费脑筋。每天早晨5点钟左右醒过来再也睡不成了,故事里的几个人物老在脑子里打转。

近来听到一些闲话。有人告诉我谭流在别人面前说我如何如何的,还说我的第一个电影脚本要是印出来的话会成为右派分子。但在讨论会上他说的却是跑了不少地方,也看到了好些脚本,还没有像我这部一样的尖端题材呢。这是多么令人难以理解的话。

也许传话人是误听误传;也许谭本身就是个"阴阳两面人",只是我一直被蒙蔽,未能洞察而已。

由此,我感受到人世间的纷繁复杂,人心的深不可测。像谭流之类的人物还真不好对付呢,我们能够做到的或许只是"敬而远之"罢了。

2月1日 又赶了一天还是没写完脚本。真像要害病一样,很不愉快。如果把写作当作专门职业,而且还要靠它来维持生活,那真是块不好啃的骨头。

2月2日 脚本今天算是写完了。从环江县开始动手写,到现在整整过去了一个月时间,想想也还不算太慢。

2月3日 回头看一遍脚本,比原来的草稿精简了好多,人物性格刻画也多了点,像个故事了,但能不能算电影就不得而知了。因这玩意自己没弄过,真是没有把握。

去看广西彩调团内部演出的彩调剧《铁水漫山谷》。

2月4日 天气暖和起来,椿树已长出新芽。

早上到自治区文联参加讨论《接班人》的剧本。这是写中学校贯彻教育方针的故事。把去年学校强调劳动、强调破除资产阶级教育思想写得太多,恐怕与现行政策不符合,改动要大一点。

葛震同志回来了,同他汇报了一下工作情况。李仲民也来汇报朱守岗电影剧本的修改问题。

2月5日 同文艺处的同志讨论电影剧本《覃村的人们》。他们认为韦秉富(主角)写得还好,可以站得起来。但没有写1957年农村大辩论,没能体现时代精神,或者说人物脱离了特定的时代背景。

如果大家都认为韦秉富是个能体现共产主义风格的人物,倒是值得再花点时间去修改的。

广西大学副教授李润隆领着凌深源来访。请他们吃顿便饭。虽同他们有亲戚关系，但共同语言不多，也就“话不投机”了。

晚上，去看了两部电影，《芦笙恋歌》和《借东风》。

2月6日 听刘建勋书记传达中央省市第一书记会议会议精神，对1958年大跃进的评价，认为成绩很大，缺点是九个指头和一个指头的问题。现在又处在历史转折的路口上，有人因对总路线的认识模糊而迷失方向，党及时敲警钟，这是非常必要的。

下午是葛震传达中宣部会议。目前宣传中心是巩固人民公社问题。晚上同葛震去看彩调剧《隔河看亲》。

2月7日 旧历除夕。街上食品公司的各商店尽了最大努力供应一些糖果，大家上街总算能买到一些东西回来，这已很不错了。

2月8日 自治区话剧团的柯丹、杨令燕代表话剧团来拜年。为躲避这新年应酬，午饭后我就同凤乡各自骑上单车一起到公园、工人文化宫去游逛。只见人多拥挤，找不到一处能停歇休息的地方。

走到自治区文联去看看苗延秀，他倒挺会招待客人，拿出年糕、蜂蜜请我们品尝。

想要避开过节的繁文缛礼，往往也只是一厢情愿。下午，“西大”黄传林、郑建宣、邓济，广西农学院的刘群、陈清源相继来拜年。尔后，陪他们去给韦国清书记和刘建勋书记拜年，都没见到，大概他们也都躲开了吧。

王同连一家、张哲毅一家也都先后来了。我还给王同连一家人照了相。

晚上，我和凤乡带小孩同老葛去看电影《红霞》。

2月9日 一早，部机关的方宏誉、吴卓凡、何异煌、刘童心、李彩金来拜年。

老葛把我一家人和邵芳一家人拉到西园去玩。据说那里新建了一批住宅和生活设施，准备给中央首长来此避寒疗养。

我们一行人乘坐两部小汽车开到邕江边的民生码头，坐上渡船，江面窄，一会儿就驶到对岸了。对岸已修好用洋灰铺的一个新码头，上了码头就沿着新修的马路走到西园了。1956年的“五一节”我曾经来过这个地方，那时还是个荒芜的果园,现在完全变样,修建了好些别墅,铺了洋灰路,栽植了草坪,筑成了人工湖。

我们参观了准备给毛主席住的房子,里头的床是硬床板的,招待所所长说,毛主席不爱睡弹簧软床,这是特地给他安置的。

今天到这里来的是自治区党委的几位书记和他们的家属。一家人在一幢洋房里休息娱乐。葛震领着我们占了一间房子。老葛和邵芳是延安中央党校的老同学,谈起过去的熟人,谈谈广西的气候,我们在一起还打了一圈麻将。小孩们则到湖上划船去了。

招待所给大家准备了上等的湖州桔子,以及菠萝、香蕉和柚子,还有顿丰盛的午餐。今天算是过了一次贵族生活。

晚间,我的一家人同老葛到明园去看《两个巡逻兵》和《珊瑚岛》影片。

2 月 10 日　一早,自治区党委全体机关干部每人送 100 斤大粪到人民公社去给老百姓。书记和我们这些部长都去参加了。我们把自行车的轮子安装在木推车上,推上 200 来斤,一点也不费劲。一个人推一趟就完成了任务。

2 月 11 日　百色地委宣传部长朱守岗今晚要坐夜班汽车回百色去,电影制片厂请他和袁牧之吃一顿饭,让我同葛震都去作陪。袁牧之带着老婆和一个孩子,他老婆叫朱新,是个昆曲演员,嫁给袁后就成家庭主妇了。

覃应机书记找去谈工作,对教育、体育、文化等部门的工作都提了一些意见。

夜里,参加自治区党委召开的地委书记电话会议。

2 月 12 日　部里开部务会议。传达昨晚自治区党委电话会议有关当前工作的三项指示:春耕生产、整社(建立生产责任制)和粮食问题。

看了半天在假期中积压下的一些文件。

读自治区话剧团的《韦拔群》话剧提纲,对韦拔群所掀起的革命风暴未能充分表现,只见小风波,不见大气魄。

2 月 13 日　找自治区文联谢敏、刘剑薰来谈文联工作。

越南国家主席胡志明出席莫斯科二十一次党代表大会回来取道广西,晚上有个欢迎晚会,同葛震去参加。

覃应机书记对晚会节目表示满意。晚会后，到覃家请示工作，谈至次日凌晨2时才回。

2月15日 到自治区文联听邓燕林谈对我电影剧本的意见。他认为后面修水利的气魄还要写得大一点好些。最后结束应该使有的积极分子成了党员，使人物有发展有进步。

晚上，自治区宣传工作座谈会开预备会议。

2月16日 各地市委宣传部长都参加的座谈会，今早开始。先由各地市谈对去年工作的估计。大家对去年工作的缺点都不肯讲，对自治区党委宣传部的意见更是不敢提了。

2月17日 下午自治区党委召开各个厅局长会议，由刘建勋书记讲当前农村情况。目前农村的粮食问题遇到一部分人包括领导干部的抵制，认为去年粮食没有增产那么多。那就是对大跃进的否定，也就是对总路线表示动摇，所以实质上是路线上的问题。看来又要开展一场斗争。

晚上老葛在自治区宣传工作座谈会上作了四个钟头的发言，强调当前必须展开两条道路斗争，肯定去年大跃进的成绩，强调人民公社的优越性，然后才可能鼓起干劲争取完成今年的工农业生产指标。

2月18日 自治区宣传工作座谈会今天结束。会上，老葛反复强调两条道路斗争，防止右倾思想抬头的问题。不过，他未免着急了一些，自己讲得太多，留给下面人讲话的时间就大大地减少了。

2月19日 老葛到北京开会去了。下午同部机关的处长交谈如何收集当前的思想情况和采取宣传攻势问题，一句话就是“怎样把鼓干劲的高潮再掀起来”。

2月20日 晚间，文艺处来汇报广西剧协郑天健传达的中央剧协会议精神。

看来，我们还是有不少糊涂思想在创作当中成了绊脚石。比如生活真实与艺术真实如何区别的问题，虽然本是常识问题，可是在我们的一些同志那里却仍然是个大问题。

2月21日 找自治区文化局党组的张哲毅、郭铭来谈文化工作问题。

2 月 22 日 同文艺处梁宁、刘名涛、陆里和凤乡到老口区的人民公社去。

这是 1952 年我来搞土改的地方。老口和石埠原来都是很热闹的圩镇,现在却冷落了。这说明个体经济解体后,要等到集体经济繁荣,恐怕还得等上三五年吧。而将来的繁荣也绝不会是以前那种个体经济的市场情况了。

我们在圩场走了一转,看见不到百人在街上出售青菜之类。有几个老人家提着小篮子,里头有几个鸡蛋,一只一角五分,但是收购站挂出的只是六分钱的牌价。

我们到华安乡拜访 1953 年初我在这里写作时的房东,向他了解目前公社生产和生活情况。他说,公社食堂每天三餐,上午下午两顿稀粥,中午吃红薯,一个礼拜吃一顿干饭,叫做"卫星"饭。

报上宣传的积肥运动很热烈,这地方的田里很少见到粪肥,但是路上却有不少的牛粪无人收拾。我的房东老邓说,公社未成立之前,这些牛粪倒是有人捡的,一天可以得四个工分。现在吃饭不要钱了,谁也不肯捡了。

从华安乡来到广西"艺专",这里风景美丽,周民震和马元杰到此地向"艺专"借房子写脚本。我同赵佩云说,有空闲房子的话我也要来写东西,不到凭祥去了。他们都很欢迎。我想:一个人单独到凭祥招待所去写作,未免寂寞了,还是到"艺专"来,早晚有人交流,谈谈天,说说话。周末回家也方便。原来打算明天去凭祥的,现在暂时不去了。

2 月 23 日 收拾一床铺盖,拿了稿纸墨水,叫了一部汽车就同小韦到西乡塘"艺专"来了。

打算在这里住 3 天,把电影剧本改出来。电影制片厂周民震和马元杰也在这里写脚本,我算是找到了同行做伴,不过大家都为自己作品的人物纠缠着,很少有闲空聊天。

晚饭后同周民震、马元杰到舞蹈班去参观孩子们的教室和寝室。舞蹈班的教师是香港小姐陈春绿,是个交际花一样的人物,常同外国专家跳舞、喝酒,生活挺浪漫的。

看《人民文学》第五期茅盾论当前文艺上的几个问题。他对革命的浪漫主义与革命的现实主义相结合提出了个人的见解,对 1958 年出现的小小说作了评述。

2月24日 开始修改电影脚本《覃村的人们》。这个东西再看起来,兴趣不太大了,觉得没有足以抓住人的地方。

没有写电影的经验,勉强写起来,总有点别扭。要写细致一些又怕啰嗦,写粗一点又怕概念化。因为它到底不是独立艺术,不能由自己安排,处处要考虑导演怎样处理。

分别到广西农校和广西机械学校去看了看。两所学校环境都十分优美,有这样的学习环境该是幸福的了。

天气阴晴不定,走出屋外还觉得有点冷。周遭的树梢都长出了新芽,四处呈现春的气息。

2月25日 桃花开了。下午出了太阳,天气一暖和,人挺舒畅的。

对脚本越改越没有信心,不打算下大力去弄它了。明天再弄一天就回机关上班去吧。

晚上到袁似瑶家谈天,扯至夜里11点才回。

2月26日 脚本算是把它改了一道,居然有四万多字,要抄起来还费事呢。

吃过晚饭就回家了。凤乡领着朵朵、坭坭坐着机关派的汽车来接我回去。朵朵坐上小汽车非常高兴。

2月27日 晚上去看话剧团演出《烈火红心》。具体表现一群"一穷二白"的复员军人解放思想、破除迷信,创造了电偶管的奇迹。但破除迷信不能变成不要科学。有人将艺术性政治性这些很高的评价都给了这个剧本,我认为是不合适的。

2月28日 连日淫雨纷纷,梨花难以竟相绽放。到广西农学院去找刘群、陈清源了解他们的工作情况。

晚上到电影制片厂看"罗播公社办教育"和"百色澄碧河水库"的专题短片。

3月1日 晚间到桂剧院看评剧团李忆兰表演的《张羽煮海》。

3月2日 上午9点半钟同吴卓凡一起到火车站乘车去凭祥调研教育工作

相关情况。沿途喜见木棉树花盛开，枝干长了新叶，春天又回到了大地。农田有的正耕作，有的还荒芜。今年争取粮食翻一番，不进一步采积极取措施恐怕结果要打折扣。

火车走了七个多钟头，到下午5点一刻才到了石山环抱的凭祥市。

国际旅行社还有旅客没有离开，要到晚上10时才能给我们腾出铺位。我们吃过晚饭只好去县委接头。县委宣传部离旅行社有10多里地，坐搭人的单车去也得二十分钟。

县委宣传部只有一个叫吴飞的干事在值班，其他的同志都到乡下抓粮食生产去了，对教育工作实在是顾不上。但要谈，也只能约定明早9点半再来详细谈了。

宁明、龙津和凭祥三地合并成龙州县，干部都下放了，没有专管教育文化负责人。

凭祥城区原来只有两条小街，现在新铺了一条十多里长的街道，区域规模扩大了许多，但没有那样多的工厂和房屋来填满，弄得很空阔。从街上走到旅行社，一个钟头还到不了呢。

凭祥到睦南关30里，可以坐搭人的自行车去。打算从龙州回来后再去那边看一看。

3月3日　上午，县委宣传部的吴飞和县人委文教卫生部的干事、文化馆长、僮委会的干部来国际旅行社同我见面。然后他们同我到凭祥中学去参观。

校长韦建乐接待我们。学校校舍建在石山下，找不到搞农业生产的土地，现在学校师生每周要花三个半天走10多里地去种地，实际劳动还不到六个钟头，其余时间都花在路上了。

同学们在操场上切着刚从田里拔起来萝卜，一下子吃不完就把它晒制成萝卜干储存，留着做菜吃。

学校教师思想情况怎样，校长不大了解，似乎不想去接触这方面的问题，学校要求教师能按时上课就行啦。

晚上，读巴尔扎克小说《于絮尔·弥罗埃》。

3月4日　早上9点半钟，我们就到凭祥车站，搭上第一班汽车往龙州来。

汽车出了凭祥不远,穿过一个隧道,然后沿着两边全是石山"森林"的公路行驶。山上的八角树像杉木一样直立着,碧绿河流绕着山脚走,木棉已是满树红花。汽车经过那堪,一个半小时后就见到河流围绕的龙州县城了。汽车穿过中山公园,渡过浮桥到了街上。

我同吴卓凡被安排在龙州旅行社。这是军阀时代督军谭浩明的公馆,建筑坚固,里头的花园水榭已荒废了,但是铁栏杆和房屋的基石还是留下了它雄伟坚实的风貌。

我们到龙州一中和龙州中学参观。龙州中学的校址在河南岸中山公园旁边,中山公园自从连接两岸的铁桥在抗战时被国民党军队炸毁后,因城里的群众不便过河游玩,已经成了废园。但是里边的树木花卉、亭台楼阁还是显见它当年是座秀丽雅趣的园林。里头有个岩洞,坐着一尊石刻佛像,是1933年几个雅人请石匠刻成的。生动的佛像显见石匠技术的高明,可惜,这几位雅人只顾刻上自己的名字,那位艺术家的大名却不给留下。

县委宣传部长刘雄来谈,他们县委正在同公社干部开会商讨解决粮食问题。听说,自治区党委决定本月八号在南宁召开几万人的大会来解决粮食问题,看来粮食问题成了当前农村的工作中心。

龙州城原来是通往越南的必经城市,曾经是热闹的地方,人口有过五万,现在已经冷落了,抗战时被炸毁的建筑至今未见恢复。

这里的妇女,喜欢嚼槟榔,嘴唇染一道红色,并不见得鲜艳,牙齿却变乌黑了。

3月5日 天气很热,我们骑着自行车到离龙州县城八里的龙州大学去。

这里原来是劳改队的农场,建在一个小山坡上。周围的土地,已经开垦种植甘蔗。住人的茅棚已经摇摇欲坠了,百来个学生就在这样的基础上建立他们的学府,如果没有共产主义理想在鼓舞,那是不易克服眼前的艰苦的。我们到来时,正遇上他们吃午饭,支部书记黄海和几位教员与学生一样吃着玉米渣子和一碗自己种的白菜。

支书是个复员军人,对学校前途也还在寻找发展的途径。看来,作为一个大学是脱离实际的,但是要把它作为一个县的农业学校,以培养农业技术干部为目标,那是可以办到的。但愿再过3年,我再来到时,这里已经不是今天这个样子了。

晚上向县委宣传部长刘雄谈两天来经过参观调研的收获与看法。一、县委对巩固学额和恢复正常上课贯彻得很好。二、存在问题是:1.学校的劳动如何结合教学,如何为当地工农业生产服务,如何解决生活困难等问题,还需要深入解决;2.教师的政治思想应该成为学校工作重要的中心来抓,现在有所放松,有的甚至不敢去接触;3.龙州大学应明确办学方针、性质。可以作为县立的农业学校,县委下本钱把它办好,使之成为培养县的农业技术干部的摇篮,又是农业科学技术站,搞畜牧、农业两科;4.学校的劳动场地应该解决,学校养的猪,应有一定比例让学校自宰,以鼓励师生的积极性。

3月6日 凌晨5点钟旅行社的服务员就催我们起床,回凭祥的汽车6点就开了,早上7点多钟到。

先去办到睦南关的手续,然后到国际旅行社放了行李,就坐着搭人的自行车到睦南关去。30里路,自行车走一个半钟头。

睦南关是解放后新改的名字,原来叫镇南关。关口由解放军的边防部队守着检查站。空空的一个关楼,也没有什么可看的。山顶上有炮台,据说是当年苏元春为抗击法国侵略者而设置的,从靖西到这里,一共安了120尊大炮。但是要爬上山顶,得半天工夫,此时人已经疲惫不堪,山上云雾缭绕想下雨似的,索性不去了。

回到山脚来参观僮文学校,几个女学生正在学习。

3月7日 龙州之行今天结束了,接着就是到崇左县去。火车是上午11点38分从凭祥开出,下午2点多到崇左。

这是左江边上的县城,从前叫作太平府。每年大水期,有轮船经过这里到达南宁和龙州。现在铁路车站设在这里,交通更为方便了。解放后,县级机关和火车站都设在河的南岸。到河北的旧街去,通过一座浮桥,码头有141级,搬运货物很吃力。

旧街市依江而建,街上铺着青石板,显得清洁幽静。去年大闹钢铁需要木炭,许多风景树木都被砍光了,要重新绿化起来非十年八年不可了。河边有个临江公园,里头有北洋军阀时期两广总督陆荣廷题字的爱江亭。码头上有块“丽江桥”的牌匾。现在旧街市拓宽了,但个体经济被彻底破坏,市面并不繁荣。

县委正召开两千多人的干部会,各公社的干部都来了,他们为解决粮食问题日日夜夜在开会。

3月8日 同县人委文教卫生部的两位黄科长到公社办的太平初中、崇左大学和县办的崇左中学去参观。这些学校普遍缺乏土地,要进行农业劳动将受条件限制。

学校现在都是由公社包干供给学生膳食,大部分学生不再为膳食费而分心。可是当前粮食问题没有很好解决,学校的伙食只能吃红薯,因而少数人对公社的优越性产生怀疑。

崇左县盛产甘蔗,但如今街上几乎见不到。有人说,农村劳力现在非常吃紧,花生在地里长芽,甘蔗在田里长虫了没有人力去打理。

去年大闹钢铁,这地方上的人力物力动员是非常彻底的。有的学校为此连校舍都拆了。

3月9日 今天离开崇左,本打算到靖西去,自治区党委宣传部来电报说葛震同志本月11号就回来,回来会有事相商,让我们就不要去靖西了。

老葛回来后,我要同他商量,请个假,到桂林或西园去,把长篇小说写出来,完成一番心愿。

县委宣传部长李文思来谈全县的教育工作情况。下午2点离开县干部招待所到车站去。火车2点45分进站,3点10分开,傍晚7点10分到达南宁。

回到家,见到黄铸夫留下一张纸条,他同中央美术学院的教授来体验生活,准备给北京民族文化宫作画。

3月10日 自治区正开着六级干部大会,传达毛主席在郑州的政治局扩大会议上的讲话精神。

毛主席在郑州的讲话指出,目前农村主要矛盾是小集体与大集体的矛盾,是生产队与公社的矛盾,看来从生产队所有制过渡到公社的所有制还需要一个过程。

会议上对整顿和建设人民公社,提出如下十四句话:统一领导,队为基础;

分级管理,权力下放;三级核算,各计盈亏;分配计划,由社决定;适当积累,合理调剂;物资劳动,等价交换;按劳分配,承认差别。

苗延秀参加了中国作家协会的会议回来,传达了周扬的报告。报告提到如何创作优秀作品问题。当中对技巧的提高作为一个中心提出来,要求有更高更美的作品出现,认为把文艺简单理解为反映具体政策是不妥当的。

3月11日 这两天成了春雨连绵的天气了,太阳总也见不到,到处是一片阴湿。花草树木和庄稼得到了滋润,春色更为浓艳了。

看了看桂剧院李寅和广西师院胡仲实改编的《桃花扇》剧本。

晚上去看自治区乒乓球赛。女子选手技术水平太低了,满足不了群众的欣赏要求。

3月12日 广西师院钟副院长来谈师院的扩建问题。

下午到自治区人委礼堂去参加柳州地区六级干部会,听地委书记贺亦然报告本地区几天来的会议情况。

自从郑州会议精神传达下去后,各生产大队可以独立核算分配自己的产品和劳动力了,因而原先瞒产私分的一股风被止住了。

晚上参加自治区党委的电话会议,刘建勋书记宣布了三条政策:一、以大队为基本的核算和分配单位,分配原则多劳多得,承认差别。队与队之间的调拨要等价交换。二、从现在起,公社再不向大队作无偿的调拨,国家收购商品直接向大队现款结账。三、实行评工记分制度,死等级活工资。

因为实行单一的完全的公社所有制,必须具备强大的经济力量,同时还要穷队与富队的生产水平大致平衡才能办到。这就是说,从生产大队(即原来的高级社)过渡到公社,需要一定过程。这个过程,郑州会议说了,三到七年不等。

3月13日 到南宁饭店参加六级干部会议的石龙县小组讨论。公社干部和生产大队的支部书记发言都十分热烈。大家对什么是本位主义,各有各的解释:有的人认为过去有粮不报就是本位主义;有的认为过去瞒产私分是因为公社集中太多,是"一拉平"的做法,不按劳取酬,不等价交换,瞒产私分是难怪的,所以不算本位主义……

自治区文化局郭铭和教育厅李晓光来反映,在六级干部会上,不少的生产队干部都说学校办太多了，文工团搞多了，影响了劳动力的调配。

到电影制片厂去审查新闻片，夜里11时才回家。

3月14日 到自治区教育厅去听汇报各地区学校教育情况。

明天是自治区成立一周年，今天在自治区人委礼堂开个干部纪念大会，去坐了半天，听自治区党委书记、自治区人委主席的报告。

3月15日 到自治区文化局去同他们的党组开了半天会，听蓝鸿恩传达中央文化部对国庆10周年献礼问题的指示。文艺卫星不提了，献礼还是要搞，不过没有去年那样强调了。显然是为了让路，为了保粮棉煤钢四项生产任务的完成，上层建筑的玩意到什么时候也只能是配合点缀，不可能也不应抢先。

老葛从北京开完会回来了。晚上，叫自治区教育厅和自治区文化局的厅局长都来谈谈在六级干部会中，大家对文教工作的批评。对文化教育工作，大家认为去年搞得过多一些了，都有些意见，虽然不是很集中，但也应该引起我们的注意、反省。因为大家如今的注意力都集中于公社和大队所有制的问题上，不可能太多地去计较这些枝节问题。

3月16日 今天出了太阳，人觉得舒畅了许多。老葛去自治区党委拿了一份毛主席的几次会议讲话记录。总的精神是反复讲公社的所有制搞过了头，集中多了，生产大队没有权，影响了几乎是全部的大队干部的瞒产私分。这瞒产私分的表面上看是本位主义，但这是由于公社的平均主义所造成的。这样做法，是"左倾"冒险主义的做法，势必脱离十万的生产大队干部，脱离五亿农民。因为公社无偿地调拨生产队的劳动果实，生产大队坚决抵制这是应该的，不能叫本位主义。

现在只能承认，从生产大队所有制过渡到公社所有制，还需要几年时间，去年刮的共产风是刮得过头了。需要停一下，等一等，然后才能引导全体农民的一起跃进。

革命就是这样螺旋式前进的，这也是客观规律，不懂得它那就会碰壁。

3月17日 收到中国人民政治协商委员会的一份通知，说是全国政协五十二次常委会决定，我为全国政协第三届委员。拿着这份通知还真使我受宠若惊了。我居然成为全国政治平台上的人物了。这是根据什么条件呢？难道是由于我的僮族身份，还是由于中国作家协会会员的关系呢？

说起会员来实在惭愧，十年来我没有在全国性期刊上发表过作品了，如果拿这个名义去取得荣誉岂不是有点掠美之嫌？看来，今年不能把长篇小说写出来那就真是被动了。

晚上自治区广播电台的郭鲁同老葛来一起谈到半夜。郭想在第二个五年计划中，把南宁的电视搞起来。老葛对电视却不感兴趣，认为能有条件买电视机的家庭很少，花了人力物力办起来了用处也不大。

3月18日 给在乡下当社员的王肖琴和苏上杰他们写了一封回信。1955年镶的假牙今因吃甘蔗不小心弄断了。又得去找牙科医生重新镶起来。

3月19日 又抽空把《覃村的人们》脚本校对一番，誊写的人把好多字都给认错了，有的地方，旁人看起来句子很别扭。

自治区六级干部会招待看电影，彩色纪录片《沸腾的广西》今天才有机会看上。虽然是部彩色片，但仍然不能给人留下较深的印象。

3月20日 自治区六级干部会议今天结束了。下午3时自治区党委第一书记刘建勋作了总结报告。

3月21日 作家出版社派出版部主任王祖纪来催我要《美丽的南方》书稿。他说今年国庆献礼的117种作品中，把我的书稿也算在内了的。7月初能写出来，国庆节还能赶印得出来。

中国作家协会把我当作家推荐为全国政协委员，在广西也被认为是一个写小说的人，如果今年写不出作品怎么交代得下去呀。

看来非得写出作品来不可了。老葛虽然也同意我有个时间写东西，可是不同意马上就离开南宁去写，只是在机关里抽空写。不过，算是承认我写作的合法地位了。

3月22日 接到庞龙飞来信，报告宾阳农村情况。当即就给他和苏上杰写了一封回信。

去电影院看《静静的顿河》第二部。晚间，听各大专学校的汇报，到次日凌晨2时才散。

3月23日 整天开会，又是开到次日凌晨1时方散。

曾海君来信，对过去所犯错误由衷悔悟，现正积极投入生产劳动中以求得脱胎换骨的改造，希望能有一天再回到党内来。

3月26日　向老葛请写作假，他同意了。不过不希望我离开南宁，最好能到西园去，一星期能回部里照顾一下。但西园是专给中央领导同志来住的，是禁地，像我这样的人很难住得进去，恐怕还是到桂林去比较现实一些。

去找牙科医生萧育镶牙。

3月27日　召集几个协会的负责人来座谈，谈协会的刊物出版和开展经常性的活动问题。

收到长春制片厂纪叶来信，对我的电影剧本提了四点意见。一句话，它没有修改的基础。因为故事不集中，没有电影的特点。他希望我把其中某些故事情节改写成小说。

4月2日　韦国清书记把我叫去批评了一通。曾经认为文艺工作搞不出什么名堂来，看来他对文艺工作开始感到需要了，因为南宁作为广西首府，经常有外宾来往，需要拿出些文艺演出来招待。

但是，他对文艺创作的特点不十分了解，因而要求得太急太简单，这就叫人作难了。

看来组织上已经逐渐认定我是以文艺创作作为任务的人了，如果这回不把作品写出来，真是难见"江东父老"了。

为了督促一下歌舞团创作出新的作品来，同梁宁跑到"桂西"去找陈良、李志曙、兰易汀和蔡琨谈了一个下午。

晚上，谭流来说，广州制片厂把广西的两个剧本否定了。

广西一定得争口气，在一两年内把东西写出来。

4月3日　今天凌晨3点半离家要乘火车到桂林去。火车4点半开，买了一张硬席卧铺票，上车一躺下就睡着了。火车过了柳州我才醒过来。近几天没休息好，太乏了。下午1时半到桂林了。电影制片厂的周民震他们说李仲民得急病，正在市立医院等有汽车把她转到解放军181医院去，但是汽车很难找到。我费了很大的劲才向广西师院借来了吉普车。

市立医院的医疗和卫生条件都太差，病房里苍蝇飞舞。病人入院两天了，还不敢诊断。没有办法，只好把李转到解放军医院来。经过专家会诊，是阑尾炎穿孔化脓引起的腹膜炎。因李又有了两个月的身孕，病情就较为复杂了。李仲民此时已无法说话了。

好在军队办事比较认真，刘政委好像布置打仗一样布置会诊、手术和准备输血。事情都安排好后，我们几个人在那里也帮不上什么忙，只好回来，我发了一个电报给她家里报告情况。

4月4日　到街上去买了一些日常用品，回来又找自治区文化局郭铭谈了话——传达韦书记对文艺工作的要求，就准备到雁山来。

下午一点，我向广西师院借辆吉普车，同周民震、林珏、毛正三一起到181医院探看李仲民。她精神好多了，说是昨晚手术用了一个多钟头，肠子都翻出来洗过……如果不转院，仍在市立医院用针灸治疗，那就危险了。周民震他们陪我到雁山来，我们一起到良丰公园去拍了几张照片。

植物研究所给我安排在一幢原先教授住的小洋房里，环境异常安静，大家都说是个写作的理想地方。我自己却怕写不出东西可是很难为情了。

晚上，陪广西植物研究所的负责人叶金石又去看了一次电影《红霞》。

4月5日　今天是星期天，老乡们都在这一天把他们从河沟捞到的鱼虾、田鸡和自家养的鸡、鸡蛋拿到圩场来卖，得了钱就到商店去买回手巾、布头和鞋子什么的。

这里，原来是个圩场，过去应该是比较热闹的吧，现在个体经济已经崩溃，人们最大的吃饭问题都由集体食堂解决了，而劳动生产也都在集体的公社进行，作为个人经济交易的市场就大大地改变了原先的面貌。将来的繁荣应该是集体的、国营的百货商店、饭馆、文化宫……人们到圩场来不是担心自己的产品出售价格，不是牵挂着买油盐了，而是为了来购买衣饰，看电影看戏。那时圩场上出现的面孔，将是没有愁容，没有欺诈了。

给广州白焰写信，告诉他我到桂林雁山来写作了，希望他来信。

4月6日　今天开始继续写已经停了两年之久的长篇小说《美丽的南方》的第十章。

晚上，叶金石来谈话，要求我去给植物研究所的干部职工讲一次话。但是他们没有提出什么问题来让我回答的，如果只是讲一般的道理那就没有什么意思了。

给谢敏写一封信，告诉他《美丽的南方》稿件提前发排，把清样寄来这里校对，免得耽误他们刊物出版。

还给部机关办公室的高信和文艺处的梁宁各发一信。

4 月 7 日　今天开始写第 11 章。打算在 4 月份把 20 章东西全都写出来，5 月份转入修改，6 月上半月就可以寄到作家出版社。

但是要能按时实现计划，一定要有舒畅的心情才敢保证。这里环境宁静幽雅，花木覆盖，美丽馥郁，对养病写作都很适宜。

山背后，每天下午就有鹧鸪在啼叫，春天在这里有着很浓烈的气息。

4 月 8 日　今天写得最多了，几乎写了一万字。第 12 章内容比较多，一天就写完了，照这个进度，月底完全有把握把初稿写完。

接凤乡电报，明天下午 1 时她来桂林，让我去火车站接。

4 月 9 日　因今天下午要去桂林火车站接凤乡，就不打算写新的东西了。但早上仍然如常是 7 点开始工作，把昨天写的第 12 章修改。研究所的兰同志中间来访，修改中断，后来又被他带到试验场去看植物标本。

中午 12 点我就坐上研究所的小汽车到桂林火车站去。路上只走了 45 分钟就到了。而南宁来的火车是要下午 1 点 35 分钟进站，我只好去候车室等。

接站还顺利。我领着凤乡坐上来时的小汽车到榕湖饭店 3 楼的 313 号房住下。稍事休息后同凤乡上街理发，再到 181 医院去探望李仲民。李手术后身体恢复得很好，与手术前的模样没有变化。

从 181 医院出来，我们绕着漓江边漫步，看了象鼻山，坐上三轮车到木龙洞、还珠洞去。此时天色逐渐暗淡，到还珠洞已是什么也看不清了。只好又坐上三轮车回街上找饭店吃了晚饭，回榕湖饭店洗了个澡，疲乏的一天就过去了。

4 月 10 日　同凤乡拿着电影制片厂马元杰的照相机，一早就到七星岩和月牙山去玩了半天。大概是阴雨天气又不是假日的缘故，游人几乎在此绝迹。我们在七星岩、月牙山照的相片，受天气影响，光线不足，估计效果不好。从月牙山出来走在大街上，给朵朵买个玩具青蛙和一只玩具小鸭子。

下午，同凤乡回到雁山，到西林公园里去走一转。凤乡被此处的风景吸引，不停地赞叹太美了。还希望将来有假期的话，把孩子们带来玩玩就更好了。

4月11日 整天同凤乡待在雁山的广西植物研究所。下午，带凤乡去标本植物园去参观，各种各样的花卉争奇斗艳，好些药用植物、经济植物都是我们从未见过的。

收到上海文艺出版社编辑钱舜娟从桂林来信。她从文联打听到我的消息，寄来约稿合同想拉稿件。

4月12日 明天凤乡要回南宁去了。上午9点钟我们离开雁山到桂林市区去。先在榕湖订了间客房后就去浏览叠彩山和伏波山。

叠彩山的风洞山，1938年我是到过的，那时是座荒山，如今完全改变了模样。登山石阶已修到了山顶，风洞山口还建起了亭台，供游人休息，远眺漓江。站在山顶，可以俯瞰桂林全景，独秀峰、伏波山、穿山、月牙山、象鼻山等山峰均尽收眼底，一条白练似的漓江环绕着绿荫覆盖的桂林城区，让游人到了这里不禁赞叹桂林美若一座花城。山顶上劲风阵阵吹来，人待久了还真受不了。下得叠彩山来，沿龙珠路走半里远就来到了伏波山，这里有“千人锅”和“大钟”，还有清人李秉绶竹子和梅花的石刻，最后在还珠洞里结束了我们一天参观浏览的行程。

晚上，去桂林电影院看《长虹号起义》影片。枇杷上市了，模样很好看，但味酸，很不好吃。

4月13日 上午9点钟，把凤乡送上回南宁的火车，我就同研究所的叶金石乘坐小汽车回雁山来了。

房间里空寂无声，前天凤乡摘回的鲜花还插在装着清水的墨水瓶里，洗的衣服也未干……此情此景，我有点怅惘若失。整天都感到了落寞孤寂的味道。心情不平静跑到街上两趟也无从寄托。

收到作家出版社来信，催要《美丽的南方》稿，同时又寄来约稿合同，希望又订新稿的合同。

梁宁来信，报告作家协会广西分会成立会议的准备工作，以及人选名单等问题。

今天晚上，雁山开始停电了，自来水也没有，听说要两三个月后才恢复发电，这对我长期住下去的决心是个不小的动摇。

4月14日 开始写的第13章。但写得不太顺利。

下午接到谢敏寄来的准备在《红水河》上发表的《美丽的南方》头两章的校样，花了两个钟头校对，写作又得停了。

给作家出版社回信，告诉《美丽的南方》六月中旬可以定稿寄给他们。至于同他们订新的约稿合同则没有把握，不签订了。

4月15日 突然接到自治区党委宣传部来电报和电话叫回去参加自治区文联会议。写作又被打断了！

下午1时离开雁山。北来的火车误点，下午4点20分才到桂林站，4点半从桂林站动身往南宁开，次日凌晨1时20分我才回到家。

4月16日 听苗延秀和郭铭来汇报自治区文联代表大会和作协会员代表大会的情况。

4月17日 参加自治区文联代表会去听大会发言。广州作协副主席周钢鸣和韩北屏也来参加会议。

晚上，到覃应机书记家去向他汇报会议情况。他答应明天来讲话。

4月18日 准备大会发言稿。下午，覃书记到自治区文联代表会讲话。会后，大家一起照了相。

4月19日 上午是请来宾周钢鸣和韩北屏大会发言。下午，我作最后的讲话。讲了三个问题：一、正确地估计我区的文艺现状；二、提高文艺工作者修养；三、加强文艺组织工作的领导。

大会进行选举后结束，我被选为作家协会广西分会主席。副主席是苗延秀、秦似和贺祥麟。

4月20日 到国际旅行社去看望周钢鸣和韩北屏，感谢他们专程来出席自治区文联大会。

晚上自治区文联和作协宴请周、韩，饭后看京剧《玫瑰花》，这个僮族故事表演编写得都比较好，只是服装太土、太俗气了。

4 月 21 日 《广西日报》报道这次文代会的消息写得太乱，没有中心，亲自跑到自治区文联另外组织人写。

晚上，去看梧州粤剧团演出《百鸟衣》。

4 月 22 日 自治区文联写的消息稿也没写好，又花半天时间帮着修改。打算下午到疗养院去的，结果没有去成。

4 月 23 日 一早收拾好到干部疗养院去继续写《美丽的南方》，雨下得太大。只好等到了上午 10 点钟左右，雨停了，才同通讯员小陈坐小汽车到干部疗养院来。

到了肠胃病、神经衰弱、高血压等慢性病的病区，这里有 30 多间病房，病员不多，环境也安静，只是绿化不太好，有点荒芜。

医生和院长劳动去了，只有一位护士来招呼，收拾房间。

来这里休养的有与韦拔群一起闹革命的黄举平，现在是自治区民委副主任，另外还有个女同志叫黄美伦。同他们谈过去的斗争故事，对将来写韦拔群是有帮助的。

晚上，广西师院办公室的诸葛鑫来谈了一个多钟头。他也正在写一部反映桂北游击队的长篇小说。

开始把在文联代表大会和作家全体会员代表大会的讲话稿整理，身体太乏，才弄了两千来字就继续不下去了。

拿起杨沫的《青春之歌》来读。这是一本写“九一八”到“一二·九”这个历史阶段的知识分子的故事。一开头写女学生林道静到北戴河投亲不遇的情景，很快把读者吸引住了。这位女作家是第一次写小说，但她很会表现，写作经验是有相当基础的。

4 月 24 日 继续整理《把我们文艺创作提高一步》的发言稿，弄到深夜 11 点半了，护士两次来催我熄灯休息才停笔。

看来，在这也有不便的地方：护士和医生总是把你当病人来看待，同你谈这谈那，其他休养员也把你看作病友，要你同大家一块活动开会，打扫卫生什么的，使你有点不自在。

晚饭同黄举平到院部和附近村子去走走。院部附近风景很优美，有好些榕树和果树，临近就是邕江，如果在那里修起一些房子，那倒是个适合休养的地方。

4月25日 睡过午觉回家去过周末。晚饭后同凤乡到明园饭店去看望沙英，陪他到桂剧院看彩调剧和粤剧。

4月26日 收到广州白焰寄到雁山给我的复信。他说一年多来虽然不通消息，但是一直关心我的动向。他自己下放去做个钳工，最近可能要调到市委党校去工作了。

下午2点半雨稍停，就叫部小汽车把我从家里送到疗养院来。近来常闹肚子，时好时坏，弄得人很疲乏，什么事也做不下去，回到医院也只好同黄举平聊天。

晚上，休养人员集体学习。自己不去参加不好，会被认为搞特殊化，去参加又影响写作。看来，此地又不可久居。再住几天，如果真是写不下去，只好转移了。

是不是“五一”以后就到桂林榕湖去住一个月呢？

4月27日 一天写得五千字左右，看来进度还不慢，只是觉得不太精彩，是挤出来的，不是涌出来，灵感很少。晚上，写到10点就有点支持不了，身体还是不好。

4月28日 一早，疗养院要放烟炮熏蚊子，不能在屋子待，写作又被打断了。

没有纱窗，四周围都是水草、粪坑，蚊子到处都是。屋子里熏死了一部分蚊子，外面又飞进来，不顶事。但仍要照例熏烟，真是俗话说的“瞎子点灯，白费”。

4月30日 晚饭后，回家，老葛来，一起去剧场看桂剧《人面桃花》和话剧《灰姑娘》。

《人面桃花》是新演员的创作，表演一般，抓不住人。《灰姑娘》是一个外国的童话剧，花了很大气力排练，演得还算可以。

在剧场遇见中央戏曲研究院副院长张庚和贵州剧协副主席翟强。

5月1日 同老葛到广西医学院附属医院去看望在那里治病的自治区文化

局副局长张哲毅。顺便又去见了院长韦必克。他说,学院最近有些创造,原来用柳木接骨,现在发明以甘蔗代用,效果比柳木还好,骨化过程比较快。他叫副院长张羽带我们去参观陈列室。

晚上,在老葛处同自治区文化局党组讨论国庆节文艺献礼节目问题。

老葛讲了一下关于克服浮夸作风问题。听来,浮夸作风在党内某些人当中已经成了风气,给党的事业带来了损害。现在要提倡“落实”,不再提“敢想敢干”了。这次人代会也只提“增产节约”,不提“鼓足干劲”了。

5月2日 同凤乡到干部疗养院去把行李搬回家。决定到桂林去写了。打算写到月底把草稿写出来以后再回来修改。

老葛比较懂得写作人的甘苦,他说一个月也不一定就能完成,再延长一点时间也可以的。

晚上去看桂剧团新排的《桃花扇》。尹羲演的李香君,倒是花了工夫去创造的,可侯朝宗没有演好,当然剧本也有问题。“却奁”那场戏没有过程,因而,李香君的性格不能充分地展示。

又同老葛谈到次日凌晨2点。连续三天都是半夜12点以后才就寝,弄得精疲力尽的。

5月3日 决定又要去桂林写作以后,在家就待不住了。一早,就到火车站来等7点2分的车前往桂林。

在火车上坐了一天,打了几回盹。傍晚7点钟来到榕湖饭店,被安排住在十分阔气的房间里,每天房费6元。长期住的话,不免让我负担不起,明天还是搬到普通的房子去吧。

5月4日 从402号房搬出上903号来。经这样换房,每天的房费才是2元,一个月共花60元。平常少用点,节俭一下就可对付过去了。

上街找了个誊抄稿子的,千字收费一角五分(按稿纸页码算)。

开始阅读捷克女作家聂姆曹娃的小说《外祖母》。

5月5日 继续写第14章的末尾和第15章的开头,一共才写了5页,约3,000字。照这样进度,月底还是写不完。不过假如心情安静下来,晚上不再失眠,白天晚上都能写,一天写上八个钟头,估计是可以写得完的。

晚上,头有点晕,无法继续写作,只好独自去桂林电影院看影片《悬崖》。讲的是一个医学院毕业生为个人名利堕落,后经教育,在劳动中得到改造的故事。

给广州白焰写信。

5月6日 第15章写完了,全书已完成了一半。今天思想比较集中,情绪比较稳定下来了。照这种情况,月底是可以写完的。

5月7日 昨晚,修改第4、5章,熬到深夜12点半了,一兴奋,再也睡不着,蚊子来扰乱,又有点闹肚子,弄得一夜未睡成。早晨肚子开始大泻,一个上午竟泻了三次。看看泻出来的尽是水,人已疲惫不堪,早午饭都不敢去吃了,只好请厨房做份白粥来喝。下午服两粒氯霉素后睡一觉,稍微好些。到下午5点钟写了六七百字,作为第16章的开头。

晚上同毛正三到桂林市文联去看望在那儿长住的电影局长袁牧之。他到饭店吃饭去了,没见着。

把第3、4两章抄出来寄给《红水河》。

5月8日 腹泻算止住了,消化还不太好。喝厨房专门为我煮的稀饭,油放多了,下午肚子又不舒服了。晚餐随便地应付一下就算了。

凤乡来信也说肚子不好,还常出冷汗。马上给她回信,嘱咐去趟医院认真检查检查。

5月9日 第16章上午写完,下午修改,觉得还顺手。以后的情节好发展下去了,如果不是遇到什么意外,月底会写完初稿的。

袁牧之领着夫人和小孩来访,坐了一会见我要开饭了才离开。

晚上旅馆要打“六六六”驱蚊子,必须清场,让旅客都离开客房。我只好到图书馆去看报,9点半回来,屋子全是难闻的气味。

5月10日 雨好不容易昨天停了一阵,今天又下起来了。如同我患的肠胃炎,好一阵又坏一阵似的。难道这个月就开始进入到一年的雨季了？如果真是这样,那这个月在桂林我将失掉享受自然环境陶冶心情的机会了。写东西进展很慢,五天才写了两章,平均一天才写两千字左右,这样月底要完成十万字就很危险了。以后每天晚上还是不能放松。早上写四个钟头,下午写两个钟头,晚上写两个半到三个钟头,总之一天要保持写够八个小时才差不多呢。

今天算是写了八个小时了，也才写了八张稿纸，一张稿纸六百字，也只有五千字。当然每天能保持这个进度就算不坏了。

中央文化部艺术教育司一个司长、上海音乐学院院长孟波和土改时候认识的刘建庵来广西视察艺术教育的有关情况，碰巧在桂林见到了。刘来我房里坐一会，谈了一下广西"艺专"的问题，叫我们准备意见，七八月间中央打算开会讨论文化艺术工作问题。

5 月 11 日　上午下雨，下午放晴。几天来桂林的天气几乎天天如此，似已形成规律了。这里的天还有冷空气南下。今天继续写第 17 章，上午才写完，看来每天写一章太紧张，两天写一章比较从容。这样一来，要到下月初才能写完了。

晚上同毛正三去 181 医院探望李仲民。史乃展正好也在那里，他较过去变得开朗些了，在大家面前也有说有笑的了。后来李的爱人周琼邦也到了。

5 月 12 日　自治区文联来电报，说是文艺献礼办公室决定将我的长篇小说手稿拿去北京革命文物馆展出。回电告诉他们，手稿六月底才抄得出来，不需送去展览了。

5 月 13 日　新华社记者黄绍进来访坐了半点钟，他想知道写作的窍门，把我的提纲抢去看了。他说他想弄弄写作。

在桂林这地方，人员来来往往较多，来自全国各地的一些熟人不断地在此经过。张庚、贺敬之也来了，自治区党委的秘书长霍泛和工业部副部长黄云也在这里。我实在不愿同他们见面，见面了总是问这问那，而我不习惯在作品未完成时让人知道。看来在宾馆写东西也不理想。好在最多再呆二十天就结束了。

5 月 14 日　为避免同一些人在餐厅里见面时讲些不冷不热的话，今天开始吃稀粥等简单的餐会，直接叫服务员送到客房来，干脆连楼梯也不去上下了。

但广西师院的讲师陈白曙知道我住这里，今天还是跑到我的客房来扯了一个多钟头才离开。

5 月 15 日　整天都下很大的雨，把人锁在室内，倒是能够专心写东西了。这两天还拿一本郭沫若的自传《革命春秋》来翻了翻。知道了"创造社"前前后后的一些事情。文字写得十分拉杂，当时“创造社”那伙人也有点杂凑，好像没有谁是正经搞学问或事业的，所谓搞文艺也都是业余兼差做票友，但是，无疑他们都成了时代的宠儿，可见中国的新文化运动的可悲。

5月16日 昨天和今天都写得很多，每天一章。第21章写完了，还剩下9章待完成，照现在这样，无灾无难，月底写完是可能的。

白焰回信，他到广州市委党校去当个校长了。

5月17日 凤乡来信，6月初去北京、沈阳、哈尔滨、佳木斯等地外调，回老家和上北京愿望都达到了。另外，牛奶开始停售给三岁以上的小孩。为了国家工业化，人们都要忍受眼前的艰苦。

5月18日 今天特别头晕，下午和晚上几乎停止了写作。午睡了一个多钟头才稍为好些，但心情仍静不下来。

整天不开胃，上街去找东西吃，很不容易找到个卖煮汤圆的，但仅用白水煮，红糖水也没有了。这里的牛奶今天也停止供应了。

5月19日 刚睡了一天又下雨了。桂林的雨也太多了吧。今天跃进了一下，把第22章写完了。已经写了271页稿纸(每页600字左右)，到月底还有12天，应该可以完成最后8个章节吧。

5月20日 《人民中国》记者徐敏来广西采访，原来我们同在东北日报社工作，1949年分开后，不觉10年了。

他说，桂林不仅是山水甲天下，就是文物也是丰富的，象鼻山有陆游的诗，是他全集里没收进去的。唐代和南宋的文人来这里不少，韩愈、黄庭坚都有诗刻在各个山岩上，画家石涛也在独秀峰待过。

从桂林可以看到，广西文化的历史悠久，但是省会搬到了南宁，使人反而感到广西文化的落后。如果仅从文化的角度来看待省会的搬迁，不能不说是一种失算，不然广西在全国的地位不至于老被排在最后。

5月22日 天是晴了，但气温骤降，人们又都穿上了毛衣。第24章下午写完。晚上，上街看电影《上海姑娘》，第25章要到明天才能开始写。

5月23日 来桂林写作整整20天了，见到今天这样的晴朗天气还是头一次。太阳从升起到落下，阳光始终普照大地，让人心旷神怡。

谭流来信,谈电影制版厂的方针问题。中央已经明确地方上的制片厂要以新闻为基础,逐步再发展的方针。各省都搞故事片厂,事实上不可能。没有那么多的导演技术人员,没有那么多的剧本,没有那么多的放映场所……原来我们广西就一直在把建制片厂的方针扭转到拍新闻纪录片的方向上来,但具体的领导同志就是不愿听,现在是到了"黄河"了,他们的心不得不死了。

5 月 24 日 又下雨了,整天见不到太阳。

给凤乡信,叫她来桂林时,把稿纸带来,再拿来半个月的粮票。

5 月 25 日 这两天的睡眠很不好,夜里醒来就再也睡不着了,往往是瞪着眼到天亮。第二天早上的写作没写多久便头晕困乏。午休也睡不好,再发展下去,恐怕要服安眠药片了。

第 26 章写完了,还有四章就可结束这本小说。月底完成写作计划没问题。但要改起来,恐怕得十天半个月。

凤乡来信,外调日期稍有变动,大概是月末或下月初才能来桂林了。这样也好,到时小说全部写完了,可以放松心情陪她四处游玩。

晚上,独自到工人电影院看波兰影片《法律根据》,调剂一下过分紧张的大脑神经。

5 月 28 日 晚上写了两个钟头,灵感很少,将来这一部分得花多些时间来修改。

收到杨克、刘剑薰和杨建成各一信。

5 月 29 日 给谭流写回信,对电影制片厂的工作提了几点意见。另外,把杨克和杨建成的信件转回自治区党委宣传部的干部处去处理。

给刘剑薰复信主要是告诉下月 10 号左右我就回南宁了。

5 月 30 日 小说的第 29 章今天写完了,全书只剩最后一章,明天就可以完成它了。

5 月 31 日 《美丽的南方》这部书稿,约 25 万字,终于今晚 12 点半写出来了。

书稿开始写于 1953 年 5 月 5 日,到 9 月中旬已经完成了全书的 90%左右,大约 20 万字,因为要去出席全国文艺工作者代表大会,写作停下来了。会后回来,因为工作变动,创作假就此结束,稿子也就没有继续写下去。

1955 年 3 月,想起这未完成的工程,忽然感到原来写的故事的结构和情节安排、人物的刻画,有点欠缺了,因此几乎整个抛弃了原来已搭成的架子,重新设计,另写了提纲,到 3 月下旬开始重写。当时没有请创作假,只是利用礼拜天和晚上的时间来写。才写了两章,反胡风运动来了,占用了全部时间与精力,稿子只得全放下来。

第二年 1 月开始,又继续写第 3 章,仍是利用星期天和假日等业余时间来进行。5 月,写到第 10 章的一半,组织派去参加高级干部自修哲学班,几个月的课程很紧,写作因而停止了。

1957 年投入了全国全党整风反右斗争运动,1958 年又卷进大跃进的高潮,连星期天也没有了,稿子也就只好一直躺在抽屉里。但它在我心中却始终抹不掉影子,在精神上总是放不下来的担子。

今年因为要向国庆 10 周年献礼,文艺界的同志都知道我有这个现成的未写完的题材,组织上也很关心这个东西的写作,这才使我鼓起勇气向组织提出要求,给予两个月的时间来把它写出来。

终于得到了假期。从 4 月初开始,到桂林雁山植物研究所,借到一座教授宿舍来写。才写了两章,又回南宁参加全区文艺工作者代表大会和中国作家协会广西分会的成立。一直到 5 月初才又回到桂林榕湖饭店的白崇禧寓所旧址,住下来继续写第 16 章到第 30 章。整整一个月的时间,几乎每天都写八到十个钟头。晚上经常为自己幻想出来的人物弄醒,一夜往往只睡上三四个小时。就在这短促的时间和身体不好的条件下,写了 15 万字左右。

实际算起来,真正写作的时间是 1955 年(指第二稿而言)写了 9 个半天,1956 年写了 27 个半天,1959 年写了 11 个整天加上 40 个半天。总共是一个月又 40 个半天。

正因为写的时间太短,难免有粗糙之嫌。只是,延续了 6 年的时光的负担,总算是放下了。如果说当时写这个东西是领了中央宣传部组织作家写作的任务,对人民对党是欠了一笔债的话,现在算还了,这应该是值得欢庆的吧。只是,稿子出来以后,不得不担心它成不成器,它对人民会不会有点益处,给文艺创作是不是增添一点光彩。

当然,自己的用意是显然的,所以把它一直坚持下来不放手,无非是想通过它的出现,使能够读到它的人们得到一定的良好的教育,使大家从中看到走在前面人的优良品德而积极向上,争取为人民为革命贡献得更多更好。但是艺术的产品往往与作家主观意图不是那样一致的,就是说,作家未必能把主观愿望完美地表现在他的作品里。特别是像我这样还不能完全熟练地掌握写作技巧的生手,作品的缺点与漏洞一定是难免的。

6 月 1 日　今天早晨把《美丽的南方》前言重新抄写后,就给自己放了一天假。

晚上去看香港电影片《含泪的笑》,悲剧的事情用喜剧的形式表现,还是不错的,把旧社会小市民的辛酸展现得淋漓尽致。

在电影院见到刘国正,同他聊了很久,后来他送我到了榕湖旁边,大家又坐下来谈到深夜 11 点半才分手离去。

6 月 2 日　延安“鲁艺”时的同学黄钢和东德方面合作拍摄一部展现中德友谊影片,这次同东德的作家一块来桂林看风景,想在此拍外景。他知道我在桂林写作,还特地来看我,两人谈了一个钟头。

开始修改稿子,头几章过去改过多次,进度较快。部里已来信,叫本月 10 号以前返回,15 日要开全区学校教育工作会议了。

给葛震和凤乡各一信,告诉稿子已写出来了。

6 月 3 日　已经把 15 章以前的稿子看了一遍,算是修改了,还有一半,再弄两天就可以了的。

晚上将前 15 章拿去给白龙油印合作社抄写,希望 10 号以前能带油印本回南宁去。

6 月 4 日　广西师范学院教授贺祥麟,以及依易天来访,谈僮族文学史的编写问题。

决定回南宁了,还有一半没有修改的稿子,只好回南宁再改了。

晚上到桂林图书馆看美术作品预展。里头有一部分是图书馆藏的国画。

有徐悲鸿两幅，一幅是一只公鸡和两只母鸡，一幅是一对喜鹊，都是比较好的作品。

在桂林住了一个月零一天，写了220多张稿纸，每张约600字，几乎写了15万字，应该是人生中写得最快的了。

6月5日 一早，同自治区文化局蓝鸿恩他们几个人一起回南宁了。榕湖饭店还送给我一盆黄色的玫瑰和两个镜框作纪念。

火车上午8点40分从桂林开，到晚上8点50分才到南宁。在桂林还需要穿棉布衣衫，到南宁却可以穿丝绸了。

6月6日 本来打算去看桂剧《一幅僮锦》的，刚要出门突然被一阵暴雨给拦下了。

同《文艺报》的编辑组长见面商谈关于在《文艺报》介绍《红水河》杂志的问题。

6月7日 正准备修改稿子，忽然被通知去参加自治区增产节约委员会的会议，讨论成立机构和开展宣传的问题。

6月8日 前22章算是修改过了。剩下8章，最少还得花一天半到两天的工夫来弄它。

接到上海画院涂克来信，问收到他的《桂林山水》画册没有，表示想回广西工作。

晚上，看法国电影《白鬃野马》和《红气球》。两部都是儿童故事片，写孩子们的友谊。只要真情相与，即使是野马与气球，同样会产生情感的。

6月9日 整天蹲在家里修改《美丽的南方》的最后8章。

晚上，灯光不好抑或太疲倦，眼睛发花，写作到10点半就不得不停笔了。

6月10日 《美丽的南方》初稿算是修改完了。几乎延续了七个年头的东西，从此总算是有了个结束吧。王肖琴他们都说，廷忠这个人物形象写得挺活，还能叫人读得下去。如果真的能叫人读得下去，七年的心血倒是不白费了。

6月11日 去自治区群众艺术馆看广西画册的选题展览。其中大多数是外省作者画的桂林山水画。广西画家的作品太少，而且除画桂林山水外，画其他题材的画作也没有。

骑单车到印刷所去改正即将付印、要刊登在《红水河》杂志上的《美丽的南方》部分章节的几个字。回来路上遇雨，单车这时又坏了，只好冒雨推车半个多小时才回到家。

晚上同凤乡、王肖琴和陆里去话剧团看《红河赤卫队》的连排，至11点半才回。

这台以韦拔群故事为底子的话剧，对党的领导人写得过多过于突出了，结果，韦拔群的形象反而弱化了。另外，知识分子梁秉元的动摇逃跑前后不够统一。

6月12日 到自治区话剧团找翟强谈韦拔群剧本的排演问题。

6月13日 下午，苗延秀和谢敏来汇报《红水河》杂志编辑工作情况。

6月14日 去南宁饭店看望来参加全区教育会议的代表，只见到百色专区的肖雷和朱守岗，其他地区还没有来。

帮梁宁修改他给《文艺报》写的稿子。梁宁反映《美丽的南方》一些读者意见，认为写得细致生动，有南方的情调。

6月15日 自治区党委召开的教育工作会议今天开幕。老葛叫我主持大会。伍晋南书记出席讲话。老葛作大会报告，总结去年的工作，提出今后的方针任务。

晚上看桂剧《开弓吃茶》《闹严府》和《黄鹤楼》。

6月16日 找自治区文化局郭铭和广西日报社刘硕良来讨论出版《广西画报》的问题。

晚上听会议联络员汇报全区教育工作会议情况。

6月17日 到全区教育工作会议的小组会上去听各小组讨论去年教育质量是否提高问题。晚上听各地区负责人汇报各组讨论的问题。

大家都说去年教育工作有很大成绩，但是又说去年的几次现场会议开错了，这样，成绩岂不是空的了吗？

现场会议的最后结论是大家都不好好学习，只是把当时会议讨论的空气带了回去，到头来就说是现场会议上说的，这怎么能实事求是！看来，一阵风的思想方法在一部分人的思想里很难根绝，片面性的产生也就难以避免了。

6月18日 同葛震、史乃展去看邕剧《百鸟衣》。剧本编得还可以看得下去，演员的表演技巧不够熟练，但看得出来有一部分的青年演员是有发展前途的。

6月19日 下午和晚上，都到南宁饭店去听参加全区教育工作会议的各地市的书记、部长讨论教学质量问题。

人们对自身错误的认识与检讨难以客观谦虚，往往是轻描淡写地说两句就过去了，对别人的缺点指责的多，认真分析的少。看来都是私心在作祟。

6月20日 去自治区群众艺术馆看美术展览，没有多少作品是可以叫人喜欢的。

6月21日 大雨把鱼塘灌满了，办公楼泡在水里。听说，广东省也正遭遇百年来未有的大水灾，有的地方要用空投来解决粮食问题了。

全区教育工作会议今晚又开各地市的书记部长会议，仍然讨论教学质量问题。

由广西人民出版社出版的《写作杂谈》已经印出来了。

6月22日 自治区歌舞团今晚拿出新排的节目，招待全区教育会议。

韦国清书记也来看了。他对《歌圩》很担心，怕搞不好拿出来丢人，一再叮嘱要加工修改。

看来《歌圩》这个节目光有歌没有舞，歌的调子又单一，人物出场又很死板，令人感到肉麻。因为它关系到僮民族重要的文化风俗特征，如果叫人看了觉得庸俗，那还不如不要。

给贵阳邢立斌写信，商量翟强的工作问题。

6月23日 冒雨去自治区歌舞团找到舞蹈导演金涛，同他谈了谈对昨晚节目的意见。回头又到自治区文化局找到他们的团长蔡琨，又跟她再强调了一番意见。

晚上去桂剧院看《一幅僮锦》的彩排。经过最近的修改，原来比较朴实的东西反被阉割了，显得空浮了，勒惹的勤劳勇敢没有了戏，达布的戏又太多，两个哥哥变得多余。

6月24日 话剧团新排的《红河赤卫队》今晚在人民艺术剧院彩排。刘建勋书记来到现场,他也认为韦拔群这个农民领袖是很有思想的人,把他写成夏伯阳那样就不对了;应该要写他去广州农民运动讲习所的那段经历,因为这是人所共知的事实,不写是不好的。

全剧七幕,我全部看了以后,觉得戏是写出来了,但是有好些地方是可以减掉的。第三幕,韦受伤可以省掉,让他到广州去回来;韦的父亲和奶妈也可以不写;梁秉元叛变后的出现(中秋之夜)可以去掉,用梁得宝的口供交代来表现会显得更紧凑。

6月25日 全区教育工作会议上午又开各地市书记部长的讨论会,研究确定重点中学问题。

下午在伍书记处讨论大会的总结报告。

6月26日 开了12天的全区教育工作会议今天结束了。上午,由葛震和伍晋南书记分别作了总结。

下午修改《美丽的南方》的第5章到第8章。

晚上,梁宁来谈文艺评论问题。

6月27日 上午去同各地市委宣传部长开座谈会。下午一下子空闲下来,马上觉得没事好干,心里像没了着落。

6月28日 花了一天时间修改《美丽的南方》前15章,算是改出来了,但还剩一半,后15章恐怕还得花两天时间修改,"七一"以前还不能把它寄到出版社去。

晚上同葛震上街,天太热。西瓜都不易买到了。

6月29日 去桂剧院同编剧导演和演员一起座谈《一幅僮锦》。

6月30日 半年过去了。这半年倒是比较集中地把时间用在写作了,开头写了一个电影脚本,后来又写了20多万字的《美丽的南方》。假如长此下去,让我专心于此道,一两年内,可能会写出些像样的东西来吧。

上半天在韦国清书记处讨论僮文问题,决定小学一年级上僮文,小学毕业要学七年,二三年级以后则每周学一两个课时的僮文,在已经讲汉语的地区则在高小阶段增加僮文的扫盲课程。

晚上到展览馆去看准备送北京民族文化宫的展品。东西虽多,但特产不够突出。

7月1日 同广西“艺专”和电影制片厂的负责人讨论各自单位的方针问题。“艺专”决定是以提高为主,培养高级音乐美术的专业人才,所以在招生人数上不要贪多。制片厂目前应以提高新闻片的质量为主,但要做艺术片生产的准备。李仲民偏重于搞艺术片。思想问题不解决好,届时新闻片质量不能提高,艺术片又弄不出来就被动了。

下午,躲在宿舍改《美丽的南方》,明天还得改一天才可能改完。要寄去作家出版社,恐怕要到本月5号左右了。假如不能出版,那恐怕要放些时候才可能再进一步去修改了。

7月2日 修改《美丽的南方》。伍晋南书记叫我去谈到学校去检查工作和最近报纸报道教育工作方针的问题。伍书记打算到南宁三中去当学生,亲自听课。

7月3日 韦国清书记叫我去谈话剧《韦拔群》的有关问题。大家认为写韦拔群应该分三个阶段:头一段是思想准备阶段,旧民主思想转变为马列主义思想;第二个阶段是农民运动;第三阶段是坚持武装斗争。

应该把他写得高一点,写成毛泽东思想的体现者:通过他的形象,可以看到中国革命的发展过程;通过这个人物,人们看到这一代革命领袖的精神风貌。他是从一个无政府主义者,由于接受了毛泽东的革命思想,逐渐发展成为一个马列主义者的人物。

7月4日 同梁宁到自治区话剧团,参加他们讨论话剧《韦拔群》。

晚上,同刘毅生夫妻和葛震一起去看电影《两姐妹》。回来又在刘家谈了一个多钟头。

《美丽的南方》算是修改完成了,打算明天寄给作家出版社去审看。

7月5日 给作家出版社写了一封信,和《美丽的南方》稿子一起寄出。

到韦国清书记处同话剧团柯丹、翟强谈《韦拔群》的剧本问题。

7月6日 开了一天的会,同文艺处的同志们检查《红水河》半年来的作品。但是检查不得法,没有从作品的思想倾向去着眼,而过多地在统计发表的篇幅和作品内容分类上下工夫。

7月7日 《红水河》编辑部的苗延秀、谢敏、刘剑薰来汇报半年来的工作总结。

7月8日 到自治区歌舞团去找郑天健和蔡琨谈《刘三姐》的排演问题。

给严文井寄去《美丽的南方》书稿和信，请他提意见。

7月9日 自治区桂剧团李寅和刘彬来讨论《一幅僮锦》的改编问题。

晚上，郭铭来谈自治区文化局的各方面工作，至夜里11时半才走。

7月10日 给广西师院语文系副主任蓝少成写信，请他为《红水河》物色一个编辑。

晚上，陪同伍晋南书记去看桂剧《桃花扇》。

7月11日 突然接到西虹从南宁航空站来的电话。他昨天到南宁来，等明天的班机飞往昆明采访铁道兵团修筑滇渝铁路。

他原来是到《解放军报》当记者去了，这比专门当作家要好一些。既不妨碍深入生活，又不至于脱离政治斗争。如果在采访中收集到足够的小说素材，还可以请创作假。他人不见老，但十年来他已经是三个孩子的爸爸了。

接到《人民日报》副刊白原来信，说是看到《红水河》发表我的文章，可见我是有空写稿子的了，希望我给他们写写东西，比如写南宁十年来的变化。

7月12日 在家里整整一天，读了郭沫若的《蔡文姬》和有关蔡文姬的几篇文章。郭沫若在"序言"里说，他写蔡文姬归汉的故事，实际上是写他自己。那就是说他亡命日本十年后，抛妻离子归国正是如蔡文姬当年的情感。那末，谁又是当年的曹操呢？

7月13日 气温今天高达38℃，闷热难耐。过渡上白沙一趟。原来比较幽静的果树之乡，现在荒芜了。芭蕉植株又黄又瘦，只有一人高，周边尽是杂草，难怪南宁市场没有芭蕉卖了。

自治区教育厅余明炎他们来讨论高中生统一考试的题目。

7月14日 过两天捷克红星足球要到南宁做友谊比赛，自治区人委开会讨论接待问题，叫我也去参加。

上午同广西人民出版社、作协广西分会的有关人员讨论出版国庆10周年献礼图书的版本问题。

晚间,读《思想动态》。资产阶级思想仍在社会各角落里发酵,一有机会就乘隙而出。东北军的旧将领于学忠认为,今天的无产阶级专政和社会主义建设,无异于秦始皇的虐政,总有一天要给人民推翻的。可见,右派思想并没因反右运动的胜利而绝迹。

7 月 15 日　自治区歌舞团新排《刘三姐》歌剧,本来是以山歌为主的题材,经过加工,新歌调太多,不洋不土的。

这两天南宁人为暑热叫苦。气温高达 38℃,夜里睡觉都不敢下蚊帐了。

7 月 16 日　读东兰革命故事的调查资料。广西日报社的秘书长来谈干部问题。

7 月 18 日　为了要开会纪念日内瓦和平解决印度支那问题五周年,外事处邀去开了一天会,讨论纪念形式和宣传问题。

晚上,带孩子们去看歌舞团彩排《刘三姐》。

7 月 19 日　为审阅纪念日内瓦协议五周年会议上的各团体的讲话稿,忙了一个下午。

7 月 20 日　自治区歌舞团要到北京去汇报演出,请正副团长来谈准备拿出去的节目。晚上,陪伍晋南书记看《刘三姐》彩排。

林学院梁唐晋院长来谈干部和基建问题。袁似瑶来谈广西"艺专"的学制和招生人数问题。

7 月 21 日　严文井来信说收到我的《美丽的南方》手稿了,并说马上要去北戴河开会,等稍晚些一定看看。他认为既然有了初稿,一定还会有二稿三稿,总之一定可以改成的。

他还说我太谦虚了,其实在写作上我并没有交白卷。一个人的成就有早一点的,有晚一点的,这都是正常的,只要能坚持下去,总会有成就的。

7 月 22 日　自治区桂剧团李寅、刘彬和郑天健来谈《一幅僮锦》的改编问题。

读电影脚本《聂耳》,写的社会背景过多,写个人的东西少,聂耳的个人性格就不突出了。

晚间去看粤剧湛江班演出的《望夫云》。演员不出色,演技也不好,未至终场我便离开了。

7月23日 去看《十三陵水库畅想曲》。田汉的畅想过于浪漫又过于空泛了。好像是空中飘飞的棉絮,也如浮肿的睡美人。

7月24日 郑天健、蓝鸿恩来谈到越南去参观戏曲演出,以便回来排演一个越南的戏剧。

读电影脚本《林则徐》,写得好,林则徐和其他配角都很生动,文字也精练。

7月25日 去粤剧团看彩排《关汉卿》,演员演得太平淡,感情未能深入角色。故事是演出来了,观众却未受到感染。

到展览馆去看文化馆的筹备工作。修改《十年来短篇小说选》的序言。

7月26日 开始读波兰作家聂维尔利的《一个人的道路》。给上海的涂克和桂林的陈贞娴复信。

7月27日 给刘名涛修改《关于〈中秋节〉的讨论》。到广西展览馆去看文化馆的设计。

7月28日 关于大专学校毕业生的分配工作,目前成了粥少僧多,各个学校都在抢毕业生。找了几间大专学校的负责人来谈话了解,大家似乎对"西大"要的毕业生太多有意见。

7月29日 电影制片厂的李仲民跑来汇报工作,看我不支持她搞综合电影厂的想法,很不高兴地走了。

下午找作协广西分会负责人苗延秀来谈话,检查为国庆10周年献礼图书的编写问题。同时希望他今后说话要注意,不要把个人与党委各部门的不同意见随便外传。有不同意见可以来自治区党委宣传部讲清楚,不要在群众面前拿出来讲。

7月30日 凤乡请假带坭坭回哈尔滨探亲。十年了,当初她离开家时还是个大姑娘,现在已经是四个孩子的母亲,最大的女孩已经九岁了。这次回去,应该可以给家里的老人增加一番欢乐吧。

她们是黎明时离家到火车站去的。我骑着自行车上火车站去送了她们,等到清晨6点40分火车开了才回来。

到自治区卫生厅、教育厅去审定广西展览馆的展览设计。

8月1日 画家李可染善画牛,1952年到过广西参加土改,今年春又来桂林作画。郭龄特代我向他求得水牛图一幅。这幅画图上有两个牧童骑在水中的牛背上。图的上方画着长出新芽垂下的柳条。水牛的神气甚是生动,眼睛特别传神。

岳平和秦似下放回来了。去找他们来征求对今后工作的安排问题。秦似想打听组织上给他以什么名义去广西师院教书,是教授还是系主任?岳平不想去广西“艺专”,愿意到其他学院去,或者是到党校去都可以。

参加自治区党委讨论学习政治经济学的问题。

8月2日 这两天都下了雨,一下子变得凉爽起来,有了几分秋意。

晚上,到自治区党委听书记处向各地委布置当前农村工作电话会议。

粮食包产的数字,已经压到1957年的水平了。这与年初所定的比1958年翻一番的450亿斤减了四分之三。可见一切事务凭主观愿望去要求是办不到的。人的两条腿,正常的动作是走路,跳跃是偶然的、一时的,如果老是在跳跃,那是不可能的。

1958年的工作的确是给了我们一个极其深刻的教训。

8月3日 伍晋南书记叫我去谈干部理论学习政治经济学的问题。回来在机关看了一天的文件。

8月4日 审查广西照片集《今日的广西》。读关于韦拔群的材料。

8月5日 收到桂林日报社梁启源来信,求教怎样从事文学创作的问题。

晚上,领着南南、朵朵去红星大戏院看京剧团新排的《白蛇传》。8月本来就是酷暑,剧场里此时更是闷热得吓人。演员表演得是满头大汗。我们坐的位置离舞台较近,可以看见演员脸上的汗水一颗一颗往下滴。许仙演到“断桥”那一幕,已经是支持不下去了。

凤乡带坭坭回老家探亲已走了6天,还未见来信,不知她们在北京游览顺利否。

8月6日 阳太阳到百色去一趟,画了一幅油画的草稿回来。画题是《右江的黎明》,是写韦拔群领导一支队伍歼灭了敌人之后的一个场面,气氛和人物都还不错,就是韦拔群旁边站着一个拿着眼镜的人比较突出,俨然成为韦的领导者,这就与历史事实不大符合了。

8月7日 西虹从昆明回来,带他到国际旅行社203号房住下,再陪他去饭店开饭。在饭厅遇见粤剧团的领队华嘉。他说乘这次粤剧团来南宁演出的机会,到20年前去过的地方走走。

夜里开部务会议,大家谈到次日凌晨2时才散。

8月8日 为解决河北评剧团来广西落户的住房问题,今天和老葛跑了大半天,到处去看房子。下午又找自治区桂剧团李寅、郑天健来谈话,检查他们明天要去广州演出的节目。

晚上本来要开会,后来找不到人没有开成。同老葛去看粤剧团演出《荆轲》。剧本和演出都不能令人满意。事后想起来,应该在西虹回京前去话别的,他好不容易来了一趟,没有很好地同他一块扯谈,以后又不知什么时候见面了。

8月10日 葛震传达自治区党委布置反右倾问题。下午到自治区人委开会解决评剧团来后的住房问题。晚上讨论重点中学的教员配备和学校设备问题。

8月11日 到自治区话剧团去看望翟强。他为《红河赤卫队》的改排与写剧本的人意见未取得一致而流露出消极的情绪,打算另外写个剧本。柯丹说翟脾气不好,动不动就生气。翟则说,编剧水平太低,没法合作。

晚上到自治区党委听电话会议,韦国清书记布置反右倾问题。

8月12日 今天开始学习《政治经济学》下册第20章。

找作协苗延秀来谈文联与自治区群众艺术馆合署办公问题。又找熊树和来谈自治区话剧团的思想情况。

晚上,到伍书记处去听自治区教育厅汇报重点中学的右倾情绪的问题。

8月13日 部务会议。各处汇报反右倾情绪的情况。

自治区文化局郭铭回来,同他找林克武谈评剧团的房子如何解决的问题。

8月16日 “西大”李润隆来,跟我谈他的离婚和想入党问题,没有谈完,自治区文化局郭铭就来了,没有继续谈下去。

郭铭同意让李金光兼做自治区文联秘书长，把自治区群众艺术馆和自治区文联两个摊子合在一块办公。

8月17日　晚上，上街散步，遇见14年前在延安一起南下的战友孟国基和黄玉祥。请他们到家里来坐了一会。他们都是经过长征的老干部，一个是百色军分区的政委，一个是副司令员吧，因为年纪大了，要转到地方工作。孟国基对文艺有兴趣，现在还写剧本写诗，到文化岗位上来倒还用得上。

8月20日　葛震说刘建勋书记在自治区党委的常委会上传达了庐山会议情况，彭德怀、张闻天、黄克诚、周小舟等人形成了一个集团反对党的总路线。开头是由彭德怀一封信所引起的。听说，犯错误的同志说："三十年的友谊，在庐山分手啦！"中央说："不，不分手，还是团结教育。"

8月21日　在葛震处看到毛主席在庐山会议上的讲话。这次会上，反右斗争是激烈的，他老人家生气了。

8月22日　晚上同老葛去看话剧《红河颂》。看来还是没有改得令人满意，他们的艺术水平就只能达到这个程度了。

我被分派了一个重要任务，要下去做个公社调查，争取能送到毛主席面前去，提供材料给他编一本书，反驳国内外一切反对派的攻击诬蔑。

8月23日　刘建勋书记正式向厅局长以上干部传达了庐山会议彭德怀、黄克诚、张闻天、周小舟等人反党的问题。彭德怀的信上，把总路线的正确性给歪曲了，把毛说是"斯大林的晚年"，是"独断专横"，是曹操……

8月24日　同准备到各专区去做公社典型调查的几位组长碰了一个头，把每组的人都分配了一下，大家就采访调查应注意的事项交换了意见。

老葛把自治区文化局郭铭叫来批评了一通，觉得文化系统的干部组织性纪律性太成问题，什么事情都未经请示就自作主张。

晚上同乡钟英杰和马镇图来访，谈了谈家乡的农业生产问题，觉得生产还不能太乐观，要真正做到丰衣足食还要三五年时间。

8月25日　中国青年出版社来信。他们在《红水河》杂志上读到《美丽的南方》的章节，想把它出版，问我行不行。回信：如果作家出版社不出时再说。

晚上去看波兰电影《华沙美人鱼》。

8月26日 刘建勋书记在全区三级干部会议上传达中央八届八中全会精神。

下午同调查小组同志到南宁地委去接头,准备下到公社抓典型。地委的有关人士都不在,改明天上午8时再开会。

晚上,去电影制片厂看"新闻片"8、9号。

8月27日 上午到南宁地委去接头,组织下公社调查的问题,见到地委书记李均。下午去同参加调查的同志谈学习问题。

8月28日 又到南宁地委去参加公社典型调查小组的学习。大家都没有怎么学习文件,讨论起来发言很少。

晚上去看柳州彩调团演出《刘三姐》,歌词是精彩的,戏剧的情节还不够完善。

明天就到公社去了。这是一次考验,考验每个人对人民公社的看法。现在中央已经强调它的正确而且提出它的伟大的前途了,大家不会持有另外的观点的。问题是需要每个人去做实际的现场的调查,调查出足以证明优越性的资料出来。这就需要每个人先有正确的立场和观点。

8月29日 火车上午9点从南宁开车出发,到下午3时30分,我们到了夏石车站。同行的有方宏誉、唐崇锦、马元杰、何绍榜和地委农村部副部长卫中林等人。

公社设在一个小小的圩场上。县委书记赵西到职不久,对于情况一无所知,我们来了也得不到重视。可能是这个公社招待的来访者太多了,他们已经不在乎。听说,外国记者、中央的同志都来过,现在还有国家民委三个女同志在这做调查。因为这个公社已被作为民族地区公社的典型在北京民族文化宫展览了。

下午吃完饭,去访问一间农业试验站,回来天黑了没有灯,大家只好在又潮湿又阴暗的房子里休息了。未来的日子,我们要在这里书写向全世界宣战的文章。

8月30日 一早拿着口盅、毛巾、牙刷到河边去漱口洗脸,老乡们却在那里洗衣服,心里未免有点别扭。虽然解放后,特别是近两年国家大力提倡讲卫生,但乡村卫生条件还是很落后,还有太多的工作要做。

国家民委有一个少数民族历史调查小组在这里工作,其中有三个女同志是中央民族学院历史系的学生,她们在这样偏僻乡村生活已经一年了,已经弄出六七十万字的材料。看来她们很热爱自己的事业。

同公社党委书记和主任座谈,主任介绍了基本情况和十大优越性,有的数字还需要深入核对。今天《人民日报》发表社论《人民公社万岁》,把人民公社的性质和前途又做了一次阐述。

8月31日 同乡欧丕钦来夏石为他的工厂找木犁回去,准备加工做农业生产工具。同他谈及家乡人,问及家乡事,原来过去所认识的乡人大多数都已被时代的车轮碾碎了,有的勉强跟上来,也是遍体鳞伤,成了老弱病残。二十多年来,社会变化太大了,真可用翻天覆地来形容。

我们调查小组,今天讨论调查提纲。这里的圩日,有芭蕉、青菜和鸭子摆卖,但到了中午12点,圩场就散了。

9月1日 同公社主任谈福利事业。他请我们到火车站附近去看要修建的林渔牧副业的基地。这地方是富庶的,土壤很肥,但如何经营管理的问题还没有很好地解决。

9月2日 民族画报社张冠荣来这里访问,打算拍几组照片去作为10月号的国庆10周年专刊用,还约我写篇1,500字的介绍文章。

这是代表僮族地区的人民公社,北京民族文化宫综合馆决定展出这个公社。如果不把它布置安排得好一点,将来人家来参观是要被动的。

来了四天了,对这个公社的具体情况还不是很清楚,怎么能写出文章来呢?

同乡欧丕钦还未回南宁,同他在榕树下谈天,生活知识他倒积累了不少。

9月3日 下了雨天气马上变凉了,秋天已经来临。但是这里的树木和庄稼依旧郁郁葱葱,看不出秋意。

吃过早饭,我们等雨稍为停歇,就到白马生产大队去访问。《民族画报》的记者张冠荣和电影制片厂的马元杰也同行。我们一直沿着铁路慢慢走,一个钟头才到了大队部。

同夏石大队一样,这儿满屋都挂着红绸制作的锦旗,都是县委、专区、公社和下放干部送给大队的,还有一些是奖品和礼物。县妇联送给罗佩珍丰产田小组的锦旗,特别引起大家注意。罗佩珍带着16个妇女经营6亩4分水田,今年上半年平均亩产853斤,比普通田产超过一倍以上了。《画报》记者给她拍了几张照片。到她家里,见墙上也挂了四五张奖状,都是她用劳动换来的光荣。同她谈劳动模范行为,她回答得那样平常,好像是应该做的,不以为有什么值得谈它似的。这些劳动模范就有一颗纯朴的心,只知应该积极劳动,把庄稼田侍弄好,将来日子过得好些。

我们到第二个家庭是去访问60岁的程仕高。他一家四口,自从公社化以来,生活变化特别大,买了两床新棉被,六套衣服,一床蚊帐,三对球鞋,一张棉毯,现在还有两丈布没有缝衣服。记者给他拍了照片,把我们调查组的人也拍了进去。

我们还参观了广西农学院师生下放来经营的"百花园",那里有甘蔗与高粱嫁接,有月光花与红薯嫁接,都是些试验,规模太小,数量也太少。

晚上同几个老农座谈公社化以后的变化,大家都没谈出什么系统的意见来,只是零零碎碎的三言两语的感想。

9月4日　在书店买到一本陶承的《我的一家》,一口气把它读完了。写的是第一次国内战争到第二次国内战争结束这一历史时期,一个革命家庭的成员的英勇战斗的事迹。作者是位家庭主妇,受革命思想感染,逐渐变成一个革命者。这个家庭的每个成员都经历了异常艰险和悲壮的斗争,在斗争烈火锻炼下成了无产阶级的战士。这里有可歌可泣的故事,有深沉的母爱和温暖的战斗友情,又有令人激愤的仇恨和令人发指的敌人的凶残。可是,书本的讲述者却可以用那样简练而极富于形象和典型的事迹把它们描述出来。

书写得那样亲切,读者仿佛在亲身经历书中的故事。我们不得不深深地感谢作者给我们讲述这样可贵的历史,同时不得不惊叹作者是一个多么富于文学素养的人。

今天,雨把街上浇成了泥浆,我们调查工作不好出门了,只好在公社里请几个模范人物来谈话。一个种菜的68岁的老头,牙齿几乎全脱落了,人却挺精神，他说还可以挑120斤菜上车站。他说之所以有好身体，是14岁开始就劳动到现在了，大家都说他不像快70岁的人。

9月5日 今天是夏石公社成立周年纪念。公社通知各个大队的社员来开庆祝大会。一早小学校的广场就搭起松门，挂上鲜红的旗帜、横联，街上贴着标语，社员们在打扫街道，显现着一派节日的气氛。

上午10点以后，社员们陆续来了。年轻妇女穿上了节日的服装，青色衣裳，梳上盘着头发周围的辫子，有的梳着发髻，有的着意留着额前的刘海。每人戴着或拿着用竹篾编成的上着一层桐油的黄澄澄雨笠。

公社的社员们都以大队为单位被组织到会场里来。会场布置有主席台，周围用红布及红旗装点得特别热闹。

到开会时，已经是下午1点多了。公社党委书记说了一个多钟头的报告，接着是一些劳动模范的发言，表示今年超包产的决心……

晚上10点钟，公社还从宁明县请来放映队，一连放映了两部电影，大家看到次日凌晨2点多钟才散。

9月6日 为了要应付《民族画报》记者的访问拍照，公社组织了几个副业组的社员到一个深水塘区捕鱼。塘大网小，鱼虽然不少，却都逃脱了，一网才得一条两条。他们说，要到中秋节前两天，塘水放得差不多了，那时就好看了。这点我们是相信的，从跳跃在水面上的鱼儿看，塘里的鱼是又大又多的，就是渔网太小了。

9月7日 今天是圩日，老乡们都拿着自留地生产的青菜、嫩姜、瓜果和自养的鸡鸭来卖。从早上9点多钟到下午1点多钟散场，老乡他们回去还可以出下午工，挣得到半天的工分。

9月8日 答应给《民族画报》写篇一千多字的稿子，介绍这个公社的情况。酝酿了两天，还是没有头绪，觉得写这样的文章很受拘束：一定要一千五百字左右，一定要举事实写数字，要概括这个公社的优越性……

9月9日 为了要把《民族画报》的稿子"挤"出来，一天都像害了病似的，周身不舒服。写散文吧，没有什么感性的印象，写通讯吧，许多数字都不确切。加上字数又限制在千多字左右，真是为难得很。不写吧，又答应了人家，张冠荣到南宁后还拍来一封电报说是编辑部来电报催稿。就这样被逼和挤，好歹写出2,000多字，开头是文学手法，后头则全是数字罗列，真不知算是什么文体了。

9月10日 我们调查小组的工作已近尾声了。调查报告初稿已弄出来，今晚我读一遍，明天大家再讨论一番，最后请公社党委审查就算完成任务了。后天可以回南宁。

回南宁以后，如果仍然在自治区党委宣传部工作下去，打算把事务工作推给办公室去应付。每个星期抽三个下午去办公室处理一些事务，看文件和找人谈话就行了。平时除了开会，就在家里读文艺理论，写稿子……今年希望能将韦拔群故事的提纲弄出来，明年用一年的业余时间，也许整个故事的初稿就可以写出来了。当然最好能到作协去专门弄文艺工作，或者到"艺专"去也比在自治区党委宣传部弄专门一些。

9月11日 夏石人民公社的访问今天结束。调查报告初稿经大家讨论都说可以了。我看回去还得花两天时间来弄它才能拿得出来。

上海文艺出版社来信问韦拔群的故事的写作情况。马上回他们一信，交稿日期很难估计。

《民族画报》来电催稿，好在已经写出寄去了，不然真叫他催得你不安。以后可别事先答应编辑部的约稿，真是自找麻烦。

9月13日 自治区党委召开一届九次全会(扩大)，我得到列席的通知，去听了一下。原来是桂林地委第一书记徐瑞林犯了右倾错误。刘建勋书记作了一个多钟头的发言，接着是徐瑞林检讨。

下午请假在家改写关于夏石公社的调查报告。

9月14日 改写夏石公社的调查报告。

接到中国青年出版社来信，说是看了《红水河》上连载的《美丽的南方》，觉得还不错，想出版这本书，但因作家出版社已有约在先，只好希望我有新的作品给他们出版。

9月15日 夏石公社调查稿已修改完毕了。

晚饭去明园饭店当陪客。自治区党委伍晋南书记和自治区人委莫乃群副主席出面宴请河北来广西工作的评剧团全体人员。

9月16日 自治区党委三级干部会议今天开大会,徐瑞林作检讨。

作家出版社来信,对《美丽的南方》提了几点意见。他们认为韦廷忠、杜为人、全昭三个人写得比较突出,有修改的基础。但有的次要人物则较模糊,而且情节写得不深,几个高潮都表现无力,往往是刚到高潮就中止了,读着感到不满足。再就是其中写的几个知识分子形象会不会与现实不符……希望我能在11月底以前改好寄给他们。

9月17日 到广西展览馆去看文化成就展馆的预展。这次比去年庆祝自治区成立的展出好多了。

从展览馆回来,感到十分疲劳,中秋节也没有心绪过了。

9月18日 参加自治区党委扩大会的小组会,讨论徐瑞林等人的右倾错误思想,批评了一天。当事人不肯在具体的问题承认错误,或者说只知道自己有右倾思想,但不承认在地委组织中有计划有组织地反对党委、反对总路线。

9月21日 给作家出版社写回信,对《美丽的南方》的修改提了些想法。

9月22日 到自治区歌舞团去找团长,了解团里有个右派分子,到北京的柬埔寨大使馆去要求政治避难的事。这应该是比较重大的案件,可是自治区文化局郭铭却不汇报,组织观念未免太差了。

电影制片厂拍了三本《京凭快车》片子,反映乘务员的服务态度和车厢上清洁卫生的,叫我去审查。下午去了三个钟头。

9月23日 听自治区三级干部会的大会发言。到自治区人委去参加讨论国庆节的庆祝工作问题。

下午又向电影制片厂交待国庆节的新闻纪录片的摄制事项。

晚上去自治区影片公司看《回民支队》和舞台艺术片《宝莲灯》。回民支队马本斋的形象比较成功,颇受《夏伯阳》的影响。

9月25日 自治区三级干部扩大会小组讨论《自治区党委全会对徐瑞林、王斌吾两人右倾机会主义错误的决议》文件。

到桂剧院看排演的几个传统小戏。

9月26日 又开了一天自治区党委扩大会,讨论王斌吾的错误问题。这是由于王斌吾对《决议》文件提出了反对意见而引起的。大会对王斌吾在桂林地区工作时搞出的许多莫明其妙的笑话一一列举,弄得与会者常常哄堂大笑。

晚上,到广西军区礼堂听毛主席和刘主席在中央军委会上的讲话录音。

9月27日 自治区三级干部会议和自治区党委全会都是今天上午,在广西军区礼堂由刘建勋同志作总结。

下午我到自治区人委去参加讨论国庆节的筹备工作。

9月28日 为了给刘建勋书记和韦国清书记写国庆10周年的报告和文章,刘书记叫葛震同我,以及谢芳春和苏丹去当面作了交代。回头我们忙了一天,要在明天把报告与文章赶出来。

9月29日 到广西展览馆去看阳太阳画的《右江的黎明》油画,把人物画小了,场景气氛都显得十分好,早霞的河岸和群山都很美。

在广西图书馆展出的由广西美协主办的十年美术作品展,自治区政协办的美术文物欣赏会,我都去看了一下。

全区的美术人才还是有一些的,就是没有很好地把他们组织起来。

9月30日 下午开庆祝建国10周年大会,有越南的越北自治区党政代表团、云南民族参观团和各专区民族观礼团参加。我被请到主席台上就坐,很不习惯。晚上还出席了宴会。

国庆晚会的节目弄得很零碎,明显是准备不足的,真叫人生气。

10月1日 国庆10周年。凌晨4钟,坭坭、南南就起床了,去参加学校集体组织的到街头去迎候庆祝国庆10周年的游行队伍活动。

下午,卫华带着评剧团的相关同志邀请去看他们的演出。

10月2日 到街上去走了走,商店的门面有了好大的改变,装潢改装了,原来的招牌字改写了,铺面重新进行了粉刷,橱窗摆上了最好的商品。

人们穿上节日的服装,拥到街上来凑热闹,场面与平日大不相同,一片歌舞升平、欣欣向荣的喜庆气氛。商店出售一批国产手表,一下全被抢光了。

买本沙汀的《记贺龙》来读。贺龙的性格生龙活虎,作者观察得很细致。但多从琐碎生活的小动作和言谈去着眼,这样一来分量多了,就难免让读者会产生腻味。而贺龙高大伟岸等其他方面的闪光点表现得就少了,读者也就自然了解得少了,或者是有些根本就不知道了。

10 月 5 日 自治区话剧团今晚请翟强吃晚饭叫我去当陪客。翟强明早就回去了,他来一趟也没有与他深谈,心里总觉得不安。帮他带封信给邢立斌,希望邢能给翟一个写作假期,把《韦拔群》写出来。

去参加自治区招待外宾的晚会,看了评剧团《三看御妹》和吴晓邦的舞蹈团体演出《平沙落雁》和《思凡》等节目。

10 月 7 日 舞蹈家吴晓邦率领他的天马舞蹈工作室到南宁演出。他演的《思凡》和朱捷等演的《平沙落雁》引起观众极大兴趣。

10 月 8 日 作家出版社回信,《美丽的南方》是要出版的,所以才请我 11 月底前改好给他们。至于他们所提的意见只是供我作参考而已,希望我还是按照自己所考虑的修改。

梁宁来谈写作问题,至次日凌晨 1 时半才离开。

10 月 9 日 给作家出版社写去一信,答应 11 月底以前把《美丽的南方》改好寄上。

严文井寄赠一本他著的童话书《小溪流的歌》。

10 月 10 日 去广西作协同苗延秀谈《红水河》杂志的工作。

下午去广西军区礼堂听毛主席向各民主党派讲话的录音。这是毛主席将庐山会议的精神向民主党派的负责人传达。

晚上看桂剧团演出越南传统剧目《蚌螺蚬蛎》,它对旧社会县官、财主给予极大的讽刺。故事由小偷、算命瞎子、暗娼、和尚、县长、里长等人交织在一起,表演了一出闹剧。

10 月 11 日 早晨一个人骑自行车到津头村旁的南湖去走了一趟。湖边已经新建好几个亭子,周围栽植了好些果木花卉,横过湖心的长堤开始铺路,再过一两年,这地方将是供人游玩的好场所了。

10 月 13 日 晚上,去自治区桂剧团讲话。针对剧团后天出发去北京、东北三省和上海、杭州作巡回演出,讲了两点意见:一、争取荣誉,虚心学习;二、树立整体的观念,克服个人主义。

上午在自治区文化局党组开会,布置总结去年工作。

10月16日 晚上自治区党委召开地市委的书记和宣传部长的电话会议，布置当前报道工作。

10月17日 下午到自治区文联参加组织文艺工作者到人民公社访问的座谈会。

10月18日 《文学评论》编辑部来航空信，说是十二月份要出兄弟民族文学特辑，问有没有这方面稿子给他们。

印度尼西亚的歌舞团从越南来到南宁演出。唱《星星索》的男高音水平相当高，返场四次才稍微地满足了听众的要求。

10月19日 给现役军人莫乐天写回信，答复他关于写作上的常识问题。

晚上去电影院看国庆节献礼影片《我们村里的年轻人》《在西双版纳密林中》和波兰影片《虎口逃生》，一连看了五个钟头。

10月22日 晚上同老葛去看苏联影片《一个人的遭遇》，反映了苏德战争中一个汽车司机的命运。他在战场上英勇，在集中营中不屈，复员回来看到了战争对家庭幸福的毁灭。影片一直使观众透不过气来。这对战争祸害的控诉是深刻的，但是，似乎给人留下的印象却未免过于凄凉，所以有人把它跟《雁南飞》等同起来看也不是没有道理的。

看完电影，到自治区话剧团去坐了一会，葛震鼓励柯丹，让话剧团把《红河赤卫队》改写成电影剧本。

10月23日 国画家马万里来广西工作。林克武约我去看看他。我们同他的亲戚雷沛鸿以及自治区文化局的郭铭到国际旅行社去见到了他。

原以为他是白发苍苍的老头了，谁知他满面红光，头发乌亮，看来像个40多岁的壮年。嘴下倒是留着一把胡须，头发像妇女的发型往后梳，整个头盖全叫头发蒙着，连耳朵都几乎被头发覆盖了。他讲话很少，一个钟头才讲了几句话。他对西洋画相当有成见，也正如画西洋画的人对国画一样的态度。将来他们会不会合作得好，倒是值得担心的问题了。

自治区影片公司放映《毁灭》，该片没有将原著精神反映好。

10月24日 到南宁饭店去参加自治区除害灭病卫生工作先进生产者代表大会的预备会议。

下午到自治区文联去参加全国画展的预选会。

10月25日 全区卫生先进工作者代表大会今天开幕。自治区副主席贺希明致开幕词,下午是自治区卫生厅长做报告。

晚上在老葛处讨论自治区文化工作的发展规划。

10月27日 准备到《红水河》编辑部去谈三个问题:1.百花齐放与百家争鸣;2.编辑职责与修养;3.工作制度与积极负责精神。

晚上,看海南岛民族歌舞团的演出,其中一个女高音的水平相当高,返场四次才满足了观众的要求。

10月29日 给王肖琴写信,请她代买《马恩列斯论艺术》等三本精装书。

参加《僮族文学史》编辑室有关该书编辑问题的讨论。

10月30日 开部务会议,处理相关事务。去参加自治区卫生先进工作者代表大会的主席团会议。

晚上,葛震从柳州回来,在他家里讨论明天的卫生会议的闭幕词,到午夜才散。

10月31日 上午参加《僮族文学史》的讨论会。下午参加除害灭病的先进工作者代表会议颁奖。晚上参加卫生会议的会餐。

11月1日 参加《僮族文学史》编辑室的讨论会。我在会上提出修编的意见,认为应该是多作叙述,少作评断,当作一个概况来完成其第一步工作,有些学术上的探讨论述,可留第二步给专家去研究。

11月2日 到机关处理事务、看文件。小说还是改不成。明天开始改,月底能否改好,真成问题。

11月3日 修改《美丽的南方》。下午各大专院校党委书记来汇报反右倾运动情况。知识分子仍然是那样顽强地坚持他们的立场来对待革命建设事业,看来思想教育必须反复地长期地进行下去才行。

11月4日 葛震从柳州回来传达地委书记会议精神,关于社会主义教育有新的布置,说是与反右斗争不一样,目的重在教育。但是,如果出现敌对分子又另当别论了。

晚上在葛震处讨论干部问题至次日凌晨1时。

11月5日 到自治区彩调团去听他们谈《刘三姐》的剧本构思。仍然摆脱不了概念的羁绊。

人民文学出版社现代文学编辑室来信,准备将我的短篇小说编进"少数民族优秀短篇小说集"里去。晚上回信,申明我在十年前写的那几篇东西,都不是反映少数民族生活的。我的民族成分划为僮族以后,还没写过小说,所以交不了卷。

11月6日 反右倾运动原先是由自治区直属机关党委领导的,现在又交到各部门来归口领导,这样一来,又要忙起来了。

11月9日 早上去韦国清书记家里讨论广西大学的建设规划。韦书记对学校提出的人数发展规模和建筑九层的教学大楼没有给予肯定。

为了要抓好整风反右倾,又得忙起来了。

白焰来信,说又到高级党校去学理论了,这回是学4年,将来做专门理论家了。这工作倒是挺安静的,对他而言应该是合适的吧。

11月10日 王同连从北京来信,催要几个大专院校的反右倾材料。

11月11日 修改《美丽的南方》书稿。晚上去看苏联电影周上放映的《海之歌》,头绪乱,几乎看不下去。另外,还有赫鲁晓夫访问美国的短片,从中见到美国的城市风光。

11月12日 作家出版社来信催要《美丽的南方》书稿。

召集各大专院校党委书记来传达葛震的电话指示:这次反右倾是党内两条道路的斗争,党外的错误思想不作重点批判对象。

11月13日 找自治区文联党支部的支委来谈苗延秀的问题。自治区文化局郭铭从北京回来传达中央宣传部会议的精神。

11月14日 到自治区党委书记处汇报反右倾运动情况。这次反右倾是当作一次整风运动来抓,各条战线都要成立办公室。

广西师院副书记齐才广和刘庆仙来汇报学院的情况。晚上,去"国旅"向齐、刘传达自治区党委有关开展反右倾的决定精神。

11月15日 反右倾运动展开以后,又要忙起来了,修改稿子将受到影响。

下午召集文教战线各厅局党组负责人来传达自治区党委对反右倾运动的

指示。

11 月 16 日　上午，在宣传部召集各处长来讨论部机关反右倾怎样搞，以及组建文教战线反右倾办公室如何开展工作等问题。

下午，请自治区教育厅的余明炎来传达自治区党委的指示。然后到自治区文化局同郭铭、李金光、韩林、谢敏等同志讨论苗延秀的错误思想。

晚上郭铭来向余明炎传达中央宣传会议的精神。

11 月 18 日　听文教战线各厅局、各学院的联络员汇报反右倾运动的情况。

晚上，去自治区影片公司看电影《青春之歌》。

11 月 19 日　人民文学出版社来信，要将短篇小说《一对夫妻》选入“10 年来少数民族作品选”。

晚上把《一对夫妻》拿来重新看看，倒很像个故事，只是艺术加工太少。顺手修改了一些句子，寄去人民文学出版社由他们处理吧。不过，如作为我的一篇代表作，真是不甘心的。

11 月 23 日　连续几天来都在加班加点赶着修改《美丽的南方》书稿，到昨晚半夜 12 点钟总算是改完了。今天将书稿寄回作家出版社，不知能顺利出版否？

它的出版，可能会遇到三种命运：一是打不响，无人过问；一是引起批判，受到谴责；一是有部分读者欢迎它。

11 月 24 日　给改名为潘若的白焰写封信，鼓励他安心在高级党校学理论。当秀才吧，只要下决心，有兴趣，学理论总是比做别的工作方便一些的。

11 月 25 日　到广西电影机械厂、广西评剧团、广西第二图书馆去看大字报。

11 月 27 日　中宣部通知召开全国文化工作会议，要各省(区)市的宣传部长、文化局长、文艺处长和文联主席参加。下月 3 号前上报与会人员名单，8 号开会。

召开各大专院校理论教员座谈会。

11 月 29 日　为使反右倾运动深入开展，下午给部机关科以上干部作动员，传达中央批转统战部关于在民主党派和资产阶级分子整风反右运动的意见，以及自治和区党委整风办公室的电话通知。同时我个人带头作了初步的检查。

晚上自治区党委韦国清书记召开各厅局整风负责同志座谈会，号召领导同志带头交心，推动全体干部检查；要求各人严肃对待自己的错误。

11 月 30 日　下午又向部机关全体干部作了动员报告。传达韦国清书记指示精神，同时检查自己的思想活动。

12 月 1 日　宜山彩调团来公演《刘三姐》，看完后，仍然觉得很有味道，如何改得更好一些，颇费思量。

12 月 9 日　来到北京参加全国文化工作会议。会议布置学习文件，读“马恩列斯毛”关于文学艺术的论述。

晚上，到文化部礼堂看苏联影片《第四十一个》。大家看到马柳特加在海岛上对白军军官从称之为“臭死鱼”改为“傻小子”的变化，感到突然和震惊……白军军官的资产阶级立场是那样坚决，而作为共产党员的马柳特加却那样地胡闹，人物性格被描绘得支离破碎。

这次出席会议的“鲁艺”的熟人很多，但是，朋友很少。有的人似乎并不见老，可是谈起来小孩都要上中学了。

12 月 10 日　继续阅读文件。

晚上同郭铭、郑天健找吴雪去青年剧院看《降龙伏虎》话剧。

电影明星张瑞芳与我们同乘一部小汽车走了一段路。她比照片上的模样显得老些，脸上有点雀斑。不过，说她已是 40 岁的人似乎不能叫人相信。

12 月 12 日　周扬同志以七个半钟头的时间向文化工作会议作了六大问题的报告。

在北京的文艺界(党内)人士都来了，看到不少熟面孔，贾芝、毛星、古元等，改变都不大，只是有的人胖了，是所谓发福吧。

阅读了些被认为有不良倾向的作品，其中有郭小川的《望星空》。该诗今年 10 月刚发表，倾诉了虚无主义的伤感，叹息人生的无常，礼赞唯有天上的星星才是无私与永恒的。郭平时是以马列主义者自命的，怎么会发出如此感慨呢？

12 月 13 日　白焰和严蒙上午 10 时左右来了，严蒙带着他女儿，小孩子比去年长高了，不爱说话也不怎么闹。上午 11 点半钟领他们到六楼去吃西餐，本来是我请客的，结果严蒙坚持要付账，弄得我挺尴尬的。

饭后严蒙回去了，说是身体不大好，回去打针。我同白焰到王府井走走，见到刘哲生夫妇和他女儿。刘的新夫人较瘦弱，模样一般。

12 月 14 日　文化部副部长钱俊瑞作关于文化方针任务的报告。

晚上，人民大会堂广西厅要布置陈设，林克武出面招待美术家们吃饭、座谈。我同郭铭听完报告后赶去参加。

见到华君武、张光宇和李可染等人。女画家郁风和盛子君，以及周令钊也都到了。

座谈到夜里 11 时半才散场。

12 月 15 日　会议安排上午看文件，下午小组讨论，广西和广东在一块讨论。先讨论周扬关于十年来文学艺术的成绩这一部分。

晚上，赵殿运来谈巡回演出的问题。

12 月 16 日　为剧团出省巡回演出事宜，打电报向葛震请示。

晚上修改《美丽的南方》要在《红水河》刊发的稿件清样。

12 月 17 日　上午去中央宣传部孑民堂汇报小组讨论情况。周扬同志听完汇报同意大家意见，建议小组讨论延长两天，下星期转入大会，争取年底结束会议。

晚上看陈其通的歌剧《柯山红日》。

葛震来电话，要我们与长春电影制片厂签订拍制电影《刘三姐》的合同。

12 月 18 日　一早起床只见漫天雪花。把温度表放在窗台外，一会儿就降至零下 5℃了。上午读文件，下午小组讨论关于修正主义问题。中国作协副主席邵荃麟来参加讨论，最后他重点讲了讲关于自然主义所谓写逼真、强调细节等问题。

晚上去找长影制片厂厂长亚马和导演苏里谈《刘三姐》拍电影事。他们十分欢迎《刘三姐》和《韦拔群》这两个题材。

12 月 19 日　发一封电报给葛震同志，告诉他长影愿拍《刘三姐》和《韦拔群》，但要求我亲自参加编剧。

上下午都在讨论关于修正主义、革命的浪漫主义与革命的现实主义相结合的问题。

讨论中我发言认为，从郭小川的《望星空》看，完全可以说明创作方法与世界观是一致的。

晚上，去国务院看歌舞晚会，由中国歌剧团和中央乐团等单位演出。

12月20日 终于能比较仔细地参观人民大会堂。10个月的时间建筑这样一座辉煌的万人大礼堂，而且用那么些汉白玉、大理石来镶嵌大柱子和地板，不能不令人惊叹。

同时令人好奇的是还看了立体和全景电影。立体电影使观众有身临其境的感觉。

夜里同沙英去看青年京剧团演出的几个小戏，演《穆柯寨》的穆桂英扮相最漂亮。

12月21日 会议进入大会报告，由中宣部张子意讲关于整风运动问题。

下午是林默涵讲话。他谈到毛主席对于马克思主义文艺思想发展的贡献，谈到关于世界观和"两个主义"的结合问题。

12月22日 上午大会，邵荃麟代表中国作协作了发言，略说了文学创作的成就，然后着重讲修正主义问题。

下午是中宣部许立群讲理论工作问题，着重讲毛主席对马克思主义的伟大贡献，毛主席是现代最伟大的马列主义者。其次，讲到修正主义问题。

晚上，去看郭沫若的话剧《蔡文姬》。它把曹操这个封建统治阶级的典型写得太良善了。照曹操这样有着良好品质的统治者，人民大可不必起来革命了。但不知郭沫若有何用意。

12月23日 会议开始由各地的宣传部门和各个作家发言。

下午到作家出版社去同王仰晨讨论《美丽的南方》的定稿。他说日内即付排，明年三月间即可以出书。经历七八年时间的劳动，算是得到一个结果。昨天邵荃麟的发言中，把它列为1959年文学创作成就之一，这对我不能不是一个鼓励。

12月24日 听大会发言。

晚上到民族文化宫看从国外公演回来的川剧团演出《金山寺》《追舟》《花荣射雕》《打神》和《柜中缘》等折子戏。

12月25日 今天的大会发言有了交锋。李何林谈到艺术与思想一致性，而思想性的高低就在于所描写的真实与否，而真实不真实就看描写得好不好。

张光年马上予以驳斥，认为这是艺术即政治的错误观点。

12月26日 听大会发言。何其芳作了自我检讨，叶以群对李何林作了批评。

晚上到人民剧场看杜近芳演的京剧。上街买本黑格尔的《美学》。

12月27日 礼拜天，会议继续进行。整天都在怀仁堂听陈毅外长报告国际形势。最后他对文艺工作问题也说了意见。他认为会议提出反文艺上的修正主义很好。

12月29日 《光明日报》"东风"副刊来信索稿。昨天受了凉，今天觉得很不舒服，怕冷。

晚上，自治区文化局请文化部基建财务处的人和几位专门搞剧场设计的工程师在翠华楼吃饭，我去陪客。这餐饭花60元，虽有烤鸭，但山东菜并不好吃。

12月30日 下午，陆定一同志来大会讲话。他讲了过渡时期的阶级斗争——革命阶段论与不断革命论，讲了关于反对修正主义的问题，讲了批判19世纪资产阶级文艺的问题。他说苏联文艺工作有过两次"左"两次右。我们也有缺点，有过摇摆，如1953年中宣部通知各级干部学习爱伦堡的《谈作家工作》等三篇文章就不好。

晚上，去民族文化宫看梅、荀、尚、方等京剧流派演出的折子戏，至深夜12点才散。

12月31日 在北京新侨饭店度过岁末。大会加了几个菜，还有酒，中宣部陆部长和其他几位副部长都来了。陆定一和周扬还到每桌来敬酒。

晚上到人民大会堂宴会厅去参加联欢，周总理也来了，一些活跃的女同志，如张瑞芳和封凤子、李伯钊都抢着上去跟总理跳舞。张瑞芳今晚穿件墨绿色的旗袍，外罩一件镶毛边的背心，挽着发髻，光彩照人。除了舞会，还有侯宝林的相声，刘诗昆的钢琴和上海杂技团的《蹬伞》等节目表演。

喜欢热闹的,喜欢跳舞的,都玩到了午夜才归。我同贵州的邢立斌夜间10点钟就离开了。

1960年

1月1日 难得在首都北京过元旦,会议还给我们安排了很好的日程:下午参观中国历史博物馆和中国革命博物馆;晚上,是全国人大常委会、国务院和全国政协三个单位联合邀请出席的酒会。

中国历史博物馆用人类化石将一直到近代的人类进化的过程,都用实物摆在观众面前,看了之后,我们可以知道人类祖先是怎样缔造这个世界的。

中国革命博物馆还未正式开放,那是从鸦片战争开始到1949年中华人民共和国成立的革命发展过程。内容很丰富,看了给人增长不少知识,可惜只有三个钟头的参观时间,未能细看。

到严蒙家去一趟,给他的女孩子买了点礼物。给凤乡回信。

这几天受凉感冒,周身不舒服,人民大会堂的酒会没能去参加。独自一人安静地在房间里休息了一晚。

1月2日 感冒了,吃了羚翘解毒片也不见好,只好请假休息半天。

一个人躺在床上也无聊,顺手把《广西民歌选本》拿来看。选的质量不高,特别是少数民族那部分,翻译加工得也太粗糙,实在是份拿不出手的东西嘛。

1月4日 昨天下午是周扬同志做会议总结。中国作家协会利用今天上半天时间请各地区的作协负责人开座谈会,征求关于召开第三次文代会和作家生活方式,以及向建党40周年献礼抓好创作的意见。

谈到作家的生活方式,是以工资为主,稿费为次的办法时,赵树理提出了一个怪意见:稿费不降低,但不发给作者本人,而是由作协统一收支,平均发放给每个作家,成立像作家公社一样的组织。显然,这是与会议精神不符合的。

下午到中南海怀仁堂,听周总理的报告。报告主要谈三个问题:一、伟大的时代、伟大的未来、伟大的工作,列举大跃进给我国面貌带来的改变,第三个五年计划将呈现的远景;二、知识分子的改造,应从阶级、劳动、群众和集体四个方面去改变旧的观点;三、关于文艺工作者的修养。

1月5日 参加会议的广西代表四人,都已拿到今天5次特快火车票了,下午2点一刻就得离开北京,只有上午几个钟头办点个人的事。但是,一早我们房子里就川流不息地来了一大批要稿子的人,有《人民文学》的、《光明日报·东风》栏的、《民间文学》的、《中国少年报》的、作家出版社……缠得你脱不了身。只好请茶房去帮买几斤苹果和北京点心带回家给孩子们就算了。

下午1点半,我们离开了新侨饭店上火车站。本来打算顺便在新车站参观一番的,到站时已经没时间了,愿望泡了汤。火车正点出发了,上月5日我们从南宁来,今天从北京动身回去,恰巧一个月。

1月6日 几个人都在一个软席车厢里,不会孤单了,但也有不方便,就是互相影响不能安静地看书和思索问题。

1月7日 晚上9点30分,火车正点到达南宁。回到党委机关大院已经是10点,先到葛震那里去汇报,谈到鸡叫头遍才回家,此时已是次日凌晨1点多。

1月8日 同梁宁查对笔记,打算向自治区党委的书记处汇报会议精神。

葛震要我到全区文教书记会议上去传达关于文艺上的修正主义问题,同时要联系广西实际谈谈我们的文艺思想情况。

广西的文艺思想受修正主义影响的问题当然是有的,可是反映在作品中却不多。因我们的文艺工作者就目前而言,还停留在根据政治口号来写些理性的感觉,未能做到在作品中表现自己的感情思想,所以在作品中去寻找作者的世界观,还是比较难的。如果再过两三年,他们逐渐成了名人,就会敢于在作品里抒写个人的观点。这时,如果他们世界观不能改变过来,那可能就会出现一些修正主义的作品了。

1月9日 下午,到自治区党委书记处汇报中央文化工作会议。在家的书记,只有伍晋南、贺希明两位。向伍、贺和报社、《思想解放》等单位负责人谈了谈会议精神。

伍书记叫把周扬同志的报告印发给全区文教书记会议,同时向会议口头传达陈毅外长的国际问题报告。

1 月 10 日 上午到全区文教书记会议上去传达周扬同志在全国文化工作会议的讲话精神。

下午同自治区党委宣传部干部处讨论文教战线各厅局和本部机关的调整级别的问题。

1 月 11 日 自治区文化局给文化系统的干部放映《寒夜》影片。这部根据巴金同名中篇小说改编的电影,显然受当前和平主义影响很大。编导把个人不幸归罪于抗战,同时表达人与人之间应该互助合作的善良愿望。这是虚无主义的幻想,是经不起触碰的泡沫。但还是有不少人为此陪了一把眼泪。文艺对人潜移默化的作用是不可低估的。下午,自治区党委召开文教书记会议各地区负责人的汇报会。我去听了半天。

晚上,去看柳州彩调团演《刘三姐》。"刘三姐"的形象、演技都较一般化。

1 月 12 日 我继续在全区文教书记会议上传达中央文化工作会议精神。

下午到葛震处,讨论如何认识毛泽东思想的伟大。究竟应该从什么地方去说明它,说来说去也脱不了陆定一谈的阶级斗争的问题。

晚上同葛震到灯光球场去看各专区的篮排球比赛。

1 月 13 日 全区文教书记会议大会发言。我主持了一天的会议,顺便把陈毅外长的国际问题报告稿作了一番校核。

1 月 14 日 昆明京剧团的关肃霜等三位团长今早来拜访。关团长 30 多岁,大高个子,人长得还大方。

晚上,去看她们演《战洪州》,关肃霜演穆桂英。她的碎步,轻飘如仙,实在少见。

1 月 15 日 全区文教书记会议。上午,由葛震讲大跃进、人民公社的问题。下午是文教战线各厅局党组向自治区党委汇报关于事业发展规划问题。

1 月 16 日 今天杂技团改为国营,请大家聚餐。我以为是吃餐饭而已,谁知他们爱闹,把我拥上扩音器前面去讲话,这真叫人如上针毡。

关肃霜昨天演《白蛇传》,把脚脖子给崴了,同葛震去她下榻处看望慰问。

晚上,同自治区文化局郭铭讨论他将在全区文教书记会上的发言,到深夜 11 点半才归。

1 月 17 日 主持了一天的会议,全区文教书记会的大会发言由各厅局长在大会上讲方针、任务和规划。

晚上,看云南京剧团关肃霜演《白蛇传》。

1 月 18 日 全区文教书记会议上午仍为大会发言,下午是各地市委书记讨论下阶段会议的开法。

1 月 19 日 自治区直属机关的反右倾整风运动,下午由伍书记召集各厅局负责人开会,布置运动第三阶段的开展——对总路线认识的提高问题,同时要求春节前结束运动的第二阶段——重点批判和专题辩论。

1 月 20 日 收到作家出版社寄来《美丽的南方》的校样和王仰晨的信,希望尽快把它校好寄还他们。

白焰来信,高级党校放假,回广州过春节。

1 月 21 日 一早跑去一新理发室理发,等了两个多钟头才轮得上。问理发员是不是因为要过春节了才这样紧张,说是近几个月来都这样了,南宁人口增长过快,流动人口也在增加,而新理发员的培训跟不上。

下午到自治区影片公司看《旭日东升》和《上海英雄交响曲》,前者写郊区的人民公社,比较丰富生动,后者写工厂的跃进,比较一般。

1 月 22 日 我向全区文教书记会议传达陈毅外交部长关于目前国际形势的报告。

下午召开各地市宣传部长与文教战线各厅局党组书记座谈事业发展规划与经费的分配问题。

晚上到伍书记处去汇报。

1 月 23 日 全区文教书记会议上午由伍晋南书记作总结后结束了。

下午同大专院校有关负责人讨论各校发展规模。

1 月 24 日 冬天真正来了,人们把围巾都挂在脖子上,帽子也戴起来了。

本来打算去柳州看《刘三姐》的,司机没按时来催,自己也感到时间太仓促,索性不走了。

在家休息了半天,下午动手写《美丽的南方》后记。写到夜里 11 点才算完成。

1 月 26 日 葛震说,今后要我做两件事情,抓文艺理论与文学创作,可以找两个助手来帮做这些事。如真这样,我或许在今后十年中能干出点什么来吧。

今晚在葛震那里谈文艺整风问题。决定由宣传部召开党内的文艺工作者会议来学习这次中央文化工作会议的精神,结合解决广西的文艺思想问题。

1 月 27 日 上午伍晋南书记召开各厅局负责人座谈会,讨论关于学习毛主席著作、写文章和开展业余干部学习问题。

1 月 28 日 今天是旧历除夕,各个机关门口都张灯结彩庆祝春节。

我们被邀请去区人委礼堂看北京来公演的评剧《无双传》。新凤霞扮演无双,确实有点魅人。戏剧的音乐和曲调都有所革新,令人听了感到愉快。

1 月 29 日 一早,自治区桂剧团的尹羲、蒋金凯和团长刘彬,自治区话剧团的柯丹、吴桐华,"西大"校领导郑建宣、邓济和黄传林就相继来拜年。连宣传部的王同连等也来了,弄得我忙了半天。

晚上,带孩子们去看新凤霞演《刘巧儿》。

1 月 30 日 一早就被叫去自治区人委讨论人民会堂广西厅的装饰问题。

自治区彩调团、京剧团都有人来拜年,午饭也给耽误了。

余明炎也来,还送我一包福建产的特等铁观音茶叶。

2 月 3 日 近来收到好几个青年作者的来稿,都是要求给他们的作品提意见。

同自治区文联党组和广西日报社刘硕良等人谈广西作者一些不良倾向作品的问题。

明天去柳州见长影导演苏里,要同他讨论《刘三姐》的剧本创作问题。

2 月 4 日 一早,我一个人乘坐特别快车到柳州来。中午 12 点一刻,火车到柳州北站的时候,地委宣传部长张黎敏、市委宣传部长邓凡平和长影导演苏里、中央歌剧院编剧乔羽、作曲许天民等一行人都到车站来迎接。把我和南宁电影制片厂的李仲民、陈祖希都请到柳州饭店来,我被安置在一号楼上,很安静,可惜没空享受,明天我就得离开了。

晚上,去看彩调剧《刘三姐》,剧本没怎么改,要提意见是困难的。苏里认为要拍舞台艺术片，这个剧本不够理想。他打算拍电影故事片，这就得另写剧本，可写作者到现在也没落实，这未免使他不安起来。

晚饭后到贺亦然家去拜访他夫妇俩。

2月5日　真是来去匆匆。

上午同地委书记贺亦然和邓凡平、牛秀以及苏里、乔羽等人一起讨论《刘三姐》的创作问题。

看来柳州对现在的彩调剧本已经很满意，不愿别人更动，所以乔羽使不上劲。我一再提出，让乔羽能独立思考他的歌剧剧本。看来贺亦然是可以说得通的，但具体的做法未必会像乔羽想的那样顺利。

下午3时40分，我又往南宁来了，幸好火车正点到达。晚上9点半就回到了家。

2月6日　同梁宁、郑天健和李仲民陪苏里到人民公园游览，后来又到秀田乡去看南宁电影制片厂的基建工程，顺便到自治区歌舞团看望李悦之。他正在写歌剧《刘三姐》，听他说了一下剧本梗概，没摆脱一般化的倾向。

晚上，制片厂请苏里和珠江制片厂的谭均吃饭，我同葛震被邀陪客。明园饭店的饭菜做得还不错。

2月7日　把《美丽的南方》的清样寄给作家出版社了，算是与它清了账。

下午部机关开会，讨论文艺整风会的问题。

晚上，去看评剧团筱玉霜演《鸳鸯谱》。

2月9日　到西园去见谢扶民，同他谈《韦拔群》电影故事的写作，他很有兴趣。

晚上陪他看话剧团演出的《红河赤卫队》。

2月10日　自治区直属的文艺机关团体的党员干部参加的文艺整风会议，今天上午开始。我致了半个钟头的开幕词，接着大家开始学习文件。

同郑天健、郭铭、李仲民讨论关于《刘三姐》和《韦拔群》两个电影剧本的创作力量的组织问题。

下午，又同苏里等人去找谢扶民谈《韦拔群》的电影创作问题。

谢扶民对这个题材很有兴趣，他说韦国清要他挂帅来抓，要制片厂的毛正

三、马元杰参加。这样我就落得解放了，因为当作任务领下来的写作总是不那么从容的。

2月11日 下午到明园新礼堂去听韦国清书记向县委第一书记传达中央上海会议精神。

这次会议解决三个问题：国内外形势，建设规划，学习毛主席著作。

2月12日 文艺学习会已经看了三天文件了。下午召集几个小组长来碰头，了解阅读文件的情况。有演员要求对文件学习进行辅导。

2月13日 到文艺学习会去听演员小组的讨论。他们对《一个人的命运》的看法，有不少糊涂观念，以为它的观众比《县委书记》多，看不出是部有问题的影片。

庆祝《中苏友好团结互助条约》签订10周年，自治区在明园饭店举行酒会，我没有去。后来去看电影《洞箫横吹》。这部讽刺县委和乡支书脱离群众官僚主义作风的影片，由于过分集中地夸大了党的基层组织的缺点，反而显得不真实了。

2月14日 从前天便开始酝酿《叱咤风云》话剧本的构思，到今天算是有个了头绪，写出了提纲，自己觉得很像一个故事的样子，不知别人怎样看。

2月15日 自治区彩调团的江容安和傅锦华来讨论《刘三姐》的剧本写作问题。她们根据我的想法，打算编六场戏，大家谈起来，认为我的构思还是有点味道的。

韦拔群的故事，越来越感到有条出路了。写不成剧本，能把它写成小说也不错。假如把它写成通俗小说，也许受更多的人欢迎。

2月17日 昨天向文艺学习会的代表传达周扬在中央文化工作会议上的讲话。

今天伍书记叫去谈他的关于《文化革命》的演讲稿。下午到自治区文联同话剧团的孙振超、田民和郑天健等讨论我的《叱咤风云》大纲。他们认为我的立意比《红河赤卫队》高，视野也更宽阔，可以继续弄得更具体更生动一些的。

2月18日 中国作家协会派丁宁和陈海仪来了解纪念党诞生40周年的文艺创作献礼规划、作家思想情况和深入生活问题。花了一个下午同她们谈情况。陈海仪还兼《收获》驻京办事处的工作,顺便向我约稿。

晚上,抱着朵朵去看电影《冰上姐妹》。

2 月 21 日 到戏剧小组参加小组讨论,大家对浪漫主义与现实主义相结合的问题争论得很热闹。

在文艺学习会上,秦似作了自我检查的大会发言,承认《咏古莲》和《吊屈原》不仅是文艺思想的错误而且是政治性的错误,是和党闹对立,极端个人主义的表现。

2 月 23 日 作家出版社来信,《美丽的南方》大约四五月才能出书。

2 月 24 日 苗延秀在文艺学习会发言,不承认错误,对自己的作品作过多的辩解,引起与会者的不满。

苏里从桂林回来了。乔羽过柳州时被贺亦然派来的人拦路劫走,弄得苏里很为难。晚上去找葛震谈这件事,他也觉得很不好办。

2 月 25 日 贺亦然来电话,申明乔羽在柳州不会影响他写电影。苏里只好返回柳州去同乔羽讨论,三四天后才能再转回南宁来。

我去东兰县的日期只好延期了。

2 月 26 日 文艺学习会今天结束,由我最后作总结发言,讲了一天。着重讲文艺的阶级性和文艺与时代精神的关系问题。

2 月 27 日 各省第一书记要到南宁来学习政治经济学,于是乎要自治区文化局准备《刘三姐》彩调剧的演出。

今天由柳州调来彩调团演出《刘三姐》,去看后发现剧本还是存在着不少问题,可是很难有时间做更大更改。

中央乐团巡回演出小组来南宁公演。罗天婵的女中音和陈瑜的女高音唱得圆润,音色美。

动员自治区文联各协会的会员积极投身到向建党 40 周年献礼的创作活动中来,要大家鼓足干劲,订出创作规划。

2 月 28 日 晚上去明园饭店的礼堂看《刘三姐》演出,百色的"刘三姐"李长榕扮相比较年轻,形象比桂林的三个"刘三姐"好些。

2 月 29 日 向文艺处梁宁交代几件工作:一、抓紧抓好《刘三姐》公演的筹备工作;二、制定理论工作的规划;三、筹建民间文艺研究会机构、草拟人员名单和做好规划等。

3月1日 去明园礼堂看彩排《刘三姐》,晚上又陪覃应机书记作最后演出前的审查,弄到第二天凌晨2时才散。

百色地区又来一位"刘三姐"叫张丽贤,人很俊秀,但演技差。据说她正式登名演戏的时间还不足半个月。

3月2日 晚上,苏里从柳州回来了,同他到明园去观看《刘三姐》的招待演出。今晚是招待北京来的聂荣臻、罗荣桓和粟裕等高级将领。

苏里跟我说马上要回长春汇报工作,不能同我们一道去东兰了。说好的事实然变卦,难免让人猜想。看来他不想插手韦拔群剧本的创作,深恐搞不成而惹来麻烦。

3月3日 去找郑天健谈了一个上午。跟他约好明早8点左右去百色。

葛震刚从玉林回来,明早还要去北京开会。晚上他同伍书记、霍泛等人去看《刘三姐》的演出。他们对新改的本子,看法不大一致,认为删节太多了,刘三姐的劳动形象表现得不够充分……这真是各有各的说法。艺术上提倡"百花齐放"由此可看出是必要的,符合客观要求的,因为人们对艺术的欣赏水平与爱好不可能划一。

3月4日 早上8点10分,同郑天健和中央民族歌舞团的孟媞、徐捷,以及自治区歌舞团的金涛等人一起乘一部吉普车到百色来。260多公里路走了八个钟头,下午4点15分到目的地。见到地委秘书长吴克,他说在东北就知道我。可能他是看了我当时写的文章。地委宣传部长朱守岗是一个音乐工作者,目前抓文化艺术工作,他对《刘三姐》的改编很有兴趣。

晚上去看百色专署直属机关演出《刘三姐》,虽然是业余的,可是人才还整齐,有的演员还很漂亮。地委对我们的到来很是欢迎,霍俊峰与第一书记尚持也陪我们看戏。

赵世同专员是坚持地下斗争20多年的老战士,对他们那段斗争历史是很重视的,希望能把它反映在艺术上。

3 月 5 日　早上还下着雨，中午就出太阳了。天气已经暖和，春天的气息在这里是很浓了。木棉花已染红了树林，娇嫩的枫叶把树林点缀得挺鲜明。

百色县城是几万人口的小城，被右江围绕着，抗日战争时期是桂系省政府的所在地，但是建筑物很少，现在百色专署在这里倒是造了不少房子。

3 月 6 日　一出太阳，天气就变热了，毛衣穿不住了，有人已穿上衬衣了。

早上去看《刘三姐》的彩排，下午同文艺工作者座谈写作思想问题。晚上看《刘三姐》演出。

两天来全都被《刘三姐》给占满了，明天还要开半天的座谈会讨论《刘三姐》。韦拔群的材料反而未能接触。

地委的几位负责人都亲自过问这个戏，对题材的处理和演员的选择提了不少具体意见。文艺工作在百色真是被重视起来了。

3 月 7 日　中央民族歌舞团来了八个演员，都是少数民族的文艺干部，其中有两位回族的，一位女同志是跳新疆舞的演员。

上午去百色师范专科学校找文史科了解情况，听他们介绍去年到东兰、凤山、巴马等县去收集革命史料的过程。关于韦拔群的故事，说来说去都是些众所周知的东西。

下午与各个文艺团体座谈《刘三姐》的剧本。看来大家对该剧的艺术加工显得保守，唯恐稍有改动，会损失掉它的群众性，会失去已获得的掌声。

晚上，看粤剧演僮族故事《文龙与肖龙》，他们把古老的传说，改成现代粤剧惯用的情节了。

3 月 8 日　去看望当年从延安一块南下的老战友黄善法。他现在是右江宾馆的经理，对自己没有文化未能为社会主义建设事业担负更多的责任，表示很惭愧，但对现状他还是很满足的。革命总算成功了，自己能做一点算一点。现在他是四个孩子的爸爸，已经 65 岁了，倒没显得比 15 年前我们一起南下时老多少。老婆是河北的农村妇女，怀里抱着一个不满周岁的小孩。他每月 120 元工资，全家六口人，自己种点菜，养 12 只生蛋的母鸡，生活过得很实在。

他们这些老干部已经完成了历史任务，前一个革命阶段，正是由于他们拿起枪杆子对准了敌人，才使革命取得了胜利。

3月9日 早晨8点10分,我们一行17个人离开百色到东兰来。

从百色到田阳是39公里,这段路很平坦;从田阳到巴马81公里,从巴马到东兰77公里,后两段路程全都是鸡肠一样的弯路。汽车一直沿公路螺旋般地转,很少有平坦笔直的路。看来,韦拔群能够在这块土地上闹起武装斗争,是有地利、人和两个因素的,使国民党的军队难以围剿。

我们下午4点半到达东兰县城。这是沿着一条小河两边建起的城镇,四周都是高耸入云的石山。

夜里机关干部和学校师生掀起生产突击运动,上石山开荒,种猫豆、南瓜等旱地作物,他们要改变石山的面貌。

这里的韦县长和杨副县长是原来红七军的战士,现在他们又领导群众搞建设。

3月10日 同中央民族歌舞团的同志们一起,到韦拔群陵墓和旧衙门等地方参观游览。

下午请韦拔群的妹妹和他的老战友一起座谈韦拔群的故事。

晚上看东兰县文工团演《刘三姐》,表演水平较低。

3月11日 我们在东兰县城吃完早饭坐上汽车往中和乡出发,两个半钟头,汽车才在蜿蜒如龙舞的公路上走完53公里。

前天从巴马来东兰的公路已经觉得太陡,转弯太多了,今天的53公里比之更为高峻陡峭,急弯更险。

到中和乡时是中午12点半了,天气特别热,如果不看日历,人们不会相信现在还是艳阳天。

这是一个旧圩场,两三条不整齐的短街,曾经在银幕上让人们熟悉的魁星楼就在圩场的大门口,它前面的柚子树与30年前一样,盛开着白花。30多年前作为当今国务院副总理、党的总书记邓小平同志指挥右江苏维埃运动和红七军起义部队的地方,今已成为中和人民公社的办公地点。它旁边有十多间洋房,前面的小河沟水已枯,如果到了夏天有水,这地方倒还雅致。

我们十多人被招待安置于一间暂借民房而开办的旅馆里。铺位全在楼上,楼板似乎有点松动,人一走动整个楼上就成了摇篮。

主人是公社的主任和党的监委书记,还有韦拔群的老战友黄春兰。她是黄书祥烈士的妹妹,当年也是拿着枪与敌人战斗过的女英雄。

晚上,同革命的老同志座谈。其中,瑶族的韦定安最引人注意了。他今年已经61岁了,还保留着年轻人的精气神。他以乐观的心情回忆当年怎样追随韦拔群闹革命,怎样坚持西山的武装斗争,怎样与叛徒决裂,怎样迎接解放。他解放后去过一次北京。当坐火车到了北京,参观天安门时他就想:从前韦八哥告诉他们革命胜利了就有火车轮船坐了,今天愿望居然实现了,他既感到幸福,又为韦八哥没有见到这一天而感到遗憾……

大家听了,觉得这个人异常淳朴,天真,他的几十年斗争生活也挺丰富,能成为创作的好素材。

3月12日 一天都在韦拔群的故居东里屯度过。开头在那烈乡找到最初与韦拔群在银海洲杀鸡饮血的八九个人当中的一个黄家泗来谈。他本人会武术,还当场给我们表演了一套少林寺拳法。

韦拔群的家原来在东里屯的河岸,后来才迁到半山上,现在已经改作小学了。学校前面的山坡有间小土地庙似的小房子,是他的战友在他死后,给他建立的墓穴。中央民族歌舞团徐捷今天给它命名为"红神庙"。周围有几个大坟,石碑都是新刻的。韦拔群的几个儿子和两个弟弟都是烈士,碑上刻下他们的斗争事迹,其次是他的父母亲和祖父等人的。

这里,对面山就是韦拔群当年组织武装农民的银海洲,据说山顶上是一片平地,天气太热我们没有去。在附近有两个地方是深不可测的深潭,水是绿的,旁边是一个深幽的山。常见一斤多重的鱼游在水里,人们却不好捞获,水太深了。

韦拔群当年就是在这两个水洞里逃避官兵的追缉。

3月13日 一早,天气突然变了,大风大雨大雷电,天色几乎变黑了,我们都提心吊胆地躲在摇摇晃晃的小楼上。一会屋瓦漏雨了,打湿了好几张床。

原先以为可以如昨天一样爽快地到列宁岩去参观的,这场大风雨,把我们的情绪都刮跑了。

到了下午,天气稍微晴了以后,我们赶快抓紧时机,带着雨具奔向列宁岩。

为我们来参观而修整过的约十里的田边路，被大雨冲坏了，脚踩下去尽是泥泞。走了一个钟头又十五分钟才到了列宁岩的山脚。一条两岸全部是竹子的小河从山脚流过，把庞然大口的岩洞点缀得颇为幽静。

从山脚沿着一条石阶路上去就是有名的东兰农民运动讲习所的所在地了。这是一个可做两个足球场的山洞，洞口大，光线是充足的，而洞的左边逐渐狭小，则比较幽暗。黄春兰向我们介绍了 1926 年韦拔群在这里开办农讲所的情形。

3 月 14 日 上午 9 点我们吃完早饭，冒雨回东兰县城来。以为大雨过后，公路可能被冲坏，汽车不好走，出乎意外，一路走下来，路基是新的，修筑得很结实，还都是石子路，车子走起来没有问题，两个半钟头就到了。看看时间还早，就不再在东兰县停留了。匆匆忙忙吃过午餐，我同郑天健就跟还要留在东兰几天的中央民族歌舞团分开了，争取晚餐前赶到田阳县，明天一早回南宁会从容一些。

田阳是在一片平原上，在广西这样平坦如海的地方是很少有的，与东兰山区恰恰是成了强烈的对比。

3 月 15 日 为了早一点回到南宁，早上 8 点 10 分，我们就离开田阳县委往南宁来。

半点多钟到了田东，到田东饭馆吃了一顿颇为丰盛的早餐，然后，到田东革命纪念馆去参观当年右江苏维埃政府的所在地和陈列的文物。那里有雷经天、陈洪涛两位领导人住过的房子，有邓小平、张云逸等人开会的会场，有一些红七军当年用的武器弹药，有苏维埃政府铸造的铜币。这时，田东县委书记来到纪念馆拉我们去视察县文工团，还叫一个九岁的女孩表演《刘三姐》的媒婆给我们看，意思是要我们同意让她也能去参加《刘三姐》的全区会演。

看来各级党委对全区《刘三姐》会演的劲头很大，这会不会流于一种过分倾向，影响到工农业生产呢？

3 月 16 日 自治区党委宣传部来了一位副部长陈东，原是组织部的副部长。这样一来，以后我可以有较多的时间来弄文艺了。

作家出版社来信，顺便寄来《后记》的清样，叫我无论如何得过一过目。正文已经打了纸型了，估计五月总可以出书了吧。

晚上，去看职工业余文艺会演，有不错的节目。譬如女高音独唱演员蒋静茹和唱渔鼓的熊秀芬是比较出色的。蒋的高音很有天分，熊的表演极富感情。

找郭铭来了解有关《刘三姐》会演的筹备工作情况。

3月17日　开部务办公会议。有些问题葛震不在还真解决不了。

去看电影《苦难的历程》第二部《一九一八》。

3月18日　全区六级干部会议上午由韦国清书记作了总结。

韦拔群话剧脚本交稿时间一天天迫近了，打算明后天把提纲写出来，如果在家写不出，就只有到桂林或柳州去写才行了。

3月19日　花了整天时间修改在党内文艺学习会上的发言，拟篇名为《高举毛泽东文艺思想旗帜，执行时代的革命的命令》，交给《红水河》杂志和《广西日报》发表。

3月20日　《民族团结》和《新少年》杂志来信来人组稿，真是应接不暇。

3月21日　花了一整天写《叱咤风云》的话剧提纲。

到人民艺术剧院去看自治区彩调团排演《刘三姐》，仍然未能令人满意。艺术创作的确是很难照旁人的意见去编造的。

3月22日　动笔写话剧《叱咤风云》。一天写下来并不大顺手，虽能写出一场戏，但故事过于粗糙，顾不上刻画人物性格，只是作了事务性的交代。

3月23日　天气回南，潮湿得令人难受。昨晚失眠，今天精神不佳。回头再读已写的第一场戏，又大大地作了好多修补，两天写一场戏看来是需要的。

3月24日　校改《广西日报》要发表的在文艺学习会上的总结报告，花了一整天时间。晚上又要去看话剧彩排《为了六十一个阶级弟兄》，剧本就不能继续写了。

葛震从北京开会回来，开了个部务会。他要我今后管文化艺术和干部两个处的工作，宣传部的日常工作由陈东来管。这样我就可以有更多的时间来同文学打交道了。

3月26日　看《为了六十一个阶级弟兄》的话剧演出。这里没有反面人物，没有阴影，没有爱情，没有个人命运，但无疑仍能打动人心。

3 月 27 日　马山县公社社员因粮食缺乏，浮肿病情严重，马上要派医疗队下去。陈东同志同自治区卫生厅副厅长吴洪宁下午出发。

晚上，去审查将赴广州招待演出的《刘三姐》，深夜 12 点半才散。

3 月 28 日　上午去同柳州的地、市委书记一起到他们的文工团讨论去广州演出的问题，花了半天时间，话剧本的写作只好搁下。下午看关于韦拔群的历史资料。

3 月 29 日　上午主持全区地市委宣传部长会议。下午继续写完《叱咤风云》的第二场戏。

3 月 30 日　还在为《高举毛泽东文艺思想旗帜，执行时代的革命的命令》一文校对修正，今天应算是最后一次了吧！

3 月 31 日　《叱咤风云》话剧本的第三场今天写完。照这个速度，还得五天才能把八场戏的草稿弄出来。下月 10 号以前能否完成初稿，颇紧张了。

4 月 1 日　开始写《叱咤风云》(话剧)的第四场。上午只写了个开头，下午就要到地市委宣传部部长的座谈会去讲话，晚上又得去听葛震的总结，第四场戏只得推到明天才能写完了。

《广西日报》发表我的文章《高举毛泽东文艺思想旗帜，执行时代的革命的命令》。

4 月 2 日　第四场写完了，觉得这场戏的戏剧性浓厚一些，但是否分量重了呢？

《民族团结》和《民族画报》，以及《人民日报》都来约稿。

4 月 3 日　下午到自治区影片发行公司去看匈牙利电影《昨天》，反映 1956 年匈牙利事变的。头绪乱了些，看后仍弄不清事变真相。

二哥从农场出来待在陈绍枢家。我去陈家把他接到家里来吃了一顿饭。

4 月 5 日　上午，把第五场戏写完了。下午请苏里和制片厂的吴光华等人来谈《刘三姐》的拍摄问题。晚上去看自治区歌舞团排演《刘三姐》歌剧。

4 月 8 日　《叱咤风云》八场戏的草稿，今天算是写完了。

4 月 9 日　全区文化工作会议请去谈有关文艺思想问题，针对会议代表提出的问题进行解答。

4月11日 全自治区《刘三姐》会演今天开幕。来自各专区的表演团体及观摩人员和外宾,共1,900多人。仅扮演刘三姐这一角色的演员就有45个。

4月17日 昨天陕西省秦腔剧团由陕西省委宣传部副部长叶光宇率领,来到南宁,今早代表自治区党委宣传部去他们下榻的国际旅行社看望。晚上看他们演出折子戏。

4月18日 苏里昨夜从柳州同乔羽一起来南宁,今天去见他们。乔羽的《刘三姐》文学剧本印出来了,此人有才气,他把广西的民歌提炼得还好,只是如果把《刘三姐》写成是渔民生活的故事那就不对头了。

4月19日 到西园去向伍晋南书记汇报关于《刘三姐》拍电影所需要解决的演员等问题。

上午向参加全区《刘三姐》文艺会演的演员和相关人员作报告,谈《刘三姐》的启示——从《刘三姐》谈文艺问题。

4月20日 下午伍晋南书记接见乔羽和苏里,谈《刘三姐》的剧本问题,并请他们吃饭。剧作者李悦之和音乐家许天民陪同。晚上看陕西秦腔《赵氏孤儿》。

白天,我还陪同苏里、乔羽、李悦之和许天民到武鸣看了明秀园,以及到南宁园艺场参观菠萝的生产种植基地。今天算是活动比较多的了。

4月21日 晚上出席自治区人委和党委宴请秦腔剧团的宴会。

随后去看自治区歌舞团排演《刘三姐》的歌舞剧。这出歌舞剧让我看后觉得有点"阴阳怪气"的。李悦之的剧本把民歌改成文人的诗词了;音乐曲调也由僮歌唱起汉语来,弄得很不协调。故事又不动人,拿这样的东西去给观众,人家不反感才怪。

4月22日 听梁宁说,苏里觉得我的《叱咤风云》话剧,戏分不多,需要大改。好像他对把它改编成电影剧本兴趣不大。

4月23日 下午,到自治区体育场陪自治区党委的书记们与参加全区《刘三姐》文艺会演的演员们拍照。

4月25日 伍晋南书记召集去讨论《刘三姐》的电影剧本。大家认为乔羽的文学剧本,有两个比较大的缺点:一是刘三姐同地主的冲突缺乏群众联系;二是群众的力量表现不够。故事的结尾也不能令人满意,需要他修改,要我明天去桂林找苏里面谈。

晚上,讨论几个协会的负责人对《刘三姐》会演所作的艺术评论。

4月26日 早晨7点半钟同自治区制片厂吴光华一起乘火车到桂林来,下午3点15分到达桂林站。榕湖饭店派车来接到4号楼住下。

马上见到苏里,把自治区党委对剧本的书面意见交给了他。对这书面意见他表示照办,要增添的部分则需要同乔羽商量。

4月27日 冷空气来了,气温骤降,天气阴冷阴冷的,不穿毛衣不行了。

全国城市规划会在桂林召开,宾客如云。东北局作协马加夫妇来时榕湖饭店已经没有客房了,只好把他们接到原来李宗仁的别墅去,那儿现在是军区高干招待所,背临杉湖,还很幽静,只是偏僻了些。

苏里今天回长影,送他到火车站。

晚上去看云南歌舞团演出的《依莱汉》。故事情节有点松散,但基调是动人的,内容很富于民族特点。

4月28日 一早秦似就来见我,其意是想摸摸底,看看师院要如何批判他。因为广西师院要在语文系全体师生大会上对他帮助教育。据语文系党总支书陈克来说,秦似作为一个党员,党性原则太差了,要继续给他批判,以帮助教育。晚上,《红水河》编辑部的编辑都来谈,桂林地区如何抢救28个被火烧伤的民工。事件经过颇像曾经轰动一时的新闻通讯报道《为了六十一个阶级弟兄》。这些编辑们打算依样画葫芦也写篇特写,我觉得即便是好题材,照样写来也会令人乏味。

4月29日 打算乘中午12点40分钟的火车回南宁。趁着上午有点时间,要了一辆汽车到月牙山看看,然后又去桃花江那边的芦苗岩看新发现的山洞。

这山洞里头的钟乳石千姿百态,比七星岩的还要集中还要精巧。据说明末曾有人在里面躲战乱,但后来就再没有人进去。这次有人又发现了它。山洞现已安上电灯,游人可以摸索着观赏。

火车误点,回到南宁回到家已经是夜里10点半了。

4月30日　马元杰、毛正三从北京来信，说是《韦拔群》的电影剧本初稿月底可脱稿。

晚上，广西人民广播电台请我去出席建台10周年的纪念大会。会后还到明园饭店去吃了一餐饭。

5月2日　全自治区文教工作的群英会今天正式开幕。我是主席团成员之一，被请上主席台就坐。不知为何，我一直都习惯不了坐上主席台。在台上坐着太受拘束了。下午大会报告，我是执行主席。

5月3日　今天群英大会是工交部刘国平和农村部谢东来两位副部长作报告，规定每人只能讲10分钟，会议只花30分钟就结束了，这是空前的跃进。

到自治区话剧团找柯丹、徐孝远、吴桐华等人谈我的《叱咤风云》脚本。他们很感兴趣，有信心把它排好。还说比原来的《红河赤卫队》思想水平高。导演郑天健也对我说有信心把它弄好。广西"艺专"陈良认为可以把它搞成一个好的歌剧。这样看来我的劳作不致报废了。

乔羽来信，表面尊重广西对他电影脚本的意见，实际上是不能照改。

5月4日　听作协广西分会陈白曙说，我的《美丽的南方》已经出版了，作协分会已经收到两本。

沈阳作协分会主席马加夫妇浏览桂林后今天回到南宁来，请他们一块去看南宁专区歌舞团演出《刘三姐》。

同郭铭谈《刘三姐》上北京演出本子的改编和演员的集中等问题。重申自治区党委的精神，人力一定要保证集中，不得分散。

拟封电报稿回答乔羽对电影剧本《刘三姐》的意见和写一信给苏里，传达葛震同志对乔羽脚本的意见。

5月5日　到作协广西分会去看到《美丽的南方》的样本。封面画了农村的田野风光，线条很乱，画面琐碎，书名题字也显得小气，但是已经没有办法挽救了。全书22万3千字，印了2万册。如果再印第二次，封面才可以重新设计。

下午同干部处开了一会，讨论审批干部和处分等问题。

给刘剑薰去信，请他代取在桂林裁缝店订制的衣服和八桂斋装裱的字画。

5月6日　到《刘三姐》演员学习会上去讲了八个字：安心、钻劲、协作、跃进。

晚上陪凤乡看云南花灯戏《依莱汉》，回来参加讨论出席全国文教先进工作者的名单，到第二天凌晨4时半才散。

5月7日　到自治区话剧团同吴桐华、徐孝远、柯丹等人讨论《叱咤风云》话剧脚本。他们认为头两场行动少，需要修改，从第四场以后，人物行动加强了，基本上是可以成立的。

讨论了整整一天，大的轮廓是谈到了，细节还没有扯到。打算下星期一再讨论。

5月8日　天气突然变凉了，还下着雨。早上去看云南花灯戏《游春》《闹渡》《探干妹》和《大茶山》等小节目。觉得人家云南对唱词做了一番加工后，变得清新高雅，摆脱了原来的低级庸俗味，值得我们借鉴。

5月9日　上午又到自治区话剧团去讨论《叱咤风云》。我提出头一场戏写将近年关的集市，韦拔群向群众演说，杜悦诚下乡出巡等事件，大家一致同意。

下午被伍晋南书记叫去，向我了解《刘三姐》拍电影和准备上京演出事，以及有关学术批判的情况，还对我交待歌舞团下乡问题。随即我去向郭铭传达伍书记的意见。

晚上找谢敏、李宝靖、刘名涛和刘童心来谈话，要他们搜集整理关于文艺批判的材料，准备给伍书记汇报。

5月10日　接到乔羽信，他表示愿意接受广西负责同志对他的电影剧本提的意见，让苏里略加修改。

到自治区话剧团去继续讨论《叱咤风云》第二场戏。

5月11日　下午出席全区文教先进工作者会议颁奖会，会后到万国饭店去参加会餐。

5月12日　全区文教先进工作者会议闭幕了。凤乡没参加闭幕式，一早就随自治区"三反"工作组下鹿寨县去了。因要修改文件抽不出时间为她送行。下午读完马元杰、毛正三写的《韦拔群》电影脚本，觉得对真实的韦拔群故事并没有提高,没有引人入胜、特点鲜明的故事情节,典型性显然不足。

歌舞剧的《刘三姐》脚本出来了,与现有流行的本子相比,有三个地方是值得考虑的:一、三姐向媒婆提出对歌没有比原来向地主直接提出有力;二、对歌以后,地主莫怀仁陷害三姐,除了勾结官府,还要利诱刘二和布置师公假装火神烧山,嫁祸三姐,未免分散了中心;三、地主莫怀仁气死,不近情理。

5月13日 到伍晋南书记处去谈歌舞剧《刘三姐》的剧本,他的意见基本上同我的看法一致。要郑天健照他意见去改,舞台服装问题要我直接去抓。

5月14日 周总理到印度与尼赫鲁会谈中印边界纠纷问题,今天上午9时半从河内飞到南宁。

昨晚交际处就来电话,要我到机场欢迎。早上8点一刻,我同葛震一块去。在机场休息室待了一个钟头,飞机才从西飞来。我们这些厅局长以上干部,被指定站在前头,接着是拿着鲜花的少年儿童和女同志。

飞机9时半准时到达机场。周总理、陈毅副总理和外交部副部长章汉夫、乔冠华一个跟着一个地来到大家面前。韦国清书记一一介绍我们的职务,我们则自报姓名,同周总理等握手。

离开机场后同葛去参观"五四"工读学校。晚上到"国旅"去检查《刘三姐》的排练工作准备情况。

5月15日 晚上到明园饭店去参加挑选刘三姐的扮演者的工作,在候选的五六个演员当中,很难找出个有魅力又特点突出的"刘三姐"来。

收到凤乡从鹿寨来信,她已进村参加农村的"三反"运动了,那里是柳州地委抓的重点地区,可能要到6月底运动才结束。

5月16日 第一次见葛震发那样大的脾气。开始不知是为什么,后来在文艺处见到他写给《红水河》杂志的一张字条,批评(申斥)给他的发言稿发稿费。说人家是昏了头,欺人太甚等等,一副盛气凌人、深恶痛绝的态度。难道刊登了发言稿,按规定给作者付酬也错了吗?还成了犯罪了?!晚上,同郑天健讨论《叱咤风云》,他的意见不多且抽象,难以作为修改的指导。

5月17日 开始修改《叱咤风云》,但一下拿起笔来却因生疏而难以着手。虽然有些意见我是接受了的,可它毕竟未成为自己心中的东西,一写起来就不好下笔。

写不下去,倒读了郭沫若的《武则天》和赵起扬的《星火燎原》两个剧本。

5 月 18 日 继续写话剧,仍旧写得不顺利。头一场戏写圩场,想倒想得挺好,但是写起来处处都觉得是在穷以应付,颇有顾此失彼之感。什么事件先写,什么人物先出场,都与后头的情节发展有联系,不得不费些心思来考虑它。

5 月 19 日 越南党中央宣传部副部长陈宋等六人的宣教代表团来广西访问,通知我下午 3 时到飞机场去迎接。天气不好,下午 4 点了飞机才降落。

晚上陪越南客人吃饭、看戏,大半天的时间应酬掉了。

5 月 20 日 下午,韦国清书记要我去他家里共同研究有关彩调《刘三姐》的服装问题。他对僮族戏服一直都很关心,对一些原始的服饰认为过于简陋而十分厌恶。韦书记曾对上海科教电影制片厂摄制动画片《一幅僮锦》时丑化了僮族的东西很有意见,要宣传部写信去上海市委抗议。

另外,电影《刘三姐》的服装,韦书记提出一定要长影厂拿来让广西审查后才能定案。

5 月 21 日 作家出版社今天将《美丽的南方》出版合同寄来,同时寄来 3300 多元的稿费通知单。

话剧《叱咤风云》头一场戏,今天算是写下来了,估计明天才能写完这一场。最快也得月末才能将全剧修改好。

晚上,带坭坭、南南去自治区影片公司看美国片《社会中坚》,思想还进步。

5 月 23 日 迟了一天才把《叱咤风云》的第一场改写完毕。改这场戏总觉得灵感不多,眼前像是有一片云雾,见不到人物鲜明的轮廓。

给作家出版社王仰晨写信,表示对《美丽的南方》的封面不满意,希望再印时能够重新设计。

5 月 24 日 到自治区文联去审查完准备送文代会展览的作品和图片,又回到宣传部机关办公,处理课本出版用纸和压缩刊物发行数量问题。

见到柳州地委宣传部长张黎敏,同她商量有关苗延秀与谭流未来去柳州地区工厂工作的问题。

5 月 25 日 将话剧《叱咤风云》头场戏的修改稿,交给柯丹拿去话剧团誊抄。

利用了一个多钟头到图书馆去找1932年以前广西情况的有关资料和白崇禧、叶琪等人的肖像。

下午读黄绍竑的《五十回忆》，此人亦文亦武，在这本书里表现了他不仅是一个军人，还是个政客，还学文人填词等风雅之事。

5月26日 长影拍摄《刘三姐》电影的服装和音乐，送来请自治区党委审查。先由我和自治区文化局做初审。服装的问题比较大：地主与秀才的服装都是汉族的，只有刘三姐和舟妹是少数民族的装束，但式样十分落后。音乐倒还保持广西音乐特点，做了点加工，听起来还顺耳。

晚上，到自治区影片公司看"内部参考片"，反映资本主义国家的一些形形色色的生活。

5月27日 上午，到韦国清书记处去参加审查《刘三姐》电影和舞台的两套服装。把电影的那一套给否定了，采用戏剧舞台的那种。

下午参加韦书记宴请越南劳动党中央宣传部副部长陈宋的活动，夜里还上火车站欢送他们回国。

这两天就这样把写剧本的心情全搅乱了。

5月28日 修改话剧《叱咤风云》第二场。但精神疲惫不堪，写得不顺利。

晚上，去看电影《春满人间》。上海天马制片厂把上海医院抢救烧伤病人丘财康的故事搬上银幕。影片对资产阶级教授保守落后思想的表现手法还是老一套，缺乏感人魅力。

5月29日 对自治区歌舞团几位作曲人谱写的《刘三姐》曲调不放心，跑去听他们演奏一次。第四场说媒和第五场对歌的曲调听了让人有些不舒服，旋律不够流畅，好像口吃的人说话。

晚上一个人跑去看桂剧《问蝶决囚》。

5月30日 自治区党委召开常委扩大会议，我列席旁听。讨论当前农村"三反运动"、生产生活的安排和第二个五年计划的后三年计划的补充意见。

下午，由秘书长高信去听大会，我请假在家赶改话剧脚本。

作家出版社把《美丽的南方》的稿费寄来了，由银行帮存下来作定期储蓄。

5 月 31 日 改写话剧的第二场。这场戏交代事件多,矛盾冲突少,因而剧情发展比较平。

6 月 2 日 话剧的第二场,下午算是改写完了,马上交给话剧团誊抄。过后想起来才觉得情节上还需要加强冲突,人物性格需要刻画,特别是林升秀这个人——一个知识分子参加革命,当初是为了一般的正义,应该是慷慨激昂的,现在把他写得冷了,是一个旁观者,这就显不出时代赋予知识分子的色彩。

6 月 3 日 开始修改第三场戏。这场改动不大,话剧团添进去一些东西,我觉得还可以。对第二场戏倒是感到有些情节需要加进去,跑去话剧团找王玉祥讨论了一番。

下午在机关看了半天文件。

6 月 4 日 第三场戏改好了。以后的几场戏都无需大改动了,估计月中可以脱稿。

听秘书长高信传达自治区党委常委扩大会议精神。为《广西文学》题写刊名。

6 月 5 日 晚上去看《刘三姐》的彩排。觉得音乐问题比较突出,原来民歌的朴素风格被改变了就不够亲切了。最后情节是把地主射死后,刘三姐若无其事地出走去传歌,在情理上好像说不过去。布景也不够鲜明开朗。

6 月 6 日 找自治区话剧团柯丹来,交与她话剧第三场和第四场的修改本,希望争取本月 20 号能排练。

6 月 7 日 昨天晚上陪韦国清、伍晋南两位书记去看《刘三姐》的彩排。觉得“尾声”的增加是“画蛇添足”,音乐部分仍未改好。

6 月 8 日 就在这样炎热的天气里,我仍在伏案修改话剧脚本,第六场算是改好了,本月 10 号以前估计可以完成第一次修改。

到韦国清书记家去讨论彩调(歌舞剧)《刘三姐》,到深夜 11 点才散。

6 月 9 日 话剧第七场只改了一半,下午太热了,无法再坚持写,只好到“国旅”去找郑天健谈《刘三姐》的修改问题。

6 月 10 日 到《广西文学》编辑部去同编辑们座谈关于编辑工作的指导原

则、岗位规范、思想修养、业务学习等问题。

晚上去看连排《刘三姐》。

6月11日 把话剧的第八场算是基本改写完了。

作家出版社寄来15本精装的《美丽的南方》,还有35本后寄。作协广西分会拿了10本去,要送全国文代会作为广西作品的展品。

6月12日 话剧最后一场还是花了半天时间来改,全剧的初稿总算是完成了。今后要改,只能让导演和演员一起在排练过程中再作修改吧。

“长影”昨天来电报,派孙穆来协助写《韦拔群》的剧本。不知他们对毛正三等人写的那个本子怎样看,如果要我写,那就得让我能更集中些时间突击完成才行。

6月13日 上午去看《刘三姐》的排练,下午读《思想界动态》,对关于苏联对列宁著作的引述所删节的地方较有兴趣。我党现在已把世界各国共产党对待马列主义的态度如何放到首要的地位上来了。

6月14日 为欢迎赛福鼎和姬鹏飞到访,韦国清书记叫演出《刘三姐》作招待,这让我忙了一个下午,到自治区党委礼堂去督促剧组演员抓紧排练。

早上同自治区话剧团徐孝远谈韦拔群的剧本,大家都认为我写第二场戏冲突不多,戏味不浓。于是我就想还是用韦拔群领着群众去金包铁家算账,要他退出侵吞的公款这场斗争比较好,写起来也还容易些。

6月15日 “长影”编剧孙穆来了。到“国旅”见到他。他认为毛正三他们的剧本不行,要我亲自来写,他参加。要求7月底交初稿。

我只能在本月20号左右把我话剧脚本让他看,如认为可以再作改编工作继续弄,不然的话也只好放下让别人去弄了。

6月16日 开始改写《叱咤风云》的第二场戏。自治区文化局副局长刘一祯来谈话,把整个上午的时间耗费了。

下午,天气热,精神困倦写得很不顺利,晚上又继续写。

6月17日 话剧第二场算是写出来了。下午拿去广西民族印刷厂排印,要到本月23号才能印得出来。

收到东北局作协马加赠送新作《红色的果实》。礼尚往来,我也应该送他一本吧。

韦国清书记叫我去谈关于《刘三姐》的事,他主张去北京汇报演出的只要派出一个演出队就行了。

6 月 18 日　去看孙穆,同他谈韦拔群剧本的写作问题。他仍是要我动手写,他只能是协助出点子。看来同他合作未必能搞到一块。他对韦拔群的故事不熟悉,对剧本的要求也不一样。

到话剧团去找柯丹他们谈准备排我的那部话剧事,他们很焦急,希望郑天健不去北京了,不然 7 月份排不成话剧《韦拔群》。

下午去向自治区文化局郭铭和刘一祯传达韦书记的意见。郭铭对要贯彻一个演出队去北京的安排想不通。对此事他有想法与打算,显然与组织的意见相左。

6 月 19 日　早上去向伍晋南书记汇报关于韦书记指示《刘三姐》上京演出只派一个队的问题。伍同意上京汇报演出派一个队,到各省巡回演出另派一个队,并指定了《刘三姐》上京的演员。随即向葛震和自治区文化局刘一祯分别传达。下午,发电报给在乡下的凤乡,说伍书记让我出差桂林,要她提前回家。

孙穆来访,请他吃菠萝,晚上陪他去看《刘三姐》。

国家体委荣高棠十分称赞《刘三姐》的前半场。后半场不吭气了。

6 月 20 日　校对《叱咤风云》。晚上继续校对仍未校完。

晚上 9 点,凤乡回到南宁。遇上全市的三轮车工人开会,下站的旅客叫不到三轮车,只好背着行李走。凤乡的行李则由我用单车运回来。

6 月 21 日　上午校对《叱咤风云》。下午在葛震处与自治区文化局党组书记郭铭,以及刘一祯和郑天健讨论《刘三姐》上京问题。

6 月 22 日　到自治区话剧团去同柯丹、徐孝远讨论《叱咤风云》的排练问题,他们认为如果郑天健暂时无暇顾及,他们可以先组织一个导演小组来排练,最后再由郑把关修改。

6 月 23 日　晚上向葛震汇报明天去桂林检查电影《刘三姐》的外景拍摄问题。

6 月 24 日　早上 7 点离家到火车站,7 点 32 分乘火车开往桂林,下午 4 时半到达。

晚上,苏里和吴光华来谈电影《刘三姐》的外景等问题,一起看榕湖饭店招待的电影《友谊》。

6月25日 一早,苏里和吴光华来邀去看"歌圩"和"对歌"两场戏的外景地。苏里选择的场地还好,我提不出什么意见,因为搞电影我基本上算是外行,很难从片断的场景来批评其优劣。

下午到阳朔,3时许同演员们到福利圩对面看渔夫家的外景地,坐在电船上看书童山的莫山亭,再看看碧莲峰,另有一番风味。

晚上去阳朔县委交涉副食品供应问题。

6月26日 天气太热了,"长影"的人刚从东北来到此地,不禁感到难熬,一种又黑又小的纳蚊,一下子就在人们的大腿上咬出许多红疙瘩。

县委的同志来说,可以向摄制组每天供应豆浆、豆腐和鱼,以及三天供应一次猪肉。

到丰岩渡去看徐悲鸿的故居和附近的桂月岩,这里就是一幅美好的风景画,难怪徐悲鸿在这里卜居。

6月27日 广西艺术学院美术系一位老师金碧棻到平乐去招生,顺路在这里停下画画。今天同她和孙穆一块去青厄渡访问徐悲鸿的故居,大家在那里拍了照片。

下午又雇了只帆船到书童山附近的江滩去游泳。金见到这样的碧绿如缎的江水,就像一个酒徒见到美酒,非到水里去不可。我们三人就在漓江里游了半天,算是这段旅途中比较值得回忆的生活了。金是位29岁的未婚女子,人前人后落落大方毫无忸怩态。

晚上看《刘三姐》样片。

6月28日 下午2时半离开阳朔,经过两个半小时的汽车行程,下午5时到达桂林。没有雇到三轮车,同孙穆两人提着小口袋步行到榕湖饭店。

晚上到八桂斋见到油画家罗工柳,看样子他已不记得我了,也就没有提起大家曾是延安"鲁艺"同学的话。

夜里同孙穆扯谈到次日凌晨1时才睡,梦中还梦到了阳朔。

6 月 29 日 上午把《叱咤风云》话剧脚本分别寄去《人民文学》《收获》两个杂志社和“长影”总编辑纪叶，以及贵州剧协的翟强。每份都附上一张信笺，请他们提意见。

6 月 30 日 长影的编剧孙穆看完了《叱咤风云》脚本，感到要改写为电影的话，涉及许多革命历史人物，这些人现在都还活着，不好掌握，让我重新按他的看法去编，这无疑是强迫结婚，真是强人所难了。

在不是情投意合的情况下，很难按照别人企图来编写东西的。我只好想办法推辞电影剧本的写作了。这里头还因谢扶民对韦拔群电影的创作一直都不肯松手，如果我们抢着要写，势必引起许多关系问题。马上拍了一个电报，要毛正三他们尽快到桂林来汇报他们剧本的修改情况，以便向“北影”找出路。

苏里也同意这个主意，这样与孙穆的合作关系就此为止了。同苏里去袁牧之处拜访，下午约袁一块去看《刘三姐》样片。

画油画的金碧菜想找罗工柳学画，要我做介绍。带她去找罗，人没见到，画倒是看了。罗画了三幅桂林山水，他用色的大胆，让金惊叹。我也看到了奇迹，正如外地人发现了桂林山水一样的新奇！

7 月 1 日 下了雨，气候凉爽了好多。但是不能到漓江去游泳了。困在屋子里读完了朱其华的《1927 年的回忆》，从这本书可以看到当年政局演变的面貌，也可以知道当时风云人物的生活的侧面。当然，作者朱其华是被革命排泄出来的垃圾，但此人因身历其境，记述内容还是有参考价值的。

看孙穆编的电影《海上神鹰》。影片表现人民海军的侦察故事。看完不能给人留下太多印象。

到罗工柳处去看他的油画，觉得他很有才华。

7 月 2 日 晚上，和袁牧之夫妇和孙穆去看现代题材的彩调《草棚飞出金凤凰》，表现工人敢想敢做的精神，但对工程技术人员过分丑化贬低，与现实相违。通过彩调形式来反映大题材的戏似乎极不相宜。

看完戏回来，同袁、孙他们谈到第二天凌晨 3 时才散。

袁牧之认为电影这个文艺形式虽然普及手段是好的，可是它本身的发展，到今天为止还不定型,将来或许会被电视所替代。

7月3日 接到毛正三的电报,5日可到桂林。那么我必须等他,6日才能回南宁了。

到桂林图书馆去查找了半天的资料,顺便翻阅一些旧书刊。其中有一本《清宫秘史》,是写光绪的。

同孙穆讨论他所想的中越友谊题材,他编故事的本事倒是很大,两天时间就想出了个电影故事。

晚上去看桂剧团演出《小刀会》。

7月4日 桂林图书馆帮我找到了1942年11月6日刊载在桂林版的《大公报》副刊《文艺》栏上的一篇短篇小说《乡间》。那是暴露国民党统治下的广西农村的黑暗。文章的开头还引了俄国诗人尼克拉索夫的"这里,只有石头才不会饮泣"的诗句。当时在延安收到稿费,没有见到报纸。这次才见到了。编者还把它排在头条呢。

广西师院语文系秦似和蓝少成来谈僮族文学问题。

7月5日 毛正三从北京回来汇报他们写《韦拔群》电影剧本的情况。据说,"北影"对剧本肯定的意见多一些,认为比较有基础,谢扶民又是紧抓不肯松手,看来我要插手是不相宜的。还不如着手拟写小说提纲比较好些。

到桂林图书馆去请他们代抄《乡间》。

《广西日报》张辛同志来谈报纸的组稿。袁牧之明天要去昆明了,来辞行。

7月6日 袁牧之要离开桂林了。市委宣传部施耳、陈逊和文化局郭文纲请他吃顿饭,要我同老孙作陪。

袁牧之无疑是当年的一位电影大师。近十年来,他说为了要写一部反映人类发展过程的影片,必须到边疆几个省份去跑,但他到桂林几乎两年了,周边什么地方也没有去。如果到昆明去也这样,那他的这部电影将难问世。

7月7日 我趁要离开桂林之前的半天时间,同孙穆上象鼻山去逛了一番。人说有陆游的题诗,看了一下没有找着。无向导的游览,有时是难得领略名胜古迹一些美妙之处的。

从北京来的火车原定是中午12点50分由桂林往南宁开的。今天这趟火车误点了，进桂林站的时间被延后近3个钟头，弄到下午快3点才上得车。深夜12点半才回到南宁的家。

7月8日 严蒙收到《美丽的南方》来了信，顺便说到刘哲生要到上海去实习一个月。

晚上去看葛震，他同意把《韦拔群》的电影拍摄交给“北影”处理。要我把话剧脚本也寄去“北影”看看。至于去靖西他是同意的，但仍要我考虑写电影。

7月9日 给孙穆拍一电报，本月15号左右可去靖西，但电影剧本执笔人仍由他考虑。

去看《刘三姐》排练。因不是连排，看不出所以然来。

7月10日 用自治区党委宣传部名义给“北影”编辑部写了一封信，请把《韦拔群》的电影安排到计划里去。剧本则由陆地和谢扶民两方面分头写，请他们派导演和编辑来协助完成。

7月11日 金碧棻从平乐来信，她说，希望能给她一本《美丽的南方》。广州的周钢鸣接到《美丽的南方》也来了信，表示庆贺广西第一部长篇小说由我写出来了。

7月12日 接到翟强从贵阳来信。他对《叱咤风云》表示极大兴趣，认为这一重大意义的题材终于由我写成了，令人鼓舞。他认为巨大的成就是将韦拔群这个形象有声有色地表现出来了，而且比较含蓄，有政治家风度。总之，优点写了五条，缺点写两项。首场戏写得最好，有时代的典型意义。这真是给我极大的鼓舞。

7月13日 到国际旅行社去同自治区文联党组的同志开会，讨论广西出席全国文代会的人员、领导机构等问题。

“长影”纪叶来信，说我的话剧《叱咤风云》给了他极大的感染。作为电影的话，必须使之成为史诗式的东西，因此要求也就高一些了。希望我不要焦急，不要放弃，把它改写成电影。

覃珍从北京来看她的孩子，特地同李唯来看我，她就是当年延安“鲁艺”同学王思真。隔了二十年了，她依然风韵犹存。可是谁想到她竟被她的“沃伦斯基”抛弃了呢！

7月14日 去看了看孙穆。他还是想抓住我,让我接受“长影”编写剧本的聘请,要我写靖西水库的故事。

我说,我对靖西的情况一点不了解,正如口袋中没钱,你一定让我到街上去买两包纸烟回来,岂不叫人作难?

后来同他去西乡塘参观广西民族学院,见到金碧菜,送她一本《美丽的南方》。这本书大家都想要,苏里说,如果不送他一本,就表示看不起他了。司机小余也想要一本看。

广西广播电台的一位女同志来谈,想播《美丽的南方》的部分章节。

同孙穆去电影制片厂找吴光华和毛正三谈谢扶民同志写的电影剧本。

交代梁宁到北京同“北影”、老谢等谈韦拔群电影的事。

晚上,去看自治区话剧团创作演出的《党和生命》,是部活报剧性质的节目,对人物刻画不够,给人印象浅了。

7月15日 到自治区话剧团座谈《党和生命》这出戏。

晚上,陪同覃珍去看歌舞剧《刘三姐》公演。

7月16日 下午参加书记处会议,听组监会议的汇报。

晚上同凤乡去看《刘三姐》,这是在南宁的最后一晚公演,后天剧组就去北京演出。从这次演出看,仍觉得第八场收尾不甚妙,能在第七场收场也未尝不可。

收到白焰北京来信。中央高级党校本月20号放假,他要回广州了。

7月17日 本来要去靖西的,昨晚长春电影制片厂来电报催孙穆回去,靖西他去不成了,我当然也就不去了。

他不能去靖西,闷闷不乐的。同他去西乡塘找金碧菜,不遇。同陈烟桥扯了扯就回来了。回到国际旅行社一会,金却来了。但由于孙穆对她表现过于热情,倒使金有点不自在,而对孙有所疏远。从这些行为看,孙穆未免粗枝大叶,显示艺术家的修养不足,缺少点含蓄。

《文艺报》来信约稿,要求写篇书评,文章叫《新生活的光辉》,评论一下《少数民族作家短篇小说集》。其中有我的一篇小说《一对夫妻》。

7月18日 到新华书店去买到《白雪遗音》《霓裳续谱》和溥仪的《我的前

半生》这本内部发行的书籍。

到自治区中医研究所去请名中医林位乾看病,开药方。我的问题主要是胃功能弱,消化不良。

7月19日 把《叱咤风云》寄去给中央民族歌舞团的徐捷,请提意见。

这两天抽空读些文件。晚上,重读《红旗》社论《列宁主义万岁》。文章把现代修正主义者片面强调和平共处、和平过渡,放弃阶级斗争的错误理论批驳得体无完肤。当前国际工人运动中问题复杂,意识形态斗争极为尖锐。

7月20日 到自治区歌舞团去看望《刘三姐》的第二演出队。安利说,经过动员说服后,大家都安下心来了,现在练功排练都很积极。两天来比较空闲,想写小说的提纲,但是脑子空空洞洞,无从下手。

7月21日 晚上去桂剧院看话剧团演出儿童剧《刘文学》。是话剧团学员班的第一次演戏。扮演"刘文学"的演员是个女孩子,演得挺不错。

收到南京海军学院谭荫溥来信,他对《美丽的南方》作了简短的评述,认为流畅,一口气可以读完。

7月25日 早上去话剧团,见到正在做排练《叱咤风云》的准备——分配角色。下午,自治区文化局刘一祯来汇报工作。

晚上读《文史资料选辑》。都是些遗老们——清末及民国时代的人物回忆录。从中看到一些清末到新中国诞生这几十年中国官场的内幕。

7月26日 到自治区话剧团去座谈关于《叱咤风云》的角色分析。参加的还有自治区政协副主席陆秀轩、自治区民委副主任黄举平和自治区中医研究所孟国基。

收到小金来信,说她读了我的《美丽的南方》,有些地方赚了她的眼泪了,感到很吸引人,非一口气读完不可。

7月27日 给谭荫溥、孙穆和金碧棻各写一信。

晚上,开始读法国勒萨日的《吉尔·布拉斯》。

7月28日 去自治区博物馆看古今书画展览。

8月2日 到自治区话剧团去,继续昨天对话剧《叱咤风云》的角色进行讨论分析。

《刘三姐》上京汇演，深受各方赞誉，认为这是几年来未见过的好戏，认为歌词太美了。

8月3日 到自治区歌舞团去传达《刘三姐》上京首次演出的情况，大家听到演出成功，极为兴奋。

孙穆来信。他在回长春的火车上把《美丽的南方》看完了，说是深受感染，认为对知识分子的批判很够味，这些形形色色的人们，颇有似曾相识之处。可惜后尾没有把他们进一步刻画，令人不够满足。其中，全昭和小冯是令人喜爱的。杜为人好像是作者自己。

晚上，葛震传达中央的北戴河会议精神。

8月4日 去自治区话剧团了解准备排练《叱咤风云》的情况。

晚上，看1932年出品的影片《风云儿女》。这是袁牧之主演，田汉编剧，聂耳作曲的著名电影。现被当作代国歌的《义勇军进行曲》就是这个片子的插曲。

不过以现在眼光看，剧本较粗糙，人们的精神面貌也显幼稚。

8月5日 一天没什么事，看了看中央和自治区的党内文件。

晚上读勒萨日的小说《吉尔·布拉斯》，读几页就困了。给孙穆回信。

8月6日 下午去自治区影片公司看电影《十字街头》和马克辛三部曲的《青年时代》，各有可取之处。

晚上，在区党委机关大院看电影《红鹰展翅》，影片展示人民空军建设发展过程。像写历史，不少片断枯燥无味。

8月8日 去看《刘三姐》的彩排，邓孟琼演的刘三姐并不差，可见专家们对演员的看法有许多片面性。

8月9日 到自治区话剧团去看他们排《叱咤风云》的头一场戏。

下午听自治区文化局刘一祯和岳平来向葛震汇报广西“艺专”的校舍问题。

晚上去陪伍晋南书记看《刘三姐》的彩排。

8月10日 谭荫溥来信，说《堂吉诃德》打动了他。他觉得一个作家的成熟是需要社会生活和学识的，看来塞万提斯懂得辩证法。

8月11日 晚上去自治区影片公司看苏联片《白痴》，这是根据陀思妥耶夫斯基小说改编的脚本，对揭露资产阶级的丑恶真是淋漓尽致。第二个片子是西班牙的《影子部队》，这里是把女子当作影子，永远发不出光辉来，只有男人才在事业上展开他的才能。主题显然是含糊的。

8 月 12 日 去看《苦难的历程》三部曲的第三部《阴暗的早晨》，电影把知识分子在革命的过程中所经受的苦难写得很深刻。但是，作者阿·托尔斯泰自己是贵族，把知识分子未免过于美化了。

下午去话剧团看排练第四场《叱咤风云》，顺便在脚本上修改了一些情节。

8 月 13 日 “长影”拍摄《刘三姐》外景的摄影师和广西制片厂姜树森来葛震处汇报，他们带来《刘三姐》样片，要求自治区党委审查。

下午去自治区人委出席由林克武召开的关于太平天国 110 周年纪念的筹备会。林克武是玉林五属人，想通过宣传太平天国来表现那一地区汉族的光荣历史吧。看来，这两年广西的文学艺术宣传僮族等少数民族的东西太多了，有人想平衡一下。广西近代以来的革命斗争是波澜壮阔的，内容是丰富多彩的，要做文章不愁没有故事。不过，纪念太平天国的历史与当前强调反映现代斗争生活的精神多少有出入，有可能搞不起来。

8 月 14 日 收到一封从作家出版社转来的华南植物研究所植物园李汉铭来信。他读了《美丽的南方》，深受感动，称其中的全昭、小冯等形象写得很深刻动人云云。看来这本书受到一定的读者欢迎。

今天报上刊登昨天全国文代会闭幕消息。我被选为新的全国文联委员会的委员。

8 月 15 日 上午看文件，下午参加讨论南宁师范和艺术学院迁移的问题。

晚上编写《刘三姐》在京演出情况续志。演出团的人把它写得太啰嗦，我将三四千字压成一千多字就表达清楚了。

8 月 16 日 上午去看电影《伟大的公民》上下两集，觉得有点沉闷。都是些政治生活中的斗争，使人感到是读历史。

下午审批文教系统各单位提拔干部的名单。晚上去看《刘三姐》招待华侨的演出。这台戏演得越来越熟练了。

8 月 17 日 晚上去陪郭振庭摄影师看《刘三姐》。

8月18日 上午去看话剧团排《叱咤风云》的第八场。这个戏自治区话剧团倒是很卖力气来搞的，可是现在要把县文工团取消，两三年内不准搞文艺会演。葛震说，还在酝酿把广西艺术学院也取消，把劳动力都集中到农业生产上去。这样一来，《韦拔群》的戏就不可能有那么多人欣赏了。

看来文学艺术要繁荣目前还受条件的局限，一切都在过渡，有待于生产的发展。

8月19日 忙于文教系统干部登记的事，尽管奔走一天，结果却搞不出来。晚上到葛震处去也没讨论出结果。最后，葛震顺便把宣传部的工作职责和三个负责人的分工讲了讲，这样一来，我只抓文化艺术，可以专下心来。然而，新的情况又来了，不知会不会被下放呢。倘能下到艺术学院这样的单位搞实际工作倒也不错。

8月20日 去看自治区话剧团连排《叱咤风云》，第八场的结尾似乎过得去，有些人都受感动了。

郭铭在全国文代会上关于《刘三姐》的发言稿，把广西全党全民如何支持《刘三姐》会演讲得太具体，有的成了大话、假话，实在看不下去。难怪人家反感。本来戏是不错的，给他这样一说，好的也打了折扣了。

他还借这个戏伸手向文化部要好住房、好场地，许多做法都是不虚心的，在出风头。这使广西的声誉受到了损害。

8月21日 到自治区话剧团找柯丹、孙正超谈话剧的排练，要自力更生，要提高奋发的精神来搞好，不要伸手去找外援。因为这个时候，大家的注意力都向着农业生产去了，文艺工作不可能再如搞《刘三姐》那样去投入更多的人力、物力。

出席全国文代会的梁宁回来汇报会议情况。广西代表的发言把《刘三姐》的创作成绩渲染得太过分，引起一些与会者不满，说戏是好的，但讲得过火就适得其反了。晚上，向葛震汇报，他对郭铭这次在京招惹的是非认为十分严重，等他回来了必须要好好地做检查。

8月23日 同自治区文化局讨论《刘三姐》第二演出队出去巡演的问题。晚上，去自治区话剧团讨论韦拔群剧本的排练。

这两天南宁酷暑,“秋老虎”来了,闷热高温的天气比盛夏还难受。

8 月 24 日 《刘三姐》最初的剧本是百色地区田东汽车队一个叫邓昌伶的人写的,1957 年他把剧本寄给广西戏改会,戏改会转交柳州彩调团,彩调团回信准备排演,结果拖了下来,两年后演出时就把原作者给遗忘了。

8 月 28 日 参加全区地市委书记会议。整天听韦国清书记传达北戴河会议精神。主要内容:反对国际上的修正主义;加强国内建设——自力更生、发愤图强——以农业为基础。

8 月 30 日 文教战线小组昨天一天讨论国际上修正主义问题。今天上午我去参加农业小组讨论支援农业问题。

下午,外事处通知我去飞机场接客人。印度、加拿大、意大利等国兄弟党的负责人,以及日本“和大”代表与中国“和大”分会的严文井同志路过南宁去河内参加越南的国庆。

我和严文井都想不到会在这场合见面,应付了客人以后,同严文井到他下榻的“国旅”308 号房谈了一会。他对《刘三姐》表示赞赏,对我文学活动表示乐观,认为做了工作还能写东西,这就很好了。

8 月 31 日 上午到飞机场送客人去越南。写了一封信给刘白羽,请他派华山回广西来工作。

晚上,同广西师院欧阳若修谈话,对师院编的僮族文学史提了些意见与看法。

收到孙穆来信。

9 月 1 日 下午是地市委书记会议的大组发言,各个战线都表示了一下态度。最后,第一书记刘建勋讲了两点:一是要抓重点,一是要发扬艰苦奋斗的作风。

在南宁举行的越南电影周正上映《同一条江》。影片通过一对未婚夫妇的婚姻挫折,来反映越南南方反动统治者的凶残,同时告诉人们正是祖国的分裂局面给广大人民带来了痛苦,希望有一天南北方能统一。电影编导的创作意图是好的,但故事编织得太肤浅,情节表现软弱无力,看过了也很难受到感染。

9月2日 听地市委书记的大会发言。

晚上,越南领事馆为其国庆15周年宴请广西各机关团体负责人。我作为作家协会广西分会主席被邀请,尝到了一顿丰盛的晚餐。然后同谢芳春去看自治区桂剧团根据郭沫若原著新排的《武则天》的公演。整台戏的故事情节并不动人。

9月3日 地市委书记会议上午仍然是大会发言。找吴光华来了解制片厂编剧人员情况。

晚上,霍泛来谈天。他把我的《美丽的南方》读完了,其中一些人物给他留下了印象,他认真逐一地问书中某某写的是谁。希望我再写一部反映合作化运动的就好了。

到伍晋南书记处谈机关精简,他基本上同意我们的关于把文化团体压缩、合并、取消的方案。

9月4日 全区三级干部会议今天正式开始。整天听传达关于国际问题的七个文件。

9月5日 上午到伍晋南书记处去讨论大学生分配问题。下午继续听韦国清书记传达国际问题。

9月6日 全区三级干部会议开始小组讨论,陈东去北京开会了,文教战线的讨论由我主持。大家对当前国际"共运"出现中苏两大国的不团结问题,极为惊异。

9月7日 收到作家出版社赠送的三本书,一本是郭沫若的《潮汐集》,一本是欧阳山的《三家巷》,还有一本是周立波的《山乡巨变》续集。收到人家的书,自己想写作的心又动了一下。但是,目前工作强调抓建设,能否安心写作就很难说了。

9月8日 三级干部会分组继续讨论国际问题。讨论的题目:对现代修正主义要不要顶住的问题。

晚上,自治区话剧团来人讨论《叱咤风云》。每个人都照自己的想像来修改原来的剧本,这样就把一个完整的构图扯得零碎了。

9月10日 三级干部会,转入第二个阶段——联系本区的工作。韦国清代表自治区党委向大会作报告,关于以农业为基础的问题。下午阅读文件。

9月11日 三级干部会的第二段会议开始小组讨论。以"关于以农业为基础,以工农业为指导,在优先发展重工业与迅速发展农业相结合的方针"为讨论题目。

9月12日 继续小组讨论,各单位集中讨论机关精简和机关生产问题。

9月13日 收到刘名涛来信报道《刘三姐》在京演出情况。

《文学评论》专门开个座谈会来讨论《刘三姐》,大家对这个戏的评价很高,认为这是令人兴奋的好戏,应该叫它诗剧。

晚上,自治区党委召开小组长汇报会,大家对粮食过关问题特别关心。口粮压到360斤,看来不好过。现在能够想的办法只有增加冬种。

9月14日 仍然是小组讨论,大家都感到没有新鲜的内容可谈的了。

晚上去看自治区话剧团演的两个农村小戏。

9月15日 全区三级干部会今天结束的时候,刘建勋作最后讲话,算是总结吧。

伍晋南书记叫我去谈机关精简问题。

9月16日 本来三级干部会议昨晚已经结束,今天又通知继续开大会,主要是宣读中共中央答复苏共中央的"通知书"。这封答复信,把苏共中央及赫鲁晓夫从苏共二十大以来对中国不友好的事例和对国际革命运动的错误言论及措施都作了比较系统的分析和概括。共列举七大问题来辩论:1.关于时代的认识;2.关于战争与和平的看法;3.关于和平共处的主张;4.关于和平过渡的观点;5.关于国际民主运动的见解;6.反对修正主义和教条主义的理解;7.关于国际共产主义团结的态度。

晚上到话剧团去同柯丹、徐孝远、吴桐华、小蔡和王义祥等座谈《叱咤风云》的修改问题。

9月17日 到广西艺术学院去参观新校舍。新环境面临南湖,校舍绿化已经有了一定基础,应该是个比较完善也比较理想的办学环境了。见到陈烟桥和金碧菜,他们一面安排新居,一面劳动生产,同大家一起在开垦菜地。

9月18日 上午召集文教战线各厅局、大专院校的书记来传达自治区党委关于精简机构和下放干部的问题。

晚上到解放军303医院去见刘建勋书记,他交代宣传部要写宣传《毛选》四卷的文章。

9月19日 向《思想解放》杂志社、广西日报社和党校的几个能写文章的人传达刘建勋书记交待的任务。

收到龙廷坝的信,说是《美丽的南方》的重印封面设计不日寄出,希望能够多印,桂林的读者很需要它。

9月20日 听说广西艺术学院徐俊泰对《叱咤风云》很感兴趣,特地请他来谈了谈。他感到这个本子给他印象很深,韦拔群这个人物是塑造起来了,特别是第一次国内战争时期的历史背景被反映了,而且很有时代特色。最后我把剧本送给他看,如果他愿意就要他参加导演。

宣传部开始学习讨论目前国际形势。

9月21日 参加宣传部科长以上干部关于国际现代修正主义问题的学习讨论会。

晚上出席招待越中友好协会代表团的宴会。

9月23日 葛震从越南带回一些土产,送给我一只用黑牛角雕成的金鱼和一个果盘。

9月24日 到自治区党委汇报"三反"的学习情况。下午召开发行《毛选》四卷的会议。

9月25日 给谭荫溥写回信,寄了一本《叱咤风云》请他提意见。同时另写一信给《美丽的南方》的热心读者李汉铭,顺寄一本《写作杂谈》给他作纪念。

去"国旅"看望中国科学院文学研究所的朱寨,他现在是研究员。

9月26日 抽空去工人文化宫看北京—莫斯科的版画展览。中国方面,力群的《饮马》和《雪景》颇能引人兴趣,苏联的东西,好的并不多,看起来不亲切,这与民族情感有关。

给龙廷坝回信,他寄来的《美丽的南方》插图和封面设计都收到了。

9月28日 香港一位华侨杨铨,出身海员的家庭,做过工人,后来是工程师。嗜好古董,平生搜集了大量文物古玩。捐送给祖国的就达六千多件。文化部为了报答他的捐献功劳,特地请他到全国各地游历。

今天他从桂林到南宁,自治区人委专门予以宴请招待,我去作陪。同他来的还有一位哑巴画家、小说家任真汉和广州美协秘书长黄新波。

杨铨已经62岁了,两眼浮肿,商人的风度,性情豪爽,不拘细节。

9月29日 今天各机关的全体干部参加体力劳动。我在宣传部的菜地里翻土,有小部分人在捉虫,种下的小白菜已经长了五六张叶子。再过一段时间,生活将会得到部分改善。

9月30日 晚上,自治区人委副主席卢绍武出面举办国庆酒会,招待各个机关团体负责人,我去参加吃了些点心与卤菜等冷食。

夜里,讨论研究下放干部名单,第二天凌晨1点半才散。

10月1日 上午仍然要赶弄下放干部名单,国庆观礼也没空去了。下午上街去看市场供应,比去年少多了。一些副食品罐头数量少,可以说是供不应求。

10月2日 到伍晋南书记处去听陈东同志汇报中央召开的文教书记会议精神。

10月3日 整天忙着讨论下放干部名单,半夜12点过后才散会。

收到中央民族歌舞团徐捷来信,讲她的韦拔群歌剧本已弄出初稿了,但还没有决心拿出来。

10月5日 今天是中秋节,但为了节约,厨房没有加菜,小孩子仍然吃六分钱一碟的青菜。这样艰苦的生活正在开始,时间可能要三年吧。有了艰苦才有将来的富裕,这是一定的。

带孩子们去桃源电影院看苏联影片《生命在你手中》。

10月6日 广西艺术学院一位叫何楚熊的女同志来找我谈,想请我去给她的学生上《文学概论》课。她说可以帮我当助手收集资料。她是广西师院毕业生,学文艺理论的。年轻人倒还热情天真,对广西艺术学院的文艺思想情况感触颇多,认为社会主义文艺思想还未占领阵地。

10月7日 越南嘲剧团今天到达南宁。下午自治区文化局设便宴招待嘲剧团一行,请我和葛震出席。我国驻越使馆文化参赞艾汶也陪席。嘲剧团团长是越南中央艺术局副局长，叫武林。

晚上，为招待越南客人，演出桂剧《拾玉镯》、京剧《虹桥赠珠》和评剧《小借年》。

10月8日 开了一天会，检查过去宣传部的工作，哪些政治思想工作没有抓好，哪些抓漏了。

收到白焰从中央高级党校来信，谈及《刘三姐》演出受欢迎的事，说是想找剧本来看看。

10月9日 机关干部下放，今天公布名单，宣传部下放16人，大家照了相。

10月11日 南宁市及自治区直属机关开大会欢送下放干部。歌舞团的刘士昭来要求当下放干部，愿意到农村去工作生活。

找《刘三姐》巡回演出团的段哲夫来交待关于演出团在外省演出活动应注意的事项，力戒骄傲自满。

收到谭荫溥从杭州来信，说《叱咤风云》的政治思想性是好的，但作为话剧来说，未免松散了一些。

同葛震谈文教系统各厅局、学院负责同志的政治思想情况。

10月12日 郭铭在全国第三次文代会上的发言有错误，造成不良影响，因此要做检查。检查会上午开始，一直持续至晚上。

10月13日 继续对郭铭进行批判教育。自治区文化局党组成员统统参加。有人提出郭所犯错误本质是政治性的，是要不要党的领导的问题。

晚上，出席欢送越南嘲剧团的宴会。

10月14日 上午8时半去明园饭店向中南局宣传部长李尔重汇报文化工作，自治区文化局刘一祯也去。

李尔重是部长也是作家，同他汇报文艺队伍情况，文艺思想动态和当前的工作。他对《刘三姐》很感兴趣，要广西总结一下，把经验推广。他认为这个戏的演出和创作，解答了一系列的文艺问题。

下午中共中央宣传部副部长张子意向厅局长以上干部报告学习《毛选》与反修正主义问题。晚上请柯丹来谈《叱咤风云》的排演问题。

10月15日 整天继续批判郭铭错误思想。下午抽出一个小时找卞璟来谈

《叱咤风云》的事。

郑天健对我这个剧本的态度一直不明朗,放弃不舍得,拿起来又无行动。同柯丹谈,干脆自己组织力量排出来再说好了。

10 月 16 日 上午,去自治区桂剧团审查晚上招待张子意的,由青年演员表演的晚会节目。下午,继续开会批判郭铭。

10 月 17 日 整天开会批评郭铭错误思想。抽空写三封信,附带三本《刘三姐》分别寄予中央高级党校潘若(白焰)、南京海军学院谭荫溥和“长影”孙穆。

10 月 18 日 批评郭铭的会开到半夜 12 点,暂告一个段落。由郭会后写检查,然后看是不是要再开会。

10 月 19 日 接到湛江市委书记王国强——“广东第一师范”的老同学来信,说读了我的《美丽的南方》,感到很生动,希望我在这方面有更大的成功。顺便给我出个难题,介绍他派来的一个干部去采购菜种。这事眼下真不好办。当前各地大搞生产,到处都缺菜种。

晚上,向葛震汇报郭铭的事。

10 月 20 日 去自治区博物馆看太平天国 110 周年展览的筹备工作,见到一幅上海复制的唐伯虎的仕女画很好,叫他们代买一幅。

晚上,与自治区文化局党组研究对郭铭的批评如何进一步开展。

10 月 21 日 听自治区党委伍晋南书记向全体党员干部动员“三反”运动进入第二阶段——反贪污、反特殊化、反官僚主义。

晚上找徐俊泰、孙正超、柯丹和舒宏等人来讨论《叱咤风云》的排演问题。

10 月 22 日 同自治区文联的同志研究决定机构和人选问题。读周扬在全国文代会的报告。

晚上去军区礼堂看军区文工团初次演出,他们是新组织起来的演出团体,技术还很幼稚。

照了照镜子,发现鬓角上出现了一根白发!一根白发预告无数的白发将会来临,好像树叶一落而天下知秋。近来稍微注意同辈们的头发,发现白发苍苍者已如秋天的草木一样了,不禁感到衰老的威胁。

10 月 23 日 屋边种植的两株木瓜树,今年开始挂果,果实近来相继成熟。

摘下两只最熟的给孩子们分享。小孩子眼下没有更多的食物,嘴巴变得很馋。

晚上,到自治区影片公司看《聂耳》。影片对这位无产阶级歌手的成长过程作了概述,其间以中国革命的几大重要历史事件为背景也还自然可信。

10 月 24 日 召集自治区文化局党组讨论目前“三反”运动的具体做法。

下午到广西艺术学院参加戏剧系理论组讨论全国第三次文代会的文件。大家对文艺标准问题仍有许多糊涂的想法。

晚上看爱伦堡的一篇长文《司汤达的教训》。

10 月 26 日 到农林厅和青年团校去看房子,打算把自治区的几个剧团都集中到那一片地域去,规划建成为一个文化大院,把工作学习和生活都统一管理起来,实行人民公社化。

随后到中央文化部在这里开办的舞蹈班,看看各省来的学员和两位中央舞蹈学校刚毕业出来的教员。

10 月 27 日 到自治区文联去参加副科长以上干部对郭铭批评的小组会。

下午听区直机关“三反”运动的经验交流会。现在是集中揭发商品走后门的事情。这些被揭发的事例是惊人的恶劣,看来一部分干部是沾染了资本主义思想作风的病毒了。

10 月 28 日 河南豫剧院三团到南宁来公演。早上去南宁饭店看望两位团长和几位主要演员。

晚上,看他们演出《冬去春来》,反映人民公社群众大搞水利建设的斗争。几位女演员的嗓子特别亮,豫剧似乎特别适合于表演现代生活题材。这样演起来,相当于是另类的歌剧。

10 月 29 日 去自治区文联参加讨论郭铭的问题,散会回来路遇大雨,浇了一身湿。

下午到自治区杂技团去看大字报。群众给党员副团长杨镜如和姜秘书贴了不少大字报。从大字报所揭露的内容看,这两个人受资产阶级思想腐蚀变质了。据说郭副局长常被他们拉去喝酒,喝了酒就乱答应他们的一些非分要求,把党的原则性也丢到一边去了。

10 月 30 日 晚上去见画家叶浅予和他的明星夫人王人美。叶已 53 岁,但身体还挺健康,王人美也47岁了,看样子才40岁左右。

10月31日 收到“长影”孙穆来信。他说“长影”把反映中越友谊的有关靖西水库题材的电影,已列入1961年的计划,希望我参加脚本的写作。

晚上去看话剧舞台艺术片《以革命的名义》。这是十分完美的一台戏。

11月4日 叶浅予携夫人王人美来广西画画,明天就要去桂林了,广西美协请他吃顿饭,要我去作陪。同席的有陈烟桥、阳太阳等人。叶好饮,对蛤蚧酒很有兴趣。

11月10日 长影制片厂亚马从长春携带制好的《刘三姐》影片来请自治区党委审查。今晚9点15分我到南宁火车站接他。他说此来一方面交差——送审《刘三姐》,一方面拉差——要我为他的制片厂写电影脚本。

准备在自治区文化局党组扩大会议上的讲话,好不容易弄出个提纲,思想就不集中了,写不下去。

马元杰在北京代买的苏联照相机“非特2”,由姜树森带回来。

11月15日 自治区文化局党组扩大会今天结束。晚上,我去扩大会上讲话,批评郭铭错误思想中的几个方面的问题。主要是不听党的话,存在脱离政治的倾向,迷信个人才干,漠视群众智慧等。

11月16日 全区地市县委书记会议今天开始,中心内容是反共产风、浮夸风、命令风、特殊化风和瞎指挥风。

总的意思是总结三年来的社会主义建设的经验。也就是1958年大跃进以来总路线的总结。看来,干部思想作风上,滋长着浮夸、不深入实际——不做艰苦的调查研究相当普遍。不认真检查,长此以往,我们的政策就会脱离实际。

11月17日 同姜树森他们讨论了一天,才把电影《刘三姐》的缺点提出一个修改的方案来。

大家对电影《刘三姐》意见不少。主要是不像舞台剧那样看来顺眼,有人就认为人家改坏了我们的东西,这就忘记了“百花齐放”的方针。不少人没有考虑到电影也有一定的局限性,舞台剧能做到的,电影做不到。同样,电影能达到的境界,舞台剧也达不到。应该是各有所长、各有所短才符合艺术的要求。

晚上,又去看电影《刘三姐》。

11 月 19 日 把《刘三姐》的歌词修改方案和情节处理寄给伍晋南书记审定。伍回信表示同意。

11 月 20 日 全区地市县委书记会议重新布置,刘建勋书记再作动员讲话,检查三年来自治区党委领导的问题。承认有几个问题认识糊涂,对中央精神似懂非懂。比如资本主义与共产主义的界限问题,比如过渡的长期性问题,都理解得不深,因此对大队所有制过渡到公社所有制要求快了一点,所以遭到了农民的反对。再加上不深入实际,相信干部的浮夸风,对粮食产量估计过高,等等,都促使工作上发生了一个指头的问题。

晚上,伍晋南书记请亚马吃饭,我同葛震去作陪。

11 月 21 日 参加地市县委书记会文教战线的小组会。

晚上去话剧团看《叱咤风云》前三场戏的连排。看来剧情还能抓住人。

11 月 22 日 整天参加全区地市县委书记会议的小组讨论。大家对浮夸风都感到是历史的笑话。有许多明明知道是不可能的事,但是又互相传说,信以为真,甚至把它当作政策,岂不糟糕!

晚上开部务会议,讨论广西艺术学院、民族师范学院的党组党委会成员名单,同时同刘一祯讨论自治区文联党组与自治区文化局党组的合并问题。

11 月 23 日 小组会继续漫谈关于公社所有制问题。读关于农村的政策文件。

晚上读李寅等人写的《金田起义》桂剧脚本的初稿。头一场还像个戏,到后几场就一般化了。特别是把太平天国的斗争,突出成了宗教冲突,就没有抓住典型事件。

11 月 24 日 全区三级干部会议继续进行。

上午到自治区桂剧团去同卞璟谈太平天国的剧本《金田起义》。后又到"国旅"去看亚马。

晚上部里开会,讨论要不要在全区三级干部会上发言的事。

11 月 25 日 到自治区话剧团去看他们排《叱咤风云》第四场。

晚上,上海美术出版社摄影编辑室主任王义来谈关于《祖国河山》和《长征路上的新貌》的稿子问题。写了三封介绍信,让他到桂林、龙胜和全县去与当地政府接洽,求得协助。

在书店花 4 元 5 角买到一本《鲁迅手稿选集》,很欣赏鲁迅的书法,颇感有味。

11 月 26 日　下午到伍晋南书记处讨论学校发展规模,以及如何挤出劳动力支援农业问题。

晚上,去看电影《三勘蝴蝶梦》。孩子们看不懂,要我讲解。

11 月 27 日　全区三级干部会议仍是继续讨论,不过话题已转入讨论对三年来工作成绩的全面评估了。

晚上去自治区影片公司看电影《海军少尉巴宁》和《在荒凉的河岸上》,以及审查纪录片《飞腾的广西》浮夸问题。

11 月 28 日　自治区文化局党组讨论文化工作如何贯彻以农业为基础,宣传 12 条指示的问题。

晚上,读鲁迅的《铸剑》。

11 月 29 日　全区三级干部会,上午由刘建勋书记做了总结。

晚上自治区文化局党组开会讨论如何贯彻执行这次农村工作的任务。

11 月 30 日　中国音乐家协会副主席贺绿汀昨晚到南宁。晚上,中宣部副部长林默涵也从湛江来到,我到火车站去迎接。

12 月 1 日　一早去明园饭店看望昨晚来到的林默涵。同他谈在南宁的这几天时间里我们为他所做的活动安排。

晚上陪他去看桂剧和邕剧。他对桂剧年轻一辈的几个小生和刀马旦演员颇为赞赏。

12 月 2 日　上午去向林默涵汇报工作。下午陪他到广西艺术学院参观。

晚上,陪他看戏剧少年班演出的《四九问路》和广西艺术学院少年班的歌舞。

12 月 4 日　昨夜没有听完霍查在各国共产党和工人党的会议上发言,今天又继续听了一个上午。

下午主持开了一次广西文艺界的骨干会，请林默涵演讲。他对着与会的100多人，主要讲全国第三次文代会的精神。

晚上，去陪他看桂剧《桃花扇》。

12月5日　起了一个早，赶去明园饭店为林默涵离开南宁送行。事后顺便去自治区话剧团看排《叱咤风云》。

下午到广西艺术学院看师生们准备送全国"人民公社好"画展的作品。

晚上，参加自治区文化局党组讨论关于郭铭问题的报告稿。

12月7日　上午去自治区话剧团看连排《叱咤风云》的前六场，觉得有些地方需要修改。

下午去自治区电影公司看《家》。想了解"五四"前后服装，作为《叱咤风云》的服装设计的参考。

12月9日　山东董均伦突然来一封信，讲18年前延安一些熟人的情况，目的是想问我要一本《美丽的南方》。但他老兄的书一本也没送过我。

开始修改《叱咤风云》，一改起来到处都得动，不知道导演和演员表现有困难否？

晚上，去广西军区礼堂看空军歌舞团来南宁演出歌剧《刘四姐》。惊险的反特斗争故事情节激动人心。

12月12日　继续修改《叱咤风云》话剧。

晚上伍书记叫我去谈话，打算明年1月初开剧团座谈会，动员编创人员写新的《刘三姐》。

12月14日　到自治区话剧团去找徐俊泰和孙正超谈剧本《叱咤风云》修改的意见。下午去自治区桂剧团看排演《金田起义》。

晚上看《李秀成自述校补本》。

12月15日　到自治区话剧团去找办公室主任金城谈文化大院的规划问题。

看了些文件，一天就过去了。如果劳逸结合得好，晚上保证不工作了，那自己应该计划写点什么，读些什么吧。

12月19日　下午自治区党委刘建勋书记向厅局长讲话，动员搞代食品，组织机构来做。只花半个小时会议就结束了，这是空前的节约时间的会。

晚上到桂剧团看《金田起义》前半部的连排。觉得太平天国革命初期的秘密活动特点没有充分表现，致使成了一般的农民起义了。

12月20日 到话剧团去看《叱咤风云》后两场的连排，下午又去同导演徐俊泰和孙正超讨论剧本的定稿问题。

12月24日 自治区第二届人民代表大会第三次会议今天开幕，我被选为主席团成员，同时又是提案委员会的主任委员。这样一弄，有点让我左右为难。不出席会议不好，出席了心思又不在会上，老想着剧本的修改。思前想后，下午乃偷闲躲在家里赶着誊抄定稿。第一场戏弄到半夜算是弄完了。

12月26日 又赶了一天，总算把《叱咤风云》第二场戏改完抄好了。看来这个东西要跨年度才能脱手呢。

为自己培养的小球藻做浓缩，只得浓缩液500cc，看来不大量培养仍然解决不了问题。

12月29日 到自治区博物馆去看太平天国110周年纪念展览的筹备情况。布展人员为了赶工，疲劳过度，已有七人患了浮肿病。

各机关的浮肿人数天天增加，营养不良情况恶化已威胁着所有人。

12月30日 专门到自治区桂剧团、话剧团去看看群众的生活安排问题，特别强调要劳逸结合。

12月31日 去自治区文化局小礼堂看桂剧团排演《金田起义》第二部分，也就是后半部。后半部比较有戏，看过后还没有发现太大的问题。

同孩子们到剧院去看广西艺术学院的学生演出《刘三姐》。孩子们对这台戏虽然看过许多遍了，但仍兴趣不减。

1960年过去了。这一年，除了写出《叱咤风云》的话剧脚本外，没再写出东西来。比起去年来，写得太少了。

1961年

1月1日 一早还未起床，拜年的人就来叩门了。开门迎来自治区话剧团的柯丹、白续林。还有自治区桂剧团的蒋金凯、刘彬、李寅。他们还未走，广西艺术学院的满谦之、余药夫、梁游、岳平和李玉和也来了。一会又来了自治区文化局的吴克清等等，满满的一屋子人，连凳子也不够坐了。弄得我到下午 1 点钟才吃上了午饭。晚上在家里给孩子们讲故事。他们对《安徒生童话》里的《皇帝的新衣》很感兴趣。两年来，元旦都没在家里过。去年是在北京的新侨饭店过的，前年则是在环江县暖和乡过的。

收到山东董均伦和他爱人合著的《蚕姑》一书。

1 月 2 日　假日里却接到了通知，上午 9 点到明园饭店去开城市工作会议。

这次会议中心议题是如何安排城市人民生活。近来城市已发现水肿病人，饥饿逐渐威胁到城市里来了。

1 月 3 日　继续参加城市工作会议。各市委书记汇报他们城市因营养不良发生浮肿病问题。

“长影”孙穆来信，遥祝 1961 年幸福，表达对我的想念。

1 月 4 日　城市工作会议由韦国清书记作总结后结束。他要求大家好好总结三年经验，贯彻中央的八字方针：调整，巩固，充实，提高。

1 月 5 日　到自治区文化局去听各剧团汇报如何安排群众生活问题。文化系统浮肿病人逐日增加，病情在继续发展。要各单位的支部书记把政治思想工作跟上去，同时坚决贯彻劳逸结合，大搞小球藻生产，解决营养问题。

1 月 6 日　徐俊泰来谈《叱咤风云》剧本和排演问题。整理去年的文件、书信与文稿。

1 月 8 日　到南宁市工人文化宫审阅选送北京展出的大跃进中的美术作品。审阅太平天国展览的文字。晚上，带孩子们去看苏联电影《白痴》。

1 月 10 日　龙明跟我到广西医学院去找副院长张羽，谈他们学院劳逸结合的安排问题，随后又到“西大”去找邓济谈。两个院校都出现了不少浮肿病人。

1 月 11 日　同自治区直属机关党委书记阎志超到广西艺术学院去看房子。看来艺术学院的专业分得过细了，教室和办公室占用的区域比例过多过大。

1 月 12 日　文艺处的阮同跟我去各区直剧团检查他们的生活安排和劳逸结合情况。

下午到广西民族学院和广西“农专”了解小球藻生产情况。

1月16日 找《广西文艺》的编辑组长来了解编辑业务情况和工作计划安排。晚上,带孩子们去看苏联芭蕾团表演的舞台艺术片,他们都喜欢看。

1月19日 上午全花在抄改《叱咤风云》剧本上了。下午,杨克来谈调动工作问题。

到自治区博物馆去看他们花了900元买来的唐代周舫的“仕女”画卷的复制品。这是用三百多块刻板,经一千多道工序才复制出来的,看来和真迹简直一模一样。

1月22日 徐俊泰来谈《叱咤风云》的问题。他们又提出剧本某些情节的修改意见,要我照改。觉得改来改去也很难完全令他们满意。

1月23日 苏里来信:“长影”把电影《刘三姐》的样片拿去北京请文化部审查,最后修改方案弄好后再拿来请自治区党委审定。

下午改抄《叱咤风云》剧本的第五场,想争取本月底完成最后定稿,下月开始写小说的提纲。

1月24日 马元杰和毛正三来谈在北京10个月写《韦拔群》电影脚本的情况。因原稿被推翻了,现又重拟提纲。

晚上在葛震家里开会,又听他讲道理。

1月25日 找岳平来了解各区直剧团的生活安排和总结工作的安排布置等问题。

1月26日 下午主持讨论自治区卫生厅党组草拟的关于防病文件的会议。

1月29日 梧州市委书记杨明特地跑来借书。他专想看欧洲十八十九世纪的古典文学作品,认为那些故事能够打动人心。

1月30日 历时将近一年的《叱咤风云》话剧脚本创作,完成第四稿,抄完发现约有八万多字,可能太长了。

1月31日 作家出版社来联系,问今年的创作计划。

我打算从明天开始酝酿写长篇小说。以韦拔群的事迹作为基本模特,准备写长篇三部曲来反映他一生中的三个阶段。

第一部是写他青年时代追求真理反抗旧势力,为国为民奔走呼号。第二部写他找到了共产党,思想落了根,表现乐观,充满希望,眼前一片阳光。第三部写他坚持革命武装斗争,深沉坚定,政治上的成熟。

卢植堂从环江县整社回来,谈起乡下的情况。

2 月 1 日 到自治区文化局找卞璟谈《金田起义》剧本的问题,未遇。转到自治区京剧团见到李惠等人,同她们谈如何抓剧团的政治工作。

2 月 2 日 到明园饭店看望"北影"厂来的导演成荫,谈起《韦拔群》电影剧本的问题,希望他亲自来抓。

下午部里开会,了解研究纸张供应情况。

2 月 3 日 参加自治区党委召开的各市委书记会议,讨论城市整风问题。

2 月 4 日 去国际旅行社见中央教育部副部长刘子载。他对广西大学的发展方向问题颇为关心,请广西好好考虑,究竟要把"西大"办成工科的大学还是文理科综合性大学?

湛江市委书记王国强来信,欢迎我春节期间举家去他那里玩。王国强是 20 多年前我在广东省"一师"的老同学。20 多年来分头在革命战线上奋斗,一直再未见过面。若能又相聚在一起长谈,不能不是一件快慰事。

2 月 7 日 全区城市会议今天总结,刘建勋书记向与会者传达中央八届九中全会精神。

晚上参加自治区党委召开的电话会议,检查农村的"镇反"问题。

2 月 8 日 越南歌舞团访问南宁的最后一场演出,我也被请上台致谢。

去见教育部副部长刘子载,谈广西教育工作问题。

2 月 9 日 在文艺处开会研究文艺团体的工作问题。写几封信:给王国强的信告之春节不能到湛江去了;给潘若(白焰)的信说,可能要去广州开会;给"长影"孙穆、山东董均伦的信都是对他们来信的答复。

2 月 10 日 自治区人委以韦国清主席名义宴请越南歌舞团,我去作陪。

春节即将来临,南宁街头的食杂店门前经常排着好长的队伍,群众在争相购买年货。

2 月 11 日 自治区桂剧团排演的《金田起义》,事件是摆出来了,但人物形象并不突出。原因是人物的矛盾冲突与个人命运牵连很少。出场的都是些替天行道、打抱不平的天生英雄豪杰,缺乏内心世界的刻画,所以感染不了人。

2月13日 晚上,自治区党委开电话会议,布置整风和“镇反”工作。收到武鸣四中三年级学生林京进来信,表达对《美丽的南方》的赞扬。

2月14日 旧历除夕。《中苏友好同盟互助条约》签订11周年的纪念日,凑巧在今天除夕。广西外事部门相关单位为了显示中苏两国的团结,在南宁举行纪念宴会,我也被邀请,去吃了颇为丰盛的晚餐。

晚上天雨无去处,在灯下给孩子们读安徒生的《海的女儿》。

2月17日 霍泛秘书长顺路进屋来坐坐,算是过年期间相互间的一种问候吧。文化局的刘一祯也来了,午饭只得推迟。晚上,自治区文化局副局长岳平和刘一祯来谈工作。

2月23日 到自治区话剧团找柯丹谈《叱咤风云》的排演问题。团里的演员小蔡在上海帮买回一本颇为漂亮的笔记本。她说这种笔记本封面有几种颜色,因平时见我喜欢穿咖啡色的衣服,就帮我挑选了深紫色的。

2月24日 到自治区文联开创作座谈会。先讲几年来广西创作的成就,同时指出存在的问题。希望大家来探讨,从中取得经验,目的是要提高一步。

下午,梁宁、王同连来谈广西艺术学院的教学情况。艺术学院办学方针不明确,专业设置太细,未能根据需要和可能来设置专业,这样盲目办下去必然造成人力物力浪费。

2月27日 让王同连和梁宁一起去向广西艺术学院的几位负责人汇报对他们学院调查了解的情况,请他们考虑把教学规模、专业、编制、方针、任务重新提出一个具体方案来。

下午,安利从广州回来,向伍晋南书记汇报《刘三姐》剧团在外省巡回演出的情况。伍的意见是从广州再到南昌、武汉和长沙就回来了,福建可以不去,河南如果不坚持要去也就不去了。

中南局来电话催去广州开宣传部长会议。葛震不肯回来,叫我去广州出席会议。

2月28日 召开区直剧团的支部书记会议,了解各剧团今年的工作计划。

布置创作新的《刘三姐》问题。

读《人民文学》上的电影剧本《鲁迅传》。一部纪录性的东西,几乎成了鲁迅作品的图解,缺乏对鲁迅性格的刻画。

3月2日 中南局宣传部召开宣传部长会议。特地要广西代表在本月3号以前到广州报到。

下午4点10分,我从南宁乘飞机到广州去。同行的有《广西日报》社钟纪民。天气很好,飞机很平稳,不知不觉中1小时50分种的航程就过去了。人已到了白云机场,心却好像没有离开南宁。

我们被安置于沙面复兴路18号友谊宾馆,这里是从前外国领事馆的领事区,比较清静,但是房屋陈旧了,有点闷气。

晚上同钟纪民去南方大厦逛百货商店,很多东西都要有购货证才能买到,品种也少,只有高级点心是大量供应,从4元到8元一斤不等。市民并不嫌价钱昂贵,常常是簇拥着买了出来马上就吃,馋鬼似的。

3月3日 中南局宣传部副部长薄怀奇先来跟我们谈会议的开法。正式开会要到本月12号左右,现在是要广西准备介绍《广西日报》宣传十二条的经验。这样目前我在这里暂时是无事可做的了。

下午到白焰家去。王常衡说他已回高级党校去了。回来时白焰也是浮肿,但得不到什么供应,广州的粮油也很紧张。一斤花生油黑市价12元,但农民说并不贵,因为他们用八斤红薯就可以换到一斤油了。

到文德路和永汉路走一趟。市面上异常冷清,货架多数是空的。

晚上同老钟去长寿电影院看《爱情的传说》。走过十八甫等地方,卫生工作太糟糕,到处闻到大粪的味道。

市民的燃料供应也十分紧张,半夜里小孩大人一起抢剥街上堆放的木材上的树皮回去作燃料。

3月4日 给葛震、龙明各写一信。

到流花桥军区招待所看望广西的《刘三姐》演出团,向他们讲些鼓励的话。晚上去中山纪念堂看他们演出。全场五千多个座位都坐满了人,但场子大音乐效果不大好。

3月5日 中南局宣传部弄来一部汽车，把我们带到红花岗烈士陵园、黄花岗和广州农民运动讲习所等地参观。

侄子四器来找我，同他去下九甫走了走，本想买点东西，结果什么也买不到。

3月6日 暂时没有我什么事干，借来一本《红旗谱》，躲在房间读小说。这本书风格朴素，采用明快的河北方言较容易读下去。

3月7日 整天被《红旗谱》吸引住了。作者对生活感受有着非常深厚的基础，风格又与生活特别协调，不愧是一部成功地反映农民的作品。

3月8日 开始酝酿写小说的提纲。下午去《刘三姐》剧团见到马若云、邓梦琴和傅锦华。安利说，昨晚叶剑英元帅来叫她们去玩到半夜才回。

同钟纪民去广州影院，我又看了一次《革命家庭》。

3月9日 余明炎今天到来，帮我带来几封信。一封是董均伦的，要求寄给他一本《刘三姐》。一封是上海画家涂克，表示渴望回到《刘三姐》的故乡。还有一封是凤乡和坭坭写的，朵朵想要个不倒翁，田田想要把玩具小手枪。

去湖滨新村找到了周国瑾，他老兄正在家里养病。建议我争取到罗浮山上去写东西，说那边有阔气的招待所。

3月10日 给董均伦、涂克各写一信，并寄给他们一本《刘三姐》。

3月11日 王常衡一定要请我去吃晚饭。以为有什么招待，结果是一碗咸鱼、两盘西洋菜、一碗没有油的茼蒿菜汤，最好的是一碗罐头鸭。虽然这样，但已经是她家人认为十分难得的晚餐了。

广州现在食油供应标准是一月每人二两，每人每餐只有四分钱的菜，想吃多一点也不行。街上夜里有黑市，六角钱一只鸡蛋，红薯煮熟的以两为单位，七分钱一两。

3月12日 同老钟到永汉路转一转，想买书消遣。几个书店走遍了，小说始终找不到。

丝绸商店，还有点花色极为难看的货色，也要收一半布票。挤了一阵才买到一条白绸的围巾。

去东山侄子陈四器家里坐坐。回来路上逛鞋店给小孩子买鞋没买成。

3月13日 中南局宣传部长会议正式开始。给凤乡写信，把刚冲晒出来的上月春节时照的相片寄回去。

3月14日 到广州有两个礼拜了，今天才见到太阳。

上午讨论报刊宣传问题，下午听湖北省委宣传部讲武汉大学整风试点经验。看来学校乱指挥的风气也很盛。

3月15日 晚上看上海越剧的舞台艺术片《追鱼》，大家都觉得影片挺优美的。

3月16日 上午去交际处听李先念副总理讲对外贸易问题。因他又兼任财政部长，对回笼货币很伤脑筋，有些商品要采取高价才能把货币收得回来。

3月17日 广西话剧团的柯丹来信，谈话剧团对《叱咤风云》剧本的看法，认为他们排这个戏并不是勉强的。

给湛江市委书记王国强去信，告诉他开完会打算取道湛江回广西，希望能见到他。

又到东山四器家里去，给他的孩子们照相。

3月18日 会议今天结束。吃过晚饭，广东省委宣传部要请各省宣传部长到从化温泉去参观。主人是陈唯实，特别殷勤，招呼唯恐不周，书卷气十足。

汽车于傍晚7点钟从沙面东桥出发，9点一刻到达了温泉招待所。陈唯实介绍温泉沐浴的规矩和这里的土产——荔枝、蜂蜜。

我同老钟被安置在101号房间。房子里的陈设很阔气，卫生间就是一间洗温泉澡的水池，泉水通过水管流入室内，温度达三十多摄氏度。据主人介绍，人在池子泡十来分钟就行了，泡久了对皮肤有损害。

3月19日 清早，到屋外边散步，见周围是寂静的山林，泉水轻轻流过。在这个地方住，安静是挺安静的，就是太寂寞，风景也不见得好。

吃过早饭就由陈唯实领到各处去走走看看。这里除了招待所，还有疗养院，许多患慢性病的高级干部都来这里休养。当年广东军阀陈济棠有间别墅，就在荔枝园的边边上，现在看那建筑已很蹩脚了。

听说周立波、林蓝在这里养病，便问招待员，说是已经走了。

晚上听李尔重部长作总结发言。

3月20日 以李尔重部长为首，把我们中南几省的宣传部长和教育厅长带到佛山市参观。这是全国清洁卫生模范城市，也是石湾陶瓷厂的所在地。

从广州乘汽车从沙面通过荔枝湾，通过跨越珠江的新铁桥，半点多钟就走完了30多公里路到达佛山市了。

我们被招待到迎宾馆，由市委文教部长介绍：佛山镇以一千多年历史的祖庙而得名，有闻名于世的手工业品，有石湾陶瓷的人物花鸟的瓷陶器，有著名的盲公饼，有广东特产的香云纱……它是中国四大名镇之一。

我们在主人引导下，到几条街巷去参观卫生工作。不知是临时布置还是经常保持，凡是我们走过的几条小街道的确是清洁无尘，街道上布满着花盆，好像大建筑的走廊，好像公园的花径。听主人的介绍，全市工人平均工资每人每月50多元。这样，有着比较丰裕的收入作基础，卫生、文化事业就好开展了。

我们还看到民间艺术研究所的"秋色"（一种纸扎的花卉等装饰）和精巧的盆栽……这里充满着民间工艺美术的作品。

市委请大家吃了顿丰盛的午餐，有著名的盐焗鸡。

下午5点半，我们才回到广州来。

3月21日 早上天气笼罩着大雾，飞机不能起飞，在天河机场等了一个上午，到了下午1点钟才能起飞去湛江。一起到湛江的还有钟纪民、余明炎。下午2点50分飞机在海边的一个机场落下了。王国强派了一辆汽车在机场把我们接到海滨招待所来。

王国强来了。我俩1937年秋分别，至今整整24年了，他头发已现斑白，样子并未见老。他说我模样还如二十多年前，变化不大。但是，谈起来大家都有了一长串经历。他同余明炎曾在抗日战争中有过工作关系，是老战友，我们谈话就特别活跃起来。

当天主人就带我们到海港去参观，这是解放后才建起的新港，万吨的海船直接泊到码头，34个国家的轮船在这里吞吐货物。

城区最美的地方是海滨公园。一长列的椰子树濒临着碧玉似的海水，使人感到清静宽舒。街道两旁种植着木麻黄，织成挺幽美的林荫道，把城市构成一幅美妙的图画。

晚上，市委第一书记王以德也来看我们。他与余明炎也是老战友。主人特别弄了丰盛的海鲜晚餐款待，有海虾、海鱼和美酒，让我们好好地吃了一顿。

3月22日 一早，王国强、王以德各乘一部小汽车来接我们去参观湛江1958年以来的伟大杰作——渡海大堤。这是用人工炸取石头，把十三里海面填成一条可通汽车的大堤。大堤不仅使一个海岛能够与湛江市连结起来，便利交通，而且堵住了海水，建成了世界上最大的盐田。

古代精卫填海的故事，是一个神话，现在却看到事实了。在这里深感到一些做实际工作的英雄们的伟大，我们弄笔墨的人，写点东西都写不好，真是太渺小了。

从渡海大堤转回到湖光岩，又到植物试验站参观，拿到良种的木瓜籽，带回南宁去种植。

3月23日 开往南宁的火车是清晨6点10分出发。一早，王国强夫妇来送行，还客气地送我们每人一包鱿鱼和一簇珊瑚工艺品。

火车从湛江到南宁整整走了一天，下午6点30分到达了南宁站。

3月24日 《人民文学》编辑部李淑华是延安"鲁艺"时代的老熟人，这次专门来广西组稿，送我4本稿纸，要我一定给写篇稿子。另外，还给我的小孩带来些礼物。

下午到自治区话剧团去找柯丹谈《叱咤风云》的排演问题。

3月25日 上午向葛震汇报，下午到伍晋南书记处汇报。

晚上看山西戏曲学校演出《打金枝》。演员都是些学生，演技可不低，唱腔挺好听。

3月26日 山西戏校演出团团长程勉斋要来拜访，不得不同老葛去自治区党委会客室等了半点多钟。其实这完全是形式主义，是旧社会官场应酬那一套，不知为何要这样闹？

晚上看话剧团彩排《叱咤风云》，他们并未照我的定稿本子排，这样的话即使有意见也就不好再去啰嗦了。普遍的毛病是演员都没有进入角色，没有激情。

3 月 27 日 接到南昌钢铁厂读者袁振发来信，表示喜欢我的《美丽的南方》。

3 月 28 日 同葛震去国际旅行社会见广东粤剧团的红线女和河南豫剧团的常香玉。

红线女细小个，脸色苍白，多愁善感，林黛玉型；常香玉心广体胖，有如薛宝钗。

晚上，看常香玉演《三哭殿》。许多买不到票的观众等在戏院门口，哪怕求能见见其面也就满足了。

3 月 29 日 又到话剧团去谈《叱咤风云》剧本问题，打算把第七场改写，怎样改还未定。

3 月 30 日 向各地市委宣传部长传达中南局宣传部长会议精神。伍晋南书记指示，明天让大家漫谈领会精神后就散会了。

3 月 31 日 听各地市宣传部长反映各地情况。晚上，看山西戏校演出的几个折子戏。

4 月 1 日 由自治区文化局出面宴请山西戏校演出团，我去作陪。红线女、马师曾也被邀赴宴。红线女亲切和蔼。

到广西艺术学院去找徐俊泰谈《叱咤风云》剧本问题。他说话剧团的人不听指挥，戏排不出来。

4 月 2 日 人民文学杂志社李淑华来访。留下她吃晚饭，包饺子。把一个月的猪肉（一斤）定量额全用上，只包了 80 多只。她很细心，看看不够吃，就端起稀粥来喝了。饭后用小汽车把她送到国际旅行社去住宿。

4 月 3 日 电影《刘三姐》副导演姜树森来信，讲她的工作问题，请求调去“长影”工作。

下午李淑华来，同她到广西民族学院参观。

又同话剧团谈，《叱咤风云》的剧本，觉得需要修改，但目前心情乱，静不下来。

4 月 4 日 晚上，看红线女主演《关汉卿》，她演戏中的朱帘秀。粤剧演成了话剧,但没有舒绣汶主演的话剧动人。坭坭、南南都睡着了,全场掌声很少。

4月5日 初夏的天气已经开始了。夹衣、长袖的斜纹布衣服都穿不住了。晚上,忽然下一场冰雹,把不少的玻璃窗打碎。同凤乡到"国旅"去送李淑华,被那场雨阻止了半点多钟回不来。

收到441地质勘察队周太益来信。读了我的《写作杂谈》,希望我能给他解决写作中遇到的疑难。

4月6日 收到"长影"寄来关于电影《刘三姐》的修改意见。

开始修改话剧《叱咤风云》。给周太益写回信。

4月7日 《人民文学》编辑部寄来航空信,希望我给他们写篇东西。

4月10日 上午,自治区教育厅李德韩来汇报广西民族学院的情况。

4月11日 继续改写话剧本。晚上读托尔斯泰的《琉森》。

一个振奋人心的消息传遍祖国各地,中国乒乓球队荣获第26届世界乒乓球锦标赛男子团体冠军!

4月14日 到伍晋南书记处汇报广西民族学院的情况。晚上到露天剧场看红线女演《搜书院》,比演《关汉卿》好多了。

4月15日 白焰来信,他的第二个儿子读过《美丽的南方》,曾经说过一句话:"呵,写得像真的一样。"

第26届世界乒乓球锦标赛在北京公布结果,中国乒乓球队除获男团冠军外,还获男子单打与女子单打冠军,由庄则栋与丘钟惠分别获得。这一胜利大大地激励着中国人,让中国人扬眉吐气。

4月16日 以讨论《人民公社六十条(草案)》为中心的全区三级干部会议今天开始。

这六十条意见,将原来对人民公社的设想和平均主义的做法大大地改变。按劳取酬的分配原则在目前的革命阶段——社会主义社会制度,还是不能抛弃。经过三年时间的证明,共产主义的实现离开了物质基础是行不通的,共产主义很快就要到来的鼓吹,被证明是主观主义的片面性,是违背唯物论的空想。

4月17日 红线女、马师曾今天结束在南宁的演出,自治区文化局设宴饯别,葛震拉我也去作陪客。

很凑巧，又同上回宴请山西戏校的席次一样，我又被安排在红线女的左边。我是不习惯于应酬的人，坐在她旁边，找不到话来谈，只是时不时听见红线女坐在那儿轻轻地叹气。

4月19日 全区三级干部会继续小组讨论，中心问题是如何对待平均主义等问题。

晚上自治区影片公司放映《红鹰》，写红军长征路过藏族地区，一个女护士的遭遇。这里头把一个女人的作用夸张得过分了。

一个读者从武鸣高峰林场来信，说他喜欢《美丽的南方》和《写作杂谈》。还说爱好写作，请我替他修改文章。

4月20日 全区三级干部会继续讨论，我这段时间没下过乡，没做过调查。以毛泽东同志的理论是没有调查研究就没有发言权，所以我只好听会。我是边听会边在为修改剧本打腹稿。

4月22日 又把剧本的第一场誊写出来了，一个下午抄了6千多字，很费劲。

4月23日 意外地收到西虹从福建厦门写来的信，原来是他看《刘三姐》的演出后，感到兴奋而写的。

葛震来谈《叱咤风云》的彩排，旁的不说，仅第七场韦拔群冒险深入白崇禧的军营，未免太蛮干了，有点民粹派的作风。至于李银华这个二十年代的女性，倒是有点典型性。

他要我抽空去找个地方把它改好。

4月24日 葛震在部机关会上正式宣布让我有一个假期去完成剧本的改写工作。

晚上去看中央歌剧院演出的《春雨》，也是反映第一次国内战争时期农村斗争的歌剧。看完后，感到历史事件罗列很多，人物不见突出。

4月25日 姜树森等人来汇报电影《刘三姐》外景补拍进展情况。

4月26日 到广西剧协去参加讨论《叱咤风云》。

伍晋南书记将关于洪宣娇的资料送来，批示：要组织力量把桂剧《金田起义》搞好。

4月27日 到自治区文联去参加讨论关于写历史人物等相关问题。

4月28日 伍晋南书记叫我挂帅搞桂剧《金田起义》。

到自治区博物馆去洗晒照片。给白焰写封回信。

4月29日 贵州省戏协主席翟强来信并附《高山激流》电影剧本三部。他要去北京,可能要到南宁来一趟。我马上去长途电话联系,希望他到桂林来同我研究《叱咤风云》的修改问题。他同意在桂林停下来和我面谈。下月3日他就到桂林,最好我也同一天到达。

下午到话剧团去找柯丹谈,翟强可能来广西。话剧团希望他能帮助把《叱咤风云》排出来。

晚上,带小孩去看电影《柯山红日》。

4月30日 阅读翟强的《高山激流》,是写大跃进场面的戏,抓不住人。

利用星期天,同孩子们在自家的小菜园里锄草。

5月1日 晚上,自治区桂剧团尹羲、蒋金凯、卞璟、胡仲实和李寅来葛震处谈《金田起义》的修改和剧团工作的安排。葛震同他们谈怎样进行业务学习和锻炼,如何提高艺术质量问题。

5月2日 自治区文化局刘一祯和岳平来汇报工作。他们准备在全区文教书记会上发言;安利作剧团的整顿规划;岳平负责将广西艺术学院的调整方案搞出来。

5月3日 为了集中精力对《叱咤风云》剧本作最后修改,请翟强到桂林来一起研究。我今早离开南宁去桂林。火车上午7点10分开,12点到柳州站,翟强已从贵阳过来,到站几个钟头了。我下车去接他上车厢来,同他一直谈到桂林,中午都没有休息。下午4点到桂林榕湖饭店。

晚上同翟强交谈,表示可能要离开贵阳,到北京去联系工作。对到广西来没有什么不可以的,至于排演《叱咤风云》那更是没有问题。他立马读《叱咤风云》剧本去了。

5月4日 给梁宁、邓燕林各写一信。上午一个人到街上去走一转,把马达送的一幅山水画拿去八桂斋装裱。

读党史资料“关于第二次国内战争”这一阶段的历史。

晚饭后，同翟强到榕湖边散步。夜读夏衍《访古巴散记》。

5月5日 翟强把《叱咤风云》剧本读完了。早上同我谈意见，他认为剧本提供了能够排成好戏的基础，他愿意来参加导演，务求达到全国水平。第七、八场的修改，他同意我的意见。下午同翟强到八桂斋找林半觉刻图章。

卞璟和胡仲实来了，晚上同他们谈了一晚上的戏文。

写封信告诉柯丹，翟强答应来排这个戏。

5月6日 由林半觉作向导，同翟强、马达、卞璟和胡仲实到龙隐岩、七星岩、月牙山等地去游山。

在月牙楼发现有高价菜和各种名酒，花10元钱叫了一个锅面和一瓶大曲，后来又花5元钱炒了一碗花生米，大家在一起算作一次宴饮。

晚上，到桂剧院看筱兰魁演《唐知县审诰命》，对旧官场的讽刺十分辛辣，演员演技相当精彩。

5月7日 到榕城饭店看望“长影”来补拍电影《刘三姐》外景的人员。

晚上徐俊泰、夏宗学和张宁来谈天。

马达是广西籍，早年专治木刻，又曾是延安“鲁艺”美术系的教员，近年来改画水彩画。这次游桂林用水墨画了几十幅桂林山水，临走还送给翟强一帧。

5月8日 榕湖饭店招待河北省委书记林铁和哲学家孙定国去阳朔游玩，把我和翟强顺便带上。

一早，我们到漓江边，坐机动船开往阳朔。

林铁书记来桂林养病，带着一家人游览。孙定国则是去昆明休养路过桂林。林铁自得其乐，一个人坐在船头欣赏山光水影；孙定国夸夸其谈，赞叹祖国名山大川的壮丽。孙非常健谈，也容易与人混熟，好作打油诗。

从桂林沿江下阳朔，静观两岸千姿万态的山峰，就好像置身于画廊，旅途的辛劳，在这里是无缘的。

本来木船要走两天才到，因为有柴油发动机，下午4点就到了。

我们在阳朔西郊山下的迎宾馆停宿。

5月9日 早上同孙定国、翟强去徐悲鸿的故居看了看，那是离阳朔4公里的“青呃渡”，远山近水俨然是一幅美妙的国画。

从青呃渡回阳朔县城，我们到碧莲峰下的风景道去看历代名人到此游览的题诗。

吃过早餐就同孙定国、翟强一块坐着小汽车开回桂林，到半路顺便到雁山公园去参观岑西林当年经营的相思江、相思洞和曲栏的水榭。孙定国是一个热情充沛的人，在雁山公园内见到一个老妇拾落叶，他硬要给对方代劳，向她问这问那。

晚上，孙定国来找我和翟强聊天，顺便闲扯已故将军陈赓逸事。

苏里今天赶到桂林，来找我谈了谈拍《刘三姐》外景等问题。

5月10日 翟强今天离桂，临走又同他谈了谈来广西工作问题。

梁宁来信说要翟强来工作，最好先私下了解打听消息后，再由组织写信商调好些。

到广西第一图书馆去找了一堆民国初年广西和全国的大事记资料。

5月11日 吕集义来谈他对胡仲实等人剧本的意见。吕对天国人物中的冯云山颇有兴趣，他认为从当年咏瀑布一首诗，甚能表达冯的抱负：

透地穿山不辞劳，到底方知出处高。

溪涧焉能留得住，终归大海做波涛。

到桂剧团去看老艺人挖掘传统剧目的内部演出。其中，《汴京水牢》比较有味道，写包公访察民情，深入调查研究的作风，很符合如今我们所强调的“实事求是”。其中编草鞋老头的戏，很有生活气息，可以改成一折好戏。

5月13日 第七场戏开始重写。晚上，卞璟、胡仲实和刘彬买一瓶三花酒和半斤花生糖来，四人边喝边谈，到半夜才散。

5月14日 星期天，我还是不能休息，改写第七场戏，到晚上10点半才赶完了。这样估计下星期可以完成第八场。

5月15日 开始写第八场戏。上午把大纲拟好，本来下午就可以写的，广西师院中文系欧阳若修、蓝少成来访，把三个钟头耗掉了。

晚上去桂林艺术馆听文场艺人演唱新编的唱本，还加上了舞蹈。这种表演就像还不到时候摘下的青桃子，涩味很大。

5月16日 写了一整天,第八场戏差不多完成了。人却异常疲乏,晚上不能再写了,同刘彬他们到广西第一图书馆去看画展。

柯丹来信,欢迎翟强来帮排《叱咤风云》。

5月17日 弄了一个上午《叱咤风云》的第八场写出来了。晚上又到广西第一图书馆去看画。

5月19日 韦国清书记来桂林接待胡志明。知道我正在这里写《叱咤风云》,特地把我叫去了解创作情况。韦书记对翟强来广西帮助搞这个戏,表示同意。他提到电影《韦拔群》和话剧《叱咤风云》,因为都是写真人,而且时间背景都差不多,要特别注意如何使之两相一致的问题,不要使两种形式反映出两个完全相反的人物来。

下午广西师院的一群师生来邀请我去讲一讲《美丽的南方》的写作经过。我被临时拉上台,拉杂地讲了三个钟头。

自治区党委宣传部忽然来长途电话,说下月1号中央宣传部要召开全国宣传部长座谈会,讨论当前文艺创作问题,要我出席。我只好明天就回南宁去了。

晚上,刘彬他们同饭店弄来几个菜,和两瓶酒,算是为我饯行,其实是大家找个由头来喝喝酒而已。

5月20日 因要赴京开会,我今天离开桂林。韦国清也同一趟火车,他到柳州。

回到南宁,正遇滂沱大雨。

到家时,孩子们已入睡。桌上两封信,一封李淑华的,一封曾海君的。李淑华讲这次来广西组稿的见闻,希望我为《人民文学》写篇稿子。曾海君说他已脱了右派帽子,写了红七军战士坚持地下武装斗争的剧本。

5月21日 毛正三和马元杰来谈到东兰几个月收集回来的关于韦拔群的材料。

5月23日 为下月初参加中宣部在北京召开的全国宣传部长会议准备材料。

约柯丹来谈《叱咤风云》话剧的排练问题。

5月24日 阿尔巴尼亚民间歌舞团在越南访问演出后,来到南宁,今晚做首场演出。一个150万人口的欧洲小国，培养出这样一批艺术人才，已经不错了。

5月25日 读周总理在中共中央统战部的会议上所作的关于国际问题的讲话。

5月26日 找桂剧团的刘彬、卞璟、胡仲实等人来谈《金田起义》的创作准备问题。

下午找广西艺术学院岳平等人来谈学院的调整方案。几个月的时间里，岳平他们根本就没有考虑调整的问题，对事业太漠不关心了。

5月27日 出席饯别阿尔巴尼亚民间歌舞团的宴会。阿尔巴尼亚的客人特别热情，歌唱毛泽东的歌，唱了又唱，作为主人的我们却茫然无措，找不到适当的歌曲来回应。

5月28日 《叱咤风云》剧本打印出来了。叫柯丹来谈，翟强来后如何安排他的生活问题。

孩子们闹着要上街，带他们到菜市场去逛逛，买不回什么东西。空气干燥得令人难受。

5月29日 火车是清晨6点40分开往北京，早早就起来收拾准备了。

整个软席车厢就我和刘一祯两人，倒也清静。在车上看看吴晗《谈历史剧》和姚文元《美学的问题》。

5月30日 火车整天在湖南、湖北和河南三个省飞奔。湖南的庄稼长得好，田里注满了水，湖北北部和河南则干旱得厉害，大片麦田已枯槁了。

5月31日 一觉醒来，火车正停在石家庄站上，上午10点钟左右到达北京。

会议的招待所在新侨饭店。我被安排住在四楼单间412房。

下午没事，我去中国青年剧院找吴雪打听翟强的消息。没见到吴雪但得知翟强已去天津了。到王府井去逛了逛，商店货柜上的东西比之去年元旦差得太远了。现在不论是高级商品还是一般日用百货，都是零零落落，有一样没一样。只有玩具、古董、工艺品还像个样子。新华书店橱窗里的书，陈列不出售。

晚上去东总布胡同46号找到严文井，一会李淑华才回家来。我的突然造访，弄得严、李夫妇难以招待似的，半天才去弄来两瓶啤酒当汽水喝。大家谈着谈着竟忘了时间，弄到午夜12点，才由严派部汽车送我回新侨饭店。

6月1日 北京气候特别干燥，且炎热不堪，呼吸道极不舒服，听说已一个多月没有下雨了。

下午参加会议的宣传部长到中宣部去开预备会。周扬主持会议，说明会议的目的是总结经验、提高领导、整顿队伍。

为达会议目的，回头主要检查各个方面、各个地方几年来贯彻百花齐放、百家争鸣方针的情况。也就是说，要检查文艺工作"左"的简单粗暴的领导作风，认真考察文艺质量问题，看问题出在哪里。

晚上带些广西的菠萝果脯去看望严蒙，他刚从农场劳动回来。山河正怀孕。看来他们生活水平大大降低了，严蒙脸色很不好，消瘦蜡黄。

6月2日 给葛震写信，通报会议的目的和开法。

晌午在新侨饭店附近遇见黄铸夫两口子，黄的形容枯槁。

晚上乒乓球世界冠军庄则栋等选手来新侨饭店为参会代表表演，不愧是世界冠军，乒乓球打得很精彩。

翟强来找到我了，他表示愿到广西工作。

全国宣传部长的文艺座谈会正式开始，下午在中宣部由周扬作报告。

6月3日 大会分小组讨论。剧协田汉、作协郭小川、人民文学出版社韦君宜参加我们中南小组的讨论。从各省的情况反映看，对文艺工作的瞎指挥还是相当严重，其原因是忽视文艺的特点，缺乏对文艺创作过程的理解。

晚上翟强又来谈他到广西工作的问题。给柯丹去一信。

6月4日 继续小组讨论。下午我的发言认为，在领导方面应该承认文艺的特性和创作的规律；要解决当前的问题，让作家深入生活，要求评论家充分认识百花齐放的意义，避免将主要代替全体；同时也要防止某些偏向，回复到所谓到处都是生活的误区中。

晚上到人民大会堂三楼小舞台看京剧院四团吴钰璋（老生）演《上天台》，单体明（花旦）演《卖水》，王晶华（老旦）饰刘妈妈演《罢宴》，杨秋玲（青衣）演

《宇宙锋》。总理、朱老总、董老和彭真夫妇也到场观看。

6月5日 小组讨论会延长时间,好让大家畅所欲言。但大家发言挺谨慎的,不愿多讲半句。这几年反右斗争,把人弄得谨小慎微了,在党的会议上发言也怕记录员把话记歪了。

晚上,同刘一桢到吉祥胡同拜访谢扶民,谈他的《韦拔群》剧本问题。他对《韦拔群》的电影创作信心很高。

6月6日 夏衍、郭小川来参加我们小组的讨论会。郭对我说:“把你调出来当作家,不当部长了,好不好?”我向他这位中国作协书记处的书记作揖道:“谢天谢地,你把我调出来吧。”

中南局宣传部长李尔重和广东省文教部长杜埃都表示,应该给一些能写作、现在又担任了其他组织领导工作的同志一定的创作假。“你就把我们当作请一年的创作假就行了。”李尔重说。

郭小川对夏衍说:“你代表大家呼吁一下吧!”夏说:“那我不是带头不安心工作了吗?”

看来为了要有一批好作品出现,不肯拿出一批人来写作,那是办不到的。全靠业余写作,没有专门时间集中精力和思想写,什么也写不好。

晚上到小经厂看实验剧院演出欧阳予倩改编的《黑奴恨》。

6月7日 严文井代表中国作家协会作了大会发言,他介绍全国作协的情况:会员总数是886人,但实际上继续写作的只有186人;写作旺盛经常发表作品的仅是130人左右;目前正在进行创作的才有40个人。

《人民文学》编辑部女编辑蒋兆和来约稿,一定要我写篇东西(文体不限)给他们。

6月8日 会议是上午看文件,下午大会发言。着重要求各地汇报执行百花齐放、百家争鸣方针遇到的有关问题。可大家都觉得不好总结,说话有为难之处。

部队代表陈其通讲了部队用命令方式给作家下达写作任务的情况。

我本想多听听各地情况的,但说来说去都是“到处杨梅一样花”,注意力便涣散了,只好偷闲看毛星刚买来的赫尔岑的《谁的罪》。这书一开头就叙述得很流畅,揭露也相当深刻。

晚上去看北京戏校学生演《卖水》《三击掌》和《水斗》等几出戏。刘长瑜饰《卖水》的梅英,张曼玲饰王宝钏,钱浩梁饰赵云,都各有千秋,相当有魅力。

全国电影创作会议,也拿新侨饭店做招待所。许多大明星陆续来了。白杨已半老徐娘,她也自知,不再以风采悦人,举止服饰较朴素。秦怡到底比较年轻吧,她的眼神不放过每个在她面前出现的人,十分留意人家对她的目光。她长得匀称丰润秀美,仍然不失其魅力。黄宗英有如林黛玉,已现几根白发了。田华和于蓝则不脱解放区时期养成的朴实的风度。

编剧孙穆也来了,他瘦了好多,见了面特别亲热。同他一个房子的是延安“鲁艺”早年同学胡苏,二十多年不见了,没有多大改变。

陈荒煤是电影会议的主持人。他见了我顺便解释关于广西对电影《刘三姐》有意见,要求再拍舞台艺术片等问题。

纪叶也是同孙穆一块来的,他过于世故,显得小气。虽然二十年前在延安“部艺”彼此是师生关系,如今相见还不比初识的朋友亲热。

6月9日 “文艺工作的十条意见”经过讨论,各组要把大家的意见修改好交上去。我被指定为修改的执笔人。

晚上去看京剧名角袁世海饰演的张飞,李和曾饰演的赵匡胤,两人都有一套纯熟的表演技术。

柯蓝也来出席电影会议。在饭厅见到我,十分亲切,可能因我和他都有共同的朋友谭蔚溥吧。他到我的客房谈了一个多钟头。他除在上海电影局专写电影脚本外,还自己写些文学作品,同他夫人王文秋合作反映湖南秋收暴动故事的四十万字的长篇小说,正在到处征求老革命同志的意见。

6月10日 白焰下午**5**点半就来到新侨饭店,同来的还有陈冷。陈冷是我延安“鲁艺”文学系的同学,他老兄现在也在中央高级党校学习,同白焰一块进城来看他广东省委宣传部的朋友。

与白焰吃过晚饭,便冒名去中国电影家协会看保密片。是部美国的反苏影片。片子并不高明,将西方腐朽文化,什么地下打滚、学狗叫的舞蹈和音乐,当作腐蚀苏联人民,使之堕落的因素,那是不能令人置信的。毕竟这些玩意实在是太低级，骗不了伟大的苏联人民！

北京近期天气炎热，连过惯暑热生活的两广人在这里都叫苦了。电风扇整天开着仍感热气腾腾。晚间，床上不铺上一张凉席，简直难以入眠。

6月11日 同白焰到沙英家去做客。沙英正埋头写纪念建党40周年的《人民日报》社论，他老婆李行素患肠炎，消瘦不堪，一副多愁善感的精神状态，对人只讲有节制的话。她对沙英说，中国戏校到其女孩的小学校去招选学生，他们的大女儿是被唯一挑选上的，问他同不同意让她去？

上午在沙英家东拉西扯谈到11点半才离开。沙英觉得也没有留下吃饭就让我们走了，怪不好意思的。可是邀请客人吃一顿饭，实在是不易办到的难事，没有那么多的钱，有钱也没个地方可以买到菜肴。

晚上，带盒广西的菠萝果脯去西虹家看他的小孩。他到舟山群岛采访国民党的起义部队去了，爱人王之琪在家。十多年前的小女孩，已经成了11岁女儿的母亲了，时光流逝得太快。

6月12日 文化部副部长齐燕铭在大会发言，检查三年来文化部在郑州和山西两次全国性的会议上所犯的错误。

中宣部副部长姚臻向大会演讲国际问题，对肯尼迪这位40多岁的美国总统作了一番分析。

晚上看京剧赵燕侠演《花田错》，裘盛戎、何多奎演的《赤桑镇》，李毓芳、慈少泉的《十八扯》。

赵燕侠的表演十分灵活，时不时引起笑声和掌声。何多奎已年近古稀，仍保持很好的嗓子，洪亮而圆润，观众为之倾倒。

6月13日 中国美协蔡若虹发言，说康生批评目前的国画有三化：

一、简单化；二、庸俗化；三、僵化。如画了一两只鹅在水上，就名之曰“力争上游”；画一只八哥、一只鹭鸶、一只鹰，就叫“八路英雄”。

他还说，批评的口号太多了，有点像旧戏的《三岔口》，抹黑打来打去，结果拿灯光一照，原来都是自己人。

北京市委陈克寒发言，检查他去年写的一篇文章，把百花齐放、百家争鸣的方针当作是文艺工作中的宽大政策。

周扬作简短的发言，认为文化部的错误，自己也有一定责任。

中国音协吕骥、中国戏协田汉也都讲了话。

田汉说，搞戏剧工作的人，现在只有一种思想就是人心思定！几年来改来改去，改得太多，大家亟须安定下来整理一下。

晚上去青年剧院看演出《中锋在黎明时死去》。

郭小川和孙穆来我客房，一边喝啤酒，一面扯谈，一直扯到第二天凌晨2点钟才散。

郭小川对1960年大家对他的批评，心里还有不少嘀咕。感到批评者把文艺理解得简单化了，文艺界的是非很难说。

6月14日 上午休会。下午康生发言。他检查了自己1958年以来在教育工作上讲过的一些过分的话，也就是散播一些主观主义片面性的言论和对某些工作乱指挥，如1958年河南省红领巾炼钢在全国推广就是一例。总之是对社会主义建设的客观规律不甚了了，或者说甚不了了。

王府井过去的商店营业时间至少要到夜里10点吧，现在才晚上8点半就上门板关门了。大概是没有东西卖，不如早关门还能让店员得到休息吧。

6月15日 人民文学出版社王仰晨来要我一定同他签订约稿合同。我把《韦拔群》小说的完成时间定在1963年。但如没有创作假，恐怕最终不能兑现。

王仰晨这人还实在，对他在广西的老熟人莫乃群、陈闲念念不忘。我托他代向出版社买一部《金瓶梅词话》和一部最近出版的《泰戈尔选集》，他回到社里就叫人把书送来了。

6月16日 林默涵来跟我谈广西与长影《刘三姐》电影的纠纷。他说：电影艺术和舞台艺术两者的表现手法是不尽相同的，广西有人不清楚而提出意见，你为何不向他们释疑呢？

大会由周扬作总结性发言，又重复开头讲的那几个问题，文艺与政治关系、文艺评论工作、文艺队伍的培养等等。晚上，去中宣部教育楼听《大鼓书》。

中宣部教育处处长吴寄寒1952年曾经来广西和我一起参加过邕宁县的土改，一定要我送一本《美丽的南方》给他作纪念。从作家出版社弄了两本来，给他一本，还有一本打算给翟强。

6月17日 《剧本》编辑部李之华来谈《叱咤风云》剧本。认为它是近来话剧本创作中比较好的一个了,他们打算在7月号党的40周年纪念专刊上作为首要作品发表。还说,作品时代气息相当浓厚,知识分子林升秀、李银华等都相当有代表性。只是作为舞台演出,恐怕是长了一些,他们编辑部拿来朗诵,一共花了四个多钟头。

晚上,人民文学出版社以韦君宜的名义请了参会代表中有过著作的宣传部长到北京餐馆去吃饭。但到吃饭时却是严文井做东了。人民文学出版社来了好几个副总编,有楼适夷、孟超等,还有一位颇有几分姿色的何文。

这顿晚饭吃得挺好,是在著名的谭家菜馆(广东菜馆)吃的,分量多,质量也不错,算是这次到北京的意外享受了。

6月18日 冒着细雨,大会的汽车把我们这些未去十三陵地下宫殿和水库参观过的部长、局长送到京城北郊。

汽车走了一个钟头才到达明朝第十三个皇帝朱翊钧的陵园——定陵。这个陵园的地面建筑十分壮丽,在古柏森森的阴覆下,黄瓦红墙的宫殿建筑,显得庄严。

地下宫殿的殉葬宝贝已经搬移到城里故宫去了,现在只有地宫空洞石砌的坚固的石门、石券和曾用油浸过防潮的石板,还有三大缸下葬时的灯油,设计得周密坚实,叫人感叹不止。没有天下唯我独尊的气魄是难以想像出来的。从定陵出来,我们又到明朝永乐皇帝朱棣的长陵。大殿那十二根两人合抱的楠木大柱,不知古人是怎样挑选出来的,它们竟如此的一般大小、一般笔直、一般坚实。

看完了340多年前劳动人民为皇帝建筑的宫殿,又看到1958年北京人民只用半年的时间,为自己的田地灌溉修下的大水库,感到今人的气魄和智慧从古人的传统里得到了发扬。

水库竖有一块纪念碑,上面镌刻着毛主席手书的五个大字:十三陵水库。郭沫若在下首做了题记,把1958年元月水库开始修建到7月1日落成的十几万人的劳动过程作了简略地记录。末尾,郭文作了这样的煞尾:煌煌五字垂千古,曰“十三陵水库”。

我和柯蓝到覃珍房子去坐了一会,她挺热情,拿出高级的酒心巧克力糖招待。

晚上，去看英国电影《抗暴记》，讲述反抗希特勒法西斯残暴统治的故事，细节描写真实可信。

6月19日 下午总理来中宣部教育楼给我们讲话。他讲了领导与被领导、精神生产与物质生产、阶级斗争与统一阵线、文艺与政治、作品的质量与数量、遗产与创造等问题。

晚上，井岩盾来，同他一块去看英国影片《少女之恋》。影片通过少女纯真爱情的悲剧来反映苏联制度的冷酷。反苏的目的是清楚的，但不露骨，易使人受欺骗，比美国片高明一些。

李淑华来找我不遇，留下张字条。她送给凤乡一把檀香扇，送给小孩子两盒糖果。

6月20日 上午，中南小组还要开会，座谈对总理讲话的理解。

下午与会各省宣传部长到中宣部去听林默涵副部长讲中宣部十年来领导文艺工作的反"左"反右斗争过程；张子意副部长讲各省回去如何安排整风的问题。

《剧本》月刊主编李之华来谈《叱咤风云》打算在七、八两月合刊上一次发完。为使我能及时抓紧修改，准备派广西人封凤子编辑跟我回去坐催改稿。

6月21日 火车票买好了，下午6时动身回南宁。上午，出街买点东西，走了半天买了几瓶人参精和桃花图案的窗帘。李淑华又来不遇，她留下一张条子希望我给《人民文学》写篇稿子。

下午井岩盾来，一起吃顿晚饭就到火车站去了。

这趟火车是与河内联运，同车厢里有几个苏联专家到越南去，他们都为炎热天气而不胜其苦，一天洗四次澡，光着膀子还是满身大汗。

6月22日 火车在河北、河南广袤平原上奔驰，一片干燥炎热的沙漠似的，受车厢里溽暑的煎熬，电风扇也不解决问题。整天既不能休息，又不能看书，真不如坐飞机痛快。

6月23日 火车一早过了衡阳开到冷水滩加水，换车头后，便很快进入广西境内的全州县域了。在全州看到水田里灌满了水，禾苗长得特别青绿，空气也变得凉爽一些。

晚上9点半火车到达南宁站。南宁天气也是燥热不堪，据说好几天不下雨了。小孩子知道我今晚到家，都不睡觉等着我回来。

6月24日 一早，站在窗前看见屋后种植的玉米已可收获，南瓜也渐成熟了。离家20多天，这对菜蔬的生长周期而言，实在也不算短了。

以传达中央六月会议精神为中心的全区三级干部会，今天开始。这次会，把三年来工作存在的问题揭了盖。中央认为造成当前被动局面，粮食、轻工业品等空前紧张的主要原因，是由于工农业比例失当，重工业搞多了，忽视了农业和轻工业，步子迈大迈快了。在思想方法上，犯了主观片面性，违反了客观规律，不尊重唯物论。

盖子揭开，人们心里话都露头了，原来被看成右倾保守的人，这时候变得活跃起来。有人就认为我党前段时间里是犯了“左”的错误，虽然从错误中换来如何搞社会主义建设的经验，但是付出的代价毕竟太大了。农村死了那么多的人，有可能比广西的抗日战争和解放战争还要多。假如没有下面执行政策的人“五风”不正，严重情况是可以减轻的。

6月25日 早上去看望翟强，跟他打个招呼，近半个月因要参加会议，不能来照顾他了，但如遇需马上要解决的问题可以跟我及时联系。他正在考虑着手排演《叱咤风云》的导演方案。

整天小组讨论都是向自治区党委、中央提意见，举出三年来执行政策上一些显然不对头的问题。

6月26日 继续小组讨论。有人虽然敢提意见，但也还有所保留，深恐将来又会被算账，畅所欲言的程度难免打折扣。

6月27日 广西人民出版社小画家刘宇一来谈《美丽的南方》插图的事。这个小鬼肯钻研、肯干、有上进心，继续努力将来一定有所收获。

6月28日 上午召集文艺处的同志传达中央文艺工作座谈会的精神。

晚上去桂剧院看京剧《华山救母》。

6月29日 全区三级干部会议传达中央6月北京会议毛、刘、周、陈和邓的讲话。

从这些讲话里，对三年来工作中出现的问题性质有了明确的定位。这里属于执行总路线上“左”的错误，但还未形成路线上的问题。

晚上，去明园饭店看翟强。他把《叱咤风云》的导演方案弄好了。

李之华发来电报，说封凤子不来广西催稿子了，叫我下月6号左右把《叱咤风云》寄出。

6月30日　广西美协打算7月1号开画展，上午我去看了预展，觉得美协每年如能开两次画展，出一本画册，对创作的推动将是很不错的。

7月1日　建党40周年纪念。我为献给党成立40周年而写的《叱咤风云》剧本，延续15个月之久，今天算是最后定稿。

晚上，去看自治区话剧团演出《红色风暴》，未见得打动人。

天气炎热，成了人们见面谈论的话题，大家都说这几天来实在难以成眠。

7月2日　到明园饭店去同翟强、孙正超、柯丹讨论剧本问题。整台戏太长了，翟强意见，把它腰斩，在第六场煞住，后面讲韦拔群坚持武装斗争的戏，留给第二部戏去表现。

对翟强的意见，我不赞成，心里当然不大舒畅，觉得把一大片戏割弃，未免可惜了。但是如果真是太长，那也没有办法，所以我当场没提出异议。

7月3日　全区三级干部会转入讨论粮食和压缩城市人口的问题上。文教战线小组单独活动，其他战线的厅局去考虑压缩人口问题。

《叱咤风云》剧本寄去《剧本》月刊。给上海柯蓝写信，告诉他《叱咤风云》油印的剧本不好，请他等《剧本》月刊发表后再看吧。

给上海文艺出版顾伦写信，告诉他们《韦拔群》故事写不出来，如果他们要出剧本，请他们看《剧本》月刊发表后再做审定。

给李淑华信，感谢她盛情约稿，但目前难有文章给《人民文学》。

7月4日　董均伦从山东来信，问我今年有没有机会到青岛。

广西人民出版社送来谢扶民写的《转战千里》的书请审查。这是红七军从广西到江西的回忆录，我不熟悉这段革命斗争历史，难以提出审查意见，请他们送韦国清书记审查。

余英来谈自治区文化剧团等工作。文化系统思想问题不少,不少人为个人主义纠缠,许多问题都不好谈了。

7月5日 上午副局长刘一祯来汇报自治区文化局最近的工作。

下午广西人民出版社余英来谈《转战千里》一书的审稿问题。

7月6日 晚上自治区党委宣传部讨论当前干部学习的通知和加强支部教育工作的文件。

两天来全区三级干部会都是在讨论粮食和压缩城市人口问题,文教战线除教育界外,已没有可压缩的人口了。

7月7日 恢复小组会议,讨论如何接受经验教训问题。说来说去也没人能讲出成套的道理来。有人说三年来的错误是由于干部理论水平问题,但也有人认为这看法不全面,事实上不少理论家在当时也并没有看出问题,也都跟着瞎喊。这是不是与敢想敢做、解放思想、破除迷信等口号有关?是不是与过于轻易地简单地去发展马列主义有关?

有人说,人太忙了,脑子就不能冷静思考问题。因此,考虑决策的机关党委部门应该减少行政事务。

林焕平来信问他所作《论刘三姐》一文的下落,答复已交《红水河》杂志编辑部去处理。

7月8日 全区三级干部会还是小组讨论。葛震来说各个小组提了许多不正确的意见,我们不表态难道就默认了吗?但会议是否允许大家展开辩论并没有明确,如果当场辩论起来,岂不是让提意见的人又感到不安和压力吗?看来斗争总是一起一伏地循环前进的吧。

7月9日 少数民族县的县委书记对自治区各部门有意见和要求,自治区党委统战部为此专门召开一个会,让他们把意见都讲出来。上午去听半天会,文教方面主要问题是对超龄儿童的限制在少数民族地区应该与其他地区有所不同,希望制定政策者要为少数民族多多考虑而做改变。

下午到"国旅"去理发,顺便到明园饭店去看翟强,他正在同徐孝远研究排练《叱咤风云》。他想把剧名改为《拔哥传》。另外,他说蓝鸿恩的意见是把第一场取消,保留七、八场。

7月10日 还要去自治区人委出席统战部召开少数民族地区工作座谈会。

下午去听副部长陈东向文教战线传达陶铸的讲话。重申三年来工作错误是"左"的片面性所导致,主要责任应该由省一级领导机关来负。

7月12日 全区三级干部会还是继续讨论政策问题。暑热天气难熬。

7月13日 上午到人民艺术剧院去看话剧团排《同志,你走错了路》。

上海文艺出版社来信,同意将话剧《叱咤风云》列入出版计划,原来我与他们签订的约稿合同取消。

全区三级干部会议由韦国清书记作总结报告。

7月14日 韦国清书记的总结报告延长到今天下午才结束。晚上,带小孩子去自治区影片公司看香港电影《三个受骗的女人》。

7月16日 几棵从湛江弄来的木瓜良种,种在桐油树下,长不好,把它们送给韦必克去。然后,同韦必克一块到人民艺术剧院去看翟强。

到古旧书店买了两部旧书。一部是辛弃疾长短句和苏东坡乐府合刊,一部是《宋六十家词选》。

7月17日 下午找自治区桂剧团的人来了解关于《金田起义》的剧本创作情况,近两个月来,这事停顿下来了。

收到上海柯蓝来信和他与夫人王文秋合著的《蔺铁头的故事》,以及他自己写的《早霞短笛》两本书。

他的信里表达对我真诚质朴情感的敬爱,感到20多年前在延安的青年时代的友情是值得回忆的。他同谭荫溥也很相知,希望我把他这封信转给谭,让谭也知道我们曾经在北京见过面,而且有着很好的来往。

7月18日 晚上去自治区影片公司看印度尼西亚的片子。没有看完被伍晋南书记叫回去汇报全国文艺工作会议情况,扯到半夜12点才散。

7月20日 召集文艺处的同志来研究如何总结三年来广西的文艺工作。

自治区文化局刘一祯从柳州回来汇报北京朝阳区京剧团下放来柳州发生逃亡的事情。

7月22日 上午把胡仲实的《洪宣娇》初稿看了,剧本想以洪宣娇为中心来创作,但仍摆脱不了历史事件的羁绊。刻画人物,以政治事件的矛盾为多,而与人物性格矛盾关系较少,不能通过人物生死、悲喜、荣辱和爱憎来打动人心。语言也缺乏时代的色彩,真实感淡薄。

7月23日 到自治区文化局去找胡仲实,不遇。见到卞璟,他顺便讲起翟强近来对排《叱咤风云》的心情,觉得广西不够重视他似的。到自治区话剧团去找柯丹讲这件事,要她注意做团结翟强的工作。

下午到明园饭店去找翟强谈,见他没闹情绪,对《叱咤风云》的戏仍积极地在筹备着。

溽暑十分厉害,晚间同朵朵睡在木地板上,仍难入睡。

7月26日 刘宇一到华安乡去写生,打算为《美丽的南方》作插图,来信极赞老乡们如何想念我,要我回去一趟作"旧地重游"。

7月27日 高信和吕哲来谈谭流右倾机会主义分子的脱帽子问题。得百色地委宣传部长朱守刚来信,汇报工作情况。给刘宇一复信。

7月31日 在家里办公,把上月中宣部召开的全国文艺座谈会的会议记录整理出来,打算向自治区的文艺界传达。

晚上,带小孩去自治区人委礼堂看电影《达吉和她的父亲》。孩子们很喜欢看这部影片。

8月1日 继续在家把文艺座谈会的会议记录整理出来。但只是稍为用点脑筋,动动笔,我的身体就感觉疲惫不堪。浮肿现象仍不见减轻。

《广西文艺》的谢敏和卢植堂来,想拿《叱咤风云》剧本去发表。

8月2日 整理文艺座谈会的会议纪录总算得以完成。

去明园饭店看望翟强,他感冒了。

8月3日 找自治区文化局党组和自治区文联几个协会的同志来研究自治区文艺界如何讨论《文艺工作十条意见》。

看完曹禺等人编的《胆剑篇》。

8月4日 《父与子》这部彩色的苏联片子,基本上把屠格涅夫原著精神表现出来了,一个虚无主义者巴扎哈罗夫给人留下深刻的印象。

刘宇一从华安乡回来了,给我带来两只木菠萝,约有30多斤,还带来了乡亲们的情谊。

8月5日 人民文学出版社群众创作组李兰英来广西组稿,今天来找我,希望能为他们出版社组织一两部作品。

参加自治区文联各个协会座谈文艺工作问题,大家对培养人才,整理演出传统剧目等问题反映得比较多,能谈出些具体情况。

晚上去红星大剧院看自治区评剧团演出《井台会》《跪韩铺》《香罗帕》。

8月6日 广州白焰来信,他从中央高级党校放暑假回家,要在暑假中做调查研究。

宣传部理论处副处长苏丹因心脏病逝世,部领导葛震、陈东和我一块去解放军303医院与遗体告别,慰问其夫人练以明。

晚上,陪自治区党委的书记们看《一幅僮锦》。

8月7日 中央文化部艺术局派来一位副处长处理北京朝阳区京剧团不愿在柳州落户的问题,同自治区文化局刘一祯来找我谈话。晚上把问题提交给伍晋南书记去解决。研究结果:自治区政府拿钱来将其改为国营艺术团体,仍由柳州解决住宿问题,由刘一祯去一趟柳州具体落实。

接到全国影协朱棠来信,他调广西工作,不日就到南宁了。

8月8日 文艺工作十条意见的修正草案寄到,花大半天把它读完,比原草案有所增添,更充实也更明确一些。

8月9日 参加自治区文联协会讨论三年来自治区文艺工作存在的问题。下午自治区文化局安利来谈工作。

接到吴三才来信,他在下放劳动改造中被错误判刑,现经上级平反,已回到自治区文联来了。

8月10日 宣传部长来开会讨论干部学习、支部教育和《文艺工作十条意见》。

上午是预备会,由葛震传达中宣部陆定一的讲话,精神是对"左倾"的那些问题如何看法,需要做一番研究。

下午我要文艺处准备好材料,在部长会议上讲讲文艺工作情况和存在问题。

8月11日 谭荫溥从黄山宾馆来信。他们军队系统，每年都有休假制度到青岛或者杭州等名胜去避暑游览。

听说翟强病了，到明园饭店去探望，他服了合霉素已不拉肚子了。

下午找自治区文化局党组成员来开会，研究召开讨论“文艺十条意见”的座谈会。

8月13日 向各地市委宣传部长传达全国文艺工作座谈会精神。

晚上去看河北丝弦剧团的舞台艺术片《空印盒》和蒙古电影《给我一匹马》。

8月14日 上午到地市委宣传部长的会上传达中宣部副部长姚臻的国际形势讲话，下午听葛震的总结发言。

晚上去招待所见从北京下放来的朱棠。他是延安“鲁艺”时的教务处干事，是个老同志，人变老了，进步似乎不大。

8月15日 到伍晋南书记处听郑天健汇报《刘三姐》剧团巡回演出的情况。伍晋南顺便谈了《叱咤风云》剧本问题，他认为没有原来《红河赤卫队》好。伍这一说，将来演出估计会遇到波折了。

8月16日 中央文化部的李汉飞和北京市文化局办公室主任来汇报朝阳京剧团下放柳州的问题。从他们的口气里，听出柳州对待朝阳京剧团有许多地方是欠妥当的。引起事端的主要责任在柳州一方。

下午同自治区文化局、文联的有关人士开会商量召开党内文艺座谈会的事。

8月17日 《剧本》月刊李之华来信，他们认为《叱咤风云》长了一些，发表出去，别处不好照排演出，对剧本的推广不力，希望舞台本演出后再给他们。

这事出现周折实在太意外，作为主编的李之华当面曾如此肯定，且定下发稿时间，结果突然来此推脱，未免太无信用了。

8月18日 去向伍晋南书记汇报北京朝阳区京剧团的事。伍书记指示责成柳州市负责把剧团安定下来。

下午到自治区文化局小礼堂去传达全国文艺座谈会的精神。晚上，到明园饭店礼堂看内部参考片，香港的《红灯笼》、苏联的《雁南飞》。

8月19日 整理三年来广西文艺工作存在问题的有关材料。

晚上去看评剧《万花船》。

8月20日 继续写《文艺工作的问题和意见》。写了一天,感到右肩酸痛,疲惫不堪。

8月21日 《文艺工作的问题和意见》又写了一天,算是弄完了。

晚上,叫文艺座谈会的小组长来汇报情况。

8月22日 葛震认为,创造社会财富的是科学和文化方面的专家,领导者(当然仅指一些行政的首长)都没有多大用处!

葛部长的这个突然发现,显然又走到另一种极端去了。专家没有人去组织和领导,也无从发挥其专长。一个时期强调一方面的作用是应该的,但强调过分就会适得其反。

至于广西情况,强调人才的培养是非常必要的。如果组织上舍不得花点本钱,让一批人从事专业活动,那要在文化科学方面过关是不可能的。

下午到明园饭店去看望翟强。

8月24日 给几个朋友写信。一封寄去南京谭荫溥,一封给广州白焰,一封给上海柯蓝。另外还将《叱咤风云》的文学剧本寄给上海文艺出版社的顾伦和庄久远,同时寄给柯蓝一本。

到广西医学院附院去看望秘书长高信,他在住院检查身体。

8月25日 下午去自治区文联召集文艺座谈会的有关人员来谈情况。经讨论研究决定,明天下午大组开始讨论,下星期一(8月28日)再讨论一次,8月29日座谈会结束。

翟强检查身体发现患了肝炎,肾还有点下垂。晚上去看他,郑天健、吴光华和孙正超也去了。大家闲谈聊天到午夜12点才散。

8月26日 下午听葛震传达衡山的中南局会议。

晚上在院子里的露天球场看舞台艺术片《宋士杰》。周信芳以塑造宋士杰这个人物见长,而不是戏剧本身有什么动人之处。

8月28日 同翟强去广西医学院附院看病。收到《人民文学》来信催要稿子。

百色地委宣传部长朱守刚来信,讲僮戏《百鸟衣》的改编问题。

8月29日 自治区直属文艺单位党内负责干部的文艺座谈会,今天结束。下午我去做总结发言。

晚上去看日本影片《蟹工船》。蟹工自发起来斗争,结果失败了。

8月30日 开部务会议,讨论研究《宣教通讯》事。我顺便通报关于文艺座谈会上的思想情况。

晚上在葛震处听自治区文化局刘一祯汇报柳州的朝阳京剧团等问题,至夜深才散。

8月31日 同葛震到解放军303医院去,向伍晋南书记汇报关于柳州处理朝阳京剧团问题,和请示广西艺术学院的教学调整事项。伍书记同意撤销戏剧系,音乐、美术二系缩减。

回来路上,见有不少红豆遗落。原来一株相思树上的红豆荚已成熟。葛震为要回应北方朋友的索取,在地上捡了半天得了不少。这东西在我们南方俯拾即是,到了北方却成了稀贵的礼品了。但它的有名,恐怕还是与唐人王维那首妇孺皆知的《红豆》诗相关。

9月1日 以自治区党委宣传部名义请广西文艺界的民主人士来座谈《关于文艺工作的十条意见》。到会的有桂剧名演员尹羲、画家阳太阳、音乐家李志曙和满谦子等。

9月2日 上午,同广西艺术学院党委的负责人和自治区文化局刘一祯、安利等讨论艺术学院的调整方案。结果决定,取消戏剧系,工艺美术专业归并到工艺研究所去。

下午,继续召开自治区文艺界专家座谈会。

9月3日 一早6时10分从南宁乘火车去桂林,下午3点30分到。榕湖饭店派车到火车站把我们接到高级干部的住房3号楼来,专门陪李尔重部长(中南局宣传部长)。李部长到七星岩游览去了。我同龙明、阮同一起马上赶去,在岩洞里同李和市委书记陈亮等同志见面。随即听女向导解释岩洞内的种种传说。出洞时已下午5时左右了。

市委书记魏凌风来月牙楼与大家见面,请我们吃素面当作晚餐。

晚上,看桂戏《百花赠剑》等三个折子戏。

9月4日 上午,由我同龙明向李尔重部长汇报关于调整知识分子关系问题的情况。

下午,是市委宣传部长施尔和广西师院领导杨江、张云莹、齐才广等汇报他们贯彻“学校工作六十条”以后的情况。

晚上,看桂戏筱兰魁演《唐知县审诰命》。

9月5日 陪李尔重到临桂县大面乡的水埠大队和车头大队去参观访问恢复手工业生产情况。

从城里坐汽车去得花半点钟。那里是傍着漓江水边的乡村,土地肥沃,平时种花生、芝麻、甘蔗等经济作物,农民可以利用闲暇到河里捕鱼虾,看来是富足的地方。但是现在不少土地荒芜,屋边的田也都长满艾草。农民说,现在体力很差,无力干活。原来做篦子的副业生产现在还没恢复,人民没有足够的粮食,也缺乏食油,不能到山里去砍竹子。过去一年可做一百二十万把篦子,现在才做十来万把。

看了这些景象,感到1958年以来农村受的破坏实在是太大了,要恢复起来没有三五年做不到。农民个个面黄肌瘦,体力不支,耕作工具也被破坏,弄得残缺不全的。

晚上,在榕湖舞厅听文场清唱,何红玉、陈楚云两位青年演员的嗓子很好,只是缺乏训练。

9月6日 陪李尔重去游独秀峰、芦笛岩新洞和隐山六洞。芦笛岩新洞的钟乳石千姿万态,十分壮丽,比七星岩美得多了。

下午3时,李部长要乘飞机回广州。为李送行从机场回来,上街走了一转,买不到东西,人倒走得十分疲乏,夜里就什么也不想做了。

9月7日 早上到八桂斋去退还几幅画给裱画师傅老杨。

从北京开往凭祥的火车中午12点半到桂林。同龙明和阮同提前半小时就到火车站来等候。看见车站上堆放着不少桂林的冬瓜,被当作行李装到麻袋里要运到柳州去。柳州连冬瓜也没得吃,其他可想而知了。

回到家来,见桌上几封信。一封是南京海军谭荫溥的,讲他如何同肝炎作斗争。一封是邓燕林要求调动工作,他说在乡下搞税务工作不合适。一封是金碧棻从上海寄来的,暑假她回上海度假。信中附有去年7月间我同她在阳朔徐悲鸿的故居拍的照片,还有一张是她穿泳衣在漓江游泳照的,都给我寄来了。她希望我今后能常去艺术学院给她们指教指教。小金这人较老实大方,没有女儿态。

9月8日　上午向葛震汇报去桂林的工作情况和李尔重的讲话精神。下午召集自治区文艺界人士座谈"双百"方针。

9月9日　上午继续开自治区文艺界座谈会,研讨"双百"方针。

读毛正三和马元杰合作的《韦拔群》电影剧本,觉得仍未跳出原来的框子,也未高出真实的材料,是篇流水账。他们在剧本里还擅自用了我的《叱咤风云》剧本里的一首"少怀天下志"的五言诗,写封信去向他们说明不同意这一做法。

9月10日　翟强来我家,碰上朱棠也来。朱口口声声要求广西给他分配工作,我又很难马上给他具体答复。这样一弄,翟强要谈的事也没谈上。由于市场供应异常紧张,客人来了也无从招待。

晚上,带朵朵、坭坭去桃源电影院看红线女演出的《朱帘秀》影片。

9月11日　找自治区文联的谢敏、刘剑薰、蓝鸿恩、卢植堂来谈学习《文艺工作十条意见》和关于刊物编辑干部工作等问题。

9月12日　上午,继续召开自治区文艺界人士座谈会,研讨《文艺工作十条意见》。

下午到书店买书。给翟强买一本吕振羽编的《简明中国通史》,另外买了一本时代版的《莱蒙托夫诗选》和一本中国分省地图,花去10.35元。

近来工作少些,想写写东西。但思想乱得很,理不出个头绪来。

9月14日　同陈东同志去明园饭店看望新来的自治区党委宣传部副部长罗立斌。他是对外文委的一个司长,上个月才从北京下放到广西来。广东人,人长得矮小精干,长期搞部队工作,说话还痛快。

一到晚间我就特别疲倦,根本就不想动弹了。《刘三姐》演出团今晚汇报演出,让坭坭、南南、田田他们自己去看。

9月15日 收到《人民文学》编辑部来信。说是他们篇幅有限,长稿不好发。但希望我把《叱咤风云》寄去给他们看看。

9月17日 特地宰了一只阉鸡。翟强来了,留他吃饭,他却跑了。

晚上,翟强又来,谈他决定来广西工作。同他分析了一番人事关系,要他来后做精神准备。谈至第二天凌晨1时半我们才在七星路上分开。

《叱咤风云》剧本,翟强在排演过程遇到了困难不好解决,需要改剧本,但又不知怎么改。我一时也难以表示什么态度。

9月18日 找柯丹来谈《叱咤风云》的排演问题。看来这个戏可能流产。导演、演员都不是那么有信心去创造角色。其中原因很复杂。作为写剧本的人,我很想停止这个活动了。可是,柯丹有点为难。

为了试探剧本的质量,把它寄到《人民文学》编辑部去,万一发表,我就算完成一件任务了。

去书店给小孩买图书,花5元钱得书33本。

9月20日 为了纪念鲁迅逝世25周年,找了一本《鲁迅论文学》来读。

晚上,带小孩去桃源电影院看电影《三剑客》。影片无字幕,影院音响设备又极差,人物对话根本听不清,等电影结束时也没弄清故事情节。

9月21日 自治区党委常委扩大会议召开,由韦国清书记传达中央工作会议精神。主要是工业方面的几十条意见。

下午到明园饭店翟强房间去同话剧团的人讨论《叱咤风云》剧本问题。原以为交给翟强去处理就算了,现在又要我去同他们一块,听从他们的意见作大规模的修改。八场戏腰斩了两场还不成,还要在第五、六场戏中做另外设计。这一来,已经不是我的东西了,我只好敬谢不敏,不能照样改写。

9月22日 冒雨坐汽车到广西民族印刷厂去找刘宇一商量《美丽的南方》重印本的封面设计。结果把原设计的花花草草缩为封面四分之一放置一角,其他地方留白,避免雷同于儿童图书的封面。

给李之华去信,告知《叱咤风云》排演遇到的种种困难,最后很可能要停下来,舞台本的诞生渺茫,希望能将原来八场戏的本子发表。

9月23日 听韦国清、贺希明两位书记传达中央工作会议。

9月24日 看中央工作会议关于工业的调整意见，继续听韦国清书记传达。晚上读《鲁迅论文学》。

9月26日 决定搬到津头村邕江边上的自治区干部疗养院来住院了。

疗养院给我腾出一间单人病房，空气、阳光都很好，就是没有单独卫生间不方便。

这里住着的肝炎病患，外表上都看不出来，可一说起来，不是肝脾肿大便是慢性肝炎，疗养起来往往是遥遥无期的。

9月27日 柯蓝来信说，《叱咤风云》剧本中，韦拔群和林升秀两个人物很突出，语言也精练，就是作为戏剧缺乏中心事件，不如写成小说好些。

文艺红旗社来信约稿，希望11月份能寄篇稿子给他们。

给广州白焰、广西艺院金碧棻各一信。

9月28日 给曾海君写信。读了他的两个话剧脚本，谈些个人意见。

读完《鲁迅论文学》一书中的几十篇文章。

在疗养院闲得没事干，读书、吃饭、睡觉，生活单调，闷死人了。找不到可谈话的人，也没有太多可谈的话。想写些东西，暂时还找不到头绪。

9月29日 凤乡送一口盅的鸡肉来，在疗养院没有条件弄来吃，又让她带回家去了。

自治区党委宣传部来慰问，还带来些香蕉。其实，慢性肝病算不上什么大病，这样一慰问，倒增加了我的精神负担，弄得不好意思了。

晚上，看电影《51号兵站》。影片反映抗日战争时期发生在上海的地下斗争。故事情节颇为扣人心弦，很受观众喜欢。

10月1日 落下好大一场雨，国庆节的纪念会无法举行了。人们冒雨上街逛商店、看电影。

不少商店门口排着长长的队伍，有的是要买苹果的，有的是要买不收布票或少收布票的衣服的。我的小孩闹着要上书店买书，带他们去走一趟，花2元钱，买回好几本书。

今年国庆，来北京的外宾没有往年那样热闹，但有几个比较特别的人物，譬如比利时的皇太后、古巴的总统,以及尼泊尔的国王与王后。

10 月 3 日 给家里的二嫂、侄子文器和老同学程肇琦各写一信。

读冈察洛夫的一篇评论《迟写总比不写好》。他将自己写《悬崖》《奥勃洛摩夫》和《平凡的故事》的经过以及对书中人物的社会意义作了介绍与评说,对作品的真实和生活的真实的区别,对作家的生活态度与其所选择的题材,谈出了自己的创作经验。

10 月 4 日 收到金碧棻的来信。她说跟广西艺术学院的同事闲谈起来都觉得我为人诚恳坦率,这对于作为文人又兼做行政组织工作的领导是难能可贵的。她为自己的爱好和社会的需求发生矛盾而苦恼,或者说是生活不足和主题需要的矛盾得不到解决。她想创作,又喜欢画肖像画,但画肖像画,不画主题画似乎就不是创作。

刘宇一来谈《美丽的南方》的装帧设计问题,谈到十一点一刻才走。

晚上到南湖边去散步,见到金碧棻,同她在湖光水色旁的亭子里谈画画、写作等问题。她还带来四块上海点心,大家边吃边谈。谈着谈着时不时她会欲言又止,最终在无言中彼此告别回来。

10 月 5 日 曾海君来信说,他的右派分子帽子在国庆节的《右江日报》上公布取销了。要求回南宁的文艺机关做工人。立即复信,让他安心在下面接触斗争生活,多吸取写作原料。

10 月 6 日 读完了《苦难的历程》的第二部《一九一八》。这书虽然以卡嘉和丽达为中心,但是全书是反映 1918 年俄国国内战争的混乱局面。马赫诺的无政府主义匪徒、邓日金的白卫军和布尔什维克的红军,三方面的混战,整个高加索局面处在动荡中。

10 月 8 日 陈东同志要调北京的外交部去做驻外使馆的参赞了,早上特地同葛震一起到陈东处坐坐谈谈,表示告别。

10 月 9 日 本想开始写长篇小说的提纲,有点感冒,人也疲乏,没写下去。

读了一晚上的关于中央对取消右派分子处分的会议文件,陈毅讲了关于这方面的政策,很解决问题。

收到曾海君来信,他急着要回南宁的文艺机关来,不想在百色地区深入生活下去。看来从事文艺工作的艰苦性是很难被一般的年轻人所接受的。

10月10日 小说提纲写不下去,只得读《苦难的历程》第三部《阴暗的早晨》。

收到马伟的来信,希望能到广西人民出版社工作。

10月11日 机关通讯员小廖送来一堆报纸,一部《文心雕龙注》和两本文史资料(18、19),让我增加许多精神的食粮。开始写长篇小说提纲两节。

侄子人器和东门中学肇琦来信,立即给他们回信。也给马伟写了回信。

白天与自治区民政厅副厅长、病友张显龙爬上疗养院附近最高的山巅去,鸟瞰南宁全城。

傍晚7点钟了,金碧菜来到病房,送我两听咸鱼罐头。这人对我倒是一片诚心,还问需不需要半导体的收音机,可以送来给我解闷!怕她回去太晚,路上太暗,没让她待太久,很快就催她走了,还把她一直送到桥头我才掉头回来。

10月12日 到广西医学院附属医院检查眼睛,开始出现老花眼了。虽然没有"发苍苍",但已经是"眼茫茫"了。医生给测定配125度老花眼镜。

又写了几段小说的提纲,读《阴暗的早晨》将及五分之三了。

10月13日 金碧菜来,同她到疗养院院部的山顶俯瞰周边城市的风景。曾海君又来信要求调回南宁工作。

继续写小说提纲。

10月14日 读完了《苦难的历程》三部曲。

第三部写得比第二部深刻。但是,罗欣到基辅附近村子的小学校发现卡嘉的记事本上的那段话,显然有牵强之处。假如卡嘉什么也不记,或者记得隐晦一些,反而更为真实吧。

小说提纲,第一部分28节已经草拟出来了,似乎还像一个故事的轮廓。

晚上回家度周末。同小孩在党委大院露天球场看放映的印度片《两头牛的故事》。通过两头牛与人们生活的联系,突出地主和农民的矛盾,还教育农民团结起来反抗地主。影片反映的生活令人感到真实可信。

10月15日 收到好几封信。谢福铭报告他的右派帽子摘掉了,同时寄来一篇稿子《洗脚》。意在表现在生活道路上,农民群众是知识分子的领头人。

罗城县四堡小学教员韦志先的信里还附有一首歌颂国庆的诗。他读了《美丽的南方》和我的其他作品，都很喜欢，希望能给他的写作以指导。广西民族学院中文系陈能骋和罗有恒各来一信，也都表示对《美丽的南方》的兴趣。

李丹听说我病了，特地来看看。他劝我到西江农场去休养，那边有大量牛奶、鸡蛋和猪肉。能够去也好，到那边又是一个生活天地，多待一些时间总是有所获的。

梁宁来谈了谈关于《叱咤风云》的问题，因翟强没有把它排成，引起不少人的冷嘲热讽。

10 月 16 日 广西人民出版社重印了《美丽的南方》，送来 10 本样书，把它分送给几位朋友和亲戚：上海的柯蓝、广州的周国谨和萧鲁、南宁的韦必克和广西民院的朱棠，以及侄子人器和四器。

广西医学院附院特诊室护士长张平英说，她已经读过这本书了，觉得很好。这本书还是有不少人读的呵。

写了好几封信，把昨天收到的信，一个个地予以答复了。另外还给邓燕林和曾海君各写一信。

10 月 17 日 整整写了一天，把小说的六十五章的提纲最后写出来了。其中有些故事安排，觉得还容易写，形象也容易捕捉，往细描绘可能不致太糟。打算再把提纲写得详细一些，然后开始找历史资料做写作前的准备工作。

晚上，请病友自治区民政厅副厅长张显龙教我下围棋。

10 月 18 日 曾海君来信，他已决定调业余文工团去搞编剧，住在果木园艺场。困难不少，思想上还是很不乐意的。回信鼓励他，克服困难，坚持下去。在下层做出些成绩来，上级要调动就好办些了。

10 月 19 日 改拟小说的提纲。改拟后又比原来的想像丰富一些，将来写起来一定会更为充实的。要是有两年的假期，这本小说可能会诞生。

小说的总名，拟了几个。叫做《二十年代》《艰难的岁月》《一个人的生涯》，都觉得不满意。

小说拟写三部曲，第一部《瀑布》(或霹雳)，第二部《风雨》，第三部《星火》。

10 月 25 日 谢敏拿《广西文艺》10 月号的清样来请审查，顺便同他谈了谈编辑部的业务学习和组稿等问题。

小说提纲的改写，打算这个星期内告一段落。

疗养院有位童养媳出身的护士，她说，能够有今天是经过奋斗得来的，这其中有党的推动力量也有个人的努力。她的能干表现在日常工作中。她还会在菜地用牛耕地，挑水挖地整垅都很熟练。

10 月 26 日　下午李汉来访，他最近到《广西文艺》编辑部工作了。因他在政治思想上曾犯错误，现得到组织的宽恕，对集体事业特别热心。

拟写小说提纲的回目。

10 月 27 日　吴三才来访，谈起《美丽的南方》给他印象。他认为其中的细节都是广西农村生活里常见的，但平日没有留心，经过我写出来才感到似曾相识。

10 月 28 日　仍写小说回目。回家度周末，见到几封来信。一封是北京严蒙的，他得一个男孩，这几天才满月，取名山洪。一封是上海柯蓝来信，他的《秋收起义》《湖南文学》准备连载，他想借此发表出去，将来再改印单行本。一封是长春孙穆的。他打算到海南岛去，不知又是领了什么写作任务去？他说他虽然没患肝炎，可是"瘦炎"十分厉害，一天天瘦下去。

晚上，在大院露天球场同孩子们看拉脱维亚电影《暴风雨的前夕》。

11 月 1 日　广西美协陈更新、郭龄和广西人民出版社的刘宇一等带来准备出画册的画稿让我看。几十幅，精彩的并不多，叫他们再去征集更好一些的画作来再出版，这事不必着急。

小说的回目重抄一遍，算是完成了提纲。若把它弄得再详细些、再形象化些，动手写起来就比较有把握了。

想了想，从这小说的轮廓看，可以编成三部曲的电影，或者先把它写成电影式的提纲出来再写小说。如果提纲可作为电影的脚本那不是一举两得吗？

11 月 2 日　新来的自治区文化局长华应申和刘一祯副局长，以及蓝鸿恩来拜访，华沉默寡言。秘书长高信也专门来干部疗养院看望我们宣传部在这儿养病的几位同志。

11月3日 曾海君来信说他正在写二幕七场歌剧,反映红七军北上后右江人民的斗争。

阅读冈察洛夫的长篇小说《平凡的故事》100页。

11月4日 天气变凉了。早晨不能再穿衬衫打赤脚了。有人穿起毛背心和夹衣了。

回家度周末见到几封信。白焰从中央高级党校因病休学回到广州,不久就到从化温泉去休养了。《延河文学》编辑部来信约写毛泽东延安文艺座谈会发表20周年的纪念文章。徐君慧从定马林场来信,申述他的写作愿望。他有一部20万字的长篇小说打算修改。罗城县四堡小学韦志先来信,感谢先前我给他的回信,让他受益匪浅。贵县城关公社卫生院张健翔的信中说《美丽的南方》带给他很大的感动。但他认为书中描述打虐疾预防针的情节是不对的,预防虐疾没有针剂,只有药片。

11月6日 昨天下午上街去走了一趟。几个月不上街了,行情有很大变化。商店的陈设和货架的货品,稀疏零落,街上行人的服装灰暗陈旧,放眼整个街市的氛围像蒙上一层灰尘,缺少一种旺盛蓬勃灿烂的色彩。走了一圈空手而回,没有什么可买的。

11月7日 韦其麟来访。谈他到乡下去体验生活的做法。

下午广西民间文学研究会蓝鸿恩、侬易天等五人来访,谈他们准备下乡去普查瑶族民间文学情况,和今年整理出版一本故事选辑、一本情歌集等工作计划。

11月8日 把小说的提纲改写得更具体更形象化。但这样做,一个上午才能弄一章,要弄完就得到年底了。收到李竑来信,充满感激组织上对他错误予以宽大的话。

11月9日 《广西文艺》编辑部的谢敏、刘剑薰、蓝鸿恩和卢植堂来访,看似要汇报工作,但是又没有做好准备。究竟要谈些什么,具体情况如何,问题在哪里,都提不出来。一问还牛头不对马嘴。文艺处长梁宁是专管这事的,也是一无所知,反而站在一旁说风凉话,尽是别人不对。这样干工作只会越做越空的。这些人的手指头保持得很干净,什么都不愿去触摸一下,只用嘴巴讲,那怎么行呢？下午读“文学史”思想却开小差,老想着小说里主人公给马省长送去的诗句,等初步想出来能吟诵一番时,就像一个便秘的人大便一下子通了,全身顿为轻松。

11 月 10 日 小说的第一章算写完了。把主人公韦奔的过去做了一个轮廓描画。从艺术加工上说,这只能是素描,如果是小说的定稿,那还得好多的渲染。

《平凡的故事》看完了。这是冈察洛夫诉说他的人生观:表现他对理想与现实的看法。他认为一切的幻想、爱情、友谊等都是一场春梦,只有严峻的现实,只有世俗的事业才是生活的本身。可是,这些事业往往要牺牲爱情和幻想才能达到。不管你愿意不愿意,但它始终是客观规律,一代一代地相传下去。

同疗养院的医生护士到附近的园艺场看电影《三个母亲》。影片通过解放前后人们的悲欢离合来反映社会制度的好坏,无疑达到了事实上的艺术效果。

11 月 12 日 回家过周末收到中国青年出版社一封信,问写作计划,希望能将新作交他们出版。

11 月 13 日 罗立斌携夫人和孩子来访。吴光华调到广西艺术学院去当党委书记,来请示关于陈烟桥的家眷问题。顺便同他谈了谈艺术学院的工作。

外甥梁祥光来告诉二哥在农场的情况。二哥独自养鹅 60 只,劳动还算清闲;平时还种些自留地,一季可收几百斤红薯;身体很健康。

11 月 15 日 又修改小说提纲,进展得较慢。一天一章都达不到,这样就得两个多月才能完成。想把速度加快一些,腾出时间来写几个短篇。

给柯蓝写封信,请他代买一本《鲁迅诗稿》。晚间,照例读小说,开始读冈察洛夫的《奥勃洛摩夫》。

11 月 16 日 柳州机械厂李丹来信,说他代我向西江农场和柳州结核病防治院联系好了,可以到那里去休养。

上海柯蓝来信,要到广州去搜集有关秋收起义的资料,想顺便来广西看看。

广州白焰来信说在从化温泉休养的生活。人民文学出版社寄赠一本苏联长篇小说《大后方》(46 万字)。它写 1941 年苏德战争爆发后一个工人家庭的变化。

11月18日 马元杰、毛正三来谈他们写的电影脚本《韦拔群》。文艺处阮同来看望一下。

11月20日 天气变冷了,穿起毛衣和夹衣来。晚上,广西护士学校学生梁慈美(玉林人)、欧清莲(柳州人)和陆琴箫三人跑来拜访。她们为见到《美丽的南方》的作者感到十分高兴。

她们对这本小说很感兴趣,许多细节都记得。打听里头所写的是不是真实的人。是怎样写得出来的。很关心傅全昭、柳眉和黄怀白的命运,问他们后来怎样。

我把正在酝酿的小说故事讲给她们听,她们听了觉得印象深刻,如同读过一般。并且表示书名《瀑布》比《艰难的岁月》好。

这几个小孩对文学的爱好是很天真的,我的作品对这些纯洁的心灵能起到一定的积极作用,就作者而言真是一种安慰。

11月21日 画家阳太阳来访。谈了谈他到广州从化温泉应陶铸的邀请参加座谈会的情形,又谈了谈对广西文艺工作的希望要求。

广西是贫穷的地方,文化建设比起邻省来是大大落后了。这与经济基础薄弱有很大关系。在旧社会人们太穷,读书人所追求的是升官发财,哪有闲心来从事艺术?新社会后,又因干部少,大都被安排到领导部门要津,没有多少干部被放到闲置岗位让他从事文学艺术。

下午突然来汽车接到明园饭店礼堂听陶铸报告参加苏共"二十二大"的中国代表团斗争情况。

晚间读《奥勃洛摩夫》。

11月22日 柳州机械厂齐清芹的一篇文稿《修路》,文字写得还流利,但主题不够突出,不知是写厂党委书记的群众路线作风,还是写的工人的积极性。

11月23日 给柳州机械厂工人齐清芹写封信,对他的《修路》一稿提意见。把《修路》转给《广西文艺》的谢敏,要他们将处理情况写信给我。

11月24日 自治区党委三级干部会议开始,陶铸在会上讲话。

一讲苏共"二十二大"的观感,二对当前工作发表意见,争取明年丰收,到1964年粮食过关,不进口粮食了。1963年到1969年搞一个七年计划,到新中国成立20周年时，搞到二千三四百万吨钢。

11月25日 一个礼拜又过去了。疗养院中家住市里的病人，一到下午都带着欢愉的心情回家去。晚餐往往是包子，各人可以提前带着回家。

回到家，接到上海柯蓝来信。他是临上广州火车才写的。他决定到广州十来天，然后来桂林再到昆明，从昆明又转来南宁，从南宁去湖南。这种创作旅行倒是蛮不错呵。

11月26日 遇见自治区党委秘书长霍泛，他对我这个病号表示关心，询问身体和治疗情况。晚上，葛震来家访，也是表示对我身体状况的关心吧。他安慰我不要焦急，还是安心休养，等把身体弄好了再说吧。

11月28日 上海柯蓝携夫人王文秋，以及蒋群超突然来访。他们刚从广州乘飞机到南宁，打算在这里转去昆明修改电影剧本。

柯蓝夫妇是二十多年前的延安"鲁艺"老同学，来到南宁想见见我。吃过晚饭，我从疗养院回家，去明园饭店看望柯蓝他们，邀约到我家来坐坐。

11月29日 到明园饭店去找柯蓝夫妇和蒋群超，一起去西乡塘参观广西民族学院。但除了看看院子里的树木，走走林荫道处，没有什么可看的，倒是同柯蓝一起大家照了张相片。回来又把他们带到自治区文联去见见蓝鸿恩、谢敏和刘剑薰。

晚上，广西护校实习生梁慈美、陆琴箫和欧清莲来拿报纸去学习，送她们一本《写作杂谈》。

收到作家出版社内部出版发行的苏联等国文学作品4种：《被开垦的处女地》《感伤的罗曼史》《死结》和《山外青山天外天》。

11月30日 到白沙去走一趟，1953年曾在那里住过三四个月，一直都没有发现靠近河边有一个果木园。现在是冬初，杂草枯死了，果树下留下一片的空地。感到这个地方假如把它建成游玩的公园或者开辟成避暑的疗养区，比哈尔滨的太阳岛不知美多少倍。如今见一个工程队正在此地测量，说是将要建造工厂，这岂不是大煞风景吗？

晚间，疗养院放映墨西哥电影《珍珠》。影片反映美国资本家如何在印第安人地区采取欺骗残杀手段来掠夺资源。血淋淋的现实说明资本主义制度是万恶之源。

12 月 1 日 干部疗养院的病友住得太久也就住腻了,想找个地方去散散心。于是,疗养院今天就安排大家走出去,到屯里园艺场参观。一早,虽天空阴雨纷纷,但汽车队已经组织好了,人家屯里园艺场也做了招待准备,茶水、菠萝等着大家去品尝。我看大家都去,也跟着去看看。上了汽车不一会,雨越下越大,游玩的热情随之被雨水浇落不少,但已上了车就走着瞧吧。40 多分钟后汽车把我们拉到山野上几间新的红砖房子前停下。这就是屯里园艺场办公处了。

雨把我们封锁在房子里,只能吃切好的菠萝、煮熟的红薯,耐心等待雨的停歇。雨稍停,我们才坐上汽车去看奶牛场。养的 400 多头牛,每天才产奶两千多斤。本地水牛每天只产 6—8 斤奶,很不上算。

12 月 2 日 周末回到家见到从化温泉疗养院白焰来信。他说身体不好,中央高级党校的学习恐怕学不下去,情绪很灰暗。

一个人到 40 岁以后,犹如一年的庄稼到了秋天,收成如何,已经看出定局来了。问题是如何加点工夫,使它增添点成色,不要太坏就是了,要根本改变是不可能的。

12 月 3 日 刘宇一来谈他正在创作着的一幅画的构图。还告诉我《美丽的南方》重印了一万五千七百本,全部交给新华书店了,但是书店门市已经卖空。

12 月 4 日 广西作协李宝靖和朱旭明二人来谈,要到农场去体验生活的问题。

读《奥勃洛摩夫》,觉得书中主人公与奥尔加的恋爱不自然不真实,或者说奥尔加这个人物只是一个概念的幻影,不太像生活里真实的人。

12 月 5 日 寒暑表显示 14 摄氏度,已是我们这里冬天的标志了。天气变冷,人就显得缩瑟起来。我特别怕冷,躲在棉被里读完《奥勃洛摩夫》。

尽管这本书获得世界声誉,可我不喜欢它。作者在叙述章节中,讲得太多太冗长。德国人托尔兹是“一个思想”的话,奥尔加何尝不是一个概念呢。我同意作者的自我评论,还是《悬崖》比它更为真实。

杨启伟来说,李志仁在玉林听说我患了肝炎,特地送给我几十只鸡蛋。这真是难得的一份人情呵！

给广州白焰回信。

12 月 6 日 开始继续抄改小说的提纲。下午参加学习时事政策。晚上护校学生陆琴箫来访，停下读书写作的安排接待她。

12 月 7 日 同疗养院的病友一块步行去附近三兴村访问。

听说那里风景挺美，而且有水果，大家的游兴很高。从疗养院往南，翻了两架山，就在山脚和河边出现一个小村庄。没有什么特别优美之处。可能是因为翻了两架光秃秃的山岗，突然出现一条河流，河边又长着几株葱绿的乔木，林木下错落着一些房子，显得有些清新别致吧。

我们到小学校去休息了一会，什么也没有见到就转回来了。就这样散步了两个半钟头。

苏上杰带来玉林高中党委书记李志仁赠给我的 25 只鸡蛋。这雪中送炭的情谊，让我感激不尽呢。

12 月 8 日 想在年底以前把小说提纲重新拟定，这两天又赶着改抄，现已经完成 24 章，下星期可能抄完。

刘名涛和罗立斌的夫人来访。

晚上，去李医师家坐一会。她们都说我没有架子，容易接近。

12 月 12 日 整天都是改抄小说的提纲，最后这一部分只能是照抄了，想在年前把提纲弄出来，来年就可着手写了。

晚上读郑振铎的《中国文学史》。

12 月 13 日 小说提纲改抄完了。下午到街上去买了一部《水浒全传》。

晚上，同疗养院的病友去看准备出国去越南访问的中国“八一”篮球队与广西队的友谊赛。“八一”队投篮准、体力棒、动作敏捷灵活，相互配合也很好。广西队犯规太过频繁了。

12 月 14 日 到广西艺术学院见到吴光华等几个负责人正在讨论《高等学校工作意见六十条》。顺便同他们讲了讲关于图书馆建设和理论课如何上的问题。

回头见到金碧棻。她刚从南丹写生回来。到她房里去看了看她的作品。

几幅肖像画比较好，风景画不够高明。

读蒋光慈选集的《鸭绿江上》《冲出云团的月亮》和《少年漂泊者》等几段。这里写一些革命题材用意是好的，在当时来说是进步的，今天看起来就显得幼稚和粗糙了。

12 月 15 日 同疗养院的同志们一块到武鸣去旅行。

天气阴沉欲雨不雨，心情不那么开朗。但气候还不大寒冷，大家走动还不受太大影响。

明秀园和灵水是游览的重点，前者已经成了废园，柑木枯了，道路崩塌了，满目荒凉，大家都觉得应该在这里设个疗养院。可是，这只是说一说，从未见实现，有点望梅止渴之慨。

大家对风景似乎有醉翁之意，最热衷的还是市场上的交易。武鸣街上的水果、鸡鸭都比较贵，橙子六角五分一斤，鸡蛋四角一只。

后来到了双桥圩的集市，鸡三元五角一斤，兔子一对两元，萝卜六分钱一斤，大家买了一大堆东西回来……

12 月 17 日 为买《辞海》的试行本跑去新华书店门市两趟。买得第十分册《文学和语言学》。

《延河文学》社来信，催问明年纪念延安文艺座谈会发表 20 周年的文章。

12 月 18 日 向干部疗养院的张院长提意见，希望能改进三项具体的工作：一、护士管管电话，平时应有人接听；二、小卖部的服务态度恶劣，应整改；三、每周保证能放映一场电影。

广西美协陈更新来谈广西美协明年的工作计划。

12 月 19 日 读《文史资料》20 辑中关于解放战争东北战场杜聿明、范汉杰等人的回忆录。

给李志仁寄去一本《美丽的南方》。给护校实习生梁慈美、陆琴箫、欧清莲三人照像。

12 月 20 日 天气特别暖和。下午，北京剧协赵寻等人来访，穿着夹袄，额角上淌着汗，给他扇子。他说，北京已经围着火炉了，这里还用得着扇子。

他是为了下月在广州召开话剧歌曲创作座谈会作准备而来的。希望广西就歌剧《刘三姐》和话剧《叱咤风云》的创作，各作一次发言。我说，《叱咤风云》没有排成，不好说什么。

来人中有个是《剧本》月刊的编辑吧，说是主编李之华还要他问我把《叱咤风云》的修改本带回去。听了我只一笑置之，没有搭理。觉得当时那个剧本谁都说可以可以，但最后既不发表又不排演，岂不是成了笑谈！

12月21日 广西音协陈良同志从北京开完全国音协会议回来，下午来汇报。说是贵州把芦笙乐器加以改进后，比较复杂的乐曲也能演奏了。如何组成民族乐队成了当前我们广西音乐工作的课题。

过去一些艺术工作者存在一个思想，就是看不起本地的民族的东西，本地姜不辣。但是搞一般化的东西又没什么亮点，搞不出名堂来。

12月22日 冬至，老百姓的传统节日，听说市场供应每人半斤猪肉。干部疗养院食堂把过冬供应的猪肉等食品，留到元旦加菜去了。今天只是鱼塘里打上十多斤的鲜鱼，弄成加菜。

下午，自治区文联谢敏又来谈关于苗延秀犯错误受处分，现在要做甄别的事。

开始读苏联波列伏依的长篇小说《大后方》。

12月23日 又是雨天，周末回家的路上又是泥泞不堪。凭着自行车、凭着两条腿回家的病友都在发愁。虽有汽车来接我，但司机很恼火，道路实在是太坏了。

一下雨，党委大院露天球场就没有周末电影看了，小孩子待在家里乏味，只能听收音机里中央人民广播电台的学龄前儿童广播节目了。

回到家看见几封来信。柯蓝已到了云南省德宏傣族自治州潞西县芒市，那边一角钱可以买到一只鸡蛋，猪肉每斤一元钱。一天伙食只花一元钱，能吃上五个菜。

曾海君的信对我的《韦拔群》剧本提了些意见，但有些历史知识他并不懂。至于韦拔群的故事他倒是有些新鲜的材料，不过，既然不是传记，真实的事件就不一定要写到文艺作品里的。

中国青年出版社来信并附上一份约稿合同，希望我与他们签下“韦拔群小说”创作的稿约。

还有封来自苍梧县的信，是原歌舞团女演员李春的，她被下放到苍梧中学当音乐老师，现要求调回自治区歌舞团。

12 月 24 日 给柯蓝回信，还将他的《红雨飞花》用航空邮件寄到芒市给他。

礼拜天到市场上去想买条鱼回来加加菜，大概是下雨的缘故，市面上没有鲜鱼卖。去新华书店门市部买回一本《十万个为什么》第五册给坭坭。

朵朵喜欢学习，学习努力认真，能教新来的阿姨认字了。今天教阿姨有关“家”“为什么”等字词的写法。

12 月 25 日 广西人民出版社杨石和苏上杰来访，顺便带他们出版社的新书来，希望我的书稿能给他们出版。我同他们谈了谈出版社在出版图书时应注意的问题。

12 月 26 日 给中国青年出版社写回信，婉言辞谢签订稿约合同。

12 月 28 日 在广西医学院附院遇见一位少女，她怀着敬意说：“我读过你的《美丽的南方》，写得相当好！”她挺漂亮，在门诊部办公室工作，现患贫血症，在病房住院治疗。

张平英护士长也说，她早就看过我的书，觉得很好。

12 月 29 日 冬天把寒冷送上门来了。把所有门窗都关上，仍觉得冷。

天冷又落细雨，道路一片泥泞，大家只好躲在屋里无处可去。玉林高中党委书记李志仁写回信，说很希望陪我到金田村去旅行。《大后方》已读了三分之二了。

12 月 30 日 雨越下越大，田塘里灌满了水，这雨似乎来得早了些，等明年春天正需要水的时候，反而干旱就不好了。

赶在年前把《大后方》读完，一天都读它，到回家度周末时，六百六十页的书，只剩最后二十多页了。这无疑是本好书。作者波列伏依用健康乐观的情绪来表现苏联人民在卫国战争初期的各种各样爱国热情和忘我的生产劳动，以及道德修养的崇高……完全是幅新人新事物成长的图画。

晚上刘宇一带他的朋友一块来给我拜早年。谈他到东兰县韦拔群家乡去的见闻，直到深夜11时半才离开。

12月31日 在一年终了的时候，收到一堆信。

作家出版社编辑王仰晨用朋友名义问我明年的写作计划，问到长篇小说是否已经开始写了。《人民文学》编辑部的信，十分遗憾今年没有争取到我的小说去发表，希望明年能给他们写些。

柯蓝从昆明来航空信，说已从昆明同白杨夫妇一块坐飞机去桂林了，问我能否到桂林去和他们一块谈谈写作计划，或者可以合作一些什么。

《文艺报》编委冯牧22号的航空信说他25号从北京乘5次特别快车来南宁，转乘飞机去昆明，希望我给安排旅馆住宿。信中顺便提到李纳到从化温泉休养去了。这位文艺批评家并不是我挺要好的朋友，给我来信出乎意外。怎么特别提到李纳呢？是从李纳或井岩盾那里知道我同李曾经要好过？

谭荫溥从南京海军学校来信，讲他的肝炎状况跟我的差不多，要彻底好，恐怕要等粮食过关，恢复到1957年前的水平才行。现在靠打强肝灵针保护肝脏不至硬化就好了。对我的长篇小说创作寄予极大期待，预祝写作成功。

全国政协来通知：明年3月5日在京召开全国第三次会议，各委员可在会前被安排到各地参观、视察。

中国青年出版社寄赠两本书：一本是马忆湘的《朝阳花》；一本是茅盾的《1960年短篇小说欣赏》。《长江文艺》社寄来贺年片。

干部疗养院李丽思和李衍徽两位女医师提前来拜年。

自治区党委组织部慰问病号，给我送来四只鸡，十来斤橙子。

晚上，同凤乡去看贵州省布依族苗族自治州的歌舞表演。

一年又过去了。今年的写作收获不丰。上半年仍然摆脱不了《叱咤风云》的剧本再度修改。下半年闹肝炎病，检查、治疗、休养。

休养当中，利用空闲的心情把韦拔群的事迹构思成一部长篇小说的提纲。提纲经过再三修正，最后写完了七十个回目和其中主要的情节。把人物的名字和大致的精神面貌都安排了。

至于计划写的短篇，没有完成。

1962 年

1月1日 广西艺术学院在市工人文化宫举办美术展览，带孩子们去看，等到10点才开门。教师的作品挑选得比较整齐，还可以看一看；学生的作品比较一般，没发现太精彩的。

晚上，看上海市评弹团徐丽仙等人的评弹表演，听不懂苏白，品不出一点味道来。北京电影厂的成荫恰巧坐在旁边，他给翻译，仍然领会不到其妙处。好在弹词有唱有音乐，还可以听听。

1月3日 二姐从家乡带几斤糯米来看看我和小孩。下午我从疗养院回家去把她接来吃了一顿饭。她在家乡的生活现在好些了，不再为口粮操心，但购置衣裳和日用家什还是困难，此番来，想要点旧衣裳和不用的盆盆罐罐。

听她讲到农村目前的情况，大家对国家的政策都没有怨言，就是感到某些干部作风太恶劣、太可怕了。仅从一些干部的作风去联系1958年的大跃进，谈到那些大锅饭，那些旱直播，那些冬季育秧，那些日日夜夜的水利工程……就令人有谈虎色变的恐惧。

1月4日 连续下了十来天的雨，今天见到太阳，真是特别的畅快。虽然天气暖和了，但是寒冷并未过去。想想，二姐衣衫那样单薄，便将身上的旧丝棉袄脱下给她了，另外一件旧背心，一件旧衬衣都给她带回去了。

到图书馆去找馆长金石声借了两本书：一本是《中外历史大事记》，一本是《五四爱国运动资料》。

下午，葛震来看望宣传部在干部疗养院养病的人。他要大家想办法娱乐消遣，不要太用功，用脑子多会影响身体恢复健康。他说学养花就是个好办法。

1月5日 把几斤饼干送回家去，顺便又到陈彝鼎家去看二姐。

晚上，读何香凝的《辛亥革命回忆》。她的叙述颇为详细，把当时的情形说得很清楚。

读梅里美的《阿塞纳·吉约》。

1月6日 突然接一封电报,柯蓝夫妇和白杨夫妇今天从昆明飞南宁。午睡也睡不成,等着到飞机场接机。班机下午3点1刻到,2点半就得乘车出发了。把朵朵也带去机场看看飞机。

下午3点半钟第一次和白杨接触。她似乎比丈夫蒋君超的年岁大一些,风度显得庄重朴实,没有大明星的作派。

把客人送到国际旅行社旧楼216号房间去住下。和柯蓝夫妇谈了谈,介绍在广西期间旅行游览的路线。他们主要想游桂林,余下的时间想看看少数民族地区,但交通不方便,又不打算去啦。他们在越南芒市看了不少边疆的风物了,还吃上了孔雀肉,带回了孔雀羽毛……

晚上,带小孩去看话剧《渔人之家》。阿尔巴尼亚这样一个只有160万人口的小国家,能产生如此有水平的作品,挺不错的。

1月7日 去国际旅行社见柯蓝夫妇,同他们一块照相留做纪念。

带小孩们去看北京来的飞车队表演"飞车走壁"。两个姑娘骑着自行车、摩托车往斜板壁上飞走,师傅皮德福还驾一辆小汽车同样在斜壁上下来回转圈,动作简单,但是惊险刺激。

同乡欧丕钦和外甥梁时光帮去蒲庙买回鸡蛋,顺便在家吃晚饭。把二姐和彝鼎的妹妹也叫来了,坐了满满一桌,吃了一斤半猪肉,二斤左右的椰菜,做得很粗糙,但是大家却吃得很香。乡下来的这帮亲戚朋友已经有一年没有吃上猪肉了呵。

1月8日 读何香凝《我的回忆》和朱德的《辛亥革命回忆》。

护士学校学生陆琴箫、梁慈美和欧清莲来要前段时间给她们照的照片。胶卷才拿去照相馆冲洗,照片还没晒印出来。

1月9日 一天读读报,下午给医生护士和一位病友王雪芹照照相就过去了。

年前在南湖照的相已经印出来了,只有一张比较自然,其他都很呆板,焦距也很模糊。

1月10日 趁着冬日暖和的阳光,到南湖去照了几张相。但情绪不大舒畅,估计不会精彩。

这两天思想不集中,计划中的短篇一直提不起劲头来写。

读《1960年短篇小说欣赏》。茅盾对每篇作品的评价虽高,但末尾指出的问题都一样:

一、正面人物的个性流于千篇一律;二、党委书记形象的行动公式化;三、语言贫乏。另外,讽刺作品没有,缺乏多样化。

1月11日 临时决定同覃波、苟义振和曹建勋去自治区科委的植物园参观。

汽车要从邕江过渡到凤凰江水库那边去。汽车走了10多公里才在公路边上发现几座用油毛毡盖起来的小房屋。走进去一看,只见几株被霜打蔫了的与杂草争地的香蕉树苗,别的什么也没有。植物园负责人是老红军,他倒是很有信心说十年以后,这里就成为游览区了。在苗圃参观一下,新移来的树苗只是样本,还未种植。要让它成林,还得许多人的劳动。

离开植物园,我们继续前进,到了正在建设中的南宁新机场——吴圩机场。据说它是目前全国第二大机场(次于北京的东郊机场),规模宏伟,跑道与停机坪一望无际。庞大的候机室和指挥台还在赶工建筑,其余的基础设施建设已基本完成。从机场到南宁大约30多公里的车程,一条新开辟的机场公路比普通公路宽两倍,连接南宁、吴圩两地。

吴圩镇市集上有肥猪崽和大量鸡鸭销售,看来农村生产开始活跃,人们面黄肌瘦的状态正逐渐改善。吴圩公社书记请我们吃一顿饭,弄了几个菜,炖鸭、炒猪肉片和炒鸭肫鸭肝,还有蛤蚧酒。

现在这里的农村吃饭已经没有问题,只是轻工业品的供应还是难得满足。

与公社书记聊天时,他还说有个生产大队长,拿一张张的5元钞票来做枕头,半夜里同老婆数票子。

回到疗养院病房,桌上放着六七只柑桔,还压了张字条,说是柳州机械厂李丹送的。但是何人带来的却不知道。

1月12日 特诊室医师朱婉儿对我说,她花两个晚上把《美丽的南方》读完了,因为后面还有很多人排队等着看。这本书在一定的读者层面上产生了良好影响,无疑对作者是极大的鼓励。

晚上,读《被开垦的处女地》第二部。书中每一章都是精彩的短篇,描写精确生动,像珠玉般的晶莹。

1月13日 去广西医学院附院补牙齿。广西大学党委书记黄传林也来补牙。他对我说,人老了牙齿少了小了。这应该是文学家描写老人的特点吧。

我们1945年离开延安时,还是青春少年,那些情景宛如昨日,却不觉已过十多年,相见已经慨叹老之将至了。人生真是短促呵!能保持青春的只有事业。人要把自己建立的事业长留于世,却需要付出巨大的精力,他应该又比别人更容易消耗他的青春。牙科医生知道我是作家,问我最近写什么。这也是一种鼓励了。

1月15日 中宣部通知今年五月是毛泽东同志在延安文艺座谈会上讲话发表20周年,要隆重纪念一番,提出做纪念活动的准备工作。要作家艺术家总结经验,阐述自己的体会,组织座谈会和报告会。

北京中央新闻电影制片厂钱筱璋厂长来信,致新年问候!

1月16日 广西人民出版社的美术编辑刘宇一,以及曾海君来家访。刘最近去了一趟革命老区东兰县,带回创作的韦拔群牵着战马、东兰县韦拔群纪念碑和身着盛装赶圩的壮族农村姑娘等三幅油画,请我提意见。曾海君申述被下放后工作的困难,要求调回南宁工作。我跟他说些干事业做学问需艰苦磨炼的道理,他不愿听,以为道理人人都懂,就是解决不了他的具体问题。

看来,人的欲望是难以满足的,矛盾将永恒地存在。在他未脱右派帽子之前,主要是为脱帽而苦恼,脱了帽子就是工作岗位问题了。若工作岗位解决了,那还有党籍的问题呢。总之,一句话,没有不苦恼的时候。

1月17日 这两天读书写东西的收获都不大。把时间放过了,真是感到可惜。

1月18日 宣传部文艺处刘名涛、李超鸿和自治区文联蓝鸿恩、刘剑薰来谈准备纪念延安文艺座谈会讲话发表20周年的活动安排。

1月19日 自治区党委召集厅局级以上干部会,由葛震传达周总理在全国人大常委扩大会议上的报告。

周总理的报告概括当前国内形势为十二个字:形势好、成绩大、问题多、责任重。

1 月 20 日 贵县覃塘中学李帆来信并附诗稿。先赞美《美丽的南方》,希望作者再有新作品问世。再谈到他的诗,要求给他的创作提点意见。

晚间看东德电影《哈蒂发》。欧洲古代传说,反映奴隶解放主题。

1 月 22 日 读完了《被开垦的处女地》第二部。

总的印象,几个人物都写得很活,尤其是在某些片段的描写中。人物每个动作每句话都是作家经过锤炼经过挑选最合适的,使读者如闻其声如见其人。但是,读完后掩卷回想,有些人物也不是始终如一地抓住读者。赶马车的舒奚卡老头的啰嗦,特别是在党的会上的发言就过分了,好像作者在故意卖弄。整个小说的结尾部分,达维多夫的命运和结局都过于仓促。在对付几个潜藏反革命分子未免太冒失,显得久经考验的达维多夫对严重斗争处理极其草率。他为什么不与保卫局的人员取得联系,协同破案,而是采取情杀这样一种个人报复的行为呢?

就整部书而言,作家花了那么多年的光阴来写,是不能令人完全满意的。它反映的生活斗争面还是太狭小……

晚上,同疗养院的病友去附近的园艺场看电影《铁道卫士》和《在 45 号地区》。两部都是旧的反特片,但故事情节惊险刺激,扣人心弦,即便重看一遍仍觉有味。

1 月 23 日 晚间,又到园艺场看浙江绍戏的舞台艺术片《孙悟空三打白骨精》。影片以唐僧的慈悲为怀、人妖不分的糊涂思想来讽喻当前各色各样的和平主义思想,是形式和内容、艺术和政治都结合得比较好的一部戏。

1 月 24 日 这两天给自己放了假,真是个休养的样子了。只看了几张报,同病友聊天,晚上去看电影。但这样过日子,觉得时间从手指缝里漏过去了,抓不到一点什么又很可惜。

疗养院似乎不宜待得太久,病情并不特别严重。打算 3 月初出院吧。出院后,一是去开全国政协会议,一是到广西各地走一转。然后,请创作假找个合适的地方去写《瀑布》。假如没有创作假,就在家里边工作边写好了。

目前打算把几个短篇东西写出来,试试看。

1月27日 到广西医学院附院把右下的牙齿镶上不锈钢包套后，去自治区政协看阳太阳画展。阳氏本来擅长油画，近年做起水彩、彩墨画作，画葡萄、葫芦和紫藤等，类似齐白石风格，虽画得挺像，到底是依人作态非独创。寻思，人何必依样画葫芦。人，从小学大人说话而长大这点不假，但各人却自有各人的声调。

回家见书桌上摆放一大堆书信。白焰从广东从化温泉写来，说很想从此做书本工作，不想将高级党校的课程半途而废，但当前组织上却让他申请休学了。作家出版社王仰晨答复邮购图书事，如我需要尽管开书单，他可以代劳。意在搞好关系拿到我的书稿。鹿寨县洛埠小学曾建雄的信询问，想把《美丽的南方》改编为电影剧本，是否可行。贺县芳林中学外文组尤士钊来信，请我替他看一篇小说。巴马县徐君慧希望调回自治区文联工作。新调来广西工作的干部张国凡寄来一篇看过画展后的评论《艺术需要探索》。另外，中国青年出版社寄赠一本刚出版的长篇小说《红岩》；全国政协寄来《文史资料》第21期。

晚上，带小孩子看《羌笛颂》影片。小女儿朵朵看后说与电影《红鹰》的故事差不多。眼下，无论是电影还是小说，因袭模仿的多，有独创的太少。

1月28日 快过阴历新年了，机关干部每人分得8尺丝绸购货券和一定量的年节糖果糕点供应指标，同凤乡上街去把它们都买回来，但有的东西商店里断货。丝绸和呢绒面料非常不好买，连次品也不易买到。

看来供不应求的紧张情况因要照顾全民需要，一时还难得改变。

1月29日 回机关去听自治区文化局党组汇报工作情况。

葛震把他从苏联买回来的放大机拿来给我学习放大照片，以做消遣，调剂一下生活。

1月30日 看了张国凡对阳太阳画展的评论文章，觉得他的见解值得注意，转给《广西文艺》考虑发表，同时配发阳太阳的几幅画。给张国凡回信。

音乐家梅滨来访，叙述他从事音乐活动的历史和对工作的要求，他想创作交响乐曲，要求创作条件与时间。但听了他的想法，觉得缺乏自信，似乎样样事都能做，结果样样事都喊有困难。心境如此浮躁，能做成什么事呢？

1月31日 阴历除夕快到了，依照旧风俗，时已岁暮。人们的心情浮动多在做积极迎接新春的准备。《南宁晚报》一位记者来访，要我给他们报纸写篇《新春试笔》，顺便跟他谈谈如何办好一张晚报的个人意见。

陆里和谭蔚南、李宝清和吴桐华两对新人，明晚举行婚礼，各送一张照片来，邀我去参加。

2月1日 晚间从疗养院回家。收到上海新文艺出版社一封信，他们对《叱咤风云》剧本提意见。认为前六场可以单独成立为一个剧本，后两场比较粗糙，韦拔群的戏也不多。整个题材是好的，希望修改后再与他们联系。另收到作家出版社寄赠的三本新书：巴金的短篇小说集《李大海》，李六如的长篇小说《六十年的变迁》和苏联的翻译小说《人血不是水》。

2月2日 珠江电影制片厂副厂长沈容等四人来广西组织拍摄《刘三姐》电影舞台艺术片的事。今早去明园饭店会见她。她说电影局长陈荒煤同志到广州时，说广西有个陆地在那里，想来广西看看的。后来他去了潮汕，广西没来成。她鼓励我为珠影厂写剧本。

与有关编导人员和专家座谈《刘三姐》的创作问题。

晚上，同病友们去自治区影片公司看苏联片子《白夜》。这是陀思妥耶夫斯基青年时代的作品，写一个幻想者的殉情故事。一位老年人回忆青年时的那次艳遇，是场无回报的爱恋，只一味地爱着对方，为对方幸福而牺牲自己，帮助对方去同她的情人约会。无疑这样的恋情是深刻感人的。

2月3日 自治区党委常务书记乔晓光，书记处书记伍晋南，办公厅秘书长霍泛，组织部长尚持等领导来干部疗养院慰问。处长以上级别的病号被集合到第一病区的娱乐室与慰问的领导们会面。

明天就是农历除夕了，大家都想今晚早点回家团聚，从早晨开始大家心中便是躁动不安的，真是身在疗养院心在家了。

收到柯蓝从上海来信，说是我们在南宁照的相片极好，等放大后再寄来。

2月4日 一早到葛震家想谈自治区文联党组的人选问题，他去石堂家串门了，没谈成。

下午，同凤乡去街上走走。春节供应的都有计划地分配到机关去了，商店里的东西便不够丰富了，但人们的情绪高昂，市面上的气氛还挺活跃。

天津的《新港》文学杂志从今年开始赠我期刊，无非想拉稿件吧，我却无以回报，真是受之有愧了。

人民文学出版社的新年礼物一本笔记本今天寄到，真是督促为其写稿的最好表示，不由衷心感激！

今晚在党委大院露天球场看电影《白夜》，再看一遍仍受感动。

2月5日 一早起床正在洗漱呢，广西军区政治部文艺处的三位少校军官就来拜年了，弄得我措手不及，脸也没能好好地洗。接着王肖琴领着母亲和孩子一起来了，为她一家人照了张像。过一会，高信、陶云萍、王同连、方宏誉、张斌、刘小松、梁宁等几位宣传部的处长也来了，把我们吃饭的时间也耽误了。

尹羲去明园饭店参加春节团拜回来，还急急忙忙跑来应酬一番。

恐怕继续待在家里被访客拖住，同凤乡带着孩子们急急忙忙地如逃亡般地上人民公园去。天气晴朗，公园里挤满游客，四处人来人往的，要照张像也不容易，老受干扰。

晚上，王野舟夫妇，贺亦然、张黎敏先后来一下。

2月6日 今年破例，主动出门去给朋友、同事拜年。先到罗立斌家里坐了一会，顺路到高信和几个处长的住处去看了看。到了葛震家，他正在吃早饭，见我上门便跟我约好，说吃了饭去各个剧团走走。上午10点40分同他去自治区文化局。先去看了郑天健，他老兄还躺在床上未起。后来到吴克清家，他老婆给煮咖啡还拿出巧克力糖来让我们尝尝新加坡寄来的洋味。

华应申等他们几个局领导全在家。在华的客厅发现他还是位书法爱好者，写的字挺好。

在京剧团沈素秋家坐了会，又到冰洁家来。冰洁家的摆设很简单，除了收音机，其他文化用具与书报一概没有。

桂剧团李寅写得一手好字，刘彬的房间还养了两盆盆景，尹羲的房间纯粹是梳妆台啦，郭沫若和田汉的字联挂在墙上成了不调和的点缀。尹羲端出一精致的六格果盒来请我们吃糖果。葛震说，一看这盒子就不是让客人吃的，逼得尹羲亲手剥开橙子给我们吃。

话剧团演员今晚有演出,都不在家,见到团领导孙正超和柯丹。

歌舞团学员陆延生长成个大姑娘了,两条长长的辫子,一条白纱巾衬着黑丝绒的外套,装束俨然是个摩登小姐。但今天在我的印象里,她的智慧没随着年龄增长,到了该懂事的年龄,仍是那样的天真、稚气、贪玩。

下午,带着一家人去自治区粮食厅黄克勤家拜年。我们是不经常来往的小同乡和老朋友,今天我突然到来,让他特别高兴,热情地把糖果全拿出来招待。小孩对花生糖很感兴趣。过后他带上两个孩子和我们一家到"西大"去看望李润隆副教授。李是我的表兄弟,也是个不经常往来的亲戚。"西大"教授的住房特别优待,一幢两层楼的小洋房分住两户教授家,每户人家楼上楼下都有房子,可以把生活和工作分开来,这比我们部长厅局长的宽敞。李润隆比我大几岁,现已有个大学毕业的儿媳了。

下午4点多,三家人照了张合影。后又上副校长郑建宣、党委书记黄传林家去看了看才离开"西大"校园。

晚上,刚出门遇见王浩,好像他是要来找我的,但时间不凑巧。

2月7日 上午9点回趟干部疗养院。不久自治区歌舞团金涛等人跟着来访,顺便请示歌舞团的工作方针。谈到中午12点半才走。下午又从疗养院回家。王素英来同凤乡扯了一阵贴心保姆难请的闲话。

保姆说上午我走后,来了一大帮子拜年的人,有京剧团、桂剧团、歌舞团和自治区文联等单位的。

鹿寨县洛埠小学曾健胜来信致新春祝福,望今后对他的文学事业有所帮助。

四天的春节在人事应酬忙碌中过去了。

2月8日 这几天天气特别晴和,大家见面就说春天来了。一年的农事又要开始,人们又一年一年的从事着劳动,而年岁无声地记下他的旅程,随着时间的流逝,生命逐渐地在消失!

经过春节的几天劳累,身体并不觉得疲乏,可能是休养和药物发生了效验吧。

下午又去市立第三医院看钟青萍医师。他说脉搏没有太多变化,仍用上星期的药方。

自治区歌舞团的韩林和蓝易汀两位团长来谈工作。感到歌舞团的性质任务搞不清楚，究竟是要把它办为歌剧团还是歌舞团？专门搞歌剧，看来是不现实的，恐怕还是办成综合性的歌舞团比较切合实际一些。

2月9日 阮同来谈工作，要他去调查了解歌舞团的问题后向葛震同志汇报。

晚上，同郑显庶、王同连一块摆弄照片放大。葛震给的放大纸过期了，放大出来的照片效果不佳。

2月10日 青年歌唱家张小忠来电话，要求继续从事歌唱事业。前些时候，因其丈夫不喜欢她在社交场合抛头露面，加之自己铁面无私好，只得从歌舞团改行到桂剧团去做辅导员。周末回家收到柯蓝从上海寄来他在南宁时和我们一起照的相片。相片照得还自然，我们挺满意。

2月11日 作为王肖琴和滕留寅夫妇矛盾纠纷的调解人，请滕留寅来谈话。滕说，王肖琴跟他闹意见都是些家庭生活琐事，不值得重视。王肖琴却不这样看，认为是大事，还挺认真地写成书面“备忘录”交滕来答复。看来两人情感纠纷的中心问题还是滕留寅的政治情绪不佳，精神无出路，影响家庭生活不正常。王肖琴与滕在政治上缺乏共同语言，情感上便渐行渐远，甚至产生厌恶。当初的爱情不仅彻底消失了，就连一般的人情也很难维系。但王存在着女性为弱者的传统观念，离婚的决心不很坚决。

葛震对王肖琴的家庭纠纷特别关心，为此来跟我谈了两个多钟头。

这两天突然特别炎热，街头出现不少穿着衬衣的人。

2月12日 早上，找王肖琴谈话。她对与滕留寅离婚还没有下最后决心，请组织上给她出主意。

2月13日 天气一下变成冬天了。人们又穿起棉袄，戴上帽子。

晚上，同王同连他们一块放大照片，弄到深夜。

给柯蓝写回信。接着读李劼人的《暴风雨前》。觉得过于着重风土人情历史的叙述，人物刻画不深。

2月14日 今天觉得有点疲倦，提不起精神来。本来早晨要去广西医学院附院抽血检验肝功能的也没有去。

医生来查房,对我的浮肿问题解释不了,但认为我已不需药物治疗了。

2月15日 同几位病友到广西展览馆去看黄独峰的个人画展。他是岭南画派高剑父的门徒,长于山水。这次展出绝大部分是旅行黄山和桂林的写生,多是各种各样的山头。花鸟画为数极少,只有几幅。

晚上又去放大照片,成绩较佳。

2月16日 广西通志馆杨士衡来传授放大照片的经验。把配药水的方子、放大的操作程序和时间的掌握、放大纸的选择等都说了一番。

近来没有按计划的读书,也没有构思写什么,日子过得空空洞洞,真是感到不安然。

晚上回家收到罗城东门镇一位叫谢忠华的读者来信,说是很被《美丽的南方》吸引,在罗城县买不着,希望给他寄一本。还请我帮看看他的诗稿。

桂林地委组织部送来两张自治区党代表大会候选人的调查表,要我填。是不是今年要开全区党代表大会?

2月18日 到葛震家去商量研究自治区文联党组人选问题。他同意让自治区文化局长华应申兼,再请调董启翔来做专职副主席。同时他要我主持开一次筹备纪念毛主席《在延安文艺座谈会上的讲话》发表20周年的会议。

和阮同到自治区文联去找蓝鸿恩谈纪念《讲话》的活动计划。

2月19日 《广西文艺》编辑部送来一篇稿子,让我帮看看。文稿标题《牧场上的故事》,作者是刘肇贵。写个中学毕业生从幻想做个拖拉机手,到安心于养猪劳动,内心所经历的斗争过程。末尾这位养猪姑娘仍未忘情于做个拖拉机手,甚至为了虚荣竟敢在爱人面前冒险开动拖拉机,差点酿成事故。这有点不符合人物性格发展的逻辑。

春节给孩子们拍的照片有两张实在是太好了,4个小孩的表情极其自然,笑容灿烂;4人围坐在一起读画报的那张更是充满了生活气息。

晚上,同郑显庶等病友又玩放大照片,搞到深夜11点半钟。

2月21日 晚饭后从疗养院回家,见到一位《美丽的南方》的热心读者。江西南昌钢铁公司袁振发的来信,请我替他看“工厂史”的稿子。这表明他对我的信任，但我知道作为"写作教员"自己是没有多少本钱的。

2月22日 把春节同李润隆、黄克勤照的相片分别寄去给他们。

上午9时开始，听自治区党委书记韦国清传达中央扩大工作会议上毛主席的讲话，下午是贺希明书记传达刘少奇的讲话。

2月23日 继续听传达邓小平、林彪等人在中央扩大会议上的讲话。

到新华书店去买了一部狄更斯的《皮克林克先生外传》和一套《中华活页文选》，一本《古典文艺理论译丛》。

听报告时候，一位同志问我最近写什么东西没有。看来他是从读我文章认识我的。我又像1948年在东北时那样，被许多读者所关心。可是，自己却没有新作满足大家的要求，不无有愧。

2月24日 还有一个上午才传达完刘少奇主席在中央扩大会上的报告。

这是总的报告，把十二年来特别是四年以来全国的工作作了初步的总结。四年以来，建设工作当中出现的新问题，现在看得比较清楚一些了。成绩是巨大，主要的。但是其中难免出现不少问题，比如某些方面表现了分散主义，党的领导机关出现了缺乏民主作风，党的民主集中制在一定程度上受到削弱。总的是调查研究很不够。有的口号提得主观片面，如"人有多大胆，地有多大产"显然是错误的。大跃进是有成绩的，是比较而言。但有人把它作了片面理解就出了问题。总之，总路线是对的，是执行当中出现了问题。

2月25日 收到《文学评论》1962年第一期。刊物仍继续赠送，可是我却一篇文章也没写去，真是受之有愧了。

给袁振发同志写封回信。在家整理书籍。

刘宇一来谈到边防去做春节慰问的所见所闻。还根据印象画了二百多幅速写，写上诗句，蛮有兴致地念给我听。听起来虽不易留下印象，但总的感觉他对新事物有强烈的敏感，又能在画里传达出来，这位小画家再努力下去，将来可以成为大画家。

家乡的公社党委书记来访。同他谈起应该利用常年牧草不断的特点，大力发展畜牧养殖业。

因为停电，正表演飞车走壁的皮德福给摔坏了，我代表组织到医院去看望慰问。

2月26日 几天没看报纸,桌上堆起一大堆,光翻看标题就花好些时间。下午编写唱片的目录,打算买台电唱机来听听音乐。

晚上停电,什么事也做不成。有位休养员老曹好讲话,一说起来总是滔滔不绝。

3月1日 继续读李劼人的《暴风雨前》。似乎比开头部分写得好些了。

3月2日 读完《暴风雨前》。作者给我们描绘了辛亥革命前,知识分子的思潮和当时四川社会现状。作为历史资料,作地方风俗志,那倒是不错的。但要求得到艺术享受,见到当年有血有肉的英雄人物,那就不免欠缺了。虽然书中有几个人物,可是让读者见到的仅是影子在晃动,事件在罗列。

3月4日 广西人民广播电台的佟显仁代我将电唱收音两用机和一部分唱片送到家里来,孩子们很高兴,闹着要听一些熟悉的流行歌曲。

自治区体委张今雄派人将小口径步枪送来,同时附带给我100粒子弹。

3月5日 曾海君来信,还是要求调回南宁工作,在下面不能写东西。县里的基层工作与生活真的让人难以度过吗?看来,一个人要成就大事业实在是不容易呵。说起来谁都知道,农村的农民或工厂的工人的实际斗争和现实生活才是文艺创作的源泉,可是没人甘心长期到那里去待,都要往城里跑往机关挤。

晚上,自己在病房里摸索放大相片。因药水不洁,放大的相片全部发黄,浪费了材料还浪费了时间与精力。

3月6日 同黄荣、田步云和小杨到南宁的糖果厂、钢精厂和衬衣厂去参观。因为原材料缺乏,几个厂都处在半停工状态。

晚上,去自治区人委礼堂看天津百花剧团来南宁公演的河北梆子。

3月7日 周民震、马元杰和毛正三来访,提出要给我照相,天空阴沉,光线特别不佳,未必能得理想照片。

晚上,同王同连一块放大照片,使用新配制的药水,效果好些。

3月8日 虽然下起了雨,但没有下透,老农要种玉米还是不行。春旱已经形成了。大家见面都在谈今年农事问题。关心一年的收成,成为人人的共同情感，这是新社会的标志吧。

3月9日 蓝鸿恩来谈广西剧协近期在柳州开座谈会的情况。看来各地剧团都在搞创作，以写太平天国等历史题材为多，写现代人民内部矛盾的很少，而且都还停留在编故事阶段，刻画人物性格还未找到窍门。还谈及艾芜和一位青年女作家刘真曾来南宁访问。

3月11日 刘宇一来访，把他的油画稿《秘密》拿来征求我的意见。

晚上，去桂剧院看北京青年剧院公演的话剧《文成公主》。

田汉的这个剧本似乎缺乏点灵感。历史记载，文成公主是位能干的女英雄，但剧中表现得不充分、不典型。其间，作者制造了些矛盾冲突，但很快被揭穿被化解，无法扣动观众的心弦。比之田汉的另一作品《关汉卿》相差太远。看得出来，作品人物塑造的好坏，与作者对人物的体验、情感十分密切。无疑，作者的命运遭遇与关汉卿的人生际遇是有共通之处的，所以能够将自我情感在作品中表现得淋漓尽致。而文成公主的生活、心境于田汉而言是没有的，硬写出来当然便苍白无力。

郭沫若的《蔡文姬》之所以比较成功，也是作者曾经有过类似抛弃妻子儿女，投奔祖国的情绪，与蔡文姬当年的心情不约而同。

这样看来，作品是作者思想感情的自我表现，是有许多例子可以证明的。

3月12日 一天都在读文件。柯切托夫的《州委书记》和《叶尔绍夫兄弟》在苏联文艺界引起巨大的反响，批评不绝于耳，争论也一直不断。

胡仲实来访，带来剧本《杨玉琴》的手稿。是写太平天国故事的。

3月13日 晚上疗养院放映苏联影片《非常事件》上下集。反映苏联一艘邮船被台湾蒋介石匪帮劫走的斗争故事。故事情节复杂曲折，真实生活未必如此，但所反映的是可能发生的，令人信服。

收到外甥吴培蔚写的几篇农村生活散文和一篇小说。读来还质朴、简洁，有生活气息。如果一个人能忠实于生活，热爱生活，何尝不可以在农村写出作品来呢。将培蔚稿件转送《广西文艺》编辑部，给培蔚回信。

3月14日 葛震转来滕留寅的信，要求组织劝解王肖琴不要同他闹离婚。葛震要我找滕再谈一次，还说王肖琴已表示要滕搬到他的工作机关去住。如此看来,王对滕是下定决心了。夫妻也是利害关系的结合体。所谓的爱情往往是建筑在共同物质基础上的,一旦基础不牢,甚至发生崩溃,爱情大厦便会随时坍塌。

熟悉他俩情况的一位同事说了一句话:为何离婚,是王的地位高了,滕跟不上了吧。这看法未必全面,但却包含了这一重要因素。假如滕今天是位党员的处级干部,这没有爱情的所谓说法便不会在他俩间产生。

3 月 15 日 新调去中南局宣传部工作的潘古来访。谈到于黑丁现在是中南局宣传部的文艺处长,并叫他代向我问好,还打招呼说,4 月份他可能到广西来一趟,打算从中南五省召集二三十个作家开座谈会,解决写作上一些组织工作和创作时间、条件等问题。好像是由中南局统筹安排作家们的写作计划,解决创作上必须的生活条件。如果真能办到,我希望能够参加到这一个队伍里去。

找滕留寅来我家里谈他与老婆闹离婚的问题。他明确表示,既然王肖琴和其母继续折磨他,他也只好忍痛走开了。

3 月 17 日 去民族电影院看影片《复活》,因只是上集,故事还没结束,一般人觉得没意思。其实,影片揭露资产阶级的丑恶面目,而衬出沦为妓女的波柳特娃的纯洁是很生动的。

3 月 18 日 葛震满口答应我一面休养一面创作,同意我到北京、昆明、成都去走一趟,搜集“五四”前后的历史资料。看来,我大可以脱掉乌纱帽,专门拿起笔杆来了。

葛震还说,周扬关心秦兆阳的工作安排。葛让我去看望一次秦兆阳,把他留在广西给他搞写作好了。

3 月 19 日 文艺处阮同和李超鸿来谈纪念《讲话》二十周年的报告提纲。

晚上,写几封信,分寄武昌湖北财经学校陈人器,广州从化温泉白焰,巴马县文化馆谢福铭和徐君慧,以及临桂县税务所邓燕林。

3 月 20 日 同陈江、郭鲁到江边请一只小艇渡过对河去。那边有一片果树林,是鸟雀聚集的地方。一上岸,就听到鸟儿婉转地鸣叫。陈江是个“老猎户”,他一听就知道那是顶壳郎,那是钓鱼郎的声音。郭鲁到底在解放军的战斗队伍里待过，头一枪就打中了一只白头翁。看来小口径步枪的命中率还挺高，一下子把我的兴趣给提起来了。

到果树林里，树阴很浓密，我们三人便各走各的。小鸟都挺精灵，见人就飞，不容易见到老老实实栖在树枝上的。

我在一株芒果树底等了10多分钟，瞄准了一只小鸟，它正与同伴嘀哩嘟噜。我放了一枪，这个倒霉的小东西就应声落到池塘的边边上了，这真让我说不出的高兴呵，我是第一枪就打中了！我放下枪来，趴在池边去把它拣回来，用一根香蕉树皮弄成的细绳子把它的小腿绑了，提着它走，背着枪，有点像个猎人似的。

但是，以后再找不到安静的让我瞄准的对象了，郭鲁也没有再打中一个。一个上午，三人就收获了两只小鸟。

晚上，在干部疗养院小会议室(娱乐室)听音乐，看大家学跳舞。

周民震把前些天来疗养院照的相片寄来了。

3月21日 给中南局宣传部文艺处于黑丁写信，欢迎他4月来广西检查指导工作。

收到柯蓝夫妇来信，王文秋把上次来南宁，大家合照的相片寄来，还说她帮我买到一本《鲁迅诗稿》已寄出。还收到一封梧州师范学校36班学生，自命为未来作家的李中桂来信，对《美丽的南方》备加称赞，同时说他要写小说，问有什么办法可以做到。

3月22日 给湛江王国强和北京马元杰各发一信。前者，请他考虑能否安排我到湛江找个不收租金的地方住下来安心写作。后者，请他在北京打听密纹唱片的行情。

3月26日 到广西医学院附属医院去看医生。方医师说，脾脏可以触摸到了，这说明脾脏比原来增大了，不是好现象呢。

秦兆阳和蓝鸿恩、谢敏来访，同秦谈他的工作。让他先上一趟桂林看看，回来后住到疗养院来，治疗他的胃病。希望他最终能留在广西带动大家搞创作。

3月29日 早晨好大的雾，到中午太阳出来了。从元旦到现在快三个月都没有降雨，旱种作物——玉米、花生都出不来，大家都在发愁。经济困难的时候又遇天灾，生活更难改善了。下午，一个人抱着小口径步枪到大榕树下去坐了好半天，小鸟精得很，见人就飞，很难找到射击的目标。

3月31日 收到广州白焰来信：他已经离开从化温泉回家来了。前次我给他寄到从化的信好像是没有收到。

另外，一个下放在隆林德峨公社工作的大学生邓立民来信，他在生活中感到了诗，写了一些；今后还打算写一部《第一代》的长篇小说，表现知识分子下放农村劳动转变成为第一代有文化农民的故事；但苦于工作太繁忙，希望能有专门的写作时间和环境。

柯蓝寄来的《鲁迅诗稿》的线装本收到了。鲁迅的字体自成一格，但若一个一个孤立起来看，不见得个个都好看。

4月1日 去见了自治区民政厅副厅长张显龙，和他一块去访问黄家直。想向黄了解辛亥革命前后广西社会状况和五四运动在广西的风潮。

黄现在是自治区人委参事室副主任，人已快60多了，左眼不太好，说是晚上看不见，读书不方便了。他对我的访问很欢迎，愿意找个空亲时间再跟我详细谈。

晚上，去看中央歌舞剧院的独唱独奏独舞晚会。丁颖的独舞和于淑岩的独唱都还过得去。

4月2日 给隆林县德峨公社邓立民、上海柯蓝和广州白焰各写一信。

广西民间文学研究会筹委会的依易天、蓝鸿恩来谈要在5月召开民间文学的工作会议，成立广西民间文学研究会。

4月3日 去自治区人委参事室找副主任黄家直谈“五四”前后广西学生运动情况。

他当时是在百色中学堂，地处偏僻，了解的东西不多，印象也不深。对1927年大革命时期的事他倒比较熟悉。他当时是国民党省党部的工人部的部长。

收到中南局文艺处长于黑丁来信，他大概于下旬到广西来。

4月4日 渴望了三个月的雨天，终于降临了。早晨起床，见窗外景物全在饱满的雨水中。田里出现忙碌的农民，早些日子种下的花生有希望长出苗来了。

谢敏和李宝靖来谈广西作协的工作计划。收到外甥吴培蔚的来信来稿。

4月5日 今天真有点“清明时节雨纷纷”的味道了。一早就是漫天的雨雾,上坟的老乡冒雨到墓地祭扫祖先。

刘宇一和百色文工团一位画油画的青年带着艺术学院附中两个学画的女学生来访。一个靖西县的女学生还特意给我带来一朵木棉花。

刘宇一把我刚用毛笔抄写出来的冯云山咏瀑布的诗拿去做纪念。

他们青年人都把我当作老前辈老先生来崇拜,其实我知道的也很有限的呵。

给谢敏写张条子,对广西作协工作计划提了四点原则性的意见。给吴培蔚复信。

4月6日 看了看广西作协送来的思想情况汇报。不少会员对深入生活体会不深,都不肯沉到生活的底层去,只想浮在上面飘飘然。一些写诗的人,扬言要写爱情诗,可是每天就同有限的几个人见面说话,多一句新鲜话都没有,怎么能写出诗来!

开始学做气功疗法,不得要领,颇费气力。拿苏联翻译小说《人血不是水》来读,虽是获奖作品,一开头就不吸引人。

4月7日 《光明日报》的记者桂挺宫来访,要我给他们报纸写篇纪念延安文艺座谈会20周年的文章。觉得好些话已经讲过多遍了,再谈又谈不出新东西,这文章怎么做。

4月8日 看陈毅在解放军文化工作会议上的讲话。他强调一个政治家应该懂得尊重专业的人才。光强调政治是不完全的,政治是许多方面的专业构成的,如果没有专业知识,没有高明的专家,我们的政治就显不出其优越性来。

今晚,自己摸索着冲洗胶卷,虽是第一次,结果却良好。

4月9日 读陈毅和陶铸在全国剧协会议上的讲话。都讲了知识分子作用,认为知识分子应该得到应有的尊重。同时,讲写人民内部矛盾的问题,主张可以写人民内部中的缺点,可以写悲剧。陈毅也是个文学家,有自己的体会,要求文艺作品要有真实的感情,不能满足于一些概念的东西。

王国强昨天来信。他对我要去湛江写作十分欢迎。帮在郊区党委找到一间房子，虽然不好，但很幽静，适于写作。给王国强回信，并附赠一张照片。

4月12日 到新华书店去买三本小册子，一本是上海新文艺出版社内部发行的《局外人》，一本是《摄影创作初步》，一本是《实用摄影技术讲座》。

晚上又放大照片，弄得很晚，上床已经是午夜了。

4月13日 收到马元杰来信，说是北京可以买到密纹唱片。

广西作协谢敏，以及蓝鸿恩来汇报与苗延秀、秦似谈及工作计划的情况。秦似仍是盛气凌人，自视过高。

南宁市布新街15号内的《美丽的南方》读者曾慧民、黄仁岳来信，指出书中的笔误与前后交待欠周密妥贴之处。经他们热心提醒，我去检索一番，问题的确存在。校对得太粗心了。

4月15日 中南局宣传部办公室主任张汝霖和助手来南宁，一定要来找我。我索性主动去明园饭店看望他。他们同我谈了近期在广州召开的全国剧协会议和全国科学工作会议的有关情况。西医学习中医的问题现在是开放了，说是中医比较西医还是落后的，单纯强调西医学习中医是不妥当的。

柳州机械厂李丹来访，劝我还是抓紧把病治好，不能再拖下去了，写作只能当作消遣。他还建议我去北京请中医师陈慎吾看病。

谢福铭来，说明天又要回巴马去了。留他吃晚饭。他为家庭问题有着许多烦恼。

同凤乡去和平菜市想买些竹篱来围鸡园。菜场很大但没有竹篱卖。花4.40元买回一斤鲤鱼。在自由市场上人民币一元钱只相当过去的一角钱来花了。国家掌握的物资价格未涨，但不是需凭票购买就是断货，那人们也只好去自由市场了。

4月16日 黄荣同志对我说，昨天遇见韦国清书记，向他汇报前段时间我们去南宁钢精厂等工厂参观情况。他对我们这些病号很关心，表示慰问。他还专门提到说："听说陆地的肝脾又有问题呀！你们好好休息嘛，不要乱跑啦！"

中国青年出版社派王济民同志专程来跟我签订约稿合同。我没有签，只口头答应，写出后与他们联系。他说可以帮忙我把原稿付排等等，要写作也可以到他们那里住宿，只是伙食条件差一些。

4月18日 读完了《红岩》。这是从真实的回忆录《在烈火中永生》改写成的大部头小说。作者们亲身经历了一段惊心动魄的监牢斗争，在小说中得到了表现，情节感人，几个人物的形象也是鲜明的。由于作者没有太多的使用写作技巧，只用质朴的叙述，令人感到如见其人如闻其声。不足的地方是某些人物（特别是反面的如高邦晋、魏克昌等）伏线不够隐藏，往往是让读者早知道，等到正面人物识破对方的时候，读者已经没有惊奇感受了，而且知道这是作者的安排而不是生活本身的必然。

4月19日 李丹又来到疗养院，这次跟我谈他要改行，想弄文学。我把李的想法传达给黄荣听。黄说："李丹搞文艺的要求主要是闹情绪，是思想问题。最后机械系统的机关开了20天的会批评了他，大概心里不痛快，想换个环境吧。"

开始读李六如的《六十年的变迁》第二部。

4月20日 晚上在干部疗养院看扬州戏的舞台艺术片《百岁挂帅》。与京剧的《杨门女将》不大相同。唱腔还好听。

4月21日 柯蓝回信，对我将从事创作深表赞成。他对上海大都市生活颇感腻味了，想回湖南老家。若如愿，他在湖南可能容易施展吧。

4月23日 在广西医学院附院给保健科几位医生护士照相。护士长张平英特别高兴，大概人长得漂亮总有些自恋吧，喜欢照相也就不奇怪了。

葛震突然跑疗养院来，看我们宣传部的几个病号，与大家随便扯些闲话。

翻阅1945年从延安到东北，以及1946年在哈尔滨的日记。当时不知哪里来的灵感，感觉新颖而多彩，记的事迹比较清澈，用的语汇比较丰富，内心的活动也较舒畅。记得当年我不时感到衰老与疲乏，但比之今日，那正是春天吧，现在倒是秋天了。

4月25日 于黑丁从长沙来信，说是5月初到桂林，然后再到南宁来。

董启翔回信说，在柳州地委书记的宿舍帮我找到一间房子，如果我愿意就可以去那里写作，伙食由隔壁的柳州饭店供应。

开始读《五四文选》，想把当时的重要文章都读一读。

4月27日 同黄荣、吴英甫、郑显庶、高信、韦乐扬和小杨去青山塔故址参观新建的高干招待所。

这是依山面水,丛林荫蔽的地方。岩石上刻有"阳明先生过化之地",明代的理学家王阳明曾到此讲学。他是来开化南方的蛮民的,这并不值得纪念。但是王阳明名气大,有了这几个字普通的山峦也显得名贵了。

所谓的高干招待所原来就是在面壁中挖掘进去的几孔窑洞,作为防空当然可以,作为避暑名胜却嫌简陋荒凉了。

4月28日 读中央扩大会议林彪和毛主席的讲话。

干部疗养院周围都是田野,每晚蛙声喧闹,不禁想起10年前在麻子畲土改工作时同薛传钊在月光下听蛙声的情景。因而吟成四句七言,特记如下:

又是蛙声遍地喧,月光如故映阶前;

十年往事频入梦,何处天涯寄素笺!

4月30日 听自治区党委传达中南局常委会议的精神。中南局会议是部署贯彻中央扩大会议的政策,广西要四到五年的时间来恢复农业生产,广东要三到四年,河南要六到七年。原来河南的大跃进在全国是排头的,现在反而落到末后去了。社会主义建设是科学的东西,一切主观愿望和蛮干都会碰得头破血流。不但是农业要恢复,就是工业也要用几年的时间才能恢复过来。可见1958年大跃进是适得其反的。

5月1日 昨天晚上,原《东北日报》副刊胡同志来访。他老兄离开《东北日报》后,长期在冶金工业部门工作,现在国家经委,要去贵州省检查清仓核资工作。人还是一样健谈,身体也不见衰老,比专门弄笔墨的人更显健康。一下子相别就是15年。再过15年,我们都要退休了。人生真是容易飞逝呵。

给董启翔复信,不想到柳州地委去住了,打算去康复医院边养病边写作。

带小孩去桃源电影院看苏联电影《被开垦的处女地》第一、二集。不如小说写得那样细致动人。

5月3日 秦兆阳来访。他是十二指肠溃疡,到疗养院来休养,住第一病区。

中国作协张僖来信，介绍北京西山作协招待所的生活条件：环境幽静，但缺水，无浴室，每月仅有肉一斤、油半斤、糖一斤。既然这样，去养病是不相宜的了。中国作协还是表示欢迎的，问什么时候到，派人去火车站接。

5月4日 同黄荣同志到自治区畜牧研究所去参观。所长是个老红军，他领着一千多职工，把一片荒山开垦出来，种上木薯、花生，养了奶牛、肉猪、鸡鸭，还有蜜蜂。据说去年上交的利润就有好几万元。别的农场在赔钱，他这里却赚了钱，粮食也不用公家的，全部可以自给。

我们在所里的养鸡场买了几只鸡，每人分得两只，是外国的良种莱亨鸡，马上就下蛋了，才花七块五毛钱，比国营园艺场的便宜一半。

晚饭后，洗照片到深夜11点才睡。

5月5日 收到自治区气象局陶瑞钟来信，说他想把《美丽的南方》改成话剧，问我有什么意见。回信跟他说，这个作品的人物不突出，故事情节散，恐怕不适宜于话剧的表演形式。

5月6日 自治区党委副秘书长刘毅生代表组织来慰问，专门征求我的意见，是否转到外地去休养。我不知道外地有什么地方是适合我去休养的，更不知道人家收不收肝炎病人。

晚上10点钟，中南局宣传部文艺处长于黑丁将抵达南宁，9点半我到火车站去迎接。

他从车上下来时，后面跟着带一位戴着眼镜，有着高高鼻梁，清秀斯文的齐兰贞女士，介绍说是文艺处的干事。把于处长送到明园饭店611号房间，安顿好后就回来了。

5月7日 上午去医学院附院抽血检查肝功能后，到明园饭店去同于黑丁会面。他对中南五省的创作力量如何组织，有一肚子的想法，具体措施却说不上。目前全国的情况都在精简收缩，摆摊子是不相宜的。他劝我还是留在党委部门，有时间就请个假写点东西比较好。

下午，要部小汽车带于黑丁他们参观市容，顺便到广西艺术学院去看望于的朋友阳太阳。阳的屋里尽是画作，近期画的古代刘三姐和电影《刘三姐》的主角黄婉秋，前者不大像中国人，后者不大像本人。看来，他的风景画比人物画高明。

5月8日 同于黑丁、齐兰贞和何子建夫妇、阮同、蓝鸿恩等，去武鸣明秀园游览。那地方虽幽静，但太荒芜，不加修理，住进去未免太凄凉。

原来何子健也想同我一块来明秀园休养的，看看这样的房子，心已冷了一半了。

自治区气象局陶瑞钟又来信，表示他是在业余中学习写作，还是想把《美丽的南方》改编成话剧或连环画的脚本。

5月9日 写了三封信。一封给上海的柯蓝，劝他回湖南工作；一封给成都的戈壁舟，问成都作协有否不收费的“写作之家”；一封给山东的董均伦，问青岛的写作环境。

5月10日 整天读《文史资料》，了解孙中山1918—1925年这段期间从事革命运动所遇到的种种挫折的历史。这对我的《瀑布》写作很有参考价值。

5月11日 几天来身体疲倦，脑子不好用。

中央批准了文化部党组关于稿费版税的意见。根据三次全国人大代表意见，原先取销的印数稿酬是不合理的，应恢复1959年11月的文件精神，出版图书要付印数稿酬。中央还批准了《文艺工作十条意见》。中央的决定或许是为纪念延安文艺座谈发表20周年而做出的一种表示。

收到民航营业处韦锦瑶的信，表达对《美丽的南方》的欣赏，向作者致敬。

自治区党委秘书长意见，建议并允许我到处去疗养。但去哪里，我根本从未考虑过，一下子要做决定，颇踌躇。

5月12日 谭荫溥回信。说到文艺现在是得到高价政策的庇护了。过去贬值，一方面是价格因素，另一方面是好作品不多，人家不愿看。

一个叫凌永庆的广西师院中文系学生来信，表示对《美丽的南方》的赞赏。写了一篇分析傅全昭形象的长文，还对作品的人物做了各方面的猜测，以及哪些是与他本人的乡村情况符合的。同时，他很想在文艺上有所成就，希望能得到我的帮助。

5月13日 中国民间文学研究会来文，要在下半年开会讨论今后的工作规划。要大家对工作规划准备好意见。

5 月 16 日　到广西医学院附院去看望莫一凡，他眼角膜发言，瞳孔出现白翳，希望到广州去医治。

叶惠明拿来一篇《钢墙铁壁》的特写来请我看。文字技巧还过得去，但表现手法太老实，艺术性就逊色了。

5 月 17 日　读《世界文学》3 月份的一篇赫尔岑的《论俄国文学》。此人文笔流畅，说法巧妙，与一般呆板的论文不同，叫人乐于倾听。

晚间看电影《牧人之子》。这样的电影实在是太虚伪了。既不合乎生活的逻辑，也没有艺术的技巧，叫你替他捏一把汗。

5 月 19 日　收到上海柯蓝来信。他七八月间打算离开上海到湖南或福建，找个地方写东西。如果环境合适再邀我也去跟他一起写。

读《辛亥革命在广西》，知道一些当时广西的社会状况与历史背景。

5 月 21 日　收到几封信。山东董均伦回信，说青岛无作协写作的处所，疗养院很好，但伙食不佳，烟台、威海较好，问我意见如何。

5 月 22 日　给湛江王国强信并附二张照片。告诉他，自己得肝炎，请考虑到他们机关去生活方便否。

昨天，到广西医学院去找张羽谈我的病情。他同意我去上海检查一下并告诉我有关肝炎平时应注意的问题。

5 月 23 日　给作家出版社王仰晨去信，问《美丽的南方》重印的事。

近日读《辛亥革命在广西》，增加不少历史知识，对写《瀑布》有帮助。

葛震和王肖琴来谈这次自治区文联召开座谈会的情况。听听我对过去工作的看法。他顺便半开玩笑地说，你已经 40 多岁的人了，应该有所贡献。他说不做宣传部长就算编外人员吧，安个名誉职位。

5 月 24 日　看来作为直接的政治生涯的党委宣传部长是可以告终的了，作家生活可以重上征途。在我这样的年龄来从事文学创作，应该说正是时候吧。到底人生的经历多少体会到了一些甘苦，不能算丰富，但总比二十多岁时深刻。只是，在年轻时候，自己在文学创作的记录本上，留下一片空白，文坛上没有留下足迹，现在要靠新作去开辟道路，冬天的雷声不容易响呵！而且，现在害了不能过劳的病，写作的进展不能不受影响。可是，我也只有这份劳动，才足以报答革命和社会的栽培。想了想,我写完了《瀑布》,还可以写一部《延安颂》。这两部书恐怕对青年人都还是有作用的。

5月25日 珠江电影制片厂的编辑李林和原自治区文联的干部现下放在柳江县的公社的武剑青来访。李林说他的副厂长沈容叫来看看我,没有别的什么任务。

晚饭后,秦兆阳来谈天,讲到他的写作打算,想写抗日战争的故事,从卢沟桥事变开始。

南宁市文化局副局长叶惠明来谈打算创作关于妇女题材的作品。以我与她比较有限的交流中,感觉她受修养限制,思想眼界不够广阔,要写社会生活恐怕不大好把握。

5月28日 自治区党委办公厅刘毅生打电报去向上海华东医院申请,要求对方让我去那边检查和治疗。上海市委电复,要先将病历寄去再决定。

早上去医学院附院找到朱医师,请她将病历寄去。

昨晚散步遇见孟国基,他说与西江农场的赵品三熟,可以替我写信去联系。如果他们欢迎我去,倒想干脆去那里待它一年两年,把病养好,同时,小说也可能写出来了,上海就不一定要去。

5月30日 昨晚大家看了苏联影片《奥赛罗》,清早见面就议论起来。不少人认为这种丈夫杀老婆的戏没有什么意义。按一般的要求,一出戏或一本书,一定得讲一番政治,反对什么,赞成什么,要赋予社会意义的内容。这些议论反映出当前我们广大干部的文艺鉴赏水平。文艺创作如果像“奥赛罗”这出戏一样过分强调人的精神生活,挖掘人性,表达人情,是不大适合的,必然会脱离这部分读者与观众。

6月2日 收到隆林樊篱寄来的信。他说四年来从劳动当中体会了人生,未尝不是因祸得福。

作家出版社王仰晨来信,说是《美丽的南方》已列为今年的重版书目之一,问我有没有修改的地方。

6月3日 收到广州白焰来信,又回到广州市委宣传部当副部长啦,“吃回头草”未免味同嚼蜡。

到葛震处听他介绍今天下午在文艺座谈会上发言稿的内容。

晚上，邓燕林又来访。他打算写个从旧社会过来的桂剧演员在新社会重获新生的故事。这与我原来想写桂剧演员尹羲的故事不谋而合。他对桂剧演员的生活和旧社会官场的腐朽了解得深切，有一定的创作优势，予以他一番鼓励，并预祝成功。

6月4日　去市工人文化宫看荣宝斋水印木刻的古今名画展览。又到书店买了翻译小说《叶尔绍夫兄弟》和《谁之罪》。

上海柯蓝来信，对我劝他识大体顾大局颇为感激。

6月5日　给白焰、樊篱和王仰晨各写一回信。

叶惠明来访谈，她想写些回忆文章。

6月6日　到南宁专区防疫站去找黎志恭医师取药丸。

收到三封回信。王国强欢迎我去湛江休养，可以到农场去，如果要吃海鲜，就到东海公社。董均伦来信说山东省委宣传部欢迎我去青岛写作。成都戈壁舟说，今春四川大旱，招待外来客人不便，希望秋后再去。青岛和湛江都是好地方，到底去哪里好？去青岛可看的地方多些，但是离家太远了，湛江离家较近，可游玩的地方不多，吃海鲜倒是较方便些。真是两者不可得兼。二位朋友的真诚欢迎，盛情难却呵。

6月7日　蓝鸿恩请我帮看他最近写的小说《侬梅》。小说的故事蓝曾跟我讲过。我是觉得他的口头故事远比写成文字的生动。这说明他文字表达的技巧还不够熟练。校对一遍《美丽的南方》，打算寄去作家出版社作为重印时的参照。

6月8日　分别给王国强和董均伦回信。收到广西师院学生凌永庆和巴马县文化馆谢福铭各一信。

莫一凡来访。谈写革命回忆录的事。他说某厂的党委书记，计划利用业余时间写一部四十万字的小说，现已写了二十万字。那些真实的经历，使作者感动，不吐不快，写得出来，那就可以感动更多的人吧。

6月9日　又同黄荣等同志去自治区人民医院请何伯祥医师看病。他说我的肝淤血,不注意就会促使肝硬变。几个医生都肯定我的肝脾湿了,可见肝病已很明显,但是,对它束手无策。只望不致很快恶化,在10年内让我把两部长篇小说写出来,把几个小孩教养成人就好了。

6月10日 在广西大学当教授的李润隆表哥来访。他曾在物理研究所当了七个月的顾问。这次调整,该所被并到自治区冶金局。他认为太可惜了,应该并到广西大学去,可继续发挥积极作用。

6月14日 蓝鸿恩来汇报民间文学工作。我顺便谈他的小说《侬梅》。故事是动人的,但是他的文字表现能力不如口头的那样生动,要改起来,恐怕要下番功夫才行。

6月15日 秦兆阳来谈天,他想到桂林去居住,但是没有房子,吃饭也成问题。他说,现在什么都得通过组织,个人行动是不方便的,比如旅行住的饭店,访问找的对象,没有组织介绍信就都行不通。

去广西医学院附院看叶馥荪医生。叶认为我的病情不致恶化,不必过于苦闷。同意我找个地方疗养,可以写点东西。写东西为的是精神有所寄托,因此不能劳累。

6月16日 上午,广西军区司令员作了动员,准备应付蒋介石反攻大陆的战争。这场战争可能要有几个月才能把他几十万人的军队消灭。而几个月的战争,靠近海边的城市所受的损失和骚扰会更加严重。这样,我去湛江的打算只得暂时搁下。

作家出版社王仰晨来信称,《美丽的南方》再印工作已经接近完成。只印4000册。估计将来有纸还要再印的,我所修改的书稿,只好留着,等到下次再次重印时才能用得上了。

6月19日 海南岛海口市读者张业文来信,请教写作问题。他正在写两篇小说,问我有什么窍门。

剧作家吴天在郑天健、侯枫等陪同下,到干部疗养院去找我没找着,又转到家里来看我。吴天希望我能为他们的制片厂写电影剧本。

6月20日 人民文学出版社虞丹来信问候,并约我写革命回忆录一类的图书。我们是1946年在哈尔滨时认识的,当时她是一位初学写作的姑娘,现在是周洁夫的妻子。十多年不见,要是在大街上相遇,恐怕是认不出来了。

6月22日　王肖琴拿葛震在文艺座谈会上的讲话稿来让我过过目。下午跟她聊了半天。

她对文艺还有点兴趣,想在文艺理论上钻下去,可是,现在做老葛的秘书,不好分心。还说已经30多岁的人了,没有专长,多少有点空虚。人嘛,有的学有专长,对人类社会的贡献就会较大些。但并不是人人都能如是的。有的人恐怕只能做日常的平凡工作,但把工作做好了,又何尝不是一种贡献呢。

自治区民委有位叫蓝天日的来信,请求调到文教部门工作。信件转蓝鸿恩处理。

6月24日　上午8点,带着孩子们,全家六口,乘着吉普车到自治区的金光农场去参观。同行的有孟国基。他是老活宝,能逗小孩玩笑。

金光农场是在一片荒野上兴建起来的,从1958年开始才建起砖房,现在已经在桉树林下疏落地出现村落的规模了。据党委书记朱亭恩的介绍,全场有七个分场,一千多名职工,以大量种植木薯养猪,制葡萄糖为主要经营项目。去年全区四十多个农场中,只有三个农场赚钱,这里是其中之一。他对我想来休养,表示欢迎,说是吃东西由他们包了。每天牛奶、鸡蛋、花生、蜂蜜是可以满足需要的。

6月25日　又回到干部疗养院来,病友们都向我打听是不是要出院了。大家住久了,乍然要分开总有点舍不得。

给谭荫溥写封信并将柯蓝的电影脚本《囚鸟双飞》转给他。同时给柯蓝写意见。觉得这个脚本前半部是真实的,后半部就显得太矫情了。一个双目失明的人能不能做塑像创作?因为创作不同于工艺品。盲人能做出精巧的工艺品,未必能创作艺术品吧。

6月27日　给人民文学出版社虞丹写回信。告之因病难得写书了。

给海口市物质局张业文写信,告诉他写作还是要靠不断的努力练习,是项艰苦的工作,绝无捷径可走。

遇见秦兆阳,他说柳州邓凡平欢迎他到柳州去落户。

6月30日　刘宇一来访,他准备到百色地区去为历史文物馆画画。还说南宁市文联打算8月1号为他开个人画展。

他说近来身体不太好，晚上往往难入睡。这个年轻人比较爱思考，如果用来盘算个人生活问题，那就浪费了。

一年又过了一半。这半年真是没有很好利用它，光阴白白被抛掷掉了。书没有正经读多少，文章没有写出来，也没有什么其他新的收获。下半年应该积极去找个可以安定下来的地方开始写《瀑布》吧。

7月1日 同乡周家植来访。他是中学副校长，谈起今年中学毕业生的出路问题挺焦虑的。往年都向大学和中专输送中学毕业生二千人，今年受大学减招，中专不招的影响，人数减少一半。这批学生不少是城市子弟，没有工厂和服务行业吸收他们，任其在街头游荡，可不是办法。

晚上，罗立斌来家访，说明天去广州开会，问我有什么事需要在广州办。

7月3日 同孟国基去广西党校访问武鸣香泉农场书记莫今。他是1945年秋天一道南下的伙伴，但他在战斗连队，我是在干部队的，彼此不太熟。跟莫书记了解香泉农场情况，条件不是很好，到那里写作并非理想。孟国基的介绍不能落实。

7月4日 读罗曼罗兰的《托尔斯泰传》。与其他传记写法不同，不是从头到尾的叙述主人公的生活经历，而是从他的作品一本一本地分析它们的社会背景和其中人物与作者身世的关联。如果读者没有详读那些作品，对这本传记就难领略了。

7月5日 晚上在江边散步，《广西文艺》编辑朱利跟她的丈夫胡医生来找秦兆阳，顺便同他们一道到秦的屋里去坐了一阵。朱本来想同秦谈她的一篇腹稿，还没有谈就被护士催促离开了。

7月6日 给柯蓝、文秋写封信。告诉他们，我找到他们《秋收起义》的第一章来看了，觉得人物给人留下好印象。

7月7日 收到柯蓝回信。他对回湖南工作还下不了决心，上海到底是足以流连的呵。

香泉农场党委书记莫今来访，还带来他们农场产的菠萝。他从小就跟红七军出去,在红军里养成一套老实朴素的作风,什么话都老老实实地说,不会绕圈子。

7月8日 严蒙回信,说肝炎就是要休息和营养,可能的话还是到乡下去好一些。晚上去找葛震谈到外地休养的问题。他一见面就问"你写东西了吧"。看来,写东西成了我的任务了。对我去湛江的事,表示同意。

7月9日 蓝鸿恩和秦兆阳来访。蓝说,自治区人委肯将武鸣僮文学校的一幢楼房拨出来给创作的人员去住。但是,吃饭及铺盖的问题等等,还未着落。

秦想要我一块去桂林看看,可否在那儿找到房子住。我现在举棋不定,不知到哪里去度过这两年的养病和写作假。

早上,到办公室见到张黎敏。她劝我如果没有什么地方好去,不如回家来同小孩一块玩玩好。她说贺亦然他们都爱玩画,买书,有时可以大家出来一起玩玩,也可以同小孩去游泳什么的。

麻风医院王医生送来5斤花生油、20斤花生。对麻风病人生产的农产品,吃用时心里多少有点疙瘩。

7月11日 收到徐君慧来信,提供韦拔群牺牲前与未婚妻盟约的故事。

今天湿度略低,有点风吹来,不像昨天那般酷暑闷热,难以入睡。

7月13日 读柯托切夫的《叶尔绍夫兄弟》。这书一开头就把读者紧紧抓住了,叫你一口气读下去。

7月14日 收到广州医学院党委书记杜略来信。他8月中要来南宁转回合浦老家,问来南宁住哪里合适。

刘宇一来访,又同他谈了一晚。他年轻人学习心切,喜欢与各种各样的人接触来吸收智慧。我介绍他读《叶尔绍夫兄弟》。

7月15日 带四个小孩去书店买书。几个小孩都爱读书。田田习惯边吃饭边看书,有次因分神把炒黄豆误认花生,引起大家笑话。

晚上,我同孩子们去看英国片《红菱艳》。

郭铭和蓝鸿恩来访。

7月17日 去广西医学院附属医院请朱宛儿医师看病,她说肝脾的情况与过去差不多。遇见韦必克,他劝我弄胎盘来吃,并劝我去湛江休养。另有人告诉我用蜂蜜炖鸡蛋,吃上半个月,肝脾可能缩小。

柯蓝来信,对我去信称赞《秋收起义》非常感动。

7月19日 与湛江王国强通长途电话。问现在去他那里有无问题？他要我去珠海宾馆招待所,可以住宿免费。住市区可能有防空问题,当然住湖光岩也是可以的,只是对安全不大放心。

7月21日 今天最热,不论到哪里都像走进火炉似的,胳膊不断地冒出一粒粒的汗珠。

早晨同黎霞煌步行到凤岭园艺分场去找梁谷元。走到那里已经上午10点半了,梁已到菠萝地里,要11点半才回,我们不好等,只买几只菠萝就回来了。往回走太阳大了,肚子也饿,人实在疲乏得不行。

下午去看刘宇一的画展,他画了几个熟悉的人物肖像,一眼就认得出来。给我画的那幅肖像水彩画也挂在那里。

7月22日 谭荫溥来信,说带着家小到本地农场住一个时期,可能比到什么疗养院去过集体生活要好些。

7月28日 今天结束干部疗养院的生活。去年9月26号进来,到今天出院,十个月零两天,时间不短啦。参加革命24年来,头一回得到这么长的休息时间。在这里,病情并未见得减轻,健康似乎好些。漫长的十个月,虽然构架了《瀑布》的蓝图,但除此没有别的收获,就连一两篇短稿子也没写,未免有愧于心。

作家出版社寄来《美丽的南方》第二次印刷的稿酬共211元。

8月4日 给作家出版社王仰晨去信,问是否需要《美丽的南方》的校对本。

李宝靖来访,带来《地委书记》和《南海狂澜》两文,请我帮看看。去信麻风医院的王成义,还想再买些花生仁和花生油。

8月7日 葛震来劝我仍去湛江休养,我则倾向于到柳州去为上策。杜略来信来电报,明晚他到达南宁。

在家整理书籍,颇觉吃力。

8月8日 晚上,同凤乡上火车站接杜略和他的两个孩子。他是合浦人,学院放暑假,想带小孩回老家,但是来到南宁他又不想回合浦去了,说是只在南宁玩两天就又要回去了。

8月9日 去南宁国际旅行社看望杜略。他在广东原来是在政府部门工作,任务繁重应付不过来,乐得到教育系统去安静地打发日子了。看来杜是自觉政治前途发展不大,重拾专业又来不及了,只好做了如此选择。晚上,他带两个小孩来我们家玩。家里没什么招待,陪他去"国旅"饮冰。

8月10日 陪杜略去人民公园走了一转。满目荒凉,无可看可游玩之处。

香泉农场莫新明来访。晚上,送杜略一只波罗蜜。这种热带水果原产印度、马来西亚,现两广均有种植。

8月14日 早晨6点15分从南宁到柳州来了。今晚住在柳州饭店一号楼一号房间,遇见法院副院长韦立仁,同他聊起广西的文教工作如何为广西争气的问题。

8月15日 早餐后,柳州饭店派一部小吉普车把我送到羊角山结核病院。其坐落在被一片树林覆盖着的山谷里,是柳州高工学校的遗址。抗战期间,蒋介石曾在这里开过军事会议。这里种有许多柚子树和板栗树,到处是浓绿的树叶。

院长王文才欢迎我的到来,与我漫谈了一个上午。下午李丹厂长也来聊了半天,他的机械厂离这里3公里。

8月16日 我被安排在高干病室,整个楼房暂时只住了我一人,医院派护士刘炳英、杂工周秀珍和副院长罗光美医师来负责我的治疗与看护。小刘,人聪明而热情,她读过我的《美丽的南方》。副院长来了解病历时也说,未见到人之前,我的书就被大家读到了。

晚上,院长王文才邀我进柳州城看武汉说唱团演出,深夜11点半才回。

8月17日 一位青年文艺工作者陈涛突然来访。他的爱人是这里的护士,他正住在这里写剧本。此人好谈话,有他作邻居就不会寂寞了。同他到五里亭买花生荚,6角钱一斤。给凤乡孩子们写信报平安。

8月18日 早晨磅体重,56公斤,与在干部疗养院一样。护士刘炳英陪我去板栗林散步。

写四封信，分别寄覃波、白焰、柯蓝和王国强。

晚上，同陈涛、曾碧玉打扑克。读哈利的《太平天国亲历记》，作者写寻找未婚妻马丽的故事颇为惊人。此人颇有文学表现手法。

8月19日 同王文才院长去柳州市园艺场和洛维农场参观。前者专种柑橘，后者专种蔬菜。橘子园一片浓绿，果实累累，给人宁静、丰饶的感觉。现在橘子青青，如果再过一个月，橘子成熟，当是金黄灿烂。种蔬菜的农场原是一片荒丘，经过两三位老红军的惨淡经营，现在有了可供灌溉的水力发电站，有糖酒加工厂，养有许多猪。参观时，到处可见晾晒着花生。这里，他们不但为国家生产了农产品，而且为社会改造了上千的游民、小偷和反革命分子。城市的流浪者被收容到这里，通过劳动，创造了财富和改造了意识。这应该是值得写入史册的事业。

晚上，冒雨乘车去看柳州彩调团何佩云出演的《孟姜女哭长城》。整台戏不见得好。

8月21日 同陈涛乘汽车进城里找邓凡平和黄勇刹。他们正在一个工程公司的大礼堂里集体修改《刘三姐》。黄勇刹对民歌很感兴趣，他收集到一位韦拔群的情人唱韦拔群事迹的六百多首山歌。

8月22日 大暑(三伏)快过了，天气仍然闷热难耐。晚上白天都难入睡。

同陈列、刘炳英和司机老高，去树林打猎，走到"美人照镜"和"大龙潭"才转回。这时候鸟很少，我们只好把岩石当作靶子打靶玩。

晚上，同陈涛他们打扑克玩。

8月25日 同陈涛夫妇、陈列乘汽车去游鱼峰山。鱼峰山四周有石级可通山顶，中间有岩洞，经常有人在那里大小便，臭气难闻。晚上，郊区农民到此男女对唱山歌。我觉得在这人来人往的热闹环境里对唱山歌极不协调，犹如穿着游泳衣在大马路上行走一样。

8月26日 礼拜天一早骑自行车去柳州机械厂找李丹，没想到工厂今天还在生产，李厂长只得放下工作陪我半天。他爱人卢湘殷勤地留我吃午饭。他们在市场上可以买到烤猪肉了，七元钱一斤。

托王院长带花生、棉布和信回南宁给凤乡孩子们。

收到柯蓝信，他劝我还是去湛江，如果无钱，他可以借钱给我。他总认为一个无结核病的人长期住在结核病医院里将是无益的。

8 月 27 日 同陈列、陈涛乘汽车进城，到图书馆、旧书店、画铺和新华书店去借、买图书。图书馆的古籍布满灰尘，余馆长诉苦，无经费请人整理，无书架。每月的图书购置费才拨 250 元。画铺有几幅画，索价 50 元，虽然不算昂贵，对我来说却也是无福消受的。

秦兆阳来信，深感广西对他的照顾，打算 10 月回来，年底可以动手写抗日战争的故事了，并问我要不要在北京买日记本和稿纸。

9 月 1 日 下午李丹派一辆伏尔加牌小汽车来接我同王文才一块去他们厂里，他们正在调试海鸥式的汽艇，让我们去艇上玩。另外，李丹夫人卢湘的哥哥卢怡浩也在他家，卢怡浩是上海美术电影制片厂的厂长，李丹想趁这个机会让我俩认识认识。

培蔚寄来几篇稿子，有的写得还算通顺真切，就是形象不够生动，只讲有这么些事情，没有着重去刻画人物性格，只是一湾溪水，没有波澜。但是，他有一定的文学感觉。

收到广州的杜略和巴马县谢福铭的来信。

9 月 3 日 开始写作了，还是继续写《故人》。

收到好几封信。作家出版社王仰晨说，《美丽的南方》校正本留作备用，不还我了。

曾海君信中还是要求调回南宁来。岳母在哈尔滨来信说是等我岳父回来才能考虑来广西的事，信中口气似乎是不大想来了。

9 月 4 日 这两天已经有秋凉的味道了，气候适宜伏案写作，继续写《故人》，但进展很慢。读陈其通《井冈山》，平平常常。

肖甘牛从城里步行来访，他曾写过几篇关于广西风光的文章。鼓励他积少成多，编写出一本书来。

9 月 6 日 把潘荣才和培蔚的稿子作了处理。培蔚的两篇稿子转去请朱利最后定夺。

给武剑青信，请他代买花生。给刘宇一的信里，顺附上请广西人民出版社副社长余英考虑让肖甘牛写《广西游记》的事。

收到曾海君《百鸟衣》歌剧本和谢福铭哀求回南宁工作安排的信。

9月7日 到柳州城里去理发。在书店借到一本《文史资料》28期。

中山大学张海和自治区文联董启翔各来一信。曾碧玉、曹秀群和李秀娟来打麻将。

9月9日 王院长和周秀珍今天分别宰猪。同乡村的农民一样，把猪下水留下来，做成几盆大菜，宴请左邻右舍。我整天都是他们的客人，两顿都不在病室吃了。

凌永庆来信说他在暑假参加"桂林诗社"的事，同时将家乡扶绥的民间传说《老登的计谋》编成了故事。

《作家通讯》恢复出刊，1962年第一期寄到。《广西日报》摄影记者赵黄岗来为我照相。

9月10日 收到武剑青回信，他现在当了县文教局长。苗延秀来访。

给严文井、井岩盾、李纳和凤乡各写一信。读《阿维洛娃：我生活里的契诃夫》，他们的爱情故事写得真挚感人。

9月11日 罗副院长来查房，以为我的肝边缘比原来更清楚了，而且浮肿仍未见消。

邓凡平来访。随后黄勇刹、包玉堂也来访，带来柚子、甘蔗和柑桔，都是今年应时水果。

樊篱来信，隆林有果子狸卖。

9月12日 给谭流、范略、金碧菜和樊篱各写一信。

李丹来访。约明晚中秋节一块到鱼峰山去听村女们唱山歌。

9月13日 羊角山医院给病号和职工每人发一斤月饼过中秋节。每个职工还另外发一斤花生油、半斤猪肉，再加上防痨费的一斤肉、一斤油的津贴，这下医院职工的家庭餐桌上是够丰富了。家家户户都在弄吃的。王院长请我去吃饺子，他自己包，以为很够味的了，谁知弄得太咸，我没吃多少就吃不下了。

李丹来同我和王院长夫妇去鱼峰山听山歌。今年没人组织，一些中年男女自发地唱唱，没什么可看的。

地委财贸部长来访，问我需要些什么，我想买点蜂蜜，他说可以办到。

9月15日 陈涛去南宁，请他带月饼、鞋子和信回家。同时带给自治区文联董启翔、蓝鸿恩各一信。收到湛江王国强来信，十分欢迎我去他那里休养，说我不去就是太客气了。"我们二十多年前是形影不离的朋友啊。"他的信里这样说。

肖甘牛来访，没有深谈。

9月16日 上午继续写《故人》。下午李丹来邀去龙城古画店看徐悲鸿的红梅和任伯年的鸟。晚上请他吃完饭，一起去他的工厂看梧州粤剧团的《女驸马》。

陈晚柳来信，说是李鹰航的错误问题解决了，她对多年的友谊还念念不忘。

人民文学出版社赠阅新出版的由文学研究所编的《中国文学史》。

9月18日 天气又闷热了，没有风使人很难受。

《故人》写得很不顺手。

9月19日 金碧棻回信，说到暑假回上海，那边的东西是又多又便宜。凌永庆回信，下月初来柳州实习。

给曾海君、谢福铭、武剑青、刘宇一、陈晚柳、金碧棻各写一信。

柳州地委宣传部牛秀部长来访。

9月20日 收到从包头寄来的黎秀统的老婆周悦金来信，她说随丈夫迁居包头了。黎因旧官吏的历史问题被劳改，现在恢复自由了吧。我和黎原是广东第一师范的同学，二十年后有了如是的分化。

《南宁晚报》蓝直荣来访，带来刘宇一的信。

余英来信，说《广西游记》已组了二十多篇稿子了，肖甘牛的稿子可出二集。

9月21日 北京中央新闻电影制片厂叶宁、广西音协梅滨等来访。

收到蓝鸿恩、陈涛以及华南植物园李汉铭，南宁航空站韦锦瑶来信。

9月22日 《故人》初稿一万七千字左右，今天上午草稿写毕。从9月3日正式开始动笔算起，整整花去了二十天时间，如果算最初开头的酝酿和中间的腹稿，那可就有四年了，真可谓难产。现“婴孩”诞生了还不知能否养大成人。

收到严文井信，他说，中国作协安排的作家名单，已经呈报中宣部，我的事以后再说了。井岩盾的信说他仍未钻进研究工作去，还想创作，立波想拉他去湖南。

9月25日　给蓝鸿恩写信，顺把肖甘牛的信转给他。收到谭流回信，他欢迎我去梧州。

去柳州饭店找梅滨，他正与一位少女谈天。这少女是文工团吹笛子的，人很美丽。

下午李丹来，请他吃了晚饭，又同他去工人电影院看英国片子《冰海沉船》。

9月27日　得到李纳回信，希望送她一本《美丽的南方》。说是经过多年的坎坷，再见时，可能看到的她比1946年深刻了。

武剑青来访，送来代购落花生20斤，付款5元。晚上，邓凡平等人请去看《刘三姐》定稿演出。

9月28日　回南宁，护士长曾碧玉同行。在火车上介绍她与叶宁认识。

9月29日　上午去广西医学院附院看病，朱婉儿医师说脾脏已触摸不到，肝脏还能触及，但已不明显。下午去自治区广播电台借30多张外国音乐和中国戏曲的密纹唱片回家欣赏。晚上，去看望葛震，他刚画好一幅昙花。他说我以后可以不管宣传部的事，专心写作好了。

9月30日　上午，蓝鸿恩、谢敏来访。下午陈涛、曾碧玉来。

收到《长江文艺》编辑部来信，问要稿子。

10月1日　收到一张国庆观礼请柬，没去。拿来做书签了。本来打算带小孩去人民公园玩，一早修改《故人》后便欲罢不能，整天出不去了。

广西人民广播电台的谢继铭来访，留下一篇《二叔提鱼》文稿请我提意见。

10月2日　上午，朱莉、胡桢两口子带着千金来访。朱临走时还留下一篇散文《阿鳗》，请提意见。董启翔和梁宁来访。董到自治区文联任职不久，还没找到工作头绪。

10月3日　上午听韦国清书记传达中央八届十中全会。

这次会议主题是反右。邓子恢主张单干遭批判，习仲勋组织写《刘志丹》传记小说受审查。全国形势好转了，又要跃进。

毛主席在会上讲了“阶级、形势、矛盾”三大问题。阶级斗争在党内外还是此起彼伏地存在……

10月4日 下午，去广西音协找梅滨借些音乐唱片，刘剑薰也凑进来谈。

晚上，读邓燕林小说《小仙雀》，写桂剧演员在旧社会的遭遇。

我把《故人》交给《广西文学》编辑部。

10月5日 上午，同刘宇一到广西美协去看“广西画册”的稿件，又到自治区博物馆参观李济深等人捐献的文物书画展览。

收到钱腾蛟的信和一篇稿子。他对《美丽的南方》很为欣赏，说所写的是他熟悉的生活，一口气就读完了。

10月6日 上午，谢敏来汇报《广西文艺》编辑部的工作，认为编辑不安心的思想问题普遍存在，主要原因还是觉得干编辑不能出名。还说《故人》写得很动人，他爱人一口气读完了，认为比《美丽的南方》还好。

同贺亦然、张黎敏去自治区广播电台借唱片。晚上，在党委宿舍大院露天球场看英国电影《鬼魂西行》。

10月7日 同刘宇一、陈更新、郭龄、李宝靖、陈涛和蓝鸿恩去老口圩与和安乡旧地重游。想在那里找到居住的地方，准备长期深入生活搞创作。

在华安村遇见我1953年的房东正好回老家过节。他叫邓玉孙，当时是单身青年，现在已拖男带女，是两个孩子的父亲了。他胸前挂着闪亮的三枚纪念章，要我给他照张照片。

我们转回老口圩时，圩场挤满了人，几乎恢复到土改后那些年份一样。鸡鸭摆满了一长条街，二元可买一斤毛鸡，鸭蛋两角一只，牛肉一斤一元六角，香蕉三角一斤。油炸粽子也有了，三角一只。

农村的生活比去年活跃了。

10月7日 重阳节。早晨，同凤乡去菜市买鱼。非洲鲫鱼只需一元一斤了，比前些时候便宜二元多。

广西日报社刘硕良、张辛来访。

同陈涛去人民公园照相。孩子们来到公园可高兴了，到处嬉戏，乐此不彼。

晚上，梅滨和刘剑薰来访；刘宇一和蓝直荣来访。

10月8日 上午去《广西文艺》编辑部与编辑们交流座谈，我谈了谈编辑的作风与态度，也就是编辑的修养问题。如何对待工作，如何对待稿件，对待作者、读者，如何对待学习等。

去看望自治区第二图书馆的金石声，他对我想到图书馆楼上找个房间写作表示欢迎。

下午，自治区文联董启翔来访，谈她的政治待遇和她妹妹学画的问题。

晚上，带孩子们去看越剧舞台艺术片《梁山伯与祝英台》。

10月9日 一早，同陈涛、张辛回到柳州羊角山来。

回来收到了两封信，一封是白焰的，一封是杨石的。后者原系广西人民出版社编辑部主任，对刘宇一的前途表示关心。

10月10日 收到柯蓝和凌永庆各一信。柯蓝到杭州海军招待所休假一个月。凌永庆在柳州一中实习。

给秦兆阳信，告其房子问题似有眉目，等孙市长开会回来再定夺。将杨石信转阮同，由他转自治区文化局。给谭流回信，简介《瀑布》主要内容。

给谢敏、刘剑薰信，要他们将《故人》清样给羊角山。

将报账单寄宣传部小韦。付2元钱给新华书店赵德玲，请代买一本《州委书记》。古笛来访。

10月11日 同陈涛、张辛从羊角山到柳州城里去。诗人包玉堂请古笛、张辛吃午饭，拉上我和陈涛、黄勇刹、蒙光朝作伴。他们都好饮酒，虽说餐桌上只是一大盘炒河粉，几块鸭肉，但大家一喝起酒来却兴味十足，忘乎所以。

晚上，柳州饭店请看电影《智取眼镜蛇》。

10月12日 上午11时半钟蒙光朝来柳州饭店和我一起乘火车到桂林。车上遇自治区文联和文化局的人，他们一大群人到桂林开剧目座谈会。柳州桂剧团青年演员刘冠玉也出席这个会，她有少见的聪明和美貌，眼睛和嘴唇长得清秀，给人印象很深。

一年多没有跟文艺界的人做广泛地接触了。一旦见面，大家都很关心我，热情地询问我的病情。

晚上，住进桂林榕湖饭店去年 5 月曾经住过的 701 号房间。同饶韬上街看了看，不见有什么可买的。这时候，桂林的桂花盛开，满城散发浓郁的香气。

10 月 13 日　上午足不出户校对《广西文艺》11 月号的《故人》清样。

下午去看桂剧团演《春娥教子》《武松打店》和《李逵夺鱼》。

与卞璟上街发现一幅从马君武亲戚家流出的，徐悲鸿画赠马君武的《食草之马》，但桂林人不肯卖给我们，以种种托词来打发我们。

晚上看舞台艺术片《一文钱》。回来为大风雨所阻，只好叫汽车接。邓燕林和杨建新带着孩子来访。

10 月 14 日　校完《故人》即寄谢敏。黄勇刹来访。陈涛帮把衣服托运来了。

10 月 15 日　到自治第一图书馆找黄馆长去市政协见秘书沈明燧，由他介绍明天去见魏继昌和谢振民。

中午，自治区文化局安利、郭铭来访。下午，同胡仲实、李寅去访梁岵庐。他已 70 岁，瘦个子，房子的三个书架上是些线装书和画卷，杂乱地堆放着，几只小猫就在书架下面做窝。此翁擅长口书口画，画作有齐白石写意风。我们请他写对联和画鱼。

晚上，同阮同夫妇、黄勇刹去漓江饭店尝马肉米粉。一人吃五碗，花一两粮票，三角钱。看桂剧《天官判》。

10 月 16 日　同沈明燧去访副市长魏继昌。他是清末的拔贡，后入北京法政学堂，曾参加肇庆军政府工作，现在桌上还留有当年在那边买回的两方端砚。他那宽敞的书房里，书画很丰富且摆放得井井有条，与梁岵庐的迥然不同。

下午在市政协会议室访问当年政法学堂的学生谢振民。此人健谈，当年是学生中的风头人物。

给秦兆阳信，请他代买唱片和端砚。蓝鸿恩、杨克来谈工作。

10 月 18 日　去会见来桂林摄影的摄影家吴印咸。他提议广西应该成立摄影工作者协会。

去自治区第一图书馆查阅清末在桂林出版的《南风报》。

10月19日 到自治区第一图书馆翻阅了一天的图书报刊。

邓燕林来访。自治区文联老董来访。

晚上,与中央新闻电影制片厂驻广西记者站记者叶宁去看豫剧《香囊记》。

10月20日 中午12时半离开桂林回柳州,黄勇刹同行。

回到羊角山医院收到秦兆阳来信,和新华书店寄来的《州委书记》。

晚上看美术动画片《大闹天宫》。

10月21日 小同乡凌永庆来访,谈了一天,晚饭后才走。

秦兆阳来信说他的长篇小说已经写了三万五千字了。收到培蔚来稿。

10月22日 给凤乡、培蔚、谭流、白焰、谢敏、黄庆元各发一信。

给武剑青看稿子。

10月23日 看完了武剑青的书稿《映山红》,故事还动人。回叙的头绪过多,僮族的风俗写得过于野蛮。凌永庆的民间故事《老登的计策》,整理得还不够完美。

10月24日 写《过封锁线》,一开头就不顺手,没能写下去。下午放下笔开始阅读《州委书记》。晚上看电影《林家铺子》,觉得沉闷。

10月25日 罗副院长来查房,说我的肝脏还是能用手触摸到。收到刘宇一和凌永庆来信。分别给刘宇一、凌永庆回信,另把刘宇一的信转寄吴光华,请他考虑让刘到艺术学院进修学习。

10月26日 收到秦兆阳来信,讲起他写长篇小说的顾虑,恐怕广西对他寄予的希望过高,最后他办不到。

10月27日 北京方管的信说他才发现有《美丽的南方》这样一本小说,拿在手里一口气读完了,觉得是近年来比较优秀的长篇作品。严蒙来信说他家搬到北京和平里去住新房子了,男孩子已学步。曾海君的信里为家庭、为工作问题烦恼异常。

给严蒙、柯蓝、方管、曾海君回信。

《过封锁线》写作思路打不开,提起笔来写不下去。

10月28日 下午,柳州饭店宴请越南领事馆的阮同志,去看西安歌舞团的演出,这些活动都请我做陪。吃上了白切鸡,歌舞节目不大精彩。

10 月 31 日 朱莉、符昭苏、饶韬和黄勇刹来访,把我的写作打断了。

谢敏来信,讲到《故人》的校对问题。还附带送一本他的《文艺理论简编》,是业余大学用的讲义。

晚上,看歌舞艺术片《百鸟朝阳》。这应该是国庆 10 周年全国少数民族各文艺团体表演的民族歌舞节目。广西僮族的捞虾舞比之其他民族舞蹈实在太粗糙,怎么能登大雅之堂呢?

11 月 1 日 秦兆阳、张克夫妇来访。买来了一方端砚,不大精致。唱片没买全。代买的一副老花眼镜让我戴起来看得比较清楚一些了,这说明我已步入老境。

秦兆阳明天就搬来,和我一起一边养病一边写作。

柳州饭店副经理来访。

11 月 2 日 读完《州委书记》,比起《叶尔绍夫兄弟》来故事结构显得松散一些。州委第一书记写得比较丰满,但尤利来则前后判若两人,不大真实可信。

秦兆阳来住下,陈涛来同他一块谈到夜里 10 点钟。

11 月 3 日 朱莉、符昭苏带沙塘公社杨柳大队文艺爱好者吴冬兰、潘春琴和潘寿璧来访。她们是喜欢《美丽的南方》的读者,说是专程来拜访我的。

11 月 4 日 给武剑青、凌永庆、谢敏各写一信。随信还回武、凌两人的稿件。

11 月 8 日 《过封锁线》难产,已写了十来天了,还是写不完。

同几位病友去柳州工人俱乐部参加卫生系统联欢晚会。没想到几位市长也会来参加晚会并接见我们,使得大家自由活动受限制。后来我们干脆到工人电影院去看《盐的奇迹》。

11 月 9 日 同秦兆阳、陈涛在柳州文联秘书长梁绍成陪伴下去沙塘公社。那里是交通要道,街上灰尘盈寸,使人为之窒息。那里的一些果树园都荒芜了,只有林学院的林子倒还可观。后来,又到杨柳大队和上垌大队去看了看,并不如朱莉和陈涛所说的那么好。古林园艺场 1960 年在一片如海的平原上新栽植的温州柑,今年收成一万斤。请我们尝了四斤,收款三角六分一斤。

了解生产队社员的劳动分配，上半年收入除了口粮，还有五六百元现款。有个社员专种五分韮菜地，第一回收入买了架单车，第二回买了块手表，现在准备造房子了。沿途看到的村庄在绿树丛中有不少露出贴着红纸的新房。农民的生活是改善了。银行职员马志常是个文艺爱好者，他热情地也来陪着我们玩了一天。

11 月 10 日　总算是把《过封锁线》写完了。从 21 日到今天过去了 20 天，才写了两万字草稿，未免太慢了。

11 月 12 日　早晨下了场大小像街上洒水车洒水一样的雨，一阵子就过去了，马上太阳又出来了。今年冬季缺雨。

李鹰航来信，他现在是广州市文联秘书长。

11 月 13 日　到柳州航校去看广州空军部队文工团演出的话剧《渔人之家》，表演水平远不如广西话剧团。

11 月 14 日　开始写《假日记事》。

晚上同秦兆阳、陈涛去城里看贵阳越剧团演出《红楼梦》。林黛玉、贾宝玉、紫鹃、晴雯、袭人等角色人选不错，颇有青春魅力。就是宝钗的角色显老，影响了人物形象。

11 月 15 日　《假日记事》草稿完了，一天半时间写了六千字。照这样的速度就不慢了。给凤乡写回信，告诉她月底我去大苗山。

11 月 16 日　读张恨水《夜深沉》，富有感染力，读到第二天凌晨 1 点才休息。修改《假日记事》，还顺手。

凌永庆带来中学老师王培堃，他是个很有美术才能的业余美术工作者，他画水彩装饰画来表现大苗山的风俗，颇有水平。

11 月 17 日　《夜深沉》看完了。作者运用十分熟练的北京语言，以及非常熟悉的梨园师徒关系、权贵捧角的生活，编织成了一个令人信服的故事，不能不让人为之惊叹。

刘宇一来信说，他喜欢桂林彩调团演员、电影《刘三姐》的主角黄婉秋，正极力追求，问我的的意见看法。

11 月 18 日　过伟来访，顺便跟他谈《秦娘美》的剧本问题。

梁岵庐寄来他的书画。梁的书画功底是有的,但略显小家子气,缺少有气魄的恢宏作品,多是些小品。

11 月 19 日 花了一天把六千六百字的《假日记事》誊抄一遍。改题为《国庆节》。交《广西日报》编辑张辛去了。

三个月来,写了三篇东西,创作速度似乎也不算慢了。《故人》已在《广西文艺》11 月号上发表,今天收到。

11 月 20 日 开始抄改《一段路程》(原叫《过封锁线》)。一天抄了五千字。

晚上,广西话剧团来演出《抓壮丁》,越南的阮同志还代买了一张票。

广西话剧团的白云龙、夏宗学和王志敏等人来访。

11 月 21 日 冬天来了,这里的人们已开始穿上棉袄。凤乡来信。

改写《一段路程》进展缓慢,有点焦急,怕去大苗山前完不成。

11 月 22 日 周刚来访,请他帮带唱片回家。

一位田丁读者从新兴农场来信,指出《美丽的南方》某些不对头的描写,比如观音诞在龙州是农历九月,而书上写的是农历四月,等等。

黄勇刹来访。柳州饭店请去看豫剧《穆桂英》。

11 月 23 日 曾碧玉、曹秀群、李秀娟等几位护士读了《故人》,称赞备至,认为 1958 年以来少见的杰作,他们被我所编织的人物命运感动了。昨天黄勇刹来也谈起他同蒙光朝都为《故人》倾倒,认为我应该是个诗人。

谭流来信闪烁其词,讲了一大套革命道理。收到凤乡寄来的工分券 200 分。

11 月 24 日 邓凡平、黄勇刹来访。原来我们相约明天要去大苗山参加他们自治县的 10 周年大庆的,看看天气又雨又冷,去了不好活动,把计划打消了。

《广西日报》刘硕良长途电话催稿,我利用午睡时间抄完《中途》(《一段路程》),两万四千字,感到太长,不适宜在报纸上发表。

11 月 25 日 雨天,连散步也不方便。又花了一天工夫把《中途》再修改一遍。刘硕良来电话催要,我则想寄去《人民文学》杂志试试看。

三个月来写了三个短篇,算是不错的了。长篇还没动手,打算下月开始吧。

11 月 26 日 陈涛说《中途》还好,刻画的人物还生动,所讲哲理也对头。

11月28日　同陈列进城去还图书；到书店买到《十万个为什么》（六、七册）；在百货大楼给凤乡买块金丝绒布料。陈列请我到人民饭店吃午饭，花了5元钱，炒出来的菜油少火大，味道糊了。

贵县覃塘公社李帆来信问对他稿子的意见。我没见到他的稿子呀。马山县周鹿初中王锡山寄来一部20万字的书稿要求代为处理。

11月30日　同陈涛、陈列、张辛一块去柳州街上理发，顺便买了“萨奇马”。这点心几年没见销售了，现在一毛钱一块。读《文史资料》29期。

陈列也说《中途》还好，可以通过读者这一关了吗？我有点信心了。

12月1日　把《中途》改了改，寄给《人民文学》杂志去了。退回来就给《广西文艺》吧。

整天读《文史资料》。

12月2日　《国庆节》在昨天的《广西日报》刊出。同陈涛到柳州工人电影院看香港片《美人计》。请陈涛去滨江饭店吃生锅，花5元钱。从自由市场买回一对鸽子。身上羽毛颜色全白，唯尾羽为黑色，颇为可爱，把它俩养起来，不知会活否。

自治区卫生副厅长王野舟来视察工作，就住在了羊角山医院。

12月3日　开始进入长篇创作的前哨站，把提纲重新翻阅。我觉得头一章写得很详细了，几乎等于一篇草稿了。以后的提纲是省略的，可以有许多想像的余地。

下午董启翔、黄青、黄勇刹来访。黄从南宁帮我把大衣和凤乡的信带来了。凤乡还给我买了条手表带，花29个工分券。

晚上，同董启翔他们一块进城去，与黄青去看彩调《指天椒》。剧本有民间风味，情节还有点问题。

12月4日　同黄勇刹、黄青一块去看望包玉堂。包同我谈电影剧本的构思，我觉得后尾流于公式化，而且太长，请他考虑。

接到谢福铭来信，他高度赞赏《故人》，说这作品给了他好大的感染。认为我的创作更加成熟了。

王院长请王野舟厅长吃火锅,要我陪客。

12月5日 柳州饭店请越南领事馆的同志阮忠吃狗肉,要我去作陪,得吃了一餐很好的饭菜。饭店的王经理是个交际专家,很会应酬。

下午,同王野舟等人去园艺场参观橙子林。每株橙子树现在都结着金色的橙子,煞是好看。当场买回24斤橙子,花8.20元,托王野舟明天回南宁时帮带给家中的孩子。给凤乡写封信。

12月7日 同刘科长坐着大卡车去柳江县。恰巧遇圩日,老乡们一下子把空空荡荡的圩场摆满了东西。除猪鸡鸭鹅,小狗小猫,青菜甘蔗外,农具日用等物品也都有了。看来我国的经济困难情况开始好转,百姓的生活已经恢复正常。在牛市,有百来头牛待售,一头黄牛索价六七百元,比土改时贵了十倍。

柳江县建了一座庞大的文化宫,里头有个戏院,两边还有可容纳七八百人的小礼堂。楼上两翼是房间,一头做了招待所,一头则空空如也。据说花了四十八万元,既不适用又不美观。各地对建大礼堂兴趣那样大,但对图书馆却不过问,真是令人不解。

《南宁晚报》蓝直荣来信,称赞《国庆节》一番。最后还要我一定给他的晚报也写篇稿子。

12月8日 广西人民出版社周顺杰来访,谈刘宇一的工作问题。他们对这样一个有才华又那样努力的青年,不但不加以爱护,反而多方挑剔。可见一个人的成功是多么不容易!

独自乘小汽车到柳州工人电影院看保加利亚影片《当我们年轻的时候》。故事线索交待不清楚。

12月9日 凌晨5点,正是黎明前的黑夜,王院长来敲门,邀去打猎。起来借着洋蜡代替电灯照明,匆匆忙忙地洗脸、喝牛奶后就同越南友人阮忠一起坐着小汽车出发了。一路都被黑夜笼罩,汽车走了快一个钟头见到朦胧的曙光。

我们到太阳村车站附近的松林停下来,好些猎户在猎狗的领路下,走进了松林,踏上露水浸湿的小道。

我们就坐在山冈等待太阳升起,又在山坡午餐。柳州饭店为我准备了罐头、馅饼,还有葡萄酒。

我们吃过午餐，就在山坡草地上躺着，等到下午1点多钟，猎户们扛回两只黄猄，大的60来斤，小的30来斤。大家为此欢呼，今天算是不虚此行了。

12月10日 收到刘宇一、曾海君和曾碧玉各一信。或征询工作问题或谈找对象的事。他们对我的文章道德都有一定的敬仰，把我当作师长，愿意交心解惑。

晚上，柳州饭店请去吃猄肉宴。厨师把猄肉做成扣肉、红烧、冷盘、燉汤等几样大菜，味道并不见鲜美。但这餐饭我吃完回来，整夜发热，被子盖不住了。

在柳州饭店匆匆忙忙遇见干学伟，他从三江县刚回来，准备到桂林去，要我写封信介绍去见安利。

12月11日 开始写《瀑布》，提笔后没有写得下去。只好写毛笔字作消遣。

晌午，蓝鸿恩来访。承认他在座谈会上发牢骚有点不妥当。说是写有一封信答复了我。

小刘来谈医院里的工作问题。

12月12日 同医院的业余文工团一起到工人文化宫，去看柳州市文教系统业余文艺团体的节目预演。都是学校和医院的业余文艺爱好者临时凑成的歌舞表演，节目难得精彩，只是活跃活跃大家的业余文化生活罢了。

12月13日 《广西日报》转了两封读者来信，对《国庆节》提出了相反的意见。一种意见认为存在问题的是中间插上的那个故事，与树生的性格无关。但是，另一个意见认为作者能将那个真实的故事安排到作品中去，是加工得比较好的，把时代背景放到解放初年，把男性代替了女性，更富现实意义。梁宁来信，谈及自治区文联党组与全国文联有关人员座谈自治区党委领导文艺工作的意见是"很成问题"的，而我给蓝鸿恩的那封批评信是不解决问题的。

晚上，陪越南领事馆的阮忠去人民电影院看电影《达吉和他的父亲》。

12月14日 收到凌永庆来信，《故人》在广西师院引起很大的反响。同学们，甚至老师都饶有兴趣地谈论它。

12月17日 一天都在柳州地委的小会议室听葛震传达陈毅关于国际问题的报告。报告说：当今是帝国主义、现代修正主义和社会主义的三分天下。反修正主义是当今我们党的重要任务。

收到李纳来信，她现得住到北京西山第八处作协休养所写作。她说曾经想回云南，但那边的人对她回去表示冷淡。她说她有过“傻想”——“假如你在云南多好”。

12月18日 黄勇刹、黄青从三江县回来，来到柳州饭店看我。同他们一起回羊角山见秦兆阳。

下午，同黄勇刹到市文联去借图书。晚上，黄勇刹、黄青、包玉堂和邓凡平来访。

12月20日 湛江市委书记王国强来信，再次热情地召唤我去湛江休养。希望我去后可以和他一块去海边观光，看看他们的林场、农场什么的。即复信，说是元旦前后要带小孩去一趟他那里。

给李纳回信，并抄《海龙感遇》和《村居怀人》二诗。给凌深源、凌永庆叔侄俩各回一信。给蓝直荣回信，顺还回稿件。

12月21日 市委书记肖寒来访。寄回党内文件一包给自治区党委宣传部。曾海君来信，仍要求替他解决工作问题。

12月24日 收到刘宇一来信，他请假回南京省亲，明天路过柳州来看我。人民文学出版社赠送茅盾的《鼓吹续集》和胡正的《汾水长流》，作为1963年新年礼物。

《文学评论》按期寄赠，收到第6期。

政协全国委员会寄来学习资料，当前重要报刊的政治论文都有了。

12月25日 收到陈涛从桂林来信，他们剧团到全州演出，明年元月中旬才回柳州。市长孙芸生、市委宣传部长王少白来访。

刘宇一如约而至。这次他回家省亲，路过柳州，专门下车来找我谈他的恋爱问题。

12月29日 收到人民文学出版社贺年礼物《鲁迅诗稿》的影印缩小本和挂历。

谢福铭和凌永庆来信。谢仍喋喋不休地赞赏《故人》，认为是经得起考验的作品。

12月30日 凌晨1点半乘火车去湛江拜访老友王国强。上午10点40分火车停在湛江火车站，王国强已在那里迎接我们。我们（朵朵、凤乡和陈列）乘着王的汽车到海滨招待所三号楼住下。王希望我就住在这里写作。

下午，王国强来领我们游海港、海堤和湖光岩。晚上，湛江市长请吃狗肉，并看电影《李双双》。我们到王国强家与他爱人李敏会面。

12月31日 到王国强家吃午饭。大家在海滨公园照相。被邀请去河唇参观青年运河。

1963年

1月1日 新的一年又开始了。想不到今年元旦是在这个美丽的海滨城市湛江渡过。一早，同在这里写作的黑龙江省委宣传部长延泽民谈天，在附近走走看看，到海滨去看退潮后的沙滩。朵朵在沙地上捡回几个小小的贝壳。

午后，要了一部汽车到赤坎去看手工业展览商店。橱窗陈列的蛮好看，里头货柜则不齐全。我们帮朵朵买了两三件她喜欢的小玩具，后来又在杂货铺买了一只椰子。

晚上，王国强同夫人李敏以及两个女孩小云、小仙，来邀我们去看粤剧《合汗衫》。

明天一早我们就回南宁了，王国强给我们送来一包白糖、一包虾米，并再次表示，希望我来湛江写作。

1月2日 凌晨4点我们就起来了。火车是5点开往南宁，我们要在4点半到火车站去。王国强两口子赶来送行。他们真是尽了朋友之谊了，让我感激不已。

火车凌晨5点开行，早上8点52分到陆川县。我们到县委见到王英书记，他同县委宣传部李部长陪我们到温泉疗养院参观。我们在那里洗了个温泉澡。

南宁市副市长黄梦醒和桂林市委书记吴堃都在那里养病，他们很希望我去。那里的环境比羊角山清静一些，可以接触农村生活。宣传部李部长对文艺是爱好的吧,他说很喜欢读我的《故人》和《美丽的南方》。晚上,李部长请我们去看香港片《危楼春晓》。

1月3日 我们早晨8点离开县委,坐三轮车赶到火车站。今天是玉林集日,老乡们都要搭车去赶集,人特别拥挤,上车颇费力气,凤乡还把手给划破了。

在火车上要待一个白天才能到家,朵朵要爸爸妈妈陪她一起玩扑克。车上的人看她一个6岁的孩子会玩扑克,都投来异样的目光。傍晚6点半钟火车到南宁。

1月4日 去书店,在内部发行站买到一部《脂砚斋重评石头记》。这是胡适收藏的珍品,最近在台湾影印出版,中华书店又把它翻版作内部发行。

一位1946年在《东北日报》副刊工作的同志姜健来信,说他去年读过《美丽的南方》,最近又读了《广西文艺》上的《故人》,使他提起勇气写信给我这个十多年前的老前辈。他的信写得很长,很热情地怀念1946年在东北那些日子。想不到他对我是这样的念念不忘,使得他几乎想跑到北京的全国政协会议上来访问我。收到中国青年出版社寄来的贺年片。

晚上,我去看葛震,他还是鼓励我到湛江去写作。

1月5日 到自治区第二图书馆和广西民族学院去,看有没有合适的房子可以借用来写作。图书馆虽然给留下一间空房,但窗户太高,坐下来就如同蹲监狱了。民族学院的图书馆有间小房,倒是比较好,但房子太小转不过身来。看来看去都没有理想的地方,只好等春节后再做决断吧。

晚上,看苏联白俄罗斯影片《青春的道路》。

1月7日 一早,坐上6点15分从南宁开往柳州的火车,上午11点半到。回到羊角山病院,见到桌上好几封信。

李纳说,《海龙怀旧》让她激动了。她想起那段小城的生活。她说:“那时我们把一生的话都讲完了。到现在我仍没有多余的朋友。”如果见到我,她可以把什么话都跟我说。她说找一个能谈得来的朋友真是太困难了。

谭流觉得《故人》的重庆生活写得概念化了一些,但读起来是顺溜的。

《人民文学》编辑部说,他们读《故人》,觉得不错;《中途》稿子收到了,尽快处理,等有具体意见再告知。《广西文艺》来信催问稿子,顺问候新年。

曾海君的信还是讲作品无出路、工作无着落的泄气话。

上海结核病院副院长汪士要回去了,和叶培一起来向我告别。

晚上,同秦兆阳、刘科长去看中央歌舞剧团演《槐荫记》。

1月9日 磅了一下体重,比上月轻了一公斤。看来,过劳影响健康,体重不能保持。

给白焰、严蒙、沙英、柯蓝和谭荫溥各写了一封信。报告病情,说是已恢复健康,从此可以开始专业创作了。

1月10日 给谭流、李纳各写一信。

昨晚,看电影《粮食》。片子反映1943年抗日战争中八路军与敌人斗争的一个侧面。

1月11日 到城里去买了四张唱片。同刘科长去柳州饭店吃狗肉,厨师做得还好。

1月13日 李丹同志来访。柳州机械厂的产品海军用涡轮机船被中央重视,工厂马上要扩建,作为厂长的他心情当然非常愉快了,跟我聊到天黑才离开。

1月14日 进城还了书,去找黄勇刹不遇。到南站买花生油往返两趟,不胜劳累。

1月16日 秦兆阳的《不平的平原》写出五万字的开头。要我给看看行不行。一个上午一口气把它读完了。语言用得精确,有光彩,与生活气氛很和谐。人物性格也生动,平原生活气息浓厚,细节安排恰如其分。作者对生活的观察是细致的,对农村木匠的手艺,做豆腐的活路等是掌握不少知识的。总之,这个开头是打响了,把人们带进了生活里去。

下午3点钟去机械厂李丹家。他买到一些字画,有《昭和法帖》和《三希堂法帖》,有齐白石、徐悲鸿的画。晚上被他家人留下吃饭。

1月17日 20号要回家过春节,把东西收拾一番。东西收拾起来也挺费事,不知怎的,零碎的东西存了那么多,收拾起来像搬一次家一样了。

1月19日 头一回读普列汉诺夫的《没有地址的信》。

1月20日 回南宁过春节要把自己收拾得像个样才行,下午1点,同自治区卫生厅杨科长他们一块进城理发。回南宁的火车是趟过路车,原应是下午4点40分从柳州开,误点,到晚上7点半我才坐上车,抵达南宁已经第二天凌晨1点半了。

1月21日 收到王国强老兄来信,还作了一首律诗,表达元旦我们在湛江相见的感怀。

1月22日 到广西医学院附院找朱大夫看病,说我的肝脏尚可触及,要等29号检查肝功能后再作诊断。在医院遇见黄荣、陈清源,他们都说学跳舞可帮助消化安眠,对身体健康有利。

晚上,拿古墨两碇送葛震。同他去自治区影片公司看电影《停战以后》《女理发师》。

1月24日 旧历除夕到了。

自治区党委大院里张灯结彩,彩色的电灯挂在树枝头。夜里彩灯闪烁,一派升平气象。带着孩子们去看中国木偶剧团来南宁公演的《孙悟空大闹天宫》。毕竟是孩子们的戏剧,他们看得高兴,大人们也只好陪着。

1月25日 大年初一春节。一早,党委大院里就有三五成群的人们穿着新衣裳走家串户,来来往往,上各自的主管领导家拜年。自治区党委和自治区人委今天在明园俱乐部举办春节团拜会,我得一份请柬,但因不喜欢这种过于热闹的社交场面,也不习惯难免要进行的俗套应酬,没去。

张黎敏带着小晨、小颖来拜年,碰上我的孩子吵着闹着要去逛书店,她不好久坐,没有多谈。领孩子们走趟书店,哪知人家已关门歇业过节去了,我们只好扫兴而归。

下午,刘宇一来拜年,后又陪我一家人去人民公园游玩,到自治区博物馆走走。天气有点炎热,孩子们玩得颇不耐烦。晚上,留刘宇一在我家用餐,大院的露天球场放映《停战以后》电影。

1月26日 来拜年的有好些人,自治区影片公司陈亚夫,以及刘剑薰夫妇和姜云甲。

去孟国基家一趟,他给开张条子叫我领孩子去桃源电影院看电影,结果条子不灵,影院服务员态度很坏。

晚上,带孩子去民族电影院看西德影片《神童》。

1月27日　宣传部的处长刘小松、龙明和王同连夫妇来拜年,说是昨天来过,我们不在家。遇见王肖琴夫妇和李慧,也说前天来给我拜年没能见面。

陈列和他的妹妹、妹夫及谢敏来了。后又来了马元杰和毛正三夫妇,还有曹秀群夫妇和曾碧玉。晚上,王浩来。都为拜年而来。

下午,同凤乡到自治区电影公司看电影《被开始的处女地》第三部。晚上,大院露天球场放映越剧舞台艺术片《柳毅传书》。

收到严蒙、秦兆阳来信。

1月28日　假期最后一天。到处拜年的空气逐渐稀薄,仍见"西大"副校长郑建宣和副教授李润隆来。晚上,叶宁和他的小弟弟也来了一下。

今年拜年的人当中,大部分是朋友熟人,且多是些晚辈。那些有工作关系的同辈人已经不来了,郑建宣是例外。

1月30日　《美丽的南方》广西人民出版社要重印,把二位读者来信指出的几个错别字校正后交给出版社。广西人民出版社还想把《写作杂谈》重印一次,征求我的意见。觉得那里头的理论已不很精确,要重印还得修正一番才行。出版社还说要给我出短篇集,我想下半年可以选些中短篇小说给他们。

2月1日　去广西医学院院附院做超声波检查,我的脾脏大了一公分。广西师院数学系李光炎来信,要把《故人》改编成电影,征求我意见。

2月2日　给湛江王国强回信,附上元旦合照的相片。给黑龙江延泽民写信。给柯蓝、王文秋写回信。

晚上,去看桂剧《闹严府》。

2月3日　到自治区桂剧团谈《闹严府》的毛病。中心思想不明确,究竟是要用喜剧还是用正剧的形式去表现也不明确。

去看望黄勇刹和李宝靖他们。走访陶希晋,他对书法颇有研究,能说一套理论。

2月4日　春天来了,一直不下雨,大家都担心春旱。

收到两封信:一个是大新县全茗镇乔苗公社农在安,一个是来宾县寿岭区止马乡陆有金。前者受《故人》感动，表示他周围的读者都建议改为电影；后者对《美丽的南方》《故人》和《写作杂谈》表示赞美，同时希望我对他的作品有所指导。

同梁宁去找自治区党委统战部副部长莫矜谈民族文化的建设问题，希望从民族经费中拿出一点钱来办点事业。

2月5日 立春后头一场雨下了。一年的丰歉对人民生活对国家建设的影响很大，下了及时雨预卜丰收，人人都会关心它欢迎它。只有小孩子担心上学摔跤，担心不能到外头去玩。整个白天到自治区卫生厅的暗房去冲放相片。

晚上，李丹和黄英来访，大家谈至深夜。

2月7日 到书店和广西广播电台服务部，买书和唱片。

去自治区文联见到董启翔、黄勇刹。去自治区博物馆裱画。

在书店古旧书房里发现郑孝胥的一副对联，郑氏乃大汉奸，他的字是挂不出来的，但作为历史人物的书法可以在博物馆存放。

2月8日 同黄勇刹、蓝鸿恩去广西民族学院找袁似瑶了解可否到那里去写作。房子还是图书馆楼上那间小屋，吃饭不好办。南宁这么大，解决一间房子都如是困难。

2月9日 读《文史资料选辑》32期，关于蒋介石集团在大陆崩溃时期的形形色色。

2月10日 昨天将《钢铁的心》和《好样的人》交给广西人民出版社，去审阅是否可编选为一本集子。想将《故人》和《中途》也选进去。《好样的人》那几篇东西，还是有保留价值的。

同孟国基去找老首长(南下时干部大队副大队长)军区副参谋长黄道充。想在军区找个地方写东西。黄当即满口答应：到桂林高干招待所或者在广西军区内的招待所都行。下午马上又来电话：若想住要收费，说是所长讲——参谋长司令员也管不了。想来，主因还是地方上的人长期在部队系统住宿不合适吧。

看来我还是去柳州羊角山最稳当了。

高信秘书长来要回葛震部长送给他的紫藤，顺便跟我谈调动工作的想法。

但据说葛震不同意,让他留在宣传部哪儿都不要去。

2月11日 去广西艺术学院看望吴光华。他身体虚弱得厉害,脸色不好,劝他和我到柳州羊角山医院一起去治疗。

晚上,去找覃应机书记,要求到"国旅"旧楼去找间房子写东西。他答应以后可以,目前要招待外宾,房子挤。他建议我去桂林。找翟光去谈这件事,正巧段远钟来了,他说他在那里是不掏钱的,但目前房子挤,过些时候可能好些。

2月13日 广西美协陈更新来访,他18号就要回家乡去落户了,打算在那边深入生活半年。

到干部疗养院做超声波检查,脾脏肿大已缩小至零点五公分左右了。病友们见了我,都亲切地说:又回疗养院了吧。

2月14日 陈更新领我走访自治区政协画家马万里,想要他的作品。他似乎不愿将画作送人,我们也就不便开口,空手而返。此公之画,偶有佳作,一副名士派头。

刘宇一带他同学来访。他刚从都安县回来,帮带回一位基层读者蓝满之对《美丽的南方》的赞美信。读者是位回乡劳动生产的高中毕业生,爱好美术与文学。

近日奔走过频,肝区隐隐作痛。

2月15日 民族电影院放映苏联彩色电影《黑桃皇后》,我专门跑去看了这出歌剧舞台艺术片。画面色彩很美,但因是歌剧,没有对白,颇不合我品味。

给都安县的蓝满之复信。

2月16日 延泽民来信,他要到4月中旬才能到南宁来,说是希望我到哈尔滨去写作。

同孩子们在党委大院的露天球场看西安电影制片厂拍摄的《七天七夜》。没有中心人物,没有突出形象,自然难感动观众。

2月17日 一早跑去菜市。农村提供市场的猪肉、鱼虾、蔬菜是逐渐丰富起来了。3元一斤的猪肉在菜市已经随便买到,鲜鱼每斤1元6角。

南宁市一位青年画家邓二龙,在人民美术出版社出版了一本《刘三姐》连环画。今天他送来一本。这是以独特的装饰形式白描了广西人物风光的风俗画,给人一种清新的印象。

在街上遇见吴三才,他对我的《故人》深为赞赏,觉得语言也是精练的。

2 月 18 日 董启翔、黄青和李宝靖来访,谈及广西作协打算要开理事会的事。

读了一些内部文件,知道修正主义的狂流,正在吞没着苏联文坛。我国正在酝酿着展开反修的大斗争,思想上的一次革命风暴正要来临了。

在家里收到从羊角山医院转给我的好几封信。一封是李纳的,月底她的妹妹要带着小孩路过南宁去昆明,让我安排住宿。即复航空信给李纳。其二是樊篱的拜年信,他希望能早日参加到反对修正主义的斗争中去。其三是《美丽的南方》读者给我提意见,认为书中“人人为我,我为人人”的口号,如将“我为人人”放在第一句比较好些。其四是侄子陈敬人的来信,说北海那边的海虾、鱿鱼等海产七八元一斤,如有需要他可以帮买邮寄过来。另外就是羊角山医院的护士来信告诉我,《人民文学》杂志社退回我一份稿子,没转来给我。应该是《中途》那份稿子吧,是提意见要修改还是被否定? 总之,我的创作不容易出手,要当作家仍有重重关隘不好对付。

连日来都把光阴耗费在等待岳母要从哈尔滨来南宁探望这件事情上了,真是颇为焦急。她不来我就回不去羊角山医院,我是必须要在南宁尽地主之谊的嘛。

2 月 20 日 给王国强写封信,和他一首诗。他的原诗是《新年重逢感怀》:烽火天涯忆当年,黑夜迢迢罩狼烟。风雨共舟知柏劲,敌忾同仇见心坚。解放凯歌震瀚海,马列红旗挥九天。滨海相聚逢新岁,为国前程共策鞭。我的和诗是《和国强同志新年重逢之作》:梁屋月色经年见,南北相思梦如烟。疾风乃觉秋草劲,烈火方知金石坚。起舞挥戈悲长夜,筹谋跃进为明天。少年意气今犹是,万里长征共着鞭。

2 月 21 日 剧作家陈白尘来广西作创作旅行。下午,同葛震、阮同去会见他。他桌上正摊开一张桂平县地图。原来他打算去金田村考察太平天国起义的故乡。他说打算用一年半时间写一部李秀成的剧本。晚上,在葛震家听自治区桂剧团尹羲等汇报如何改编《闹严府》。

收到南京谭荫溥的信。他的小女儿不幸夭亡，临终所受的痛苦折磨令他难以忘却。说是将来年老退休时，笔尖还未秃，极想把这段深刻痛苦的回忆给写下来。

2月22日　到书店去买回一部《杜诗镜铨》。书店反映每天都有不少读者打电话来问《故人》何时出版单行本。

清晨去菜市场买猪骨头和牛腩，顺手捎回两把布伞。

下午，谢福铭来访。

2月23日　去看各地年画展览。

晚上，剪贴《广西日报》副刊连载的《故人》连环画。

2月24日　养蜂师傅杨矗来说，我托他养的那窝蜜蜂缺食物，需要两三斤糖才能过渡到花季。给他一元三角钱和两斤糖票去买糖。开始临摹《曹全碑》。

收到凌永庆一封信。他寒假回家乡又收集到不少有关老登的故事。

2月25日　给凌永庆写回信。谢敏来访，还是希望我把《瀑布》的稿子让他们《广西文艺》发表。

晚上，去桃源电影院看《无名氏画像》，影片线索弄不清。

2月26日　中南局宣传部副部长王阑西来广西，说要见见我。晚上他去武鸣参观未回，没法去看他。凤乡妈妈来了，火车是晚上10时3分到达。同凤乡上站去接。相别15年，她说我未变样，我看她似乎也如往昔。

梁宁来谈文艺工作遇到的问题。他既说不出什么意见，更拿不出解决问题的好办法来。

我现在的住房要改扩建。若改建后会增加一二间房，这样我可有间书房，在家安静地写点东西了。但说要5月份才动工，7月1日前完工。

2月27日　今早广播《人民日报》社论《分歧从何而来?》，这是回答国际共产主义运动中，法国多列士、苏联赫鲁晓夫等修正主义者的叫嚷而发表的言论。这些修正主义者应该得到教训才是。下午，去看柬埔寨皇家舞蹈团演出。西哈努克公主和王子分别表演了舞蹈和歌唱。

2月28日　中南局宣传部副部长王阑西来，今早同梁宁去看望他。他说四五月间要在桂林召开中南五省作家座谈会。

晚上，一家人去看自治区话剧团演出改编的《红岩》。前半部比较动人，后面显得平了。结尾的高潮没有劲。许云峰的牺牲悲壮不够，江姐的从容就义显得一般。

3月1日 到书店买几本内部发行的书：爱伦堡的《人·岁月·生活》《解冻》和西蒙诺夫的《生者与死者》，都是一些反斯大林时代的暴露性作品。另外，还买了《马恩全集》12、13两卷和《二十年目睹之怪现状》。

去自治区话剧团同夏宗学、徐俊泰等人谈《红岩》的演出和剧本问题。梁宁来谈广西艺术学院的问题。

3月2日 收到邓燕林来信，谈到《国庆节》的可取和不够的地方，以为用自行车的打气筒打不晕人的。

到自治区总工会和自治区民委办的"业余文艺青年讲习会"去讲《创作与生活》。

3月3日 带小孩上街买图书。

晚上，去向葛震道别。他对我回柳州或留在南宁写作都无意见。

收到宜山税务所魏笛来信，请求替他看稿子。

3月4日 一早乘火车回柳州来，上午6时15分开，11时半到。《人民文学》编辑部把《中途》退回，只说不发表，没说原因。鼓励我写知识分子题材的作品。对他们的态度，不免反感。

秦兆阳仍在羊角山医院，他说可能今年上半年还不能搬进市人委宿舍。

3月5日 修改《中途》，决定寄给《广西文艺》。

收到外甥培慰一篇长稿《春月》。复宜山县三岔税务所魏笛信。给侄子陈乃器寄17斤粮票。

3月6日 收到湛江招待所严辰、逯斐夫妇来信，他们4月初要到桂林游览，希望给他们介绍住处。

《广西日报》转来我在"业余文学讲习班"的讲课记录，要求发表。记录稿记得词不达意，不能发，马上给报社去信。顺便把《中途》寄报社给刘硕良他们看，如果他们执意要用，就不给《广西文艺》了。

3月7日 把《创作与生活》的提纲重拟一遍,分成七个中心意思,想把它写成七篇短文分别在报纸上发表。寄去请刘硕良看看,如《广西日报》要发,再找空把它写一下。

读完爱伦堡的回忆录《人·岁月·生活》。

3月8日 下了一阵雨,下午晴了,地面湿润,尘土没有了,树木已生出新嫩的叶子,麦苗是一片浓绿。白色的梨花和艳红的桃花竞相出现了,春的气息扑面而来。同秦兆阳在这春郊散步,心静神怡。

今天正式动手写《瀑布》。写到晚上9点,共得9页稿子2,700字。照这样速度,今年年底,我将写出初稿来了。

3月9日 继续写《瀑布》的第一节。写到下午3时半,基本上完成了6,000字的第一个章节。

自治区卫生厅一位龙科长缠我谈《故人》的创作,以为是当前轰动一时的好作品。问我所写的是不是都是真实的故事。

我们谈了好久。他还说他父亲龙幸民是打深井的专门人才,今年70岁了。几十年来精力全用在这项技术上。玉林城就是靠他一口井打下去,解决了全城的用水问题。南宁化工厂请了兰州打井队来打六口井,打不出水,请他去看了看,他指定了三个地方,打下去果然就有水出来了。他凭经验可以目测,知道哪个地方会打出水,哪个地方没有。一个人一生能专注一项事业,积累经验,对人类社会总算做了好事。

王文才院长请广西医学院的刘教授吃马肉,让我作陪。吃得过了头,回来一夜肚子胀,没睡好觉。

3月10日 下了雨,原想进城也不去了。又将《瀑布》第一章节续完。共7,500字。照这样的速度,我今年底以前可以交卷了。

蓝鸿恩来信,报告广西民间文学研究会的工作情况。

3月13日 《广西日报》副刊张辛来信,打算要发《中途》,分几天连载。同时也要发《漫谈创作与生活》。《中途》是写抗日战争时期知识分子锻炼过程,可能不为一部分人理解,在报纸上发表似乎容易招惹是非,不如在《广西文艺》发表为妙。

第3章开始写,颇感吃力。

3月14日 第3章写完了。天寒,围炉伏膝而书,颇为疲惫。

3月15日 李纳来信,说多年不见,不想我的迂腐仍未见去掉。说我既做了工作,又有作品,利用全国政协委员的条件,到处走走,有何过分。

张辛将《中途》的清样寄来,我不由得把它再作一番修改。《瀑布》写作只好暂时搁置。

宣传部来长途电话,下月1日在广州开中南五省文艺工作会议,问我去不去,我怕影响我春季的写作计划,不打算去了。

同陈琏谈天,此人很会谈,有南方人的热情劲。

3月16日 总算放晴了。几乎有十天没见太阳,一下子阳光普照,心情也舒畅起来。

张辛把《中途》全部校样寄来,我把后头部分大刀阔斧地删去,使之紧凑一些。

黄勇刹从田阳县来信,他对《嘹歌》发生极大兴趣,满怀信心地要把它整理出来,为僮族争光。立即回他一信。

将《中途》校样寄回《广西日报》。

3月17日 同杨俄律去柳州街上的市中心广场上,看齐齐哈尔市马戏团表演。坐在3,000多人的大棚里,热得满头大汗。节目还是老一套。只有越南送给马戏团的那头水牛比较新鲜。它已被驯兽师调教得能前腿两膝跪地走路了。

晚上,住在柳州饭店。王经理说可在他那里住一个时期。这地方比较清静,晚饭后可以散步。

夜里同小曾去柳州专区礼堂看保加利亚电影《警钟》。

3月18日 今早在柳州饭店开始写第4章。下午,准备晚上向羊角山病院的青年团讲学习雷锋的讲话提纲。

收到哈尔滨岳父和凤乡各一信。马上回信给凤乡,顺将岳父来信附上。

3月20日 开始写《瀑布》的第5章,韦步平从桂林回到农村,以后好几个章节都得写农村景物了。

收到凌永庆来信。

3月21日 第5章没写完。

早晨,柳州地委褚方珍书记来看病,到我病房里来说了半点钟,后来罗富才副院长来查房,说是已摸不到我的脾脏了。

晚上,陈琏来聊天,刘真则把他的剧本《玉鸳鸯》拿来请我看。

3月23日 气温一下升到26度,坐在屋子有点不舒服了,入夜便下了一场好大的雨。

第6章没有写完,晚上同刘真谈他的剧本,人已很疲了。

自治区党委宣传部又来电话:4月1号中央召开文艺工作会议,强调文艺的战斗性,以及明确省市文联工作范围,党员作家如何起带头作用,等等。问我去不去,我说已经开始在写长篇,不去了。

3月24日 从羊角山搬来柳州饭店三号楼六号房住。这里比较清静,晚上可以散步,去看看戏和电影什么的也比较方便。能够在此待一两个月,然后再去桂林两个月,《瀑布》就可以完成初稿了。去看广西艺术学院的音乐舞蹈演出,见到满谦子。他们中学部的学生,有了一些基础,舞蹈的比音乐的似乎显著一些。但是,尽演一些外地的节目,广西的东西却不能整理提高。

补写第6章仍未写完。

发一电报给张辛,还是请他不发《中途》,免得担心不安,让《广西文艺》发,影响不那么大。同时给谢敏去信,叫他考虑去报社拿《中途》来发。

3月25日 又下雨了。晴一天雨几日,春天时节就是这样阴晴不定的天气。

左手叫玻璃割了大口,得去人民医院敷药,又把上午时间耽误了。

第6章仍未写完。

晚饭后写三封信:给张辛回答他的电报仍说《中途》在报上发表不合适;给梁宁要他向葛震建议,调周钢鸣回广西负责文联工作;给凤乡告诉她我搬来柳州饭店住。

3月26日 今天才把第6章写完。前后去了3天,把一个星期的计划打乱了。

下午,市人民医院派了个医务干事黎天桂来给我打针。她是个清秀而聪明的姑娘,戴副眼镜,正在学俄文。有很强烈的学习进修愿望,但因工作积极且能力较强,单位的工作离不了她,无法给她提供深造的机会,这让她很苦恼。对学习与工作,心里一直在矛盾着。

3 月 27 日　已经下了将近 20 天的雨了,今天还刮起大风,不过已经不要穿棉袄了。张辛来信,解释迟发《中途》的事。他们完全误会了。

《中途》今天已经在《广西日报》发表。登了第一节。

收到刘宇一来信。他还是那样努力,要求自己的工作、创作都做得更好。

第 7 章今天写完。这个星期赶一下是可以写完第 9 章的。没想到这时自治区党委宣传部再来长途电话,一定要我去北京开文艺会议。我只好明天回南宁。这趟去北京至少也得半个月,四月份就差不多给报销了。本来在此写作是蛮不错的,可真是好景不长。开会回来还来不来这里呢?还是回南宁去,或桂林?一下子也很难决定。

3 月 28 日　回羊角山医院取衣物。

宣传部来电话,明天就得动身上京才能赶上 4 月 1 号的会,我要是先回南宁再上京只能坐飞机去了。这样未免太劳累,索性不回啦,明天就从柳州乘火车走。给凤乡又发一信,叫她将寒衣托人带来。

去看望一下秦兆阳。晚饭后,秦又同李英敏、李蔚林来访。

见到邓凡平、梁肇基。他们说秦兆阳的房子已解决了,就住在市文联对门。

晚上,王经理邀我去看湖南祁剧。

3 月 29 日　写四封信:给刘宇一、王文才、钟记新和凤乡。

上午 11 时 53 分,火车由柳州开往北京,王经理还送我上车站,未免太客气了,是不是表示送我离开了饭店,以后不一定再来住他的房子了呢?

阮同帮我带来一套华达呢服装和一双皮鞋。郭铭还带着他的小女孩上京。

到桂林,上来几个熟人。陈白尘是回京参加这次文艺会议的。前些日子还在湛江的延泽民夫妇和严辰夫妇也都来了,原来他们三天前已经到了桂林。延泽民夫妇及女孩丹尼同我一个包厢,严辰夫妇和陈白尘在隔壁。一路上已经不能清静了。

3 月 30 日　车过河南信阳时,河南省委第一书记刘建勋上车来。他到信阳来视察水库，今天转回郑州。他一见面就问我，你这个文学家去哪里呀？他邀我去他车厢坐了一会，问我愿不愿到河南工作，他的宣传部长要调去外交部当大使了。听他口气，对我的印象还是不坏的吧。吃过晚饭他又来找我谈天，谈了一大堆关于曾希圣在安徽工作的霸道作风，让同包厢的延泽民觉得这位省委书记对人态度平易近人。很难得的。

3月31日　一早起来，保定车站已经在望。上午10时15分火车到了北京站。

开会的地方仍在新侨饭店，不过，这回中南五省的住地靠到西边来了。我住的是276号房。会议要到下月2号才开，明天可自由活动。

下午去王府井逛商店，购买百货用品大都要北京的工分券，我看到只有尼龙袜子例外。忽然变天，下起雨来，只好坐三轮车回。

晚上，胡仲实来访，他正在文化部办的编剧人员训练班学习，也是学反修正主义的事。

见到周钢鸣，问他想不想回广西，他好像没有意见了。他们广东人才多，来了七个人，欧阳山、杜埃、侯甸，还有楼栖。

4月1日　利用午睡时间去趟人民日报社看到严蒙、沙英。沙英见面问这问那地闲聊。

晚上，在新桥礼堂看电影《复活》上下集，精神十分疲乏，未终场就回来了。

4月2日　井岩盾来电话。邀我到他家去。李纳正在那里，大家见了喜出望外。她明天要去安徽了，只有这半天时间谈谈。同他们谈了各种各样的闲话，最后到青海餐馆去吃午饭才散。李纳与井岩盾同年，43岁，除了出现眼角纹外，并未见老态。

上海作家孙峻青来访。他是十年前在小羊宜宾胡同集训时的老熟人。当年的青年作家现在已经成老作家了。

下午，听传达准备会的意见。这次会议是要解决在文艺界如何高举马列主义红旗和准备开展对修正主义的斗争等问题。

晚上，去中央宣传部看苏联电影《两种生活》，影片把阶级斗争写得很混乱。

4 月 3 日　作家出版社王仰晨来电话,打算今年重印《美丽的南方》,问我还有什么要修改的。

下午陆定一同志作报告:《苏南的蜕化变质告诉了我们什么》。

晚上,桂剧演员张雯来访。她现在戏剧学院学导演。毕业后想回广西桂剧团。她长得还清秀,做个演员面貌是不错的。

4 月 5 日　上午,我在小组讨论会上发言。下午,在北京医院检查身体。晚上,去复兴门外二七剧场看话剧《叶尔绍夫兄弟》。

4 月 6 日　继续小组讨论。会议要到 15 号左右才能结束。

严蒙来访,请上六楼去吃西餐。二人吃两个菜,花 2 元 4 角。

4 月 7 日　大会组织,到颐和园去春游。我请假独自到琉璃厂去看旧书画。荣宝斋的砚台已经不多了,价格又贵,一方端砚要二三十元。

遇见陶然,他已经到吉林省文联搞专职了,但并不安心,又想做研究工作。

晚上去看电影《中锋在黎明前死去》,阿根廷的电影制片厂出品,比舞台剧演出好看一些。

4 月 8 日　请假去北京医院做肝功能检查,抽了四次血;做 B.S.P 的测试,先看试验药水,没有特别反应就再抽两次血,弄到上午 10 点半才完。除了肝功能检查,还作食道静脉曲张检查,吃硫酸钡,X 光透视。

晚上,看评剧《夺印》。自治区党委宣传部来电报,叫我了解文教战线"五反"运动如何搞法。

4 月 9 日　下午,周扬作报告。一个下午才讲了一个文艺界反修正主义的问题。在会上,见到朱丹。晚上,看话剧《霓虹灯下的哨兵》。

4 月 10 日　继续听周扬报告。上午没讲完,下午又听了半天。

田汉来信约明天下午 6 时半去他家吃晚饭,在北新桥细管胡同 6 号。

晚上,看电影《给新生者以和平》,表现一个德国女人临盆前,在路上经历着战争带来的残酷的场面。影片给观众以极大的精神折磨。另一片子叫《跟着太阳走的人们》,一个小孩在街头见到的形形色色景象,不知要告诉人什么。苏联的艺术已堕落得可怕。

4 月 11 日　下午开完小组会,同湖南铁可、江西李定坤等同志去田汉家(东四细管胡同6号)吃晚饭。那是一个四合院,天井种着几株花树正开着花。主人在南屋接待着比我们先到的几位客人。座上一共11个客人,是11个省的宣传部长或文化局长。中国剧协秘书长张颖,1939年"鲁艺"戏剧系的同学,后来当了总理的秘书。相隔20多年,她还是个娇滴滴的美人。她还记得我是广东人,当时延安的人们爱把广西和广东人混为一谈。

田老为了使他92岁的母亲高兴,特地让我们同她一起吃湖南家乡菜,做了大碗大盘的菜肴。

晚间,读朝鲜剧本《红色宣传员》。

4月12日 去北京医院看医生。一位阎姓的女大夫说,肝功能的各项检查指标都属正常范围,可以对你的肝脏放心了。现脾脏虽还可触及到,但不一定会影响病情。

在作家出版社见到谢思洁。他很热情,请去大同饭店吃午饭。在大同饭店见到方管夫妇。方的模样显得老了一些,实际年龄也才42岁。

陈白尘来访,约明天去吃晚饭。晚上去看豫剧《李天保吊孝》。

4月13日 晚饭是陈白尘请我和黑丁、郭铭三人去前门一个山东馆子吃的。陈很会待人,让人感到亲切、真诚。

沙英来访,留下同我住了一夜。

4月14日 一早同沙英回到他的家去。李行素才起床梳妆。她多愁善感,林黛玉类型人物,好像与沙英外露的性格不大协调。

到和平里去看严蒙的新居。这是山河单位的宿舍,现代化的住宅,有瓦斯炉的厨房。他的男孩已经一岁多了,可以到处乱跑。井岩盾来访。

4月15日 今天大会发言。

晚上看英国影片《青春之恋》。通过一对青年恋人的挫折来控诉政治斗争对人性的摧残,用心极为刻毒。艺术性是高明一些的,既含蓄又有形象。

4月16日 继续大会发言。

在会上,张颖坐到我身边来谈韦拔群剧本的事。她对它颇有印象,认为很有基础,问我为什么不把它改好。

李纳来信,她到安徽后才知道党校开学延期。说是她最近出了一本小书,羞于送给我。要我答应不看才送一本。

4月17日 上午,林默涵做了这次文艺工作会议的总结。下午,去黄图岗10号见到林蓝。见了她才发觉我们已经老了。她头发已经出现斑白,她已被生活折磨得没有生气了,不知为什么她儿子的夭亡会给她以如此大的打击。她的家庭生活,以及立波的性格,似乎并没有给她带来太多的幸福。

给凤乡、李纳各写一信。晚上,到中宣部看电影《红楼梦》和美国片子《神枪手》。

4月18日 作家出版社王仰晨来作礼节性地拜访。

下午,中国青年出版社王济民来硬要跟我签出版合同,要把《瀑布》书稿抢到手里。

余明炎、李德韩来访,看文件。

中南局宣传部王阑西召开小会,解决各省回去如何传达贯彻会议精神的问题。

到影协看《一封未寄出的信》。

4月19日 下午3时,在怀仁堂听周总理的报告。他讲了4个钟头,讲了国际国内阶级矛盾,然后又讲了文艺工作的几个问题。

他对文艺工作特别关心,据说《霓虹灯下的哨兵》他就看了6次。

晚上,去西交民巷中国电影发行放映公司看内部片子,希特勒的《我的奋斗》以及李丽华在美国拍的侮辱中国人的片子。

4月20日 去民族饭店找余明炎,在他们那里吃午饭。转到西单商场,然后去解放军报社找到了西虹家。他妻子王之琪休养在家,打电话把西虹从会场叫回去。她包饺子请吃晚饭,还弄了四样冷菜配酒。他们有个温暖的家,女孩子13岁,长得跟母亲一般高了。西虹这几年文艺作品写得少了,但官位升了一级,现在是上校了。

他们很懂人情世故,主动送5张工业券让我在北京买些东西带回去给小孩。

今晚中国作协邀请到文联茶座联欢,我没有去。

4月21日 上午,去北京工人体育场看上海杂技团的表演。场子是当年第

26届世界乒乓球锦标赛的赛场。一个大圆圈的4层楼台座位，分4个入口，找位置都不大容易。上海杂技节目水平较高，叫人看了舒服不费劲。

天津百花出版社陈景春来访，约书稿。答应将短篇小说集编好后送给他去看看。

4月22日 全国文联三届二次委员会扩大会议正式开始，郭沫若致词，周扬作报告。

周扬报告，重复在党内的讲话，讲了五个问题。重点放在反对修正主义文艺的问题上。

晚上，周总理请阿联部长执行主席萨阿里在人民大会堂三楼小礼堂看芭蕾舞《天鹅湖》。我们去陪坐。

白淑湘跳的天鹅舞蹈实在不错。

4月23日 上街买东西回来，见到李之华留下的字条，说《叱咤风云》剧本如抽空改出，仍望寄给《剧本》月刊。

晚上，在文化部看西德影片《末日罪行》，是暴露法西斯希特勒灭绝人性地为了保证日耳曼民族优良人种，而施行人种配偶站的恶行。片子拍得还行。

4月24日 西虹来访，送给坭坭一件凡尼丁上衣，又送我五听凤尾鱼罐头带回家给孩子。他如此热情念旧，让人温暖。

下午5点半之前必须要离开新侨饭店。午晌抓紧时间到百货大楼台小电扇和一只冰壶。

5次特别快车是下午6时从北京站开出，与解放军报社记者向克俭同一包厢，他要到贵阳去。他不但是西虹的同事，还认识广西师院党委书记杨江。杨原来在云南文山做地委书记兼军分区司令员，他当时是军分区宣传科长。彼此谈起熟人来就有话可说了。

4月25日 旅伴向克俭正在看西虹刚出版的一本报告文学《无尽的怀念》。我读的是莫泊桑的《一生》。

车到武汉，站上煮熟的鸡蛋，九角十只。听说湖南还要便宜，六角可买一斤。

4月26日 下午4时半火车到柳州了。柳州饭店派辆汽车上站来接我。

秦兆阳也早在那里了。

晚上,在羊角山医院办离院手续,跟秦兆阳谈文艺会议的精神。

4月27日 收拾半天东西,上午10点才离开羊角山医院,一些相熟的人都希望我能再回来。

回南宁到家见作家出版社寄赠两本书《苦斗》《太行风云》。还有几个读者写信来对《美丽的南方》表达意见。其中一位是四川广元县羊木区委会的龚远树。他肯定书中优点后,指出1956年才有预备党员称谓,之前是叫候补党员的;《美丽的南方》的故事发生在1952年,预备党员说法不妥。

4月29日 自治区党委扩大会议,传达中南局会议关于农村社会主义教育的事。这次要在农村进行一次反资本主义的运动。城市是搞"五反"运动。

下午去葛震处稍微谈了谈文艺会议的精神,晚上又去他家谈工作。他让我开完会还是继续写作。

4月30日 上午在宣传部文艺处谈如何贯彻执行全国文艺会议精神。

下午到书店买书,以及去广播电台服务部买唱片。

5月1日 天气太热,太阳太晒,只好打消带孩子们上人民公园游玩的念头,在家整理书报。将《中途》剪报收集贴了起来,打算寄去天津百花文艺出版社,看看能不能出版。

5月2日 上午,去自治区文联看到蓝鸿恩、赵芳叶,到《广西文艺》编辑部见了谢敏、刘剑薰。下午去明园饭店礼堂听韦国清书记传达中南局会议关于城市搞"五反"问题。

晚上,黄勇刹来谈他整理翻译《僮歌》的事。听他背诵出来的几段歌词,颇为精彩。全歌二万多行,整理出来就是一项大工程了。

5月3日 到人民艺术剧院看桂林曲艺团演出歌唱雷锋专场的预演。

5月5日 刘宇一和梁强、蓝直荣来访,刘还带来一大卷他到龙州和龙胜画的人物和风景画。他对龙州的风物人情十分感兴趣,想去那里落户。

陈亚夫电影处长来访,希望对自治区电影公司给以支持。

李志端来帮看我家的那群蜜蜂。

5月6日 到葛震处听各个处长的汇报,就宣传部与各厅局党组关系上存在的问题进行座谈。

下午,找谢敏来了解《广西文艺》编辑部的工作和干部思想情况。

晚上,葛震叫去明园礼堂看桂剧排演的折子戏《审潘》和《芦林会》。

5月7日 蓝鸿恩、黄勇刹来谈广西民间文学工作问题。

苏上杰、叶宗翰来访,谈广西人民出版社的工作。

接收忻城县蒋天庭来信。他从《中途》得到启发,写了一篇短文《教人与善教》,引用了《中途》里"湿柴头"的比喻。给蒋天庭、吴培蔚各回一信。

晚上,同乡钟英杰来访,讲起女儿被人谋杀的惨案。

5月8日 上午听葛震传达自治区党委关于"五反"试点工作的意见。下午,去见钟英杰。晚上,去看在南宁举行的全国排球赛。

徐君慧来信说他请了创作假来南宁。

5月10日 到自治区商业厅礼堂听伍晋南书记作关于"五反"运动的报告。

收到人民文学出版社寄赠的孙犁《风云初记》。

5月11日 到自治区文联去见到广西作协吕波涛、潘荣才谈短篇小说选的事。

见到徐君慧,他在《广西文艺》编辑部楼上写东西。

跟广西话剧团取回两本《叱咤风云》,准备修改后寄给《剧本》月刊。

5月12日 一早去和平菜市买猪排骨,两月前是两元二角一斤,现在已降到一元二角了。

收到李纳从安徽党校来信。

5月13日 改写《叱咤风云》剧本,大刀阔斧地把后头两场戏砍断了,李少英这个人物也给删抹掉。这一来,可能稍为紧凑一些。题目改为《瀑布》。

5月14日 剧本完全改完了,第六场在原来基础上添了两千字。对杜悦诚、林升秀、李银华都有了交代。然后遵李之华嘱,把它寄给《剧本》月刊。

隆林县邓立民来信并附诗作。叙述其出身贫农,靠国家助学金上到大学。对深入生活,思想改造的认识是对头的。

晚上,去市体育场看全国排球赛。广西的女队打败了新疆队,男队赢了黑龙江队。

5月15日 上午到广西艺术学院看望阳太阳,碰上老师们学习,不遇。下午去找马万里,要得一幅画作《凌霄花》。此公说话迟缓,有点混沌味道。他的房间摆放许多空酒瓶,如今里边灌满了水,插着当下盛开的花卉。

晚上,去市体育场看全国排球赛,吉林女队输给江苏女队。

5月16日 同梁宁去广西民间文学研究会,听黄勇刹朗诵他翻译的《僮歌》。

5月17日 回头过来把已写出的《瀑布》读一读看一看,顺手将一些不通的句子修改。

晚上,去市体育场看排球赛,陕西男队击败吉林男队。

5月18日 李纳寄来一本她最近出版的第一本短篇小说集《明静的水》。云南文联李鉴尧来信感谢邀请他们来桂林浏览。

李宝靖、谢敏来谈《僮歌》的发表和广西作协开会的名单。

遇见原先在干部疗养院认识的护校学生梁慈美,她说《故人》让她哭了。

晚上,同陈亚夫去市灯光球场看全国排球第一赛区第一阶段锦标赛的决赛。结果,女队是福建击败黑龙江,得第一;男队是沈阳部队赢了北京体院三队,得第一。

5月20日 修改《瀑布》。郭铭来访,他刚从上海回来,问文艺会议如何开法。

5月21日 到《广西文艺》编辑部找黄勇刹谈《僮歌》的名称问题,以及提修改意见。问谢敏借50元钱,到书店买《古今尺牍墨迹大观》。

遇见陈白曙,他要深入华侨农场一段时间,体验基层生活。

5月22日 南宁好几条街种有凤凰树,今年都开了鲜红的花,满街的绿叶中,映照着灿烂的"红霞",真是美妙的街景。

新影厂记者叶宁来访,说给厂里去信,要些彩色胶卷来拍下这火红灿烂凤凰花作资料。

5月23日 一早,修改《瀑布》。谢福铭来访,又谈起《故人》给他的影响,认为是站得住脚的文学作品。

一个从《大众电影》编辑部下放广西，自称徐如中的人来找我要求工作。说是下放来一年了，还没分配工作，想当编辑。此人来得突然，也弄不清他的身份，究竟是为何从北京下来的呢？是犯过错误？总之，情况不明，不好表态。

5月24日 李宝靖、吕波涛来访，谈《广西短篇小说集》的编辑问题，主要是没有反映当前农村阶级斗争的作品，不知该如何解决。

仍改《瀑布》，越改越觉得文字毛病很多，把稿纸涂得像麻脸一样。

5月25日 中南局金明来传达毛主席在杭州向各大区书记讲话记录。中国青年出版社来信，询问《瀑布》写作情况。晚上，去桂剧院看桂剧《芦林会》，不见得好。

5月26日 上午，到明园饭店礼堂听金明传达中南局第一书记陶铸的报告。

5月27日 继续修改《瀑布》。

上午，部里召集自治区文化局华应申、文联郭铭来研究如何贯彻全国文艺会议等有关问题。决定预先搜集准备材料，到下个月的下旬再召开全区的会议。

5月28日 整理十年来的日记本与书信。其中放置木箱里的那部分已被虫子蛀蚀坏了。《瀑布》前7章，初步修改了一遍。

晚上，去看桂剧折子戏《汜水关》《闹龙宫》《昭君出塞》和《太白傲考》。

5月29日 《广西文艺》符昭苏来取去《瀑布》，请他帮看看。

自治区公安厅来通知，私人收藏保管的武器一律上缴公家。伴随我十多年的小手枪被拿去上缴了，经手人是宣传部办公室的周文衡。

晚上，黄勇刹拿《僮歌》小样来，要我同梁宁再看看。同他一起去桃源电影院看《带阁楼的房子》。根据契诃夫同名小说改编的这部电影，写契诃夫时代知识分子找不到真正的出路的苦闷心情。片子中的画家虽然不满于改良主义，但是要革命的话，他又没有行动的勇气和目标。

5月30日 一天里一连写了六封信。给中国青年出版社和作家出版社共三封；给李纳、白焰和陈涛各一封。

读完电影剧本《韦拔群》，总的印象是把大革命时代的人物写得平庸了。英雄人物的思想情感与认识是浅薄的，从而表现在他们对革命的向往不够热烈，对旧世界的憎恨又不够深沉。

5 月 31 日 收拾书籍，整理房间，调整书桌、书柜和沙发摆设，处理旧书信。整整忙了一个下午一个晚上，弄得十分疲惫。

夜里读中央文件《关于农村工作十个问题的决议》。文件认为 13 年来农村工作问题解决得比较好了。

6 月 1 日 新影厂记者叶宁来访，想在南宁拍新闻片，要求借用汽车。

晚上去看桂剧《闹严府》。这回这出戏改得稍为好些了。

几天来旱得厉害，家养的盆花忘了浇水，叶子都打蔫了。

庆幸夜里下了场大雨，旱情有所缓解。

6 月 2 日 昨夜那场雨下到今天上午还未停。延续两三天整理书信、房间的工作算告一个段落了。下午读关于农村工作的决定等文件。上思县中学高中生田春来信，请教读书方法。

晚上去自治区电影公司看两部电影《军乐》《躲藏的天堂》。

6 月 3 日 看了两篇稿子。一是文艺处写的，关于陈烟桥讨论油画《耘天》问题；二是新华社写的一篇反映文艺界受资产阶级思想影响的消息。读国际文化动态的文件。

晚上，翻阅 30 年前的日记，无意间读到 3 首致吴亮潮的诗，陡生感慨。如今要作这样的诗，怕是作不出来了。

给上思县中学生田春回信，答复有关如何阅读文艺作品的问题。

6 月 4 日 去自治区民委找办公室秦主任，了解瑶族的风俗习惯以及社会生活状况。《瀑布》第 8 章要写到瑶寨的生活。

晚上，去看桂剧《红棉坳》，问题不少。

6 月 5 日 自治区宣传部召开文艺思想座谈会。广西日报社、广西文艺编辑部、广西人民出版社、广西人民广播电台和南宁市委宣传部派人参加。

自治区党委秘书长霍泛来访，他说太热了，找个地方休息吧。我顺便将等今年要写的长篇写完后，想明年到武鸣县长期住下去的意愿说了。

《广西日报》转来周太益从柳城县太平邮电所寄来的一封信，和一篇《人生最大的意义是什么》的稿子，要求指导如何写文章。

6月6日 同桂林广西师院陈克谈到关于1963届毕业生中凌永庆可否分配给广西民间文学研究会时，他说好像凌永庆已被安排留校。

读武鸣县社会主义教育试点的调查材料。地主、富农等敌对阶级向我进攻十分猖狂。没有深入了解，实在叫人不敢相信。

6月7日 看武鸣县社会主义教育三级干部会的简报。天气十分闷热，气温达35℃。

6月8日 自治区党委召开厅局长以上干部会议，由贺希明报告当前广西旱情。目前旱象是解放13年来从没有过的。900多万亩早稻已有300多万亩枯死，玉米、花生已无法补救。有30多个县受到干旱威胁，不少水库已经没有水了。

为此，有关农业生产的业务厅局目前的机关"五反"不得不暂停，要集中力量支援农村抗旱。

6月9日 读30年前的日记，再度看到当年所作的那十来首旧体诗，仍被它真挚的思乡、思亲、思友的情感所深深地打动。如今再提笔要写这样的诗，我十分怀疑是否还能写得出来。年轻时候的那份纯真与我渐行渐远，已若断线风筝不知飘落何处，最终无法捡拾了。至于1935年、1936年所记的思想观点是成问题的。幼稚、狭隘，虽也包含一些爱国主义的情感因素，但更多的还是个人主义的东西，不足为训。

6月10日 读完莫泊桑的《一生》。作者不仅长于短篇，长篇也写得委婉亲切、平实自然，看不出作者在故意编造，好像现实就有这样的人物与事件。

6月11日 《广西文艺》编辑部谢敏和符昭苏来谈《瀑布》。他们认为前四章写得比较好，人物风格比较高。符昭苏说，读着就不肯放手，一口气也读得下去。要求给他们拿去发表。

6月12日 今天开始恢复写《瀑布》第8章。写瑶寨的生活情形，完全凭文字资料写，比较枯燥。

6月13日 《光明日报》记者桂挺宫拿他的中篇《红棉曲》的初稿来求教。

符昭苏来谈《广西文艺》7月号决定刊登《瀑布》的第4章。

6月14日 本来算是把第8章写完了。但今回头一看，有的地方要增加，有的地方要减掉，又得改一改。

6月15日 为了要补充第8章中林升秀从桂林写给韦步平的信，又花去半天时间。

下午帮桂挺宫看稿子。他对广西农村生活还是很熟悉的，作品里反映了一些，只是写得粗了一些。有的地方显然是败笔。

6月16日 早晨到市场去。星期天，机关干部大都到那里去了。好像现在大家去市场比上商店还感兴趣。

去看波兰电影《新婚之夜》。影片太浅薄，如同儿戏。它展示的是什么样的文化传统呢，看不明白。

6月17日 到今天仍然大旱。广西各地旱情是几十年来空前的。小时候也是闰四月那年大旱，玉米失收，生活发生困难。乡下人迷信，认为扁桃丰收必然歉年。是不是天气干旱，扁桃更容易成熟？

谢福铭认为刘澍德的《归家》写得很好，人物性格刻画突出，寄来请我看看。

同乡钟英杰来信，其女被害案已破，乃其叔子凶杀，问是否向法院起诉。

6月18日 天气热得很反常，干旱现象愈发严重。据说各地水库水位已降至历史低点，有的水库还接近干涸。水库里多年打不上来的鱼如今已无处可躲，被清底的捕捞几乎一网打尽。自治区文化局去宾阳县的水库购进一批这样的鱼，范炎勉帮我买了一条足有6斤重的肥鱼，去鳞破肚烹饪，我弄了一个上午。鱼很肥，煎起来还一点不费油。下午天热得更是难耐，写作时断时续，两天完成一章的写作计划流产了。

晚上，同凤乡去中华电影院看法国片《仅次于上帝的人们》。影片以人道主义来抨击美国资本主义社会和法西斯主义一样残酷地对待犹太人，揭露基督教的虚伪。

河南省渑池县高中唐国富寄来一本厚厚的长诗，让我给他看看。秦兆阳来信，说他搬到了市人委的大楼，环境很好。他的长篇已写出15万字。

给秦兆阳和同乡钟英杰各复一信。

6 月 19 日 整个白天在溽暑的环境里，汗流浃背地伏案写作。入夜，暑气稍稍退了些，更是抓紧时间，笔耕不辍至夜半 12 点才把第 9 章完成了。

6 月 20 日 《广西文艺》编辑部送来清样，需立即校读，第 10 章的书写只好中断。

黄勇刹的三叉神经出了问题，嘴巴歪了。去医院针灸治疗，路过我家，进来跟我谈及广西民间文学研究会有人追名逐利，行径十分可恶。晚上，约蓝鸿恩来谈至半夜。

6 月 21 日 上午参加部务会议，讨论研究全区文艺会议如何开法。决定开个全区文艺界党员骨干会议来贯彻中央 4 月的文艺会议精神。

下午汗流浃背地把 3 万字的长篇开头校正出来了。

6 月 22 日 到书店买《列宁全集》39 卷、一本梁启超的《饮冰室诗话》和一本《中国近百年绘画展览选集》。

晚上去桂剧院看梧州歌舞团公演音乐舞蹈。

6 月 24 日 开始写第 10 章。写三千字，似乎不算少了。不过，灵感少，理智的叙述多，恐怕叫人读之枯燥无味。

6 月 26 日 第 10 章昨天被耽误了半天，今天才写完。看来一个星期写两章就从容一些。

桂挺宫把他的《红棉曲》后半部拿来请我看。

昨天收到武宣僮文学校一位叫覃漫昌的教师来信，说他写了一部抗日战争的小说 28 万字，打算继续再写第二部，一直写到解放后写到今天的社会变革过程。请我帮他提意见。今天又有柳城中学高中学生肖立成来信，表示对《美丽的南方》和《故人》的钦佩，同时寄来几篇稿子让我指导。

葛震叫去审自治区成立五周年的纪录片，晚上又不能写作了。

6 月 27 日 第 11 章写得比较顺利，两天内可以写完。不过《广西文艺》要发表的《序曲》清样又来了，写作被迫中断。

6 月 28 日 下午把清样送去《广西文艺》，顺便去自治区博物馆看出土文物展览，晚上去看影片《阿尔及利亚姑娘》。第 11 章只得明天才完成。一个星期写两章，比上星期进步，仍不能达到两天一章的速度。

6月29日 写完第11章。收到作家出版社重印《美丽的南方》稿费通知单。这次得近千元补贴生活开支。

6月30日 回头修改第10、11章。

桂挺宫把他中篇小说《红棉曲》的最后部分稿子拿来请我看。

7月1日 去书店买书，到兴宁街上的广播电台服务部买唱片，花去20多元钱。

下午去军区礼堂听书记处书记伍晋南讲话，题目是《阶级斗争》。

7月2日 开始写第12章。黄勇刹曾来一下，讲他被针灸大夫扎了一针后，眼球充血的事。

下午，黄青、吕波涛来汇报广西作协准备在自治区文联会上的发言。

7月4日 写完第12章。同刘宇一去看电影《白痴》。虽然先前看过，现再看一次仍觉受益良多，其写得太深刻，简直是入木三分。

7月5日 开始写第13章。晚上去看匈牙利影片《圣彼得的伞》。

7月6日 天气又热了。

第13章写不完，明天星期天还得赶才能完成一星期写两章的计划。

晚上《南宁晚报》编辑蓝直荣来访，想拿《瀑布》去连载。

7月8日 昨天上午，赶完第13章。从此主人公韦步平到护国军去了。

今天开始写第14章。

7月9日 自治区党委宣传部秘书长高信和文艺处长梁宁来谈全区文艺会议的筹备情况。

继续写第14章。

7月10日 结束第14章的写作。

7月12日 回头修改第14章，增添些内容进去。

7月13日 继续修改第12到第14章。第14章中有韦步平仿骆宾王讨伐武则天的檄文而写的《讨袁氏伪皇帝檄文》，我一时作不出来，还得搜集翻阅些资料才行。

带朵朵去天桃小学报名入学,再过50天,朵朵就上学了。坭坭已从天桃小学毕业,不知能否考上初中。考上就是中学生了。

7月15日 梁宁来谈关于全区文艺会议的准备情况和要解决的问题。下午,我把意见告诉他,交给他去处理。一天就这样过去了,写作暂时中断。

7月16日 开始写第15章。韦步平已到了军队去了,见到连队里许多不平的事,与连长发生冲突。

7月17日 凌永庆来信,对发表在《广西文艺》的《瀑布·序曲》表示赞赏,认为几个人物刻画深刻,桂林山水描写也还美好,希望加浓地方色彩。

7月18日 部务会议,讨论通过召开全区文艺会议,报请自治区党委批准。

有位读者曾慧民来信,表示对《瀑布》前四章很喜欢,认为主人公刻画得很生动,一出场就不平凡,预祝成功。

给凌永庆回信。第15章初稿写完。

7月20日 两天将第16章写完。

7月21日 修改第15章和第16章。

7月22日 带朵朵去看病,顺便检查我的眼睛。结果是眼睛已经老花,非戴眼镜不可了。这显示老之将至,人生的道路已经走到接近终点。在这段道路上能做的,恐怕有限了。如果把《瀑布》写出来,还能写多少东西呢?再写一部社会主义建设时期的东西吧。

7月23日 带小孩打针、看病,到书店买书。晚上,读契诃夫短篇小说《带阁楼的房子》。一天很快就过去了。

陈列来说,他要调到乡下去工作了。顺便说很感兴趣地读了《瀑布》的“序曲”。

7月24日 要准备召开全区文艺会议了,恐怕这些天便不能写了。

晚上,部务会议讨论即将召开的全区文艺会议,至午夜12时才散。

7月26日 昨天为全区文艺会议忙碌一天。今天我出席全区文艺会议传达中央文艺工作会议精神。上下午一整天的传达,颇感疲倦的。

7月27日 到南宁饭店参加全区文艺工作会议的小组讨论会。

晚上听汇报,午夜12时才散。

7月29日 自治区文联扩大会议今天开幕。下午,同黄勇刹去南宁饭店看望包玉堂他们。晚上李丹来访,同他去看《霓虹灯下的哨兵》。

黄勇刹、包玉堂都说《瀑布》的开头打响了,希望我早点把它写出来。

凌永庆来信说:他的朋友北京大学中文系陶文鹏同他谈,对《瀑布》的"序曲"很有兴趣,打算8月初回广西来找我访谈。陶在《电影评论》发表过几篇稿子了。

7月30日 去桂剧院向全区文联扩大会议传达全国文联扩大会周扬同志的报告。

晚上,在明园俱乐部看川戏的舞台艺术片《乔太守乱点鸳鸯谱》。

7月31日 去南宁饭店找郭铭谈全区文联扩大会议代表的编组问题。

8月1日 柯蓝夫妇从汉口来信,说是决定回湖南定居了。现在回上海搬家,还说他的《秋收起义》已定稿交中国青年出版社出版。

一位远从陕西武功7197部队6分队寄来信的读者杨青山,他为《故人》所吸引,一直等待有关它的评论,都没有见到有同他一样感到"太好了"的呼声,不得不写信来告诉我。但是,引起他写这封信的,还因为最近又读了《瀑布》的"序曲"后,再次为我们的作品所感动。他渴望能读到它的全部,专门跑了好多家书店去找也没见到。问我如果书出版了,能不能为他买一本。若能答应他,那简直是"太好了",他想得到这本书就像想得到一份美食一样,馋得几乎流了口水。

8月2日 写四封信:给柯蓝、白焰、杜略和陕西读者杨青山。

把桂挺宫的中篇读完了。故事的轮廓是有了,就是不够集中,风俗习惯介绍得太多,岔开了中心事件。可以再作修改。

8月3日 听"文艺会"小组长汇报。去自治区电影公司看电影《铁匠的旗》和《齐王求将》。

8月4日 上午又去明园饭店听全区文艺会议小组长汇报。

下午北大学生陶文鹏、画家邓二龙和吴三才来访。陶文鹏说《风雨》中林升秀形象还不够突出,中流社的分裂轻率了;还有某些语言不甚恰当,如"去还不是去?"这在广西是口语,外地人读起来,不通。他们觉得这个创作比《美丽的南方》更成熟。

晚上，去看自治区话剧团公演《夺印》。不如北京评剧团演得好。

收到中国青年出版社寄赠的新书《李自成》第一卷上下两册。

8月5日 在家准备全区文艺会议的发言稿。

8月6日 要广西作协的黄青、刘剑薰来汇报作协理事会的筹备工作情况。

看自治区歌舞团演出《新媳妇》，作者的构思是聪明的，不落俗套。对生活比较熟悉，算是比较成功的。

另外两个外地的剧本《二元六角》和《木匠请女婿》，都是喜剧，批评了农村资本主义思想，但成了闹剧。

8月7日 同蓝鸿恩去原“桂西自治州”那边看建工局研究所的一幢宿舍。如果能拿来做写作楼倒是不错，那里地处城乡接合部，周围有果树，很安静。

8月9日 陪葛震到全区文艺会上去，听他做国际问题的报告。

同葛震抽空去“桂西自治州”看建工局研究所宿舍。葛也认为房子合用，但是要他去向自治区党委书记处讲一讲，他不表态。

8月10日 在党委大院露天球场看影片《燎原》。写安源煤矿工人开始受到中国共产党的阶级教育，进而觉悟起来的罢工，比《甲午风云》更感人。

8月11日 秦兆阳来家访，遇雨留他下来，大家一起吃春卷。

晚上去看《夜吊白芙蓉》，把原作品里的“鬼”改编成了“活人”。我觉得演得很不好，可观众不少，剧场挤得满满的。

8月12日 听覃应机书记报告“五反”第一阶段总结和第二阶段“反投机倒把，反贪污盗窃”的动员。

8月13日 上午到桂剧院向全区文联理事第三次扩大会和自治区文化局科长会议作报告。讲了四个钟头，颇感疲乏。下午去逛趟书店，也算是“一张一弛”吧。

晚上读中苏两党会谈记要。

8月14日 上午，宣传部部务会议，讨论如何反资产阶级思想问题。

《广西日报》刘硕良来访，拿去我在全区文联理事扩大会上的讲稿，希望整理出来发表。

给广西师院数学系李光炎回信。

8月19日 收到丘行、邓二龙各一信。丘行要求到广西作协搞专业创作；邓二龙讲述没有参加工作的苦恼。

下午，到葛震处讨论文艺工作。他主张起草一个加强文化工作指示，用自治区党委名义发布。自治区党委同不同意发这样专门问题的指示呢？这样做会不会是分散主义？

8月20日 给丘行和邓二龙各回一信。

约粤剧演员李飞龙来谈话，要他回广州去，不然打个报告来由我们转去广州，听广州方面意见。在座的还有南宁市委宣传部副部长唐致敬。

8月22日 收到桂林龙廷霸来信。他想将《美丽的南方》改编成一册连环画，问我有什么意见。

继续开始《瀑布》创作，写第17章。但进展很慢，情绪不佳。

8月23日 第17章写了一千字左右的开头，觉得文思枯竭，趣味索然，写不下去，只好读书看文件。

写作没有充沛的热情和高度的冲动是写不下去的。

8月24日 柯蓝、涂克各来一信。柯蓝想将在湖南农村搞“四清”运动的生活写成一个中篇。涂克已奉调从上海来广西，9月中旬可成行。

8月26日 去向伍晋南书记汇报全区文艺会议的情况。

下午，到自治区文联与赵芳叶谈关于房子以及调邓凡平的事。又去《广西文艺》编辑部见到谢敏、武剑青等人。徐君慧谈他的几本东西找不到地方出版，我叫他耐心等待，放一个时期再改可能会更好些。

接到哈尔滨师范学院姜健来信。他读了《瀑布》开头，爱不释手。

8月28日 昨天收到秦兆阳来信，附寄一份他抄的治肝炎方子。今天又接着写第17章，比较顺利。

晚上去看湛江市青年粤剧团演出的《白蛇传》。

8月29日 把第17章写完了。去自治区影片公司看电影《红日》。原作小说没有读，影片倒还可以的，张伐演那位军长颇成功。

8月30日 郭铭拿王志敏写的歌剧《僮姑》来请我提意见。看后，觉得歌词写得还可以,就是故事情节不新鲜。其中强调了一个劳动力的作用,以人力胜过耕牛来着眼,使人联想得很不舒服。

8月31日 收到驻陕部队杨青山来信。龙廷霸也有信来说找凌永庆合作连环画的事。

去找郭铭谈《僮姑》意见后,又去书店看一看,买回一本内部发行的《一个德国间谍的供诉》。晚上开卷便被吸引,一口气读到第二天凌晨2点读完了。作者的文笔流畅。

9月1日 同凌永庆、吴三才去广西社会主义学院看看,想到那里去写东西。那地方倒安静,但在山坡上,不免有点荒凉,不如广西民族学院热闹,住下来未必如意。

晚上,同苏上杰、叶宗翰去看粤剧《盗符救赵》。

9月3日 龙廷坝来信:广西人民出版社同意他为《美丽的南方》画连环画,叫我推荐写脚本的人。

给周太益和中学教员李榴甫写回信。

9月6日 给柯蓝及谢福铭各写一信。并将《归家》文稿退还谢福铭。

9月8日 晚上,黄勇刹、包玉堂来访。

到葛震处讨论研究在自治区党校开办全区文艺干部学习班的事。

9月9日 收到陶文鹏从北京大学来信,希望我把《瀑布》尽可能写好,争取超过当前水平。还劝我看看中外古今一些成功和失败之作品,从中吸收经验教训。

9月10日 开始写第18章。收到中国青年出版社来信,想了解《瀑布》写作情况。

9月11日 第18章大致写完。给中国青年出版社写封回信,说是如果没有变故,《瀑布》明年下半年才能交稿。

9月12日 参加部务会议,讨论为自治区党委起草的《加强文化工作意见》。会议没有形成决议,还要等自治区文化局和自治区文联两党组的会议纪要来了,再讨论一次。

去看纪录片《延安行》。延安变洋气了,医院、大学都建起了高楼大厦,再也不是四处窑洞的旧模样。

9月13日 开始写第19章,并拟补了关于品微给言老师所作的挽联。

组织上要调陶云萍到自治区党校去当副校长,来征求我的意见,谈了两个钟头。

读俞平伯在《文学评论》发表的红楼梦十二钗的研究。俞的研究让我读来饶有兴味。

9月15日 给陶文鹏写封回信。去位于人民公园的《广西文艺》编辑部宿舍找凌永庆,拿回他写的《美丽的南方》连环画的脚本。

晚上,读完凌永庆写的脚本。觉得他对《美丽的南方》读得倒挺仔细的。自己如今回过头来再看一遍,惊讶发现当时的构思还是颇能抓住人的。

9月17日 写第19章,一天写了四千多字,但头疼得不行,血液似乎全部涌到脑袋上来了。晚饭后,出去散散步才稍微缓解过来。

9月20日 以"五四"爱国学生运动为背景的这段历史写完了。到此,已写初稿575页,18万字上下了。

9月21日 第21章写了大半,未写完。

晚上,看电影《尚小云的舞台艺术》。

9月23日 王仰晨来信,《美丽的南方》重印,下月可以再印出来了。

徐君慧来访,谈及写作遇到难题。正面人物的描写刻画总不如反面人物生动。

9月24日 李纳来信,已回了北京。她的中篇已经写完,目前还不一定有勇气拿出来,恐怕"不合时宜"。我写完第21章。

9月25至29日 第22—23章写完。开始写第24章。争取国庆节前完成它。

9月30日 第24章写完一大半,还有一点尾巴,但是,国庆节明天就到了。北京葡萄头回上市,孩子们也是首次尝到,很喜欢呢,眼下是0.60元一斤。

涂克一家人自上海来广西工作,暂住"国旅"。下午去看望慰问他们一番。完了到书店去走了一趟。

10月1日　同小孩子上人民公园玩。今年国庆游客似乎不太多,没有春节那样拥挤。

为了方便人们过国庆节,市区新开辟一条公共汽车路线,从七星路到人民公园来回都有公共汽车坐了。

10月2日　晚上,同小孩上广西展览馆广场去参加文艺俱乐部赏月。遇见黄勇刹和刘剑薰、陈亚夫,各人都带了一家人。没有共同娱乐的安排,赏月活动很单调。借来一副军棋同小孩玩一会,没多大意思也就离开了。

10月3日　给李纳写封回信。收到北大中文系学生陶文鹏回信,他表示毕业后愿从事理论研究工作。

到广西大学看望副教授李润隆。他不久就要调到外省的大学去了。"西大"这次在内部教学设置的调整过程中,取消了矿冶专业,李一下子无了用武之地。沈阳工业学院现已来函调他去,"西大"则想留他改行搞行政工作。他呢却愿去沈阳再干十年二十年的专业当教授。广西留不住他了,很可惜。

10月4日　到明园俱乐部听韦国清传达中央会议精神。国际问题,传达了邓小平关于中苏两党会谈的情况。苏联方面不敢分裂,但我们要做好对方分裂的准备。国内问题是总理的报告,粮食和棉花的生产情况。

10月5日　去看自治区彩调团演出现代戏《夺印》。已经不大像彩调剧了。

10月7日　谢福铭来信,顺便说了说《瀑布》序曲给他的良好印象。但赞赏语气没有如《故人》那样热烈。可见,作品是与读者的主观情感密切结合的,很难有个绝对的客观标准。

10月8日　这几天晚上和午睡时间都为《风云初记》所吸引。孙犁的确给抗日战争的河北平原描绘出一幅优美的图画,吟咏了动听、和谐、清丽的诗章。春儿也是写得很活。作者的情愫与所写的生活打成一片,处处流露着诗。

10月11日　从星期一(7号)到今天,完成了第25、26两章。写得不算慢了。以后的几章由于有剧本《叱咤风云》为基础,可能写得会快一些。

10月12日　开始写第27章。韦步平已回到南宁,见到省长马君武。这章完了,即写到他回到六年前离开的家乡。再往下写个六七章,可以结束上部。

书名，上部或者名为《瀑布》，以冯云山的诗作引子；下部名为《狂飙》，以毛主席的"国际悲歌歌一曲，狂飙为我从天落"两句作引。但全书总题名却想不起好的来，叫"风流人物"？叫"风起云涌"？叫"时代的回声"？都觉得不如意。

去看电影《红旗谱》，朱老忠的形象很突出，整个戏是能抓住人的。

10月13日　到书店去一趟，没见到可买的书。转到隔壁的广播电台服务部取回委托加工的唱片柜。谁知加工造价奇昂，原柜子本身订做时才33元，现只增添几层放唱片的隔板，外配一把柜子锁，便花去我15元多。

10月14日　继续写第27章，没写完。

晚上去看武汉话剧院演出《叶尔绍夫兄弟》，台词编得还精彩。在剧场乍见一些久不相见的文艺界熟人，大家还是挺亲热地打招呼。

10月16日　开始写第28章。韦步平回到家乡。

10月17日　晚上去看自治区桂剧团从外省学来的《打花鼓》《八珍汤》和《李双双》等节目。《打花鼓》也只是个娱乐节目吧。

10月19日　开始写第29章。下午去明园俱乐部听乔晓光书记在全区三级干部会上作总结报告。晚上，党委大院露天球场放映《跟踪追击》，这部反特片把特务描写得太蠢。

10月20日　涂克夫妇和余英来访，随后阳太阳也来了，大家在一起议论如何组织创作的事。

李润隆来家访。广西大学希望他留在学校图书馆任主任，他却向往调沈阳工学院当教授。

10月21日　第29章明天再补点尾巴就完成了。进展不算快。

晚上去看自治区文联组织的电影晚会，看庆祝1963年国庆节的彩色纪录片。影片色彩十分艳丽。

10月23日　昨天开始写第30章。晚上去看全区各专区(市)文工团的演出。

南宁专区文工团的节目趋向农村，发展比较健康，队伍也比较整齐。

10月24日　南宁专区文工团演出《四月八》歌剧。效果还好，舞台上到底出现广西的东西了。

10月25日　晚上去看百色专区演出的歌舞节目,许多歌词用僮话演出,听不懂,效果未必见好。

10月26日　第31章写完。上午利用一点时间去书店走走。见到新近出版的《西厢记》,是影印的线装本,下了订单,过两天再去取。

10月28日　去看玉林专区文工团演出《新娘为何不上轿》。用白话演出,曲谱和词句不协调,地主阶级破坏的故事情节太简单化。

10月29日　自治区歌舞团演出的节目,一般化,女高音独唱的水平也不高。

10月30日　南宁市文艺辅导队演出的《根深不怕风摇动》《新媳妇抓鬼》,说什么有艺术感染力是达不到的,但是这样水平的独幕剧拿到乡下去演出,倒是可以产生一定的宣传教育作用。

中国青年出版社寄赠一本长篇小说《黑凤》。给曾海君写封信,将他的几篇稿子退还。《杜国鲜》比较好,其他几篇都难让人信服。

10月31日　上海新文艺出版社来信,问《瀑布》是否可让他们出版。

这个月整整写了一个月,才完成8章,不算很快。照这个速度,下月中旬才能完成上部。今年年底是写不完初稿了。

11月1日　给上海新文艺出版社去信,说明不能给他们稿子了。

晚上独自去看自治区京剧团演《八一风暴》,因为矛盾尖锐,情节集中而紧张,使人不再去考虑京戏调子与现代人生活的不协调性了。

将来再过百余年后,人们可能以为这种京戏就是传统啦。

11月3日　谢敏来访,希望给《广西文艺》写论文。长篇没写出来之前,不能分心写别的了。

晚上,去桃源电影院看墨西哥影片《勇敢的胡安那》,写本世纪初墨西哥一个农村妇女领导农民革命的故事。女子的性格刻画得淋漓尽致。

11月4日　到书店买了《齐白石作品集》第二集《印谱·书法》,还买了一函改定本《西厢记》。共花去32元。

11月5日　第34章写完了。预计还得写三章,到本月15号才能结束上部写作。

11月6日 埋头写第35章,这章倒还算顺利,开头就比较顺手。

11月7日 第35章写完了。

晚上,去自治区影片公司看墨西哥电影《消失的琴声》,通过一个天才儿童喜欢音乐而丧生的故事,暴露了当时社会的贫穷、迷信,以至埋没了天才。像这样的作品既能说服人,又不露刀斧痕,艺术性和政治性结合得好。

11月8日 去看内部参考片《苏联销毁各种常规武器》。影片让人看到巡洋舰拆毁作了汽车原料,许多大口径的火炮被投入熔炉。这样做可能认为这些常规武器作为战争工具已经过时了,今后的战争要靠原子弹、导弹。可是,如果原子弹丢不下来,岂不是要瞪着眼睛白白地挨别人来揍吗。

11月9日 同罗立斌一起去看自治区话剧团演《年轻的一代》。通过一个革命家庭子弟的道德行为写出了当代年轻人的教育问题。剧本和演出都是成功的。

11月10日 下午去看新闻纪录片《河北人民抗洪斗争》。今年河北省遭遇了一次几十年来从未有过的大洪水,大片大片的地区成了汪洋。党和政府采用了一切手段抢险救灾,保护人民的生命财产,大大地降低了灾害的影响程度。

晚上,看浙江省绍剧团来公演《孙悟空三打白骨精》。没有电影(舞台艺术片)好看。

11月11日 柯蓝从长沙来信,告知他的一家已从上海迁居长沙,寄给我他们的长篇小说校样,请我看后提意见。

11月12日 收到柯蓝、王文秋的《秋收起义》清样,厚厚的一大本。帮他们粗略地算了算,总共56万字左右。不管怎样,能写下这么多字就已实属不易了。

11月13日 听自治区党校文艺干部训练班的汇报。

到自治区桂剧团去看他们彩排《李双双》。如同看话剧一般,桂剧的味道已经没有了。

11月15日 第37章今天写完,第38章下午开始。争取明天写完,这样,本月20号以前可以结束上部,32万字。下部的篇幅估计也差不多。看来要到明年“五一”以前可以完成初稿。不过,精力上已经感到有点吃不消了。

11月16日 长篇的上部共38章、32万字,今天写完了。此后开始写下部。

上部是写韦步平找到正路之前的内容,下部则写他找到马列主义之后的革命斗争。

全部书名想用《风流人物》来概括,引毛主席诗词《沁园春·雪》的最后一句“数风流人物还看今朝”。第一部名为《瀑布》,第二部名为《狂飙》。

11月17日 雨天,刮南风,党委大院里的梨花开放了,一派十月小阳春的景象。吴三才来访,谈他的创作构思,想写一个解放前牺牲了的革命同志。

第一部写完了,想回头重读一遍,把它整理一番装订成册。

11月18日 想想,第38章的末尾需要改一改,今天又得返工。几乎用了一天才改得算过得去了。

晚上,一个人去桃源影院看电影《北大荒人》,表现大跃进的充沛干劲,反映先进与保守的分歧。

《人民日报》发表的《五评苏共中央的公开信》,谈战争与和平问题,今晚在中央人民广播电台播发。我听完它已至夜里10点。

11月20日 回头审查写完的第一部,需补充一些有关历史资料。专门到自治区第二图书馆去,遇闭馆休息,空跑一趟。李宝靖来,给我看篇《生产队长李盛》的稿子。写出了生活,也写出一点人物性格形象,只是揭示农村的阶级斗争还不够深刻。

11月21日 今天开始修改《瀑布》稿。

读周扬、林默涵在戏目座谈会上讲的推陈出新的政策问题。

读李劼人的《大波》第四部。写出了辛亥革命前后的社会风尚,但人物性格却不突出。

李宝靖来取回稿子,并听取我对稿子的意见。

11月23日 到市灯光球场去看上海男女篮球队的访问赛。他们的对手是广西体育干校的男女篮球队。结果,广西的两支队伍都输了,但上海男女队也打得并不精彩。

11 月 24 日　吴三才来谈柯蓝《秋收起义》读后感。听吴的口气，柯蓝的这个东西不如《三家巷》，难以一炮打响。可能是特色不够鲜明。

11 月 25 日　自己回头再读《瀑布》初稿，有些片断是动人的，只是，整体来看似乎有点散。像长长的流水，流走了，没有波澜；像条丝线伸展下去，没有扭结。

11 月 29 日　将《瀑布》上部修改了一番，今天完成，顺便写则内容提要。

11 月 30 日　今天是旧历十月十五，按旧历计算，今天是我 45 岁生日。刚好不久前我写完一部 30 多万字的《瀑布》上卷，可作为 45 岁生日的纪念。假使长此写下去，到 60 岁还有 15 年，能不能再写三五部书贡献给社会和年轻的一代呢？

恰巧在今天，作家出版社寄来《美丽的南方》第二次重印本。这回他们印了三万册，封面设计改得好看些。这也算是个生日的纪念礼物吧。

接到广西师院副教授李耿寄来一束旧体诗，要求编入诗选。

12 月 1 日　气温已降至 20℃以下，南宁的冬天来临。

李润隆来访，他改变去沈阳东北工学院任教的打算。说是患慢性鼻炎，北方寒冷，不利治病。现想去武汉钢铁学院，问我的意见。

将稿子里那些改动较多，改得较乱的部分重新梳理，誊抄一遍。工作到晚上 12 点，已经疲劳了。

12 月 3 日　读国家主席刘少奇在中国科学院学部扩大会上的讲话等中央文件。

12 月 4 日　把发表于《广西文艺》的前四章又做一番修改添补。从此可以开始写第二部了。

收到自治区人民代表大会通知，从明天开始到本月 17 日止，是人大代表的视察时间。作为自治区的人大代表，我想乘机去西津水电站参观一趟，又怕耽误时间，很矛盾。

12 月 5 日　去自治区政协会议室出席自治区人大代表和政协委员视察工作的会议。

和钟林、董启翔、莫一凡一块去西津水电站参观。莫一凡负责交涉事务。收到黄勇刹从东兰县武篆来信。当即回信,请他考虑用民歌唱出一个人的家史或村史也不错。

12月6日 去听自治区党委书记安平生在全区地市委书记会议上的讲话。中心议题是如何争取明年丰产的工作部署。

12月7日 正式开始写第二部《狂飙》的第1章。开头就感到笔头艰涩。

12月8日 一早到南宁火车站去,同莫一凡、董启翔和广西中医研究所黄汝绍一起乘上去湛江的火车,去西津水电站。

火车开行了两个半钟头,到芦村站我们下来转乘汽车,再走56公里就到西江边上,时间正是上午10点。工程局毛悠观、杜镜明和总工程师翁长荣来周旋一番。下午,我们几个人去横县县城走走。这个县城的街道和商店比武鸣还繁盛一些,在广西也算个大县了。这与西江的轮船交通有很大关系。县城百货大楼建得太大,货又不多,显得四处空空洞洞的。

晚上,同毛、杜、翁他们闲谈中医、疾病等问题。

12月9日 上午,由毛悠观、翁总工程师和变电站站长王醒民陪同去参观水电站。

这是一条长长的拦河坝,把西江堵住了。一共17个溢流孔,现在只开一个孔,从那里涌出的水花,十分壮观。

工程是相当伟大的。如果四个机组全安上,可以发电23万千瓦。现在只安了一个机组,电已经用不完了。

我们看了看机器,看了看坝桥,觉得我们的人民什么事都能做得出来。五年时间,居然把一条大河改观,能使它发出电来,造福千百万人民。

下午2时半,我们离开工程局,往回走。走到半路去校椅圩逛逛。集市上东西多,牛市交易很旺,家禽、蛋品和蔬菜供应很丰富。照这样下去人民生活就有生机了。

12月10日 恢复写第二部的第1章。进展不快。收到作家出版社汇来第三次印刷《美丽的南方》的版税528元。晚上,看电影《飞刀华》。

12月11日 收到王仰晨来信。说是《美丽的南方》明年一季度末或二季度初,可能重印,到时可能印得多些。

上午,听书记韦国清同志为全区地市委书记会议做的总结:一是今冬明春集中力量搞生产救灾;二是1976年以前的建设的设想。

晚上,李丹来访。他来自治区党校学习。他的工厂有人去北京开会,看了我国自行设计制造的火箭影片。美制U2高空侦察机被解放军击落,用的就是自己制造的火箭。

12月12日 今天总算把第二部的第1章写完了。邓燕林代交涉订制的唱片柜和书架,已由王大鹏帮我带回。

晚上,去自治区影片公司看参考片。

12月13日 葛震夜里来访,说是在北京的人还是很关心我的情况,周扬还问到我的写作。

博白县文化馆陈列寄来稿件和信,说组织上交待写份"家史",请我提意见。

12月14日 给作家出版社王仰晨回信,表示对《美丽的南方》明年的再印没有时间做更多的修改了。给上海《收获》和汉口的《长江文艺》各去一信,征询他们对长篇小说的取舍态度。另外,寄给外甥培慰10本稿纸,以及粮票22斤,让他在乡下帮买些糯米。

今天早上,回头看看写的第2章,下午就没有再写下去。

12月15日 下午,李丹来我家漫谈。留他晚餐吃烙饼。晚间,同他去自治区影片公司看《前夜》。影片比小说逊色。

12月16日 今天赶了一天,把第二部的第2章写完了。

托秘书长高信去广州开会时,帮买唱片。

12月17日 到书店去,遇到自治区文联、文化局的熟人都在那里买书。钟国松说,要我送他一本《美丽的南方》。买了一套《资治通鉴》和《马恩全集》第17集等书,花去了43元。

《南宁晚报》一位读者来信说,他可以替我誊写文稿。意思是想通过抄写学习我怎样修改稿子。

12月18日 上午,文章写不出来,跑去南宁饭店向全区人民代表大会秘书处报到。本月21号开会。秘书处通知:代表在会议期间免费膳食,到国际旅行社开饭。

下午,写第3章。未写完。给陈列寄回他的稿件。

12月19日 上午,阮同来谈自治区文联的编制问题,让我不得不把写作放下。下午才把第3章写完了。

晚上去明园看影片《罪恶之家》。作者暴露批判资产阶级损人利己的罪恶是深刻的。

12月20日 收到邕宁县五塘英广公社韦荫腾来信(信寄到北京中国作协转来),询问《美丽的南方》中的傅全昭等人的通讯处,他要写信去向他们致敬。另外,还收到梁宁从荔浦县来信。他到那边搞“社教”去了,建议是否可考虑调柯丹来文艺处工作。阮同对柯丹来文艺处似乎不感冒。一个上午就这样跟阮同谈些无结果的工作过去了。

晚上去自治区公安厅礼堂出席广西人代会党员代表的预备会议。

12月21日 全区人民代表大会预备会议下午3时开始。

上午去找百色专区代表团长赵世同,未找见。在南宁饭店吃了顿午餐。下午2时去自治区文联看准备送京展览的美术作品。涂克做主人介绍作品情况。

收到李纳来信,她1月份去昆明,要到昆明深入生活一年,可能路过南宁。

第4章写了一个开头。

12月22日 出席全区人民代表大会。听了一天的自治区《政府工作报告》。

12月25日 广西人民出版社的编辑来谈有关《美丽的南方》连环画的问题。

下午,秦兆阳来访。他出席这次自治区政协会议。事先我不知情。

12月26日 同秦兆阳去广西医学院附属医院看病。完了又到自治区文联的美术展览室看陈惠主持的黑龙江摄影展览。

晚上,带小孩田田、朵朵去自治区影片公司看喜剧片《大李小李和老李》。

12月28日 上午去自治区桂剧团找卞璟,将胡仲实的剧本还他。提不出什么具体意见。

下午出席自治区人民代表大会,选举自治区人委和主席、副主席。

12 月 29 日　听韦国清主席报告国际上反修正主义斗争的情况。

晚上去看自治区话剧团演《三代人》。主题和故事都是反映革命斗争故事的,但比较一般化。三代人为了革命工作表现了英勇不屈的精神,甚至有的还牺牲了生命。看后,不是很感人。原因是整个戏没有触及个人的情感世界,全是外在的义愤。

12 月 30 日　收到北京大学中文系学生陶文鹏的信和一张贺年片。他对《瀑布》寄予极大期望,祝愿我获得巨大成功。

睦边县初中英文教员曾文博来信来稿请求指教,并申述工作地点影响发挥专长,希望能到首府从事翻译工作。声称曾有两本译作在作家出版社和上海新文艺出版社分别出版。

《人民文学》编辑部一年一度照例来信问候贺禧。北京沙英、东兰县凌永庆各来一信,算是新年祝福吧。

12 月 31 日　1963 年过去了。整整花去了一年工夫,写了 35 万多字。明年上半年要完成同样字数的书稿还得花点气力才成了。

1964 年

1 月 1 日　天亮前两三个钟头时,一场大雨从天而降,至天明也未停歇。这或是去年旱得太久的缘故吧。刘宇一来邀去老口华安村访问《美丽的南方》的老地方,顺便把准备做连环画的龙廷霸带去。因天阴下雨,觉得不好活动,没去成。待在家里,刘就诉说起年终时受到单位表扬和批评事,还提到他的恋人黄婉秋困难的生活环境。一个人的成长往往是不能一帆风顺的。

自治区文化局岳平、吴克清、陈亚夫等来拜年。

同朵朵上街到邕华斋去挑选他们从上海、苏州等地购回的一些砚台等古董文物。看了半天,不知选那方砚台好。

1 月 2 日　又是一天的雨,将度假的人全锁在了屋里。给北大中文系陶文鹏、人民日报社沙英和在东兰县工作的凌永庆各写回信。

下午，去邕华斋取砚台。在那儿遇到几位画家：阳太阳、涂克、陈烟桥、陈更新和刘锡永，听他们品画。

1月3日　人民文学出版社寄赠一部《播火记》和一本《朱德诗选》，算是新年礼物吧。

《毛主席诗词》出版，书店先到平装本，特地跑去内部书店买了一本回来，读那没有发表过的10首诗词。

重写《瀑布》小引。将年前写的第5章做些修改。

1月4日　整天阴雨连绵。上午写了千字左右，第6章算是开了一个头。

下午去自治区话剧团找夏宗学谈他的电影剧本问题。

1月5日　去国际旅行社的理发室理发。晚上，李丹来看我买的砚台，同他又谈了一番文物商店的古董。

1月6日　连绵的细雨让我一天在房里写第6章。

晚上，区党委宣传部秘书长高信来，谈了谈中南局召开的文教战线"五反"会议。

1月7日　雨停了，天气阴沉。收到王仰晨来信，说是作家出版社准备寄赠日记本，作为新年贺礼。

秦兆阳回柳州去了，说过了春节就回南宁开刀割掉十二指肠溃疡。侄子陈乃器来信说春节要来南宁玩。当即给秦兆阳和乃器回信。

收到一本《毛主席诗词》的线装本。

1月9日　第6章上午才写完。柯蓝来信，说是春节后去北京修改《秋收起义》，望我提意见，最好在原书稿上划上红杠杠。

收到作家出版社寄赠艾明之的《火种》和郭小川的《甘蔗林——青纱帐》。

1月14日　下午，把《狂飙》的第7章写完修改。

晚上，去桃源路的市体育场灯光球场看"新运会"获得女子体操全能冠军的广西运动员王维俭表演平衡木、高低杠和自由体操。动作优美、干净、敏捷，实在是有高超的技术水平。

1月15日　一早，拟了第8、9章的提纲，觉得不必马上就写，我便先去文物商店取回几件古董再说。

1月17日 收到李耿的一信并附几首七绝，是歌赞毛主席新发表的10首诗词的，要我作和章。哪有才情来跟他唱和呵！

陈更新来坐了一会，谈广西美术工作如何开展的问题。

第8章写完了。

1月18日 开始写第9章，开头还顺利。下午参加部务会议，讨论全国工交企业会议关于设立政治部的问题。

1月19日 去自治区文联看摄影展的样品，顺便去展览室看云南画家周震的个人国画展览。此人对花卉造诣颇深，有些画并不亚于名家。吴三才来访。

修改《瀑布》第5、6章和写《狂飙》的第9章。

中南局宣传部要召开文艺工作会议，贯彻中央关于政治挂帅的问题。可能又派我去，写作又被打断了！

1月20日 阮同来谈文艺工作问题，去了一个上午。

《瀑布》开始在《南宁晚报》上连载。

1月21日 整天听传达中央工交会议。

晚上，看电影《金沙江畔》，惊险的事件写得很勉强。

1月22日 第9章写完了。晚上，同苏上杰去看粤剧团杨丽珠演《李双双》。给凌深源写封信，顺将几篇习作退还。

1月23日 季达来访，与他谈广西民族学院的情况。

1月24日 谭葫溥从南京来信。他和了毛主席的一首咏梅诗。

1月25日 李纳来信。她过完春节就从北京去昆明，不绕道南宁了。还说她的一部长篇小说已被《安徽文学》拿去，但是，准备挨打击，因为不是写当前斗争的东西。

1月27日 《狂飙》的第10章写完了，第11章开始写出2,000字。读《浪涛滚滚》，并不觉得十分新鲜。写一对夫妻，女的进步，男的保守，在建设水利工程中证明了谁是谁非。

晚上，看电影《七十二家房客》，暴露解放前广州的小市民生活，资产阶级人吃人的社会病态。

1月31日 收到北京大学陶文鹏来信。晚上，去文艺俱乐部看《音乐家》。

表现艺术家的成长不能放在温室里培养。

2月1日 第12章写完了。晚上,去桂剧院看自治区彩调团演《李双双》。

2月3日 《狂飙》的第13章开始写。晚上,去看电影《自有后来人》和《蚕花姑娘》。

2月5日 上午写完第13章,下午写第14章的开头。

晚上给谭荫溥、李纳和柯蓝夫妇各写回信。

2月6日 早晨大雾。听韦国清书记作时事报告。

2月8日 作家出版社王仰晨来信,说是在《广西文艺》上看到我的《瀑布》序曲,喜极,问何时可写完。

2月11日 又下起雨来了。

整天埋头赶写第14章,还是写不完。阮同来谈了一下关于中南局宣传部召开的文艺工作会议精神。

2月12日 上午,去葛震处听岳平传达中南局传达的中央政治局对当前文艺工作意见。

葛震说,文化高潮又来了。大家的意见是要把我抽出来写剧本,葛震征求我意见。我表示只能当当参谋,执笔是困难的。

下午,继续将第14章写完了。晚上,上街买年货。

接到柯蓝来信,说是于黑丁、魏伯等人议论广西文艺工作没有做好,培养不出人才,刊物也办不好。

2月13日 听到鞭炮声,天上还落下了毛毛雨,农历年初一到了。为避开拜年的人,一早就去看五省木刻展览,下午又去看全国摄影展览。但仍没躲掉自治区文联蓝鸿恩、黄青、谢敏,以及吴三才、刘宇一和高信等这么一批人的拜访。

2月14日 自治区歌舞团的韩林、王志敏等三人来听我对《僮姑》剧本的意见。

晚上,到桂剧院看自治区评剧团演《会计姑娘》。散场时遇大雨,冒雨回来,衣服鞋帽都被打湿了。

2 月 15 日　去文物商店看画。遇见马伟,同他一块儿回家来。恰巧贺亦然和张黎敏也来看我新买的砚台。下午,李寅、胡仲实来谈文艺工作如何革命化,谈了很久。晚饭后,谢福铭夫妇来拜年。曾碧玉和叶宁两口子也来了。

2 月 17 日　霍泛来访,谈到要陈惠兼管文物商店。

晚上,在葛震家讨论如何贯彻中南局的文艺会议问题。

2 月 21 日　本来今天可以写完第 16 章,突然来通知,去听邓小平关于政治形势报告的传达。内容可概括为四句话:帝国主义四分五裂,亚非拉民族革命高涨,中苏分裂不可避免,斗争的前途光明。

2 月 22 日　仍然要去明园饭店俱乐部听传达,中南局关于学习解放军,学习大庆油田,学习上海和七年规划问题。

以后地方的政治思想工作要全盘学解放军的办法,各部门都设政治部。1958 年学的是军事组织,现在学的的政治思想的领导,前者是外表上形式的东西,后者是思想内容是抓住了灵魂。

另外一件事是一些老弱的老干部将被供养,退休下来让位给年轻有为的接替。被供养的老干部人除了原来职务不再担任外,其他待遇不改,衣食住行仍然由国家包下来。

2 月 25 日　感冒了,到广西医学院附院去取来好几种药。谭流来访,聊了大半天。

晚上,凌永庆拿篇稿子来请教。

2 月 26 日　寒冷仍然如故。

晚上,去自治区影片公司看上海滑稽剧团的舞台艺术片《如此爹娘》,写资本主义思想的丑陋面目,淋漓尽致。

去看黄勇刹。在他屋里正坐着一群百色文工团、文化科的客人。

2 月 27 日　董启翔来访。晚上,秦兆阳来访。同他去葛震处坐了一会。葛震给他写了一张纸条去看叶馥荪,接洽十二指肠溃疡手术的事,表示对他这种人的关怀。

2 月 28 日　谭流又来谈了上半天。第 17 章的末尾到下午才写完。

到文物商店去遇见秦兆阳。市委书记范清涛也在那里,同他谈了谈我对南宁市政建设的感想与意见。

2月29日 开始写第18章。晚上,去自治区桂剧团排练场看农村文化工作队演出农村节目。

3月1日 雨雾蒙蒙,到桂剧院去看江苏水印木刻展览。晚上,去自治区影片公司看电影《汾水长流》和《我们村里的年轻人》。前者反映农村合作化开头那几年的阶级斗争,比较深刻。后者写农村知识青年搞水电站,有点不实际。

3月3日 得了《南宁晚报》的稿费,可以还文物商店的古董账了。晚饭后冒雨上街还债去。

卢林来信说,在他周围的青年人中听到《瀑布》受欢迎的声音。

3月5日 中国青年出版社来信询问《瀑布》写作进度。即复一信。

3月7日 第20章写完了。到"国旅"理发室理发。

晚上去广西医学院附属医院,见到杨江、秦兆阳。杨江说,内蒙的海拉尔市附近有种矿泉可以治疗肠胃病,他就是吃了这种水把肠胃病治好的。

3月8日 晚上,同蓝直荣去看粤剧《争儿记》。

卢林来访,他已经在市园林处找到临时工。又传达某些读者对《瀑布》欢迎的情况。

3月9日 上午去听传达中央2月间答复苏共的三封信。下午开始写《狂飙》第21章。

到自治区文联去找《安徽文学》,想看看李纳的作品,还未见发表。

3月10日 第21章写完了。晚上,在自治区电影公司看朝鲜片《时代的凯歌》。

3月11日 第22章开了个头。读燕妮回忆她同马克思在动荡年代的生活。文笔婉转动人,如见其人,如闻其声。

3月12日 晚上,去看《刘三姐》演出。说是为了给电影制片厂导演看,准备拍舞台艺术片的。媒婆这个角色太过放肆,使人感到有点肉麻。真是把肉麻当有趣了。

3月14日 校对《瀑布》第11章。

陶文鹏来信，想回广西工作，因考研究生已无望。还讲到艾明之的《火种》写得好。

3月16日　人民文学出版社寄赠一本日记本。开始写《狂飙》第23章。

3月17日　邓立民从隆林县岩茶区委会来信。下午区党委宣传部秘书长高信来谈提拔干部问题。晚上，去自治区影片公司看电影《蓝色海湾的舰长们》。

3月18日　第23章写完了。但是灵感很少。

3月20日　第24章写到了尾声。晚饭后，同朵朵散步到河边看即将完工的邕江大桥。听到市民聚谈：

"国民党的世界就不可能造这样的大桥。

"嘿，他们把钱都捞到荷包里去了，当然不会做这样的事。

"只有共产党才有这样的事。"

人们看一个政府往往是从它对社会事业所造成的功绩来衡量的。这座桥的确很能说明问题。

3月21日　吴三才来访。他对《瀑布》还是很感兴趣的，但也说了句有意思的话，是不是写瑶族的风俗太多了一些。

写完第24章。

3月22日　一早校对《瀑布》第13章。尔后，翻阅《中国历代诗歌选》。

3月23日　莫福枝，现在是珠江电影制片厂的厂长。因为10年前我们曾经在省委宣传部一块工作过，特地来看我。随他而来的还有编辑肖惠琴和一位导演之类。肖是张波的爱人，张有一信给我。看了信才知道张波也是黄流的朋友，我们在东北见过。张波现在珠江电影制片厂做导演。十几年很容易就过了，但又像是隔了半辈子那么长。

上午，重拟《狂飚》最后一部分的提纲。打算再写十六章就结束了。一星期两章，还得八个星期，就是要到5月下旬才完得了。再利用一个月时间来回头看一看。到"七一"以前准能结束了。

3月24日　突然得到通知去部里开会，讨论提拔几位干部为副处长。晚上，去看英国电影《抗暴记》。写德国纳粹匪徒在意大利屠杀犹太人的罪行，而受难儿童得到修道院修女拯救的故事。电影反法西斯主义的效果很好,就是存在着严重的人道主义思想。

3月28日 到"国旅"理发室理发,顺便去看望正住在"国旅"的珠影厂的肖惠琴,她把我拉去见见她的同事张早。他正在读广西新近写的剧本。

第27章写了一个开头。谢福铭来访,留他吃面条。

3月29日 谭荫溥来信,说他已奉调某机械工业部当宣传部长。说是塞翁失一匹老马,见路上"洛西南特"(堂吉诃德的马名),不知是祸是福,只好骑着瞧吧。

胡桢及女孩和秦兆阳来访。

3月30日 写完了第27章。还剩一个半钟头书店要打烊了,赶紧去买了三本书。

3月31日 收到新疆伊犁农四师国营50农场二连彭杰写的读者来信,并附《美丽的南方》的读后感。说他受到这个作品极大感染,表达赞赏。

晚上,去看新疆歌舞团到越南访问演出回来的公演。节目很平常,报幕员倒是很漂亮。

4月1日 第28章写完。晚上,同朵朵去广西大学送别广西大学教授李润隆一家人。他调去沈阳东北工学院当教授了。

4月4日 第29章早上写完。从此,再写10章大致上可以结束《狂飚》初稿了。去看女摄影师摄影展览。

4月5日 下午,谭流来访,他已经调来自治区组织部另行分配工作。他想搞专业创作。

4月6日 上午桂挺宫和谭流来访,下午李彩金来谈工作。一天的时间被占去不少,写作进度受影响。

4月7日 下午,谭流又来,说老董希望他去自治区文联搞创作。我则提醒创作也有难处,请他自己斟酌。

4月8日 早晨,雷电交加。突然霹雳一声,家里的电话机被打坏,无法通话了。写完了第29章,第30章写了个开头。

4月9日　第30章还剩下尾巴。晚上,谭流来说组织部通知他到自治区文联去搞创作,是伍晋南书记交代的。我同他谈了谈创作的甘苦。

4月10日　去明园听周总理访问亚非14个国家的报告录音,写作只好暂停一天。

4月12日　早上去看全国版画展览和《从图片看香港》展览。

顺路走访董启翔的家。她说已从自治区建委请求得到九万块钱来造自治区文联的房子,但是找不到合适的地方。

《南宁晚报》副刊,办了好几个专栏,《瀑布》的连载每星期才有两三天能在副刊上刊发,这样断断续续的将会为难读者,索性主动提出来请他们停发。

4月14日　陈列从博白县文化馆来南宁改文章,上午来访。他说《瀑布》在他们那里有不少青年人喜欢。他写的一份"家史"在《广西文艺》4月号发表,但他不署名,作为玉林地委宣传部供稿。

到书店去看书,遇见诸葛鑫。

4月16日　第32章写完了,第33章开头。

谭流来访,先说是伍晋南书记召见;回过头来又说,伍书记对其规劝勉励了一番。

4月17日　夜来大雨。

上午,高信秘书长来谈几个干部的提拔和调整问题。本来前次会上已经研究决定了的,过后又更改。有的人就是太主观,只叫别人听自己的!这样开会讨论岂不成多余了吗?

4月18日　第33章上午写完了。

中午吃饭时葛震来,跟我解释某干部的工作安排问题。这事显然是高信把我昨天的话传给了他。另外,还督促我去参加农村社会主义教育运动。看来,要等下半年我参加完一期"社教"后再谈我今后的工作了。

4月19日　下午去参观正在建设的邕江大桥。桥面在铺柏油。南北的桥头和两边的栏杆也没有做好。"五一"是不能正式通车的,恐怕要到"七一"才能剪彩。这一工程是从1960年开始动工的,到今年已经四个年头了。正如我的《瀑布》一样,要四年时间才能弄完。

4月20日 开始写第34章。葛震和阮同来说,罗立斌调去做农村政治部工作去了,现宣传部里没人,还是要我出来做点事,这回全区现代戏会演要我抓一下。

4月21日 自治区文联刘慈德、韦艾菲来访。

王国强来信,他去了温泉参加高级干部的学习。

4月22日 白焰来信。说他去了岭头疗养院休养,还说严蒙得一种叫美尼尔氏的病,在家休养。

第34章写完了。

4月24日 听了一天的传达,关于毛主席两次讲话记录。毛主席讲话思想深刻,内涵丰富。谈及反修斗争能不能取胜问题时,十分强调真理刚被发现往往是在少数人一边的,列举哥白尼发现地球会转等事例来说明这个问题。谈到培养革命事业接班人时,他认为年轻人总归是比年老的更有干劲。群英会上,孔明27岁,孙权也只有20多岁。再就是说明事物总是一分为二的,有正确必然伴随着错误,成功是从失败中取得的。

4月27日 谢福铭来还单车,顺便买来一条活鲤鱼。好像是借用了我的东西,不还点礼过意不去似的。谢也太客气了,大可不必这样!他谈起写作上的甘苦,说茅盾对艾明之的《火种》提出了批评。

晚上找来《收获》读茅盾的评论。茅盾也没有完全否定《火种》,只是指出一些不那么合乎情理的情节。如范堂林这个比较有觉悟的工人,因为没有找到党,看不到出路而终于自杀。可是为什么找不到党呢?似乎不合逻辑。书中的主人公,一个比较落后的工人,后来的转变又太过于突然。还有,写蒋介石的南昌行营总司令部这一段故事极潦草。

4月28日 第36章写完了。到今天为止,整整写了二千张300字的稿纸。也就是说已经写成总共六十万字的初稿。

遇见黄勇刹,说《瀑布》对他是有吸引力的。把谭流的文稿《孩子的启发》还给他,提了两点意见。

去看电影《小铃铛》,一部儿童题材的木偶片。

4月29日 一天只埋头写,身边事几乎都不知道了。

4月30日 第37章又写完了。照这样下去,下月中旬可以结束初稿了。

5月1日 邕江大桥通车。

人民文学出版社诗歌小组刘岚山来组稿,说要来看我,我索性主动去"国旅"旧楼见了他。尔后和黄勇刹一起陪他去感受邕江大桥通车盛况。接着又去广西博物馆参观明清绘画展览。

5月2日 一家人上人民公园游玩。湖里架起了九曲桥,游人可以从湖上通过了。

在湖心茶亭,见到一位40多岁的女人,她是抗战时代广西的风流人物,现在,已经被时代抛在后头了。从她的表情里,看出她是那样的空虚寂寞,好像手上有样贵重的东西掉到江流里而感到无限的悲凉。

今日报载中国10名登山运动员征服了地球上8012米的希夏邦马峰。

5月6日 写完第39章。晚饭后散步至广西人民出版社大门口,遇见刘宇一、李惠和毛水清。大家在江边找张石凳坐下一块聊天。

5月7日 第40章几乎写完了,明天早上再补上点尾巴就可以结束全书。

晚上去看自治区京剧团上演马元杰创作的现代戏《在烈火中成长》。矛盾冲突不尖锐,情节比较一般。

5月8日 第40章的末尾,越写越长,索性把它另写一章,结果,成了第41章。第40章和第41章同时完成了。《狂飙》初稿就以41章的篇幅结束。

晚上,去看自治区彩调团公演周民震编的两个小戏。其中《小糊涂遇险记》对城市青少年教育问题作出了比较恰切的回答,故事情节人物安排得比较完整,趣味性也比较浓厚。

5月9日 早上在灯光下赶写《书后小记》。从此,有故事连续性的《瀑布》和《狂飙》两部长篇小说,算是写出了初稿。拟冠以《他留下的脚印》为上面两部书的总题名。

《他留下的脚印》从1960年开始酝酿到今天,整整过去了4年又5个月。写作时间从1963年3月8号算起到今天,刚刚一年又两个月,除了开会什么的,真正写作的日子,大约一年左右。一共写了300字的稿纸2,126张,约

637,800字。

一项大工程基本完工了,但是离验收还很远,更不知何时可以问世。

5 月 10 日　给中国青年出版社去信,商量关于《瀑布》的书稿交付出版事宜。

5 月 11 日　见到林克武,被他拉去谈话。他不久即将出任自治区文教办公室主任,极力想拉我去当助手。我想,与其去当政府行政部门的官,不如在党委宣传部门更单纯一些。

去看望秦兆阳。他打算本月 19 号出院了,说是想去看看葛震。

王仰晨来信,对我把书稿交中青社而深为震惊。希望我还是维持原议把稿子给作家出版社。

去找黄勇刹,未遇。与马元杰谈他《在烈火中成长》存在的问题。回家见到黄勇刹正在那儿等着我,同他谈了谈他写的《刘三姐》电影剧本。

晚上,看《僮姑》。去同葛震谈了谈。

5 月 12 日　科教电影制片厂厂长程默来拍瑶族生活史。他说是当年在延安电影团的,与我老相识了,一定要来看看我。我索性跑到他下榻的明园饭店去,同他谈了些旧友。终究与他不太熟,彼此多少有点客气。

到自治区歌舞团同张德元、王志敏和韩林芝、易汀两位团长谈昨晚看了《僮姑》的问题。中午在那里吃饭。

下午,去看百色演的《水轮泵之歌》。戏的情节比较自然朴素。

晚上,看桂剧《开步走》。这恐怕算是桂剧比较生色的了。演员、导演、剧本、音乐都不错,比原来水平提高一步。导演张文很热情地期望着对她的工作提意见。

给王仰晨回了封信,说明不能践约的原因。

5 月 13 日　上午,又改写《狂飙》的末章。

大前天晚上,部里曾开会决定要我在全区戏剧会演当中讲一次话。讲什么呢?又得花点时间准备一番了。

下午去听百色专署文化局局长介绍创作《水轮泵之歌》的经过。晚间,看越南人民军总政治局文工团演出舞剧《静宜烈火》。

山西省沃曲县中学陈伯紧来信，说《美丽的南方》给他上了一堂生动的阶级教育课，同时指出书中的一处谬误："乡试"指全省秀才的考试制度。考中的称作举人，头名又叫做解元，还是秀才了。

李润隆到了东北工学院后给我来信。

5月14日 去自治区桂剧团谈《开步走》的意见。下午去书店取《初拓三希堂法帖真本》。

晚上，看桂剧《春来风雨》。这与《僮姑》一样，问题比较多，矛盾冲突竟安排到公公与媳妇的关系中，不合常理。

5月15日 下午3时去伍晋南书记处谈在现代戏会演中，自治区直属剧团参加演出的几个戏的意见。一致认为《开步走》是比较成功的。《僮姑》问题比较多。

5月16日 到广西医学院附属医院取肝功能的检查结果：正常。去看新中国成立15周年美展创作草图。

5月17日 上午，参加讨论全区现代戏剧会演的新闻报道和宣传问题。下午，参加广西对外文协成立会议，被选为理事之一。

晚上，去自治区桂剧团参加听各方面对《春来风雨》的意见。当面恭维的话多。

中国青年出版社来信催稿，还汇来200元抄写费。

5月18日 全自治区现代戏剧会演今天正式开始。

上午去听罗立斌的传达报告。下午，同葛震去参加会演临时总支的成立会。

晚上，看首场演出僮剧《水轮泵之歌》。

5月19日 去"国旅"看望岑范（上海海燕电影制片厂导演），同他和黄勇刹、邓凡平去西乡塘参观广西民族学院。

晚上，看桂林市桂剧团演《在生活的激流里》。收到南宁铁路中学颜运祯来信，谈调动工作问题。

5月20日 下午，看评剧《红花妹》。晚上，在南宁饭店吃完晚饭，又同葛震等去看玉林地区粤剧团演出《凤凰岩》。此剧问题多，作为戏剧的架子都没有搭起来。

给山西省曲沃县中学陈伯坚、南宁铁中颜运祯分别回信。

5月21日 上午去南宁饭店同阮同谈了谈关于全区戏剧会演的讨论和评论问题。

收到谭流、樊篱各一信。樊篱已调进隆林县文化馆工作。

去《广西文艺》编辑部见到梁超然。谢福铭来访,希望能照顾他的家庭困难,把他调回南宁工作。

晚上,看柳州专区文工团演《瑶山之春》。

5月22日 上午,到红星大戏院看百色粤剧团演出《富山风光》。

收到作家出版社王仰晨来信并附来约稿合同,希望早签寄予他们。

哲学研究所副所长陈冷,25年前的延安"鲁艺"文学系同学,突然来信,叫我打听桂林地委副书记王英先,问他的长篇小说《枫象树》改编电影的事。

草拟戏剧会演的讲话提纲。

5月23日 "在全区现代戏观摩会演大会的发言"提纲写了一天。

晚上,看《青狮潭上凤凰飞》,由平乐县桂剧团演出。散场后,葛震要我留下来和相关人员座谈评论,一直座谈到第二天凌晨1点。

5月24日 去看邓凡平。去《广西文艺》编辑部见到张小军。听说贵县大圩一位14岁的小姑娘黄琼瑶写了一篇家史,很有才华。

给王仰晨回信,并签了一份约稿合同寄还他。给陈冷回信。

晚上,去看自治区京剧团演出《在烈火中成长》。

工交部人事处邓著孙来访,留下一部《生活里的原始矿藏》,要求帮他看看提意见。

5月25日 在大会议室听陈毅访问14国录音报告。给新疆伊犁国营50农场二连彭杰回信。

晚上,看桂林市歌舞团演出《深山红旗》,其中把1961—1962年农村的阴暗面写得过多,不宜宣传,另外戏剧的矛盾冲突也不尽合理。

5月26日 上午,继续听陈毅的录音报告。下午,到伍晋南书记家参加讨论《刘三姐》电影脚本。

晚上,看兴安县桂剧团演出《聚宝盆》。

5月27日 上午,去"国旅"看望上海天马厂编辑陈庆孙等,顺便又同岑范谈对《刘三姐》脚本的一点意见。在黄勇刹房间里见到了蓝鸿恩,谈了谈如何整理民歌手的资料工作。

下午见到梁宁刚从乡下搞社会主义教运动育回来。在葛震处讨论大会发言,葛也乐得同意我不在大会发言想法,由他讲就算了。

晚上,看梧州粤剧团演出《山花烂漫》。

5月29日 上午,去"国旅"旧楼看望到访的广东摄影协会副主席蔡俊三、陆青山和秘书长苏湘。蔡60多岁的人,满头白霜。

葛震来找我谈现代剧会演的讲话问题,顺便同他谈我的工作问题,没有什么结果。

晚上看《夺粮》,百色文工团演出,故事结构杂乱。

5月30日 上午开部务会议。下午同中国新闻社摄影组谈《广西游记》的电影剧本的问题。

晚上,看邕剧《春满柜台》。

刘宇一为他与黄婉秋的恋爱关系而焦虑。

6月1日 上午,同葛震去"国旅"看望蔡俊三一行。下午参加葛震准备在现代剧会演会上的讲稿讨论。

晚上看南宁专区文工团演《红围裙》。

由黄庆元介绍认识《枫香树》的作者王英先。

6月2日 上午座谈《广西游记》脚本。下午到南宁饭店开会,讨论会演下一步如何鼓劲的问题。

晚上看南宁市演出的话剧《接班人》。

6月3日 上午去南宁饭店同郭铭商量到中南局开会的事,看看广西要带去什么意见和建议。下午在葛震处讨论他将在会演大会上的讲话稿。晚上,去自治区影片公司看《周总理访问西亚北非14国》的纪录片。

6月4日 出差广州,向中南局宣传部汇报广西现代戏会演情况。下午1

时50分从家坐汽车去飞机场,3点20分飞机起飞,5点10分到广州白云机场。下榻越秀宾馆320号房。

晚上,魏伯来相见。同湖南省委宣传部副部长佟英一块跟魏伯了解明天会议的开法。

6月5日 中南局宣传部召开的关于现代戏会演的汇报会开始。会上,见到相隔多年不见的张建虹。她变得老了些,也胖了些,对我似乎不认识了。到了下午,她才把我想起来,趋前跟我打招呼。打过招呼后,好像熟人朋友般地亲热起来。

晚上,到铁路工人文化宫看华南歌舞团演出歌舞节目,未见得精彩。演出中间休息时,遇见李鹰航。他约好我,星期天晚上来宾馆找我。

6月6日 继续听各省汇报。下午,珠影厂莫福枝来谈《刘三姐》拍摄电影事。晚上,看话剧《一家人》。

6月7日 一早到越秀山五层楼下散步。此地三十年前我在广州读书时经常上去玩,当年这里的越秀酒家现在成了干部宿舍,房子已经残旧,轮廓却还认得。当时仲元图书馆,现在改为广州美术馆。记得小北山脚的红棉酒家,我当年曾经进去喝过汽水,现在成了"北园",还在卖冷食点心。

想想当年只望能在广州这样的城市当个小学教员就已经心满意足了,哪敢奢望会有今天这样的命运呢?

下午,去看李鹰航、陈晚柳一家。他们也是儿女成行了。大女儿已经成了大姑娘。

晚上,看羽毛球锦标赛,两名福建男子单打选手的争夺战,十分激烈精彩。

6月8日 上午去中南局办公厅听宣传部教育处长传达中央宣传部召开的大中学校政治教员有关政治课问题的会议精神。听了半天,脑子形成不了一个概念。下午听魏伯作会议总结。

张建虹诚意邀请会议结束后去她家做客,时间不允许,明天就得离开了,我只好婉谢。她说,等到中南区现代戏会演时,来新华社找她。

6月9日 昨晚读林默涵在河南省文艺工作者会上的讲话稿未读完,凌晨4点醒来又继续读。早晨6点,茶房来喊起床。吃过早点,6点半赶到广州白云机场。

上午7点飞机起飞,8点59分到南宁机场,坐汽车45分钟才到家。

到葛震处汇报。

收到谢福铭信。收到作家出版社的《美丽的南方》第4次印刷稿酬795元的汇款通知单。

6月10日 上午10点,向伍晋南书记汇报关于中南局宣传部召开的现代戏会演会议的情况。

下午,到南宁饭店开会,讨论现代戏创作座谈会的有关问题。

晚上,看自治区歌舞团演出《僮姑》。

6月11日 修改《狂飙》。

晚上看自治区桂剧团现代戏《开步走》。

6月12日 上午听葛震在现代戏会演会上的讲话。下午修改《狂飙》。

晚上7时半去伍书记处讨论现代戏今后如何开展的问题。

6月13日 整天都到自治区人委礼堂听葛震在全区现代戏会演会上的讲话。

6月14日 全区现代戏会演闭幕。照全体相时遇雨,一千多人成了落汤鸡。照相后,会演组委会在休息室研究讨论,决定大戏《开步走》《红花妹》,小戏《小糊涂遇险记》《妈妈你错了》《红围裙》等节目去参加中南区会演。

苏上杰、刘宇一和蓝直荣来访。后想同刘、蓝去看划龙舟。人太多、天太热,没看成。

6月15日 上午修改稿子。

下午去南宁饭店讨论创作工作会议的日程。遇见邓凡平,同他谈广西作协工作。

6月16日 整天向创作座谈会传达林默涵在河南省的讲话。

6月17日 上下午都在南宁饭店开会。

6月18日 白天参加创作座谈会的小组讨论,晚上听各小组长汇报。

杨矗来帮我收蜂蜜,约得蜜糖10斤。我的这箱蜜蜂繁殖生长很快,几乎占满蜂箱。今在南宁饭店偶然发现大批旧蜂箱,花3元5角买回一个,准备将我那箱蜜蜂一分为二,分出一群来弄成第二箱。

6月19日 参加创作会议。下午,同葛震去广西美协展览室看国庆15周年美展草图。

6月20日 上午去南宁饭店同座谈会小组长碰头后,便去广西医学院附属医院看病。

6月21日 上午参加创作座谈会。收到王仰晨来信问候。晚上去电影院看电影《独立大队》。

6月22日 参加创作会议。晚上,听中央歌剧院的演员李光羲、郑兴丽等人的独唱音乐会。

6月23日 上午参加创作会议,下午在家准备发言稿。晚上开会准备总结。

一位空军部队的《瀑布》读者杨清山,驻地从西安转移到了湖南,专门来信问候。

6月24日 上午在创作会议作总结发言。

下午到广西作协,同邓凡平、黄青等人开会,讨论作协会务和专业作家的工作问题。

6月25日 上午去广西艺术学院看舞蹈班毕业表演。这帮年轻人,1958年秋季考进来时十二岁左右,现在个个都成了青年人了,大家的舞蹈也都学得不错。

6月26日 到广西作协去参加一整天的会,聆听各个作家的创作计划和深入生活的打算。

6月27日 改《狂飙》。收到柳州钢铁厂保管处杨玉琛写的剧本,他请我提意见。

6月28日 同黄青、黄勇刹、蓝鸿恩、梁宁等去武鸣。考察那里的僮文学校,有几间房子可做招待所。如果到那里去写东西,晚上还可以到灵水去游泳,这一点倒是不错的。

6月30日 改《狂飙》。晚上到广西军区礼堂听自治区党委书记乔晓光作"七一"43周年纪念会的报告,内容讲学习毛泽东思想问题。看中央工作会议文件。

半年的时间又过去了。这半年还是不能把长篇弄完,又得占用下半年的时间。看来弄好一个作品很不容易。

7月1日 整天去听韦国清书记传达中央工作会议,毛主席的讲话主要有两点:一、关于加强国防备战问题;二、关于培养接班人问题。

7月2日 早上,把《狂飙》的前三十章校对完了。下午去人民公园的白龙茶厅参加广西作协召开的诗人座谈会,讨论《诗选》出版以来的问题。

7月3日 上午去葛震处讨论自治区文教战线的"五反"问题。下午参加自治区文教战线各厅局长讨论全区三级干部会议的预备会议。晚上,谭流来访。

李又然来信,请代推荐他到大学教法文。

7月4日 改《狂飙》。晚上看重庆杂技团演出。

7月5日 李丹来访。下午,全区三级干部会开始,韦国清书记传达国际上反修斗争(国际上的阶级斗争)问题。

7月6日 参加全区三级干部会议,听韦国清书记报告关于社会主义教育——"五反"运动(国内阶级斗争)。

下午,去自治区文联找蓝鸿恩、黄勇刹谈下乡的事。

晚上去广西人民出版社见苏上杰谈《狂飙》的誊写问题。

7月7日 上午去听全区三级干部会,韦国清书记作报告。下午改《狂飙》。晚上,看新闻纪录片《把兵练成这样》。

7月8日 上午参加全区三级干部会的小组讨论。下午改《狂飙》。

7月9日 中南局宣传部魏伯来看现代戏的节目,同罗立斌去明园饭店拜访他,同他大致上谈谈日程。蓝鸿恩来访。

李纳来信,她四个月前去云南下关几个少数民族地区游历。现在住大理地委党校写文章。给她写回信。谢福铭来信。

7月10日 上午参加全区三级干部会的讨论会。

晚上,陪魏伯一行看自治区评剧团演出的《红花妹》。

7月11日 上午参加全区三级干部会。下午去人民艺术剧院看粤剧《妈妈你错了》。晚上去明园俱乐部看《小糊涂遇险记》。

7月12日 上午8时参加三级干部会,9时去看《开步走》。晚上看《成功之后》和《新媳妇》。魏伯说话剧写得不错。

7月13日 上午去自治区文联,见到周民震、宋郡、陈良、蓝鸿恩等人。同周民震谈修改《小糊涂遇险记》问题。

7月14日 上午改稿子。梁宁、阮同来谈工作问题。下午向乔晓光、伍晋南书记和魏伯谈剧目问题。魏伯对《开步走》比较肯定。

晚上,听广播《九评苏共中央公开信》。

7月15日 上午参加全区三级干部会的小组会。下午改稿。孟国基和刘玉龙来帮我照相。

7月16日 下午4点去明园俱乐部听魏伯谈对《开步走》的意见。

晚上陪魏伯看《妈妈你错了》和《瑶山之春》。

7月17日 听全区三级干部会的总结传达。

晚上,全家去桃源电影院看电影《金达莱》。

毛主席对全国各协会工作检查的批示:十五年来文联工作基本上不执行党的政策。

7月18日 上午去伍晋南书记处谈去中南区会演的现代戏剧目,和《刘三姐》拍电影的问题。自治区党委决定,中南局拿不出钱来拍,广西自已拿钱拍。

刘剑薰来访。李纳来信,她不愿被人看成是落后于时代的作家而极力表白。

晚上,蓝直荣来访。同他一起带小孩去邕江大桥观光。大桥上挤满游人,不少是来纳凉的。人一走到大桥的江面上,江风徐徐吹来,溽暑便消散无踪。

7月19日 三伏天的溽暑威胁着人们。在家待不住,逃去内部书店去看看书,遇见南宁市委副书记范清涛,以及黄英。同范副书记打听南宁市政建设的新闻。

苏上杰来拿去《瀑布》手稿。

高信来讲葛震要调走了,可能是罗立斌当部长。我想干脆还是去参加专业社教队,搞它几年,将来能写就写,不写就去做别的工作也好。但是不知能办到否。

7月20日 上午自治区文化局参加讨论准备去中南区会演的现代戏节目。下午参加部务会议。

7月21日 改稿子。广西人民出版社梁兰来访,想要我的长篇小说去出版。

7月22日 改稿子,朱莉从荔浦县来信。

7月23日 扶绥县城厢小学高化川来信说他对《故人》很感兴趣。

7月25日 已发表的《瀑布》前15章今天校改完。依然改得很乱。文章到什么程度才不需要改呢?改了四五回,读起来仍然不顺口。

7月29日 下午,郭铭来汇报自治区文联学习毛主席对全国文联的批语情况,以及准备参加中南区会演节目和少数民族文艺会演的事。

7月31日 天气热极,下午来了一场雨后,到"国旅"请中国新闻社摄影人员吃饭,作为自治区党委对他们为广西拍《广西风光》宽银幕彩色纪录片的酬谢。

写四封信。给在乡下参加"社教"的朱莉,给云南的李纳,给湖南长沙空军读者杨清山,以及外甥吴培慰。

8月1日 去自治区文联看三省影展相片样板。

8月3日 昨天看《开步走》修改本。今天李寅来谈《开步走》的修改。

8月4日 下午到广西军区礼堂听伍晋南书记动员"社教"的讲话。

仍然修改稿子,进展很慢。

8月5日 华应申、郑天健来汇报京剧现代戏会演情况。下午与罗立斌碰头商量部里工作。

8月6日 下午第二届全区体育运动大会委员会开会,我本来没有名字在里头,却被派去听会。

8月7日 晚上,去看被认为存在问题的反映阶级斗争的《北国江南》影片。

8月8日 酷暑,38℃。今年以来最热的一天。《瀑布》30多万字,今天算是定稿了。

8月10日 整天校正《瀑布》定稿。

晚上去伍晋南书记家,讨论《开步走》修改方案。伍书记顺便跟我说,组织决定我下去"社教"。

8月11日 黄勇刹来访,谈准备下乡及其《歌海漫记》的写作。

晚上去自治区影片公司看电影。

8月12日 高信来通知:自治区党委决定抽调各单位第一把手去"社教"。我下去的问题已经决定了。

8月14日 谢福铭来访。朱莉来信,报告在乡下参加"社教"的事。

罗立斌调农村政治部,突然来谈要干部的问题。

去明园俱乐部看内部参考片。

8月15日 中国青年出版社来信催问《瀑布》的写作情况。当天即寄出上部初稿。

8月16日 晚上看第二届全区运动会的游泳比赛。余明炎带回陆定一对文艺界夏衍、田汉、阳翰生等人的尖锐批评。

8月17日 刘硕良来汇报中南区现代戏会演改期的事。

北京来信,柯蓝将尤淇的信转来,叶克脑子长瘤,动手术后,二十几天不省人事,并说谭荫溥转造船工业部。

8月18日 上午,高信传达自治区党委组织干部下乡下厂搞"社教"的决定。我被派往靖西,下月初动身,今天开始学文件。

白焰来信,患神经官能症不能用脑子。

8月19日 今天,一部长达66万字的初稿《他留下的脚印》——《瀑布》和《狂飙》上下两册,全部校正完毕。下午寄给中国青年出版社。

晚上,我去看葛震,他从北京回来,讲起北京文艺革命整风的消息,好多大人物都被点名批判了。

8月21日 刘少奇主席到广西视察社会主义教育运动。

今天上午在广西军区礼堂听刘夫人王光美报告她在湖南省抚宁县参加"四

清”试点的典型经验。下午到明园俱乐部听刘主席向厅局长以上干部做“四清”“五反”的报告。

8月22日 继续听刘、王二人的报告。

晚上,到自治区影片公司看解放军文艺节目的舞台艺术片《旭日东升》。

8月23日 中国民间文学研究会卓如等二人来广西,带有贾芝一信。晚上去她们下榻处会面。

上午,同李丹去看第二届全区体育运动会的跳水、体操比赛。

8月24日 去广西医学院附属医院检查肝功能。据大夫陈叶清说,脾脏肿大较突出,422的超声波情况比较密集。总之情况不佳。听说两年前在一起养病的肝炎病友已有三人去世了。

晚上看内部参考片《理智反对疯狂》,是苏联的反战纪录片。

8月25日 上午听周总理对本届大中专毕业生所做的报告录音。下午去看国庆15周年美术展览预展。

晚上,霍泛来交代下乡“四清”的事。下月五六号可能就下去了。

8月26日 学习《双十条》,准备下乡。下午参加讨论反修等问题。

晚上蓝鸿恩、黄青、黄勇刹、梁宁来访,谈下乡问题。谭流、苏上杰也来,未谈什么。

8月27日 下午参加自治区党委宣传部的干部学习。顺便去看了看董启翔,她从北京看病回来。

8月28日 上午8时半到霍泛办公室开会。下午听葛震传达自治区党委常委扩大会议。晚上去看画展。

8月29日 上午支部委员扩大会讨论干部个人鉴定。

8月30日 到葛震处,讨论文艺整风问题,未得结论。

8月31日 下午3时半到自治区人委礼堂听乔晓光书记动员下乡参加“社教”报告。

收到《羊城晚报》约稿:批判《三家巷》。

9月1日 上午,党支部和部务会联席会,开会给部长们做鉴定。

下午去自治区文联找黄勇刹谈下乡问题。晚上，看越南电影《金童》。

9月2日 上午参加干部鉴定会，讨论对罗立斌的鉴定。

9月3日 上午继续干部鉴定会。下午同邓凡平、黄勇刹去看《刘三姐》影片的导演岑范。

晚上，参加罗立斌对葛震提意见。

9月4日 上午继续干部鉴定会。今天轮到对我的鉴定。大家提出二三条优点：掌握文艺方针政策，表现立场是坚定的；对政治相当敏感；态度平易近人，不摆架子。缺点：大胆负责精神不够，斗争性不强，遇事知难而退。

晚上，涂克来访，说郭铭在自治区美术创作会上号召美术界揭盖子，批判形式主义。郭铭这样制造紧张气氛，让他很不安。

9月5日 上午部务会。葛震传达陆定一在全国学校政治课会上的讲话。

下午3时到广西医学院附属医院看检查结果。叶馥荪大夫不同意我下去搞"三同"，认为肝炎病况仍在波动，脾增大，肝也大了一些。

9月6日 带朵朵到邕江桥头去看八千多人横渡邕江，人山人海。买只小西瓜吃，仍不解渴。

下午落雨，梁宁来问下乡身体能否支持。

9月7日 上午同部里文艺处商量筹建文艺理论研究室的事。下午继续给葛震做鉴定。晚上收拾行李，准备明早去靖西。

9月8日 凌晨，起床同小孩们进早餐。这次到靖西县参加农村社会主义教育运动，至少要到明年春节才能回来了。上午7时半，自治区卫生厅黄征来邀，坐他的汽车一起走，同车一块动身的还有组织部的任国璋。

8时半到武鸣县，11时半到田东县。在田东吃午饭。中午12点一刻汽车继续开行，在摩天岭走了两个钟头才到德保县，到靖西县时已经下午5点了。

靖西到德保一带沿途都是一片绿色的秧田，石山环抱，山峰秀丽，风景颇佳。与先遣队的干部会合，在街上走了走。

9月9日 靖西气候，早晨必须穿长袖衣裳了，秋意已浓。

一早大雾绕山。同任国璋、黄征到滨山寺、龙潭去逛了一个上午。下午，同导演岑范等人到旧州去找《刘三姐》电影的外景地。晚饭同黄勇刹、潘荣才在街上用餐。

晚上9时半，霍泛来召集开会，提出工作上几个问题。会后，他来我们屋里谈备战的事。

给凤乡和中国青年出版社各写一信。给家里的孩子们买5包山楂糕，托司机明天带回去。

9月10日 霍泛同志传达中南局陶铸传达的中央会议精神。

下午参加讨论"社教"工作队员的部署。晚上同黄勇刹、蓝鸿恩谈工作问题。

9月11日 考虑了一番，觉得自己对农村工作经验根本谈不上，如果跟着霍泛去抓重点，不过是去凑数，会影响工作。决定还是同黄征一起留在郊区的公社蹲点，取得经验再说。霍泛同志马上就同意了。他对我没有特殊要求，基本上是顺着我的意愿的。这样一来，我就等下月初才同大队人马下到点上去了。

早餐后，同黄征到岳圩，一个中越边境的圩场去看了看。这里的居民与我家乡扶绥的有类似之处。

9月12日 今天是靖西街的圩期，各村姑娘和小伙子趁着圩日来到圩场吊膀子，有的还跑到城郊唱山歌。再过一个星期就是中秋了，街上新添了一种商品——中秋月饼。

参加小组讨论，晚上听蓝鸿恩汇报。

给凤乡写封信。开始读艾明之《火种》。

9月13日 一早，同黄征等人到亮表公社去。步行6公里，公社就在公路两旁，八个自然村绕着碧绿的田畴，田禾非常茂盛，长有一人高，到处听到淙淙水声。这里粮食早就过关了，平均一人一亩多的保水田。公社书记是下放干部，看样子颇为傲慢懒散。

9月14日 请郊区党支书韦立坤来汇报亮表公社情况。下午上街理发。同蓝鸿恩、黄勇刹他们商量进村调查的问题。

9月15日 上午听杨烈、霍泛报告关于工作队入村的问题。

下午参加工作队讨论。

9月16日 到县文化馆找葛振民馆长和画家莫若莹谈话。他们说在南坡小学有位岑朝士写过一些作品，曾发表于《人民文学》；旧州有位赵大乙社员能画很好的画。下午帮叶宗翰看他的一篇作品。

9月17日 上午见到朱守岗谈文工团下乡参加"社教"运动问题。下午听杨烈关于入村工作的具体做法的报告。读完了《火种》。

9月19日 天气已经入秋了。早晨已觉凉意。

下午，听工委杨烈和黄肖林关于入村工作的报告。

陆里从南宁来，同他和李宝靖、潘荣才、邓二龙等散步。

9月20日 中秋节。到招待所找陈家轩、李青谈入村编组问题。到医院吃午饭，黄征拿**5**元钱叫他们做了几个菜。白斩鸡味道并不好。

下午听工委杨烈讲整个工作团的部署和训干问题。

晚上，遇见朱守岗，同他一块看他们文工团演出《新媳妇》和《刘四姐》。看完戏，同黄征、蓝鸿恩、黄勇刹、潘荣才、陆里、凌永庆等人到公园去看歌圩，青年男女对唱山歌。

万里无云，皓月当空，不失为良夜。听了一会山歌，听不懂。回招待所同黄勇刹他们吃月饼。

9月21日 上午，分工委开会讨论训干问题。随后同黄征到工作队去传达。

收到中国青年出版社来信，附《狂飙》的收据。

9月22日 上午，同陈家轩、李青讨论先遣队人选问题。下午去田东县翔良区找区委书记陆景明谈人员情况。

蓝鸿恩、黄勇刹来访，晚饭后同他们到五里桥，见到四乡来趁圩的青年男女对歌。

9月23日 到工作队小组去参加讨论。到田东县翔良区工作队见到陆景明书记。

孟国基来了，他曾是百色军分区副政委，当地不少干部群众熟悉他，他到哪里，哪里的气氛就会骤然活跃起来。

9月24日 上午参加小组讨论，到田东县翔良区工作队去听了听。晚上看百色文工团演出《夺印》。

9月25日　一早收拾行李，准备到亮表公社来。黄征和孟国基也同来。到公社处找到育种站的一间白房子住下。然后去那都、大小晚几个自然屯走了走。

收到内部书店赵德玲信，说《文史资料》46、47两辑已寄出。

晚上，召开生产队长会，布置捉虫。

9月26日　起床时，晨雾未散，面对峰峦，十分美妙。一早，同黄勇刹到赵远登家去通知他，今天在他家吃晚饭，然后同他一块到田里去捉卷叶虫。打着赤脚下到水田去，给一蔸一蔸的水稻作检查，有些稻米已被虫子咬得很厉害，严重影响出穗。

自治区文化局农村文化工作队叶宗翰来访。给书店赵德玲回信，附4元书款。

晚上，到赵远宁家访问。

9月27日　一早到赵远登家吃早饭，仍旧吃玉米粉做的糊糊。完了，又同他一块去田里捉卷叶虫。今天露水很大，稻禾长得高，齐腰地方的衣服全弄湿了。

胡晓光来说，如果肝区疼就回去吧，说是组织上说了，不要勉强。临来时，杨烈也说了，霍泛交代不让我“三同”。现在，我们已经“两同”：同吃同劳动，就差同住了。

9月28日　上午，同陆里、农云清去弄勿村访问。走访几家贫下中农。看到他们开始收割八月谷了。他们将小糯谷煮了晒干，然后去壳，再煮成糯米饭，据说很好吃。

下午，开会听汇报。晚上，访问赵永伟、赵福礼家。

胡晓光又来，跑去田里帮老乡捉虫。

9月29日　早上，同蓝鸿恩、潘荣才、凌永庆到峙表黄高明家去，同他一起去割八月稻。男女社员十多个人，一下子，一亩多的稻田便割了一大半了。我旁边一位不落夫家的妇女同她的同伴说说笑笑，听不懂她讲什么。蓝鸿恩对我说，注意不要把脚割伤了。我却不在乎地回答“哪能就把脚伤了呢？”不料，不多一会,果然,自己的镰刀喀嚓一声,把右脚踝拉了一个大口子。好在潘荣才在旁边,用他口袋里的消炎粉给敷上,不然血就会流得更多。坐了一个来钟头,血止住了。一位陆荣廷时代的老兵(辛亥革命时曾卫戍过南京)把我引到干旱的田基上走回来。

下午,城里的大夫来给我看脚伤,认为伤口较深,回头去叫护士小朱给打破伤风防疫针。工作组学习《双十条》(修订草案)。晚上,弄亮屯开生产队长会,我因脚疼,很早就睡了。

9月30日 工作组上下午都学习《双十条》。

今天鱼塘打鱼,工作组买了13斤,大家会餐,庆祝国庆15周年。虽然吃得很匆忙,没有凳子坐,又时近黄昏,光线暗淡,我们在育种站站长的小院里这餐饭却吃得很痛快。

国庆15周年了,我们在这样的环境下度过这个伟大的节日,另有一番风味,将来回忆起来,不免令人思念吧。

10月1日 清早,我们工作组八个人,高高兴兴地往城里来。天空撒下薄雾,有时夹着雨丝。

从弄亮屯到城里六公里,我们走得慢。上午8点始,9点10分才到达。城里同往日不同了,各机关学校都用青松扎成牌楼,张贴着标语,欢欢喜喜地庆祝国庆。

这里与越南为邻,每年国庆,两国边民都有宾客来往,今年来了球队。篮球、乒乓球的比赛打算在下午和晚上举行。但是,下午下起雨来了。街上马上成了泥泞,我们也没什么地方可去。

晚上,去县文化科见到自治区文化局农村文化工作队的同志。

孟国基请客,杀鸡,买了几斤塘角鱼,到医院去做。白斩鸡弄了很久,冷了,拿来回锅热过,结果完全走了味,咬不动了。

10月2日 雨一直下着。同蓝鸿恩、黄勇刹在城里吃了早饭,买了六斤多芋头就回弄亮来了。

下午,向工作组传达中央批发湖南庆丰公社反革命事件的文件。

晚饭在农大登家吃。这是一家三口人,小孩子才七八岁。房子是草房,漏雨,把床铺打湿了。妻子说因丈夫两三年得病花了钱,本来打算用五千多片瓦,花100多元的钱把草屋改盖为瓦房的,现已没办法了。

10月3日 和工作组一起讨论《双十条》。

到农大登家吃饭。

10月4日 黄征、孟国基来访。传达总团对训干的指示。

访问韦大瑞、韦廷清两家。下午到韦大瑞家吃饭。

10月5日 上午工作组全体同志开辟种菜地。下午工作组讨论根子问题。自治区农村文化工作队叶宗瀚来访,谈电影队的工作地区问题。

晚上,仍到韦大瑞家吃饭。他的大女儿凤贤曾做过小队会计一年,比较开通,同我们一桌吃饭。二儿子国民,18岁,小学毕业,不爱讲话。

10月6日 访问赵远宁家,他只有一个母亲。老婆不落夫家,已离异。现在与另一姑娘恋爱。

下午学习讨论放包袱,揭盖子。晚上与支书谈情况。

10月7日 上午整理菜地。收到凤乡4号写的来信,附上南南、田田、朵朵国庆15周年的周记,都写得很好。即复信,叫做件棉衣来过冬。

10月8日 在化岗圩去赶圩,在狗肉摊子吃糯米饭和狗肉。

化岗圩是四乡的中心,集市非常热闹,鸡鸭、棉花、农具都很丰富,满街摆着蒸熟了的糯米饭和熟肉,农民们的生活在这里显得很富裕。

街上可见到不少相互擦肩而过,追逐求偶的青年男女。

10月9日 工作组今天汇报情况。

胡晓光来传达:霍泛叫我们工作组住到老乡家去,实行"三同"。总团还据反映工作组似乎吃不得苦,到街上买猪肉来吃,这是指的国庆15周年会餐的事了。第三点,还要搞放下包袱的斗争会。

10月10日 上午,同黄勇刹搬到赵远宁家来同住。赵远宁去外村吃喜酒未归,家里只剩一个老母亲。屋里还能容得下一铺床的地方,就是杂物放得太乱、太脏,我们打扫了大半天才收拾得整齐一些。

晚上,算是"三同"下来了。楼下有牛有马,隔壁邻居小孩哭闹,老人咳嗽,半夜常被惊醒。

10 月 11 日　上午,同黄勇刹到黄丕绪家,一边剥玉米一边聊天。他年老无子,只有一女已去读半工半读的农业学校。两口子劳动所得够吃够喝,生活算是富裕的了。他因无子,有了钱就买酒喝,说是一次能喝两斤。

10 月 12 日　李纳从云南大理凤仪区芝华公社来一信,报告井岩盾因脑瘤逝世的消息! 井正值壮年,壮志未酬,想来是死难瞑目了的。何况还有妻小在侧!

房东远宁去城里卖八角回来,打得一条小南蛇,拿来弄吃。吃罢晚饭就同伙伴到外村去找情人对山歌去了,第二天才回。

10 月 13 日　给李纳写回信,对井岩盾的逝世表示感伤!

整天开会,各人检查资产阶级思想作风……老乡们在电灯光下,这一堆那一伙地伫立着等待分谷子。

一位年轻的妇女,挑着分得的谷子,向我们工作队员打招呼:“阿叔,到我们家来坐!”看来这里的妇女相当开通,并不那么封建保守。

10 月 15 日　雨仍未止,山峰布满着雨雾,乡村里到处泥泞。老乡们到小水沟去捉到不少鲤鱼。

整天开会,检讨存在的资产阶级思想作风,批判资产阶级立场,需人人过关。

10 月 16 日　仍然继续训干,让干部放包袱。到此已一个多月了,听说到月底才开始入村。目前在村里的工作没有进展,大家已表现得不耐烦了。

10 月 17 日　在街上遇见刘宇一,同他去饭店吃饭,又遇见黄征、孟国基,大家一块吃了一餐,花去 3 元 5 角。

晚上,到医院去看刘宇一,劝他注意养病,不要乱跑。

回招待所,黄征、孟国基来谈工作。后随孟去街上喝甜酒。

10 月 18 日　上午,去县人委找见自治区农村文化工作队的温科英和叶宗翰,同他们谈应该有意地去总结一个公社、一个圩镇、一个县城,三种不同条件的文化站工作经验。

10 时 35 分步行回亮表公社,中午 12 时到。下午工作组讨论放包袱问题。

晚上,蓝鸿恩、黄槐厅来访。蓝谈韦定安的故事。

10月19日 继续讨论放包袱事。人始终是处在矛盾中才被认识的。

何松明来传达分团对我们先遣队工作的要求,要本月24号以前将调查情况写成书面意见带到城里汇报。

10月21日 午睡朦胧中,胡晓光和李青来到床前,说是总团派车来接回县城去听传达。到了城里一听,原来是中央批转李雪峰的一封农村社会主义教育的报告,要大家执行。那报告提出当前主要是右倾危险,应该提出反右!听了传达,各县委书记讨论,会议没开完,明天继续。

晚上,到医院去看了看刘宇一,叫他可以构思几幅壁画稿。夜宿招待所。

10月22日 上午继续开会,最后地委书记杨烈讲话,训干时间将延长,大概下月5号才结束。这几天还要继续反右。

晚饭,叶宗翰来请我去同他们农村文化工作队一起聚餐。他们合伙买了几只鸡来加菜。

收到蓝直荣的信,他在南宁市郊区搞"四清"运动。

10月23日 一早回亮表公社。收到凤乡信,信里多说了点家务。下午因雨无处活动。给蓝直荣、凤乡各回信。给凤乡的信还附带写给孩子们几句话。

10月25日 这段时间淫雨不断,到处泥泞。

读缪塞短篇小说集,未见精彩。工作组讨论调查材料。

10月26日 下了十来天雨,今天放晴了。一片稻田逐渐发黄,秋收正要开始。

一位廿一岁的小学教员从凌安小学来信请教(式平区的农景奇)。

10月27日 向工作组布置做先遣队小结的工作。

晚上,回靖西县的招待所看自治区农村文化工作队演出《红管家》。

10月28日 同孟国基、邓二龙到医院照相。

下午,读总理《关于赫鲁晓夫下台的时事报告》。读王汶石的《沙滩上》。晚上,到总团机要室看文件。

10月29日 上午,黄征叫蓝鸿恩回城来交代抓生产工作。读《中南通讯》。晚上,看电影《青年鲁班》。

10 月 30 日　上午，总团开会，郑少东传达自治区党委会议精神——关于训干问题。

10 月 31 日　读文件《敢教日月换新天》——周明山是个当代的英雄人物。晚上，县文化馆莫若莹送来一幅徐悲鸿《奔马》(横批)，花 5 元钱买下。应是徐的不成功作品吧。

11 月 1 日　参加小组会，批判闭天洗的思想问题。晚上，看电影《兵临城下》。

11 月 2 日　参加小组会。下午，温科英和黄国良来谈文化工作队工作。收到陈敬人信。

11 月 4 日　上午，霍泛传达自治区党委会议精神。读《人民日报》发表批判邵荃麟关于写中间人物问题。

11 月 5 日　同孟国基、黄征、叶宗翰到饭铺里吃糯米饭蒸腊鸭。

听传达总理的关于赫鲁晓夫下台的报告。看百色粤剧团演《南海长城》。

11 月 6 日　蓝鸿恩来谈韦荣的分配方案，引起公社干部不满的事。

读小说选集稿件。

11 月 7 日　读文件。下午改《故人》。晚上看粤剧《三里湾》。

11 月 8 日　与陈家轩等讨论分配干部问题。

11 月 9 日　与田东县翔良区干部编队。

11 月 10 日　上午同孟国基去医院看望刘宇一。下午，听霍泛报告，关于入村做法及遇到的问题。

11 月 11 日　继续听霍泛报告一整天。晚饭请黄勇刹、蓝鸿恩吃柠檬鸭。晚上，与片长们讨论工作部署。

11 月 12 日　上午与工作组讨论入村住家问题。晚上看豫剧《刘四姐》。

11 月 13 日　同陆景明(田东翔良区书记)、黄勇刹到弄亮看住处。

11 月 14 日　黄征因蓝鸿恩从亮表公社来迟发脾气。蓝鸿恩介绍先遣队所调查的情况。

自治区农村文化工作队温科英来谈他们队伍情况，要他如实向总团政治部汇报。中午，在公园与黄勇刹、邓二龙照相。下午听百色军区司令员传达备战的事。晚上，看电影《勐龙沙》。

11月15日 同孟国基、黄勇刹等人去旧州。

晚上，收到张黎敏信，说有人对《故人》提出批评。

11月16日 写封信给张黎敏。晚上，新华书店姓邓的来访。

11月17日 整天参加总团讨论训干总结和入村经验。霍泛叫我拿徐悲鸿的《奔马》去看看，认为不错。

晚上，蓝鸿恩请吃饭。

11月18日 上午，听杨烈报告训干总结。到霍泛处去同他讲张黎敏来信事，他要我给葛震打个电话。

同张黎敏通电话，据她说有人反映《故人》有不健康的思想感情，叫我也不要背思想包袱，我可以回去一下谈谈。下午，去向霍泛汇报请示，他同意我回去一趟。

11月19日 一早同蓝鸿恩、黄勇刹、韦荣回亮表公社。中午11时半，工作队进村，带同志们到各家各户住下。大家对所住的地方觉得新鲜兴奋。

下午4时我来到县城。霍泛派司机小于对我说，一定要用汽车送我回南宁去。

晚上，县文化馆葛振民馆长来访。

11月20日 上午8时乘霍泛派的车从靖西县出发回南宁，11时车到田东。吃午饭休息，下午2时半继续出发，傍晚6时半到家。孩子们正在吃晚饭，两个多月不见面，孩子们都长高了一些。

11月21日 上午，张黎敏来，一块去见葛震。葛匆匆忙忙要出门，对我的问题三言两语，不大想长谈。

到广西医学院附院看病，叶馥荪大夫认为脾脏肿大已比较突出。下午，去自治区广播电台找郭鲁，交涉购买一台半导体收音机。

11月22日 上午，武剑青来访，要求给他看长篇的小说校样。

梁宁来谈谈。晚上，带孩子们去看电影《天山上的红花》。

11月23日 上午，去广西医学院附院抽血检查肝功能，顺便去看望朱莉。

下午,因葛震将要调去中南局,他提议几个熟人在一起照一张照片留念。

晚上,与霍泛通长途电话,说明本月26号才回。贺亦然来访。

邓二龙的女朋友来托我带照片给二龙。梁宁又来谈。不知为什么他那样想找我谈问题。

11月24日 为了让组织上了解几年来我的工作情况,特地找出1963年8月在自治区文联扩大会上的讲稿和1964年6月在全区现代戏创作座谈会上的讲稿交予张黎敏审查。

上午,参加部务会议,听取张黎敏等人向谢王岗汇报全区文艺整风的准备工作。下午,去广西展览馆看各省文史馆送来的书画展览。

收到作家出版社赠的《艳阳天》《风雨桐江》等。

11月25日 上午,到邕华斋裱徐悲鸿的《奔马》画作。下午刘硕良来谈他写的关于论中间人物的写作问题。

张黎敏来谈关于我的干部鉴定,因《故人》有人提出意见,所以有改动的问题。

11月26日 上午8时10分离家坐汽车往靖西来。中午12时1刻到田东,吃了午饭稍微休息,下午1时半又走,傍晚5时40分回到靖西,住县委会宿舍。

见到余英、黄国良等人。

11月27日 上午9时从靖西县城坐汽车回亮表公社。与我同住一屋的黄勇刹因三叉神经麻痹进城治疗去了。李宝靖来坐一会。收到刘宇一的信,自认为毛病多,下决心改造。

交房东一个月伙食费9元和粮卡。调试从南宁买来的半导体收音机,效果跟在南宁听的差不多。

11月28日 听各片长汇报。郑少东也来参加听汇报半天。给凤乡和刘宇一各寄一信。

11月29日 一早到村边照风景照片,随后去田头参加打谷,照了几张相片。午饭后,到山沟水泉处洗衣。给陶文鹏发一信。读了菡子、韦君宜等人写的被认为有毛病、有问题的文学作品。

晚上，参加弄亮五队社员大会讨论生产问题。

11月30日 给霍泛写封信，汇报回南宁的情况。同蓝鸿恩到峙表走一趟，跟他谈了谈关于文艺整风问题。

下午，弄亮片小组长碰头，讨论"小四清"如何入手的问题。

12月1日 上午，到田里参加社员们打谷。吃过午饭到弄亮见到韦荣。听他介绍准备清理工分，准备"小四清"的做法。回来遇雨，在小学校躲雨，后到邓炳光住处，督促他把秋收打谷翻地的工作抓紧。

黄征来说，总团今晚在县委召开讨论宣传《双十条》和准备"小四清"的问题。收到黄勇刹信，他三叉神经麻痹严重，大夫要他休息两个月。

12月2日 下午同孟国基等去那都片走了一转。给黄勇刹写封回信。晚上在医疗组听收音机广播，回五队参加队委会。

12月3日 收到三届政协全国委员会通知，经44次常务会议协商决定，我继续为下届委员。现要我把五张照片和一张登记表寄去。

李润隆突然来信，说他读《美丽的南方》后，发现几个具体事件描述有前后矛盾之处。

访问一位叫农日光的工匠，他说并非甘心于单干的。

12月4日 听了一天黄征传达分团会议精神。目前要反右，准备"小四清"。

12月5日 去县城，午餐请黄勇刹、老孟吃白斩鸡。同老孟参观织僮锦的工厂。僮锦图案经过新设计，织出来的布还是十分漂亮的。下午5点45分回公社，老孟跛脚走得慢，傍晚7点半才到家。

12月6日 又进县城和黄勇刹谈他回南宁的事。下午4点钟回公社。

晚上，参加部分积极分子初念《双十条》的学习会。

12月7日 上午开各片通讯员会议。下午，去大小晚了解情况。

12月8日 一早接南宁打来的长途电话，说是韦国清书记嘱咐我一定要去北京出席第四届政协全国委员会的会议，认为这是次换届的会议，十分重要。

一天，听陆景明和蓝鸿恩汇报他们试念《双十条》的情况。晚上，又念《双十条》。

收到侄子陈名器从新疆乌鲁木齐兵团运输处汽车修理厂来信,要了解他父亲的历史情况。

12 月 9 日 给名器写回信,收拾东西准备回南宁。黄勇刹也要回南宁治病,加上孟国基回家,成了三人行。

下午 3 时,同黄勇刹离开弄亮。何丹结流露惜别的惆怅。临行给小何、小廖和小朱照了几张相片。回到县城住招待所。晚上同黄勇刹去饭店吃烧鸭,味道不错。饭后谈写作上的打算,黄还是念念不忘要写的民歌。

12 月 10 日 樊大夫同霍泛来县委会。特地去看他们。霍泛开会去了未遇。樊大夫给我检查肝脾脏问题较突出,劝我进京开会时去看看医生。

晚上,孟国基跟我和黄勇刹谈他一辈子所经历的 24 次出生入死的革命斗争故事。

12 月 11 日 天未亮,我们必须起床上汽车站。老孟是猴子性格,等不得人,一个人先走了。

到汽车站还有半点才开车。7 点正,我们暂时离开靖西了。上午 8 点半到德保,吃了饭,汽车即往摩天岭行进。下午 2 时才到田东。

没有怎么休息,老孟马上带我们去找革命纪念馆负责人黄福林。纪念馆是右江苏维埃政府当年旧屋子,现正在修建改造,恢复旧观。黄福林说,准备了几间房子作为招待所,希望我们来这里写作。

晚上,老战友黄玉祥来访,他是田东县委副书记。准备退休了,希望去南宁落户。

12 月 12 日 又是起了一个绝早,在灯光下洗脸,被老孟催促着匆匆忙忙地离开,让我忘了收拾牙膏牙刷带走。摸黑走到汽车站等了一个钟头天才亮,天亮后才开车。

从田东到南宁 200 公里几乎是平原了,早上 6 时 50 分开车,下午 2 时 40 分才到达。

12 月 13 日 上街,到书店买《马恩全集》(14 卷和 18 卷)。

向自治区政协报到,说是本月 16 日从南宁去京,15 号覃应机书记给上京人作报告。下午3时去南宁饭店看秦兆阳,他刚从北京回来。说是在京见到严文井、刘白羽,他们向秦询问我的身体情况,“三同”能不能吃得消。

晚上,去看望黄勇刹、涂克、陈慧。陈慧说,上月底冯牧路过南宁,曾打听到我。也谈了谈北京整风事。

12月14日 回到宣传部见到张黎敏、高信等人。没有谈正经事。

接到通知:明天上午8时半到自治区人委会议室开会。听覃应机书记讲话,关于出席会议的注意事项。

下午都在自治区卫生厅的暗房放大相片。把肝功能检查结果寄工作队医疗组。

秦兆阳来电话,说将他的大衣借我上京穿。考虑到全国政协委员们的穿着都比较阔气,他的大衣我穿上,也可以装装门面吧。

12月15日 上午8时半去自治区区人委的会议室,听覃应机书记向准备赴京的全国人代会代表和政协全国委员宣布应注意和遵守的有关事项。明天早上7时全体代表委员集中到火车站乘专列赴京。

去自治区文联见到黄勇刹。

12月16日 列车上,广西赴京的全国人大代表80多人,全国政协委员仅12个。在这浩浩荡荡100来人的队伍里,有熟悉的面孔,也有头回见面的陌生人,打招呼、应酬成了今天车厢里开展的主要活动。下午1时许火车到达柳州站,张克将秦兆阳的大衣送上车来,让我到京后穿上御寒。顺托带一封信给她女儿秦晓晴,并嘱咐我,若北京天气太冷,可去问她女儿再要件秦兆阳的皮大衣。

12月17日 车上,贵州蹇先艾和云南李乔来访。

下午,回拜云南李乔,顺便认识徐家瑞和歌唱家黄虹。

12月18日 李乔、徐家瑞来车厢坐聊一会。

专列下午5时半到达北京站。下车后,政协委员和人大代表分别投奔宾馆。政协委员下榻于民族饭店,我被安排在721号房间。

吃过晚饭去民族宫报到,领到一个硬壳的文件袋。在西单万里鞋庄买双棉鞋。

12月19日 与西虹通电话，约我明天去他家会面。与作家出版社通电话，得知王仰晨已去湖南搞“四清”运动。

晚上，看三千人上台合演的大型歌舞音乐剧《东方红》。

给凤乡写信，让她寄粮票来，这次开会用餐不仅要收粮票，还要收钱。

12月20日 早上去西直门132号见到西虹一家。去年4月去他家，他最小的孩子还未出生，现在已经一岁半，懂得把橱柜的苹果搬出来敬客了。

全国政协会议上午10时开幕。周恩来担任大会主席，彭真任大会秘书长，宣布大会开法，由郭沫若作政协常委会工作报告。

下午先阅读周总理明天要在全国人民代表大会上作的《政府工作报告》。

晚上，看电视《南方来信》。

12月21日 上午开小组讨论会。在会上见到柳青。文学艺术界的全国政协委员自编一个小组，和我同组的作家有老舍、梁斌、柳青、唐弢等。到会的只有柳青和老舍。茅盾偶尔也来一下。

下午到人民大会堂列席全国人民代表大会，听周总理的报告。会前先到四楼开党的小组会。周扬出席同大家谈文艺整风精神。

下午3时整，第三届全国人民代表大会隆重开幕。毛主席在全场热烈掌声中出现于主席台。

晚上，同李隆去京西宾馆看望广西的全国人大代表。林克武很想谈有关文艺批评对关于绿珠等问题的讨论，希望我参加领导。

收到秦晓晴的信，真是喜出望外。

12月22日 下午，到人大会堂继续听总理报告。

同中国青年出版社的有关编辑通电话，约个时间见面谈谈。给秦晓晴回信。

12月23日 小组长张骏祥吩咐小组会讨论批判田汉等人的精神。

给蓝鸿恩、黄勇刹、李润隆等各写一信。

12月24日 请假到北京医院看病。在医院遇见张沛、陈荒煤，看他们的情绪都很低沉。

下午参加小组会。

12 月 25 日 早晨大雾，去北京医院抽血和做 X 光透视检查食道由张情况。在 X 光室见到严文井，他说去了山东孔夫子的家乡搞"社教"。

从医院出来，顺便去和平里看望严蒙，他卧病一年多了，现在身体稍为好些。

我有点感冒，大夫叫休息，下午的小组会只好请假。

12 月 26 日 继续开小组会。晚上，到全国政协礼堂看现代京剧《红灯记》。

12 月 27 日 下午 1 时到人民大会堂等待和毛主席其他中央首长的接见与照相。在站队期间，见到少数民族业余文艺会演的广西代表队成员，其中两个姑娘还是靖西县的，一个名叫黄克芝。

见到林默涵，他很热情，同意找个时间跟我谈谈。

晚上去沙英家见到李行素。她像林黛玉似的，多愁善感。同沙英一家人到青海餐厅吃晚饭。李行素希望我有空常去找沙英玩，沙英太寂寞了，想跟我谈谈话。

12 月 28 日 小组继续开会。下午在小组会作了半小时发言。

作家出版社龙世辉来访未遇。晚上，到工人俱乐部看现代京剧《芦荡火种》。

向广西少数民族代表团借款 150 元，买牡丹牌半导体收音机一部。

12 月 29 日 收到 18 年前哈尔滨女学生贺新云的一张贺年片。她寄到全国政协礼堂请转交的。可能是她从报上看到全国政协委员的名单里有我的名字吧。在贺卡上，短短地写了两句话，意味深长，充满怀念。这既喜出望外，又感到无边的遗憾！假如是 18 年前得到这样的礼物，何至今天如此！无疑，这张贺年片，激起我心中巨大的波澜，一直平静不下来。感慨万千，写了一封信寄去，希望能得回音。

晚上，去解放军总后勤部礼堂看广西少数民族业余文艺会演的节目。

白天跑北京医院看病，收到秦晓晴来信。

12 月 30 日 晚上，中国青年出版社编辑王济民来访。稿子他不肯退还，就让他处理吧。

上午 7 点 40 分在北京医院急诊室做十二指肠引流，到 11 点 45 分才做完，弄得整个人十分难受。给秦晓晴回信。

12 月 31 日　上午大会继续。下午 3 时，作家出版社编辑龙世辉来访。与此人初识，发现其性格比较直率，谈话痛快。

晚上人民大会堂举办除夕晚会，我太疲乏没有去参加。沙英来找我玩，留他在饭店吃饺子、看电视。

简札

致谭荫溥(五则)

荫溥：

我从中南开工矿宣传工作会议回来读到你的信恐怕有三个月了。每次读你的信,好像是读带着芳香的散文。觉得当前文学能有这样亲切而且风趣洋溢的作品多好呵。换过来说,如果你肯从事文学,那么一定会给文学园地增添新鲜的气息,树立明快的风格吧。但是要使文学作品如同写信那样抒情,那样自然,那是需要流多少汗水才能炼成的吧。就是因为这境界不好跨越,我个人已经越来越感到力不从心了。这都是由于年少气盛时候,没有很好利用时光,现在好像快跑到终点的竞赛者,冲动不起来了。

你现在该离开医院了吧？真是要转业的话,打算转到哪儿呢？你还是比较容易适应各方面工作的。一个人能安心于他的职位,对他来说应该是幸福吧。古人说“知足常乐”,应该是指这点讲的。这倒不是停滞不前,而是安于一处钻进去。可是,我现在还没修炼至这一步,仍然感到悬在半空中打秋千。

秋天要来了,这里仍酷热不行。小孩子从保育院放假回来,没地方去,还不如在保育院享福了。她的妈妈改行搞组织工作了,现在宣传部的干部处上班。

这里干部调往华钢的不少,我也想到那里去,不知能被点上名不？

你要调到那里去了,千万写信来,虽然忙得不常写信,也不要把联系弄断了。

(1953.8.12)

荫溥：

新年前后来的两次信收到了。第一次,《不朽与污染》的确是让我得到一阵欣慰。本来已把它抄了出来,想寄去桂林的报刊,让别人也得一点乐趣,但怕你未必同意,还没拿出去。柯蓝在珠海办一份《散文诗报》,创刊号不见得出色,又不想给他了。第二次信是讲我的旧作,自己是很不好意思的。实在是《后记》里说的,只当作为纪念册留下来就是了。

离休下来,时间有了,精力却衰退了,写作不免力不从心。去年,突然来了灵感,打算在这几年写成以遗憾为主调的三部曲:一、延安窑洞(爱情与革命);二、北地窗花(才华与厄运);三、南疆风雨(正义与权术)。如果每部能用二三十万字写出来,也就不负平生夙愿了。何况还能当作晚年消遣。不过,精力已非当年,能不能用文字来弥补这"遗憾",实在没多大把握。

炎夏又来了,没有空调的住处,实在不是滋味。即使有机会出门旅游,路上奔波也是难受的煎熬。

身体都好吧。顺祝

家安!

(1987.3.20)

荫溥:

又将一年没问候了。幸好在《幸福导报》上读到你父女的幸福信息,还真打心眼里得到欣慰。文如其人,女如其父。文章里充分流露着真情,令人感到亲切,如见其人。相信会有不少老人喜欢读读当年延安的逸事,正如年轻人热衷于异国情调一样,期望你父女俩那娓娓动人的文章持续出现呢。你们会当它是跟老朋友写信、聊天那样而一直写下去不?

谭江获博士学位荣归了吧。谭流毕业分配在身边吗?有时也念念不忘你们一家的幸福啊。

在《幸福导报》里头我没什么熟人,他们怎知我的住处?于千说,可能是你在九江工作时的熟人吧。反正应当感谢他们惠赠的厚意的。报纸编得简洁,清爽可读,读者会不少,这就不仅单是获得经济效益而已。

传说十月全国文代会可能开得成了,上届全委仍被承认作为当然代表。这种热闹的会,说实在话,真没那份豪情去凑合的了。只想,也许这是今生最后一次上京的机会了。对年来首都绿化的新颜,大观园的仿制,圆明园的修复,等等,多少引起好奇,最重要的还是那儿有几位同志加朋友的故旧,有机会大家见见是难得的。何况这次不会再当代表团的什么团长,行动会自在一些。访友观光可以从容,何不就此走一趟京城呢。不过,话又说回来,一想到另外叫人不愉快的热闹,不免又有所踌躇,去不去呢?还是抛不开犹豫的心情。

一扯又扯远了,有些话留到见面再谈吧。顺问玉华同志好!

(1988.9.2)

荫溥:

全国五次文代会,嚷了好长时间,这回总算开成了。我系上届全委,当然代表,必先到京开两天预备会。车票半个月前便预订妥了的,乃本月二日上路。临行,自己变了卦,把票退了。按说,好端端的机会,竟然把它放弃掉,说来未免叫人惊讶。但是,年来京华现代化景观的诱人,旧友聚首谈心的喜悦等赏心乐事,却未能抵消想起途中自带快餐面的腻味和京中挤车的辛苦以及文坛那些莫衷一是的嚷嚷……于是,索性自甘寂寞,隐居斗室,翻翻报刊,看看电视,送走余年,倒也自由自在。

说到张报的诗,几年前他就寄来要求相与唱和过的。一直无言以对,随后也就置之脑后,不了了之。他老夫子说来还是我的同县老乡。然而对他过去,如"五四"时代斗士的业绩;美国、苏联国际共运的经历;回国后在中央编译局做专员等身世阅历都不甚了解。"文革"当中,他被遣回故里为民,才与我认识。原来1934年暑假我东下广州,曾同他的老弟邂逅于船中。此后与他有过书信来往,1983年还在大连傅家庄海滩合影留念。

小女陈多几年来在各报刊断断续续有十多二十篇小说散文与读者见面。起初,文章写好后是让我看看的,后来就不好意思让我过问了,可见"代沟"在我们之间也存在。也许她那一代人认为我们的啰嗦老调,已是明日黄花,不堪回顾了。

在江西的《幸福导报》读了你老兄写的几篇延安回忆,联想你几十年来给我写的书信，觉得文笔清新脱俗，含情真挚，对社会国家时势的感触见解，自有“言人之未言”的精辟警句，耐人寻味。大都把它保存下来。以为你与《幸福导报》或托得人情，拿去公之于众，倒是给文苑增添朵小花。本来已编集成卷，打算带上京与你斟酌处置的，现在只好邮寄了。

玉华嫂好吧，于千嘱笔

问候全家！

（1988.11.8）

荫溥：

这束（谭荫溥的来信）持续凡四十年的书信，因其倾吐心曲，情挚意切，一直把它珍惜不弃。如今回头重读，不但寻回青春梦寐，而且如同欣赏隽永、风雅的散文，耐人回味。比起现写的回忆录，恐怕是更能真实地反映当年一代人的心声。人说“一粒沙一个世界，一朵花一座天堂”。纵使纯属个人的私信，但又何尝不可以从窄门侧面的角落窥见过去近半个世纪以来，那非凡动荡年代的一鳞半爪？何况它是如此直抒所见，不加粉饰，不忌真言，更是难能可贵。

但就不知《幸福导报》能否愿意慷慨地让出篇幅辟为回忆录一角，借以奉献于读者尊前？

（1988.12）

致西虹、王之琪(七则)

西虹、之琪同志：

多年音讯断隔，不时惦念。无奈，联系无由，徒劳梦寐。想来你们一家都平安无恙吧！

我们一家，经历了七年的大革命风波，大人已日渐老迈，孩子则逐渐长大了，不过，在发展的路上遇到的，并不顺利。现在，去找你们的是我的小儿子和小女儿，他们想看看日夜盼望的首都，却没有适当的住处，只好叫他们来找你们帮想办法，给他们安排个床铺，让他们在京游玩几天。孩子平素不大见客，不懂事，你们不必客气就是了。

我个人今年初才回到文化局当副局长。说是叫写东西，不过问日常行政事务。但没有生活原料，作品是造不出来的啊！这点苦衷，也许你们都有体会的。不过，不写又干不了什么。当记者倒是比较能够心安理得吧，又感到像我这个角色，未必给予这样的差事！

凤乡几年来也在下放中过来的，前天才调上来，放到博物馆。身体因高血压，也不能做什么事了。话又说回头，几年风暴，能活到今天也算满足了的。

有空望来信！

(1973.8.30)

西虹、之琪同志：

近况如何？写作进展顺手吧？

在京时，《瀑布》第二部就印出来了，写了80个人的赠送名单，请出版社就便分别寄送出去。你俩的名单没在里头，以为书到出版社后，自己亲自去取十部八部回来，然后签上名，亲手送给你们作为相识一场的纪念。不想我们广西代表团有个代表在京猝然去世,为处理他的后事,没空再去出版社取书了。

从北京回来后,一直等出版社寄书来(订购了百部)再寄给你们。不想直到今天书仍未到。这里的书店倒是有卖的了,只好从书店买来先给你们寄上。有空看后,望提意见。今年动手写自传小说了。家人都好,匆匆即颂平安!

(1985.3.8)

西虹、之琪同志:

本来以为讨论会是在桂林开的,这样,你们可以看到风景如画的山山水水,走一趟也未尝不可。现在听说因为节省开支,改在南宁开了。南宁除了马路上多一点绿化树,没什么可玩的。讨论会本身意思很少,估计气氛也很冷落。事先,我一直反对开这样的会,但是拗不过几位冒失鬼。我说话没人买账了,叫我很尴尬。其实,我的招牌是打不开的。到时真想逃避这种难堪的局面。

你们也不必来也罢。何必徒劳往返呢。我们身体都还行,六七月间曾到海南走了一转,总算见到开发区的一些世面就是了。于千嘱咐问好!

(1986.8.15)

西虹、之琪同志:

来信收悉,知你们旅游桂林顺利又平安回到了家,很高兴。

评《瀑布》的几篇文字没过目,不知合乎北京不,何况各稿已交我们自治区,以及内蒙古的刊物发了。广西师大教授们要写的稿,不知何时能兑现。云南王松、李乔寄来两篇发言稿,对《瀑布》作了比较详细的分析,字数都在万字左右,除将收入《陆地作品评论集》出单行本外,打算各抄送誊一份。可考虑给陈涌主编的《文艺理论与批评》和闻山编的《艺术研究》或《文学评论》试试看。

倒想,你同《中国文学》的人说得来,还是将你们的发言誊抄给他们看看。或者你们将会上所见所闻写篇散文式的报告给他们,也许因篇幅不长而得通过。

李乔、王松因《瀑布》受到冷遇,对当前的新浪潮感到愤愤不平。王松文末也说他的议论是不会得到一些编辑放过的，但他也如刘平估计，认为《瀑布》的题材将会为将来所赏识，也提到史诗的价值。作为作者听了不能不是一番安慰。

晚年无事，执笔写些自己乐意写的当作娱乐余年，也许还能弄出称心的东西，想来你们也不会虚度时光的吧。但望辛勤耕耘，收获会得丰收的。即祝

家安！

（1986.9.25）

西虹同志：

照片五张收到了。有个纪念是好的。之琪的摄影技术还可以嘛。

黄绍清的文章如能发得出来，能将该报纸寄来半张吗？

我们生活如常，北海还未去成，如去，再打听珍珠层粉。

这两天在京开理事会，通知了我的。怕冷，没有去。

（1986.11.11）

西虹：

来信收到了。本来都在想念着的，但是，日子过得平平庸庸，没什么事要讲，写信也就懒了。

打算从今年起，再写到1990年，收过去几十年（延安、东北、广西）几个历史阶段的耳闻目睹种种人事纠葛，把她写下来留个纪念。以“遗憾”作基调写三部曲：一、延安的窑洞（爱情与革命）；二、北地窗花（才华与厄运）；三、南疆风雨（正义与权术）。年初已写了万多字的开头，因过春节等，又放下来。到底年事已高，精力不足了。不知1990年前能写得出来不？不过，当作消遣，成败就不管它了。之琪同志均此问候！

（1987.4.1）

西虹、之琪同志：

一年一度的元旦又要到了，真要感谢你们深情的问候。特别有意思的还是贺年的有奖明信片。说不定还真交好运，获得足以纪念的奖品呢。反正你们给予了我们一个美好的希望。

年初本来打算能振作起来，再写点什么，留下些可作纪念的东西。想不到，真要动起笔来，好多普通的词句都没了印象，查字典，一个字往往要花半个钟头，一天五百字也难写成，真正是力不从心了。七十三岁生日，居然吟成四句感慨，写在这里，让你俩一笑：

泪干蜡未尽，藕丝寸寸心；
索求唯真善，无鱼水至清。

想来你们都会健康、愉快，不致如我感伤。衷心遥祝如意吉祥，全家幸福。

（1991.12.31）

致柯天国(七则)

天国同志：

十日来信，昨天收到了，谢谢大家的关注。我现在是很少社会活动了，即算有也无心无趣应酬，想来四月份会有空的。你们的会，如果是限于写小说的同行来大家开怀畅谈，交换一些写作中遇到的疑难，互相帮助认识是很好的，我去，只是作为一个作家的身份出面，不代表哪一个单位负责人，免得讲话受拘束。实际上我已是离开公职的人，不应拿什么官职去招摇过市。三十来个人座谈而且都是写小说的，容易有共同语言，气氛可以活泼生动，倒是能够谈得深些、切实些。我个人开头就同大家谈，如果会后有个比较集中的意见，再向市里其他业余文艺爱好的青年专门讲一两次也可以的，反正去了一趟顺便同大家见见谈谈也好。

顺便请你事先代向柳州双马牌电扇厂打听吊扇的行情，也许能挑个质量好些的。我想在自家的饭厅里安装吊扇。在南宁的商店里买不到上海华生牌的，就连广州钻石牌的也不易遇到。

就写这些吧，见面再叙，顺祝双安。

(1984.3.13)

天国同志：

笔会的事，你们既然如此热情相邀，不好不去了。

福建省文联主席万里云，来参加在桂林开的西南剧展四十周年纪念活动，回头又来南宁参加三月三歌节。他是融水人，打算回老家走一趟。我同黄勇刹就得提前动身陪他去融水看看贝江，中旬再回头来参加笔会，如果万里云不回老家，我们就等笔会后，看情况再去融水。余见谈，祝好！

(1984.4.4)

天国同志：

知道你太忙了，好久没给写信问候。

前托刘剑薰一信(附眼镜配方)给你，不知他记得了没有？那是请你就便去深圳配眼镜的。钱，等知确实数后再汇还。要是你那边也不便托人代办，那就拉倒吧，将配方寄回就是。另外，图章已交胡擎元了没有？如他不常在柳州了，有便即将石印托人带回另想办法。《瀑布》第二部已得样书，寄上一套请查收，指正为感。

今年三月起，着手整理一九三八年日记，已完成四分之三了。国庆前可望完成。即祝

双安！

(1985.6.25)

天国同志：

又来麻烦你了，请原谅。

关于石章的事，不知问胡擎元拿得回来了没有？如他不在柳州，请去信催一催如何？因为一来我更难知道他确实地址，而且不是直接交给他，写信去恐怕不合适。

近来，生意如何？我的《一九三八年》已经脱稿，拿去哪里问世还未定。十月以后想弄另外的了。反正无事找事干干就是了。祝双安！

(1985.8.21)

天国同志：

恭喜你的《风流巷》做得很成功！也谢谢你的惠赠！

书拿到手一口气便读完了。不用明讲，她是很有吸引人的魅力的。当中，最突出的是，你善于运用特定的市井口语，把它搬进了文学的殿堂；而人物的个

性、精神面貌，通过各自的口吻，恰如其分地表现他们的行为，娓娓动听，生龙活虎，如闻见声，如见其人。就像是生活本色就是这样的。不加雕饰，不见矫情，没有装腔作态，写得那样自然，讲得那么真切。张芸、狗肉三、舞王以及一系列的几个有名有姓的人物，可爱的单纯热情，可敬的善心仗义，或者是那可恶的卑鄙、奸诈以及那可笑的贪婪与愚昧，等等人情世态，你都一一把他们刻画得栩栩如生。过去总以为广西作家由于口语的局限，未能做到像《骆驼祥子》那样有生动的形象化文学语言而感到逊色。如今你可把这一缺憾弥补过来了。真要为你这一成就而欢呼。写吧，就沿着你踏出来的路走下去，前途会是越走越广的。《风流巷》终会辟开成宽阔的大马路。正如现实生活那样，柳州不是正在兴建三十多层的现代化高楼吗？张芸也应成为女强人，当个什么豪华宾馆的女经理的。

要说现在的《风流巷》美玉之瑕，那，是不是会叫人觉得这六家巷——阳光照不到的角落，直到末尾也没见到晴日的希望，长年累月的阴郁潮湿，未免使人感到压抑。当然，硬安上"光明的尾巴"的八股老套，弄不好，不但达不到增加作品的效果，甚至反而会招来反感。不过，以为现实生活无论在什么黑暗、陈腐的垃圾旁边，总该有阳光存在，只不过，暂时让这座那座高楼遮拦于一隅罢了。但是，必须告诉人们：污秽的阴影终归在阳光普照下曝光的。

看，我竟啰嗦半天，不知把话讲明白了没有？再说下去恐怕干扰你的文思了，就此打住吧。预祝

春节快乐，创作丰收！

写完信，想想似乎可以当作读后感拿去公开发表，替《风流巷》宣传一下。不知尊意如何？也不知《柳州日报》或别的刊物肯不肯买账？如可行，加个题目——《读了风流巷之后》。

又及

（1990.1.16）

天国同志：

不知你同周明打招呼了没有？《文艺报》新班子副主编吴泰昌原来是旧班底的人，也许周明会认识他。不过，不要紧，叫周就当作自由投稿转送到编辑部去，不必写个人名字也可以的。或者请他考虑转寄去《光明日报》新出版的《中流》杂志社试试。

不过，不知周自身在这次整顿中受到什么影响没有？怕写信给他不便答复，不妨用电话和他谈谈。总之，我以为你的东西应当介绍出去。广播电视台王永成也提到要改编《风流巷》，不知他同你直接联系没有？即祝

春安！

（1990.3.4）

天国：

惠我佳品，两位同志终于找到家里来了。真该一并感谢他们的。

君子之交淡如水，其实我们来往重在道义，不必介意馈赠的厚薄才是的。对你们的文学院倒寄予厚望，能从中栽培出人才来也当是另一种收获啊。要能借此在柳州同大家聚首，自当乐事。

今年准备继续已中断了两年的写作生涯，免得空虚难耐。三月三艺术节在桂林举办，想去凑热闹，但也不知文化厅肯邀请否。要是去桂林，或从那里顺道去泗顶矿和融水，最后回柳州看看你们。可是，不如意事常八九，一厢情愿总是难得实现的，姑妄言之就是了。

（1990.3.12）

致万里云(六则)

里云同志:

十一号的信,今天收到了,衷心为你的写作成就高兴。

广西最近有什么学术活动,我不得而知。因为退出政治舞台后,即使广西文联主席名义还未改选掉,但人们(组织也一样)已看作是挂名而遗忘了的。只是从私人来往中,偶然听到一些消息:开头是北京《民族文学》的人向广西作协征求意见,想在春节前来南宁召开民族作者座谈会,广西作协同《三月三》杂志社的黄勇刹商量,建议旧历三月三,同该刊一道活动。后来民委方面知道了,又加入进来,最后成了自治区民委、《三月三》、广西作协和《民族文学》几家共同举办的少数民族作家座谈会。民委打算搞壮族节日活动,邀请各地民歌手集聚南宁对歌(游园),外省也会有人来的吧。具体筹划,我未与闻问。

大苗山梁彬已调民委当副主任,听说分管文化教育方面工作的,你来当然是他出面做东了。

尊作五万字,能否分章发?按说《三月三》容量较大,又是以反映少数民族文化为主旨的,给它比较合适。黄勇刹大概可以通过。《广西文学》主编人倒也好说,但编稿权柄实际拿在一些编辑手上,有些稿件给他们,未必买账。《广西日报》更加无缘了。

去年从你那里回来就等待搬家,搬完家,去大连走了一趟。九月校完书稿。按理一个冬季是可以写些东西的,只因自己给自己放了假,情绪懒散下来,一直未动笔,今年一季度又将过了,想起很有点不安。四月中旬柳州文联的刊物《柳絮》召开笔会,要我一定去和大家见见面。我也想去那边走走。如你下月初来南宁,笔会后我们就能结伴一道出去采风了。即祝春安!

(1984.3.16)

万里云同志：

五月四日来信收到。预祝新作成功。

今年全国文联在烟台、北戴河两地接待部分委员去消夏。我可能七月中旬去北戴河，然后再过烟台。阁下有没有兴趣出门呢？

人离休后，精神松弛下来，写作的劲头不大了，这两年处于停滞状态。今年打算再拿起笔来，但可能已不那么顺手。身体倒还未出现老态就是了。

匆匆顺祝

创作顺利！

(1984.5.10)

里云同志：

来信知你居然作了那样的手术，衷心也为“不幸中之大幸”而宽慰。仍望多加保重。在全国作代会上，见到马宁，但只说是阑尾炎开的刀，余未多谈。

我生活如故，日益与世隔绝。今年打算写回忆了，作为散文写，比较随心省力。

黄勇刹在全国作代会中因心肌梗死，猝然病逝，令人伤怀。你交他准备在《三月三》发表的稿件，不知怎样处理了？我因少与外界联系，什么消息都没过问了。假如身体可以支持，希望能早读到你的长篇。

(1985.2.21)

里云同志：

难为你带病写长信，真该谢谢了。

郭铭退下来后，发生一次脑血栓，紧张了一阵子，听说又能去京开剧协的会了。这样，也许他能回老家的。反正现在他来去无牵挂了的。

我有精力就随意写写回忆。下月中去武汉中南民院讲课，赶鸭子上架，恐怕要出洋相的。也好,以后就不欠债了。

六月的会不打算去。去了除了见见熟人是没多少意思的。

你还是多加保重啊,年岁不饶人,真是力不从心。我也犯了老年症——前列腺肥大,令人烦恼。即祝

健康愉快!

(1985.4.19)

里云同志:

来信收到了,好久互不联系,忽然来信,总是高兴的。

人老了,健康就是令人欣慰的。阁下阅历,戏剧性迭出不穷,借得晚年偷闲,把它笔录下来,于自己是消遣,于社会也还不失其价值,何乐而不为啊。

尊著问世是值得庆祝的。我虽不一定能说出什么,写几句就不好推却。年来看看文坛成了商场,写作劲头不免松散一些了。

祝

万事如意!

(1987.4.1)

里云兄如见:

真该谢谢你的长信和文稿,使我孤寂的心有个聊天的受用。

福州南宁相去实在远了一些,飞机火车没有直达,中途转辗特别麻烦,要不真是想重游福州。

你们为老年人安排好些活动,而且又能置身其中,令人羡慕。我们也有活动中心的去处,但离住处较远,步行半个小时,里头每周有一场电影,平时便是麻将、下棋和健身机械设备,对我个人没多大吸引力。

写文章,短的虽有出路,但无此专长,也寄托不了情思,所以日子过得无聊。

所问的几位权贵,我因离开了官场,见面无由,他们的近况不甚了了。至于

通讯处，照其原单位投寄总会送到的。余达佳仍在自治区民委，张声震仍为自治区政府顾问，郑少东为自治区顾委委员，通讯仍由宣传部转交。

新的一年又过了将近四分之一了。但愿你在新的一年有新的作品。我现在还未有新的打算，日子过得平平常常。行走恢复得慢，脑子倒还好使的，只是派不到用场。就扯这几句，祝

健康如意！

（1990.3.11）

致陈涛(六则)

陈涛同志：

来信收到了,谢谢你和大家关怀。下月之会,是要去一下的,假如到时家里无甚事故的话。

不知文联你要请什么人去？黄勇刹虽然不是写小说的,不过他从柳州来,和大家熟悉,而且是搞理论的,是不是也请他？再,陈多那篇《大婶》在你们刊物发表后,日本人把它翻译过去了,还因此而出席了全国妇女代表大会,也算是《柳州文艺》的功绩,要不要请她也去呢？当然,她在学院教书,说不定请不到假,不过,要请,就只管来通知,去不去由她了。匆匆余容面叙。即颂

编安！

(1984.3.22)

陈涛同志：

来信收到。

笔会,不要谁做什么报告吧。大家都是作家,都是同样身份座谈大家写作中遇到的问题,不一定要听哪个人讲话的。我去也同大家一样,和大家坐在一起,有什么就说什么。没打算讲大套理论问题。

同柯天国说一声,我的住房,不必开单间或套房,住两个床位的普通标准客房就行,不过,最好一个人住,免得相互干扰(打呼噜)。保证有一张写字台就行了。

(1984.4.12)

陈涛同志：

这次笔会，得到你们多方关照，优厚招待，甚为感谢。

我的字是难登大雅之堂的，不过，大家盛情难却，只好献丑，作为报答，并留个纪念就是。即祝

健康，并向剑熏同志问候！

(1984.4.27)

陈涛同志：

回来后，给一封信，想已收到。

现在要讲的是，我那篇东西，后头部分想有些增添，如你们决定用，请先排版，将样稿寄来，我再在上面添补上去，也许会更好些。

给陈肖人写信还未见回音，你的三年要求，虽然一再向武剑青表示支持，但不知他们办事的人是怎样的主意。

匆匆即祝

家安！

(1986.8.21)

陈涛同志：

天气太热了，很想找个地方避一避。但是北海那里的房子据说装修还不行，工程进展太慢。暑假，朵朵去为学生评卷，把孩子放在我们这里照料而使我们不好走动。要出门，只有等到九月初去了。

你的写作进度如何？羊角山可能好过一点吧？

有件事看你和柯天国能不能办得到，想买一台柳州双马牌自动两用(脱水)洗衣机。问一问天国可以买到出厂价吗？出厂价可能节省几十元钱。如可以即汇款去，由厂方托运来，也许不大费事。如太麻烦就算了。天国那里就不另写信了。祝好

(1987.7.8)

陈涛同志：

六日的信收到了。“双马”既然如此麻烦，你们就别张罗了。广州货这里也能买到。

天气热只好早起写作，八九点钟后就搁笔休息。天天如此也可以积少成多。上月就是这样写了五万字——《我的文学生涯》，来完成《新文学史料》的约稿。长篇停下来了，这个月还未继续写下去。今年计划恐怕完不成。

长篇小说讨论会在南宁开吗？没听到消息。即此匆匆问好。有便代向天国问候。

（1987.7.9）

致张报(三则)

张报同志:

提起前信,收是收到了的。年岁大了,事过就忘,可能又没紧要的话可告,没及时回信实在抱歉,请予见谅。

离休后,社会活动少了,对世事也就不那么热衷,人变得懒散起来,写作真有点力不从心。去京之期难得说定了,即使有文艺上的会,也不想去凑热闹。

《瀑布》全书四卷本,下半年可望出齐了。到时再请指教。即祝

大安!

(1984.3.22)

张报同志:

前后两信都收到了,谢谢关注。因为不再过问公事,孤寂生活状况觉得无话可谈,写信也就少了。这是请原谅的。

今年文联作协未必再办休假的事了吧。即算今年可能要开文代会,想想也不一定去。书稿校样已改定了,去京的机会不会太多。书,说是下半年能问世,到时当奉一份请指教的。匆匆即颂

春安!

(1984.3.25)

张报同志:

信和赠诗收到。诗,黄勇刹拿走,说《三月三》可用。我却不大懂音律,难为唱和高吟,望得见谅。

全国文联有人来，说是今年要在烟台办度假活动，我可能去走走，完了，过北戴河再从北京回家。这样，第四季度在京召开的文代会就不再去了。到京时，也许能相见。即此顺颂

安吉！

（1984.4.25）

致欣原(二则)

欣原同志:

来信收到,谢谢。

诗稿,未能帮什么忙,很抱歉。

《广西文学》的诗歌编辑认为可以的,但不知主编拍不拍板。我叫他如不刊用,请转《南宁晚报》,最后下落怎样没机会再问了。祝

写作成功!

(1984.4.4)

欣原同志:

七八月间外出旅游消夏,回来才见信及大作,迟复为歉。

《广西文学》诗歌组编辑是柯炽。但,这诗以为给桂林的《南方文学》也许更适合些。该刊是向外省组稿,面对全国旅游客人的。

稿转寄去,请他们与你联系。

即此顺祝

著安!并向彭子都同志问候!

(1984.9.3)

致舒丽珍(二则)

丽珍同志：

昨天宣传部转来你们中国作协创联部的通知,并问我意见。也许日内会有回信给你们。关于我的行程日期,文联卢植棠也许代我告诉了你们。为避免两边说法不一,我在这里再把它说定,好让你们作安排。

为了等学校放假家里有人看管,只好七月份才出得了门。打算七月初先去京待几天,七月中旬去北戴河(不一定住20天,十天八天就行了),假如还可以过烟台,就请安排在八月初那一轮。要不然,请代联系自费住别处,游览个把星期就往回走了。

匆匆即此,顺祝

康乐!

(1984.5.4)

丽珍、木山同志：

刚见到公函,谢谢关照。同意去新疆看看。

不过,我已离休,自治区党委宣传部副部长、自治区文联党组书记的职务都已免了。文联和作协的主席只是挂名等待改选罢了。所以,向新疆介绍名单时,只作全委一员或以作家名义出面为宜,免得尴尬。

走时,在哪儿集中和确切日期都希望事先几天通知,直接寄信至南宁市纬武路区干休所,以免耽误。

(1985.7.13)

致秦兆阳(九则)

兆阳同志：

来信好些天了，上月中旬去了一趟柳州，以为到那里再写回信，不想还是静不下来，无暇命笔。全国文联来人联系一小部分人于九月到桂林观光，与我见了面，说到暑假又在烟台、北戴河办消夏活动。我拟于七月初同老伴去京小住几天，然后先去秦皇岛再过烟台，从东南沿海一线回家，去年想去的地方没去成，今年就去一趟看看。以后恐怕机会不多了。

全国文联的人说，第四季度要开文代会。我却不愿去凑这样累人的热闹了，反正已落得“官应老病休”，可以当逍遥派，来去还能得到一定的自由。

身体好吧？多加保重，并向张克同志问候！

(1984.5.7)

兆阳同志：

我们上月的今天已经平安回了家，最大的告慰是虽然酷暑旅行，没害病，反而胖了一些。

在北京游览与访友，于时间上发生矛盾，文艺界的熟人几乎没见面。在北戴河、烟台听说有笔会，也都没有接触，这样我们倒能自由来去，乐得逍遥。

《大地》是会得到欢迎的，已有人在为它作文章了，看来将能传世。

此间将近秋凉，本当可以弄笔墨消遣，不过，年来已惯于懒散，何况丑陋，勉为妆扮，也难入时，不如藏拙——躲进小楼以自娱也罢。

(1984.9.27)

兆阳同志：

岁月催人，年初一别，匆匆又将周年了。年来虽幸蒙文联组联部关照，安排一次去连云港，一次去新疆，还有作协又安排出访泰国，都因意兴阑珊一一谢绝了。《民族文学》什么评奖活动更加不与闻问，哪有闲情为之点头举手。大概是老态的出现吧，下楼都很少，孩子们都各自有家，除了过节团聚，平日也少来往。寂寞倒也觉得自在。身体似乎还过得去。只是老年病——前列腺增生，有点麻烦。人说北京有某医院用机械从尿道进行刮除治疗，免得开刀。也许借此还有机会上京一趟。至于文艺界的会议活动，去年那次会算是告别了的。文坛已成"贸易中心"，想想真觉无聊。自知我这类作家，如黑板上前一堂课的粉笔字，终会被抹掉，挣扎是徒劳的。

谭流去年当了文联党组副书记，经常出差参加这儿那儿的党史座谈会吧，总之成了忙人。咫尺天涯，我们之间见面很少了，但想不到他没空给你写信。

于千也已离休，闲下来少操心，身体似乎好些。张克同志好吧？顺祝新年全家欢乐，健康长寿！

(1985.12.11)

兆阳同志：

先后两信都收到。

前列康原先这里没有，写信去云南药厂问，回信说可邮售。这两天医学院门诊说开始试用了，已拿到一个疗程（一月六瓶）剂量，昨天开始服用。前所服进口的德国尿通，症状逐见正常。此药比较容易拿到，如见效，病情倒不必担心了。

我眼睛还较好，读书写作都能对付。只是哀莫大于心死，心如止水，掀不起激情的波澜，也唯有虚度晚年罢。

(1986.4.14)

兆阳同志：

前些时候，《当代》何启智来，谈到阁下书法，工夫日见精深，听了十分高兴。我百无聊赖，只有写写回忆，借以寄托闲情罢了。

这位广西师院的周鉴铭老师，勤勤恳恳写了一本书，很想请你写几句话，我觉得这恐怕是给你出了难题。但是，他总是要求见见，表示对阁下仰慕之忱，只好就此托他代为问候。即祝家安。

(1987.7.5)

兆阳同志：

书是前几天收到的，稿和信来到时，正巧周鉴铭送酒来，大家都很高兴，感激不已。

现在写作，对我来说，更是当作消遣就是了，成败利钝在所不顾。这两个月来，电风扇整天不停，也难消暑，打算写的东西被迫搁下了。等天气稍凉，再看看还有没有那股激情，到底年岁大了，日见老衰，力不从心。

(1987.9.3)

兆阳同志：

本来也想借文代会上京看朋友的，也许是最后一次告别了，机会难逢。但又一想，文坛那个局面，还有在京出门挤车那个辛苦，只好改变主意，回避这些热闹也罢。有生之年去日无多，长安虽好，重游之愿，恐难以偿了。

人生遗憾何止一端。是曾拟将遗憾余情，谱写平生遭际。当然，志在自娱于晚年，排遣寂寞的心境而已。但每当命笔，总也难以超脱眼前新潮的困惑，和书商冷遇的难堪。何况自身心力，日见衰老，到底缺乏长跑冠军那种最后冲刺的劲头了。

如今，星期天孙辈带来天真，相与嬉戏，可忘白日的漫长，平时还真难驱除沉重的闷气。读书，本来可以消闲解闷的吧，但新的几乎类似摇滚音乐，神经实在承受不了那份刺激;旧的又觉远离如梦,重温亦感空虚。人要是失掉了足以向往的信仰,没了追求的希望,每日早起,顿感无所适从,那日子可真是多余的了。"哀莫大于心死",也许正是知识分子特别敏感的结果吧。

你能作画、治印,还会书法,日子总会好打发的吧,万望珍重!

(1988.12.26)

兆阳同志:

在医学院附院住了四十天,转到江滨医院(原干部疗养院)来疗养了。身体经过前一段医治,逐渐恢复正常,走路不一定非得拄拐了的。病友们都嘱咐注意走路锻炼,免得肌肉萎缩。看来还得在此住些日子,反正医院条件还过得去。

周鉴铭辛辛苦苦搞一两年,写了本《陆地评传》,一直未拿来过目。自己也不怎样重视它。《陆地研究》专集是由中国社科院文研所组织出版的一套丛书之一,搜集了历年的一些评论,早已出版。这出和不出都一样,不会有人去翻它的。

周鉴铭写的这本《陆地评传》,曾纳入广西民族出版社选题的计划。但这两年已经无人肯拿钱来印赔本的书了,所以出版遇到困难,倒不是因为书的内容有碍。

《新文学史料》那篇清样,是寄来文联了的,他们转来迟了,几乎同后来补寄的同时收到。李纳以为是十来万字的稿,来信说如果出书,她很想一读。其实只两万多不到三万字的提纲式的文字,记录几十年来零零星星的创作生涯罢了。

今后若健康允许,还是继续写回忆的文字吧。能否如愿以偿写得完篇,那就不管它了。

风浪层出不穷,自身已心如止水,不会烦恼了的。

(1990.9.3)

兆阳同志：

收到寄来《新文学史料》之前，出版社仍旧按期赠阅一份，大作《我所认识的陆地》虽早已读，但到此时才写信，可见对什么事，反应都这样迟钝而淡漠了。

上月吧，《当代》一位叫周昌义的编辑来拿去《窑洞》书稿，担心又麻烦你了。但望不要为难，拿不出去就代为留着算了，不必介意的。

（1992.6.30）

致柯蓝(十二则)

柯蓝:

五一来信收到。全国文联今年又组织部分人去烟台、北戴河消夏。拟同老伴七月初去京小住十天八天,然后去秦皇岛,完了渡去烟台,再取道去年未能成行的路线,到青岛而回济南看泰山。下南京,逛太湖、苏州,从上海回家。打算作四十天旅游。但未知到时又有什么事阻拦没有。你们要去四川不知什么时候才回?第四季度文代会不准备去奔波了。此后不想再出门,我们见面机会恐怕是不太多了。

两年来为长篇挂心,等于没写什么。今年打算写写短东西,兴趣不浓,笔耕不太顺利。只想看看书报,时间精力都不太够用了。顺祝平安,并向文秋同志问候。

(1984.5.7)

柯蓝同志:

十四日托门瑞瑜带来的信,今早他送来家时,不巧,我上街买菜,没能与他面谈,很遗憾。

我越来越与世隔离了,文艺界因换班子,职位争夺激烈,我既已退出了舞台,人缘与之而去,没有说话的对象了。加上自己对散文诗这门行当十分陌生,与写诗人的关系又很淡薄,组会的事是难于应命了。弄不好会被误会,以为我存有野心,不甘寂寞。何苦来哉。假如精力允许,打算写写回忆以度晚年吧。

(1985.2.21)

柯蓝同志：

曾复一信也是请湖南文联转交，想已见到。

前天“西大”一位教授来拜年，谈起散文诗事。他对此倒特别热心，肯出力张罗，要我写这封信跟你联系，问问有什么手续和经验。

他“文革”前是《诗刊》的编辑组长，写散文也写诗，出过诗集和散文集，名字叫许敏歧。看来他出面做这桩事倒比较合适。先有二三十人就可以组织起来了吧。要出黎明散文诗丛书的话，广西民族出版社可以考虑出一辑的。总之，似乎可有作为。匆匆即祝春节愉快！

（1985.2.22）

柯蓝同志：

来信及表格等件收到，并转“西大”许敏歧，告他也可直接与你联系。出书事，初步与漓江出版社谈了一下，他们似乎可以考虑。新班子的人与我关系还行。

五月份可能应中南民院之邀去讲课，顺路即去哈尔滨是较为理想了。不过，行时再联系。我现正写《一九三八年》，但因精神不那么旺盛，进展迟缓，年内当即完事。

特将许敏歧信转上，以便使你知道实际情况。

匆匆即祝

工作顺心如意！

（1985.4.1）

柯蓝：

长沙最后一封信收到两三天了，同出版社的人落实丛书出版问题，因为他们整党一时找不到人。昨天终于联系上了，他们表示欢迎丛书，但漓江出版社准备迁到桂林，新班子刚刚建立，人手不齐，而且还有整党的事，一时抽不出人去京面谈。不去人行不行？用书信或电话行不行？

广西方面，许敏歧积极活动，编一本书的稿子是不成问题的，质量也不会差到哪儿去。

六月份全国文联的会能开得成吗？我下月中去武汉一趟，六月即使开成会也不一定去。《一九三八年》已写了四分之一了。这种东西不知有人要不？即此顺候家安！

（1985.4.19）

柯蓝：

回京后来信收到。同漓江出版社负责人面谈。他说，郭风也曾跟他们谈到过的，可能要赔钱，不过，还是要出的。但因漓江社从广西人民社分出来自立门户，目前只有三位副社长，在做七月份搬去桂林的筹备，实在抽不出人来具体管事。请将时间往后推一下行不行？至于签合同事，他们过去未履行过这样的手续，也没印有这种表格的文书，说是签不签都不成问题的。另外，一辑20本太多了一点。开本式样是不是同你的那本《早霞》一样？如20本，一本150页，一共要3000页了。一页容纳多少字呢？因为第二辑书样没能找到来看，寄来一本作样板如何？总之，全辑共多少字？用多少开本？甚至作者，每本书名（目录）都写得具体一些，让他们有个安排。如果觉得推迟会影响你们工作发展，别的出版社等着用，那，请你酌酌决定给那里也行。据我所知，他们暂时还顾不过来打理这件事，要调的许多人还未落实，人手不够呢。

匆匆即此

握手！

（1985.5.4）

柯蓝：

历克送书稿来的事，同出版社通了电话，他们表示欢迎，同时请许敏歧作社外编辑，具体负责这套书的编辑工作。历克同志动身前，打电报告知何日到达好接待。电报可发：漓江出版社陈肖人。公事公办好说话一些。人书到后，再通知许敏歧来三方洽商。

我因前列腺肥大要治疗，武汉讲学事已推迟。关于挂名事，千万不要张罗了。我对此道实在外行，实在不愿沾光。看来已被淘汰下来了，何必再去争风头呢。

（1985.5.19）

柯蓝：

去哈尔滨看看本来是求之不得的机会，只因总觉得路途太远，炎夏旅行实在吃不消。再说，因为是民间学会活动，像我已离休的人要公款开支差费，自己也不好开口，另外就是你把我推到前台挂什么副会长，真是坐蜡的苦事。何况我对散文诗一窍不通，全装哑巴，太尴尬了。

全国文代会的事，好歹我已无意于此。敏歧大概去的吧。

全国文联今年在连云港还办读书会，发来通知，也不想去了。即此并祝

暑安！

（1985.6.15）

柯蓝：

哈尔滨已近秋凉，这时恐怕回来了吧？学会活动顺利吧？我因步入老年，力不从心，旅游唯有望洋兴叹。

《一九三八年》基本已脱稿，能不能代为吹嘘，找个买主？天津百花社有没有可托的人呢？写了六百字的小引，作为内容说明，寄来请你作为介绍的媒介。如果有哪个老板感兴趣要看货，即将稿件奉寄。匆匆并祝家安。

（1985.8.21）

柯蓝同志：

来信收到时，敏歧恰巧来访。从他讲话中进一步知道哈尔滨之行盛事，可惜我无福消受。

本来我还有机会去新疆的，也觉意趣阑珊，什么乐事都看得很淡了。《一九三八年》，天津百花社回信，叫寄稿去看再定。假如他们看上，倒是愿意交由那里出。那里的装帧比较清秀可看。虽然精力日益减退，但仍觉有好些东西还待写，不知还能写得多少呢。

你们身体都好吧，祝愿生活愉快！

（1985.10.9）

柯蓝：

衡阳来信收悉。李的住处与我不在一起，信由收发室转去了。

我和电影电视方面无人缘，没有可托的对象，碍难从命了。你在这方面到底有过来往，加上现在仍有大首长作依靠，活动能量比我简直是天地之别，不必向这里来找市场吧。我看所谓探索片是不足取的。

一时想不起要说什么，有事再谈。

（1986.1.31）

柯蓝：

春节前后，接到精致的诗日记本，后来又收到信，但因不知确切住址，不但不能去珠海相聚，就是回信也无处投寄了。

现寄《作品选》一册，原想等阁下来北海见面再送给作个纪念的。没料到临行血压忽然升高很多，医生不让旅行，没有成行。后来知你也未能到会。如今，也许你还不会回京，只好将书寄特区报社转交。

这几年你还有股创业精神，为散文诗闯出了局面，不能不是一种精神上的寄托啊。我已日趋暮年,人显得懒散了。因无他好足以娱乐晚年,在寂寞中仍借写点旧事作为消遣,但精力毕竟有限,反应迟钝,进度很慢了。

上星期体检,除高血压和前列腺两种老年常见病,其他还未发现什么问题,也许还可再活几年。只要照此情况生活下去,打算在三五年间,把拟定写的三部曲——延安、东北、广西的往事,写成自传体小说,以寄托平生的遗憾。

听说,有五位大师复出主持文坛。原先那股现代派的新潮,固然是该煞住的,可是这五员老将的老账,人家都还心有余悸,能不能领得起大军前进呢?孤陋寡闻,实在难说得准。

就写这些吧。文秋同志均此问好!

(1987.5.10)

致李源获(三则)

源获同志：

好久没有写信了，身体好些吧。

你那篇回忆延安文章，代转给张石秋单位的大型文艺丛刊《绿原》，好久才来稿费28元。一直想等该刊寄到后，再将款一并转汇给你的。等了大半年，不见《绿原》寄来，到邮局去打听购买，广西却又不进这种刊物。只好将款汇给你罢了。文章似乎刊于该刊第八期吧，也许广州能查见。或者你写封信去陕西人民出版社问问。

我离休后，一直空闲着，两年来几乎没写什么，长篇后半部下半年可能出得来了，到时再请提意见。李鹰航夫妇好吧？便中代问候。

(1984.5.10)

源获同志：

上月去北戴河、烟台参加中国文联读书会，走了一个半月，回来见到信，复信迟了。

路过天津同万力兄晤面，谈起老同学来，不免引起对桥儿沟的思念。他正准备交班，工作也不那么顺心，真是今非昔比，时代是在前进了，不得不望洋兴叹。

广州、深圳是引人向往的地区，我们这样的人是得不到欢迎的。作为私访老友倒想能去一趟，但出一次门又觉得问题很多，什么时候成行，不好开支票的。

见到鹰航一家，代问好，至感。

(1984.9.3)

源获同志：

信和悼念陈烟桥的文章，转给《广西文学》了。因为不在其位，刊物的编务不好说话。因邮费提高，刊物对来稿不退了，不知还留有底稿没有。

鹰航，去年七月我去深圳、珠海和海南，路过广州，匆匆忙忙去看了他两口子一下。我们都老了，疾病已是难免，愿他好好休养，早日恢复吧。耽误了二十年，才能未得充分发挥，说来是遗憾的。见到他们请代问好。老朋友很难得，思念很深，只是话不知从何谈起，写信也就少了。即此祝愿

健康！

（1987.2.17）

致刘平(八则)

刘平同志:

接荣胜信,《瀑布》第二部已付印,下半年会出得来了。到此,前后有七个年头了,真亏得你们七年如一日为它操心关照,说来真是叫人终生难忘!

你已摆脱了《旅行家》没有呢?今年全国文联安排一部分人去烟台、北戴河两地消夏。我的时间是七月下旬在北戴河,八月上半月在烟台。打算七月十六日先到京小住一周,二十三日再去秦皇岛,老伴准备自费同行,这样就得预支千元稿酬作旅费。这事已写信给小李打了招呼,看来不会发生周折吧?到京住处,想在大北窑附近的广西办事处落脚,又觉偏远一点,听说东交民巷有中国社科院的招待所,费用也差不多的。那里情况你熟不熟?到时,你会不会也外出消暑呢?顺祝

暑安!

(1984.6.5)

刘平同志:

五号信收到。又得你费心一番,真不好意思。考虑在京故旧较多,七月十六日去恐怕走不过来,初步决定提前于七月十号左右或乘飞机或坐火车启程。要是能代联系到住所,希望行前能见到你的信。如乘飞机都是夜间到京,出租车怕一时叫不来。假如你那里方便,能到民航局接送一下就顺当一些。坐火车是白天到,那就没问题了。只是暑夏乘车辛苦罢了。

讲到工作问题,文艺界到处都是一样,很棘手。想发挥主动性多干点事,并不那么简单。老单位,大家比较了解,相互容易体谅,精神可能舒展一些。但如遇单位上司不支持,下属又捣乱,扯皮闹是非,真是划不来了。

全国文代会听说第四季度开,不知十月还是十一月?我是不打算去的了。因为一去又非得做个头人,太不自在,何苦来哉。

专此顺祝

暑安!

(1984.6.18)

刘平同志:

回到家已经一个星期了。这回幸蒙多方关照,甚为感激。

有件事还得麻烦一下,请就便向出版社发行科打个招呼,《瀑布》印出后,第二部的《黎明》购180套,第一部的《长夜》购20套。书款由稿费扣除。

兰州会议开得顺利吧?

转眼中秋节又到了,顺祝节日愉快!

(1984.9.4)

刘平同志:

来信收悉。

存在决定意识,现实的经济基础既然大大改观,个人名利的追逐似乎成了一种思潮。社会主义观念如何建立?看来不那么简单。也许我落后了,思想已跟不上时髦。

稿酬条文一直未去找来看。计算不知从付印日期还是出版日期算起?书不知又拖到何时。

本月下旬全国"作代会"要开,也许去看看,如去当谋面谈。全国文联的会,听说恐怕要拖到明春了。可见文坛并非"西线无战事"啊。即祝平安!

(1984.12.4)

刘平同志：

我22日乘车首途赴京出席中国作协理事会和代表大会，顺便了解《瀑布》出版信息。

24日到京后，作协将接到紫玉饭店开理事会两天。本月28日至下月5日在京西宾馆开中国作家代表大会。会议前后，想抽空联系，不知这时你在京不？

《瀑布》原为中青社文艺编辑室组织策划出版的书目，第一部出版后，第二部随同你们离开了文艺室而成了《红旗飘飘》编辑室的书了，接着你又到了《旅行家》杂志，现在李荣胜同志又他调，这样一来，第二部的出版信息、宣传等等，你们自然不便直接关照，不知文艺编辑室肯否将它作为全书(四卷本)纳入出版书目之一来统一考虑其影响？比如，今后我该与贵社哪个编辑室打交道等具体小事也需明确才好。即祝

大安！

(1984.12.20)

刘平同志：

成都来信拜读。幸蒙对桂品微、凌云青的欣赏，令我感激和告慰。但他们生不逢时，未得权威赏识，“村女蛾眉，难为时赏”，恐怕只能冷落于文苑之外罢了。

听说它也曾获入茅盾文学奖初选行列，不过因篇幅过长，主持者是无暇通读的，取舍标准，只依从平时的报刊舆论。《瀑布》少见有大文吹捧，再好也是难得攀龙附凤的。

看来声名是难显于当世了，只望中青社能发慈悲，什么时候能再印整部书(四卷本)一次，留个完整的纪念就好了。

近年人事更迭频繁，中青社恐怕也都换了新人，不知有谁可以联系？

阁下会务编务都忙吧，工作规律掌握到了，也许会主动一些。

全国文代会定于何时？为了能与朋友叙旧，还是想走一趟的。但看看当今文坛信息，又不想问津，心情很矛盾。

见到晓天请代致意。

握手！

（1986.9.15）

刘平同志：

自从前年接到来自重庆（或成都）的信以后，一直都记挂着你的消息，也不知还在中国杂协或调他处？文艺界风风雨雨，恐怕也难顺心。

文化工作也当作企业经营，一切都拿经济效益作尺度衡量，作品即成商品，出书——要不是可赚到钱的非紧俏品，又没特殊的交换条件，实在是唯有望洋兴叹。写东西只能当作消遣，藏之名山，不然，只有自寻烦恼了。这究竟是时代的文明进步还是迷惘的徬徨？不免感到困惑。好在已退出局外，大可少操这份心思。

杂技着重唯技术，离学术远点，烦恼兴许少些？但愿工作顺利，身体健康。

（1988.3.29）

刘平同志：

上次的信是答谢惠赠《子牙河的枪声》写的。信书都收到了，感谢没有被遗忘。

文代会能否开得成，决定在于领导班子人选的产生。当然也得看能不能解答得了开放政策的经济基础与社会主义的上层建筑的矛盾问题。过去几十年只有"我们"，不准有"我"，显然是陷入歧途。可如今一味强调我而无视"我们"——唯有个人而忘掉社会，恐怕也不是正道。总之，旧的观念随着历史的发展是要被扬弃的了。然而，新的思想轨迹应当伸向何方？问题是够复杂的。全国文代会能回答得了这样一些严重的现实课题吗？正因为对这些问题感到迷惑，所以对出席文代会实在也没多大兴趣。不过，借此去会晤些老友，瞧瞧年来首都的新貌也是一次机会，到时或许成行。

（1988.4.13）

致李荣胜(六则)

荣胜同志：

来信收悉,甚为感谢。的确,几年来得到你耐烦关照,使得《瀑布》能够问世,这是永志不忘的。岁月过得真快,不提还想不到其间已过了七个年头了。

这两年,我几乎没有正经写个像样的东西,今年打算又开始写些往事的回忆。看报,知你参加编写的电视剧本已投入摄制,不知什么时候可以看到。

全国文联安排,七月二十号去北戴河度假。打算七月中旬先去京小住一星期再走,顺便还想向贵社财务科预支千元稿酬用于自费旅游,那时候你不会外出吧？如不在,请代向财务科打个招呼如何？匆匆顺颂

编安！

(1984.6.5)

荣胜同志：

来信得知已调作家出版社,真为你高兴。晓天同志在那里主持,熟人好办事,工作上会好商量的吧。

我为《瀑布》的出书牵挂,决定出席第四次作协代表大会。本月22日乘火车离邕赴京,24日到,26—27号在紫玉饭店开两天理事会,可能还得搬到京西宾馆参加代表大会。25日有一天空,打算与你们联系,了解《瀑布》第二部何时可印得出来。版权的日期是指出书的时间吧？因为稿酬数额较大,在物价即将提高的情况下,不免有所计较,一笑。

你既到作家出版社工作,顺便提一句：我1960年曾在那里出过长篇《美丽的南方》,到1966年,先后曾重印过三次,累计约20万册。可见读者还不算太少。四人帮垮台后,好几本同我那个时期出版的长篇都再印了。这是表示落实

政策,恢复名誉的吧。当时曾向人文社严文井同志写过信,要求我这本东西也再印一次,回信说,马上不好实现了,第二年是可以考虑的。事过几年却不见音讯,也不好再提。不过,总觉得雷加的《春到鸭绿江》,司马文森的《风雨桐江》,李乔的《欢笑的金沙江》,秦兆阳的《在田野上前进》都重印了,我的也应一视同仁得到照顾吧。当然,这期间我们的广西人民出版社为应广西读者的要求,让我对《美丽的南方》作了修订,曾重新印了一次。

现在作家出版社既然恢复工作,我这本东西能否也恢复印一下呢(要印只好用广西新纸型)?有便请代向江晓天同志致意,可否给予考虑。匆匆即祝

编安!

(1984.12.20)

荣胜同志:

近况好吧?新的工作岗位,想来逐渐熟悉起来,但望工作顺利,心情愉快。

整部《瀑布》出来后,和中青社的事本来是不多了,何况你和刘平同志一走,书又不属《红旗飘飘》业务范围,文学编辑室也不当作它的工作对象,于是有时有关《瀑布》的一些小事要联系就感到摸不着门。虽然后来中青社指定徐迎新与我联系,开头还好,再印第一部加放照片和自费购买100套的事,答应得很及时,后来说因为整党工作有所失误,自购的书和稿酬,半年之久才寄得来,再印第一部的事(原说三月份可出书了),写信去问,迄无回音。这事当时在总编辑面前已提到了的,也不好直接写信去问。我想,全国少数民族评委会那边一直要把《瀑布》纳入得奖丛书印行,中青社却强调版权而不肯让纸型,自己又不想重印了,不知其中原因何在?徐迎新原先不参与这部书编辑,现在又不属他的编辑室业务,恐怕他也不耐烦过问。你和刘又都已离开了,这书无形中成了无人管的“孤儿”了。想了好久,本来不应打扰你的,但是,实在有话无处问,只好请予原谅吧。

另外,顺便问一声,我今年三月开始整理的《一九三八年》,作为日记体裁的长篇散文,已经弄完了,想找个地方出版,这类回忆录的玩意,作家出版社感不

感兴趣？见报上说，你们的总编辑上任时曾约法三章，不拉关系……果真如此，当然一桩好事，我这样打听一下，不该被说成是走后门吧？不知能告诉一声否？

要是你能向中青社说句话，就请代为致意，总编辑那里就不写信了，祝

暑安！

（1985.8.4）

荣胜同志：

十日的回信收到了，谢谢。

一个编辑人才是很难得的，突然改行，也为你惋惜。不过，组织上的安排也许是从工作需要，给你加重担子，发挥更大的能量吧。写东西，当作专职，倒不是那样轻松，能善于利用时间，在业余中进行，反而自在一些。作品也会自然成熟一些。工作一段时间以后，摸熟了它的规律，就会取得主动的。

《瀑布》麻烦你们几年，得到你始终关照，感激之情，真是难以表达。希望能印精装，加印照片等等，无非借以给包括你们中青社几位在内的一些亲友作个纪念，但也不知能否如愿。

稿酬的事，你们——特别是你是尽可能照顾了。在正式的新条例未下达前，你争取“从优”，从 10 元加到 13 元，在结算账单上写明了的，但那天（去年十二月二十六日），去见总编当面讲，说按新规定 15 元算，其实并未兑现。一直过了半年，要汇款时，可能你同徐提到，才又加够千字 15 元（补加 2 元）。这样一来，所谓“从优”（或叫略高）就没有了。不过，这都是无所谓的小事。要紧的是，反映了社里对这本书的看法，似乎与你和刘都离开了中青社有关。

今年弄的《一九三八年》，基本上已搞完了，有些地方涂抹太乱，得花些日子誊抄一下。写了几百字“小引”，作为书的内容说明。假如方便，能帮忙说说当然再好不过了。因为不在北京文化中心，对文坛行情很隔膜。各出版社都有熟人，但又都很陌生，不便开口。要是觉得棘手也就不必费心的。即此，祝

工作顺心！

再说，组织评论文章事，恐怕只有北京一些权威的报刊编辑肯予照顾才行。

而照顾，总不免拉扯到人事关系。没关系户，即令有文章也是发不出去的。听说一位《新疆大学学报》主编，曾为第一部写过一篇，寄给他的熟人——《人民日报》文艺部负责人袁某，结果，渺无音讯。去年《文艺报》发表的那篇，是该报向江西某大学的老师约稿写的。可见，如果刊物的编辑看不上你的书，对写评论文章的人又不是信得过的老朋友，即使写去也只是白费力气。这话似乎近于牢骚，然而，现实却叫人感到不平，奈何。

(1985.8.21)

荣胜同志：

深谢您给我寄来的新春贺卡！

刘屏同志前两天已给我来了电话，真不好意思为此打扰您了。

我在广西几十年的见闻(日记)，也许可能有些侧面的史料价值。不过，在还未整理成书之前，原件手稿还舍不得交与你们的中国现代文学馆收藏。

至于打算出“文集”事，看来以我的经济能力自费出版，那只能是一种徒劳的奢望。因为字数可观，总计有400万字(不含未发表日记)，分成：小说、散文、文论、简札、日记、诗词、自传等类别。按50万字一卷，预想可成8卷。要装订成像样的套书，工本费是不会少的。这最终只能是让我望洋兴叹而已。至于说求助有关文化团体资助，自觉没有那相应的名声份儿开口申请，所以只能沉默下来，不愿冒昧有所求于有关团体组织了。

既问到此事，只好直言心思，实在不好意思！

再说，文学生涯已到黄昏，还有未完的心愿，只想用闲暇余情整理旧作，得以将它整齐的奉献于喜爱的读者面前，作为点滴报答于社会的念想而已。倘若阁下能助一臂之力，走完这一程，自当万分感激不尽！

(2007.2.14)

荣胜同志：

年初吧，记得你来信曾询及贵馆征集部主任刘屏电话致意于我时，我脱口而出的晚年未了之心愿。当即我随笔复信细说原委，冒昧打扰了阁下。此后，回过头想想，我所诉之思，谅难以回答，颇有强人所难之嫌。本不该说的话说了，也就由它去吧，应是不作数的。只是眼下另有一事，还真得再次烦劳阁下一回，那就是刘屏同志当年借去的秦兆阳国画《墨竹》一幅，迄今未见归还，甚是让我牵肠挂肚。此事年初与刘通电话时，曾有提及，但现今又已过去半年之久，画幅仍无着落，不知其中症结所在，这还望阁下于百忙中拨冗代为过问一声，不胜感谢之至。

顺祝

健康，万事顺意！

（2007.7.24）

致黎辛(二则)

黎辛同志:

好几年不问候了,近来状况如何?《传记文学》已见广告,不知阁下过问此事否?

今年打算跟老伴趁能走得动的时光,出门走走看看。全国文联安排我去北戴河中海滩宾馆的时间是七月二十至月底。去烟台是八月一日到十五日。自己打算七月中旬先到北京住一星期再去秦皇岛。到京的住处,初步考虑,住大北窑附近的广西办事处。但那里到市中心商业区,似乎远一些,听说,你们和社会科学院招待所(在东交民巷)有联系,那里房租和广西办事处也是差不多。不知你对此熟不熟?或者还有什么地方更方便些?再就是那个时间你在不在京?电话多少?有可能还是想见见老朋友。因为机会毕竟不很多了。即颂

暑安!嫂夫人均此不另。

(1984.6.6)

黎辛同志:

有件事想麻烦一下,看能不能关照。

因为离休了,腾出了开会、上班时间,有空写些往事。今年三月开始整理一本旧日记,已基本脱稿,现将内容说明——小引附上,请看看,这类东西能否找到婆家?文化艺术出版社有没有可说点人情的熟人?总之,方便的话,希望给吹一吹。假如对这样的东西有兴趣,可以寄去请他们审定。

你工作不太忙吧?身体好吗?即此并向夫人问候。

(1985.8.21)

致陈肖人(十三则)

肖人同志：

电话打不通,只好写信吧。你说重印《故人》事,后来不知可否能实现？如已纳入计划,而未印制,我倒想补进一篇我的成名之作《落伍者》。这篇东西发表于1942年延安的文学期刊《谷雨》,多年寻觅不得,一直到前年《新文学史料》登出该刊全部(共出六期)目录,多方打听、交涉才抄得回来。要是能够补此遗篇当然最好,要不只好等待日后编入选集了。

近来又写了什么吧？我打算今年再写三四篇短篇,凑成一本——“四人帮”倒台后的集子,以后就只有写回忆文字了。下月拟去京,到北戴河而过烟台,沿东南一线旅行。

有空请来家里坐坐。

(1984.6.10)

肖人同志：

来信收到,为你乔迁高兴。

表,遵嘱签署了意见,转武(剑青)请他交由韦一凡寄北京。

《作品选》交哪里印刷厂？校样大概什么时候可以出得来？假如时间适合,倒想去桂林校对。如你那里环境不适,想去自治区桂林干休所的招待所住一段工夫。

《叠彩》什么时候可以出？我那《一九三八年》基本上已脱手,可以捡出若干段落给《叠彩》。即此并问硕良同志好。

(1985.9.15)

肖人同志：

信收到。清样出来后，想有个地方专心校正。不知你们能不能在桂林或别处代为安排？这一来能够集中注意从事，免得拖拉费时，二来也想借此出门散散心。不过，如有为难就不勉强了。

在古旧书店见到周钢鸣的书，觉得封面设计大方简练雅观，可惜印数才只有三千二百册，可能书店不肯要吧。不过，这与推荐宣传不是没有关系。比如新民路的邕城书店是专门出售广西出版社版本图书的。然而，周这本新书和我过去的《创作余谈》始终未见进货，更不用说其他广西作家在本地或外地出的书了。本地的供销社不肯收购推销本地土特产而纯粹以赚钱为目的是说不过去的。更何况文化工作还不能完全当作企业来营利呢。虽然目前文艺出版面临反常的危机，但，近看蓝鸿恩在民间文艺出版社出的《神弓宝剑》却能印一万四千本。不知其中学问在哪里？

新的一年又过去一个多月了。今年要写什么，迟迟还未动手。然而岁月催人，去日无多，想起来也不免焦急不安。你还能有空写吧，希望尽可能争取写多点东西出来。

硕良同志也都好吧？希望大家工作顺利。新春快乐。

(1986.2.7)

肖人同志：

你走后，我才想起这样的问题：《叠彩》预定什么时候复刊？我的《一九三八年》，百花社还是没有决定取舍的确讯。要是能在《叠彩》先发(分两期或四期发完，全书24万字)，我就索性写信去要他们把书稿寄回，稍加修改就给你们，请考虑决定，即来个信，以便及早给百花社去信。你可能马上要出门了，能在走前定得下来吗？

过两天等讨论会过后，即着手写十来个人的传记小说(中短篇)作为互不连贯的系列传记小说集。到明年下半年即开始写最后一部较长的东西，了却历史使命。祝出门一路顺风。

(1986.9.6)

肖人同志：

前信想已见到。

《作品选》原来说的除应送作者样书20本外，另自购30本。现在算了一下，还不够分配。请转告发行科，自费需要50本。

如有精装，是不是包括在20本里给10本，或者作为自费10本也行。

听说，贵社人事上作新安排。想来会影响积极性。但凡事看开去，将力量用在创作上倒没有什么不好。即此问好！

（1986.10.12）

肖人同志：

尊著《黑蕉林皇后》收到了。看里头的信，知道对世俗如此豁达，正是创作得以成功的根本因素，但愿好自为之。

下月的文代会，来吗？《作品选》的出版，有信息否？

国庆后动手写些过往人物的回忆短篇，不大得心应手，放下来了。整天翻翻书刊，不免苦闷，似乎面临老年创作危机，不过，也还不甘心罢手，但要写则又不免力不从心，情绪不那么欢快。如《一九三八年》稿拿得回来，想在《叠彩》先发一部分，或给另篇东西。

（1986.11.28）

肖人同志：

你来的第二天，邮局就来了通知，有三包书待领，拿回来看，刚好总共是50本，这你就不必挂心了。

本来是要去北海的，不想血压突然升高许多，大夫不准旅游，今早便不走了。不知你去了没有。

《一九三八年》，先在《漓江》连载再考虑出书吧。书若没销路，印出来也没意思。《遗憾》前月写得万多字开头，春节后因读书，又停下了，但总想今年能写出一部。当然，只要能写得出，一定请你们先看看的。

（1987.3.20）

肖人同志：

给刘的信，请过下目，免得向你重复了。事情的确出乎意料，选题难道没有通过组织讨论就由个人说了算的吗？讨论时，刘作何表示，难道他忘了是他主动要求把书稿拿回来的事了？老实说，在广西出书并不是那么引以为荣的。不过，《漓江》竟如此对待，不那么服气就是了。

想了一下，如果因你的关心而故意受到刁难，那阁下日后工作就很难施展，心情不痛快是难安生的。能不能到作协搞创作呢？

记得"文革"前的出版条例，签了约稿合同和出版合同的，因故毁约，出版社一方是要支付部分费用给作者赔偿的啊。现在的出版法，不知有没有这一项。意思是说，书稿约来了是不能那样轻率就完了的。

（1987.9.22）

肖人同志：

上次写那封信是有点气，但并不是对着刘的。只觉得新的人处理（审核）选题为什么不考虑（了解）稿件的来由。

你现在说的不纳入选题（计划）的也还可以出，那为什么不承认选题呢？这不是明明表示不愿承担责任吗？现在硬要出，岂不成为你个人的责任了，将来出什么事又会给你安上一条的。所以我说，如果不能正正经经履行合法的批准手续，还是不要去做个人决定为好。因为担心你如得不到宽容、谅解和支持，工作上就不能不谨慎小心。总之，稿件如果不被列入计划而经组织审批的合法手续就不必勉为其难了，反正它已不可能会给我添加什么荣誉的了。何况平生对虚名早已厌倦呢。

（1987.10.1）

肖人同志：

回到家来才见到你又寄赠一大包书，这可够读的了。

去桂平的日子越来越近了，行程还是不变吧。中旬成行宁肯迟些不宜提前，要能在那儿吃上荔枝才好。去时我叫宣传部派车送，是不是你来跟我一道走。

这回买照相机，把手头的钱花光了，如果《漓江》还登一期我的文稿，可否预支两三百元？请代交涉。匆匆并问夫人好。

（1988.6.9）

肖人同志：

“自传”一书的装帧设计，在编辑意向中已写了个大概，至于书名的拟定，也讲了三种意思，看哪种妥当，请出版社商量裁定好了。

上篇“传记”，除在《人物》杂志上刊登的那部分文字外，我增加了就读延安“鲁艺”前的内容，作为第一章到第三章，并于每章拟有标题且加上两句引语，章节内容也都有所增添补充 ，共得九章六万余字。

下篇“回忆录”，有篇《入党序曲》约三千字，《老年知音》杂志要在 12 月号上刊发，现在我虽在目录上列出了篇名，但内文只能暂留空缺容杂志发表后补上。

写真照片是因考虑藉以作一生纪念，用得多了一些。编排上以为除封面和卷首刊登几幅肖像，以及上下篇题头配用一张外，其余生活、工作照种种，或穿插于各篇章文字中，使之图文互见，或干脆集中一处，作为独立“写真”，置于上下篇文字之后……这些，尚请美编考虑安排。总之，把书的装帧设计弄得美丽大方，令人耐看就好。

匆匆草草，先说这些，若有为难或苦衷，请及时提出，大家商量着解决。

顺祝健康、编安！

（2003.11.10）

肖人同志：

照片部分，特别是在书房里拍的那些相片，有不少是重复的，只好请你有所选择取舍而统统送上了。显然，有些因拍摄技术的关系，奖状、荣誉证书的文字多有模糊不清之处，必将影响制版效果，如何以扫描方法来补救，惟有请你费心费力妥善处理了。

这回，补拍的国画《墨竹》中的题字可以辨认明白了，只是颁发给抗战作家的那面“以笔作枪，投身抗战”的纪念铜牌，用作扉页图片的话，恐怕要拿原件去印刷厂制版才行吧。

另外，书名《直言真情话平生》，如要用毛笔书写，那就请你大笔一挥好了。我的毛笔字站不住脚，另请名家墨宝，又因素性不惯求人之故也就罢了，还是你写，就算留个纪念吧！

由于不喜欢通过电话交流，望书稿付排前，遇有些细节非得说清楚的话，还请此书的技术编辑与我有个会面商量的机会，作最后的定夺会更好。总之，诸事费神费力都得请你关照办妥，实在是感谢了。匆匆并祝

健康，阖家幸福开心！

(2003.11.15)

肖人同志：

“话平生”清样校完了！

文字照二校稿改正，明显的错别字不多。不过，原稿和二校样没有看得准确仔细的地方，现在不得已还得增补修改，使之更准确明白，精彩完善。恐怕这会让印刷厂的工友辛苦了，实在是不好意思。

照片，添加了有关“故居”和“延安鲁艺”的两三张，剪贴在文字篇幅的空白处上。不知还能容得下注明文字否。至于已上了版的那些相片，注明文字与相片有差错的，作了标明，请交待工友费心调整。再就是替换相片，调整重新处理版面的工作是比较棘手的，但为了把这本书做得更好，又不得不啰嗦地提出些许要求，真是有点为难印刷厂的工友了。

人说，书的封面、装帧设计种种，均讲究时代化，我这本书如真能送去参加“书展”，想来是要讲究一些的吧。

近读《广西文学》小小说四篇，再读你的散文《下乡记事》，觉得亲切、生动，如闻其声，如见其人。人能有闲情写些所见所闻所想所爱倒是一件乐事。

（2004.4.17）

致沙英(九则)

沙英兄：

久不问候，近况可好？出版社社址何处？在哪儿办公？

我同于千拟于下月十号左右去京小住十天八天，然后去北戴河消夏。这期间你老兄在不在京？电话怎样联系？希望能有机会见面晤谈。

到京住处，可能到大北窑广西办事处下榻(假如在市区没合适招待所的话)。另外，参观中南海、人民大会堂过门券，你单位能代弄到吗？

嫂夫人好吧，均此并祝

双安！

(1984.6.20)

沙英兄如见：

今年初在京开会，因代表团有人逝去，忙乱了一阵，连想去你那里聊聊也顾不过来，实在遗憾得很。回到家才觉得这种相见机会恐怕是不多了，然而，却也无可奈何失掉了。

我没有工作的实际情况，由来已久，所以离休的滋味对我早已习以为常了。因为喜欢读书，离休了倒可以得到大量的时间满足。有颗与世无争的心，到处都可随遇而安的。

今年春节后，我开始整理一九三八年的日记，借此回忆往事，倒可消遣的。

(1985.6.15)

沙英兄如晤：

来信收悉，为你健康高兴。查阅去年台历，记有六月三日收到阁下来信，十五日已有复信，怎么没有收到呢？信是寄煤渣胡同宿舍的，也许阁下贵人多忘事，忘了。

离休后，心如止水，倒也清静无为，自得其所。同老伴共度晚年，有人对话，不至于孤寂。去年整理了一本《一九三八年》（日记），但不知有地方问世否。

为寄托晚景心情，曾闲吟四句，抄录于此，聊供一笑。

自古文章憎命达，从来骚宦不一家；
桑榆寂寞思冯异，留得清名对噪鸦。

匆匆并祝春节快乐！

（1986.2.6）

沙英兄：

是好久之前没有马上给写回信，后来，日子过得空空洞洞，没多少话可谈，信也懒写了。

王楫的讣告，转到手已经很迟了，唁电也没发出。

你身居京华，见闻、交际都会开阔得多，晚年不致寂寞的。我因不好与人交往，同老伴两人独处，除了读书、看电视、散步、上街买菜，没什么事可做了。

写作只不过当作消遣，但因精力有限，思路不易集中，进展缓慢，劲头鼓不起了。何况文坛如此混乱，已经不是我们一辈人的世界了。

“作品选”不足以赠送的，不知从哪里有广告？现寄上一本，聊当作个纪念吧。

（1987.5.10）

沙英兄如见：

来信正好昨天元旦收到，特别高兴。夫人二月归国，该在春节得到团聚的了。预祝新春快乐，全家安康吧！

因为日子过得平淡，似乎没什么可说的，朋友来往书信也少了。自从1984年同于千去京相见以来，我们就天天照样吃饭睡觉，翻翻书报，看看电视，心如井水，起不了波澜。前年(1986)和老伴去深圳、珠海和海南走了一趟，花花世界，真不是我们低工资的人能过的日子，精神和肉体都感到很疲乏。去年(1987)一年什么地方也不去了，在家忍受一夏的煎熬。翻翻几十本日记(一年一本)，整理了《从延安到沈阳》一段行军手记，别外，还给《新文学史料》写了五万字的《我的文学生涯》。本来计划要完成一部传记小说的，才写了三万字的开头便因天气太热而中止了。今年打算继续写它。暮年精力不济，写作进展减慢了，很难计日完工。好在只当作下棋打扑克消遣，倒是没什么包袱可背的。

近年多少发表了十来八篇短篇小说和十多二十篇散文，编成二十万字左右的《劫后集》。但拉不到关系出书。你老兄在出版部门有什么关系可以说说话没有？能帮这个忙吗？假如在京能找出版门路，也许借此再到京从容地游玩一趟。就谈这些吧，以后想起再谈。祝健康快乐。

(1988.1.2)

沙兄如晤：

信来很高兴，真要多谢帮忙。三月已过半，或许夫人早已归来了？作为老朋友，不免叨念你们早日团聚，毕竟暮年寂寞，有伴朝夕相处总是十分需要的啊。

我们跟小孩都不住在一块，两老人不免孤独无聊。晚上唯有电视还能消遣一二而已。

《劫后集》事，来信后因有出处才认真整理、誊清、复印，忙了起来。信也顾不上写。恐怕还得十天半月才能将全部稿件寄出。请就便向朱波同志打个招呼。借此与青岛发生一定联系，倒希望能有机会去走走，好好住上些日子。比如说,校对书稿大样什么的。这样我们或可在京重逢了。嫂夫人均此问候!

(1988.3.13)

沙英同志:

三月下旬,将书稿寄去朱波同志,同时有信给你问候嫂夫人归来。但久久不见回音(朱同志也一直无回信),书稿是否收到?嫂夫人是否按期回国?一直记挂不已。

昨日正要写信时刻,信箱却见到大札,不禁高兴。嫂夫人何故迟归?不免为兄牵怀。但望能看开去,不为此烦恼。

书稿遇到商品经济年代,自知名气有限,难得有人为它赔本印制的吧?因为与青岛方面无深交可托,不便多问,只好听之任之罢了。

为了游山玩水,上月下旬曾到贵州出席西南五省区(西藏、四川、云南、贵州和广西)作家联谊会。为时十天来去。黄果树瀑布水枯,白布飞流只见缕缕白纱一样的了。在新发现的龙宫,除了从山顶天池有水可通小舟游荡于钟乳石的岩洞,与广西到处可见的岩洞是差不多的。不过,到底见到了茅台、蜡染之乡了。

南宁天气已入盛暑,但又无处可避。靠电扇,日夜实在难熬四个月的三十度以上的夏季。

我们日子过得平淡,近来为物价飞涨,饮食颇感拮据了。许许多多的观念都改变了,情绪不免感到落寞——我们真被淘汰下来了。

(1988.6.12)

沙英兄:

文集能问世,当应祝贺。

但是给我出的难题,实在难为从命啊,主要是我在广西的处境。"文革"时已被拉下马了,后来的平反,只是组织上本身的解嘲,对我的实权或威望并无关系。在人们的心目中还是被淘汰的过时人物罢了。于是,近年与外界几乎中断了来往,那位遗孀素不认识,不便贸然转交文稿致意。

再说,广西的报纸并非全国性报刊,即令刊得出来,也不会影响你那上面的。何况这里报刊的主管人未必肯买我的账呢。考虑再三,还是不转去也罢。倒以为应在《光明日报》《新民晚报》“读书乐”专栏,或类似《社会科学报》那类理论刊物找出路较为合适。

也许就是衰老的标志吧,年来与人写信几乎停滞了,长信更感无话可说。对谁都一样,绝无厚此薄彼。

去国之人一如黄鹤,应为意料中事,只叹风气使然,何用伤神。人生如梦,不过如此而已。但愿精神另有所托,娱乐晚年,不为寂寞所苦。

(1989.3.12)

沙英同志:

大作是收到了的,就是没什么话好聊,所以信也就写不出来,说来很抱歉。因为你的书出得正是时候,作序的又一时成了名人,估计销路总会好些。

我七月初忽患脑卒中入了医院,到现在仍未出得来。幸好医治及时,看来不致严重瘫痪。只不过行走尚不自如,不知日后还能再见京华否耳。

你又重新复出,可消得晚年孤寂,乃是好事一桩,可喜可贺。提起李荒,不免想起当年自己的孤傲气盛,受到冷遇便离开《东北日报》,说来真是不无感慨。匆匆即问大安!

(1989.3.12)

致董均伦(二则)

均伦同志：

我们广西的蓝鸿恩去威海出席会议,特请他带信给你,并问候你和江源同志好。

我决定七月底从北戴河过烟台消夏,很盼在烟台共话阔别。可能的话,一道去青岛两三天再回济南就再好不过了。要不,你能否同熟人交代一下,我在烟台只住四五天就去青岛,可否解决下榻地方,而且去青岛车票能否帮忙解决?去年在大连虽然见到青岛市文联同志(你写信介绍的),但匆匆一见,恐怕已陌生了。今年同老伴一道出来,住处不必高标准的。一方面自费关系,另一方面,艰苦生活过惯了,何必摆阔呢。

多年未能畅叙,假如在烟台见不到,就在济南会晤如何?

七月二十日至三十日,我会在北戴河中海滩宾馆中国文联接待站的,最好来个简信。

即颂

双安!

(1984.7.6)

均伦同志：

这回终于实现了胶东之行,真是平生快事,遗憾的是未能同你和夫人一道游玩叙旧。

烟台林雨、青岛姜树茂对我们照顾特别热情周到,令人感激不尽。到济南,知侠、真骅两口更为真挚感人,陪我上了泰山,留下难忘印象。

青岛真正美丽令人流连,知侠说他已得批准在鲁迅公园附近定居,希望我们能去做客。姜树茂同志说，可以找个地方住下写东西的。要是明年方便，倒真想再去多住些日子。

离休下来，仍未能静下来写新的东西，不免焦急，到底是去日不多了啊。

你们一直搞民间文学，取得了成就，平安地送走了流年是值得庆祝的。上次文代会，未能畅叙，不免遗憾。我们应该找个机会见见吧。

什么时候来广西看看呢？桂林的山水是值得一游的。

匆匆并向江源同志问候。

（1984.9.3）

致樊平(三则)

樊平同志:

本来打算到桂林下车来迎接刘知侠他们的。因携带岳母老人行动吃力,活动不便,索性回家了。

接待工作顺利吧?

收到上海作协一位诗人的诗,请看看,《南方文学》能不能用?他的通讯处已注在篇首,直接同他联系就是。

即祝

编安!

(1984.9.3)

樊平同志:

为李葆青的《游记》一书写了两千五百字的“小引”,也许可适用于《南方文学》,特抄寄给你,请抽空看看是否真的适合?如不适宜,即请寄回为幸。

预祝

春节顺心如意,健康纳福!

(1985.2.1)

樊平同志:

前月曾有一稿寄上,不知见到否?如用,请题名加上“名胜”两字,全称即《山水·风情·名胜》。如不合适,请即将稿子掷回来,出版社等着把它同《广西游踪》一道付印。

近来工作顺利吧?祝

一切如意!

(1985.2.26)

致吴大基(四则)

大基学兄:

七八月间去北戴河、烟台两地参加中国文联组织的读书会后,顺路到青岛、泰山,再下南京游玩,然后从上海回家。因赶在学校开课前回到家为女儿带孩子,所以去长沙、广州的打算未能如愿。

培桂中学我虽然没读到头,不过我是创办之初的第一班学生,多少有点感情,假如校庆有邀,倒愿去一趟,也许遇到某些同学少年共话沧桑。

广州是很有诱惑力的,什么时候能成行呢?黄流那里无消息,他假如有心愿回桂林定居,据说是会受欢迎的。即祝健康保重!

(1984.9.9)

大基学兄如晤:

近况可好!

昨日才接到(广州)十六中50周年校庆邀请公函,本应是我们会晤的好机会,可惜,22日我即首途赴京出席中国作家理事会和代表大会,因行色匆匆,广州之行未能如愿了,实在遗憾!(因信皮上写我的旧名“陈克惠”,信又由自治区文联代转,因此我收到信的时间给耽误了。)

专此,预祝

新年幸福,身体健康!

(1984.12.20)

大基学兄如见：

十九日信拜读，知健康良好，甚慰！

黄流兄弟春节似乎回老家吧，收到他从桂平寄来贺年片，以为他们会到南宁来，久等无讯，想不到他还是忙人，并未退出舞台。

我因前列腺肥大，小便异常，多少影响了出行。本来中国文联安排去连云港休假，想想路上酷热，没有去。八月底又安排去新疆40天参观，参加那边的30周年纪念会，去不去还在犹豫。今年三月后一直在整理一九三八年日记，打算把它作为《年轻时候》的系列书之一。到今天已完成五分之四了。还不知道有哪个出版社感兴趣，不过，只当作晚年消遣玩味之物吧，能否合乎时宜就不去管了。

也许国庆节后，这里要组织几位离休了的一道到海南走走，顺便看看广州的变化和珠海深圳的新姿。要是成行，我们就可以畅叙一番了。

天气酷热真不好受，你们那边降温条件会好些吧。望珍重。

（1985.7.21）

大基学兄如见：

我和老伴去年在桂林住了一个月，七月参加广西少数民族作家访问团到海南访问，顺道到深圳、珠海走了一转，经过广州停了两天，因为是团体行动，没空作私人访友，连电话都没打成。本来已近在咫尺，却未见到一面，说来不免遗憾。看来团体旅游也真没意思。到底年岁一年比一年老了，想做什么也都有点力不从心了。

黄流那边也少联系，似乎没什么话要讲。

（1987.4.4）

致李鸿然(五则)

鸿然同志：

来信谈到上月来信,未见寄到。可能寄到自治区文联给遗失了。

关于应聘事,颇觉为难。我学历甚浅,虽然写过一些东西,只不过雕虫小技,与学术相去甚远,到高等学府去讲课,自问是难以胜任的。何况当今文坛思潮十分混乱,讲什么正儿八经的老调调,是没有人听的。更何况我又讲不出道道来呢。这事就免了罢。专此道歉,尚祈见谅。

(1984.11.29)

鸿然同志：

十月十八日的信,因为寄到自治区党委宣传部转,加上 11 月去梧州市参加艺术节,月末才回,复了第二封信后,才从宣传部见到,意思才更明白一些了。不过,上堂讲课,太庄严,还是不敢贸然应诺。这并非自谦,而是事实不能不正视。随意一些座谈会,尚且怯场,不知所云,若登大学讲坛,奢谈学问,岂非误人子弟。

苦衷如此,不瞒相告,敬请原谅。

即祝

教安!

(1984.12.3)

鸿然同志：

第三封信(12.3)收到。见到第一封信时，曾复了一信，想已收到。

既然盛情难却，只好勉为其难也罢。今年寒假将近，不适报聘了，明年春暖季节(五一前后)，如无意外干扰，倒也想去看看重建的黄鹤楼。同学们要求讲什么，不妨先来个信息，讲话好有针对性，免得讲非所听。

我两年前已离休，辞去区党委宣传部副部长和广西文联党组书记职务。广西文联和广西作协分会主席，仍挂个名儿。平日已摆脱日常事务，借得空闲写些往事而已。专此即颂

教安！

(1984.12.8)

鸿然同志：

本来是打算如约要去你们那里的。料想不到，遇到意外：前列腺症状加剧，医嘱要做手术，术前必须还得做血压的调整(原血压偏高)等等准备工作。这样一来，武昌之行只有推迟到下半年九、十月份去了。实在不得已，恳请见谅为感。

专此即颂

教安！

(1985.5.4)

鸿然同志：

来信收悉。那本《少数民族文学史料》是前不久收到的。听说黄勇刹家属对书中黄所处的论述位置很有意见，不知广西作协将意见转告了没有？看来也难怪黄的家人不满。因为黄勇刹在壮族文学圈里，取得的成就以及所产生的影

响,应当要给予相当的位置的。

我觉得当作史来论述,对人及其作品的估价应该多加斟酌的。特别是对当前活人的评价,更要慎重才能服人。拔高和贬低同样都是非科学的态度。而拿来做教材的史论,就不能不考虑它的准确性。也许我把话说得太直了,请多见谅吧。

我已离休无事,要找是容易的。来前先摇个电话,免得扑空。

即祝

教安!

(1987.4.4)

致邓燕林(五则)

燕林同志：

七日(上月)来信因寄到自治区党委宣传部拖延了好久,今早才读到,迟复了,实在抱歉。

山水诗写得别有意境,觉得清新,但望多写。

衣柜倒不是很需要,不过你感情如此,当作个纪念也是很有意思的。要是还未下料,又因托运等等麻烦太多,就不必勉为其难也罢,至于尺寸,由木工师傅斟酌定夺好了。

刚去梧州参加艺术节回来,下旬又得出席中国作协代表大会。想写的东西不太顺手,岁月却越来越少了。真是无可奈何。即祝

家安!

(1984.12.3)

燕林同志：

你的写作一直都在思念着。以为你写得少了,但是几十年来所写的,集中起来也不少的,假如过去写的,自己认为比较满意值得纪念的,能把它收集起来编成一本,那也不是没有意义。出版单位,如漓江不肯出,我同民族出版社讲一讲,看来并不太为难。此外,我想,你能不能将自己几十年追求革命,探索真理的曲折经历,用散文形式写成回忆性质的东西也不错。只要写出真情实感,就有读者,自然有它的价值。不必去写些趋时的违心之言。那些东西,自己既无动于衷,读者也不会欢迎。与其吃力而不讨好,不如随心而作,倒能得到欣赏。

知识分子题材,几十年来,一直被视为禁区,文学领域留下一大空白,把它填补起来很有必要。各人如能真实地反映出来,都可自成一本书的。我因已无

事可做，打算写些难忘的人和事，一方面作为消遣余年，另一方面或可当作纪念留给后人，至于能否“入时”，就不去计较了。顺祝

春节阖家团聚幸福！

(1985.2.11)

燕林同志：

你三月十四日写到自治区党委宣传部的信昨天才转过来。

编诗集的事，看来是可以被接受的。漓江出版社将搬去桂林另立门户，主持人刘硕良和陈肖人。对他们两位，我还能说说话，有机会找他们谈谈。

我已经开始整理 1938 年的一本旧日记，写写回忆过日子罢了。因发现前列腺肥大，暂服药治标，还下不了决心开刀（因担心后遗症）。老于也已离休在家帮带外孙女，身体因操心少了反而好一些。

你们都好吧？祝

家安！

(1985.4.12)

燕林同志：

信收到了。

上杰是个热心人，他对出版社的新班子人选大概可以说说话吧。到漓江去的新班子，我倒可以讲一讲的。不过，人事上的事，很复杂，当面答应，背后不一定兑现，因为各人都有对立面，不像从前按组织原则通行无阻。

我因前列腺肥大，小便不通畅，服药可解决表面症状，根治只有开刀。开刀又下不了决心。

下月中旬应中南民院邀请去武昌讲一课。要耽误十天半月了。即祝

大安！

(1985.4.19)

燕林同志：

关于你到漓江事，同陈肖人（副社长）面谈一下，他表示，他们编制人数有限，年纪大点的人员，不好安置，聘为社外编辑倒可考虑。看来，现在是年轻人的天下了，我们再作冯妇实在也力不从心，除了深交，相知有素，是不易得到重视起用的了。我个人倒认为能躲起来，尽力之所及，做点什么，还比介入是非圈里自在得多。

即此顺祝

顺心！

（1985.5.4）

致徐迎新(六则)

迎新同志:

谢谢来信。

那天从中青社回来,路上李荣胜同志才告诉我你父母的名字,原来还是熟人啊。跟你父母亲虽然来往不多,打心眼里,始终是尊敬的。第一部书出来时,他们已回了石家庄了吧,没有就近特赠,不无抱歉。如今就便请你代为寄赠一二两部(四册),请他们两位赠教,并作为相识一场的纪念。

再就是在京应送的人,还漏了一位评论家吴松亭,他的通讯处不详,不过他的评论文章,在《文学评论》发表,不妨由《文学评论》编辑部代转。

这两份新添赠书的书款,请在第一部重印稿酬中扣除。

未寄的三套书的收件人的地址,只知舒群是即将创刊的《中国》文学月刊主编,住处似乎在虎坊路甲15号中国作协住宅,但寄该刊编辑部交是能收到的。罗锋、白朗夫妇,具体住处不详,可寄中国作协转交,或请打个电话询问中国作协机关他们的通信地址。

在京开会期间,从中青社回来当天晚上,广西代表团一位诗人黄勇刹因心肌梗死不幸猝然逝世,这几天都忙于丧事,没空同你们再联系了。因为已经离休,倒有空余写写东西的。如力能从心,打算写写回忆吧。

我女儿陈多去年十一月在石家庄出席民间文学研究会的代表大会,见到令尊。知道他们老两口都健康,可堪祝福。写信回家请代问候。我和老伴都在此遥祝他们健康长寿,新春纳福。

即此顺颂

进步!

(1985.2.5)

迎新同志：

前信询问百部《瀑布》(第二部)未见寄到事,想已见到？迄今为止仍未见书来,不知何故。

即颂

编安！

又:稿酬也未见结账汇款

(1985.3.21)

迎新同志：

上月25日给你挂的长途,是问自费购取的第二部100套和第一部10套的投寄情况和稿酬汇出与否的。不知代查情况如何？

在这之前,二月初间有一信复你,请再代补赠你父母一套和《文学评论》编辑部转交吴松亭一套(所费由稿酬扣除)的。到了三月初,《瀑布》第二部在南宁书店门市部已有出售。而我原定购的100部却还迟迟未见寄到。于是,去过一信询问,但无回音,才又挂的长途。

昨天邮递员送来一包书只有6套,何因未见说明。原先的100套寄了没有？因为一些熟人见书店已有出售,都来问要。请麻烦回信告知,如已寄出,即代查询为盼。即祝

工作顺利！

(1985.4.3)

迎新同志：

也许你们整党还未结束,不过,只好打扰了,请原谅。

原说自费加印100套书,后来先后只收到20套,也许是社里已无存书了？第一部新印出来了没有？精装本有没有可能？

稿酬也无消息,不知何故?请抽空给个回音如何?

祝

暑安!

(1985.5.20)

迎新同志:

本月一号接来信,翌日即电复告知款汇地址。迄今已过半月仍未见消息。不知稿费支付遇到什么问题?

自费另购100套,收到过20套后再没有了。南宁市书店门市早已脱销,想在此自买也无办法。另外,第一部重印(第三次印)后来落实没有呢?精装事也总不兑现?因为还有些未完了的收尾事,不得已又来啰嗦一番,望能见谅。

(1985.6.16)

迎新同志:

书和款如数收到,谢谢。此事一再给你添麻烦,实在抱歉。

顺便问一声,第一部的再印,不知后来遇到什么波折没有?要是仍如前议,估计什么时候能印得出来?

专此并祝

暑安!

(1985.6.30)

致李鹰航、陈晚柳夫妇(二则)

鹰航、晚柳同志：

好久不写信问候了，不无思念。

我们都老了，不知健康如何？我患前列腺肥大，无法根治，又没下决心手术，不无苦恼。本来离休后想要写东西的，但因疏懒，又因文坛思想混乱，想想也觉无意思，只好空度时光。

在去年11月的梧州艺术节上，遇见李陵，他说，好像你们的住处要拆建，已迁到新地，不知确否？

有件事请斟酌看能否代打听一下关于钢琴的行情。我外孙女正在跟一位艺术学院老师学钢琴，老师说她比较有前途，她父母决心买琴让她(七岁)学下去，但因此地来货少，供不应求，预订了一年仍买不上。听说，广州有制造厂，也许容易买到。鹰航又是行家，也许有门路。可能的话，帮忙打听到珠江牌高级88键的，价钱多少，我们将款子汇去，请代买下来，等有汽车(自治区的文化厅经常去深圳广州拉货)去运回。这是件麻烦事，假如可办就回个信，如困难就不要勉强。

李源获常见到吗？请代问候！

(1985.3.14)

鹰航、晚柳同志：

来信收悉，谢谢关照。

钢琴上月已购得上海产品，问题解决了。

前列腺症，服进口的西德产品“尿通”。另外每晚坐热水盆二十分钟，症状有好转。报上介绍浙江药品“前列腺康片(花粉制剂)”这里未见出售。不知鹰航如何治疗？听说广州有医院试用激光一类的物理治疗可以不必手术，也不知确有其事否？

年纪大了，劳累过头很难恢复，工作只能量力而行了。望保重，晚年过得清闲些就好。即祝

暑安！

(1985.6.15)

致沈季平(三则)

闻山同志:

实在抱歉得很,来信好些天了,没及时复信,请见谅。

孙雨同志没见到面,不知他工作顺利不?包(玉堂)因"文革"遗留问题受影响,被另一派人指责,要他回避,至今应分得的知识分子房子(三套间)还没拿到钥匙,真是无可奈何。

提到黄勇刹的不幸,实在令人伤心不已。他到京的第二天就因心肌梗死而猝然离世,为他后事花了心力,会议和访友都没很好应付。本以为在"京西"会遇到你的,不想你竟然没来。你也曾同黄打算相聚的,总之都落了空。

近况好吧?不知又写了什么没有。看看文坛如此,也不大闻问。今年开始写回忆录,以自娱。当然不会入时成为摩登红衬衫的。没有吹鼓手,舞是跳不起的。先就写到这吧。

(1985.4.7)

闻山同志:

来信收悉。为你乔迁高兴。新居逢新春,应加倍舒畅吧。

勇刹离开已一年了,是应该写点文字寄托哀思的。但望阁下写得顺手,想来在北京能找到刊物发表。

反映广西的东西,照理说,广西刊物是应该欢迎的。不过,当今文坛行情,因人而异。包已被拒之门外,我则不屑过问,不好说话了。

去年一年,整理了一九三八年的一本日记二十多万字。算作回忆录吧。曾有信给黎辛代向文化艺术出版社打听肯不肯接收这样的玩意?一直不见回音。后来寄去天津百花社,也不知命运如何。

今年又写些什么呢？要写，恐怕也只能写些难忘的故旧，当作消闲而已。去年年末，回顾前尘，不无感慨。偶成四句似诗非诗，聊以自白以迹，顺手写在下面，供作一笑：

自古文章憎命达，从来骚宦不一家；

桑榆寂寞思冯异，留得清名对噪鸦。

就写这些吧。往后如有赐教，请寄退休寓所新址，邮递员直接送到，免得迟误。

(1986.1.23)

闻山阁下：

讨论会你没有来，失了一次相聚机会，说来是遗憾的。

这里给寄上云南文联两位副主席的书面发言稿，觉得他们是花了心力的。分析评论得还中肯。麻烦花点时间过下目，看李乔的一篇能否适合《文艺研究》用。王松一篇，对当前文坛一些观点和作风感到愤愤不平，也许较适合陈涌兄的《文艺理论与批评》？总之，请斟酌处理就是。

也许是作者对待自己作品，如同父母对待孩子，即令癞痢头也是好的。以为文坛的评论界对百多万字的《瀑布》的劳动，不免冷落了。也许云南两位(与会的内蒙古、江西和解放军报社的同志也是如此看法)的意见能引起人们的注目。

当然，你们两家都是高水平的理论刊物，不知这两篇文章能登大雅否？抑或转给其他刊物比较合适？请费心代为处置为感。

陈涌处不另外写信了，见面时请代致意。祝大家工作顺利！

(1986.9.29)

致岳瑟(二则)

岳瑟同志:

收到信总是高兴的。我们到底老了,但如力所能及,不妨写些自己感兴趣的,不必取悦于当世。要入时而摩登,没有吹鼓手是跳不起的。

作协四大会议时,头天曾同贵省一位当秘书的王以德同住一房,同时也同艾芜同志打听到你和叶石同志近况。王不肯多说,艾对你们也不甚详细。

会议中,因广西团一位《刘三姐》作者猝然逝世,把我的时间和情绪都扰乱了,好多熟人见面都没深淡。另外,当然新老班子的交替,互相间因你下我上而明争暗斗,老朋友也成了路人,想想实在也没意思得很。

我因老年常见的前列腺肥大,排尿令人烦恼,又不甘愿开刀(怕留后遗症),只服安尿通维持。今年动手写自传体小说,当作消遣而已。老于离休后,休息还好,祝愿你们平安,心情愉快。

(1985.4.7)

岳瑟:

看来信,知你创作心情,十分高兴。写作能够做到把想要讲的话说得出来,把难忘的往事让她留在书面,寄托着平生一片心绪,恐怕是晚年的乐趣了。

两年前,我也曾产生一阵灵感,决心要写平生的遗憾,作了个开头便停下来了。原来是蓝图还未设计完善,急于上马施工,不免顾此失彼。这两年,几乎停了笔。脑子里却陆陆续续进行酝酿。到去年底,才忽然想出条路子来了。这几天正在草拟提纲,编排生活背景,给主要人物画轮廓、填履历……打算过完春节便动手继续这项“离休住宅的工程”吧。

去年五月在贵阳,见到你们的高缨、周克芹等,以为作协制造这样的机会,每年让大家聚聚,交流写作情思,倒是件好事。广西的当事人已向大家承当了今年做东的义务。也许不会变卦吧。我这几年,可真成了隐士,除了去年心血来潮,为了看望一下邢立斌才去贵阳龙宫、黄果树走一趟,另外,什么地方都懒得去了。要是今年十月你真能来桂林,我就非得去陪你一道逍遥几天,毕竟是我们的日子不多了,机会是难得的。这回你一定得来啊。不过,恐怕得向周克芹讲个人情的吧?

叶石同志好吧。便中代为致意问候春节快乐、纳福!

尊夫人均此不另,并祝

合家平安!

(1989.1.26)

致许敏歧(四则)

敏歧同志:

来信刚收到。散文诗的事,你进行的活动是有进展的,就照这样办吧。广西作协的人是否考虑联系一下,他们是半官方性质的文学团体,不过问一下,似乎不友好。至于领头的名义,你和他们出面便好,我不必挂名了,或者(必要的话)挂个名誉顾问行不行?

我现服西德进口的"尿通"药丸,比天津出的"安尿通"稍有疗效。彻底办法只有手术,但怕带来后遗症,不敢下决心,且走着瞧吧。下月中旬去中南民院讲课,还不知讲什么的好。眼前每天写一两千字回忆录,消遣无聊就是了。祝

教安!

(1985.4.12)

敏歧同志:

柯蓝又一信,出书事同肖人面谈过,他们实在抽不出人来马上处理,请柯蓝把期限往后推一推。我已写信请柯蓝决定。

另外,区党委宣传部文艺处的人来征求对文联人事安排意见。想请你到文联主管理论研究工作,不知意下如何?他们(文联)班子稍有变动。

文联工作比学校当然灵活一些,不过人事的是非比较复杂,互相扯皮是影响工作发展的。当然如果班子重新建立,可能会好些。你考虑一下吧。即颂

双安!

(1985.5.4)

敏歧同志：

我没有去武汉，在家治疗。

同陈肖人通了电话，同意你作社外编辑负责丛书编辑。

柯蓝来信，本月二十五日左右，由内蒙一位作者历克带书稿来，到时，再通知你来相见，跟出版社三方洽谈。

（1985.5.19）

敏歧同志：

同于千五月下旬去桂林住了一个多月，然后飞广州参加蓝鸿恩他们的民族作家访问团。逛了中国大酒店等等高消费的豪华设施。到深圳、珠海看看曾喧噪一时的建设速度和海南的天涯海角。昨天清晨才从湛江回到家。

见到你的信，深为你通过了职称高兴。

散文诗的事，在深圳同柯蓝在电话上知道他劲头十足同广州、珠海方面合作创办散文诗报。他可能已将广告给了你。他希望你和蔡旭组织一期稿。学会的牌子挂在哪里，既然武剑青这样说了，挂在社科联也未尝不可。

（1986.7.24）

致黎文胜(二则)

秀统兄如见:

来信收到,知你们一家平安长寿,子孙满堂,总算告慰平生。不过,毕竟岁数大了,起居生活,还应留心保重。

我们四个子女(两男两女)都在南宁,已各立户口,都有了子女,过年过节才来相聚,也许比你强一些就是了。

我一直没有到广州看看,海南也就没有机会去了。如去,会找你们一趟,到底我们是相识一场啊。你要再有机会出来采药,不妨来南宁一趟。来时,住我们家,倒是不必花费房租的。何况广西也有不少中草药。如果能如所愿,八月下旬去新疆 40 天,国庆节后回来,再去海南。听说国强已搬家广州定居,不知住哪里,没有联系。嫂夫人均问候。

(1985.7.13)

秀统兄:

来信收到,知仍任事社会,甚为宽慰。

我们年来均离休在家赋闲,无所事事。写作,因心情已难适应时髦思潮,失了市场,懒得去迎合了。前年(1988)六月五日在《羊城晚报》上我有篇《想起那段日子》的回忆录发表,记忆当年我们在江村的故事。不妨找来看看,也许引起联想到年轻时的乐趣。

你要真能来一趟,该多么好啊。来吧!现在交通方便,从海口渡海到某地,便有汽车载客到湛江,即转乘火车直达南宁。事先给我电报或电话,我会上站接的。到了南宁,便等于到自己家了。

王国强离休后,似乎仍在湛江市政协,但没同他保持联系了。他要愿同你认旧情,到湛江不妨找他一下的。最近电视台放的《铁血风尘》电视剧,是他写的剧本。你们那里的电视台播放了没有?

我们四个孩子也都做了父母了。长男在通志馆编地方志,二男在科技报编报。长女在博物馆管图书资料,二女在教委会编教育报。

海南是个很有吸引力的地方,但是追逐的人多了,恐怕也不太安静吧。

有空写写信,纸上谈天,也许能消愁解闷。不过,你又做什么董事长,也许不像我完全无所作为的闲暇吧。慧卿嫂均此问候,预祝春节合家欢乐。

(1990.1.12)

致杨启鸿(二则)

启鸿君如晤:

前后来信两函(前函附照片)均已收悉。乏善可陈,迟复为歉。

刚见到艺院几十人和三人各上告信,反映新班子纠纷,说有三十来个讲师要求调离。看来凭个人本事取胜的艺术圈子,也不能那么平静、清高。生活、事业都难免遇到坎坷。

前日奉寄《瀑布》下半部(两册),依照留下地址写十二楼,不知能转到十一楼否?

三月份起,写回忆一九三八年旧事。草稿已完四分之三,争取八月下旬去新疆之前弄完。十一二月拟去海南,不知能否成行。

即此顺祝

暑安!

(1985.7.13)

启迪如见:

五月二十六日同于千去桂林住一个月,六月末到广州、深圳、珠海和海南走马观花,到处都是豪华饭店,处处都是高消费的物质文明,实在不是我们低工资的世界。不知为什么做如此的引进?

因为是参加广西民族作家访问团,集体活动,行色匆匆,私人活动,受到很大约束。在深圳住三天,阁下的信息,昨天回家才见到六月三十日的信。收录机后来拿去修理,毛病不再出现了。收录机的零件我们这里大概不会有的,日本货一般是坏了就丢的。

前些日子见到樊篱,提起你的事,他认为住港留新保持两栖,不好开先例,但再回来学院倒是欢迎的。房子可以解决,或以住学院为主,一年往返香港讲学也行。纸短情长,容后再叙,祝暑安!

(1986.7.24)

致李汗、卢敏琼(七则)

李汗同志：

陈列同志为孩子高考的事回来,到我这儿顺便提到想回深圳找个工作,好同家人一道生活,但在深圳他似乎没什么熟人可托。你同韦丘同志如果可以谈得来,是不是为他美言两句？在文化艺术部门当当编辑还是胜任的。

再就是,我的回忆录《一九三八年》——“年轻时候”之一(约二十五万字),已经写得差不多了,给什么出版社还未定,不知你们花城欢迎这种东西不？

廖文同志已到差了么？你能不能脱得身？上回你和敏琼同志好不容易来一趟,未能认真接待,过后颇感遗憾,实在对不起得很,只望见谅。

另外,见到韦丘请代问一声,全国作代会时请他代为拍的照片,是不是失败了？把底片给我们在这里洗印,还是方便的。

(1985.7.21)

李汗、敏琼同志：

这回有幸相晤,你们的热情款待,既高兴又感激。

我们一行前天早晨六点,平安回到家了。大家身体都好。在海南终于见到“天涯海角”几个大字,喝到新鲜的椰子水,在通什参观黎人的番茅乡,住五指山宾馆现代化的房间,觉得先进与原始相差如此悬殊。海南对我们的来访还算热情的。不过因汽车事件,干部们不免有如惊弓之鸟,腾飞的劲似乎提不起来。七号台风给广东带来灾难,九号台风也让广西受到损失。两次我们都在旅途遇上,然而没有受阻。该是幸运了。匆匆即祝双安。于千并向你们问候！

(1986.7.25)

李汗同志：

去年炎夏相聚，情景如在眼前。可你不会想到，你去年十二月十二日托何处长带的信，却迟到昨晚李文杰才把它送来，说是忘记搁在乱书堆里了。因为要上京学习，整理文件才发现的。

看到照片，才觉已经是一年前的事了。一年多来，虽然是时间的主人，可也没写得出什么来。本来打算从今春开始着手写“遗憾”三部曲的，刚开个头，《新文学史料》牛汉派人专程来约写《我的文学生涯》。遵命作文，写了五万字，去了一个多月工夫。接着便是酷暑季节，不再能挥汗填格子了。把几十本的几十年日记翻翻，唤起忘却了的记忆。打算下月再继续接写自传体长篇。

自知我这种过时的货色是赶不上时髦的了，写出来不会遇到知音，即令有地方肯照顾出得书来，也销不出去的。写它，只不过当作消遣寂寞，度过余年而已。

漓江社陈肖人他们好心给出了一本作品选。曾寄赠一册，不知收到没有？那是回锅杂烩，敝帚自珍，只当旧照片把它剪贴成册，作个纪念罢了。不过，还真没想到最后才印了一千册，不免深感遗憾。

一家人都好吧，再谢谢你们去年的款待啊。

(1987.7.20)

李汗同志：

韦艾菲夫妇把麦片送过来，顺便谈起几十年前一些故旧的浮沉际遇。你们两口子经历一番坎坷之后，终有今天的称心得意的机会，发挥相应的作用，不能不令人羡慕了。

忙使日子充实，总比闲而空虚好过的。

本来以为无官一身轻，离休下来可有写东西的宽余时间的。的确也有些话通过笔墨去表达。不想，时代走得急剧，老观念、旧情感都随着岁月老化了，步履蹒跚，实在紧跟不上了啊。过时的货色找不到市场，又何必去炮制过时的玩意？与其学堂吉诃德，不如做陶潜的五柳先生。人说，六十岁以后是过一年算一年，过了七十岁便是过一天算一天了。也许，体力未见老态，可心情却不免悲凉。要不是为了自娱消遣，真是没劲头去拿起笔来了。

麦片和今年挂历的赐予，样样都令我们感受深情厚谊。语言是表达不尽的。匆匆并颂

俪安，万事如意！

（1988.8.14）

李汗同志：

你七月十五日写的信，延迟至这两天才寄到。信中提起蒋金潮其人，从来未见踪影。麦片当然也说不上了。也许他远在梧州，没到南宁来的缘故吧。

我七月初突患脑卒中，住医学院四十天，出院回家住一星期，八月中旬又进江滨疗养院已经快二十天了。发病及时治疗，不致产生严重后遗症。除了左腿仍觉发麻行走不太自如外，其他正常。目前做些体育锻炼，恢复疗养，总之闯了一关，可堪向老朋友告慰。

想来你们都健康工作和生活着。经过这一阵“扫黄”过后，出版界能得到一定经费来印些赔本的文化读物了吧？文化（精神文明）不舍得下本钱，恐怕是建设不起来的吧？或许也难，菜篮子都装不满，哪顾得上你读书啊。

（1989.9.10）

李汗同志：

中秋回家，见到麦片邮包从肇庆文联寄到了。前信讲的你就不去记挂了，黄小曼还来到家里同老于谈到你们近况，总算沟通了两地的思念。

病逐渐好转，国庆节能不能出院还未说得定。住院寂寞无聊，没可吸引人的读物代替对话闲扯，但回家也差不多，无处可去，无人来谈。日子真过得发空。

你们都有工作忙着，生活应该是充实的。

敏琼同志均此问候！

(1989.9.14)

李汗：

转眼半年又过去了，近来工作、生活都还称心吧？家人也都过得好吧？我的行走还是没有能恢复原来的样子，上街感到腿脚不那么灵便了。老来恐怕只能如此。

原先打算写的“遗憾”三部曲，反映半个多世纪来，中国知识分子的命运。去年底完成了第一部约十五万字。本来是继续写第二部的，但因文坛的不景气，多少受到影响，迟迟未执笔。想了很久才给你写这封信，请替考虑，在这不正常的情况下，花城出版社对于像我这样所谓过时人物的东西，还有给予考虑的可能不？或者《花城》刊物会不会刊载？就你能接触到的行情看，不妨试探一下，我这就将书稿寄去，先烦你看一下，如能欣赏便交出去。当然，这样一来会使你为难，至少挤占你的时间什么的。不知能帮上这个忙否？炎夏已到，闷热得不能多写了。祝

家安！

(1990.6.29)

致天津“百花社”（三则）

百花社编辑部：

我整理了一本旧日记，附“小引”在此，请看看这类书稿你们要不要？如有兴趣，请来信，再将书稿寄上。

（1985.9.9）

第二编辑室：

九月十日复信收悉，谢谢。

《一九三八年》有些地方涂改得比较乱，须誊抄，还得过几天才能寄上。

即祝

编安！

（1985.9.28）

百花出版社编辑部：

上月今日曾有一信给张竞毅同志催问我去年十月寄给你们一部书稿《一九三八年》的消息。至今未见回信，现再请将对该稿的取舍意见来个信。因为张君五月给我来信说，稿子在某病号（编辑）手中。但，九月十九日去信询问，不给答复，十月三十日再去信，又以沉默相待，不知何故？

如书稿碍难取舍，那就不必客气，退还回来就是了，意见也不必写的。稿子，别处正等着要，而且里头有些地方在编排上，还要重新斟酌。请即挂号寄回，至盼至盼。

（1985.11.30）

致刘江(五则)

刘江同志：

来信收悉。谢谢过誉之盛意。因为一直未能专事于创作,偶然写的有限几篇,作为评论的对象是很不足取的。要说壮族作家,遗憾的是,所写的并未当作民族生活来反映的。

广西师大蒙书翰编了一本专集的研究资料(中国社科院文研所统一编的一套丛书之一),广西的出版社半年前已付排,如书出来了,历来的评论都有了。我近期自编一本《作品选》(包括小说、散文、时事短评、创作文论、旧体诗词),但也才发排,恐怕明年上半年才见到书。长篇《瀑布》上半部,曾有些评论,但因该书是难分开来论的。中青社当时为凑建国三十周年纪念而急着先推出了前半部,所以评论并不全面。后半部去年年底才出书,今年上半年发行。虽然印了七万四千册,但除了图书馆预先订购能见到外,一般的书店门市则难觅见。不知柳州的新华书店或贵校图书室有否?假如可找到来看,倒是希望能给提提宝贵意见的。接北京熟人信,有些刊物倒想找人写点文章作介绍的。不过,也难,现在写文章,没人事关系似乎不易问世。

即此顺颂

教安!

(1985.9.17)

刘江同志：

回信收悉。

文坛变商场,作品成商品,真是到处杨梅一样花,不胜浩叹。但此风是不正常的,有良心的作家不应受此歪风左右。

我也谈过，曾写过一些创作随笔之类的东西，前几年广西人民社集编成一本《创作余谈》，但印得少，书店门市零售也不多，不知你们那边的图书馆(室)有没有？柳铁文协(?)唐宗向(?)他们好像在筹办刊物，不知有进展没有？即颂

教安！

(1985.10.10)

刘江同志：

感谢你写那么长的信。

关于壮族文学问题，如果指的是古代口头文学，那是有它独特的色彩的。若要讲的是当代壮族作者用汉文写的作品说成是壮族文学，那问题就很多。比如，所写的题材又不是属于壮族人民生活，而硬把其隔离于中华民族大家庭的“中国文学”之外，更是不可理解。壮族人民生活，除了语言，好多方面都早已汉化了，风俗习惯，除了“三月三”，有别于汉族之外(也不是所有壮族地区)，其余像宗教信仰、文化教育、经济政治生活等各个方面，已经很少保留独自的东西，把它照样反映到文学作品，往往看不出它的民族特征。

《静静的顿河》，哥萨克的民族色彩是显然易见的，但在苏联似乎也没有把它列入哥萨克文学范畴；犹太作家的著作，也没见到有叫作“犹太文学”的吧？老舍的《骆驼祥子》《茶馆》等等，并没列入满族文学，《红楼梦》更没有被排斥于中国文学史之外。总之，用汉文写的少数民族生活的作品，和少数民族作者用汉文写的非本族人民生活的作品，在中国文学之外，另外又给它个什么名称？我是闹不明白的。

我成为中国作协会员之前，四十年代后期就出版过三本短中篇小说和文艺理论书籍。那时我还不知道自己是壮族，所写的都是中国一般的工农兵和知识分子，并没有意识到要反映这个或那个少数民族，因而作品并不是什么壮族文学，作者也不可能因此成为壮族作家。1952 年壮族自治区开始筹建，我的老家成了壮族地区，在这块土地上土生土长讲着土话的人们，一夜之间都成了壮族。

这时,也只有到了这时,才知道自己原来还是个壮族的子弟。但是,以后写东西,即使像《美丽的南方》和《瀑布》,有写到广西农村人民生活的篇章,也只是依照现实生活本身的面貌去刻画,除了《瀑布》里特别着意描绘瑶族的风情之外,壮族方面便没有故意去猎奇那些早已消失了的原始落后的风情。现在大家从书里看到的农村生活部分,恐怕跟广西汉族地区的现象不见得有很大区别。

《瀑布》主题是在于表现中国现代革命历史阶段的现实。因而作品主要体现在写工农兵、写知识分子的成长过程和革命转变,并不局限于反映一个民族命运的变化。如果把它看成少数民族本身的文学现状来估价,那是太遗憾了。

五四以来,文学作品里塑造的知识分子典型的得失,在理论上是应该有个全面总结性的评价。这工作无疑是太重要了。对继往开来的创作工作必然有它的作用。可惜,这一空白迄今仍未见有权威的论著来填补。

《瀑布》是以知识分子为主角的。但里头的几个知识分子都不是同钱钟书的《围城》、杨沫的《青春之歌》、路翎的《财主底女儿们》,以及叶绍钧的《倪焕之》那样的知识分子圈内的知识分子。他们是现实的政治舞台上的风云人物,跟以往的知识分子形象,由于时代精神和生活背景的差异,历史意义也就难得相提并论。但是,我本人却不认为,把它当作少数民族文学来对待是公平的。《瀑布》所反映的,正如某些论者所指那样,它写的是中国近现代革命历史的某个侧面,塑造的人物是中华民族的英雄儿女——革命先驱的代表。绝不是也不应该被看作仅仅限于写出了这个或那个少数民族的风情和它的人物。如果硬是把它说成什么民族的文学,那未免牵强附会了。这对《瀑布》也好,对《美丽的南方》也好,都是未能道出其真正价值的。

(1987.3.25)

刘江同志:

来信收悉,谢谢关心。

年来日见力衰,许多事已力不从心。当今文学新潮,众说纷纭,懒得与之评说。对自己过去的东西,于当时既未得到赏识,如今更加排不上队了。就同丑女怕照镜子,从来极少关心别人对自己所作的议论。尊作想来是花了不少精力的,抱歉的是实在改变不了我一贯不与旁人评论自己东西的毛病。稿子还是寄回,请原谅为感!即颂

大安!

(1988.4.30)

刘江同志:

那天你和冬健同志来,似乎是要我回答两个问题:一、我对“壮族作家”的理解;二、我笔下的知识分子,有哪些与众不同。

虽然啰嗦了半天,对你的问题还是没说得清楚。想来实在抱歉。

一、我不能不承认,我是壮族人。但是,由于家庭环境,以及所受的教化,一直都使我未能具有壮族的“民族意识”。除了小时候在家乡讲“土话”(后被认为是壮语),社会生活没有哪一样是跟汉族有什么明显区别的。作为作家,我是用普通话写中国一般的工农兵和知识分子题材走上文坛的。所以,我的作品,若要因作者是壮人便归之为壮族文学的说法,显然不确切。

二、五四之后,新文学写知识分子的比比皆是。要说我写的与众不同之处,自以为是:我的知识分子是表现他们在中国各个历史时代应有的社会作用吧。多半是写个人主义者经过革命理论和实践(斗争)锻炼而转变成为集体主义战士;少数的反动、落后分子,则终成时代的弃儿,令人为之惋惜,不免洒下同情之泪。这也许就是我被批评者认为夹杂着人道主义的弱点。至于作品表达得怎样?那只让评论家给予客观冷静地分析了。

(1991.5.28)

致周鉴铭(三则)

鉴铭同志:

写我个人的评传,如以虚名而论,也许可以充数。但作家应当拿作品来标榜,评传必须据有丰富而为世人所知的作品作基础,才不至于空谈。一直自问,因为实在是写得太少,质量又不高,只凭年龄而倚老卖老和只因少数民族而冠以老作家、壮族作家来招摇欺世,那是很可悲的。一句话,以我几十年中偶然写过几篇东西,要写一本评传是大大不够而且很不配,勉强写来,不为世人接受,又何苦徒劳呢。

日记只是在孤僻寂寞生活中,自己和自己谈心(自言自语),与社会没多少关系,何况零零散散,从没回头重读过,恐怕生前是不便示之于人的。总之,评论者只就对某篇作品发生兴趣去作探讨,其中立论的是非得失好说,若对作者一生的评价,其分寸则不易掌握。何况说实话,自己远非为世人公认的名流,倘被当作名流去宣扬,那是很狼狈的。有些事只能让后人怎么说就怎么说吧。如果人死后随即被忘却,那,生前何必去唠叨他呢。

就说这些吧。即祝

著安!

(1985.12.18)

鉴铭同志:

稿子,粗略地翻了一下第一、二两章,有些地方作了改正。如在广州,思想认识上的飞跃,要不要举出详细具体的客观背景?有些情况只概括地提一下,读者自会懂得了的。最后讲到对合作事业性质的认识而导致跟旧世界的诀别走上革命的心情与行动,在字里行间添改更觉不好连接。索性另纸写出供作参考。第三章以后就不再细看了。总的觉得这样夹叙夹议,如果对生活经历和作品的表现没有充分把握和深入分析,做不到恰当的取舍,叙述容易琐碎零乱,评论就未必准确,容易流为一般,突出不起来。说来说去,以我个人的经历和文学的成就来硬写成一本书,分量显然太不够了,勉强凑数,必然越扯越淡。本来不是那么回事,硬说成这样那样,那是文不对题,或者说是不符合实际情况的。不知以为怎样。

即此问好。

(1986.1.29)

鉴铭同志:

久违多年,教学、学术造诣,现在都已获得可观成就了吧。不时系念!

十年老病缠身,写作之事,心有余而力不足,不胜愧疚。

《广西当代少数民族作家丛书》收我一卷自选“散文”。散文于我并非强项,我在卷末《后记》里写了几句话,表达了选择它们的想法,在此就不啰嗦了。

想到相识一场,还承蒙错爱,为我写成评传(可惜未能问世)。为此,特意奉上这册自选小书答谢,不成敬意。愿汝不弃,作个纪念也罢!

草此,顺祝新春节日安康!

(2002.2.4)

致程文萍(二则)

文萍侄：

《小偷刘飞》收到多日了，拖了一段才读，很抱歉。这修改后再读，觉得情节发展合理一些了。除了最后的信写得不那么道地不那么真实外，其他部分都反映了生活景况的。叙述的语言文字相当简洁流畅，这就很难得，希望不断努力，能将农村生活中的场景——各种形形色色的人物写得更生动更丰满。这点看来，你是可以达到的，努力吧。

稿子代转给《三月三》编辑部，也许他们会发表，少数民族青年作者是应当重视的。稿件如何处理，叫他们同你联系，通讯处写的是龙州师专代训班。你还要去那里上学吧？如通讯地址有变，写信去给《三月三》改动。

(1986.1.27)

文萍侄：

寄来两篇小小说，读后觉得写的干净流畅，表达能力是成功的，内容虽属琐碎小事，但也值得一读。特为你转去《南宁晚报》副刊，叫他们与你直接联系。以后有稿即寄予他们。

(1986.8.17)

致萧鲁(二则)

萧鲁兄如见：

六、七月份在桂林、广州、深圳、珠海和海南到处走走看看,昨天才回到家。

九月讨论会,本来我是不同意的,可说话没有人听。后来他们居然发出了通知了,想想肖戈一直未来过广西。广西这里有他延安和平医院时的熟人也想见他。于是叫增补他一个名字,不知他能来不?假如你有兴趣来走走,本单位又肯支付来回差旅费,那是可以来的。不过要提前告诉我,我同主持人打个招呼,留个床位。

现在已是新人的天下了,写文章也同挤公共汽车一样,难挤过年轻人了,要写就只能当作消遣而已。因为闲着无聊,还是想写写回忆,不过力不从心,进度太慢。先说这些,容后再叙。

(1986.7.24)

萧鲁兄如见：

收到您本月廿日来信,对我眼下这个几乎与世隔绝的人而言,甚是欣慰!

我是1982年就主动打报告离休了的,是广西第一批从领导岗位上退下来的老干部之一。当时满以为从此可获得充足的时间,自由地用于写作了。谁知有了时间却没了精力,正如创作摆脱了政治宣传的约束,却又遇上经济广告的限制。一左一右,都难以抒情如意。创作,还需要年轻的旺盛想象力才能命笔完成,年老则已难胜任了。写些无须想象的回忆录,倒是可以当作消遣。这些东西,我断断续续地多少写了一些,多是些短小篇章。但,这只能当作玩意,自我欣赏,或留作后人纪念,对于社会是卖不出了的。这一方面是货色不入时,另一方面是文坛人际关系“断路”——旧人已去,新人无缘,难得有人问津。

你能随心所欲，不计功利，写出巨著令人羡慕，也为你高兴！但只要不是为迎合当前的行市而制作，那不管是本地的还是全国的，哪一种报刊哪一个出版社都是难得挤得上去的吧。我在广西的文化界也还算是个前辈，可现在管事的新人，对我们过时的老家伙已不买账了，所以对你的大作即使能努力为之奔走，推荐吹嘘，怕终徒劳而已。不过，作为对老朋友的辛勤劳作，倒是乐意拜读，权当作促膝谈心，回忆当年。分量不必多，捡其得意的章节便见全貌了。阅后当即寄还，挂号邮寄总不会丢失的。

我们都老了。想起刘禹锡的诗句“今日龙钟人共弃，愧君犹遣慎风波”便不胜感慨！

即祝

平安！

（1993.9.26）

致张竞毅(二则)

竞毅同志：

5月7日回信说,《一九三八年》书稿在编辑手中。因该同志住院,审稿具体情况待转告她后,及时和我联系。迟至今日,消息杳如黄鹤,书稿是去年冬寄出的,时间拖得太长了。用,来个信,不用,即用挂号妥寄回。至盼!

(1986.9.15)

竞毅同志：

9月15日写过信,询问去年这时候寄给你们的《一九三八年》书稿的审稿情况,迄今未见回信,不知何故?

该稿,你们去年10月14日曾有"收到"信函,说明编入"说字(85)75号"的。

你今年5月初曾有信来说,稿子"在编辑手中"。如今时间又过了不短的日子了。如果决定不用了,望即挂号寄回,好另找出路。谢谢。

(1986.10.30)

致欧阳若修(二则)

欧阳老师：

《壮族现代文学史》书稿事,同莫勇继谈了,他说广西民族社可以出,但等他与社里别的负责人沟通了,再把书稿接过来。明年付印,自治区三十周年可以出书。即颂

著安!

(1986.9.15)

若修、作秋、绍清、庆全同志：

看到了《壮族文学史》的出版。各位多年的操持与努力,终于使这一巨大工程得以竣工,无疑为壮族文学事业作出贡献,不由得衷心祝贺。

要说的是,匆匆读完卷首的《编定说明》和卷末附录《后记》,觉得不免有美中不足之憾。对这一编著的前前后后的过程,两文的阐述都不很明白,特别是现本《壮族文学史》与其前身为集体编写的《广西壮族文学》(初稿 1960 年出版)两者的前后联系未能作严谨交代。比如说,两者的差异在哪里？事实上后者是在前者的工程基础上打建的,为什么？后者到底是在哪些章节上改编、补充了前者？有哪些内容是由于重新调查、搜集到新的史料而新增添上去的？这些,作为读者都是要弄明白的问题。同时也才好让前本参加编纂的集体成员所做的劳动得到合理而明确的承认,而不至于同现在两文提的那样含糊。

其次,第四篇第十三章"文人文学"的提法是否恰当？很值斟酌。壮族过去(在解放后五十年代创立拼音的壮文之前)是没有通行的民族文字的。所谓壮族文学,无非是仅仅限于民间流行的口头传说的神话和故事、长短歌谣、咒语和农谚等等。至于一小部分接受了汉文化的读书壮人,他们运用汉语写的文章诗

词,作品和作者究竟名之为“文人文学”,还是说成是“用汉语文著作的壮族作品和作家”？二者,到底是哪一种命名较为确当？跟着还带来一个问题:作家本人是壮族,写作完全用的是汉文,而且写的题材又是普通的汉人现实生活内容和历史事件,如果因为作家是壮族而笼统归之为壮族文学是否恰当？正如曹雪芹的《红楼梦》、老舍的《骆驼祥子》,是不是都列为满族文学呢？总而言之,勉强写进史里好不好？特别是现代一辈的壮人,有的之所以被命名为作家、诗人,他们全都是用汉文写的作品,甚至有的所写,又并非具备着本民族意识形态和生活特色的风貌。硬是把它说成壮族文学似乎联系不起来。

按理说,作为科学的学术史著,应当是本着客观实际为依据,采用严格的科学分析,才可成为雄辩的立论。所以说,诸位现在还正着手编著“续编”——关于现代壮族文学部分,是可以考虑不一定作为壮族现代文学“史”来写,而当作“史稿”,或名为“概况”“状况”,并冠以副题——“用汉文著作的作品及其作者”的格式来写。这,也许会更使其名正言顺一些。

以上管窥未必见得全豹,所说可能是片面的,只不过把问题提出商量就是了。

(1986.10.30)

致李鸿冰(三则)

鸿冰足下：

来信照片收到，谢谢。

广西画报发表照片都是有计划组织来的，自由投稿会不会被采用呢？文字说明，关于我今后的写作设想，不必提它也罢。因为年事大了，空有企图，不一定能兑现，何必事先宣扬呢。

至于准备写的系列传记小说，打算过完国庆节即继续写下去，估计到明年上半年可能写完，写出后才能决定是单独发还是一起出单行本。因为是互不相关的篇章，如有合适的刊物，不妨先用。那10个人的背景，有文艺界名家，也有党政部门的负责干部。有男有女，都是我所熟悉而又具备典型的人物。有正面的可赞赏的，也有反面令人嘲笑的。

其次，到下半年企图写几部带连续性的中篇，以一个妇女干部为主线，写她三八年在延安，四五年到东北，全国解放后回老家所在的省市工作，一直到“文化大革命”。三个阶段的人事瓜葛，反映这几十年的时代背景。写作时间恐怕要三五年才完成吧。不过这只是一种愿望。健康、精力能否允许很难预言。

年内一本《作品选》将由漓江出版社出版问世。到时当奉上一册请予指正。其他的书身边已没有保留了。南宁的新华书店也没有卖，请原谅。

(1986.9.29)

鸿冰同志：

来信、剪报全收到了，谢谢你的好心。

《囚鸟》翻了一下，不习惯那种表现手法，未能读完。你的书评也就不大好说了。《泪与路》意思是有的。和书评一样，文字都写得精练、鲜明，具备了写作的重要条件，很有希望写得更多更好的作品的。祝愿获得成就。

“文革”前《美丽的南方》印了二十万册，当时因为赶国庆十周年，文字上没有顾得上仔细推敲，错漏不少。“文革”后，广西重新排印，改动了一些，比较通顺一些了。不过，书店早已见不到了。即祝

寿安！

(1987.2.17)

鸿冰同志：

这“吹来吹去的风”，读来倒像是微风轻拂，有点柔和感觉。但也只是感觉而已，什么意思呢？仿佛追寻梦境，没个明确的意义。这类文字如今很流行，恐怕会得到赏识的吧。

我几乎成了与世隔离的隐士了，其实也不真正了解当前文坛上的行情。姑妄言之两句就是了。

(1987.5.30)

致黄绍清(二则)

绍清足下:

那天你谈准备写篇介绍(评论)《瀑布》第二部的文章,现在,西虹来信说已同《解放军报》文艺部讲好了,要王敏之就会议的精神写篇稿子寄给他转交。我觉得这篇稿由你来完成较妥。因为你已有个发言稿,稍加整理便可出手。长稿以后再说,先拿出短稿出去并不矛盾。现将西虹信附上,请按他要求斟酌办就是了。

匆匆即颂

教安!

(1986.10.14)

绍清同志:

来信收悉,谢谢。

关于《评传》事,南宁师院周鉴铭正在写着吧。见到该院最近一期学报,发了一章,未读到,不知怎样。

觉得在创作上只当副业随意弄弄,成就甚微,要写评论,只能以“遗憾”为中心,不过,也没多少事可说的。

即颂

教安!

(1986.10.25)

致聂震宁(二则)

震宁同志：

听海涛说，大型刊物还是要办的，而且是阁下参与其事，因而想起去年文代会期间，对《一九三八年》曾经有过承诺的话，这才旧话重提。

记得当时阁下曾说，等到春节回来再专程或派个编辑来南宁商量稿子如何发表(22 万字分若干期发)。等到春节未见驾到，等到暑假，阁下毕业回来了，也没见联系，以为是刊物出不来了，或者不是阁下参与编辑了的。现在刊物既然还是要创刊，意思倒不是要阁下维持原议，因为那种不成文的"君子协定"，很难要求兑现的。但是，现在《三八年》出书的事，由于各人对它不感兴趣而互相推诿，造成了麻烦，只好作为普通投稿，请阁下斟酌给予照顾，全文(分四期或六期)发表。每期发多少，倒可以将就刊物页码容量作伸缩性的取舍。在刊物上作凑数发表，还不至于像出单行本那样影响到赚钱亏本吧？假如也怕因此影响销路而使刊物受累，那就干脆拉倒了。

稿子是交到肖人手上的，十月二日曾有信给他，未见回信，看来每个人都有一本难念的经。这回就不给他写什么了。如刊物也不欢迎它，请将此信让肖人过目，把书稿妥寄回来，书也不出算了。平生不乞怜，何必叫人为难呢。

即此祝愿

健康！

(1987.10.20)

震宁同志：

大作《去温泉之路》收到了。对取得的成就，感到高兴。但愿百尺竿头更进一步！

书暂抽不出空来读，只是前些日子读到《当代》（今年第三期）的那一篇，觉得对一个外来的作家肯不辞辛劳，深入边地山村体验少数民族生活，而且写出了作品，这就值得鼓励。同时也有点看法顺便把它提出来，供参考。少数民族是有其独特个性存在的，要写它，就不能不注意到这一点。壮族和其他少数民族生活之有别于汉族，正如中华民族之有别于世界各国其他民族一样，所以才有为人民群众喜闻乐见的中国民族形式和中国气派问题的提出。

鲁迅的《祝福》《故乡》《孔乙己》和《社戏》，特别显著的是《阿Q正传》，无疑是表现了当时半封建的中华民族所共有的特色的。但是，它们却避开了美国传教士的女儿赛珍珠所写的《大地》那样，以猎奇的眼光，对中国人只看到那些原始、野蛮、愚昧的现象——女子缠足、男人拖长辫、抽大烟、蓄婢、纳妾等等，于是在国外不懂中国真正状况的人当中曾取得相当广泛的读者。以为这就是中华民族的精神面貌！这问题是《大地》作者所见到的，虽然是生活中曾有的现象（并非全面的），却缺乏鲁迅那样的态度，于是拿欣赏、嘲笑的眼光来向不明真相的外国人作歪曲的宣扬，达到丑化中国人的用意。

从这一例子，使我想起我们今天反映少数民族生活特点的问题。不能否认，有些生活现象是存在的，问题是作为“引导国民精神前进的灯火”的文学作品，为什么不去注意开明、进步、向上发展的方面呢？据我所接触到的壮族地区的人民生活，由于汉化程度比之其他少数民族是比较深比较广了，大部分几乎分不出汉壮的界限。如果把极其边远的角落当作壮族的代表（典型）来宣扬和欣赏，那岂不是与赛珍珠的《大地》作为中华民族的代表一样，是一种冤枉！

再一点，值得思虑的是：你那被《当代》当作头条小说发表的，应该说是被赞赏的优秀之作吧，在思想内容方面，恐怕很值得讨论。那是你把一个曾给地主（经营马帮队的东家）当过长工（赶马帮把式），土改后（社会主义革命后）当了家的大队干部，搞了三十年的社会主义事业的人，如今却倒回头，又要去原来已被打倒了的旧势力的代表马帮队东家当长工。这岂不是意味着赶走了蒋介石集团，建立起了新中国的人们如今走投无路了，又得去向台湾蒋经国讨活路吗？

这不能不是严重的思想认识问题，作为文学作品不得不予以认真考虑。无须讳言，过去我们在建设社会主义的道路上有过“左”的失误，但社会主义方向、共产主义的理想是绝对不能容许动摇的。我们不能因噎废食，不能因倒脏水而把婴儿泼掉。问题是不是这样？因没细读，只将感觉写出来作商量就是了，别无恶意。见谅！

祝进步！

（1989.10.19）

致黄流(二则)

黄流兄如见:

北京来信收阅多日了,估计如今已平安回到家了的。真羡慕你俩能有这趟长途旅行,见闻总堪告慰。

深圳的“05 拨号”确实是桩改革浪潮声中的现代天方夜谭。就照那某处长要褥子的真事直录下来,可是一篇奇文,供人感慨的。这些,曾经是我们为之诅咒的污秽垃圾,因而我们才投身于排污清道的行列,牺牲了多少先烈才换得较为廉洁清静的环境,岂料今天却又在自己脚下死灰复燃,并被容忍,宁不叫人悲哀?把婴儿连同洗澡水泼掉的蠢事,不是成为笑柄而众所周知的吗?为什么在开放搞活当中,竟让艾滋病、梅毒也同时引进?难道这点创汇,能抵得了防治这些病菌的医疗开销吗?老兄你是从事多年经济的行家,对此学问不知作何解答?也许这就是难以跨越的困惑的时代渡口吧。

困惑使我停笔了两年,但是,就此沉默下去,又觉得心情无所寄托,空虚的沉重难以承受。最近又燃起抒发平生遗憾的余情,打算写《窑洞》(延安)、《树挂》(东北)、《冰雹》(广西“文革”)这样一“三部曲”,也许会成为一个知识分子在这半个世纪风雨中的跋涉过程的写照。要是照此健康情况能保持几年,总能写得下来的吧。反正当作消遣,把心里想的,用笔写下来,就算是给儿孙留个纪念也好。若是为名为利于生前,看来是争不到的了。

说到你俩这番不远万里归来,也许是我们此生难遇了。原本是已交涉好住在招待所为邻的,不想你另有亲戚处落脚,而我心又太实,就照电话说的只玩一天的打算,怕占用你另有交往的时间,结果未能畅所欲言,让难得的机会竟如梦幻消失了。东北旧游之地,又是于千的故乡,本应重游为快,只因相去遥远,路上挤车辛苦,恐怕难得成行了。也许写写信当作闲聊作补偿吧。但是这回就扯到这儿,纸短情长欲言不尽。

(1988.2.15)

黄流同志：

来信收到了。十月能来当然是好时光。桂林满城桂花正在盛开的日子，南宁还是未寒天气。

1986年6月间去桂林龙隐路老干部休养所住了一个月，然后参加广西作家访问团去海南，顺路过广州、深圳和珠海。行色匆匆，吴大基虽屡次热情相邀，也抽不出单独行动的空儿联系。去年一年什么地方也没去成。今年五月才有偶然机会到贵州龙岩出席大西南五省区作家联谊笔会，但因久旱无水，原本壮观的黄果树瀑布也没了那分丰采。省委书记出面宴请，勉强拿出茅台，味道还不如在熟人家里饮的董酒。不过，总算到此一游罢了。

十月，全国文代会预言要召开，日子未定，也不知到时能否开得成。我对会议实在缺乏热情，不过也许是最后一次与老朋友见面了，首都几年来的高层建筑新气象也还吸引人，倒也想去游览一番。但去不去呢？还在犹豫不决。

几年前好像你曾打听过"南高"同学黄某，后来想起在武鸣曾有位难友，被视为叛徒遣散回老家，这几年才又回统战部。有天见面说在政协，也已离休了，只是名字想不起了。蓝经平你还记起不？抗战后欲潜回老家，但与地下党又没联系，自己在武鸣一带活动，最后死于武鸣某地。他老师李耿（广西师大教授）个人只知"南高"一段，后一段却作不了保证。传说他在华北分校曾被俘，怎么回得老家？

大基那里两年来没什么事再联系了。也许还忙他的事业的吧。

回首前尘，感慨万千。《想起那段日子》是应沈阳《作家生活报》邀写的"中学时代"的底稿改写而成，资料是从《一九三八年》摘下来的。《三八年》交到出版社，因遇商品经济浪潮冲击，被压了几年，刚刚校完了清样，总会有一天公开的。里头，从那天在余家璧家相见，直到年底进"鲁艺"之前，都记到与你在场交往的影迹。书出得来时，当首先送一册作个纪念的。

写作，过去是奉命为政治宣传，不便畅所欲言地讲心里话，是不那么自由。而如今要听从出版商的经济效益考虑，何尝就自由了呢？写作既然不能抒发真情,讲心里所想的话,正如不能自主的婚姻何必勉强凑合敷衍。正因为这样,这两年只好什么也不写了。何况年岁到底老了,人说,年过六十,过一年算一年;年过七十,过一天算一天了。何苦违心去追赶时髦啊。看看又扯远了,赶快带住。祝

双安!

(1988.8.29)

致徐广琴(二则)

广琴同志：

去年六月间,遵约寄出《我的文学生涯》一文,大概不会遗失吧？稿子写长了,回头再看,觉得应当大大压缩。改正下来,只有两万五千字上下,不会超过三万的了。如你们决定刊用,请即来信,好将现稿寄去取代。要是还嫌篇幅冗长,我还可缩成万字。总之,你们仍维持原约,要介绍我的传略,请马上回个信,以便寄稿。即此候复,顺祝

编安！

(1988.3.13)

广琴同志：

三月十九日回信收到,谢谢。

去年六月寄出的稿是挂号的,怎么会遗失？实在遗憾！挂号单倒是没保留,估计查也不会有什么结果。好在已另改成新稿,前稿下落如何,不必管它了。

《史料》既仍考虑前约,特将新稿再寄,望予审定。复印字迹不甚清晰,但仔细联起来看,是可以辨认的,请费点心为感。即颂

编安！

(1988.3.27)

致李海鸣(五则)

海鸣同志：

四月二十日信收到了，谢谢关照。

《漓江》创刊号惠赠两册也已妥收。廖玉桦同志的题字，不大像“童体”，不太顺眼。书名题字不会一样吧？假如可以的话，想在书名下加个引题：一九三八年日记。

日前因推行商品经济，文学已不被当作事业来经营了。书业面临危机，什么时候能出得了书实在不敢奢望。

草此顺颂

编安！

(1988.4.30)

海鸣同志：

刚从贵阳归来，见到来信，顺手把《疯子作家》读了。这明明是篇小说，怎么被选入报告文学呢？对当前的文学现象我已是太陌生了。

《疯子作家》充分显示了阁下的文学素质，观察很细微，表达恰如其分。但愿有更多更大的成就，增添文苑光华。

要说李永祯对文学追求锲而不舍的精神，则对其奋斗的辛酸似乎渲染过分，但如揭露当今文坛——出版编辑部门的商品经济对文学的摧残，似乎又不突出，或者说，对李永祯个人的嘲笑胜过了对他的同情。对社会不正之风的诅咒几乎忽视，这，不知有此同感否？

说到我的书稿，因是道路传言，难免有不实之词，造成了某些误会。

自己也知在这几年，遇事都讲经济效益。书稿受到冷落自不待言的了。只觉得它是因刘、陈两位社领导一再向百花社催索回来要印的，当然此后书市行情起了变化，但未得明说，而成了我求漓江社一定要出书了。现在，事已至此，我只好要求付印之前能在清样上过过目，免得出现一些叫人读不通的错别字。至于何年何月能印得出来，就不去管它了。因为这样的书，出得来和出不来都一样，不会得到读者关心的。即颂

暑安！

（1988.6.3）

海鸣同志：

《漓江》创刊号没过目，这回看了自己的文字，错别字实在太突出了，真是呜呼哀哉。要是其他文章的错处都按此比率那样惊人，可就跟目前制造贩卖假药差不多了。

记得头回见面就要求能给过目校样经校对才开印的，因为是季刊，稿子又先发排，时间上是来得及的。不想竟会被忽视了，实在很遗憾。

正是这种情况，特地重申，书稿在上机开印之前，清样务必提前寄来作最后校对，改正清楚后再付印。这是关系到对读者负责的严肃行为，马虎不得的。要不就干脆不出版，可不能敷衍了事。

再就是书名，原先一直是叫做《一九三八年》的，最后同肖人同志商量，为了迎合当前读者口味，改为《那年我正二十岁》，以为可以争取更多订数。但如今考虑再三，觉得这类题名已庸俗不堪了，还是用回原来的《一九三八年》为好。如果这样一来，没了诱惑力，你们亏本太大，不肯赔本，那就请出版社作考虑好了。至于封面改动倒是小小的技术问题，麻烦不大。

当此书业不景气的年月，漓江出版社还肯接受此书稿，应该是要感激大家的。可是不得已的问题又不能不提出来，请予原谅。

（1988.7.29）

海鸣同志：

书稿总算校完了。大概有二十页左右改动较多、较乱；小引和目录干脆另写重排了。知道这事啰嗦，会使工友反感。但是，实在不得已，万望代求厂方原谅，勉为其难，予以合作。

至于超过校改限额多少，而应必须补加若干改版费，愿从稿酬中照数扣除，补给返工加班酬劳。

这事给你们添麻烦了。书稿几年前寄出去，后来又没重新过目定稿，只能怪自己大意，请予原谅。并谢关照。即颂

近安！

(1988.8.26)

李海鸣同志：

原来说是书既出不了，但求得份书稿清样，以便保存。这事不知办得如何？实在办不来，就将二校稿给一份总比没有的好。增添麻烦，望予见谅。

(1989.7.2)

致罗立斌(二则)

立斌同志：

尊作《文化倒爷现象》，说明了当前社会主义文化是面临非同小可的危机。但要扭转颓势，必须得从经济基础去考虑、检修。

文化建设总免不了花钱去把它当作一项事业来办才能奏效。要是如此撒手放任，让其被当作企业去经营——捞钱、创汇，其结果只能如此——不止是有"一部分人先富"，还可能为国家创汇，挣来美元。可悲的是，从中可就养成了一批市侩——赤裸裸的自我价值的出卖，不要家庭，不考虑社会，不顾国家民族的绝对个人主义者。

这些现象，在人家资本主义社会，也许真是构成他们的文明，但对我们社会主义国家，是不是都要把它"引进"来呢？问题很令人深思。

一斑之见，当非全豹。只是说说困惑而已。

(1990.5.24)

立斌同志：

大作《社会主义文化六题》拜读之余，以为文章本身能自圆其说，没什么可说的。

不过，单就文学艺术方面而言，倒是有这样一个问题引起思考：以为文艺领域今天之所以这样那样非社会主义的混乱而复杂的现象和问题，说来说去，症结所在，是不是把改革开放的经济建设的政策方针的框架，硬套到文艺界来了？这不是说文艺工作不要改革，而是说，应当看文艺工作存在什么样的特殊情况而采取什么样的改革措施。比如说，以往多年执行《讲话》的过程所存在着理解的片面而造成的偏差甚至于失误，那是应当认真改革的：从题材方面看，过去相当长的一段历史,画地为牢地把写工农兵理解为唯一无二的框框;把“政治第一”作了机械的理解;把人性的阶级观点理解为否认人际间的感情交流;一强调党性、集体主义精神的共性,就连个人独特的个性全都给抹杀了。结果,造成题材狭窄、单调,品种单一。艺术作品往往只求政治思想的正确无误,而忽视了艺术技巧的完美。内容与艺术形式未能做到和谐统一,成了政治图解的标本。人物形象不少成了苍白的理智说教的化身,缺乏富有感情的有血有肉的个性特点,成了万众一腔、千人一面的木偶,雷同化、概念化、公式化成了通病……这些偏差,在“四人帮”时期,登峰造极。实质上是背离了《讲话》精神的。今天要谈改革,倒是应当认真进行一番反思,从中汲取历史教训,切实加以纠正的。

遗憾的是,近几年,文艺事业的改革做法,却又偏到另一面去了。主要问题在于未能将文学艺术事业的改革与经济领域的改革按其各不同的职能和规律,给予区别对待。把精神文明建设的重要阵地——社会主义文化工作,不加区别地一视同仁全面实行了改革。文化事业也跟经济事业一样,要求企业化:表演团体搞承包,电影电视搞承包或集资,出版发行搞承包,承包风甚至波及到个人头上。在“允许有部分人先富”的口号下,难怪出现一切向钱看风气。演员明星“走穴”捞钱,作家编辑制造出售色情武打的书刊、小报,逼良为娼的恶劣局面不言而喻。这不仅不是朝着社会主义方向深化改革,恰恰相反,正是倒向资本主义王国讨生活去了。

到此,是不是应该认识到有的社会主义事业是不宜也不可以搞承包,不宜也不可以捞钱创汇的。思想阵地——社会主义文化领域,不单是不必要求它能挣钱,增加税收,相反,应当要给予足够的投入。并以为应以立法手段,明确社会主义文化是个花钱的事业性质,不许把它当作企业,讲利润。当然,这就要国家舍得拿出相当数额的资金来投放,免得阵地被资产阶级乘虚而入;辛辛苦苦培养出来的社会主义专家,最终竟成了资本主义的鼓吹手。

这样一来,社会主义文化会不会又是束缚生产力的大锅饭?堵住了各类人才发展通道呢?问题要是如此,那可以从分配上作个公平合理的改革来解决的。

顺笔写来,未必中听,姑妄言之罢了。

(1990.12.11)

致冯志奇(二则)

志奇主任阁下：

左江幸会识荆，未能深谈，不明《凤凰》选稿尺度。但因《渴望》感人，不禁欲言。随意凑趣芜词，宜否读者口味？望予斟酌取舍。至盼至感！

(1991.1.28)

志奇同志：

方见大作，喜出望外，由衷地说声谢谢！

《梦魂》虽短，旋流悠长。文章简洁清丽，意趣婉转隽永，难能可贵。既有第一，当有第二，但愿新作不断，旋流入海，文苑添彩，满足众望！

(1991.7.30)

致黄文秋（二则）

文秋阁下：

您 12 月 9 日的信到来时，欣逢广西壮族自治区成立 40 年大庆，喜上添喜。

很高兴你选择我那 4 本书作评论。它们是我极其有限的著作中的代表，基本上概括了我的创作。因为我平生比较熟悉，且打交道比较多的人，还是那些知识分子。

在文学创作上，我始终秉持“写你最熟悉的”，以及高尔基讲的“一切文学作品都是作家的自传”这样的理念与信条。当然，这当中，创作不可能排除虚构与想象。不过，又如鲁迅说的，文学创作总要“不必是曾有的实事，但必须是会有的实情”。所以，根据您信中的提问，我只能这样来回答。

一、短篇小说《叶红》我采取了第一人称的写法，好让读者感到亲切而易产生共鸣。它不是作者的真人真事。但叶红这个人物形象在具体生活中是有原型的，那就是我就读延安“鲁艺”时的两位同学，一位是来自广西梧州的鲁艺戏剧系的“校花”王思真，另一位则是文学系的才女林蓝（女作家，电影《祖国的花朵》的编剧）。《叶红》主题要表现的是当代投入革命洪流的青年知识分子，多抱有许多不切实际的幻想，后经过革命大熔炉的锤炼，在学习劳动的具体实践中，得以脱胎换骨，逐渐趋于实际，最后与工农群众结合在一起，真正地成长为新时代的女性。文章虽发表于《讲话》之后，但在东北解放区还是引起了读者的巨大反响。原因是东北的青年人在受到伪满 14 年的亡国教育后，一旦获得解放，都有革命的要求。他们向往进步，向往解放区的新的社会制度，“合为时而著”的《叶红》便一夜走红，主人公自然成了东北广大青年学生的偶像。

二、《故人》创作发表于 1960 年代初期。其时因“大跃进”的失误，国民经济处于三年困难时期。在这样的历史背景下，为配合经济工作调整恢复、巩固提高,“左”的激进的政治路线有所收敛,社会政治文化氛围稍为宽松,文艺创作中的知识分子题材的作品也不是禁区了。于是想模仿当时影响极大的苏联小说《一个人的遭遇》来写出我的小说,一篇有关旧社会“一个知识分子的命运”的故事。这篇东西由于酝酿多年,日夜打着腹稿,一出手则十分顺利,动笔不久就得以完成。更没想到的是它一经发表,便一炮打响,轰动一时。这次成功,给我极大鼓舞,增强了我的信心。跟着,我乘兴又创作了也是酝酿已久,大部头的革命历史题材的《瀑布》。当我完成这部百来万字的长篇小说初稿时,已到了“阶级斗争要天天讲、月月讲、年年讲”的年代,政治空气开始紧张,大有“山雨欲来风满楼”情势。中国青年出版社读过初稿,婉言割爱,说什么“书稿结构宏伟,人物刻画生动,独具匠心。只因作品中规定的人物社会地位过高,碍难处置问世云云”。后来,“文革”爆发,书稿还成了“毒草”。只是到了中共十一届三中全会后,《瀑布》才终于出头。这在书中的《前言》和《后记》中都已讲到了,在此不赘述。《瀑布》反映的时代背景是在我出生之前,那段历史无法亲历,只是借助书面资料、访问、搜集传说,再加上作者的虚构想象才得以完成的。可是其抒发、体现的感情却都是真情实感,塑造的形象,诸如凌云青与桂品微的爱情,寄托着作者深切真挚的情感,仿佛《美丽的南方》里的傅全昭和杜为人的那种柏拉图式的精神角落。桂品微的原型是延安“鲁艺”时,文学系里一位被作者尊称为“大姐”的同学,她现仍健在,是杭州大学的离休干部。傅全昭的原型,乃燕京大学经济系的女生薛传钊,1950年代初的全国大学院系调整后,她从中央财经学院毕业,分配到“包钢”计划科工作。“反右”前,与她有书信来往;“反右”后,联系便中断了。1962年,回忆起与她一起参加土改运动的情景,还写过一首诗:又是蛙声遍地喧,月光如故映阶前。十年往事频入梦,何处天涯寄素笺。

三、说说现实主义文学创作与形而上学理论批评的矛盾。有关这个问题,说起来一言难尽。以我个人在文坛几十年的起落、沉浮,甘苦备尝的摸索而有所感悟的是,政治与文学艺术,到底是一对难求统一的冤家。鲁迅说过“政治先行,文艺后变”,这说的是有先后过程。美国写工人生活《屠宰场》小说闻于世的辛克莱也说“一切文学作品都是宣传”。但鲁迅则说:“宣传的文字不等于就是文学。”当然,《讲话》说到文艺与政治的标准,“政治是第一”的基本原则。可惜奉行这些经典的“信徒”们却未能辩证地理解其哲理,一味偏执,形而上学而又机械、片面的瞎指挥,给需要灵活、自在的文学艺术创作舞台画地为牢,或者叫做给舞蹈家画个小圈子,让其想象的翅膀无法自由飞翔。文艺创作既要合理又要合情的。可是,多年来只强调文艺合理的一面,结果作品成了理想概念的图解。很明显,教科书里的图解就不是美术作品嘛。可悲的是我们多年来都以这样的东西来装饰艺术殿堂,冒充社会主义现实主义的作品。而蒙你错爱的我的那几种作品,所以能问世,都凑巧地赶上了政治较为宽松的气候季节。但一旦等到后来“一夜北风紧”的政治气氛降临,它们便免不了的变成了“毒草”。

所以在此,我不妨说句尖刻的话:从前的文艺多半是“政治口号”,而今的文艺又都成了“商标广告”。所谓真善美,足以陶冶性灵,使人精神升华纯净的文学艺术,在我们当下社会里仍是难以寻求的吧。

最后,谈谈我的民族身份。我认同我是壮族人氏,但我又认为,比起其他少数民族,壮族是汉化了的。千百年来,同汉族和其他民族通婚,血统混同了,文化、宗教、风俗习惯和民族意识形态等,都与汉族同流,分不出你我。1952 年之前,我就从来不知道自己是壮人的。至于说到壮族文学的界定,更加想不通。我以为除了古代口头传说和山歌,壮人用汉文字写的作品,怎么能算是壮族文学呢?难道满族人老舍的《骆驼祥子》《四世同堂》就应该名为满族文学吗?如果不能这样来认定,那么少数民族作家用汉文创作的作品是否应当名为“某某族作家的作品”而更为准确、合理和科学呢?

祝

著述顺心!

(1998.12.13)

文秋硕士:

请让我如此称呼您,这不是客气,而是阁下当之无愧。

论文收到了，由衷地分享到了喜悦，令人兴奋不已！才读开头介绍内容文字，深觉对我作品中几个人物的概括语言，说得精确、恰如其分，洋溢着才华，还显见学养力度、学有成就！但愿百尺竿头更进一步。继续勇攀文艺理论高峰，发挥其积极的引导作用，使文艺创作始终走在正道上。

我追求创作一生，无所建树，难得阁下如此赏识，真是感激不尽！

匆匆祝愿

进步，健康！

（1999.5.28）

致张继华(三则)

继华同志:

5月1日来信并蒙惠赠之大作均一一读到,谢谢! 原来阁下不只是位资深编审,还是位学养有素的作家,欣佩!

为大作《国际歌》找出路事,虽经多方联系,力求能助一臂之力,但遗憾的是广西地方上刊物少,难遂所愿。电影艺术类期刊据说早年曾有过,现已不觅踪影。我于电影界交往不多,不过从前多少还是有些故旧的,如今,人如秋叶,逐年凋零,渐渐断了联系。对此,实在是有心无力,爱莫能助了。

此外,顺笔说句,自拙作"自传"给你邮出后,我又在原稿前头和结尾做了些增补和润色,但这只能留待今后有幸出版单行本时再作补救了。若"自传"在《人物》杂志上面世后,受到读者欢迎或被出版社相中,我打算附加十来篇回忆性散文,以及若干幅照片,再单独编成一册纪念品似的小书,以完成晚年的一个愿望。

顺祝

健康,吉祥如意!

(2003.5.21)

继华同志:

通过电话交流未能尽意,再写此信作些补充。延安岁月中的整风"抢救运动",是划时代的历史一页,值得后人好好认识。作为个人传记自应本着真人实事的宗旨,不好虚构铺张的。想想,要写成一本像样的书,我的亲身感受,以及掌握的第一手素材也略显不足的。不过,假如可以在已见于《人物》杂志的基础上,稍加补充必要的、具体详细一些的人事情景,还是不成问题的。另外,再增添进早已散载于全国各地书刊上的十多篇回忆性的散文约六七万字，合计十万字出头的篇幅，可堪凑成一本小书，以为主题就表现一个"半个世纪沧桑潮汐，一介书生风雨兼程"的故事。为避免书名雷同于即将在广西面世的"自传"版本，可就此另定名称。这一设想，若能得到阁下的关照首肯，书的出版将可扩大影响，赢来多些读者。这或许最终不过是我的一厢情愿，真不知它能否适应当今严峻的文化市场行情。

倘若"人民""东方"等出版社对此可以考虑，给予一定承诺，我可尽其所能，争取年内撰编集成初稿交卷。匆匆潦草写来，或许仍未言明衷曲，望于回示商量。至盼！

顺祝

编安

(2004.3.9)

继华同志：

期盼几天，未见回答前信。我自忖另一意向：以为可以写本回忆录形式的书《延安岁月——那时大家都年轻》。内容分为上下两部分，从1938年开始到1942年前的延安生活天地，此乃上部；下部则写1942年后延安文艺座谈会、整风审干，以至抢救运动。最后一直到抗战胜利前夕的1945年6月，离开延安的日子。将当年在延安的目睹耳闻、心思感受、甘苦悲欢等真情实感，点点滴滴、方方面面一一写下，估摸可凑成一本"外传"。但不知道这东西是否合时宜，人家出版社能否纳入出版计划。

另外，关于推荐当前广西散文作家的问题，我已算是孤陋寡闻，没有什么发言权了。但硬要我说一个，我只能凭印象认为上世纪60年代毕业于桂林广西师院中文系，现在还能写些现实生活的东西，有一定读者的散文家就是凌渡了。他在《广西文学》杂志社退休，曾任过该刊副主编。你跟他联系的信可通过杂志社转。

顺祝大安！

(2004.3.18)

致薛传钊

传钊同志：

我有个缺点，在激动的心情下，往往找不出话说。同样，不宁静的时候，信也是写不成的。不过，这封信迟了二十天才写，倒不完全是这个原因。工作，现在不是常常地阻挡你去“管自己的事”吗？因而，假如信写得稀少些，在我们队伍中间，是能够得到互相谅解的。

接到你的信的时候，正参加广西省二次党代会（时间过得多快呵，记得第一次党代会，正是讨论解决全省土地改革运动，正是欢迎你们来参加土改的时候。现在开第二次会议，已经是要讨论如何贯彻总路线，实现对农业社会主义改造的问题了），接着就为草拟宣传总路线的计划和编写宣传材料，一忙就忙到今天。

你不是问我具体干些什么工作吗？党是领导全盘工作的首脑，作为党委宣传部，就是党委的左右手，在党委意图下边，对群众进行宣传和对干部进行教育。秘书长的任务就是协助部长管理下边宣传、干部理论、报刊、学校教育、文艺等几个处的具体工作。秘书长这个职位，是近年来才设的，从前是由处长直接与部长发生联系。本来，领导上为了照顾我能有些空余时间把我的写作完成，只让我管两个处的工作。可是，现在的干部都到下边搞粮食去了，家里的工作忽然都堆到我桌面来了。

因而，未写完的东西，还未能动手去整理。我似乎告诉过你一次，这个作品的中心思想，是想通过一个农民的翻身，几个高级知识分子的思想变化，一两个领导干部的领导思想和作风的表现，来展示阶级斗争的图画，土地改革的现实。关于土改，已经有了成功的作品在前面了，有人提醒过我，做这件事怕吃力不讨好。我自己却有个执拗的性情，总想让那些难忘的人物在我的作品中得到永生。愿望是很高，不知有无能力实现，自己很难判断。但是，对它的热爱，一直未能衰退,所以虽然工作忙,也还不愿松手。打算在最近日子,利用夜间空闲把它一点一滴的写成吧。你也看过关于土改的小说了吧,那里边,却未见有表现有如你们参加的广西土改的情景。我想,一个人去重复人家的话是没有味道的,但是同样的生活内容,各人的表现手法不可能一样的。为了使我们的城市建设得更加美丽,让每个工程师都能独出心裁设计更漂亮的图样,是必要的。当然,土改的作品,现在是不时兴了。不过,艺术不能等同于商品,它的最高要求,应该是永久性的而不是一时地流行。讲到这,话要扯远了,三言两语是讲不好的,以后再找机会谈罢。

《远离莫斯科的地方》你也该早就读完了,那里边写到了一些人的精神。我在我的东西中也写了这些,假如面世了,可能会使人觉得是受它的影响。但是我写初稿时,它还未出版呢,这又有谁知道呢?这点,倒是多少使我有些踌躇。

这些日子你又忙别的工作了罢?我们的生活就是这样的。像机器厂里的轮子,不会有停息的时候。在延安时,我曾有个心愿,以为将来到了城市,在电灯光下,可以好好的写些"回忆录"了。谁知工作越来越忙,责任越来越重。现在,只有自己怎样来安排时间,使它不致虚度,多做点事情就是了。但是,我还是以为你对俄文是能够学的,也是能够学得好的。

现在窗外正落着雨,你们那里的窗外该是结着美丽的霜花了罢。这些霜花,常常使我眷念北方。

常常写信来呵。

(1953.12.5)

致张海

张海同志:

趁你还没离开中南之前,把私人的问题同你谈谈。这几年来搞党的宣传工作,虽然努力突破自己原先的圈子,诚恳地为党做多点工作,但总因实际工作经验少，对付比较广泛的党委宣传工作，多少受本身条件的限制。去年费了些力气要求归队（指回归创作队伍），结果没有成功。一方面是组织上不肯放人，一方面是自己对于专门从事写作又深恐有负于人民，加上也有点人事的缘故，所以就不大积极争取。但是，仍然觉得由于多年的摸索和实践，比起别的，文艺工作对我而言还是熟悉一些。现在思想颇有点波动：假如能换一换工作环境，到一些文化艺术部门——比如电影局、出版部门等等，去做些研究、编辑或者一些行政、组织工作，可能更容易贡献自己的一些力量。

所以同你谈到这个问题，就是由于你对我多少有些了解，也许，你到中央去，有什么机会能够代为提一提。

大的政区取消，能够下派的干部可能不多了，假如能够有一两个人来广西帮助领导文化局，倒是可以堵一堵省文联那边的漏洞。我在这方面因种种关系，很难为力。

（1954.12.5）

致古元

古元兄：

杨启鸿来谈起你，因而引起对延安生活的回忆。大家天各一方，难得相聚话旧，但是，提起来还是对那时的生活感到亲切。

同杨谈起书籍插图的意见，于是想到你的创作风格。为了彼此相识一场留个纪念，想同你商量：可否考虑为我明年将在中青社出版的一本小说设计个封面？书名拟叫《瀑布》。内容是写一个无产阶级革命家的成长经历，扉页的题词，借用古人的四句话：

透地穿山不辞劳，远望方知出处高；
溪涧焉能容得住，终归大海作波涛。

中青社的同志对书稿特别重视，主动问要不要插图？我说书稿画家未经事先读过，如等印出大样来才看，作插图不知能否来得及？因为他们争取明年国庆30周年出书，如赶不上，只怕第二次印刷才能用上了。书稿社会背景是西南省市地区，中青社同志知你是广东的，也以为你要乐意当然最好了。可惜我现在还拿不出定稿来请你先看。等到排出清样来给你一份看看再说如何？明年去京校稿时再面谈好了。

(1978)

致刘小松、陈贞娴

小松、贞娴同志：

骆绍基同志，五十年代曾是宣传部新闻出版处主要科级干部，当时因家庭关系，党籍未便解决，转调出版社工作，工作表现是积极肯干的。现在党籍已经能够解决了，如贵办编制允许，他来搞党史编写倒是一把好手。详情可就便向苏上杰同志了解。

祝

工作顺利！

(1984.3.16)

致彩文

彩文同志：

提起《叶红》，倒是还有几句话作题解补充的。这篇东西初稿是 1942 年在延安时就写了的。身边的同学读了都备加称赞，不久，《讲话》开始了，作为以小资产阶级知识分子为对象的写作领域，顿然成了禁区，终于未敢拿出来。“七大”后，1945 年 6 月离开延安前，将它交朋友保存，1946 年秋季一天，东北局宣传部长凯丰同志将《东北日报》地方版负责人林聿时和我（副刊版主持人）叫去面授机宜。对我口头嘱咐：认为东北青年因受十四年亡国奴化教育，不可能同老解放区根据地的青年那样思想进步。他们既然热衷于巴金的作品，我们副刊的东西，调子就不能跟根据地的那样高，想办法发表些他们肯接受的东西，只要能引导他们跟着我们走就行了。

遵循这一意旨，我们就考虑组织这方面的稿件，但关内到东北新区的作家一方面刚投身到实际斗争生活去，人地生疏，无暇动笔，另一方面，写知识分子的思想还是放不开。我个人只好自己动手。于是想起留在延安的稿子来，不得已重新炮制。发表后不久，我们副刊部曾到中学校去召开座谈会，征求对副刊的意见。不想，《叶红》居然得到欢迎，接着又在工人群众和社会上文艺界开会座谈，会上多数意见认为最引起兴趣的（喜欢看的）是《叶红》，最不愿看的是那些战地文学。副刊将座谈记录当作笔谈发表了。不想，《叶红》竟因之惹了祸。1947 年冬，东北文代会召开，在文学组的讨论会上，《叶红》成为批判的靶子。一些战地文学的作者说在前线战壕看到发表的座谈纪要，十分气愤。批判持续了三天。也有少数人说，我们在这里说《叶红》不好，不一定代表广大读者，最好到群众中去听听反映。意见显然难得统一。记得宋之的同志说，我看，我们的会，不能天天叶红叶红的，还是谈谈另一个议题吧。最后，要严文井同志写篇总结的评论来结束这场讨论。但是,严文井的文章始终未见发表。整个文代会后来在《东北日报》发了一则消息,只提到了一两句有关《叶红》的讨论。那时,虽然有苏联的日丹诺夫批左琴科的文章了,但我们对文学创作的不同意见,对有缺点的作品还未当作政治问题处分,我仍工作如故。不过,在我编《北方》短篇小说集时,已不敢用《叶红》名称收入集子了,而是改了个题名叫《变化》,文中人名也改了。

《东北日报》有影印本,想来省图书馆是可以找到那些文字资料的。

另外,说到反映(塑造)解放区妇女形象的,记得有孔厥的《一个女人翻身的故事》、丁玲的《我在霞村的时候》。这些都是为大家知道的了。我只想说有一篇恐怕不一定被很多人记得起来,那就是林蓝(周立波的夫人,电影《祖国的花朵》的编剧,也是延安鲁艺文学研究室成员)大约在 1940 年前后吧,她有一篇《萧宁》是写延安姑娘的故事的,曾由何其芳介绍到茅盾主编的《文艺阵地》上发表,而且发在头篇(第几期不记得了)。假如可以查到《文艺阵地》,倒不妨看看这篇文章。当然,正如我的东西一样,从现在的水平看,那时的小说的深度是不够的。不过,作为历史的脚印,也许可以提一下就是了。

末了,觉得阁下的选题很有分量,能够就一方面的人物形象去探索它的得失,对文学工作是有指导作用的。祝成功!

(1984.3.21)

致周云鹏

云鹏同志:

柴立扬写的关于你的传奇故事,情节是感人的,故事曲折惊险,反映了旧社会艺人命运的坎坷,对新社会青年人认识过去历史的黑暗是有一定意义的。以为作为文字已经写成一个相当的轮廓了。应当考虑让有经验的行家改编成电视连续剧和连环画,向更广的读者提供精神食粮是很好的。刘平同志建议我补充写成小说,觉得自己已经力不从心,倒是希望话剧团几位同志同你联系写电视脚本。稿子(资料)退回,请保存作改编时的参考,将会很有用场。

(1984.3.24)

致蒙书翰

书翰同志:

来信收到了。小传、自传的事,我写的,但不知是什么情况下要写的,早已忘了,这事由他去吧。

欧阳若修的文章,我没有看,可能比《民族团结》那篇好些吧?《民族团结》那篇是包玉堂、黄勇刹写的,也只是简单介绍而已。《文艺报》这篇,读过的人对我说,还可以的。不必再请示吴重阳也罢。他对我也陌生得很,了解未必全面。

(1984.4.4)

致钟琳

钟琳同志:

关于如何描写人物个性的细节等等,信上是讲不清的。最好从作品的阅读中去学习。如《红楼梦》《水浒传》都是把人写得很活的,不妨多读它几遍,看看人家是怎样描写的,慢慢就会得到借鉴了。祝颂

健康!

(1984.4.25)

致姜静楠

姜静楠同志：

写知识分子题材的作品，在《叶红》之后，六十年代初期，曾有《故人》，收入短篇小说集《故人》，写知识分子形象的长篇小说有《美丽的南方》和《瀑布》。这些书，贵校图书馆都能找到。祝

进步！

（1984.4.25）

致刘玉强

刘玉强同志：

写作经验是因人而异的，只能各人从辛勤的实践中去摸索，逐渐掌握，如果从别人经验之谈去寻找启示，那，当前这类书籍已出版不少，不妨到书店买一本来看看作参考。信上三言两语是讲不完的。即颂

大安！

（1984.4.25）

致吴敬元

敬元同志：

蒙惠赠印章，甚为感激。

我的字是不成样子的，作个纪念，只好献丑，尚望笑纳。顺祝安康！

（1984.4.27）

致永源

永源同志：

万里来鸿，甚为感谢。所提问题，可奉告者，仅列如下：

一、笔名之由来——我原名陈克惠，1938 年到延安后，改为陈寒梅；1942 年以后，在延安文学期刊《谷雨》发表第一篇小说《落伍者》和在延安中共中央机关报《解放日报》发表的几篇东西，都用笔名陆地。1945 年 11 月到《东北日报》工作，才正式将笔名作为名字称呼。其中，并无特别寓意。只因寒梅一名，易有女性之嫌，又觉含义孤高自傲，跟集体主义观念不太协调，趁着到新工作岗位，熟人不多，才改了名字的。觉得这名字顺口好叫，如果要说有什么寓意，也许是想到大地是人类的摇篮，它以博大的胸怀，无私地孕育万物，也以无言的忍耐承担一切灾难，默默地贡献出一切。

二、哪一篇是处女作呢？——如果以印成铅字而公之于众来讲，《期考的前夜》那篇短短的散文是在 1937 年上半年的广州《民国日报》文艺版上发表的。主题是讽刺当局推行的中学毕业会考制度。同一期间，也有一首小诗《写给母亲的诗信》,刊登在我就读的广东省第一师范学校的校刊上,内容是反映一个东北流亡关内的学生写给东北农村母亲的信,请母亲等待儿子带回火把照亮黑暗的小屋。这些都只不过是学生时代的习作而已。如果说,作为一个作家的水平来要求,那我的头一篇小说,而且终于发表在影响较为广泛的文学期刊的,应该是《落伍者》。刊物是中华全国文艺界抗敌联会延安分会的会刊《谷雨》,是由丁玲、艾青、舒群、罗锋等名家轮流主编的。由于《落伍者》,我这个文学青年得到了文学界的承认。时间是1942年,文章发表在当年《谷雨》的第四期上。

三、1940年7月,我在延安鲁迅艺术文学院文学系毕业后,留校作文学研究室创作员,随即被派到359旅(旅长王震,政治部主任王恩茂)7团,以教育干事名义下连队体验生活半年。《落伍者》《参加八路来了》等短篇就是那时深入生活的收获。一些难忘的记忆,要算是当年中秋节前后,随连队参加百团大战,一天夜里偷袭敌堡的战斗。

草此,顺颂

大安!

(1984.5.2)

致韦明波

韦明波同志:

信和报告文学稿,遵嘱看了14页,提到有关我的一段文字,觉得其中有些事,远隔多年,静波同志可能记不那么清楚了。我只好在稿上作了更改。上下文字是否贯通,请予斟酌为是。顺祝

著安!

(1984.5.31)

致中国作协创联部

创联部同志：

广西作协转来你们计划今年组织部分作家到各地进行短期参观访问的要求。其中，有冬天组织四五个人去广东海南岛一项，我个人希望能在这个时候得到安排去那个地方。请斟酌决定为感。即颂

暑安！

（1984.5.31）

致梁华勇

梁华勇同志：

每个人都有他自己独特的爱好。只要能坚持始终，按照个人爱好去学习、钻研、实践，到头来总会得到收获的。你喜欢文学，这就很好，把业余时间都用到这正当的爱好上——读书、写作，总比白白浪费的好。

但是，写作这门行当，比别的工作复杂，花的工夫较多，不是一朝一夕就能成功的。初学这门行业，应当一步一步来，从低到高，从小到大，从简单到复杂，是要不断练习的。不要一下子就要凭空去想写什么电影脚本。积蓄不够砖瓦木料，是造不起房屋的，即便有足够的建筑材料了，没有学会砖瓦、泥水手艺，没有设计的师傅画出图来，那，要造房子只是空想。没有米做不成饭，即算有米，没有做过饭的尝试，第一次也不一定做成。什么事都可以学会的，但学习不到家，什么事都不会成功的。

（1984.6.20）

致陈列

陈列同志：

七八月份，同老于外出到北京、北戴河、烟台、青岛、泰山、南京和上海走了一转，回来才见到来信，迟到今天才抽空来写信，可能叫你记挂了。

我和商业部门的人无缘，无由打听，你不妨用你商号名义向港办或深圳联系，也许能得到答复，要不同在商业厅工作（？）的陈丽梅或李秀玲说说，她们比我的熟人多些，也许能帮上忙。

北海市合浦县都有海产出口，可以乘机来联系生意，顺便看看家小、朋友，一举两得，何乐不为。

我离休两年，也未能静下心来，用于写作，实在遗憾。长篇下半部虽已上机开印，但因出版社决定拿它和其他书籍参加明年的香港书展，装订方面特别讲究，出书时间可能又推迟下来。

祝

万事如意！

（1984.9.3）

致滕留寅

留寅同志：

知道正努力做着编著事业，而且得到良好的初步成果，令人高兴，但愿继续发展。

我年来真是离群索居，与世隔绝了。特别是你提到的人，已无来往，所托的事，实在无能为力，真遗憾。不过已将信稿转送社联办公室。

只要编成书得到社会欢迎就行，得奖与否，不应影响今后的努力的。祝

编著顺利！

（1984.9.9）

致莫汉权

汉权同志：

得信知近况，不胜告慰。

《建设日报》草创之际，机构人事都不健全，你又提早离开，大家都没个正式名义（职称），不如后来定级时那样明确。现在要说，很难套得准了。比之当时同辈来，也不切合实际。比方赛跑，起步的很多人，都是一样，可到达终点的人为数才几个了。历史的悲剧，谁能幸免啊！如今既得昭雪，生活虽有困难，日后终将逐步改善的。

我离休已两年，几乎无社交来往，工作已有新人接替，有些旧事，自当有人处理的吧。倘有机会欢迎来叙谈。祝教安！

（1984.9.28）

致刘知侠、马真骅夫妇

知侠、真骅同志如见：

这次过济南，得你俩盛情相待，甚为感激，比起老刘到南宁来，我们就对不起了！情况特殊，尚希见谅。

照片，一来照得欠佳，二来拖了很久，真遗憾。

此间，寒露后，天气凉了，趁此恢复案头笔墨，重抄旧稿，应付出版社要出的选集。完了，下决心写回忆文字了。北京的会，也许相见，要不，倒盼你俩找个机会来桂林再玩玩。

于千嘱代问候。

（1984.10.10）

致绍义

绍义同志：

上月一日信，因寄自治区党委宣传部，今天才见到，迟复为歉。

写散文极少，经验更谈不上，体会也觉茫然，不知所云。如果说自己近年所写的有限的那几篇东西，还比较称心的有 1981 年《散文》11 月号中的一篇《一段苏木》；1980 年 12 月 14 日《哈尔滨日报》上的一篇《饮水思源》。

现将《饮水思源》剪报寄上。天津的《散文》期刊在各大中图书馆里都有，容易找，我现手边无着，没法寄了。

在广西要找出版单位，漓江出版社或民族出版社尚可代为问问，如得允诺再告。

（1984.12.3）

致苏诗桂

诗桂同志：

这回艺术节，你们做得很成功，我得到邀请参与盛会，甚为感激。此次因你不跟代表住在一起，未能深谈，有美中不足之憾。

回来后，才想起你们书画展所用的银色镜框材料，特别素雅，这在南宁是看不到的。假如不太为难，请代为购买三只——尺寸如另纸。只要纤维底板，不安玻璃（玻璃到南宁再配）。买到后，等有人来时再请帮忙带来，不必过急的。至于花费款倒是照数汇去的。

即此顺祝

进步！

（1984.12.4）

致培桂中学校友会

广州第十六中学校友会：

十一月来函，因写旧名（陈克惠），迟至今日才转过来，深感遗憾。

值此五十周年校庆盛会，能得关照，邀请亲临，万分感激。可惜，接信太迟，事先未作安排，本月二十二日即赴北京出席中国作家协会理事会，在时间上互有抵触，难得分身应邀了。专此道歉，并祝

校友们团聚欢乐！

（1984.12.20）

致高亮

文晋同志：

去年月末赴京出席作家代表大会，年初才回，见到贺年片，甚慰。只因杂务纠缠，未能立即回信，实在抱歉。

我的书（《瀑布》）在京已见到样书，到书店恐怕还得些日子。在京就便将开列名单交出版社代为寄赠一些熟人朋友作纪念，想来他们会按地址寄到你的住家的。望收到后，告知一声，免得再寄一次。因为由出版社寄发，那就不能在扉页签字了，望能见谅。

《家庭之友》是科技报的副刊，除了介绍家庭的科学知识，还讲些家庭伦理道德的逸闻趣事，特别是一些（古今中外）的家庭生活等等，刊物是我小孩参与其事。想到你或在空闲中当作消遣，为它写点什么。但到此时，迟迟未见出来，

没有个样子,文章是不好做的。等到创刊出来后,他们会奉赠请提意见的。

这时候,气候都令人不舒服,望多保重,顺颂

健康长寿!

(1985.1.19)

致何辉强

何辉强同志:

你勤奋于文学,精神是令人钦佩的。对我过誉的话,实在不敢当。

至于你给我出的难题,真是答不上来。因为我从来没对诗用过工夫,说不出个道道,但总以为写诗的人一定要写出自己对生活的真情实感。而且这些感受又是比较特别,令人喜欢,让人发生兴趣,能打动人心的。如果是讲道理,又是普通人都懂的道理,那就不宜写成诗的。希望你还是先多读真正打动自己心思感情的诗,看看人家怎样表达自己的感情,学学别人怎样运用诗的语言来抒发自己的心思,慢慢会从中学到方法。

(1985.2.6)

致辛莽

辛莽同志:

二月二号的信,因寄到自治区文联去,通讯员未能及时送来,今早才收到。

三月三是指农历说的。听说今年的活动费计划花 23 万元,不一定批准下来。钱少的话,规模只能小搞小闹吧。不管怎样,能和老伴一道行动倒是方便一些的。你几十年没回来过,来一趟会得到批准的吧。来时,发个电报或打个

电话,来我家住也方便的。

请出版社(中青社)将拙作寄赠给你们作个纪念,好像他们把司丁的名字写错了。即祝春节家安。

(1985.2.11)

致四川人民出版社

四川人民出版社:

贵社出版的徐州师院编辑的《中国现代作家传略》一书,上集(精装本)曾蒙见惠,深为感激。下集收有我个人名下一篇,但迄今未见寄赠。为了保存全书以作纪念,特此询问下集(精装)依旧惠赠不?请予回告一声。或赠书统由徐州师院寄发,那就麻烦代将此信转该学院“传略”编辑组为感。

(1985.3.1)

致中国现代文学馆

现代文学馆档案组:

现将尚存的几种拙作,每式两份奉献,请予笑纳是幸。

《瀑布》第一部,中国青年出版社正在第三次印行。等书到,再补赠。

(1985.4.3)

致善继、策贤

善继、策贤同志：

好久没写信问候，工作都顺利吧。

那年许诺要写的东西，一直拖到今年才动手，估计下半年可完成。如你们对《一九三八年》还感兴趣，可拿去处理。《绿原》刊物还继续办不？如出，想先拿部分稿子（每期三四万字）发表，听听意见再出书。要是《绿原》不出版了，或者不打算连载，我就想给别的刊物先发，书稿再给你们。因为有约在先，不得不打招呼。倘若你们出版方针有所变动，不打算刊这类东西了，我也就另给别处吧。

石秋同志处，请就便代为问候是幸。

祝

编安！

（1985.4.7）

致袁似瑶

似瑶同志：

去年接到信才知已回老家定居了。想来晚年还乡，著书自娱，是可延年益寿的。

和于千都没再上班了，同孙辈消磨永日，倒也没了烦恼。只是我也犯了老年人常见的前列腺肥大，治疗颇为麻烦。服进口德国药品“尿通”，虽难根治，但疗效还算明显。

书拖了几年,最近才算出齐了。现奉赠两册,望多赐教。也算相识一场的纪念罢。

即此顺颂

平安!

志虹同志均此问候

(1985.4.8)

致陈公仲

公仲同志:

虽然我们不相识,但读了大文——去年在《文艺报》对拙作的评介之后,觉得挺亲切,深为感激。

全书本作四卷写的,出版社急于先出一半,而后一半又拖延很长,到年初才出得来,这才算把整部书完成了。为了报答也为了求得指教,特将才收到的后半部上下两册奉赠,请予笑纳、赐教为感。

专此即颂

教安!

(1985.4.8)

致洪流

洪流同志:

挂号信收到了。

为柳铁刊物写稿事,想来有些事,不大能说得清。当前所谓 80 年代的摩登，自己学不来，老话呢，年轻人是不乐意听的，何必倚老卖老呢？

近来整理旧日记，恐怕也只能是自我消遣罢了。

你于铁道系统工作多年，生活体会丰富多彩。要敢于写出自己的感受，那将是可贵的。但，这得突破世俗之见才能达到。可见文章不易做。

（1985.6.15）

致孟林

孟林老师：

来信拜读。阁下努力取得可观成就，可贺可敬。

拥有200人的业余文学社，在一个县里是不多见的好现象，希望大家继续努力，更上一层楼。

因离得远，难得顾到，又问不着，顾问虚名请予免议了。近年年事渐高，外面的事一概谢绝，望予见谅。

即颂

暑安！

（1985.6.25）

致丁玲、舒群

丁玲、舒群同志：

为了表示对刊物——《中国》文学双月刊的敬意，同时也为报答惠赠的盛情，特意将近来整理的一本日记，摘抄有关在延安投考“鲁艺”的一段文字寄上，不知能凑合作个补白否？请予见教。

即此敬祝

健康！

（1985.8.28）

致上海文艺出版社

编辑部：

我今年整理一本旧日记，现将内容说明（小引）附上，请看看合不合你们出版要求？如感兴趣，请来信，再将书稿（约二十三万字）寄审。

（1985.9.9）

致彭沁阳

沁阳同志：

你好！来信早收，谢谢。

今年三月整理一本旧日记，基本上已脱稿。你们要不要这类东西？现将小引寄上，如可考虑，请来信再将书稿寄去。

假如方便请代问出版社发行科，《金瓶梅》购书证随同十二元四角一并用挂号信寄去好久了，未见书来。不知何故？

（1985.9.9）

致黄照

黄照同志：

得来信及全家福照，甚为欣慰。

延安生活，转眼已过一辈，然而，那段情谊令人珍惜。能够挣扎过来，实在也真不易。但愿保持健康，欢度晚年为幸。离休无事，整理了一本旧日记，还未决定给哪里。那天你提了一句，现在将小引（内容说明）寄上，你看春风文艺出版社要不要这种东西？如可考虑，请告诉他们来信联系，如不合适便拉倒，不必为难。即颂

家安！

（1985.9.9）

致《新文学史料》编辑部

编辑室：

一直在读贵刊，觉得内容充实，甚感惠赠的厚意。

今年整理一本旧日记，觉得有些资料或可以作为认识那个时代某一角落的面貌。现将小引（内容说明）附上，请予审阅。假如这类东西还可考虑刊用，请来信，再将稿子寄上。

即祝

编安！

（1985.9.14）

致解婷

解婷同志：

谢谢您来京西宾馆对我采访，谢谢惠赠贵刊，谢谢来信。

大家对贵刊觉得高不可攀，没有熟人的关系，一般都不敢问津。

曾在北京文学院学习过的韦一凡，“文革”前中文系毕业，在农村做过实际工作，写长、中、短篇，比较有把握。本人壮族，对本民族生活特点，比较熟悉。专门下去了几年，刚回广西作协当秘书长，正在写另一长篇，两本中短篇集正待出版。此人写东西是比较有前途的。不妨同他联系。

你们想来广西看看，一定会受欢迎的。可以作为组稿来一下，跟大家见见面以后就好联系了。

来时，不妨先乘飞机或火车到桂林找《南方文学》（市文联刊物）的樊平，游览游览桂林山水，然后再到南宁找韦一凡跟大家谈谈。完了可以去贵阳、昆明，再回京。或去广州都方便。

当然来时事先来电报电话，好安排接送。

我今年三月后整理的一本旧日记《一九三八年》，已基本完成，附上小引（内容说明）请一阅赐教。这类散文形式的东西，你们要不要某些片断？匆匆即颂

编安！

（1985.9.14）

致盛群

盛群同志：

见到来信，十分惊讶。你说的那个石英，大概就是自称为石中泉的人了。此人与我素昧平生，几个月前，找上门来，说是从北京鲁迅文学院曾用挂号寄到区党委宣传部给我一本书稿，请我帮忙看看。因为我没收到这东西，叫他去宣传部查。宣传部答复说挂号信都有登记签收的，但并未见到这样的东西。此事便不了了之。上个月吧，此人又来，说书稿不见就算了，他还有底稿，如我能替他推荐给某个出版社，他可以再抄一份。于是，我写了一张条子让他去广西人民社找八桂文艺出版社编辑室的负责人，就这样打发他走了。对他只不过一面之缘，谈不上熟悉。他似乎对我的东西也没什么印象可谈。实在万没想到他竟冒用我的名义给你打电报，仅从这点看，未免太荒唐了。他说在北京鲁迅文学院学习，不妨写封信去问那里的院长代你追查稿子事。

作品能否问世，靠交易拉关系走人情，即使出得来也没意思的。要是写出作品，不妨先找身边的熟人请教，假如他们认为是受到感动，觉得写的人和事都似曾相识，那样的东西就不至于被埋没的。应当相信一般读者的眼力，不必迷信什么名人的偏见的。

匆匆即颂进步！

（1985.10.20）

致玉钟

玉钟同志：

敏歧临去梧州前来一封信，补充说明你的工作问题。

广西民族出版社方面，上级意见，以为编制一直未得下来，原来曾报的拟增干部，迟迟批不下来。原因是自治区语委正副主任的人选还没有定下来，他们的二级机构出版社的人员也就无从谈起。业务人员，广西民族社已有了几个，不过对于你也还是可以要的。昨天见到广西人民社的郑妙昌同志，询问他那边的情况。郑说他们一直是主张要你的，现在也不变，问题是谢要他们容纳另一位，郑表示，另一位当然可以同时要。最后不知谢的意见如何？没有定下来。看来还得等待一段工夫了。敏歧同志一下还回不来吧？预祝新年全家纳福。

（1985.12.18）

致肖戈

肖戈同志：

接来信，喜出望外。住址是不是定居后的长期通讯处？

我已于1982年离休。一向很少与外面接触，原工作机关都换了新人，没有关系，要办事无能为力了。北海市要办那件事，还得要北海市委宣传部照公办事——向它的上级机关按组织途径申请才行。人事只能从旁敲边鼓，作用不大。总之，这样的事，非得有人来跑腿。

离休赋闲也无聊，但想找事做也挺复杂。我现患老年前列腺肥大症，听说在广州的医院可不用开刀就能手术，不知是否确切。能代打听一下吗？又是新的一年开始了，祝全家幸福。

（1986.1.1）

致金宝生

金宝生书记：

蓝怀昌同志有这样的愿望，想到自治区文联来工作，以便兼顾文学创作。他系瑶族一位优秀的青年作家，对他工作安排是应该考虑到发挥其专长的。人才难得，少数民族作家的培养成长更不容易。是不是就让他的愿望实现呢？请组织上斟酌决定如何。专此即颂

大安！

（1986.1.19）

致杨志军

志军同志：

贺年片收到了，谢谢。

据悉，广西民族出版社系地区性的专业（民族语言文字）机构，汉字书籍只限于本地民族作者写的民族生活内容的东西。你的翻译作品，倒可以向在桂林的漓江出版社联系。漓江社出了获诺贝尔文学奖的系列丛书，在全国都有一定影响。他们与全国翻译界有广泛联系。你的部分翻译，如结集成书，不妨向他们负责人（刘硕良、陈肖人）联系。问问他们需要哪些东西。我同他们很熟，可以说话。

即祝

春节愉快欢乐！

（1986.1.20）

致韦雨帆

雨帆同志：

一位壮族青年（小学教员）给我寄来这篇稿件，读后觉得文笔流畅，有相当的表现能力，叙述的人事也还得体，为了鼓励新人，是不是可以发表？请斟酌处理。将意见告诉他。地址写在稿末。就此问好。

（1986.1.27）

致何楚雄、谈篁

楚雄、谈篁同志：

这回邂逅羊城，幸蒙盛情款待，不胜感激。

楚雄说的那本《创作余谈》，回来检查已无存书了。其中主要篇幅都收到即将出版的“作品选”里了。等漓江出版社寄来样书，定当奉送一册，请予见教。

我们一行前天早晨从湛江平安归来了。此行大家身体都挺住了酷热，看到不少东西，总算有所收获。即祝

双安！

（1986.7.25）

致陈更新

更新同志：

我们六月三十日离开桂林龙隐干休所飞往广州，和蓝鸿恩他们一行汇合，逛了广州几间国际水平的大酒店，待了三天就去深圳、珠海，见的多是高楼大厦，有的竟高达 54 层。见到人们都有些懒散而不见深圳速度了。珠海的现代化游乐场，建在离市区十多公里的荒山野岭，设施非常宏伟可观，可几乎看不到人影。

最后我们去海南，亲临“天涯海角”，喝上新鲜的椰子水。这里的干部情绪因汽车事件影响还提不起劲头来。

二十多天走马观花，很累人，不过身体还好，没出什么毛病。前天早晨，我们平安回到了家。

这次在桂林，与你在塘边照的相，因无阳光，全都照坏了，很可惜。

想起你家的通讯处，应当有个命名。那天你说的，觉得太一般了。不如称作半亩园或半园，不落套。

南宁这两天受九号台风影响，天天有雨，很闷人。桂林也许好些？

老熊也好吧。于千向她问候！

（1986.7.25）

致周济

周济同志：

这回在桂林，幸蒙热情款待，不胜感激。特别是你的故事更为感人，你对事业的开拓心让人尤为敬佩。但望一帆风顺,耕耘丰收。

我和老伴飞往广州参加广西民族作家访问团。除了广州,还去了深圳、珠海和海南。到处逛逛看看。其中旅游业的酒店给人印象最深。但听说,除了中国大酒店,堪称世界四星级的天鹅花园都赚不了多少钱。前途有无更大发展?实在说不准。总觉得低工资与高消费很不协调。

在旅途,遇到今年的两次台风(七号、九号),都躲过去了。说来不无庆幸。虽然炎夏行旅,身体还没犯毛病,算是好运了。

我们是二十三日从湛江回到家的,还来不及拜读你的译作。容后再说吧。即祝

双安!

(1986.7.25)

致徐平

徐平君:

你父亲遗著《冯云山》,题材倒是可贵的。要是出版社要求修改,那就请你联系所知的又可信托的人作为合作者把它完成。我所认识的人对这题材未必有兴趣,有兴趣的人,未必让你信得过,所以不好介绍,还是由你自己挑选才好。或者请出版社黄健中找人合作也比较合适。

我已离休,不过问工作上的事了。

(1986.7.31)

致《南宁晚报》副刊

《南宁晚报》副刊：

一位农村小学教员寄来小小说两则，看了觉得写得还有点意思，文笔也流畅、简洁，不知贵刊可刊登否？请与作者直接联系。

（1986.8.15）

致徐君慧

君慧同志：

匆匆忙忙，粗枝大叶地读完了《歌人传》了。以为能够将壮族人民风俗——唱山歌编成一篇故事还是有意义的。

要说意见的话，觉得一，楔子介绍壮族风情时，有的不那么准，有的很一般，成了可有可无的了。二，从整个来看，主人公农艾英、韦强等人的刻画不甚成功，个性的特点不突出。三，原因恐怕是枝叶过多，对次要的陪衬人物平均使用笔墨，矛盾冲突未能集中于主要人物身上。四，因而表现在故事情节上，见得散漫、拉杂，想多说，但未能加重烘托，中心反而见得啰嗦。想用多层次，但没有完成陪衬作用，反而把中心冲淡了。五，既然是歌人传，应当在关键地方表现出山歌发挥作用，除了歌弹，歌应贯彻始终，如《李有才板话》。六，文言和口语也未能运用贴切，有的太文，有的又太白了。七，人名地名土洋不那么恰当。八，结尾，艾英与黄金治的好合，还比较合情，作为一部书的高潮也可以了，或者再写一段，韦强被俘解放归来，引起双方的遗憾也未尝不可。

意见是说不准的，只供参考。

（1986.9.22）

致李乔

李乔足下：

来信及稿收悉。讨论会上大家都盼你们能来相会，不想会议短，天不作美，有失面教。实在遗憾非常。

不过，读了稿，热情洋溢，如闻其声，实在钦佩。几十万字，难为你竟花那么多时间和心血，给它作了详尽的分析，作为作者是感激不尽的。

稿件，我们的理论研究室准备收进《陆地作品评论集》。另外，想另誊出一份寄去《艺术研究》或《文学评论》看看他们肯不肯予以刊发。

匆匆即祝

著安！

（1986.9.25）

致王松

王松同志：

和李乔同志一起寄来的两份发言稿收到了，刚刚拜读一遍，难为你有心读完几十万字而且还写出了万字大文，真是感激万分。遗憾的是，天不作美，班机误时，未能面谈。

稿子，理论研究室打算收入评论集出单行本，我个人觉得还另抄一份寄去陈涌主编的《文艺理论与批评》，也许能突破某些圈子。

阁下前些年那本长篇，已定了稿没有？晚年无所好，只有弄弄笔杆以自娱，虽寂寞却不至于无聊，也许阁下亦有同感。尊夫人均此问候！

（1986.9.25）

致武剑青

剑青同志：

走后又想了想，以为所谓顾问也者，无非是安慰赛，同时也显示团结多数的意义，人数可以多点没碍什么事。因此，如蓝鸿恩、李寅、朱受之等，也应当同谭、丘一道放在文联顾问为宜。至于董因纯粹属行政组织领导工作的，已脱离了就不一定考虑也可以的。要不然，林道行怎么办？

其次，委员人选，应考虑各地市宣传部长、各大专院校文学系和区直文化艺术单位的负责人，如师大、南师、艺术学院、民院、广西日报、广播电视厅（邓生才）、社科院文研所、制片厂等都应参加一至二人。文联委员和各协理事不同，它应当是领导人员为主的。

（1986.10.12）

致赵鸿恩

鸿恩同志：

今年三月初，承蒙来信，约写“中学时代”。遵嘱写了三千字。于三月十八日寄出，迄今无音讯，不知收到否？也不知合不合要求？请回声为盼。

（1986.10.18）

致关鹤桐

鹤桐学长如见：

朱受之同志转来你给樊清璋的信和有关征集“鲁艺”史料的文件，觉得这份工作很有意义，预祝获得成功。

在广西的“鲁艺”同学我知道的有这样几位：

1.甄伯蔚，广西艺术学院音乐系教授；

2.朱受之，广西音乐家协会主席，原广西文联秘书长，离休；

3.樊清璋，广西文化厅艺术研究所；

4.苗延秀（伍延秀），广西作家协会，离休；

5.陆地（陈寒梅），广西文联主席，原广西区党委宣传部副部长，离休；

6.鲁汶（鲁非），原桂林市文化局长，离休。

平时我们就很少来往，离休后更不接触了。今后有联系即按上述地址单位通讯，免得耽误。

在建议栏内我提了意见，希望能在调查表的基础上，编一本同学录，附上个人照片更好。再就是校名，正式行文应当是“鲁迅艺术文学院”。

其他的，想到再说了。顺祝

大安！

（1986.10.25）

致纪云龙、肖彦

纪云龙、肖彦学长：

收到发表的《延安鲁艺史料征集工作通讯》第一期，知道你们负责文学组工作很高兴，以为这一工作意义很大，预祝获得成功。

刚好整理完一本《一九三八年》日记，最后十天是记投考“鲁艺”文学系的情形。现在另抄一份给你们看看，也许符合《新文化史料》的《延安鲁艺史料专辑》需要。请你们斟酌决定。别的回忆文章，等写得出来再说。

在填写校友调查表上，已建议编出一本校友名录（同学录），这事很值得做，有纪念意义，希望得到大家赞成。我已离休（辞了区党委宣传部副部长和文联党组书记的职务，文联主席和作协分会主席名义仍挂着）。

（1986.10.28）

致寇广生

广生同志：

来信收到了，谢谢。

我写日记是从1934年到广州上高中开始的。那时商务印书馆出售一种叫做“自由日记”的本子，32开精装，一元一册，一册够记一年的了。我这就开始往这样的本子上记，一年一册。到了第二年，生活书店也有类似的日记簿出售，叫做“文艺日记”和“生活日记”两种，里头每页下端，录有世界名人格言，文艺日记，每月首页有介绍文学名人小传和世界名人生卒年表，以及本国作家一篇散文。本子后面附有度量衡表什么的，总之本子有那么一些知识性的附带文字,拿到手上觉得很好玩,每天记的是自己对自己说的话,都是当天见到的,想到的,听到的和感到的。多半是读书心得,看电影的观感,对社会状况的议论,给朋友写信往来,等等。天天不断,年年如此。

1939 年以后,在延安没有那样的本本卖了,日记便中断了。1945 年离开延安,在路上行军,一天所见所闻都是新的,又在小小记事本记下每天所见所闻。解放后,有了三十二开的大笔记簿了,又一年一本的记下来,一直到“文革”那年。“文革”中成了“走资派”,停笔了几年。到了“四人帮”倒台后又一本一本地记起来。不过,后来记的都是实际工作的备忘录,与人来往和书信往还的记载,感情、观点的东西很少了。不过,每天都记。

《一九三八年》,不是现在追记的往事,那是一本当年日记的重抄。说也奇怪,这本日记,从家乡带到桂林、武鸣,最后还带到了延安。1938 年 10 月初到延安,继续记完了一年发生的事情才从延安寄回家乡的。经过几十年变动,本子却保留了下来。当年记的事,多少反映了那个历史时代一个真实的侧面,所以把它整理出来,也许还能有点意义。其中就谈不上什么值得一提的体会了。

(1987.6.22)

致朱寨

朱寨学长如见:

这位广西师院副教授周鉴铭同志是搞文学评论的,要到承德开会,路过北京,顺便来拜访阁下,有所请教。请予面见为感。

(1987.7.7)

致家平

家平同志：

来信收到。小传文字，前不久，中国作协编的《中国人名词典》，曾有联系，最后定稿千字左右。作家词典的字数不知规定多少，现在顺便捡出一份字数更少的寄上供参考。1984—1987年的作品(及用过的笔名)，附上著作年表一份，可查考。

研究的专著、散篇的评介是有一些，如中南民院、广西师大、广西民院的学报发表过一些。写成书的，只知广西师院副教授周鉴铭写了一本十多万字的《陆地评传》，已交出版社，明年可望出书。

(1987.9.18)

致刘硕良

硕良同志：

昨天傍晚路遇彭匈，才知《三八年》报送到新领导那儿被拉了下来，乍听，不禁愕然！

这份稿子本来是天津百花社看过前头“小引”后，来信问要去了的。前年十月间，你同肖人来知道了这事，当面要求支持你们漓江社，把稿子从百花社要回来。当时觉得不好意思随便反悔，没有马上去信天津追回。过后，肖人一再提到要由漓江社出版，自己也考虑到你们的诚恳态度才去了两次信，将稿子催了回来。鉴于“作品选”才印了千本，马上出书似意义不大。曾同聂震宁和肖人谈过，等大型刊物《漓江》创刊后，先在上面发表再出书。现在刊物出不来，但出书是不应有问题的呀！到底你们——作为漓江社的负责人是有言在先的，虽然没签订约稿合同，可道义上还是应该得到尊重的。这不应看作个人得失，而应当看作漓江社与作者关系的信誉。但是,事情居然如此处置,实在深感遗憾。

当然,彭所言也只是道路传言,也许实情未必全都如此。写这封信的意思是希望能听到阁下的意见。

工作还顺心吧。祝颂

编安!

(1987.9.22)

致善民

善民同志:

《阿瓜》看了一下,觉得文字的表达是通顺而简练的,故事的枝干也挺明显,只是要当作文学来欣赏就不免感到不足了。主要是只介绍行为的事实,没有描绘到感情的浪花。也就是光见枝干,没见到绿叶红花。因为读者要求于文学读物是要欣赏红花绿叶的美而不只限于得到柴禾的实用。说得具体一点就是写得粗糙了,光有梗概没有细节,光有骨架没有血肉,人就活不起来。《红楼梦》的凤姐,《水浒》的武松,为什么能叫人看到生动、真切呢?这就要去细细揣摩,反复阅读才会悟到写法的窍门来的。

(1987.12.27)

致胡征

胡征兄如见:

你要收到这封信,恐怕正是春节了,就此祝愿节日平安,全家纳福。

年来觉得无甚可告慰于故人,也就懒于写信。但是,心里头也总难以忘怀,所以特寄上贺年片表示问候。不想年前寄到"西安社科院文研所",被退回来了。以为可能没有写省科院,于是另封干脆写曾记下的地址,机关单位就不写了。谁知又被退回来了。这回不写地址,只写省科院,也许会收到的吧。要不,你已调离了原单位？

转眼又是六年不见了。景况如何？工作还是离休了呢？不管怎样都不致影响著作的吧。

社会发展进入了新的历史阶段，老观念要更新。经济基础起了变化，意识形态必然有相应的发展。但是，为了赶时髦，追求效益，接受资本家（企业家）的资助而大做广告，与以前为政策图解又有多少区别呢？如果从前为政治口号而歌唱是言不由衷，写不成感人之作，那么，如今千万百计迎合什么国际文学奖金的胃口，千方百计去巴结编辑，讨好出版商生意眼光的要求而去制造出的东西，又有多少真正是表现出自我独立的真情呢？总之，当下文坛的事五花八门，莫衷一是，索性不去想它也罢。有空当作消遣写点什么，倒可以娱乐晚年。不过，精力一年不如一年了，也许你比我好些。戈壁舟略懂医药却也未能长寿，真可惜。张石秋不知健康如何？恐怕你们也不常见？

（1988.2.10）

致黄福林

福林同志：

大型刊物事，觉得无能为力，还是不要挂什么名罢。虚名不但已失作用，相反会招致当今读者冷遇，到底是为时代淘汰下来了。

再就是我对以汉语表达的作品，因它的作者族谱而名之为什么族文学，一直想不通。《骆驼祥子》《红楼梦》能说是满族文学吗？白先勇的祖宗是回族，为什么不说他的作品是回族文学呢？名不正言不顺，所以我对什么壮族文学活动一向采取回避态度。这也许是因为被当作低一等看待而不服气吧。另外，当前如此文学市场实在不愿涉足。专此敬告，望予见谅！

（1988.2.16）

致朱波

朱波同志：

沙英同志来信说，青岛出版社可考虑给我出本书，特将稿件寄给阁下编审。

这部稿子，有的虽然收入过多人的选（合）集，但有的是内部发行，印行范围很小；另一部分则还未发表过，现在都把它编成一册，作个纪念。希望能如愿以偿，那将是感激不尽了。

即颂

大安！

（1988.3.22）

致俞振环

振环同志：

几年不联系，也少看报，景况可好？

还在《花地》副刊（《羊城晚报》）忙乎吧，趁此寄上小稿，附言问候。小稿不怎样，只是既然写出来了，也许可供补白而已。即颂

编安！

（1988.3.26）

致樊篱

樊篱同志：

刚从贵阳开完五省区作家联谊会回来，受人之托，介绍一位舞蹈老师徐皓来面见。听说刘妻他调，舞蹈老师正待补缺。徐老师受过专业训练，在戏校当舞蹈班主任，现要求到艺院继续教学，教学经验怎么也比留校生多点。请斟酌情况说服系（班）头头如何。

再过十天，可能同陈肖人去桂平金田水库避暑。下个月学院该放假了，不知有什么活动？

（1988.6.3）

致吉万、青明

吉万、青明同志：

这回贵州之行，承蒙盛情款待，让人难忘，借此再表感激之意。

照片只有这三张可观，寄上留个纪念而已。匆匆并祝

大吉

（1988.6.9）

致田兵

田兵同志：

照片照了几张，都不很好，只这两帧稍稍过得去，寄上留个纪念吧。

匆匆即祝

大安！

（1988.6.9）

致邢立斌

立斌学兄如晤：

这回终于得偿三十多年夙愿，能够一道领略贵州稀世风光，总算平生快事。

照片当时照了好几张，可是照得多不佳，拿回来冲洗，最后就只挑出这两张来。收下做个纪念吧。老田的另外写信寄给他了。

明年广西如真成为了东道主，倒盼你能来走走散散心。如来，当也舍命陪君子，去桂林凑凑热闹。回家感冒两天，现在当然没事了。

即此并问候尊夫人！

（1988.6.9）

致张必凡

必凡同志：

你十月七日写的信，因寄到自治区文联，到今天才转到居住地来，延误好久，复信只能这时才写了。

作为作者，知道阁下有意要将《瀑布》改编为电视剧，当然很高兴，也愿尽力之所能协助完成。改编之议，在阁下之前，也曾有过大导演谢添、中国杂协书记刘平和电视创作中心某编剧，以及杭州大学吴微、李达三老师，都打过招呼想改成多集电视连续剧，甚至还有人写出过电影脚本的草稿，但都因种种问题未能解决而搁了浅。

对此，以为凡改编文学原作，重要在于感情上对小说引起特别浓厚兴趣，才会真正努力把它编成。要是仅仅是初步理性的认识其意义可取，未能与感性的激发产生强烈的共鸣，即令勉强编得出来也未必成功。

从来信看，阁下对我的原著似乎还未全部读透，而仅仅从评论文章的理性分析中，懂得其意义价值如何如何才产生要改编它的企图。那样的缺乏感情作基础，要塑造艺术形象的电视剧本，那是立不起来的空中楼阁，不可能成功。

再说，《瀑布》因题材命定，篇幅很长，年代跨度大，人物多，情节瓜葛庞杂，若要编连续剧，非得二十集以上。这就要巨大资金投入，恐怕没有哪个经济实体轻易地给予赞助制作的吧？

当然，作为作者是盼望有谁真有那股气魄，将这段磅礴的近代革命历史画面显示于荧屏。只是原书太长了，读起来很费时间，跟当前时代节奏不一定合拍。

（1988.11.4）

致金东方

碧莱女士：

平生不会客套，恕我就这样直呼芳名吧。

大作三种，桂林文联樊平昨日亲自带来，喜出望外！二十多年奋斗终有成就，而且仍未见忘于当年，惠我以佳作，真无比感激。

初读《逐鹿记》，以为舍画从文，也许更能发展长才，由衷愿望百尺竿头更进一步。若要建议：以为既能如此自如地塑造古人，应当更能运用娴熟的妙笔做成邓肯自传式的自画像。倘敢为之，必可悦人悦己，传世留芳。不知有此意否？

我半官半文：做官，不善逢迎待人处世，终未挤上班车；作文，无暇专心致志，到头成就甚微。回首平生，徒余遗憾！在《美丽的南方》之后，所作堪为故人道者，唯有1980—1984年间先后由中青社出版的四卷本《瀑布》可作纪念。但因篇幅冗长，凡百多万言，是不合乎"快节奏"的时代旋律的。听说香港有售，内地则因全套书出版时间不一，不易购得齐全了。倘能想法搜到全部，自当奉献尊前，乞求赐教！

香港自是另有一番诱人倾慕的去处，可至今仍无缘一睹。不知此生还有"到此一游"的机会否耳？

临书匆匆，遥祝春日快乐，创作丰收！

(1989.1.10)

致邓立民

立民同志：

几十年前的往事，已如云烟，当时谈过什么谬论更难想起了。

来信末尾提到广西文学创作之所以挤不上时代班车的种种臆测，似乎当下已成了流行话柄。鄙人对这类怨天尤人的清谈,讲句不客气的话,其实质只能是清谈者借口委过于人以护短,实非明智。

应当弄明白,文学创作是诱发人际感情流通的媒介的,她的成败得失、优劣高低,只能凭作品本身在读者感情生活中引起共鸣的程度大小来测定。不说全国性的文学奖,就是世界性的诺贝尔文学奖,也未必就能那么客观、公正、准确地体现作品的水平高度吧?评委会的先生们,不论是中国或外国,谁也不是神仙,哪能都做得到那么公正无私,绝对客观的评断呢?生活在商品经济的世界里,文学价值也不会甚至不可能在私下交易中超然物外。

再说,作品本身问题呢?近年广西的创作,数量是不少的,可是在读者中能产生影响,真正给人留下较深印象的典型,实在是寥寥无几。但原因绝非一端,其中一个根本问题,我以为在乎作者自我并未有真正的勇气,敢于自由自在,从容不迫地充分表达自己的真情实感。邓肯在"自传"中讲过这样的话:"不论男女,只要愿意如实地写出自己的生活,都可以写成一部杰作。"果然,她的书(《邓肯自传》)就同她的舞蹈一样,不胫而走,赢得了世界的读者,真是"桃李无言,下自成蹊"。

如果说,过去的漫长岁月,我们执行遵命文学的清规,必须"文以载道"——宣传一定要为政治思想,甚至一时的政策要求服务,表现不了自我,未能做到心里怎样想便怎样写的自由,那么,到了全国四次文代会上,在党中央的祝词里,应该是解除了以往种种不合理的限制了的。作家同志们怎么又未能由衷地运用、发扬这属于自我本分应有的艺术良知呢?会不会是作家们自觉或不自觉地从政治宣传的框架走得出来,又转向经济效益的怪圈卖身投靠,迎合什么新潮、时兴的题材市场而违心地去交易呢?既然如此,要想有真正能打动人心的佳作,恐怕只能是缘木求鱼的妄想。

政客与市侩同样与作家是无缘的。无病呻吟不仅感动不了人,反而只能引人生厌就是了。也许是诗人在世俗的眼里,从来都是一些狂徒痴汉之流吧,然而,屈原的《离骚》,杜甫的"三吏""三别"却被传诵不衰。道理是人家敢言人之不敢言,见人之所未见。而我们有几人能躬身自问,于学识,真学到了修养有素?于人生,真有了独具慧眼的才能?对大千世界,可有真知灼见的观察眼力?

怨天尤人往往与自高自傲是连成一体的。常言道,事物的发展,内因常常是决定的因素,在创作的得失上,强调自我功力的检查恐怕是主要的。当然,这里所谓自我是与社会紧密联系起来的个人,跟那些孤立于社会之外的超人并非同一范畴。

话好像扯远了,就此打住吧。并祝新春进步。

(1989.2.9)

致蒙光朝

光朝同志:

寄来的《心声集》收到了。读了一下,韵味颇浓,真是读到诗了。觉朴实自然,意义深远,耐人寻味,绝非时下的新潮可望其项背。

近来正在写什么呢?但愿努力不怠,写到底,写到尽兴为止吧。以为你从战斗生活中汲取了不少逸闻趣事,若能将它一一笔录下来,倒不失为可读的故事,丢掉了是可惜的。不知阁下有此兴趣否耳。专此祝颂

春安!

(1990.3.4)

致田海林

海林侄:

得信,知你父田家有你这样有为的接班人,衷心可以为故人告慰!

我同你父亲在 1939 年 1 月开始认识于鲁艺文学系,半年后,他同部分同学上晋察冀华北联大去了。短暂的时间里,由于他比较活跃,给大家留下较深印

象。此后,听到过他的一些信息,却始终未再相见了。

同他一道出发上华北的有现在河北省文联的李满天(当时叫林漫),王白石的丈夫陆风,以及现中国作协鲁迅文学院李清泉等,他们对你父亲的那段生活会知道得详细一些的。即此祝

家安!

(1990.3.30)

致魏久环

久环同志:

去年承蒙关照,远道来见,衷心感激。相约两年内给《小说家》一个中篇未敢忘却。下半年因病住院,倒是利用空闲将一长篇续完了。达16万字,说中篇则长,说长篇又觉短。题材是知识分子的爱情纠葛。背景系1938—1945年抗日战争时期延安七年的生活图景。当中就不免接触到延安整风运动的种种事情,不知这类东西现在还有读者没有?原本只作晚年消遣写的回忆录性质的东西。无意发表不发表。不过既然写出来了,不免又想听听别人的意见。请考虑要不要寄去给《小说家》看看呢?请给个信为感。

即致

编安!

(1990.4.1)

致陈继礼

继礼同志：

乃器将信及关于苏曼殊的大文转来多日了，老来疏懒，迟复为歉。

苏氏将其难言的身世之隐私，寄托于诗文，真切感人，别具一格，少时曾为之倾心。现读大作，又勾起年轻时的记忆，一如旧友重逢，剪烛西窗，不胜快慰。

山东印刻《金瓶梅词话》，也曾听人说过，但未目睹。从什么渠道能弄得到，也不甚了了。在山东虽有熟人，可是他们也已退出舞台，恐怕也难拉上关系走得后门。其实，该书不过只引人好奇就是了，如果不当作研究或做学问用，在欣赏上是不怎样的。听说现在的黄色录像带已经大大超过它了。

原来以为离休可以有时间创作的，不想，有了时间却失掉了精力了。提笔忘字，很难得心应手。当然最重要的还是如今的时代，一切都以商品交易为头号的目标，谁顾得上接近文学啊。正如鲁迅当年同黄埔军校学生讲话时说的，大家都在专听大炮声，顾不上读小说了。

（1990.6.20）

致李春林

春林先生：

《北方》是我 1946—1947 年间在东北先后发表的八篇短篇小说集结而成的小说集，也是我的头一本书。接着还出了一本《怎样学文学》和一本中篇小说《生死斗争》。

三本书，在当时的东北解放区文坛是令人瞩目的。其中的短篇小说《钱》，马上被苏联1948年8月号的文学期刊《旗》译载。全国解放后,上海群益出版社(上海新文艺出版社前身)和三联书店都曾分别重排出版。《北方》易名《好样的人》,《生死斗争》另名《钢铁的心》,《怎样学文学》三联书店收入该店编印的一套“新中国小百科丛书”里。

“文革”后,我这三本书手边已无存留。但知黑龙江省图书馆和北京图书馆还有馆藏,上海新文艺出版社和三联书店或许还有样书,不妨去联系询查。匆匆即复,顺祝

编祺!

(1990.10.20)

致李春鲜

春鲜同志:

年老忘事,你不提,已经忘了那次相见了。这些年不见你写东西,还错认你是广西民族社“三月三”的苏长仙了。

现在科技报既然找到你,你就重新提笔写些科普文学吧。他们很需要这方面的文字。当然,《广西文学》也还有人记得你的。

我身体逐渐恢复,写东西并不妨碍。不过现在文坛不景气,我已很难适应当今的文化市场。匆匆即祝

春安!

(1991.3.4)

致王一桃

一桃兄：

来信拜读，知兄年来创作有成，子女成才且前途无量，深为欣慰。

从剪报介绍的文字和大作《乐土》上看，知悉阁下孜孜不倦于笔耕，且获丰收，更加欣庆，遥望好自为之。

前信提起的新书稿，系写的1938年那个时代背景，大批知识青年涌入革命熔炉，经受种种锻炼的“苦难历史”，是从另一角度通过爱情的纠葛，反映当时某些“非革命的革命急进者”给知识分子造成“遗憾”的命运。而这一侧面，一向是被看作禁区的。只有在香港或有敢于让它面世。如能代为联络，当然是好的。不过，对此恐怕给你添了麻烦，倒是于心不安。

一时想不起还该讲什么，暂且这样吧，祝

万事如意！

(1991.7.28)

致潘汝霖

汝霖学长如晤：

顷聆侄子偶然谈及阁下前些时日，曾荣归故里寻亲。当时还问到我少年时的名字“陈克惠”，惜未能相见。闻之，恍若隔世，不禁悲喜交集。

“今日龙钟人共老”，真望终有一朝，阁下重来，不弃故旧，肯就容膝之地，剪烛西窗，聊慰平生。

几十年笔耕,收获有限,空怀抱负。所幸身躯尚健,或可待故人重来也。

十年前我已告老赋闲。今闻说两岸已直接通邮,望借文字代替,晤谈以释系念。匆匆不尽欲言,即问健康平安!

(1991.11.13)

致吴微(黄海)

大姐:

2003年的除夕,我从医院回家,读到你的来信,高高兴兴地过了年。元旦这天,还在开心时刻,又碰巧接到了李清泉的长信。他的信与你的信一样,都讲到了年轻时候的往事,引起我"促膝围炉避冬寒,几回梦断桥儿沟"的情思。清泉已几近失明,难为他还用心地拿着放大镜,把他女儿从单位带回的《人物》杂志上的那篇我的"话平生"文章读完。提到延安"鲁艺"的故人,他说去年此时,他在《文艺报》的边角上看到了几行小字,才知道林蓝"走了"!又说,有关大姐的信息,他是在香山的一次"鲁艺"校友会上才打听到的。想来,他已同你交流了。

你信里给我指出的"话平生"的几处不实,只好等待我的"自传"校样送来再校正了。至于说到马丹(朱华丽)其人其事并没有错,她是当年边区师范学校里你的芳邻啊!是实实在在的一位人物,只是我在文章中没有用她的真名,而是起了化名而已,让不明就里的你读了文章无法从记忆里寻找到那个真实的她。另外,"京华遇旧"那首小诗,说的人倒不是指的她,而是1963年我在京参加中宣部的文艺工作会议,遇见立波夫人后,有感而发。但是,李清泉的来信讲,之前马丹曾对他说过,我笔下多次出现过她的形象。不知她指的是哪些篇章。

我的这本"自传"无需自费出版,有广西文化出版基金的支持。我准备把《人物》杂志略去的前三章"故乡与童年""中学时代""奔赴延安"补上,作为全书的上篇"岁月如梭经阅历";下篇由12篇回忆散文组成,作"逝水回流泛涟漪";附录则将历年照片汇集编入,作"百年瞬息,一生足迹"。三大部分编成一本纪念册,奉献读者朋友,留给后人。

书稿现已付印,上半年大概可以拿到书了,但愿届时你能高兴地读到它。

不必如李清泉那样,借着放大镜来读,请小辈们给你朗读作消遣嘛!

哎,不啰嗦了,祈祷明年此时,仍能一年一度互问健康!

(2004.1.10)

致刘屏

刘屏同志:

日子过得真快!一年半载的时光悄无声息地从身边溜走了,当年从我处借到北京去作公开展览的一幅秦兆阳国画“墨竹”,迄今未见返还,不免让我牵挂。此事早先说是等画幅复制完成,今年5月再作一次南方展出后,自当原物归还。现5月已过,展事想必业已操办完成,却不见先前承诺之兑现。我曾猜想,是否要等阁下遇公差南来之便,方可再行亲自登门当面奉还。后来,等到了该画的几张布展照片,遗憾的是却见不着片言只语提及原画,以及对原画处置情况之说明。

这幅画于我之重要,旁人或难理解。因乃故人秦兆阳专为我题诗精心绘制而成,弥足珍贵,一直以来被妥为收藏概莫外借。这次为了支持中国现代文学馆举办中国作家书画展,我才破例允之。谁曾想结果会是如此尴尬。

祈盼见字后能予知会以释怀,是所感激!

(2007.8.8)

附：延安“鲁艺”同学来鸿（五则）

吴微（黄海）致陆地

寒梅：

久无音信，很挂念！不敢去信问问。

忽接李清泉（也是久无信息了）他在信中说到不少同学先行了。他在政治中翻了几个跟头。提到你，年来无音信后，说你在写东西，有关1943年‘抢救”的事，他很为你担心，谁都不敢去碰那段如同儿戏的事。我则并不担心，隔了几代领导，事过境迁。古代皇家还专设立史官记录当代大事，留作后人借鉴。不过也有的史官记载了当代丑事被杀，第二个史官照样写。我国共产党现在（是）国际上最大的党，应有这种气魄，把几件大错事写进党史令后人借鉴！

我托一位离休的热心同志去图书馆找《人物》并复印一份，还放大字体，我最先翻阅是那敏感事件，你写的很得体，无伤大雅。不知李清泉看到没有？

看完全篇，不该把大姐扯上几次。“抢救”的那次，终身难忘！我担心的是否叶克牵连了你，这才知道你是另一因素。叶克是隔离审查，他原在边区政府保安训练班学习，是派到“鲁艺”去监视一位从二战区派的特务的，先在收发室工作，检查来往信件，后不愿回保安处而留在“鲁艺”学习，因而领导怀疑他被敌人拉过去了，他挨整最早。我妹妹在保安处工作，她大概听到什么，在我和叶克接近时，就劝我不要接近。

至于我，莫名其妙，大概是要凑个数吧，记得入党时，那时党章上有一条：作党员要受得起冤屈。大概是考验我吧？多少年我常在梦中哭醒！现在当然云淡风轻了！

我指出你文中需改动处：是边区政府保安处，非公安处；我在杭州大学教书，不好称为教授；我并不认识朱丽华（马丹），你记错了吧？

我视力越来越不行了，写字、阅读也困难；身体也不行，心脏病，今年住两个医院，现在是在一家名“东方”医院病房写的。

今年夏因旧居拆迁搬到新居杭州古墩路中兴公寓1幢4单元202室。

我们这代人，也可说是幸运的，经历了那么多的变化！廿世纪是伟大的世纪！

你的眼睛还好吧？老来眼睛不好是苦事！

03年又将逝去，祝福！

还有一事：（当年）大连苏军机关报名《实话报》非《真理报》。

再说：“文革”时，我做普通教师，不做领导工作，是大幸事，否则，经过“文革”灾难，我的孩子就没妈妈了！“杭大”未被抄家的，唯我一家：叶克病残，我非领导，免得大难！幸哉！

我眼视力极差，以后不能自己写信了！苦事！

又及

（2003.12.21）

李清泉致陆地(二则)

陆地兄:

收到你七月末的来信是十分高兴的。因为连一张贺年卡如此简单的信息都得不到,是不能不提心吊胆的。等到和黄海通信,她也因得不到你的信息,向我表示牵挂,我才赶紧发信向你追问。收到你回信,我又赶紧去信告诉黄海。我是很偶然从“鲁艺”校友会得到她的信息才赶紧沟通的。想不到她比我大那么多,还活得那么好!林蓝大概是今年初故去的,没有谁告诉我,我是从《文艺报》上看到的。在报纸的二、三版下边上连标题也不过用四号字,很不起眼,内容也不过四、五行,十分简略。去年秋天,在香山“鲁艺”校友集会,见到蒋平(王实味妻、原在音乐系同学),我认识她,是林蓝介绍的。我问她:“去看林蓝没有?”她说:“从河南来,一下车即打电话给她,但是没人接,是不是住院了?”开完会,我去找她。林蓝卧病廿年以上,她这一生是很不幸的。进城以来只干过很短也很少的一点事情。

你信上说已发表了自传的“整风抢救”,我心中好像挨了一巴掌,感到不快。因为那场种种造谣生事、野蛮无理、丑态百出都集中到一起了。很不想回头去再看那情景,也就不想去书场找来读。不料我有个女儿在人文出版社,和《人物》的人民出版社只一墙之隔,没待我开口就拿来了。看完后,我倒坦然。我想你当时是在“部艺”的部队“抢救”,不会同“鲁艺”相同;再则,你只写关与被关的自己,没有展开,面积很窄;三则,你有意回避丑陋。至于“整风”中的批评,我只能欣赏你的记忆力,竟能引用原话。作为群众政治运动的“整风”,如同是一个赛事,一个个要发最强音,从来如此,不足为怪。

我是个老落后,而且愚钝到同学那么多年谁是党员谁不是,一个也认不出来。不过也有长处,遇事都想多理解,少议论。缺乏理解的议论是有害无益的。还是到“鲁艺”之初,毛星忽然问我:“李清泉,参加‘民先’吗?”乍听之下,我表示有奇有惊:意思是“一二·九”有民先,那是为推动抗日,现在都打起来了,而且又是在延安,还搞什么民先?我这表示被误认为不屑于参加。若干年后,才了解这是延安初期参加党的一个阶梯。所以直到抗战胜利之后,周扬要调来北京办报纸,我1944年调“延大”当教员,周走后,新来领导都是陌生人,我的党籍便无熟人关照。直到1946年西北局组织部才来人找谈话,指定两个不认识的同志作入党介绍人,事情便速战速决办妥了。

我的眼睛虽不能说瞎,但是右眼已经一年多没有视力,左眼视力只在零下三、四度之间,读书看报都十分费力,还要在好光线下,拿放大镜也不能时间太长,一天到晚,都没能把一份《参考消息》看完一半。

我还有几封必须要写的信,照应不过来,有的人只好用贺年卡顶替。给你的信,只能到此为止。

祝长寿,愉快!阖家都好!

(2003.12.31)

陆地同志:

年老了,平常很少联系,但年节这一关总不好轻易放过。

你是医院的常客,想来身体不会很好。而我除视力甚差,多年以来就不看书了,其余似乎都还可以。不过老伴躺了多半年的病榻,爆发过三次危机,回来才三数月,尚在康复疗养之中。我自然要受之牵累。

离世的故人太多,我们这种情况,是不是也该知足?

大概是2003年吧,我和黄海来往了三四次信,到年末她儿子来信了,说她病卧不起了,不能执笔,甚至说话都很艰难。我自然去信追问情况,并希望能不断得到信息!但是,一年多了,再无信息。我们和后辈毫无交往,甚至根本未曾见过,要达到这一步自然很难。这一段情缘是否就此了断了!

咱们彼此都相交甚好的人中,杨思仲和李纳都还跟我来往着。虽都在北京,但距离都在二三十里之遥,对于老年人那不是简单的事,一年有一二次的见面便知足了。同班同学中有个张蓓,还有个司丁,不知记得否。前者因“鲁艺”同学会事,有时在一起开会。后者因是作协的离休干部,开会时不免也相遇,但我一点都不知道她干些什么。

希望你收到我的信时，是在回家过年，享受天伦的喜气中！更希望看到你的回信。

祝身体好！情绪好！全家好！

（2006.1.9）

陈涌（杨思仲）致陆地（二则）

寒梅同志：

我们未曾晤面，也不通音问，至少有半个世纪了吧，还是从青年到老年之隔；这主要是因为我也和过去一样，平常绝少自己去接近人。本来北京同学还多，七十年代，我回来后，梅行成了我的上司，接近是多的；李清泉人很随和，对人不苛求，而且和我都嗜杯中物，所以，也就有了中介，有机会相聚。现在梅行也故去了，我和清泉越来越老，行动不便，只能打电话算是通声气了。

我也（是）从李清泉处知道你的情况（的），听说你一直住医院，但也不知你有什么病，我想恐怕是住院疗养吧，如真是这样，那倒是更能过些安静的日子。

我却有要命的重病在身，一直在治疗，但已是八十好几的人了，早就是多余的人，超龄的人了，去见先人也只是不多日子的事了，所以自己也就“时刻准备着”。

世事一言难尽，但看来说不清楚。近来读了很为人称道的《中国农民调查》，才知道中国的农民还是这样惨苦，令人惊愕。我们在延安时，农民并不富裕，但是安居乐业的。后来去了华北，那是经过土改的老区，更是一片祥和，人与人关系总是比较单纯的，就像孙犁的小说所描写的那样气氛。曾几何时，现在农民竟挣扎在生存线上。

但我们这些人，生活却是没有什么可以忧虑的，有了铁饭碗，也有点特权，退下来以后有过于以前而无不及。谁也知道,现在还在受苦的劳动人民已经把我们这些人看成异类是无疑的了。

中国将来怎样,我们这些人看不到了。

我们几十年未曾相聚,连纸上交也断绝,现在忽然在你面前说了一大通别人看来以为是不知进退的话,恐怕连你老同学也感到奇怪的吧。

但已写在纸上了,也就随它去了。

我也甚愿知道你的信息,如果于身体精神无碍,也就写几句吧。

(2004.3.20)

陆地同志:

收到你的《自传》,真是感谢你的盛意。我现在也和许多老年人一样,白内障与日俱进,但你的书我还是看了,是从延安的部分看起的,因为这和我们更有关系。这方面引起我对过去的记忆,但同时你所写到的许多地方,是我不知道的。我是从"鲁艺"搬到桥儿沟以后才入学的,而且即使我们共处以后,看来彼此接触的面也有不同。你的《自传》,使我增加了不少对我们母校历史的了解。

你提到整风时期的情况,这在我也是忘记不了的。我忘记不了当时自己幼稚,自以为是,伤害了一些同学,其中包括本来相处看来还好的像你这样的同学。现在看到你的叙述,更增加我抱歉和惭愧的感情。自然,过去的已经是既成事实,抱歉和惭愧也是改变不了历史事实的。

你在前信提到我是否也写点回忆之类,我只觉得,自己的过往实在乏善可陈,比如,延安时期我也写过一些文章,尽管未必全都是错误,但现在是连我自己也认为是幼稚的。我也免不了"悔少作"。

现在我越来越衰老,已经很难有什么作为了,即使还有点余热,也还是多少再弄一点或者可算是"向前看"的文艺吧。

祝好!

(2005.2.18)

陆地年表

1918 年　　　0 岁

11 月 18 日(农历十月十五)在广西省绥渌县第一区东门街岜等村出生。

本名陈克惠。

父陈会邦,母李氏。兄弟姐妹七人。兄弟排行第五,乳名小五。

四位兄长:大哥陈克忠,二哥陈克孝(陈曼夫),三哥陈克廉,四哥陈克洁。

两个姐姐:陈亦英,陈亦娇。

1925 年　　　7 岁

从岜等村山洞故家迁居绥渌县城东门街,同年就读东门街小学。

1930 年　　　12 岁

从县立第三高级小学毕业,因绥渌县没有开办中学,家里又无钱供给到省城读中学,失学在家。

1931 年　　　13 岁

是年，绥渌县开办乡村简易师范讲习所，招收一个班约 60 名学生。以第七名的考试成绩入选。

1932 年　　　14 岁

9 月 19 日，父亲患淋巴结核病故，终年 56 岁。兄长们分家。跟母亲和因二哥在外当兵而独居的二嫂一起生活。

1933 年　　　15 岁

春，从乡村师范毕业，在东门街小学当教员。

1934 年　　　16 岁

秋季，得在粤军当连长的二哥资助，辞去小学教职，离开家乡到广州就读培桂中学高中部。

1935 年　　　17 岁

1 月 27 日—2 月 11 日，去广东省南雄县二哥部队驻防地度假。

3 月 6 日，因错过广东省立第一师范学校报考时间，只能在学校当旁听生。

6 月 25 日，返乡度暑假。

8 月 16—20 日，参加广东省立第一师范学校的正式录取考试，22 日，获录取通知。

1936 年　　　18 岁

1 月 7 日，在广东省立第一师范学校被选为班上的膳食代表。11 日，出席全校膳食代表会。

1 月 13 日，因广州市的学生运动，省教厅令各校学生即刻离校，未完成的期末考试下学期再补。迟归，受校门戒严武装人员盘问。

2 月 24 日，被选为班上的学生自治会代表。

3 月 9 日，参加学生自治会成立庆祝典礼。

4 月 11 日，学校组织参观广东兵器制造厂。

4 月 25 日，学校组织参观中山大学。

5 月 3 日，听陶行知在民教馆演讲《中国的出路》。

5 月 18 日，暑期想考军校，给二哥写信讨论此事。

6 月 2 日，为禁烟运动作千多字论文一篇，被登上学校壁报。

6 月 10 日，时局动荡，学校提前期考。

6 月 15—20 日，去江西省大庾二哥服役的驻军防区度假。

6 月 22 日—7 月 19 日，回乡度暑假。

7 月 30 日—8 月 8 日，到广州市天河区沙河镇鸡颈坑兵营度假。

8 月 18 日，离广州到二哥驻防地进和圩度假。

9 月 1 日，回校复课。被选为班代表去筹备欢迎新校长的事务，同时被选为推行新生活运动的宣传员。开全校班代表筹备大会，被推选到游艺部工作。

10 月 22 日，被选为班会学术干事，负责壁报工作。

11 月 4 日，到学校附近的江村失学儿童夜校讲课。

11 月 5 日，因学校伙食卫生及营养问题，同学与膳堂发生纠纷。将比事写成短文。

11 月 10 日，就学校实施抗战特种教育而感慨，希望学校当局或政府当局能领导学生走上抗敌的战线。

11 月 11 日，再次去夜校讲课。

11 月 18 日—12 月 9 日，因患伤寒病住进广州的医院。

12 月 29 日，广州“中大”学生来校教唱救亡歌曲。

1937 年　　　19 岁

清明前后，作《期考的前夜》一文，载广州《民国日报》“学生园地”专栏。

学作抒情短诗。其中一首假托一位东北青年流亡关内，给母亲写家信的诗，发表于校刊。

7 月，去广东省肇庆鼎湖二哥服役的驻军防区度暑假。

8 月，因二哥所部移防抗战前线，前往肇庆住到暑假终。

9 月 6 日，放弃复课注册，中断“省一师”最后一年的课程，乘船回广西应考学生军。

9 月中旬，因未曾受过广西中学生的统一军训，落选学生军。

1938 年　　20 岁

1—2 月，在绥渌县东门南乡中心校高级班当教员。

2 月 9 日—4 月 9 日，在桂林参加广西省合作人员训练所农贷业务学习。

4—8 月，以广西省政府合作指导员身份到武鸣县各区乡，试办农贷互助社。其间，给八路军驻穗办事处写信要求到陕北上学。得回函让去广州“八办”备办入陕的手续。

9 月 2 日，在南宁民生码头上船启程梧州，又由梧州上船赴穗。

9 月 8 日，在广州八路军办事处取得赴陕介绍信。

9 月 20 日，到陕西西安八路军办事处报到。由办事处编队，步行去延安。

10 月 2 日，抵达延安，编进“抗大”第七大队，驻地在离延安城约 90 华里的吴起县蟠龙镇的山沟里。

12 月 3 日，给遭日机轰炸的延安群众写的慰问信，被“抗大”校刊登载，加框排在要闻版。

12 月 9 日，作墙报小诗《篝火晚会》引起同学们的兴趣。

12 月 15 日，加入中国共产党，改名陈寒梅。

12 月 17 日，在“抗大”预科班的三个月学业结束。经考试被录取到延安“抗大”校本部的高级研究班继续深造。

1939 年　　21 岁

元旦假期，去延安“鲁艺”应试第三期学员。

元月 7 日，被“鲁艺”文学系录取。

8 月间，“鲁艺”学院由北门外山坡上孔庙遗址搬到城东十多里地的桥儿沟。

全院学员做了一次甄别，与十多个同学得以留院继续读书。其余同学组成综合普通班，开赴晋察冀边区。

9 月，所执笔的合作朗诵小说《重逢》，在延安纪念“九一八”群众大会上表演，并于第二战区文学期刊《西线文艺》发表。

10 月，根据亲身体验写出以延安大生产运动为背景的小说《从春到秋》。后被编入周扬主编的《文艺战线》第 7 期，由沙汀带到重庆付印准备全国发行。但因《文艺战线》只出到第 6 期便被国民党当局查禁，这篇 24000 多字的小说没能问世。但这一创作成果得到学校承认，因此被选入“鲁艺”以培养党的青年作家为主的文学研究室搞创作。

1940 年　　22 岁

元旦，在“鲁艺”学院“希望与梦想”墙报专号上发表两首诗。

5 月 17 日，长篇小说草稿《寻》，在“鲁艺”成立两周年学员创作成绩展上展出。

7 月，作为“鲁艺”文学研究室成员，到 359 旅 7 团防区——宋家川渡口附近的村庄，深入连队体验生活。

8 月，作为军中宣传鼓动工作的干部，随部队从黄河碛口东渡，参加“百团大战”，在晋西北游击区的火线下辗转一个多月。

1941 年　　23 岁

1 月，请调到从冀南开回陕甘宁边区休整的 359 旅 9 团，在那里听了不少关于这支农民抗日队伍成长为正规八路军的种种故事。

为期半年的体验生活结束，按时离开部队。临走，王震旅长还托带只注满酥油的羊肚回延安送给毛主席。

11 月，“鲁艺”文学研究室解散，转到军委部队艺术学校任文学教员。

1942 年　　24 岁

清明时节，小说《落伍者》在文艺界抗敌协会延安分会会刊《谷雨》第 4 期发表，署名陆地。

5月23日，同部队艺术学校师生到“鲁艺”礼堂，聆听毛主席作“到社会‘大鲁艺’去，学习工农大众”的讲话（《在延安文艺座谈会上的讲话》）。

5月，《落伍者》在文艺座谈会期间被点名批评存在所谓“小资”意识、不健康情调、歪曲革命现实生活等问题。

6月22日，作《参加“八路”来了》，载延安《解放日报》。

6月25日，程钧昌《评〈落伍者〉》发表在《解放日报》上。

7月15日，在《解放日报》发表反批评文章《关于落伍者——自我批评并答程钧昌同志》。

11月6日，《大公报》（桂林版）“文艺”副刊将《乡间》刊载头条。

1943年　　25岁

3月18日，“部艺”停办，上调陕甘宁晋绥联合军区政治部，在创办不久的《部队生活报》当编辑、记者。

7月9日，在延安抢救运动中因被指认为“特嫌”而遭关押审查九个月。

1944年　　26岁

11月，“特嫌”问题有了结论：“历史清楚，文艺思想有错，须加强学习、改正。”回报社工作即以记者身份，采访在延安召开的西北联防军区学习模范代表大会，见到毛主席并回答他的询问。

1945年　　27岁

6月16日—11月1日，作为八路军南下第一支队的广西干部大队成员，从延安出发南下，抵达河南新安县时，因日本投降而星夜兼程改道东北，最终抵达东北大城市沈阳。

11月6日，到中共中央东北局机关报东北日报社报到，改掉在延安使用的姓名陈寒梅，以笔名陆地为正式名称。

11月12日，作杂文《从糖盒子说起》，登《东北日报》。

11 月 18 日，作杂文《雪花片片》，登《东北日报》。

11 月 27 日，随东北日报社撤出沈阳，到达本溪。

12 月 24 日，作散文《除夕》。

12 月 25 日，作《闲话》，载《东北日报》。

1946 年　　28 岁

1 月 10 日，随东北日报社迁到海龙。

3 月 18 日，一人支撑副刊的具体工作。副刊每天发稿五千字，平日除了组稿、改稿、校对，还要跑印刷厂、划版样等。

3 月 23 日，作人物素描《马河图》，登 4 月 7、8 日《东北日报》。

4 月 9 日，召集副刊编辑部开会，贯彻执行东北局对副刊编辑方针的指示，组织研究有关东北地区的政治、经济、文化资料。

4 月 22 日，赶写《介绍赵占魁》。

4 月 26 日，随东北日报社迁到长春。

5 月 12 日，作杂文《官样文章》，登《东北日报》。

5 月 24 日，随东北日报社撤到哈尔滨。

5 月 28 日，《东北日报》在哈尔滨正式复刊。副刊编务增两个助手。

6 月 8 日，作短篇小说《在抚顺炭矿的日子》。

6 月 9 日，作时事评论《联想》，载《东北日报》。

6 月 14 日，杂文《谈正统》在《东北日报》副刊发表。

8 月 29 日，副刊辟栏目“信箱”。作两则短简：一、《开卷有益》，二、《怎样消除沉闷》。

8 月 30、31 日，短篇小说《最后的夜晚》在副刊登出。

9 月 2 日，思想杂谈《怎样消除沉闷》载《东北日报》。

9 月 6 日，写作杂谈《作家们哪去了》，载《东北日报》。

9 月 25、26 日，短篇小说《叶红》在《东北日报》副刊上分两次发表。

9 月 26 日，杂文《幌子》载《东北日报》。

10 月 2 日，杂文《我想》载《东北日报》。

10 月 16 日，大型综合杂志《东北文化》创刊号发表短篇小说《在抚顺炭矿的日子》。

10 月 28 日，作短篇小说《黄昏时候》。

10 月 29 日，短篇小说《在抚顺炭矿的日子》被新华社广播电台播出。

10 月 30 日，采用速写形式写了两篇短稿：1.《早晨》，2.《呼唤》。

11 月，作散记《称呼》。

11 月 11 日，杂文《药品·炸弹》载《东北日报》。

1947 年　　29 岁

3 月 6 日，完成剧本《张学良》(草稿)。

3 月 18 日，短篇小说《钱》载《东北文艺》第 2 期。

4 月，散文《家乡》载《东北文艺》第 3 期。

4 月 18 日，写作杂谈《哪一种说法正确》载《东北日报》。

4 月 24 日，写作杂谈《不要跟唐吉珂德先生走》载《东北日报》。

5 月 14 日，写作杂谈《别坐在窗口看风景》载《东北日报》。

5 月 22 日，写作杂谈《贾宝玉为什么去当和尚》载《东北日报》。

5 月 30 日，写作杂谈《钥匙在哪里》载《东北日报》。

6 月 5 日，写作杂谈《写人》载《东北日报》。

6 月 14 日，写作杂谈《写喜剧还是写悲剧》载《东北日报》。

6 月 22 日，写作杂谈《谁是咱们的对象》载《东北日报》。

6 月 28 日，写作杂谈《可惜我不是孙悟空》载《东北日报》。

7 月 3 日，文艺评论《而是在于有阶级的社会制度》载《东北日报》。

7 月 6 日，作《创作信札》。

7 月 10 日，写作杂谈《蜂蜜怎的那么甜》载《东北日报》。

7 月 10 日，文艺评论《〈反“翻把”斗争〉观后感》写于哈尔滨。

7 月 11 日，写作杂谈《当你写第一句话的时候》载《东北日报》。

7 月 28 日，写作杂谈《新房子旁边的砖瓦》载《东北日报》。

8 月 4 日，写作杂谈《乡下婆娘穿着女学生裙子》载《东北日报》。

10 月 27、28 日，短篇小说《大家庭》载《东北日报》。

12 月 20 日，散文《爬犁、豆油灯、子弹》载《东北日报》。

12 月 22 日，短篇小说《好样的人》载《东北日报》。

12 月 28 日，散文《小姑娘》载《东北日报》。

短篇小说集《北方》，光华书店 1947 年出版，收有《乡间》《在抚顺炭矿的日子》《最后的夜晚》《钱》《大家庭》。

1948 年　　30 岁

1 月 29 日，散文《打离婚》载《东北日报》。

3 月 9、10 日，散文《乡村》载《东北日报》。

6 月，《怎样学文学》由哈尔滨光华书店出版。此后又分别在上海、香港、广州和北平光华书店出版。

8 月，《钱》被苏联文学杂志《旗》8 月号刊登，成为较早被苏联期刊翻译的解放区文学作品之一。

11 月 4 日，与于凤乡(于千)在哈尔滨结婚。

12 月，随东北日报社迁沈阳。

1949 年　　31 岁

8 月，参加中国人民解放军南下工作团华南分团，南下广州。

10 月中旬，随华南分团干部大队进入刚解放三天的广州。

10 月 31 日，到广州东亚大酒店——广西工作团报到。

11 月 26 日，梧州解放第二天，任军管会梧州市文教委员会主任。

12 月，任中共梧州市委宣传部部长，兼任市委机关报建设日报社社长。

是年，中篇小说《生死斗争》单行本由东北书店出版；上海群益出版社 1950 年重版，改名《钢铁的心》。

1950 年　　32 岁

1 月 1 日，梧州《建设日报》创刊。

1月13日，配合《建设日报》登载梧州各界人民代表大会召开消息，写社论。

1月31日，写《建设日报》社论《把我们的决议变为行动》。

2月27日，到梧州公安大队去讲课，题目《不合理的旧社会》。

5月5—15日，到广州参加华南区第一届宣传会议。

5月29日，写《建设日报》终刊启事。31日《建设日报》终刊。

6月25日，调中共广西省委宣传部工作，只身来到省会南宁市。

6月，任广西省文联筹备委员会副主任。

7月3日，《文艺生活》新五号，登《新年景》一文。

7月4日，收到上海群益出版社的《好样的人》。

7月5日，回老家绥渌县东门街探亲，1938年离开后第一次回去。

7月8日，任中共广西省委宣传部宣传科长。

8月7日，妻子于千从梧州调到南宁，夫妻团聚。

9月29日，作《杂谈》，给《文艺旬刊》的创刊号发表。

9月30日，写《学什么》，文训班开学典礼的演讲稿。

10月1日，为《广西日报·文艺旬刊》写发刊词。

10月15日，当选广西省第一届各界人民代表会议代表，任会议提案审查委员会文教卫生组委员。

10月19日，作《打落水狗》，在《文艺旬刊》发表。上海群益出版社出版《钢铁的心》。

10月30日，以中共广西省委名义拟哀悼任弼时逝世的唁电，《广西日报》刊出。

11月3—4日，任弼时追悼会开筹委会。拟的悼念"仪式"获得省委通过。拟挽联两副，一副作为省委名义挽，一副作为门前牌楼用。拟追悼会口号，慰问家属唁电，写祭文。

11月16日，拟庆祝全省解放周年的标语口号。

11月28日，大女儿在南宁出生，取名陈坭坭(后改名陈妮)。

12月21日，到邕宁县一区参加农村清匪反霸运动。

1951 年　　　33 岁

1 月—3 月 18 日，在邕宁县一区的苏芦、安吉、心圩等乡清匪反霸。

3 月 29 日—4 月 18 日，到武汉出席中南区宣传会议。

4 月，创办期刊《宣传员手册》(半月刊，6 月更名《宣传员讲本》)，兼任期刊社社长。

5 月 22 日，写关于深入与普及抗美援朝的知识。

6 月 11 日，到全省宣传干部训练班讲课。

8 月 17—31 日，到桂平县调研、检查宣传工作。

9 月 11 日，以省委机关党代表身份参加中共广西省代表会议第一次代表会议。

9 月 24 日，中共广西省委宣传部下设的科经批准改称处。

10 月 14 日，与文艺青年谈学习的文章《学什么》在《长江日报》第五版《文艺》栏发表。

10 月 30 日—11 月 23 日，到武汉出席中南文学艺术工作者代表会议。

12 月 4 日，到省土改工作团第二团去听各土改队汇报。

12 月 17 日，修改土改宣传方案。

1952 年　　　34 岁

1 月 12 日，参加省直土改工作团第二团的土改。听邕宁县第十三区的情况介绍。

1 月 17 日，土改工作人员编队，为省直土改二团第一中队党支部书记、副队长。中队开会介绍情况。省直土改二团党总支成立，被指定为二团总支委。

1 月 18 日，随省直土改团第二团进驻邕宁县十三区麻子畲村。

1 月 19 日—5 月 31 日，在邕宁县第十三区参加土改工作。

6 月 16 日，写《关于农村政治思想问题》一千字的宣传提纲。

6 月 29 日—7 月 5 日，主持全省宣传会议。

7 月 20 日，参加全省城工会议。

8 月 28 日，大儿子在南宁出生，取名陈南南。

9 月 6—9 日，参加全省地委书记联席会议，听各地汇报土改复查试点工作。

10 月 9—18 日，在柳州地区的沙塘乡进行土改复查工作。写该乡土改复查工作的检查报告的大纲。

10 月 20—25 日，到宜山地区检查宣传工作，参加宜山地区东邻五个县的宣传干事会议。

11 月 2 日—12 月 19 日，去北京参加中宣部组织的第二批下厂、下乡作家集中学习。

12 月 29 日，向省委宣传部门相关干部，传达胡乔木在第二批作家下乡、下厂的学习会上的报告。

1953 年　　　35 岁

1 月 6 日，到邕宁县十三区和安乡庙背村老百姓的家里住，过农村生活。酝酿写作《美丽的南方》。

3 月 11 日，写完短篇小说《元宵节后》草稿。

3 月 21 日，短篇小说《挖山塘故事》写完初稿。

4 月 16 日，离开邕宁县十三区和安乡搬到南宁市郊区白沙村，住进雷姓农家继续写作。

4 月 24 日，小说《春节》初稿写完。

5 月 5 日，开始写长篇小说《美丽的南方》。

9 月 1 日，从白沙村搬回南宁。在白沙村雷姓农家住了四个半月，写了二十万字草稿。

9 月 13 日—10 月 14 日，赴北京参加全国文协会议。

9 月，任中共广西省委宣传部副秘书长。

11 月 11—23 日，以省直机关党代表身份参加中共广西省代表会议第二次党代会。

11 月 26 日，去中苏友协广西分会在业余俄语教学座谈会讲话。

12 月 4 日，《对广西文艺的意见》抄改完毕。

12 月 17 日，参加广西省文联筹委会小组讨论文艺整风的问题。

1954 年　　36 岁

1 月 4 日，因省委宣传部秘书长莫福枝调任钦州地委副书记，接手其兼任的部机关党支部书记和广西省人民出版社社长职务。

1 月 10 日，母亲李氏在扶绥县东门街老家病逝，享年 78 岁。

1 月 21 日，写完短篇小说《一对夫妻两条道路》。

4 月 17 日—5 月 5 日，去武汉参加中南工矿企业政治工作会议。

5 月 23 日，到省文联参加筹委会开会，讨论全省文代会的议程问题。

6 月 29 日，写完《过渡时期的文学创作任务》。

7 月 2 日，思想杂谈《考不上学校怎么办》载《广西日报》。

7 月，任中共广西省委宣传部秘书长。

9 月 10—18 日，到武鸣县了解宣传工作情况。

10 月 19 日，小儿子在南宁出生，取名陈田田。

10 月 31 日，写完短篇小说《一个农民》。

11 月 10 日，以省直党群系统党代表身份参加中共广西省代表会议第三次代表会议。

11 月 20 日—12 月 3 日，到湖北省武汉市汉口出席中国作家协会武汉分会会议。

1955 年　　37 岁

5 月 27 日，《某某的狰狞面目》载《广西日报》。

5 月，写《谈作家的立场和世界观》载《广西文艺》第 5 期。

6 月 1—12 日，以省直机关党代表身份参加中共广西省代表会议第四次代表会议。

1956 年　　38 岁

3 月 16 日，为全省青年文艺创作者会议召开，给《广西文艺》写评论。

4 月 16 日，出席全省青年文艺创作者会议的开幕式。

4 月 26 日，小女儿在南宁出生，取名陈朵朵(后改名陈多)。

5 月 11 日，省人民委员会秘书处通知，被补选为省人民代表。

5 月 22 日，去全省城市工矿宣传会议作报告《进一步开展先进生产者运动政治思想工作》。

5 月 24 日，在共青团省直机关团委组织的演讲会上，向 500 名听众讲“关于文艺的学习”问题。

6 月 26 日，去省委党校向轮训干部和理论班学员讲党的思想教育工作问题。

7 月 24 日—11 月 9 日，参加省委高级干部自修班，离职学习哲学。

8 月，文论《关于文艺学习问题》载《广西文艺》第 8、9 期。

11 月 10 日，被任命为中共广西省委文教部副部长。

11 月 18 日，参加全省医院政治工作座谈会。

11 月 28 日，到省文联参加作协会员小组欢迎广州作协的周国瑾和陈残云的座谈会。

12 月 4—17 日，到武鸣县调研壮文推广工作。

12 月 24—31 日，参加省委扩大会议。

1957 年　　39 岁

1 月，《冬天》(《美丽的南方》第一章)载《漓江》杂志 1 月号。

3 月，以中共广西省委文教部副部长名分出席中共中央召开的全国宣传会议。

8 月 22 日—9 月 4 日，任广西省第一届人民代表大会第五次会议代表、主席团成员、提案审查委员会委员、广西壮族自治区筹备委员会委员。

9 月 1 日，《驳右派的谎言》载《广西日报》。

10 月，《把毒草锄掉，让百花齐放》载《漓江》杂志 10 月号。

11 月 16 日，作文论《论作家与人民》。

11 月 23—24 日，文论《当前文艺工作的几个问题》载《广西日报》。

1958 年　　　40 岁

1 月 22 日,在南宁市人民公园欢迎毛主席和刘少奇、周恩来等党和国家领导人来参加游园活动。

1 月 23—24 日,参加全省地市委宣传部长座谈会。

1 月 29 日,讨论广西人民出版社主编的《广西僮(壮)族自治区概况》,同时审查广西省人民出版社第一季度的出版计划。

2 月 1—17 日,参加省委第五次扩大会。

2 月 21 日,到省长办公室去开会,研讨庆祝自治区成立的宣传工作。

2 月 22—25 日,省委第五次扩大会议复会。

3 月 1 日,到广西省人委办公,抓广西壮族自治区成立的宣传工作。

3 月 5—13 日,广西壮族自治区第一届人民代表大会第一次会议在南宁召开,当选会议代表,为主席团成员、大会副秘书长,负责大会新闻发布,以及文艺晚会的演出。

3 月 19—26 日,到武汉参加中南区六省宣传部长会议。

3 月 29 日—4 月 3 日,去梧州地区开中学勤工俭学现场会。

3 月,任中共广西壮族自治区委员会宣传部副部长。

3 月,文论《写给在农村的同志们》载《红水河》3 月号。

4 月 4—8 日,主持召开开全区各地市委宣传部长座谈会。

4 月 12—29 日,去北京参加中央召开的教育工作会议。

5 月 14 日,到自治区文联开会研讨成立民歌选编委员会事项。

5 月 23 日—6 月 2 日,主持召开全区教育文化工作座谈会。

6 月 14 日,在全区电影创作座谈会上讲话《新的现实！新的课题》。

7 月 4 日,文论《塑造我们的当代英雄》发表于《红水河》7 月号。

7 月 9 日,召集全区文教系统各厅局开会,座谈中央新闻电影制片厂为广西拍摄大型新闻纪录片的有关事项。

7 月 10 日,参加广西科学工作委员会第一次会议。

7 月 22 日,召集自治区地委宣传部长座谈理论教育工作。

7 月 23 日，在自治区党委组织部讨论党校工作。

7 月 24 日—8 月 17 日，赴京出席全国党校工作座谈会。

8 月 30 日，到自治区文联出席常委扩大会议，讨论各个协会的筹备工作。

9 月 19—26 日，去平果县参加全区勤工俭学现场会议。

10 月 10 日，在全区文艺创作座谈会上传达周扬同志的报告。14 日，在文艺创作座谈会上总结发言。

10 月 20—22 日，同葛震部长等到柳州地区考查大炼钢铁情况。

10 月 23 日，参加自治区党委召开的地委书记会议，讨论农村工作问题。

11 月，文论《新的历史，新的文艺》载《红水河》11 月号。

11 月 5 日，参加全区宣传部长会议。

11 月 21 日，文论《要在教育阵地插上共产主义红旗》在《思想解放》杂志第 4 期发表。

11 月 26 日—12 月 14 日，到北京去审编中央新闻电影制片厂拍摄的广西纪录片。

12 月 25—31 日，去宜山地区环江县检查文教工作。

1959 年　　41 岁

1 月 1—6 日，在环江县暖和公社检查工作。

2 月 16 日，召开地市委宣传部长参加的全区宣传工作座谈会。

3 月 2—9 日，到凭祥、龙州、崇左等地了解教育情况。

3 月 17 日，收到全国政协通知，当选第三届全国政协委员。

4 月 3 日—6 月 5 日获得创作假期，在桂林赶写向国庆 10 周年献礼的长篇小说《美丽的南方》。

4 月，任第一届中国作家协会广西分会主席。

5 月 2 日，文论《把我们的创作提高一步》载《广西日报》。

5 月，《美丽的南方》（第一章到第二十章连载）载《红水河》5 月号至 12 月号。

6 月，《写作杂谈》一书由广西人民出版社出版。

6 月 15—26 日，自治区党委召开全区教育工作会议，任大会主席。

6 月 16 日，找自治区文化局和广西日报社的相关人员来讨论创办《广西画报》的问题。

7 月 5 日，给作家出版社寄去《美丽的南方》书稿。

8 月 29 日—9 月 12 日，去宁明县夏石人民公社调研，给中央写调查报告。

10 月 13 日，给去北京等地巡回演出的自治区桂剧团，讲几点行前意见，提出要求。

10 月 17 日，到自治区文联参加组织文艺工作者到人民公社采访的座谈会。

10 月 28 日，到《红水河》编辑部讲话。

10 月 29 日，参加《僮(壮)族文学史》一书的编辑讨论。

10 月 30 日，参加全区卫生先进工作者代表大会的主席团会议。

10 月，为《民族画报》“人民公社万岁”专题报道所撰的文字在第 10 期发表。

11 月 19 日，人民文学出版社来信催要短篇小说《一对夫妻》，入选“十年来少数民族作品选”。

12 月 19—24 日，任广西壮族自治区第一届人民代表大会第二次会议代表。

12 月 9 日至翌年 1 月 5 日，在北京参加全国文化工作会议。22 日，邵荃麟代表中国作家协会在大会上发言，将《美丽的南方》列为 1959 年的创作成就之一。

1960 年　　　　42 岁

1 月，《美丽的南方》(第二十一章至第三十章及后记连载)载《红水河》1 月至 3 月号。

1 月 13 日，到广西医学院检查学校党委贯彻教学工作劳逸结合情况。

3 月 22 日，动笔写话剧剧本《叱咤风云》。

3 月 29 日，主持全区地市委宣传部长会议。

4 月 1 日，文论《高举毛泽东思想的旗帜　执行时代的革命的命令》载《广西日报》。

4月9日，在自治区文化工作会议上谈文艺思想问题。

4月11日，全自治区《刘三姐》会演开幕，在开幕会上讲话。

4月19日，向伍晋南书记汇报关于《刘三姐》拍电影所需要解决的演员等问题。

4月25日，参加伍晋南书记召集的电影《刘三姐》剧本讨论。

4月26日，同自治区电影制片厂的吴光华到桂林见“长影”厂的苏里，把自治区党委对《刘三姐》剧本的书面意见转交给他。

4月，长篇小说《美丽的南方》由作家出版社出版。

5月2日，自治区文教工作群英会开幕，任会议主席团成员。

5月6日，到《刘三姐》演员学习班上去讲话。

5月13日，到伍晋南书记处去谈《刘三姐》歌舞剧本。

5月20日，到韦国清书记家，与韦书记研究彩调剧《刘三姐》的服装。

5月27日，到韦国清书记处去参加审查《刘三姐》电影和舞台服装。

5月29日，审听自治区歌舞团谱写的《刘三姐》曲调。

5月30日，列席自治区党委常委扩大会议。

6月8日，在韦国清书记家讨论《刘三姐》彩调(歌舞)剧。

6月11日，收到作家出版社精装本《美丽的南方》，广西作协拿去10本送给即将召开的全国文代会作展品。

6月24日—7月7日，到桂林地区检查《刘三姐》外景拍摄场地等问题。

6月，八场话剧剧本《叱咤风云》(未定稿)由广西话剧团印装成册，征求意见。

7月4日，广西桂林图书馆查找到1942年发表在桂林版《大公报》上的短篇小说《乡间》。

7月，中国作协副主席老舍在全国第三次文代会上发言，总结文学创作成果时，将长篇小说《美丽的南方》列入其中。

10月24日，召集自治区文化局党组讨论“三反”运动的具体做法。

11月17日，对电影《刘三姐》的缺点提出修改方案。

11月19日，伍晋南书记回信同意《刘三姐》歌词修改和情节处理的方案。

11 月 26 日，到伍晋南书记处讨论学校发展规模和如何挤出劳动力支援农业问题。

12 月 2 日，向来邕的中共中央宣传部副部长林默涵汇报工作。

12 月 15 日，与自治区文化局办公室主任谈广西文化大院的建设规划问题。

12 月 24—28 日，广西壮族自治区一届人大第三次会议在南宁举行，任会议主席团成员、提案委员会主任委员。

1961 年　　　43 岁

2 月 24 日，到自治区文联开创作座谈会。

3 月 2—23 日，参加中南局宣传部长会议。

3 月 30 日，向全区各地市委宣传部长传达中南局宣传部长会议精神。

4 月 16 日，参加以讨论人民公社 60 条草案为中心的全区三级干部会议。

5 月 3—20 日，到桂林对《叱咤风云》剧本作最后修改。

5 月 30 日—6 月 23 日，在北京参加中宣部召开的全国文艺工作座谈会。

6 月 24 日—7 月 14 日，参加以传达中央六月会议精神为中心的全区三级干部会议。

8 月 3 日，找自治区文化局党组和自治区文联几个协会研究全区文艺界如何讨论文艺工作 10 条意见。

8 月 9 日，参加自治区文联和各协会讨论三年来自治区文艺工作中的问题。

8 月 13 日，向全区地市委宣传部长传达全国文艺工作座谈会精神。

8 月 20 日，写文艺工作的问题和意见。

9 月 1 日，用省委宣传部名义邀请文艺界民主人士座谈关于文艺工作的 10 条意见。

9 月 3 日，到桂林接待中南局宣传部李尔重部长。

9 月 21 日，参加自治区党委常委扩大会议。

9 月 26 日，因肝病入住自治区干部疗养院治疗，时间长达九月余。

10 月 16 日，广西人民出版社租用作家出版社纸型重印《美丽的南方》共 17500 册。

10 月 19 日至 31 日，拟长篇小说《瀑布》提纲、回目。

11 月 10 日，《瀑布》第一章脱稿。

1962 年　　44 岁

4 月 3 日，去自治区人委参事室找副主任黄家直谈“五四”前后广西学生运动情况。

5 月 18 日，读《辛亥革命在广西》，了解当时广西的社会背景。

6 月，当选第一届广西民间文艺家协会主席。

8 月 14 日，到柳州羊角山结核病院边疗养边写作。

9 月 3 日，动手写酝酿多年的短篇小说《故人》。

11 月，《故人》在《广西文艺》11 月号发表。

11 月 14 日，写散文《假日记事》，后改题《国庆节》。

11 月 24 日，短篇小说《中途》稿脱，字数两万余。

12 月 1 日，《国庆节》在《广西日报》刊出。

12 月 29 日，去广东省湛江市拜访老朋友市委书记王国强。行程前后 5 天。

1963 年　　45 岁

3 月 27 日，《中途》开始在《广西日报 · 副刊》上连载 6 天。

3 月 29 日—4 月 24 日，去北京参加中央召开的文艺工作会议。

4 月 29 日，自治区党委扩大会议，传达中南局会议关于农村社会主义教育的事。

6 月 4 日，去自治区民委找办公室秦主任了解瑶族的风俗以及社会情况。

6 月 5 日，召集广西日报社、广西文艺杂志社、广西人民出版社、广西人民广播电台和南宁市委宣传部的相关人员来开文艺思想座谈会。

6 月 9 日，读 30 年前的日记，1935、1936 年所记的思想观点幼稚、狭隘，个人主义和爱国主义的东西都有。

7 月，《广西文艺》7 月号刊登《瀑布》的第一章至第四章。

7 月 26 日，传达中央文艺工作会议，整整传达了一天。

7 月 29 日，自治区文联扩大会议开幕。

8 月 26 日，向伍晋南书记汇报全区文艺会议情况。

9 月 8 日，与葛震部长讨论在广西壮校开办文艺干部学习班的事宜。

11 月 16 日，完成《瀑布》的上部，凡三十八章三十二万字。

12 月 7 日，正式开始写《瀑布》第二部《狂飙》第一章。

12 月 21—29 日，参加广西壮族自治区第二届人民代表大会第一次会议。

1964 年　　46 岁

4 月 12 日，《南宁晚报 · 副刊》陆续登载《瀑布》章节。

4 月 20 日，负责抓全区现代戏会演。

6 月 4—9 日，去广州向中南局宣传部汇报广西现代戏会演的情况。

6 月 15—25 日，召开全区创作座谈会。会议闭幕时作总结发言。

6 月 26 日，到广西作协开会，听各个作家的创作计划和深入生活的打算。

7 月 18 日，向伍晋南书记汇报准备送去中南会演的广西现代戏剧目，以及有关舞台剧《刘三姐》拍电影问题。

9 月 8 日—翌年，参加自治区“社教”工作团下到靖西县参加农村社会主义教育运动。

9 月，任广西壮族自治区第二届人民代表大会第二次会议代表。

12 月 16 日至翌年元月 5 日，以全国政协委员身份赴京参加第四届全国政协第一次会议。

12 月 29 日，收到解放战争时期在哈尔滨编《东北日报 · 副刊》时认识的读者贺新云的贺年卡。

1965 年　　47 岁

元月，在靖西的“四清”工作队收到贺新云的回信。

上半年，离开靖西县的自治区“四清”工作团回南宁。

下半年，脱产创作长篇小说《瀑布》。

是年底，躲到桂林位于七星岩的栖霞旅社写《瀑布》。

1966 年　　　48 岁

春节后，在桂林市郊柘木公社参加"四清"运动。

3 月下旬，转到桂林市郊甲山公社桥头大队于家村继续参加"四清"运动。

6 月 6 日，在于家村突然被自治区党委"文革"小组电话召回参加"文化大革命"。由桂林市委副书记一路监护送回南宁。

6 月 15 日，《广西日报》发表自治区党委"文革"小组办公室组织撰写的署名"文军"的文章《〈故人〉是一株反党反社会主义的大毒草》，同时配发编者按，点名批判。

6 月 28 日，《广西日报》头版刊载自治区党委《撤销陆地党内外一切职务的决定》，同时发表编者按，声称要把一切牛鬼蛇神统统揪出来，把"文化大革命"进行到底。

7 月 19 日止，《广西日报》前后用十八个专版批判陆地及其作品《故人》《瀑布》《国庆节》《中途》《美丽的南方》等。

9 月开始，每天在自治区党委大院里从事打扫卫生、修剪花木、锄草施肥、担挖塘泥等体力劳动。

12 月 5 日，被红卫兵抄家，抄去书籍及财物。

12 月底，被自治区党委机关干部的造反组织逐出自治区党委大院，一家六口人搬迁至党委第四宿舍两间无卫厕无厨房共约 20 平米的房子。

1967 年　　　49 岁

元月某日深夜，被广西"工总"抓至南宁市朝阳路三号楼关押。"工总"油印的战报将此事作绘声绘色的报道。

元月 29 日，广西"工总"在南宁市组织大规模的"走资派"游斗，与一百多名自治区各单位的领导干部一起被戴高帽、挂牌游街。

1968 年　　　50 岁

继续在自治区党委的宿舍院内从事打扫卫生等劳动。

夏季，被自治区文化局群众组织“全无敌”抓到广西文化大院陪斗，受辱挂牌、剃阴阳头，还被踢伤腰部，卧床半个月。

1969 年　　51 岁

10 月以前，在自治区属机关直干部大队第七大队集中学习，接受批判审查。

11 月之后，被安排去位于武鸣县的广西壮文学校，参加自治区革委会在那里举办的“毛泽东思想”学习班，接受关押审查，劳动改造。

1970 年　　52 岁

2 月 28 日，到武鸣县食品加工厂参加腌榨菜的劳动。

3 月 17 日，专案组限两星期内将个人的历史材料交代清楚。

4 月 5 日，专案小组要求补写解放前在广州三年的经历和社会关系，解放后在广西工作期间的个人社会关系和与自己有关系的人员的情况。

4 月 20—21 日，到武鸣县大皇后大队去参加春耕生产。

7 月 23 日，到武鸣县大皇后大队去支援“双抢”——割稻子。

10 月 25 日，专案组找去谈家庭政治情况和政治历史问题，并要马上写出书面材料。

1971 年　　53 岁

3 月 29 日，到武鸣县榨菜厂劳动五个整天后于今日结束。

4 月 7 日，随汽车去隆安县白马露天煤矿装车运煤。

4 月 10 日，到武鸣县灵源八队去参加扯秧劳动。

4 月 13 日，继续去武鸣县大皇后大队四队扯秧。

6 月 2 日，处调人员来质问与周扬文艺黑线的关系和炮制《美丽的南方》的反革命动机与现在认识，限时写出书面材料。

8 月 16 日，去武鸣县大皇后大队五队扯秧。一位喜欢《故人》的女知青来到田头，打听谁是陆地，以求晤面。

12 月 17 日，参加养猪场的劳动整整三个月。

12月29日，上午用木板车去粮站拉糠，600斤的糠自己一人也能拉得回来了。连队指导员要求写一份全面深刻的书面检查。

1972年　　54岁

1月13日，书面检查材料完稿。

1月14日，《广西日报》以第二版整版的篇幅发表柳州市革委会大批判写作小组批判《美丽的南方》的文章，题为《地主资产阶级人性论黑标本——批判反动小说〈美丽的南方〉》。

1月16日，被专案组负责人找去谈话，特别告诫，不要因报上批判而成为进步的阻力，要正确对待。

5月22日，专案组来说，已查清个人历史问题，要求再写一份书面检查，进行自我思想批判，两周后上交材料。

6月8日，专案组将党支部关于陆地问题的审查报告——向自治区党委写的书面意见交本人过目。

9月2日，专案组召集陆地所在连队全体人员开会，宣布陆地问题的审查结果，予以"解放"。

9月29日，自治区党委电话通知，对陆地予以"解放"，不再予以处分。

9月30日，获假离开自治区"毛泽东思想"学习班，回南宁的家过国庆节。

1973年　　55岁

1月6日，被自治区革委会任命为自治区文化局副局长，安排抓文艺创作。

5月9—27日，前往百色地区，协助当地"三结合"创作小组完成长篇小说《雨后青山》的写作。

8月14日，自治区文化局领导工作分工，负责管理自治区文艺创作办公室。

10月11日，去桂林地区灵川县莫家大队参加社教宣传队工作，为期三个月。

1974年　　56岁

2月8日，遵照自治区革委会的指示精神，回原蹲点进行"社教"宣传的灵川县莫家大队开展“批林批孔”运动,为期近三个月。

5 月 27 日,随同珠江电影制片厂导演陶金等人去横县选拍电影《壮志向阳》的外景。

6 月 10 日,自治区党委批准关于参加北京第一批省市自治区戏剧调演的准备工作报告。被指派参加以自治区党委宣传部长挂帅的五人领导小组,作为成员之一负责抓剧本创作的相关事宜。

6 月 12 日,参加调演办公室创作评论组讨论剧本的选定和修改意见。

8 月 19 日—9 月 16 日,出发钦州地区,同广西壮剧团、杂技团学员队下乡调研。

12 月 23—31 日,同珠江电影制片厂导演陶金等人去桂林,而后去柳州寻找电影外景地。

1975 年　　57 岁

1 月 17 日—2 月 7 日,到北京参加珠影厂电影剧本《壮志向阳》的创作活动。

2 月 9 日—3 月 15 日,在北京参加第二轮全国省区文艺调演。

5 月 3 日,去东兰县开全区文物工作会议。

6 月 14 日,去柳州观摩文艺会演。

6 月 18 日,看柳州地区第五届文艺会演的综合演出。

7 月 2 日,到桂林审查该地区剧目。

7 月 26 日,随自治区文化局调演节目审查小组到玉林地区。

8 月 11 日,去钦州地区审查调演节目。

10 月 17 日,去梧州地区审查调演节目。

11 月 18 日,去桂林市看节目《赤脚红心》。

12 月 5 日,去平南县开全区文艺创作座谈会。

1976 年　　58 岁

1 月 3 日,召集各地市的杂技团领队开会,宣读国务院文化部关于 1976 年继续调研五项戏曲杂技节目的报告。

1月12日,协商剧团下乡节目和下乡路线,调查观摩小组的名单和前往的地区。

2月16日,到玉林地区看调演节目。

2月,讨论《雨后青山》剧本,前后数天时间。

3月16日,到柳州市参加全区曲艺调演。

4月29日,参加对壮剧《雨后青山》的演出(彩排)评论。

6月10日,出席学大寨专题调演动员大会。

6月29日,结束学大寨专题调研工作。

7月9日—8月2日,到都安县了解集体创作《石海激浪》剧本的情况。

9月7日,在桂林参加全区曲艺学习班的开学典礼并讲话。

10月16日,出席全区讲故事会的开幕式。

10月31日,修改《他留下的脚印》的文稿前言。

12月2日,誊抄《瀑布·长夜》第一章。

12月18日,到大新县参观十八渡槽和庙苗水库等处水利工程。

12月,给自治区党委打报告,请求创作假。

1977年　　　　59岁

1月19日,参加全区戏剧创作座谈会,听大会发言。

2月4日,同陈紫、黄奇石和王志敏座谈右江革命历史故事。

2月11日,给人民文学出版社王仰晨写信,打听出版方针。

3月,文论《漫谈深入生活》载《邕江文艺》第2、3期合刊。

4月18日,在全区创作座谈会作个人发言,题目《高举毛泽东思想伟大旗帜,繁荣社会主义文学创作》。

4月,文论《刻苦钻研技巧　发挥独创精神》载《邕江文艺》第4期。

5月5日,去广西民族学院给中文系师生讲学习"讲话"的体会。主要讲两个问题:一、怎样塑造无产阶级英雄形象;二、怎样做个革命作家。

7月7日,国务院文化部调研室冯牧介绍筹备全国文化工作会议小组人员江晓天、李晋生来访并带来短信。

7 月 28 日—8 月 27 日,去北京转黑龙江省大庆市,出席全国文博图会议。

9 月 16—24 日,到巴马、凤山、东兰等县了解创作情况和创作思想,参观韦拔群从事革命活动的地点。

9 月 29 日,誊抄《作者与作品——关于文艺工作者的学习问题》。

10 月 4 日,为庆祝自治区成立 20 周年,编一本民歌集,到武鸣县找民歌手参加写作和座谈。

11 月 3 日,出席自治区文艺汇演创作座谈会大会。

11 月 10 日,给自治区文教办递交请创作假报告。

11 月 13 日,外孙女余立在南宁出生(父亲余春飞,母亲陈妮)。

11 月 22 日,中国青年出版社的编辑刘平、李荣胜来组稿。向刘平和李荣胜介绍长篇小说《瀑布·长夜》初稿。

12 月 9 日,第四届广西政协第一次全体会议,作为文学艺术界委员被指定为文学艺术界召集人之一。

12 月 17 日,第四届广西政协委员会举行选举,获全票通过为政协常委。

1978 年　　60 岁

1 月 4 日,到百色地区参加左右江革命历史资料汇编座谈会。

1 月 10 日—2 月 3 日,到武鸣县埋头写作。

1 月,《创作笔记》载《金田》杂志第 1 期。

2 月,《创作漫谈》载《百花》杂志第 2 期,《创作三题》载《金田》杂志第 2 期。

3 月 18 日,任自治区文联恢复活动筹备小组组长。

3 月 30 日,广西日报社文教处送重评《美丽的南方》的小样稿请过目。

4 月,《创作漫谈》载《柳州文艺》杂志第 4 期。

4 月 4 日,开自治区文联筹备小组第二次会议,讨论机构设置,汇报工作进展和遇到问题。

4 月 11 日,在自治区文联筹备小组开会,讨论人事问题,听取作协、音协和美协汇报。

4月18日,拟出自治区文联党组名单,再议人事问题。

4月21日,自治区文联筹备小组会,布置调查上报专业人员落实政策问题,签发基建报告。

5月23日,讨论自治区文联领导班子成员组成。

5月25日—6月10日,在北京出席第三届全国文联委员会扩大会。

6月13日,在自治区文联筹备小组会上传达第三届全国文联委员扩大会精神。

7月7日,向自治区文教办汇报文联筹备小组的情况。

7月9日,给中青社文艺编辑室寄长篇小说书稿《瀑布·长夜》。

8月26日,《漫谈深入生活》载《广西日报》。

9月,《回马枪》(长篇小说《瀑布》选载)载《广西文艺》第9期。

9月5—20日,去北京参加中国作家协会组织的作家访问团参观大庆等地活动。

9月29日,为广西人民出版社出版《美丽的南方》作《重版的话》。

10月18—25日,上大瑶山参加广西民歌创作座谈会。

12月,诗歌《武鸣行》(外二首)载《诗刊》12月号。

1979年　　　　61岁

1月,《排除障碍　迈开步伐》载《思想解放》杂志第1期,《瀑布》(长篇小说选载)载广西大型文学刊物《叠彩》第1期。

1月2日,南宁地区文艺刊物《灵水》创刊号刊登诗作《武鸣行》。

2月2日—22日,上北京出席第四次全国文代会的预备会议。

3月1日,《广西日报》公布自治区党委决定为陆地彻底平反,撤销"文革"期间对陆地所作的处分。

3月10日,自治区文联开会座谈全国文联调查材料。

3月13日,在《广西文艺》杂志社、《广西日报·花山副刊》、广西人民出版社文艺编辑室联合召开的文学创作座谈会上讲话。

3 月 15 日，审核向全国文联汇报关于全国文代会意见稿。

3 月 22 日，自治区党委组织部下文，任命为自治区党委宣传部副部长。

3 月 29 日—4 月 14 日，到三江、龙胜、桂林等地考查民俗及文化工作。

5 月，任自治区文联恢复活动筹备小组党组书记。

6 月，《在一次学习会上的发言》载《广西文艺》第 6 期。

10 月 22 日—11 月 22 日，上北京出席第四次全国文代会。当选为第四届全国文联委员，第三届中国作协理事。

10 月，《故人》短篇小说集由广西人民出版社出版。

1980 年　　　62 岁

1 月 1 日，《迎新》载《广西日报》。

1 月 7 日，召集自治区文代会各代表团团长和各协会负责人开联席会议，讨论第三次自治区文代会主席团名单及大会议事日程等。

1 月 8 日，主持第三次自治区文代会的大会开幕式。

1 月，中国作协副主席陈荒煤来邕，邀请到自治区文联座谈会上讲话。

1 月，任第三届自治区文联委员会主席，任第二届广西作家协会主席。

1 月，长篇小说《瀑布 · 长夜》由中国青年出版社出版；《旧诗新抄》（五首）载《右江文艺》1 月号；《延安回忆》（外二首）载《绿原》第 1 期。

3 月 29 日，诗歌《哈尔滨抒怀》（外三首）载《黑龙江日报》。

3 月，文论《解放思想，加强团结，繁荣社会主义新文艺》，载《广西文艺》第 3 期。

4 月 23 日，自治区文联召开民族文学调查会。

6 月 1 日，自治区党委任命为自治区文联党组书记。

6 月，《武鸣诗草》载《柳江文艺》6 月号。

7 月 25 日，广西作协开会协商副主席和常务理事的工作分工。决定成立创作辅导、理论研究、民族文学三个委员会；还研究了关于开办民族文学创作讲习所的事。

10 月 28 日，给南宁师院的文学创作讲习班学员讲话。

11 月,旧诗新抄二首,载《诗刊》第 11 期。

12 月 5 日,写《答北方文学杂志社——坎坷的道路》。

12 月 11 日,散文《童年生活》入编新蕾丛刊《作家的童年》第 13 期。

12 月 14 日,散文《哈尔滨抒怀》载《哈尔滨日报》

12 月,任中国作协民族文学委员会副主任委员,任《民族文学》杂志的编委。

1981 年　　63 岁

1 月,写作杂谈《谈谈写小说的体会》载《广西文学》第 1 期。

2 月 9 日,《〈瀑布〉后记——一本书引起的话》载《羊城晚报》。

2 月 24 日,给自治区党委写信,请辞自治区文联党组书记和自治区党委宣传部副部长职务。

3 月 28 日,去贵县参加黄飞卿的作品讨论会。

3 月,散文《坎坷的道路》载《创作通讯》第 3 期。

3 月,中国青年出版社总编室将《瀑布》列入五部重点长篇小说之一。

4 月 1 日,文论《在黄飞卿作品讨论会上的发言》载《金田》杂志第 2 期。

4 月 9 日,文论《提高认识,紧密团结在党的周围》载《广西日报》。

4 月 14 日,文论《生活 · 创作 · 党性原则》载《广西日报》。

4 月 21 日,鲁迅诞辰 100 周年纪念委员会在北京正式成立,被推选为纪念委员会委员。

4 月 30 日,去南宁师院向各大专院校部分教学人员介绍延安文艺座谈会的讲话背景。

5 月,《二十年代轶事》(《瀑布》第二部一个插曲)载《广西文学》第 5 期,文论《漫谈文学与天才的关系》载《柳州文艺》第 5 期。

6 月,杂谈《写作有没有窍门可走》载《柳州文艺》第 6 期。

8 月 3 日,上北京出席中共中央书记处召开的思想战线问题座谈会。

8 月,杂谈《我是这样摸索过来的》收入《作家谈创作》,花城出版社出版,《火口风云》(长篇小说《瀑布》第二部选载)载《中国通俗文艺》第 8 期。

9 月 7 日,《红旗飘飘》23 期载回忆散文《瞬息年华》。

9 月 20—30 日,应云南民族文学研究所邀请,赴昆明参加傣族文学学术讨论会。

10 月 1—12 日,云南省西双版纳之行。

10 月 15 日,参加柳州市业余作者创作座谈会。

10 月 23 日,到广西文联创作学习班讲话。

10 月 27 日,孙女陈问新在南宁出生(父亲陈南南,母亲严香珍)。

10 月 29 日—11 月 6 日,到柳州铁路局参加两天的业余文艺活动,结束后又继续和柳州、河池地区业余作者交流。

11 月 7 日—19 日,到桂林、灵川、阳朔等地搜集写作资料。

11 月,散文《一段苏木》载天津《散文》11 月号,散文《一顶草帽》载《长江文艺》第 11 期。

12 月 2 日,参加中宣部长王任重在南宁市西园接见自治区文联创作人员的活动。

12 月 7 日,接到中国作协通知,长篇小说《瀑布》第一部获首届全国少数民族创作评奖长篇小说一等奖。

12 月 15 日,短篇小说《牙科大夫》载《当代》第 6 期。

是年,长篇小说《瀑布》第一部、短篇小说集《故人》在广西民委、广西作协举办的首届广西少数民族文学创作评奖中获奖。

1982 年　　64 岁

1 月 15 日,在第三期广西文学创作学习班结业会上讲话。

1 月 30 日,长篇小说《瀑布》第二部完成第三稿。

1 月,《故人何在》一文载《广西文艺》第 1 期。

2 月 3 日,主持召开自治区作家座谈会。

3 月 1 日—19 日,去百色地区各县检查宣传文化工作。

3 月 26 日—4 月 6 日,去巴马县参加壮族文学讨论会。

4 月 11 日—12 日,参加自治区党委书记覃应机召集的壮剧团工作方针及民族特色的讨论会。

4月30日,外孙女莫非之在南宁出生(父亲莫勇继,母亲陈多)。

4月,《中南民院学报》第2期发表《创作余谈》。

5月11日,在广西文联纪念《讲话》42周年座谈会上讲话。

5月20日,出席广西文艺评论工作座谈会,讲话题目《评论工作赶上去》。

5月31日,到自治区文联参加各协会正副主席学习十五封信座谈会。

6月12日,到自治区文联谈从编辑部调写作人员成立创作专业组事。下午出席自治区党委宣传部召开的地市委宣传部长及区直各单位讨论“五讲四美·文明礼貌月”运动的会。

6月14日—18日,陪同中宣部顾问廖井丹游览桂林。

7月,《问题在哪里》载《柳州文艺》7月号。

7月1日,与回家探亲的扶绥籍老乡、中央编译局的传奇人物张报见面。

7月4日,长篇小说《瀑布》连播录音制成,七个省的电台取走录音,广西电台安排近期播出。

7月9日—16日,到防城、钦州、北海、合浦、灵山等地调研。

8月1日,广西人民广播电台在第一套节目11点30分和17点,第二套节目13点30分和18点30分,每天四次播出长篇小说《瀑布》的连续广播。

8月12日—26日,参加中国文联安排的庐山度假。

8月27日—10月10日,赴湖北、四川、陕西等地探亲访友,旧地重游。

10月,《咫尺天涯》(《瀑布》第二部选载)载《漓江》(文学丛书)第二辑。

12月17日,写完回忆散文《故乡与童年》初稿一万字。

1983年　　65岁

1月,散文《采风手记》载《民族文学》第1期,《故乡与童年》载《三月三》杂志创刊号。

1月,广西人民出版社出版《创作余谈》。

3月13日—27日,代表中共广西壮族自治区党委去福建省福州市参加1950年代初广西省委宣传部常务副部长刘宏的平反追悼会。

7 月 6 日，参加审查自治区博物馆举办《日本侵华图片展览》。

7 月 20 日，中国作协征求参加中国笔会中心做会员事。

7 月 28 日—8 月 18 日，参加中国文联组织的到辽宁大连的休假活动。

1984 年　　66 岁

3 月 26 日，出席《民族文学》《三月三》杂志和广西作协分会联合召开的少数民族文学创作座谈会。

4 月 21 日，在《柳絮》笔会上讲话《认识生活，表现生活》。

5 月 2 日，动笔写短篇小说《不速之客》。

6 月 2 日，为蓝怀昌的小说集写序——《为〈相思红〉说几句话》。

6 月 16 日，给黄福林散文集《蹄花》写序。

7 月 12 日—8 月 27 日，参加全国文联组织的旅游。前往北京、北戴河、天津、塘沽、大连、烟台、崂山、泰山、南京等地。

7 月 15 日，孙子陈可新在南宁出生（父亲陈田田，母亲杨小英）。

9 月 25 日，到南宁剧场参加自治区民族团结表彰大会。

11 月 13 日至 28 日，参加梧州市首届艺术节。

12 月 17 日，《乡土气息》（《隔壁官司》序），为韦一凡中短篇小说集而作，刊发于《广西文学》12 月号。

12 月 24 日至翌年元月 5 日，在北京出席中国作家协会第四次全国会员代表大会，当选中国作协第四届全委会理事。

12 月，长篇小说《瀑布》第二部《黎明》由中国青年出版社出版。

1985 年　　67 岁

1 月 14 日，写告别黄勇刹散文诗，交《三月三》杂志发表。

1 月 23 日，为李宝靖的游记散文集写序，作《广西游踪小引》。

4 月，散文诗《告别勇刹》和为《蹄花》写的序在《三月三》第 2 期发表。

5 月 23 日，去三月三杂志社举办的笔会讲话。

6 月 1 日，在《三月三》笔会上讲《我为什么要创作》。

6 月 17 日,由中国作协、国家民委联合组织的少数民族文学创作评奖委员会寄来聘书,邀作该会委员。

7 月 23 日,去广西作协分会以组长名义主持召开少数民族文学创作评奖推荐作品讨论会。

8 月 3 日,日记体散文《青春独白》整理出初稿。7 日,作《青春独白》小引。

9 月 18 日,在广西作协分会的创作学习班讲“认识生活,表现生活”问题。

12 月 17 日,出席第二届广西少数民族文学创作评奖颁奖大会,长篇小说《瀑布》第二部《黎明》获荣誉奖。

1986 年　　　68 岁

3 月 26 日,作散文《想起那段日子》。

3 月 31 日,作散文《纪念黄勇刹》。

4 月 30 日,给《作家生活报》寄两张照片并小传。

5 月 13 日,出席广西作协理事会。

6 月 18 日—6 月 30 日,在桂林修改、订正将由漓江出版社出版的《陆地作品选》清样。尔后,住进自治区桂林干休所的招待所,完成短篇小说《老教头》的初稿。

7 月 1 日—23 日,携夫人于千参加广西少数民族作家参观访问团赴粤,走马观花地去了广州、深圳、珠海和海南岛的海口、三亚等城市。又到海南黎族苗族自治州的首府通什市,以及临高县的少数民族村寨考察调研,与业余作者开座谈会等。

8 月 6 日,到柳州市参加柳絮函授学员笔会。

8 月 12 日,出席民间文学三套集成二次会议。

9 月 11 日,陆地小说讨论会在南宁召开。

9 月 29 日,在广西作协第五期创作学习班结业典礼上讲话。

10 月,《陆地作品选》由漓江出版社出版。

12 月 7 日,第四次广西文代会开幕,致开幕词。受聘任自治区文联第四届委员会名誉主席,任第三届广西作家协会名誉主席。

12 月 21 日，给沈阳《作家生活报》写一篇题为《南国有绿竹》的访问记。

12 月 23 日，给《广西艺术报》创刊号写《文艺与时代》。

12 月 29 日，草拟 1990 年前完成《遗憾》自传体三部曲提纲。

1987 年　　　　69 岁

1 月 5 日，动笔写《遗憾》三部曲。

1 月 25 日，写《劫后集》前言。

2 月 6 日，为广西民族出版社的"壮族百科辞书"撰写"陆地"条目。

3 月 30 日，出席中国作协和广西作协联合召开的"壮族当代文学讨论会"。

4 月 18 日，书面回答《民族与时代——当代中国民族作家的思考》一书提的十个问题；编写《五十年——1939-1987 年的创作年表》。

4 月 20 日，文论《文学与时代》在《学术论坛》第 2 期发表。

6 月 23 日，因 1960 年《刘三姐》会演档案中不少文件经手签发，广西档案局的研究人员来了解当年《刘三姐》的创作情况。

8 月 1 日，汇钱给家乡亲友为祖父和父亲的坟立碑。

11 月 9 日，长篇小说《遗憾》三部曲的开头两万字《长安一片月》在《小说世界》创刊号发表。

11 月 11 日，《从延安到沈阳》的四个半月的日记誊录完毕。

11 月 18 日，为《中国现代作家传略》一书重写自传《七十回首话平生》。

12 月 29 日，《考鲁艺》一稿，交"鲁艺"五十周年校庆专刊。

1988 年　　　　70 岁

1 月 7 日，在广西文艺理论刊物《南方文坛》创刊号上发表文论《文艺家与改革》。

1 月 9 日，在南宁以中国作协理事身份为中国作协颁发文学期刊编辑荣誉奖给广西的张辛、李竑、李宝靖等 7 名资深编辑。

1 月 16 日，为《华南蜂行》报创刊题词。

1 月 19 日，参加广西文联全委会。

1月20日，应邀出席广西出版工作者代表大会。

2月1日，为《南国诗报》题字。

2月10日，出席《百越民风》期刊迎春茶会。

3月19日，给扶绥县政协机关刊物《文史资料》写《我的生平》。

3月26日，作回忆散文《想起那段日子》（载6月5日《羊城晚报》）。

4月11日，参加《广西日报》文艺部召开报告文学评奖的评委会。

4月15日，出席《民族文学》杂志社在邕举办的全国少数民族文学笔会开幕式。

4月17日，中国社会科学院少数民族文学研究所来函，征集作家与艺术家的研究资料。

5月22日—31日，赴黔出席五省区（四川、西藏、云南、贵州、广西）作家联谊会——龙宫笔会。

6月3日，《南宁晚报》刊《〈冯云山〉序》。

10月30日，陈荒煤因参加在桂林召开的通俗文学研讨会来邕，专程去他下榻的明园饭店拜会并晚餐作陪。

12月8日，《广西日报》刊登回忆散文《往事萦怀》。

12月20日，广西电影制片厂三十年厂庆。作为当年建厂倡议人之一，被邀出席庆祝会。

12月24日，为准备到扶绥县给文学青年讲学，写《闲话读书》一文。

是年，长篇小说《瀑布》（第一部）获首届“振兴广西文艺创作铜鼓奖”（自治区级政府奖）。

1989年　　71岁

1月16日，给柯天国写信，赞扬《风流巷》的成功。

2月20日，回老家扶绥县东门镇。

4月3日，给北京“鲁艺”校友会组联部寄照片和简历。

4月7日—12日，去桂林参加广西三月三文化艺术节。

4月30日，应振兴广西文学讨论会之邀去邕宁县过“五一”节。

6月19日,给柯天国的长篇小说《风流巷》《烟花楼》写序,题目《初读柯天国小说》。

6月24日—28日,到柳州参观。27日,夜记《柳州一日游》。

7月3日,出席南宁地区籍作家艺术家座谈会。

7月6日—8月15日,因高血压住进广西医学院附院治疗。

8月16日,写了两副挽联分别悼周扬、舒群文坛二公(《广西日报》于29日发表)。

8月21日—12月28日,住进江滨医院治疗。

9月11日,散文《柳州一日游》载《广西日报》。

9月23日,《悼文坛二公》的挽联载《文艺报》38期。

9月29日,出席自治区庆祝国庆40周年老干部大会。

10月,回忆散文《羊城邂逅》载《羊城晚报》。

12月11日,小说《遗憾》草稿完成。

1990年　　72岁

1月13日,给《刘名涛文集》写序。

1月20日,出席自治区文联的新春茶会。

2月14日,出席广西文化艺术座谈会。

3月6日,出席广西知名人士座谈文艺工作的会议。

5月22日,到自治区党委宣传部开纪念《讲话》发表48周年的会议。

6月8日,受聘为广西文学院名誉院长,在广西文学院成立大会上讲话。

8月11日,获颁发自治区离退休干部先进个人奖状。

9月7日,广西作协举办的第10期创作学习班开学,与会讲了四点意见。

10月8日—17日,去桂林、柳州参加西南五省(区)作家联谊会——桂柳笔会。

1991年　　73岁

1月15日—20日,去崇左县参加左江笔会。

2 月 13 日，受邀回乡参加东门街路段拓宽的二级公路奠基仪式。

3 月 26 日—31 日，受邀到防城港参观旅游。

3 月，受聘自治区文联第五届委员会名誉主席、第四届广西作家协会名誉主席。

4 月 1 日至 5 日，出席自治区第五次文代会。

4 月 16 日，给《当代壮族作家作品研究》一书作序。

4 月 26 日，作散文《海港沉思》载《广西日报》。

5 月 5 日，为包玉堂的散文集《山花寄语》写序，题名《涓涓清流》。

5 月，散文《左江纪行》载《广西文学》5 月号。

8 月 2 日—5 日，应中国有色金属矿南宁公司北部湾疗养院开业之邀，去北海参观游览。

1992 年　　74 岁

1 月 17 日，《涓涓清流》载《广西日报》。

3 月 5 日，纪念《讲话》50 周年，作杂谈《五十年之见》。

3 月 28 日，写《烧菜不能没有盐》，作为柴立扬小说集代序。

5 月 1 日，《五十年之见》载《广西日报》。

5 月 13 日，《烧菜不能没有盐》载《劳动者报》。

6 月 16 日，广西档案馆来取手稿和资料，登记捐赠档案名目。

7 月 8 日，为《南宁日报》创刊写 700 字的祝愿。

7 月 13 日，整理历年照片，编入广西档案馆的两大相册，将近 400 张，并附文字说明。

8 月 29 日，北京少数民族博览会征集作家著作。将一套《瀑布》(四卷)和一册《陆地作品选》，邮寄北京。

9 月 18 日，《南国诗报》第 42 期发《墓志铭》。

10 月 13 日，《灵水》第 3 期转载《广西文学》的《左江纪行》一文。

10 月 14 日—16 日，自治区文联组织到防城去参观。

11 月，散文《没有结果的落花》载《广西文学》11 期。

11 月 20 日,校对即将发表于《南方文坛》的《说说我自己》一稿。

11 月 23 日—28 日,受邀到柳州参观访问。

1993 年　　75 岁

1 月 1 日至 4 日,回扶绥县东门镇庆贺故居改建工程竣工。

1 月 15 日,写还乡散文《乡情赋》。

2 月 10 日,给潘荣才的《遍地黄金》一书写代序《创作三说》。

2 月 12 日,《乡情赋》载《广西日报》。

2 月 27 日,去柳州出席陈明贵、黄德昌作品研讨会。《大树下一片阴凉》代序陈明贵《今宵别梦欢》,发表于《柳州日报》。

3 月,《广西日报》转载《大树下一片阴凉》。

4 月 17 日,整理从 1980 年代开始留底的信稿和 1950 年代的少数几件书信,合订成两本。

6 月 7 日,《童年作文——给二哥写信》载《广西教育报》。

7 月 3 日,短诗《自画像》载《南国诗报》50 期。

7 月 10 日,给潘荣才《陆地传》书稿修改写提示。

8 月,《还乡吟》和《遣怀》两首诗载《老年知音》第 8 期。

11 月 3 日,湖南师大出版社出版的《名作家谈童年作文》,收有《给二哥的信》。

11 月 7 日,全国少数民族文学研究会在南宁召开颁奖会,获荣誉奖。

11 月 11 日,入江滨医院住院。

11 月,日记体散文《青春独白》由漓江出版社出版,回忆散文《忆起几回见到》载《广西宣传》11 月号,杂谈《创作三说》载《广西日报》。

12 月,《落花集》(诗集)由广西民族出版社出版。

1994 年　　76 岁

2 月 8 日,给北京中国现代文学馆以及给老朋友寄赠《青春独白》。

3 月 29 日,收到黄绍清《壮族当代文学引论》,收有所作序文。

4月16日，将“文革”后所写的作品编成《劫后集》。

5月31日，作回忆散文《延安部艺生活点滴》。

6月21日，回忆散文《读谭流遗作三首》载《南国诗报》第59期。

9月28日，《乡情赋》获广西报刊二等（副刊）作品奖，获全国报纸副刊优秀作品三等奖。收到广西日报社转来的“荣誉证书”。

10月18日，参加自治区干休所组织的赴钦州新港参观活动。

11月12日，回扶绥县城参观。

11月15日，悼念秦兆阳文章《不知该说什么》发表于《广西日报》。

1995年　　　　77岁

1月，回忆散文《耿介一世人》载《当代》第1期。

4月24日，《一生两件》第一段《经历脚印》载《广西老年报》。

4月，《延安部艺生活点滴》载《新文学史料》4月号。

5月2日，《吊蓝鸿恩同志》（诗歌）载《南国诗报》70期。

5月31日，接受第五届广西作协名誉主席聘书。

5月，杂谈《无悔当初》载全国文联《文艺界通讯》第3期。

6月2日，接受第六届广西文联名誉主席聘书。

6月6日，中国作协创联部公函，《参加“八路”来了》收入《抗日战争短篇精萃》一书。

6月8日—7月22日，在广西医科大附属医院住院。

9月4日，为《奔腾的红水河》写序文。

11月17日，去广西档案馆出席手稿交接仪式。

12月，《晚年独语》载《民族文学》12期。

是年，在纪念抗战胜利50周年时，入列中国作协“抗战时期老作家”名单，荣获“以笔为枪，投身抗战”奖牌。

1996年　　　　78岁

4月12日，从江滨医院出院。

7 月 15 日—19 日,参加自治区老干局组织的副省级干部到北海银滩渡假活动。

12 月 11 日,收到“鲁艺”校友会的《校友录》。

12 月,被推选为中国作协第五届全委会顾问。

1997 年　　　　79 岁

4 月 14 日—5 月 24 日,入广西医科大附院老干部保健中心住院。

7 月 3 日,住进江滨医院红楼(内 1 科)10 号房。

11 月 18 日,自治区党委宣传部机关来祝寿。去自治区文联出席 80 大寿暨创作生涯 60 周年座谈会。中国作家协会和《民族文学》致贺辞。

11 月 23 日,收到广西教育出版社《劫后余灰》样书。

1998 年　　　　80 岁

1 月 19 日,收到《广西文学》第 1 期,刊有“祝寿”照片。

1 月 20 日,参加扶绥县委县政府召开的在邕乡亲座谈会,为家乡的改革开放、经济建设献计献策。

2 月 23 日,到江滨医院住院。

4 月 19 日,前往南宁郊区和安村访问 1952 年土改时的故居。

6 月 21 日,上海《文学报》为出 1000 期纪念而编选的《百家文萃》,当中收入《文学因缘》。

7 月 4 日,约《南宁郊区志》主编覃芝馨谈 1950 年 12 月 21 日至 1951 年 3 月 18 日参加的邕宁县第一区心圩、安吉、苏卢的清匪反霸运动,以及 1952 年 1 月到 5 月在邕宁县第十三区麻子畲、永安、和安等村参加土改运动的过程。

8 月 23 日,覃芝馨来了解 1952 年土改时北京土改工作团团员名单及名流情况。

9 月 27 日,重返土改旧地麻子畲。

10 月 24 日,给《南方文坛》寄《〈思痛录〉读后》稿件。

11 月 15 日,写就土改旧地麻子畲纪念碑文。

12 月，短篇小说《前夜》载《民族文学》第 12 期，《湘泉之友》163 期发表杂感《匪夷所思》。

1999 年　　81 岁

4 月 1 日，中国作协李荣胜将 1962 年作家出版社第三次印刷的《美丽的南方》样书复印装成上下两册挂号寄来。

10 月 11 日，《文坛来去》载《南宁晚报》。

11 月 24 日，中篇小说《一支金笔》初稿完成。

12 月 8 日，短篇小说《遗憾》初稿完成。

12 月 11 日，清理文革后期日记《在武鸣的日子》。

12 月，受聘自治区文联第七届委员会名誉主席、第六届广西作家协会名誉主席。

2000 年　　82 岁

2 月，旧体诗《一池红菱落朝霞》载《老年知音》。

3 月，杂谈《文坛来去》载《今日广西》3 月号。

4 月，短篇小说《遗憾》载《广西文学》4 月号，回忆散文《广西乡里相识在延安》载《今日广西》4 月号。

5 月 23 日，《广西日报》转载《文坛来去》全文并照片。

6 月 27 日，受邀参观扬美古镇，为该镇题字。

7 月 5 日，在江滨医院住院整整一年。

7 月，云南人民出版社《中国少数民族文学创作经典文库》选收短篇小说《故人》。

11 月 27 日—12 月 1 日，参加南宁地区在扶绥县举办的第五届艺术节，并为《扶绥报》题词。

2001 年　　83 岁

2 月 9 日，校完中短篇小说集《浪漫的诱惑》书稿。

9 月,《广西当代少数民族作家丛书·陆地卷》由漓江出版社出版。

9 月 18 日,自费印《落花诗稿》。

9 月 27 日,出席“广西当代少数民族作家丛书”出版发布会。

12 月,被推举为中国作家协会第六届全国委员会名誉委员。

2002 年　　84 岁

1 月 28 日,阅反对摄制《新桂系兴衰》电视剧的老干部联名上告信后,将意见写成《闲话桂系春秋》一文。

2 月 1 日,为《乡谣》所作的序载《广西日报》。

4 月,中短篇小说集《浪漫的诱惑》由花城出版社出版。

6 月 23 日,文论《且说创作得失》载《广西工作》11 期。

8 月,文论《且说创作得失》载《南方文坛》第 4 期。

9 月 6 日,广西政协主编的《难忘历程》收入《我的文学生涯》。

9 月 14 日,中国作协编的《中国 20 世纪散文大系》第 10 卷,选收《爬犁、豆油灯及其他》。

9 月 27 日,散文《逝水回流》载《广西日报》。

11 月 30 日,随覃芝馨去西乡塘寻觅传说中的侬智高前人的遗址。

12 月 1 日,动笔写《自传》。

2003 年　　85 岁

2 月 20 日,出席广西作家协会、广西文艺理论家协会联合中共扶绥县委在南宁召开的《浪漫的诱惑》出版座谈会暨扶绥县设立“陆地文艺创作奖”新闻发布会。

6 月 28 日,《广西文艺报》发表《耄耋沉吟》四首短诗。

6 月,自传体散文《直言真情话平生》部分章节载《人物》6 月号。

12 月,回忆散文《入党序曲》载《老年知音》第 12 期。

2004 年　　86 岁

1 月 4 日,中国现代文学馆来人征集作品手稿。

2 月 15 日，给扶绥县文联寄为扶绥县步行街所写的对联。

2 月 18 日，给李应泽写《我所认识的蓝径平》一文。

3 月 1 日，广西民院要把《爬犁、豆油灯及其他》和《一段苏木》收入他们编的《广西百年散文集》。

4 月 12 日，扶绥县文联寄赠《甜乡》期刊，载有为步行街题写的街招和《入党序曲》一文。

4 月 16 日，受自治区文联之邀去大王滩度假村游览。

4 月 22 日，参加自治区干休所组织的春游，乘车观赏南宁的新市容。

11 月 21 日，"麻子畲土改纪念碑"文稿交覃芝馨。

12 月，《直言真情话平生》由广西美术出版社出版。

2005 年　　87 岁

2 月 19 日，出席扶绥县为在邕的扶绥籍老干部举办的迎春茶会。

6 月 30 日，上海图书馆中国文化名人手稿馆来，征集去部分手稿和书法墨迹。

8 月，在纪念抗战胜利 60 周年之际，以抗战老作家的名分获得中国作协制作颁发的纪念牌。

是年，获中共中央、国务院、中央军委向全国所有健在的抗战老战士、老同志颁发的中国人民抗日战争胜利 60 周年纪念章一枚。

2006 年　　88 岁

1 月 25 日，校正《龙明诗词选》的题签和序文。

2 月 13 日，作回忆散文《认识严文井，反思自我得失》一稿。

9 月 23 日，填写中国作协第七次全委会登记表。

11 月，被推举为中国作家协会第七届全国委员会名誉委员，《南方文坛》第 6 期发表《认识严文井》一文并配发照片。

2007 年　　89 岁

1 月，《一本书的因果来历》载《广西文学》第 1 期，又载《老年知音》第 1 期。

4 月 30 日,《南国早报》邀去武鸣县皇后村——《咏梅诗话》的背景地,参加村里举办的活动。

10 月 11 日,广西民族文化艺术研究院非物质文化遗产研究院取走壮族作家小传,拍照。

10 月 15 日,南宁市江南区党委政府有关人员来采访 1952 年省直土改工作团中北京文化名流的故事。

2008 年　　90 岁

1 月 26 日,南宁市西乡塘区石埠街道办党委书记等人来拜会,提出要在石埠着手打造“美丽南方”旅游景区。

4 月 9 日,《南宁日报》记者采访有关《美丽的南方》的故事。

4 月 12 日,南宁电视台《中国见证人》栏目组,采访《美丽的南方》一书的背景。

4 月 15 日,《南宁日报》刊出《陆地与〈美丽的南方〉的一世情结》。

11 月 17 日,自治区党委宣传部、中国作协、广西作协等有关单位派人上门祝 90 大寿。

11 月 30 日,韦生进和《广西文化报》摄影记者龙蟠甸,为庆祝广西解放 60 周年暨自治区成立 50 周年上门拍摄宣传照。

2009 年　　91 岁

1 月 7 日,《矗山石》(文选)脱稿,约 380 页。

6 月 29 日,中国作协著名蒙古族作家玛拉沁夫来邕开会期间,专程到广西医科大附属医院老干部保健中心 909 号病房探访。谈及解放战争期间《东北日报·副刊》对其文学创作给予指导、关照和支持的往事。

12 月 8 日,扶绥县委宣传文化系统相关领导,以及“陆地文学创作奖”主办人等前来广西医科大附属医院老干部保健中心 909 号病房慰问。

12 月 29 日,收到中国作家协会颁发“文学创作六十周年纪念”铜牌一枚,挂镜框一件。

2010 年　　　　92 岁

3 月 11 日,在广西医科大附属医院老干部保健中心 909 号病房中风偏瘫,卧床不起。

5 月下旬,病情加重,转入广西医科大附属医院 ICU。

5 月,广西人民出版社出版《矗山暮影》(文选)。

8 月 7 日清晨 8 时许,在广西医科大附属医院 ICU 逝世。

编后记

将毕生的文学创作和记录人生旅程、抒发爱憎情感的相关文字整理结集，出版一套《陆地文集》是我们的父亲陆地到了晚年一个非常执着的愿望。为此，他向有关部门相关领导表达过，也与亲朋好友多次提及，还草拟过若干份编写提纲。但遗憾的是，2010 年在他的人生谢幕之时，这一美好的心愿最后未能实现。

2015 年，广西壮族自治区党委宣传部为促进广西文化事业的发展繁荣，着手全力推进打造“美丽南方 · 广西”文化品牌建设，让父亲的长篇小说《美丽的南方》再度进入人们的视野，编纂一套数百万字的《陆地文集》也由此被提上了自治区党委宣传部的议事日程，并最终获得自治区宣传文化发展专项资金的支持，交由广西师范大学出版社出版。

眼见父亲的遗愿即将成为现实，我们精神振奋，没多想便动手编纂，希望早日见到成果。一开始,我们以为有了父亲草拟的提纲,又有他那已出版的十余本各种体裁的文学作品,还有我们正渐次将他历年日记录入电脑等诸多有利条件作为支撑,要顺利完成“文集”的编纂应该不成问题。然而,当我们信心满满地真正进入角色,埋头搜集资料之际,才发现原来的想法过于乐观,我们的准备显然是不足的。父亲于“文革”前的创作仍有部分散见于全国各地的一些报刊中,尤以解放战争时期在东北四年的写作为甚。此外,数百万字的日记,由于年代“久远”,有的已字迹漫漶,难以辨认;有的则因人名、地名、时间、事件的笔误,或书写潦草所产生的歧义种种,都需花时间花精力去梳理,去辨伪存真。至于那为数不少的相关资料的拾遗补缺,则需我们走出去,借助社会公共资源去求得圆满解决。值得庆幸的是,如今的互联网时代,有了数据库,我们需寻觅的那些六七十年前的报刊资料,大都能从不同渠道的互联网数据库中找到。这就让“文集”的编纂尽可能地做到了不留遗憾或少留遗憾。

经过近三年艰辛的不懈努力和默默耕耘,我们于今年的立秋得以把包括长篇小说、中短篇小说、散文、文艺理论、诗词、剧本、简札、日记等在内的父亲所遗留的文字,整理编辑成近500万字的文稿,送交出版社。立秋,这个时间节点,正赶上我们的父亲辞世八年祭,而今年的11月18日又恰逢他的百年冥诞,在这两个有着不同纪念意义的日子里喜摘硕果,能将一套八卷本的《陆地文集》奉献给社会大众,我们心中的喜悦自不待言。这时眼前竟还仿佛出现久违的父亲面带微笑,朝我们缓缓走来的身影。父亲的微笑应该是对我们今天为他弥补了生前的遗憾而给予的肯定吧。

正当大家沉浸在成功的欢快与幸福之中时,我们回顾既往,忘不了的还是那一路走来,沿途美不胜收的风景所带给我们的感动。广西作协原副主席陈肖人编审和广西文学杂志社原副主编凌渡编审,热情地为“文集”提供的宝贵书信资料;广西图书馆地方民族文献中心主任、副研究馆员蓝凌云,广西师院图书馆副研究馆员周佩博士,广西桂林图书馆历史文献部馆员彭子龙硕士,当代广西杂志社编辑陈黎明为我们“拾遗补缺”所提供的方便与卓有成效的帮助;广西摄影家协会会员、桂林市艺术摄影学会理事毛向琳为修复、整理百余幅相片所付出的智慧和汗水,以及在“漫长”的编纂时光里,陪伴在我们身边的亲戚朋友,不断地提供技术帮助，随时地答疑解难，使我们能坚定信心，鼓足勇气一直走到了今天。在此，我们由衷地向大家道声“谢谢”！

最后，我们对家乡扶绥县文联主席兼书协主席周寅生为本书题名而表示谢意的同时，最要感谢的还是时任自治区党委宣传部长、现任自治区政协常务副主席的黄道伟和时任自治区党委宣传部文艺处长、现任自治区文联副主席的黄云龙对《陆地文集》给予的悉心关照和鼎力支持。

我们在想：若没有以上所有的感谢，要企盼今日《陆地文集》的问世，那无异如同“画饼”。然而，话也只能说到此为止，因为我们清楚地知道，世间的事又岂能是一个“谢”字了得。

陈南南　陈田田

2018 年 11 月